Irma Joubert

Sehnsuchtsland

francke

Über die Autorin:
Irma Joubert lebt in Südafrika. Sie studierte Geschichte an der Universität von Pretoria und war fünfunddreißig Jahre lang Lehrerin an einem Gymnasium. Nach ihrer Pensionierung begann sie mit dem Schreiben. Die Historikerin liebt es, gründlich zu recherchieren und ihre Romane mit detailreichen Fakten zu untermauern. In ihrer Heimat und den Niederlanden haben sich ihre historischen Romane zu Bestsellern entwickelt und sind mit zahlreichen Preisen ausgezeichnet worden.

Bibliografische Information Der Deutschen Bibliothek
Die Deutsche Bibliothek verzeichnet diese Publikation in der Deutschen Nationalbibliografie; detaillierte bibliografische Daten sind im Internet über http://dnb.ddb.de abrufbar.

ISBN 978-3-86827-591-9

Irma Joubert
Originaltitel: Immer wes

Deutsch von Thomas Weißenborn
Umschlagbilder: © dreamstime.com / Natallia Khlapushyna
Umschlaggestaltung: Verlag der Francke-Buchhandlung GmbH / Christian Heinritz
Satz: Verlag der Francke-Buchhandlung GmbH
Druck und Bindung: CPI books GmbH, Leck

www.francke-buch.de

für Melanie, meine Schwiegertochter

Prolog

„Hildegard?“

Instinktiv schaut sie auf, blickt dann aber sofort wieder zu Boden.

„Hildegard von Plötzke?“ Sie hört das Erstaunen in seiner Stimme. „Wahrhaftig, Hildegard von Plötzke aus Königsberg! Wie ... wie um alles in der Welt bist du denn hier gelandet?“

Ja, wie um alles in der Welt ist sie hier gelandet?

Und dazu noch auf diese Weise!

1. Kapitel

Das Früheste, an das sie sich erinnern kann, ist ein gelber Lichtschein, der durch die Fenster fällt, und an Nanny, die sich über sie beugt, während sie in ihrem Kinderbettchen liegt. Aber das sind ganz vage Erinnerungen, so verblasst wie die Fotos im Album ihrer Mutter, das sie immer noch besitzt.

Sie meint, sich auch noch daran erinnern zu können, wie Papa am oberen Ende eines sehr langen Tisches sitzt. Doch dieses Bild ist ganz und gar verschwommen. Vielleicht erinnert sie sich auch nur an ein Foto, das sie einmal gesehen hat und nun nicht mehr aus ihrem Kopf bekommt.

Die Erinnerung an die rote Nacht, in der Nanny sie aus ihrem großen Bett gerissen hat, ist deutlicher. In dieser Nacht mussten sie aus Russland fliehen.

Irgendwo schreien Menschen.

Es ist dunkel und sie ist noch ganz verschlafen, ihre Augenlider sind so schwer, dass sie sie kaum öffnen kann.

Da schreien tatsächlich Menschen. Irgendwo weit weg.

Sie hört, wie die Tür geöffnet wird, bevor sie es sieht. Nanny stürmt herein. „Komm, Hildegard!“

Bevor sie sich aufrecht hinsetzen kann, ist Nanny schon bei ihr, hüllt sie in ihre Decke und reißt sie aus dem Bett. Sie weiß nicht, was mit ihr geschieht. „Nanny?“

Nanny sagt kein Wort. Sie rennt mit kleinen, schnellen Schritten aus dem Zimmer.

Nirgendwo brennt Licht. Doch von draußen fällt ein roter Lichtschein herein. „Warum ist alles so rot?“, will sie wissen.

Auf der Treppe holt Papa sie ein. Er reißt sie Nanny aus dem Arm. „Holen Sie für das Kind Schuhe und eine Jacke und dann kommen Sie in mein Studierzimmer!“

„Yes, Herr von Plötzke.“

Papa rennt mit ihr die Treppe hinunter, wobei er immer zwei Stufen auf einmal nimmt.

„Still, sei ruhig!"

Seine rauen Bartstoppeln kitzeln sie an der Wange, der leichte Brandgeruch seines Schnauzers kribbelt ihr in der Nase. Sie hat Angst und drückt ihren Körper fester an die breite Brust ihres Vaters.

Dieser rennt durch das Esszimmer hindurch ins Studierzimmer. „Charlotte, ich hole Geld", sagt er schnell und geht zum Schrank.

„Mach erst die Tür auf", hört sie die Stimme ihrer Mutter sagen. Die Stimme hört sich seltsam an, irgendwie verkniffen.

Dann zaubert ihr Vater. Er zaubert wirklich, denn das ist kein magischer Trick: Er steht vor dem Schrank und sagt leise etwas – sie meint, vielleicht hat er wirklich so etwas wie „Abrakadabra" gesagt – dann gleitet der gesamte Bücherschrank nach hinten weg.

„Papa?"

Er zündet eine Lampe an und reicht sie ihrer Mutter. „Schnell, ich will nicht, dass irgendjemand das Licht sieht."

„Papa?"

Diesmal antwortet ihre Mutter: „Hildegard, sei still."

Daraufhin stellt sie keine weiteren Fragen mehr.

Nanny nimmt sie an der Hand. „Pass auf, da sind Stufen runter." Nanny spricht ein komisches Deutsch.

Der Boden unter Hildegards nackten Füßen wird auf einmal eiskalt, das Licht wird schwach, es ist nur noch ein gelber Schein in der schwarzen Finsternis. Vorsichtig steigt sie die Treppe hinunter. Ihre Mutter geht mit der Lampe voraus. Es sind schmale Treppenstufen, die ungewöhnlich hoch sind. „Ich kann nichts sehen", sagt sie zu Nanny.

„Mach schnell, Hildegard." Die Stimme ihrer Mutter klingt streng.

Am unteren Ende der Treppe, tief im Bauch der Erde, tut sich vor ihr ein Gang auf. Verwundert bleibt Hildegard stehen. Dass es unter ihrem Haus einen geheimen Gang gibt, das hat sie nicht gewusst. Die bittere Kälte kriecht ihr nun langsam die Beine hinauf. Hinter ihr schiebt ihr Vater von innen die Tür zu und eilt hastig die Treppe hinunter. Er nimmt sie auf den Arm, jetzt sind ihre Füße nicht mehr kalt. So schnell sie können, schieben sie sich alle durch den engen Gang: vorneweg ihre Mutter mit dem Licht, dann Nanny mit der Federdecke und einem Kleiderbündel und am Schluss ihr Vater, der sie trägt.

Irgendetwas stimmt nicht. „Papa, was ist denn los?"

„Nein, jetzt nicht, sei still."

Am Ende des Gangs befindet sich eine Leiter und über ihr eine Falltür. Ihr Vater setzt sie ab, klettert die Leiter hinauf und öffnet die Tür. „Komm schnell, Charlotte, und macht die Tür wieder zu, wenn ihr alle draußen seid."

Sie klettert die Leiter hinauf, Nanny folgt ihr dicht auf den Fersen. Irgendwo schnaubt leise ein Pferd. Als schließlich auch ihre Mutter mit dem Licht hinaufkommt, sieht Hildegard zum ersten Mal, wo sie ist. „Der Gang führt ja ins Warenlager."

Nannys Stimme hört sich ein bisschen streng an. „Ja, da bist du recht. Aber jetzt steig in die Kutsche, ich helfe deinem Vater mit den Pferden."

Irgendetwas stimmt nicht. Irgendetwas ist furchtbar verkehrt.

Ihr Vater macht sich an etwas zu schaffen und fängt an zu fluchen. Das ist schlimm, denn Fluchen ist Sünde und dann kommt der Teufel und holt die Leute. Das weiß sie, weil Nanny es ihr erzählt hat.

Endlich klettert auch Nanny in die Kutsche und macht hinter sich die Tür zu. Schon setzt sich die Kutsche in Bewegung. „Wo ist denn Papa?", fragt Hildegard wie benommen.

„Schhht!" Nanny erstickt sie beinahe unter der Federdecke.

Sie versucht sich aus der Decke zu wühlen, weil sie sehen möchte, was geschieht. „Hildegard, sitz still!", schimpft ihre Mutter.

Endlich bekommt sie den Kopf frei. „Ich will wissen, wo Papa ist."

Nanny spricht leise: „Er fährt die Kutsche. Hier, zieh an deine Jacke. Und gib mir deine Füße, damit ich dir anziehen kann deine Schuhe."

Jetzt ist sie sich sicher, dass etwas nicht stimmt. Ihr Vater hat noch nie auf dem Kutschbock gesessen. „Warum denn?"

„Hildegard, sei jetzt endlich still!", verwarnt ihre Mutter sie sehr streng.

Da ist sie still. Durch die kleinen Fenster sieht sie verschwommen die Sterne über ihnen. Draußen ist es finster, der Mond ist nicht zu sehen, nur ein rotes Glühen überall. Als sie sich umdreht, kann sie hinter ihnen die Umrisse des großen Hauses erkennen. Wie ein dunkler Schatten steht es vor der roten Glut. Das große

Eisentor steht sperrangelweit offen. Das ist auch verkehrt, denn das Eisentor steht sonst nie offen.

Jetzt muss sie aber wissen, was los ist. „Warum fahren wir, obwohl es dunkel ist?", fragt sie Nanny im Flüsterton. „Was ist denn das für ein großes Feuer, da hinter dem Haus?"

Die Antwort kommt allerdings von ihrer Mutter und ihre Stimme hört sich merkwürdig an. „Das waren die Bolschewisten. Wenn dein Vater beizeiten auf mich gehört hätte, dann wären wir jetzt nicht in diesem Schlamassel. Ich habe nichts mitnehmen können, gar nichts."

Die Pferde fangen an zu traben, die Kutsche holpert ruckend hinterher.

„Meine Juwelen, meine Pelze, alles ..." Ihre Mutter hört sich sehr zornig an.

Nanny sagt leise: „Wir gehen für ein bisschen weg, Hildegard."

Wir gehen für ein bisschen weg? Manchmal sind sie zu dem Haus am See gefahren, aber nur im Sommer, wenn es heiß war. Oder sie sind zum Herrn Baron von Schwarz gefahren. Ihr Vater geht dort zusammen mit anderen Männern auf die Jagd, während ihre Mutter dann mit anderen Frauen Tee trinkt. Aber nachts sind sie noch nie aufgebrochen. „Fahren wir weg, weil da ein Feuer ist?"

Nanny bedeutet ihr, dass sie ruhig sein soll, und streicht ihr übers Haar.

Ihre Mutter seufzt. „Ach, erzähl dem Kind ruhig, was los ist. Ich habe keine Kraft mehr, mir seine ewige Fragerei anzuhören."

Nanny tastet unter der Daunendecke nach ihrer Hand. „Wir fahren für eine Zeitlang weg."

„Oh." Plötzlich fällt ihr etwas anderes ein. Ihr Herz beginnt zu springen und sie holt tief Luft. „Nanny, heißt das ...?"

Im selben Augenblick hallt der Knall eines Pistolenschusses durch die eisige Luft, unmittelbar danach ertönt ein zweiter. Hildegard zuckt vor Schreck zusammen. Die Pferde bäumen sich auf, die Kutsche schwankt gefährlich, mit einem Ruck setzt sie sich schneller in Bewegung. Die verängstigten Pferde laufen, so schnell sie können. Die Kutsche rattert hinterher und schwankt dabei so sehr, dass die Insassen von einer Seite zur anderen geworfen werden.

Hildegard spürt, wie Nanny den Arm um sie legt. Erschrocken klammert sie sich an ihr fest. Es kommt ihr so vor, als würde die

Kutsche jeden Augenblick umstürzen. „Herr, hilf uns! Herr, Herr, hilf uns!“, betet ihre Nanny leise.

Ihr Vater hält das Fahrzeug auf dem Weg, bis die Pferde langsamer laufen und die Kutsche sich nur noch sanft hin und her bewegt. Vorsichtig öffnet Hildegard die Augen wieder. Der Herr hat ihnen geholfen, das weiß sie. Nanny erzählt ihr schließlich jeden Tag etwas vom Herrn.

Sie müssen weit fahren. Hildegard gräbt sich tief in den weichen, warmen Schoß von Nanny. Dort ist sie sicher. Eigentlich ist es ganz schön, die Kutsche schwankt nur noch ein bisschen. Eine wohlige Schläfrigkeit macht sich in ihr breit.

Unvermittelt bleibt die Kutsche stehen und Hildegard hebt neugierig den Kopf. „Wo sind wir?“

„Am Bahnhof, wir reisen jetzt weiter mit dem Zug“, antwortet Nanny. „Dein Vater geht Fahrkarten kaufen.“

Als die Kutschentüren wieder geöffnet werden, sagt ihre Mutter: „Ich hoffe, du hast Fahrkarten für die Erste Klasse bekommen. Bis nach Königsberg ist es eine weite Reise.“

Königsberg?

Ihr Vater streckt seine Hand aus, um ihrer Mutter beim Aussteigen aus der Kutsche behilflich zu sein. „Komm schon, Charlotte. Ich habe die einzigen Karten gekauft, die es noch gab.“

Ihre Mutter richtet ihren Kopf in die Höhe, rafft ihren weiten Rock zusammen und steigt langsam die Stufen der Kutsche hinunter. „Komm, Hildegard.“ Ihre Stimme klingt eisig.

Nanny steigt als Letzte aus der Kutsche, die Federdecke trägt sie wie ein Bündel in den Armen. Auf der untersten Stufe fällt sie beinahe über die Decke.

Die Kälte schneidet Hildegard in Nase und Wangen. Sie versucht sich tiefer in ihre Jacke zu kuscheln und zieht die Arme ein, sodass auch ihre Hände in den Ärmeln verschwinden.

Der Bahnhof ist klein, nicht so groß wie der von Sankt Petersburg. Am Bahnsteig wartet schon der Zug auf sie und bläst dabei weiße Rauchwölkchen in Richtung der Gleise. In Decken eingehüllt stehen auch noch andere Menschen herum, sie reden Russisch. Alle Knechte und Mägde, die im Haus gearbeitet haben, haben Russisch gesprochen. Hildegard kann Russisch verstehen. Auch Englisch, denn Nanny ist Engländerin.

Am Zug angekommen hilft ihr Vater ihrer Mutter beim Einsteigen, dann steigt auch Nanny ein. Ihr Vater hebt Hildegard hoch und reicht sie an Nanny weiter, einfach so durchs geöffnete Fenster. „Kommt Papa auch mit?"

„Ja, Hildegard, ich komme auch mit." Ihr Vater ist ein großer Mann mit einer schönen Stimme.

Sie sind lange unterwegs, Hildegard schläft auf Nannys breitem Schoß. Mittlerweile ist es Tag geworden und dann irgendwann Nachmittag.

Außer ihnen sind noch andere Erwachsene im Bahnabteil. Aber ihre Mutter spricht mit niemandem, sie ist sehr wütend.

Die Erwachsenen unterhalten sich manchmal, meist über den Krieg. Über den Krieg mit Japan weiß sie alles, Japan ist das Land, in dem Prinzessin Koong-se gewohnt hat. Nanny hat ihr die Geschichte von Prinzessin Koong-se und Chang erzählt. Das Bild dazu kann man auf einem blauen Teller in ihrem Esszimmer bewundern.[1]

Die Erwachsenen reden über Zar Nikolas II. Sie weiß, dass das der König von Russland ist und dass er wie Koong-se in einem Schloss wohnt.

„Ich vermute, diese Bolschewisten wetzen ihre Messer vor allem gegen den deutschen Adel. Schließlich haben viele der Gutsbesitzer dabei geholfen, den Aufstand zu unterdrücken, vor allem in Sankt Petersburg", sagt der Mann mit dem riesigen Schnauzbart.

1 Anmerkung des Übersetzers: Hierbei handelt es sich um die Legende von der Prinzessin Koong-se, die sich in Chang verliebt, einen Bediensteten ihres Vaters. Als dieser von ihrer Liebe erfährt, verbannt er Chang von seinem Hof und lässt um sein Anwesen herum eine große Mauer errichten, damit die beiden sich nicht mehr sehen können. Nachdem es Chang trotzdem gelingt, mit seiner Geliebten Kontakt aufzunehmen, sperrt ihr Vater sie ein und arrangiert die Hochzeit mit einem seiner Fürsten. Kurz zuvor schafft Chang es jedoch mit einer List, in den Palast einzudringen und zusammen mit Koong-se zu fliehen. Ihre Flucht wird entdeckt und Koong-ses wütender Vater schickt seine Truppen los, um seine Tochter zurückzubringen. Als Chang und Koong-se schließlich in einer Waldhütte auf einer einsamen Insel gefunden werden, zünden sie das Haus an, um nie wieder getrennt zu werden. Aus der Asche der Hütte steigen dann tatsächlich zwei Tauben empor, die vereint in den Himmel fliegen. Diese Geschichte ist die Inspiration für die Bemalung von unzähligen chinesischen Porzellantellern.

Bolschewisten – das ist ein merkwürdiger Name. Andererseits sind Koong-se und Chang auch merkwürdige Namen.

Die Bolschewisten wetzen Messer, die sie in die Deutschen stechen wollen, hat der Mann gesagt. Messer sind eine gefährliche Sache, etwas, womit man sich schnell in den Finger schneiden kann, und dann fängt es an zu bluten. Hildegard mag kein Blut sehen.

Die Erwachsenen reden über Lenin, über das Winterpalais und den Blutsonntag[2]. Das Winterpalais hört sich nach einem Märchen an, aber Blut? Igitt! Und Blut am Sonntag ist bestimmt eine furchtbare Sünde. Das sind alles Schauergeschichten, entscheidet Hildegard schnell.

Ihr Vater war ganz überrascht darüber gewesen, dass sie die Geschichte von Koong-se und Chang gekannt hatte. Er hatte einen Teller aus dem Schrank geholt, damit sie ihn anfassen konnte. „Die Kreuzritter haben die Geschichte damals aus China mitgebracht", hatte er erklärt.

Während der Zug die Anhöhen hinaufstampft und schnauft und die Abhänge immer schneller hinunterrattert, erzählt ihr Vater ihr von Kurland. Das ist die Gegend, in der die Vorfahren ihres Vaters immer gewohnt haben. Sie waren Ritter des Deutschen Ordens und haben Kleider aus Eisen getragen, sind auf Pferden geritten und haben mit Schwertern gekämpft und die Bibel in den Wilden Osten gebracht.

Hildegard versteht: Sie sind genauso wie die Kreuzritter gewesen, die Koong-ses und Changs Geschichte aus China hergebracht haben.

„Ich gehöre auch noch zum Ritterorden, weißt du, Hildegard. Aber wir tragen keine eiserne Kleidung mehr und kämpfen auch nicht mehr mit Schwertern. Wir helfen jetzt den Menschen, die es schwer haben."

Ihr Vater ist wirklich tapfer.

„Mmm", macht ihre Mutter und schaut aus dem Zugfenster.

Ihr Vater tut so, als habe er es nicht gehört. Hildegard versucht

2 Anmerkung des Übersetzers: Am 22. Januar 1905 (nach dem in Russland seinerzeit gültigen julianischen Kalender war es der 9. Januar) begab sich ein Demonstrationszug von Zehntausenden streikender Arbeiter zum Winterpalais des Zaren in St. Petersburg. Am Narwa-Tor stellten sich ihnen Soldaten entgegen, die in die Menge schossen, wobei es (je nach Schätzungen) zwischen 130 und tausend Tote gab. Dieser Tag ging als „Petersburger Blutsonntag" in die Geschichte ein.

so etwas auch manchmal, aber immer wenn sie es probiert, funktioniert es nicht. „Wir werden in Königsberg wohnen. Mama und ich haben dort ganz am Anfang auch schon gewohnt, bevor wir nach Russland gezogen sind."

„Und ich? Und Nanny?"

„Nein, du bist erst zur Welt gekommen, als wir schon in Sankt Petersburg gewohnt haben."

„Ist Königsberg in Kurland?"

„Das gehört jetzt alles zu Preußen, Königsberg ist die Hauptstadt von Ostpreußen."

Das sind schöne Worte, Königsberg und Kurland.

Die Nacht ist dunkel und voller fremder Geräusche, angsteinflößender Geräusche, sodass man nicht schlafen kann. Wir sind den Bolschewisten entkommen, denkt Hildegard. Wie sieht so ein Bolschewist wohl aus? Doch das Bild, das plötzlich in ihrem Kopf auftaucht, das Bild von wilden, behaarten Monstermenschen mit aufgeblasenen Backen, langen Armen und scharfen Messern in den Händen, mit denen sie Jagd auf Deutsche machen, flößt ihr solch einen Schrecken ein, dass sie sofort an etwas anderes denken möchte.

Als Koong-se und Chang geflohen sind, ist ihr Vater mit einer Peitsche in der Hand über eine Brücke hinter ihnen hergerannt. Wenn er sie zu fassen bekommen hätte, hätte er sie sicherlich totgeschlagen, hat Nanny immer gesagt. Und selbst als sie später auf einer einsamen Insel gewohnt haben, haben sie die Soldaten schließlich doch gefunden.

Zum Glück hat Gott sie in zwei Tauben verwandelt, sodass sie so weit wegfliegen konnten, dass sie niemand mehr hat finden können.

Aber Hildegard möchte eigentlich keine Taube werden.

Die Räder der Eisenbahn rattern immer weiter weg von dem blauen Teller im Glasschrank ihres Esszimmers in Sankt Petersburg.

Nanny ist noch nie in dem Haus in der Nähe von Königsberg gewesen. Es handelt sich um ein kaltes Schlösschen mit Gängen und Zimmern und vielen Türen, die einen schnell durcheinanderbringen können. In diesem Haus ist Hildegards Mutter groß geworden. Alle dort kennen Mama und Papa, nur Hildegard und Nanny sind Fremde. Sie betrachten sich die Küche, den Speisesaal mit seinem langen Tisch, das Wohnzimmer, das Musikzimmer, die Bibliothek, das Raucherzimmer der Männer. „Smoking room", sagt Nanny und rümpft die Nase.

Hildegard klammert sich fest an ihre Hand.

Die fremde Haushälterin, Frau Wagner, zeigt ihnen alles. Sie geht sehr aufrecht und spricht Deutsch, kein Russisch. Über die breite Treppe gehen sie nach oben und schauen ins Zimmer ihrer Mutter und in ihr Boudoir. „Was ist das?", will Hildegard wissen.

Nanny bedeutet ihr still zu sein. Hildegard weiß, dass Nanny ihr hinterher alles erklären wird.

Sie betrachten das Zimmer ihres Vaters, sein Studierzimmer, die Gästezimmer und noch einen Raum voller Bücher. Durch die vorderen Fenster kann man einen Blick auf den großen Garten werfen und in der Ferne sind die Gebäude von Königsberg zu erkennen. Hinter dem Haus sind die Stallungen und der Schweinepferch und die Reihen von Zimmern, in denen die Knechte und Dienstmägde schlafen.

Als sie am äußersten Ende des Ganges angekommen sind, sagt Frau Wagner: „Hier ist dein Zimmer."

Hildegard blickt sich in dem großen Raum um. Sie sieht ein hohes Prinzessinnenbett mit einem Vorhang drum herum. Da steht auch ein Spiegeltisch mit einer Waschschüssel und einem Krug. Die Haarbürste, der Kamm und der Handspiegel sind mit pinken Röschen verziert. Im Spiegel sieht Hildegard ihre hellen Haare, die Nanny zu zwei festen Zöpfen geflochten und mit einem breiten Band zusammengebunden hat. Sie hat noch nie eine Prinzessin gesehen, die so steife Zöpfe gehabt hätte.

In der Ecke steht ein Kachelofen, das Feuer darin wärmt den ganzen Raum.

Außer dem Bett und dem Spiegeltisch gibt es keine weiteren Möbel.

Da macht Frau Wagner eine andere Tür auf. „Hier ist dein Spielzimmer."

Es ist ein kleiner Raum mit einem Bücherregal und einem Schaukelpferd. Auf dem Boden liegt ein großer, bunter Teppich und vor dem Fenster steht ein Lehnstuhl.

Hildegard blickt sich um. „Wo ist denn das Zimmer von Nanny?"

Frau Wagner hat eine lange, spitze Nase und strenge Augen. Haben nicht auch die Bolschewisten solche langen, spitzen Nasen, die wie ein Messer aus ihren aufgeblasenen Backen herausstechen?

Frau Wagners Stimme ist so streng wie ihre Augen: „Sie wohnt in den Quartieren hinter der Küche."

Hinter der Küche? Hildegard kommt es so vor, als würde ihr ein schwerer Stein um ihren Hals die Luft abschnüren. Hinter der Küche? Das ist ja auf der anderen Seite des Hauses! „Ich kann nicht ..."

Nanny legt ihr den Finger auf den Mund. „Wir reden später darüber", sagt sie sanft.

Die Worte verschwinden, aber der Stein bleibt, wo er ist.

Schließlich dreht sich Frau Wagner um: „Wir essen pünktlich um sieben Uhr, ihr esst im Frühstückszimmer."

Als die Tür hinter ihr ins Schloss fällt, wendet sich Hildegard augenblicklich Nanny zu: „Ich schlafe hier nicht allein und ich glaube, dass die Frau eine Bolschewistin ist."

„Eine Bolschewistin? Nein, nein, Bolschewisten sprechen Russisch. Komm, lass uns schauen, was in dem Schrank hier ist", antwortet sie und öffnet die Schranktür.

„Nein!" Hildegard stampft fest mit dem Fuß auf den Boden. „Ich habe Angst vor den Bolschewisten und ich will nicht allein schlafen!"

Nanny setzt sich auf den großen Lehnstuhl vor dem Fenster und streckt die Beine aus. Sie hat schwarze Schuhe an mit Schnürsenkeln und langen, dicken Strümpfen. „Ich bin doch immer im Haus."

„Nein, nein, du bist ganz, ganz weit weg von meinem Zimmer. Du wirst es nicht hören, wenn ich nachts rufe."

„Ich werde jede Nacht kommen und schauen, ob du ruhig schläfst. Du darfst jetzt keinen Aufstand machen, das ist nicht schön für ein Mädchen, verstehst du?"

Ein wütendes Schreien braut sich tief in ihr zusammen. Doch Hildegard beschließt, lieber zu weinen, denn ihr Weinen erregt immer Nannys Mitleid. „Ich kann nicht allein schlafen. Ich bin noch zu klein."

Nanny holt ihr Taschentuch hervor. „Ach, nein, hör doch auf, Hildegard, du bist nicht mehr so klein. Es dauert nicht mehr lange, dann wirst du sechs Jahre alt, das ist schon groß. Komm, komm her, setz dich hier zu mir. Ach nein, weine doch nicht."

Nanny hat einen breiten, weichen Schoß und sanfte Arme, die sich um einen legen. „Aber ich ..."

Da geht die Tür auf und ihr Vater kommt herein. „Was ist hier los?"

Ihr Vater mag es nicht, wenn sie weint. Und so schluckt Hildegard schnell ihre Tränen hinunter und setzt sich aufrecht hin. „Ich will nicht, dass Nanny unten neben der Küche wohnt. Das ist zu weit weg von mir."

Kerzengerade steht ihr Vater da und sieht plötzlich streng aus. „Hildegard, ich möchte diesen Unsinn nicht noch einmal hören. Wenn du ein Junge wärst, dann würdest du mit sechs Jahren in ein Kadetteninternat gehen. Du musst jetzt anfangen, selbständig zu werden. Miss Jones, sind Sie mit Ihrem Quartier zufrieden?"

Nanny schiebt Hildegard sanft von ihrem Schoß und steht auf, wobei sie Schwierigkeiten hat, sich aus dem Lehnstuhl zu erheben. „Ich habe mein Quartier noch nicht gesehen, Herr von Plötzke, aber ich bin mir sicher, dass es in jeder Hinsicht zufriedenstellend sein wird."

„Dann schlage ich vor, dass Sie sich dorthin begeben. Die Schneider kommen morgen, um Maß zu nehmen, das Kind soll Kleider und Sie eine Uniform bekommen. Hildegard, spiel mit deinem Spielzeug."

In der Regel ist ihr Vater freundlich, aber er kann auch ganz schön ungeduldig sein.

Nach Tagen und Wochen kommt Hildegard das neue Haus allmählich bekannt vor, sie lernt auch die fremden Menschen kennen. Die Köchin, Madame Dubois, kommt aus Frankreich, sie spricht Französisch und kocht auch französisches Essen. „Das ist üppig, sie nimmt zu viel Sahne", sagt Nanny und bestreicht Hildegards Brot mit einer dünnen Schicht Gänseleberpastete. Dann schneidet sie sorgfältig die Kruste ab. Hildegards Zähne graben sich tief ins weiche Brot.

Morgens kommt Frau Faber, sie ist die Gouvernante und bringt

Hildegard das Lesen, Schreiben und Rechnen bei. Sie erzählt ihr auch von Adam und Eva, von Noah und Vater Abraham und Moses und seinem Binsenkörbchen und von Daniel in der Löwengrube. Sie erzählt ihr auch die Geschichte von Maria und Josef und dem Jesuskind, die nach Ägypten fliehen mussten. „Wir mussten auch fliehen, vor den Bolschewisten", sagt Hildegard.

Sie lernt die Geschichte von Kurland kennen, aber nicht die von den tapferen Rittern in ihrer eisernen Kleidung, die den wilden Menschen aus dem Osten die Bibel gebracht haben – die hat ihr Vater ihr schon erzählt. Stattdessen hört sie so viel über die unterschiedlichen Kriege, dass ihr der Kopf schwirrt. „Das sind keine schönen Geschichten", sagt sie nachmittags zu Nanny. „Warum müssen die Menschen nur immer Krieg machen?"

„Das ist alles der alte Teufel", antwortet Nanny und schlingt die Wolle geschickt um die Stricknadeln.

Nanny bringt Hildegard das Stricken bei, sie kann es schon ganz gut. Erst wollte sie sich ein Kleid stricken, aber jetzt strickt sie ein Halstuch für ihre Puppe. Sie lernt, wie man Kreuzstiche macht und Assisi-Stickerei. Nanny ist sehr genau, alle Kreuzchen müssen an derselben Stelle über Kreuz gehen und auf der Rückseite müssen alle Stiche ein einheitliches Muster ergeben. An einem anderen Tag bringt Nanny Hildegard das Spitzenklöppeln bei. Dabei sitzt sie ordentlich auf ihrem Stuhl, das Lernkissen auf dem Schoß. Nanny zeigt ihr vorsichtig, wie sie die Baumwollfäden ineinanderschlingen und verknoten muss, damit sie eine saubere Kante formen. Das ist allerdings ziemlich schwierig und Hildegard würde lieber Vater-Mutter-Kind spielen.

Wenn es nicht zu kalt ist und nicht regnet, gehen sie und Nanny in den Garten. Aber Hildegard darf dann nicht rennen, denn Damen machen schöne kleine Schritte. Sie gehen die Küken und Kälber anschauen und die runden, rosa Ferkel. Nanny geht langsam und erklärt ihr die Blumen und die Insekten.

Nach ihrem siebten Geburtstag bekommt Hildegard an drei Nachmittagen in der Woche Musikunterricht. Meister Schroeder kommt mit einem Pferdewagen zu ihrem Haus, sie zieht die Decke von dem Klavier und öffnet den Tastendeckel. „Sind deine Hände sauber?", fragt er.

„Ja, Meister Schroeder."

„Na gut, dann setze dich aufrecht vor das Klavier, das Kinn hoch, die Finger leicht gekrümmt, die Handflächen rund. Und denke daran, deine linke Schulter nicht zu bewegen."

„Das verstehe ich nicht, Meister."

„Du schwingst deine Schulter im Rhythmus mit. Lass das."

„Gut, Meister."

Sie lernt alle Noten zu spielen, angefangen vom eingestrichenen C bis hin zu den schwarzen Tasten. Im darauffolgenden Jahr kommt er jeden Nachmittag, jetzt bringt er ihr zusätzlich an zwei Tagen in der Woche auch das Geigespielen bei. Das ist ziemlich schwer und Hildegard tun die Finger weh, während sie die Saiten herunterdrückt. Dann fangen auch noch ihre Beine an zu jucken, weil sie die ganze Zeit kerzengerade stehen muss, während sie spielt.

Manchmal sieht sie durch das Fenster, wie die Kinder der Arbeiter draußen herumtollen. „Ich wünschte, ich könnte mit ihnen spielen", sagt sie abends zu Nanny.

„Nein, das wäre nicht gut", antwortet Nanny.

Aber daraufhin erzählt Nanny Hildegards Vater, dass seine Tochter auch gern eine Spielkameradin hätte. Jetzt kommt Brigitte, die Enkelin von Herrn Baron Müller, dienstagabends zum Spielen vorbei. Dazu kommen auch noch andere Mädchen mit ihren zu Locken gedrehten Haaren und hellen Zöpfen. Sie spielen im Spielzimmer mit Puppen und essen Plätzchen und trinken kalte Getränke, die ihnen ein Küchenmädchen nach einer Weile vorbeibringt.

Weil Nanny vergessen hat, das Fenster wieder zuzumachen, weht jetzt der Wind die Gardinen vor und zurück, vor und zurück. Der Mond scheint durch die Zweige bis auf Hildegards Bett. Die Zweige sind lange Arme mit Greifhänden, so wie die der Bolschewisten.

Voller Furcht steckt Hildegard den Kopf unter die Decke und zieht die Knie an, bis sie unter ihrem Kinn drücken. Aber die Angst ist schon immer mit ihr zusammen ins Bett gekrochen.

Wenn sie sehr schnell aus dem Bett steigt und ihre Zimmertür fest zumacht, können ihr die Greifhände der Zweige nicht folgen. Dann muss sie sehr leise die Treppe hinuntergehen, damit ihr Vater nicht wach wird. Auf diese Weise kann sie zu Nanny ins Bett schlüpfen, bevor die Zweige überhaupt merken, dass sie weg ist.

Sie zögert einen Augenblick. „Du darfst nicht wieder hierherkommen, Hildegard“, hat Nanny ihr beim letzten Mal gesagt. „Herr von Plötzke wird das sicher nicht dulden. Bete, dann wird dir der Herr Jesus selbst die Hand halten.“

Doch das Handhalten wird heute Nacht nichts helfen. Nur die weichen Arme von Nanny können sie vor den bolschewistischen Greifzweigen beschützen.

„Ach, Hildegard“, seufzt Nanny, aber sie streckt ihr dennoch die Arme entgegen. „Hat mein Töchterlein einen bösen Traum gehabt?“

„Nein, die Zweige wollten mich festhalten, weil das Fenster offen war.“

Nanny hält sie fest. Das ist der schönste Ort auf der ganzen Welt, das Bett von Nanny. Nanny drückt sie fest an sich und streichelt ihr über das Haar. Nannys müssen so etwas wie einen Kissenkörper haben, den sie um Töchterlein legen können.

„Ist die Angst jetzt weg?“, fragt Nanny nach einer Weile.

„Ja, Nanny.“ Sie wäre gern noch ein bisschen geblieben. Aber sie weiß, dass das eigentlich nicht statthaft ist.

Nanny bringt sie in ihr Bett zurück, hüllt sie stramm in ihre Decke und macht das Fenster ordentlich zu. „Schlaf jetzt schön, Hildegard“, sagt sie.

Nanny ist der liebste Mensch auf der ganzen, weiten Welt.

Jeder im Haus hat seine eigene Aufgabe. Hildegards Aufgabe ist es, ihr Essen zu essen, ihre Lektionen zu lernen, ihre Musik zu üben und friedlich zu schlafen. Das friedliche Schlafen ist allerdings ihre allerschwierigste Aufgabe.

Nanny hat die schönste Aufgabe. Sie muss Hildegard Geschichten erzählen und mit ihr spielen.

Frau Nowak ist die Waschfrau, sie ist die freundlichste von allen und sehr dick. Wenn sie die Bügeleisen auf dem Ofen heiß macht, wird ihr dabei warm. Im Sommer krempelt sie sich die Ärmel ganz weit hoch und wäscht die Laken und Tischdecken, dass die Schaumwolken nur so über den Waschzuber rollen. Sie macht Hildegard einen Bart aus Schaum, sodass sie aussieht wie der Nikolaus, und dann lacht sie aus vollstem Herzen mit ihr. Eigentlich hat sie keine Zähne mehr und sie ist schon ziemlich alt, denn sie war schon die Waschfrau von Oma, die schon lange tot ist, und hat sich um Mama gekümmert, als die noch ein kleines Mädchen war.

Frau Nowak kann Hildegard viele Geschichten über die Zeit erzählen, als Oma und Opa noch gelebt haben und Mamas Brüder und Mama noch klein waren. Sie spricht Polnisch, genauso wie die Putzfrau, und weil Hildegard so gern Geschichten hört, lernt sie schnell, Polnisch zu verstehen.

Hildegards Vater ist Pelzhändler – er fertigt und verkauft Pelzjacken und -mäntel, Pelzmützen, Umhänge, Handschuhe, alles, was man aus Pelz machen kann. Er macht das alles nicht selbst, sondern ist der Chef einer Fabrik, in der solche Dinge hergestellt werden, und von mehreren Geschäften, in denen sie verkauft werden. Er geht regelmäßig mit einer Reihe von Herren auf die Jagd, aber sie jagen nur Hirsche mit großen Geweihen und Vögel mit hellen Federn. Andere Leute jagen wegen der Pelze in weit entfernten und einsamen Orten, das sind Leute mit dicken Mützen und langen Bärten. Papa kauft ihnen dann die Felle ab.

„Das war eigentlich das Geschäft von deinem Großvater, er hat damit angefangen“, erklärt Frau Nowak, während sie die Laken bügelt und dabei die Hängesäckchen unter ihren Oberarmen hin und her schwanken. „Der Vater von deiner Mutter, Herr Schneider ...“

„Aber der ist jetzt tot.“

„Ja, den hast du nie kennengelernt. Das war ein guter Mann, aber mit einer strengen Frau. Der älteste Bruder von deiner Mutter ist jetzt der große Herr im Geschäft.“

„Und wo wohnt der?“

„In Paris, glaube ich, und der jüngste, Konrad, hat das Geschäft in Spanien übernommen, aber wo der andere ist, weiß ich nicht.“

„Und Papa ist jetzt hier, in Königsberg?“

Frau Nowak tauscht zuerst die Bügeleisen aus. Sie stellt das schwere Eisen auf den Ofen, wickelt sich den dicken Lappen wieder fest um die Hand und nimmt das andere Eisen. Sie spuckt auf die untere Fläche, um zu sehen, ob sie schon heiß genug ist. Spucken ist ein Zeichen von schlechten Manieren, aber das sagt Hildegard Frau Nowak nicht. Wenn es zischt, ist das Eisen heiß genug. Für die Laken muss das Bügeleisen sehr heiß sein.

„Deine Mutter ist das jüngste Kind und die einzige Tochter. Nachdem sie deinen Vater geheiratet hat, haben die beiden zunächst bei deinen Großeltern hier in Königsberg gewohnt und dein Vater hat gelernt, wie der Pelzhandel funktioniert. Dann hat ihn dein Großvater nach Sankt Petersburg geschickt, um auch dort ein Geschäft zu eröffnen. Das war, kurz bevor du geboren wurdest."

„Mama wollte schon lange nach Königsberg zurückkommen, lange bevor die Bolschewisten so wütend auf die Adligen geworden sind", erzählt Hildegard.

„Och, dein Vater wollte sicher seine neuen Fabriken und Läden nicht im Stich lassen." Jetzt müssen erst wieder die Bügeleisen ausgetauscht werden – sie werden immer so schnell wieder kalt. „Dein Vater ist ein guter Mann. Es ist nur schade, dass ..."

„Was ist schade, Frau Nowak?"

„Ach, lass gut sein."

„Frau Nowak, wie sieht so ein Bolschewist eigentlich aus?"

„Na, woher soll ich das denn wissen? Fellmütze, sicher, ein schwarzer Bart? Nein, frag doch lieber deinen Vater."

Ihr Vater runzelt jedoch nur die Stirn. „Wie kommst du denn nur auf so eine Frage?"

„Macht es dir Spaß, ein Pelzhändler zu sein, Papa?", fragt sie.

Er zuckt mit den Schultern. „Es ist ein gutes Leben, Hildegard. Ich will nie wieder arm sein."

In der Stunde vor dem Abendessen darf Hildegard ihre Mutter besuchen. Sie und Nanny essen zunächst allein zu Abend, dann badet Nanny sie und zieht ihr das Nachthemd und Pantoffeln an, bevor sie leise an Mamas Tür klopfen darf.

Ihre Mutter ist in ihrem Boudoir. In die hölzernen Möbel sind kleine, vergoldete Bilder geschnitzt und die Kissen sind glatt gestrichen und glänzen. Für Hildegard ist dies das schönste Zimmer im ganzen Haus.

Wenn ihre Mutter abends ausgeht oder Papa und Mama eine Soiree im Haus haben, ist das Zimmermädchen damit beschäftigt, ihrer Mutter beim Anziehen zu helfen und ihre langen Haare zu frisieren. Dann darf Hildegard die Juwelen ihrer Mutter anfassen, die in dem Tresor mit der schweren Tür liegen. Langsam lässt sie die lange Perlenkette über die Finger gleiten. „Vorsicht, lass sie nicht fallen. Und sorge dafür, dass alles wieder in sein eigens dafür vorgesehenes Samtsäckchen zurückkommt."

Die Perlen kommen auch aus Japan, genauso wie Koong-se und Chang, die jetzt Tauben sind. Taucher haben sie tief aus dem Meer herausgeholt, hat ihre Mutter ihr einmal erzählt.

Manchmal bekommt Hildegard von ihrer Mutter eine Geschichte vorgelesen. Sie sitzt dann neben Mama auf einem besonderen Sofa mit goldenen Füßen. Das Sofa ist nicht groß und ihre Mutter nimmt sehr viel Platz ein, deshalb muss sich Hildegard eng an sie pressen, um auch noch aufs Sofa zu passen.

„Mama, hast du auch Angst gehabt, wenn es dunkel war und du allein warst?", fragt sie plötzlich.

Ihre Mutter wirkt verstört. „Sei nicht albern, Hildegard. Es gibt nichts, wovor du Angst haben müsstest."

Sie will ihr lieber nicht erzählen, dass sie in manchen Nächten leise aufsteht und durch das dunkle Haus in Nannys Zimmer geht. Mittlerweile kennt sie das Haus schon so gut, dass sie allein die Treppe hinuntergehen kann, dann durch den langen Speisesaal und die gruselige Küche bis zur richtigen Tür. Sie braucht nicht anzuklopfen, sondern macht sie einfach auf und steigt zu Nanny in ihr großes, warmes Bett. Manchmal wird Nanny noch nicht einmal wach, sie schnarcht ein wenig, wenn sie schläft. Früh am Morgen, wenn es noch ziemlich dunkel ist, schleicht sich Hildegard dann wieder in ihr eigenes Bett zurück, damit niemand merkt, dass sie dort nicht geschlafen hat.

Eines Abends erzählt ihre Mutter: „Dieses Haus und der Hof hier haben der Familie meiner Mutter gehört, sie haben Landwirtschaft betrieben. Aber mein Vater ist kein Landwirt gewesen. Er hat einen großen Teil der Ländereien verkauft und mit dem Geld Geschäfte und Fabriken finanziert. Dann hat er sich als Pelzhändler einen Namen gemacht und hat sehr viel Geld verdient, weil er sehr erfolgreich war." Ihre Mutter klingt stolz. „Alle meine Brüder sind auch

Pelzhändler und mittlerweile hat sich das Geschäft meines Vaters über die ganze Welt ausgedehnt."

„Papas Vater und Großvater waren Ritter mit eiserner Rüstung", sagt Hildegard.

„Vor ein paar hundert Jahren mögen die Vorfahren deines Vaters zwar Ritter gewesen sein, aber als dein Vater noch ein Kind war, hatten seine Eltern nur einen kleinen Bauernhof und kein Geld. Wenn er mich nicht geheiratet hätte, wäre er immer noch arm wie eine Kirchenmaus."

Als Nanny kurz darauf leise an die Tür klopft, um sie abzuholen und ins Bett zu bringen, ist Hildegard froh drüber.

Im Lauf der Jahre werden ihre Schularbeiten allmählich schwieriger. Hildegard muss alles über Martin Luther lernen, über den Dreißigjährigen Krieg und den Siebenjährigen Krieg („Noch ein Krieg, kannst du dir das vorstellen, Nanny?") und alles von Bismarck bis Kaiser Wilhelm II.

Manchmal spricht ihr Vater von Kaiser Wilhelm II., denn er bewundert den Kaiser sehr. „Der Kaiser hat gesagt", beginnt ihr Vater seine Sätze dann immer. Und niemand darf ihm dann widersprechen, denn der Kaiser ist rechtschaffen, untadelig, strikt, sein Wort ist Gesetz.

Manchmal beobachtet Hildegard immer noch sehnsüchtig durch das Fenster die Arbeiterkinder, die draußen Ball spielen, aber sie versteht es jetzt: Sie ist eine Adlige, eine Dame, eine, die bald elf Jahre alt wird. Wenn sie eines Tages dreizehn wird, darf sie ihre Haare zu einem Knoten zusammenstecken und gelegentlich im Speisezimmer unter den Erwachsenen essen, vielleicht sogar mit ihnen ins Theater gehen.

Doch im Augenblick ist sie noch zehn, und wenn die Dunkelheit zu duster wird, wartet immer noch Nannys warmes Bett auf sie.

Draußen ist es noch finster und sie weiß nicht, wie spät es ist. Neben sich fühlt sie Nannys weichen, warmen Körper. Sie muss eingeschlafen sein. Das war ein Fehler, denn in Nannys Bett sollte sie nicht einschlafen. Sie kuschelt sich noch eine oder zwei Minuten fest an Nannys Rücken. Nanny atmet ein und aus und macht dabei immer ein leises Schnarchgeräusch, das sich anhört, als würden kleine Ferkelchen zufrieden an ihrer großen Schweinemutter herumnuckeln.

Schließlich steht Hildegard auf und geht auf Zehenspitzen zur Tür. Der Boden knarrt, aber das macht gar nichts, denn Nanny hört nicht mehr so gut. Leise zieht sie die Tür von Nannys Zimmer hinter sich zu und schleicht durch die Küche und das Esszimmer zur Treppe im Eingangsportal.

Plötzlich öffnet sich die Haustür. Hildegard zuckt zusammen und bleibt wie angewurzelt stehen.

Ihr Vater kommt herein. Er schaltet das Licht an und der Eingangsbereich ist mit einem Mal blendend weiß. Er hängt seine Jacke und seinen Hut an die Garderobe.

Noch immer steht Hildegard wie versteinert da, das Herz schlägt ihr bis zum Hals.

Dann dreht sich ihr Vater um und sieht aus, als wäre auch er erschrocken. „Hildegard?"

„Ich … gehe jetzt in mein Zimmer." Ihre Stimme hört sich seltsam an, sie blinzelt mit den Augen wegen des grellen Lichtes.

„Wo bist du gewesen?"

„In Nannys Zimmer. Ich … ich hatte Halsschmerzen."

Das ganze Gesicht ihres Vaters sieht streng aus und seine Augen wirken kalt. „Geh jetzt auf dein Zimmer."

Sie rennt die Treppe hinauf und den Gang hinunter bis zu ihrem Zimmer. Dort zieht sie sich die Federdecke über den Kopf, rollt sich zu einem kleinen Bündel zusammen und kneift die Augen zu. Wild pumpt ihr Herz das Blut durch ihren ganzen Körper. Sie betet, aber nirgendwo fühlt sie die Hand des Herrn Jesus. Denk an eine Geschichte oder sing in deinem Kopf ein paar Lieder, sagt sie zu sich selbst.

Doch das Gesicht und die Stimme ihres Vaters wollen nicht verschwinden.

Ihr Vater wird mit Nanny reden, sie weiß, dass er es tun wird. Und Nanny weiß nichts davon, dass sie furchtbare Halsschmerzen gehabt hat, Nanny weiß noch nicht einmal, dass sie bei ihr unter die

Decke gekrochen ist. Nanny hat einfach weitergeschlafen, als Hildegard sich an ihren Rücken gekuschelt und ihre Arme um Nannys weichen Körper geschlungen hat.

Später wird ihr Vater sie in sein Studierzimmer zitieren. Er wird böse sein, nicht nur, weil sie in Nannys Zimmer geschlichen ist, sondern auch, weil sie ihn deswegen angelogen hat. Sie wird sagen, dass sie tatsächlich Halsschmerzen gehabt hat, aber weil Nanny geschlafen hat, hat sie es ihr nicht sagen können. Niemand wird wissen können, ob sie damit lügt oder nicht.

Doch wenn ein Mensch lügt, dann weiß das der Herr.

Plötzlich fragt sie sich, wo ihr Vater wohl gewesen ist, dass er so früh am Morgen mit seinem vornehmen Abendanzug in der Tür steht.

Pünktlich um acht Uhr kommt Frau Faber, so wie jeden Morgen. Sie lesen und schreiben. Vor lauter Angst hat Hildegard Bauchschmerzen. Wann wird ihr Vater sie in sein Studierzimmer rufen lassen?

Sie rechnen. Wird Papa ihr die Geschichte mit den Halsschmerzen glauben? Muss sie so eine Lüge erzählen?

„Hildegard, passt du auf?"

„Ja, Frau Faber."

Um halb elf klopft eines der Küchenmädchen an die Tür und bringt ihnen belegte Brote, Milch für Hildegard und Tee für Frau Faber. Davon, dass Hildegard ins Studierzimmer kommen soll, sagt sie nichts.

Die beiden fangen wieder an zu arbeiten – Frau Faber erzählt ihr, dass die Erde rund ist, so wie eine große Pampelmuse, während die Sonne so etwas wie ein stillstehender Kürbis ist –, dann hört Hildegard, dass ihr Pferdewagen vor der Eingangstür anhält. Sie hofft, dass es ihr Vater ist, der irgendwo hinmuss. Vielleicht ist er dann nicht mehr so böse wegen heute Morgen.

Zwei Küchenmädchen kommen aus dem Haus, sie tragen Säcke, eine Reisetasche und eine Hutschachtel.

Hildegard runzelt die Stirn. Wer wird denn …?

„Hildegard!"

„Ich höre Ihnen zu, Frau Faber."

„So, dann schau dir einmal die Erde an. Ich frage dich: Wo, denkst du, scheint die Sonne am heißesten? Am Äquator oder hier oben am Nordpol?"

Aus den Augenwinkeln sieht Hildegard, wie jemand aus der Eingangstür kommt und mit Hilfe einer kleinen Trittleiter auf den Pferdewagen klettert. Sie denkt nicht nach, sondern springt auf und rennt ans Fenster.

Das ist Nanny.

Sie fliegt geradezu los und rennt die Treppe hinunter, dabei nimmt sie zwei Stufen mit einem Schritt. „Hildegard!", hört sie die Stimme von Frau Faber hinter sich.

Doch jetzt gibt es nichts Wichtigeres. „Nanny! Nanny!"

An der Eingangstür ergreift ihr Vater sie beim Arm und hält sie fest. „Hildegard!"

Sie schüttelt sich und ruckt hin und her. „Lass mich los!" Ihre Beine treten wild um sich, ihr freier Arm schlägt auf ihren Vater ein. „Aua! Lass mich los! Du tust mir weh! Lass mich los!"

Doch die Finger ihres Vaters halten sie wie Stahlklammern fest. Mit seiner anderen Hand schließt er die Eingangstür. „Benimm dich, Hildegard."

„Ich möchte Nanny wiederhaben!"

„Geh zurück in dein Schulzimmer und mach deine Arbeit."

„Das werde ich nicht tun!" Sie kann ihre Stimme nicht unter Kontrolle bringen, auch nicht die Tränen, die ihr wie Rinnsale über die Wangen laufen. „Das werde ich nicht tun, das werde ich nicht! Nie wieder werde ich in dieses Schulzimmer gehen, bis Nanny zurückgekommen ist."

Das Gesicht ihres Vaters ist bleich, seine Augen sind eisblau. „Miss Jones wird nicht mehr zurückkommen. Ab morgen bekommst du ein Zimmermädchen, das dir zur Verfügung steht."

Hildegard spürt, wie ihre Tränen festfrieren und ihr Herz kalt wird. Sie fühlt, wie ihr Gesicht ebenfalls kalt wird und ihre Augen eisblau. „Wenn Nanny nicht mehr zurückkommt, dann werde ich dich für immer und ewig hassen", erwidert sie bedächtig.

Ihr Vater presst die Lippen zusammen. „Keine Dame benimmt sich so gegenüber einem Herrn, Hildegard. Hör auf mit deiner kindischen Ungehobeltheit und geh auf dein Zimmer."

Nun ist ihre Welt finster geworden – und kalt. Sie kann ihre Aufgaben nicht lesen, weil ihre Kehle voller Schmerz ist. Beim Rechnen verschwimmen die Aufgaben vor ihren Augen, ständig wirft sie einen kurzen Blick auf das große Tor am Ende der Einfahrt.

„Nein, um Himmels willen, Hildegard, konzentriere dich endlich!“, schimpft Frau Faber.

In der Musikstunde hat Meister Schroeder noch weniger Geduld, ärgerlich schlägt er ihr mit dem Zeigestock auf die Finger. „Bekommst du eigentlich mit, wie du dich anhörst? Wie ein Elefant, der mit seinen Dreckfüßen über die Noten trampelt! Fühle die Musik, mein Kind. Sie ist leicht, so wie fallende Blätter oder Schneeflocken.“

Die Tränen stauen sich hinter ihren Augen, das Notenblatt verschwimmt, die schwarzen und weißen Tasten fließen ineinander. „Geh, putz dir die Nase und wasch dir die Hände“, fordert Meister Schroeder sie auf.

Das Essen bleibt ihr in der Kehle stecken. Als sie es endlich hinuntergeschluckt hat – denn Madame Dubois ist sehr streng –, fühlt es sich an, als hätte ihr jemand das Essen nach unten in den Magen gedrückt. „Nanny hätte mir niemals so viel aufgetan“, wagt sie eines Mittags einen Versuch.

„Nanny ist weg, iss deinen Teller leer“, erwidert Madame Dubois. „Da“, und sie gibt Hildegard trotzdem ein Plätzchen.

Aber Plätzchen helfen nicht. Und der kleine Teddy ist auch nicht so warm wie der von Nanny.

Nur Frau Nowak hört ihr wirklich zu. Sie schöpft mit der Hand etwas Seifenschaum. „Du liebe Güte, du armes, kleines Ding. Komm her, dann mache ich dir einen Nikolausbart.“

Als ob das helfen würde.

Die Nächte sind am schlimmsten. Hildegard möchte nicht ins Bett gehen, denn zwischen den Laken wartet schon die Angst auf sie. Schlafen will sie nicht, denn dann kommen vielleicht die Träume. Und es gibt niemanden, dem sie sie erzählen kann, niemanden, der sie festhält. Der Bauch tut ihr weh und auch ihr Herz schmerzt, sehr sogar.

Selbst tagsüber denkt sie nur an Nanny. Es gibt so viel, was sie noch mit Nanny besprechen wollte, was sie nur Nanny fragen kann, zum Beispiel warum die Dienstmädchen mit den Augen rollen und sich plötzlich in Schweigen hüllen, sobald sie ein Zimmer betritt.

Sie ist Nannys Töchterlein, Nanny hat keine anderen Kinder. Das hat sie selbst zu Hildegard gesagt. „Ich habe dich deshalb so lieb, weil du mein Töchterlein bist“, hat Nanny immer gesagt.

Sie möchte Nanny nach der Hand des Herrn fragen und nach dem Tod, möchte von ihr etwas über das Knoblauchsäckchen wissen, das Frau Nowak um den Hals trägt, und warum ihre Oberarme immer so schwabbeln, wenn sie sich bewegt. Sie möchte wissen, ob die Geschichte von Bileam und seinem Esel wirklich wahr ist und wie weit der Mond von der Erde entfernt ist.

„Wo wohnt Nanny denn jetzt?“, fragt sie nach einer Woche.

„Sie ist zurück nach England gezogen. Dort wird sie bei einer anderen Familie wohnen und auf deren Kinder aufpassen“, antwortet Frau Nowak und wischt sich mit einem großen, ausgebleichten Taschentuch den Schweiß von der Stirn.

Da ist Hildegard mit einem Mal nicht mehr traurig, sondern wütend. Wütend auf ihren Vater. Das ist alles seine Schuld, alles. Er denkt vielleicht, er sei groß und schlau, aber sie weiß, dass er eine dumme Entscheidung getroffen hat. So etwas würde sie ihren Kindern niemals antun.

Können Erwachsene dumme Entscheidungen treffen?

Ja, das können sie, entscheidet Hildegard. Denn sie wissen auch nicht immer alles.

Vielleicht sollte sie von jetzt an ihre eigenen Entscheidungen treffen. Vielleicht weiß sie besser, was gut für sie ist.

Aber ob ihr Vater das zulassen würde, das weiß sie nicht. Er ist furchtbar streng. Auf Nanny ist sie auch stinksauer. Denn wenn Nanny sie wirklich lieb gehabt hätte, so wie ihr eigenes Töchterlein, dann hätte sie sie niemals, niemals im Stich gelassen und sie wäre auch nicht nach England zurückgegangen, um dort auf andere Kinder aufzupassen.

Sie ist wütend auf sie. Wütend, wütend.

Und trotzdem …

Ihr fällt noch so viel ein, was sie Nanny gern gefragt hätte.

2. Kapitel

Draußen scheint die Sonne hell und freundlich und Hildegard steht am Fenster. Hinter ihr ist es still im Zimmer. Ihre Spielsachen sind nur leblose Objekte.

Unten vor dem Haus sieht sie zwischen den Blumen den alten Gärtner. Mühsam bückt er sich, pflückt die verwelkten Blüten von den Pflanzen und wirft sie in einen Korb.

Plötzlich erscheint zwischen den Bäumen ein Arbeiterkind. Als der Junge über die Rasenfläche hinter einem Ball herrennt, richtet sich der Gärtner auf und hebt drohend den Finger – die Arbeiterkinder dürfen nicht in den Vorgarten kommen.

Doch der Junge lacht nur und streckt ihm die Zunge heraus.

Hildegard zuckt zusammen. Das darf er doch nicht tun, hat er denn gar keine Manieren?

Plötzlich blickt der Junge auf und schaut direkt zum Haus. Als er sie hinter der Fensterscheibe sieht, winkt er ihr fröhlich zu. Dann wirft er sich herum und rennt davon.

Nun geht der Gärtner wieder seiner Arbeit nach, bückt sich und schneidet noch weitere verdorrte Blüten ab.

Hildegard bleibt am Fenster stehen und denkt, dass der Junge vielleicht wieder zurückkommt. Doch das tut er nicht.

Als sie am nächsten Nachmittag wieder am Fenster steht, ist der Vorgarten leer und niemand ist zu sehen, nicht einmal der Gärtner.

Sie wartet lange, jeden Nachmittag.

Erst nach einer Woche sieht sie den Jungen wieder. Er kommt zwischen den Bäumen hervor, schaut sich um, läuft dann bis zur Mitte des Vorgartens und sieht sich noch einmal um.

Vorsichtig hebt Hildegard ihre Hand und der Junge grinst sie an. Er bedeutet ihr mit den Armen, dass sie herunterkommen soll, dann dreht er sich um und rennt weg.

Einen Augenblick lang bleibt Hildegard unschlüssig stehen und kaut auf ihrer Unterlippe herum. Nanny hätte ihr das niemals erlaubt.

Doch Nanny ist ja fort und so muss sie selbst entscheiden, was sie tun will. Bedächtig geht sie die breite Treppe hinunter. Aus der Küche dringt der Geruch von gebratener Ente mit Zwiebeln zu ihr hinüber. Als Hildegard die Hintertür aufschiebt, knarrt sie. Hier, hinter dem Schuppen, sieht sie seinen Arm, der sie um die Ecke winkt.

Er ist kleiner, als sie vermutet hat. Neben ihm steht ein Mädchen, das sich ein Tuch um die Haare gebunden hat. Es ist ein bisschen älter, vielleicht so alt wie Hildegard selbst.

„Möchtest du mit uns spielen?", fragt der Junge auf Polnisch.

Hildegard antwortet nicht, sie ist unsicher.

„Hey, du, willst du nun mit uns spielen oder nicht?"

Hildegard nickt.

„Gut. Dann stell dich da an den Baum und halte dir die Augen zu. Wir verstecken uns in der Zeit."

Als sie noch sehr viel kleiner war, haben sie und Nanny in ihrem Zimmer und im Spielzimmer auch Verstecken gespielt, manchmal sogar auf dem Flur, aber nie woanders. Als sie die Augen wieder öffnet, sind die beiden anderen verschwunden.

Hildegard hat keine Ahnung, wo sie suchen soll. Deshalb schlendert sie zu den Hundehütten und zum Schweinepferch. „Hast du zwei Kinder gesehen, die sich verstecken?", fragt sie einen Arbeiter, der schweigend zu ihr hinüberschaut.

„Zwei Kinder, sie verstecken sich. Wo sind sie?", fragt sie auf Polnisch.

„Ach, du meinst Ivan und Maria?", lacht der Mann und zeigt auf den Pferdestall. Dabei sieht sie, dass er keine Schneidezähne mehr hat.

Der magere junge Mann, der den Pferdestall ausmistet, schüttelt nur den Kopf. Er sagt kein Wort.

Als sie die Kinder nach einer Weile nicht gefunden hat, geht sie zum Haus zurück.

Jetzt kommt sie sich noch einsamer vor als vorher, als sie noch im Haus gewesen ist.

Seit Nanny fort ist, ist Fräulein Kasia ihr Zimmermädchen. Morgens bringt sie Hildegard einen Krug mit warmem Wasser, hilft ihr beim Waschen und Anziehen und flicht ihr dann Zöpfe. Manchmal hilft sie Hildegard auch dabei, ihr Nachthemd anzuziehen, und dann bürstet sie ihr das Haar hundert Mal, damit es glänzt. Sie schüttelt das Federbett auf und legt ihr an kalten Abenden Wärmflaschen zwischen die Laken.

Aber sie deckt Hildegard nicht zu, wenn sie im Bett liegt.

„Wie ich gesehen habe, hast du mit den Enkeln von Frau Nowak gespielt. Du musst dich von ihnen fernhalten."

„Den Enkeln von Frau Nowak?"

„Ivan und Maria. Das sind ungezogene Kinder, sehr ungezogen. Vor allem Ivan."

„Und Frau Nowak ist ihre Oma?", fragt Hildegard überrascht.

„Zieh dir jetzt deine Pantoffeln an."

„Sie wollten mit mir Verstecken spielen, aber ich habe sie nicht gefunden."

„Sie verstecken sich immer im Heu im Stall, Franz hätte es dir sagen können. Aber der redet nicht, wenn es nicht unbedingt sein muss."

„Und wer ist Franz?"

„Der Stallknecht, er kümmert sich um die Pferde. Geh jetzt ins Zimmer von Frau von Plötzke, ich mache dein Bett. Aber von Ivan musst du dich fernhalten. Herr von Plötzke wird wütend, wenn er dich mit ihm erwischt."

Ich kann machen, was ich will, denkt sich Hildegard. Mein Vater hat Nanny unbedingt wegschicken müssen und jetzt gibt es eben niemanden mehr, der auf mich aufpasst. Deshalb kann ich tun und lassen, was ich will.

☙

„Hildegard, ab nächster Woche gehst du zusammen mit zwei anderen Mädchen in die Schule", eröffnet ihr Vater ihr eines Nachmittags.

„Zwei andere Mädchen?"

„Eines von ihnen ist die Enkelin von Herrn Baron Müller, ich glaube, du kennst sie bereits."

„Meinst du Brigitte?"

„Kann sein. Ich kann mir Namen nicht so gut merken."

„Ja, Papa, du meinst Brigitte. Sie ist nicht besonders groß und ziemlich rund und trägt ihr Haar immer zu festen Locken frisiert. Ich kenne sie. Und wer ist das andere Mädchen?"

„Es heißt Antje Schmidt."

„Ist ihr Vater auch ein Baron?"

Ihr Vater runzelt die Stirn. „Nein, sie ist die Tochter eines Polsterers. Und ... es ist auch nicht wichtig, ob einer einen Adelstitel hat oder nicht, ihr Vater ist jedenfalls ein guter Mann. Das Mädchen ist ein schlaues Kind, du wirst ihr guttun."

„Ja, Papa."

Am nächsten Nachmittag sagt Hildegard zu Frau Nowak: „Antje meint, dass sie hier das Sagen hat. Und Brigitte ist unfreundlich, sie spricht oft kein Wort."

Frau Nowak legt das schwere Eisen zurück auf den Ofen und reibt sich den Rücken. „Ach ja, vielleicht ist sie auch nur etwas schüchtern."

„Wer? Brigitte? Mir kommt sie eher ziemlich kratzbürstig vor." Hildegard beißt noch einmal in das Brot, das Madame Dubois ihr gemacht hat. „Sie schaut uns immer so komisch von der Seite an."

„Ach ja, das arme Ding. So ganz ohne Mutter."

„Ist ihre Mutter gestorben?"

„Nein, weg."

„Wie ‚weg', was heißt das, Frau Nowak?" „Na, weg eben. Schon seit Langem." Frau Nowak spritzt mit ihren Fingern Wasser auf die blütenweißen Laken.

„Oh. Und was ist mit ihrem Vater? Ist er gestorben?"

Frau Nowak macht eine wilde Handbewegung und schüttelt den Kopf. „Nein, lass uns lieber nicht darüber sprechen. Du darfst nicht ... es ist ... nein, nein, am besten fragst du gar nicht erst danach." Sie nimmt das nächste Eisen vom Ofen und fährt mit dem Bügeln fort.

„Warum denn nicht, Frau Nowak?"

„Iss jetzt dein Brot." Als das Bügeleisen auf das nasse Laken trifft, zischt es.

„Und was ist mit Antje Schmidt?"

Frau Nowak kennt sie alle – sie weiß manchmal mehr über einen Menschen, als der selbst über sich weiß, sagt Kasia immer. „Sie ist ein schlaues Köpfchen, wie ich höre. Ihr Vater ist aber eine ziemliche Schlafmütze."

„Papa sagt, er sei Polsterer."

„Ja, na." Während der abendlichen Besuchsstunde fragt Hildegard ihre Mutter vorsichtig: „Mama, wo ist eigentlich Brigitte Müllers Vater?" Ihre Mutter ist gerade damit beschäftigt, sich Sahne ins Gesicht zu schmieren, denn heute Abend geht sie nicht aus. Ihre Hand hält mitten in der Bewegung inne. Durch den Spiegel wirft sie einen Blick auf Hildegard. „Tot", antwortet sie nach einer Weile.

„Tot? Bist du dir da sicher? Und ... äh ... ihre Mutter?"

Als sich ihre Mutter umdreht, glänzt ihr Gesicht fettig und die Haare hat sie sich mit einem Tuch nach hinten gebunden. Hildegard bemerkt, dass der Haaransatz an ihrer Stirn immer grauer wird. „Ich habe gewusst, dass bei diesem gemeinsamen Zur-Schule-Gehen nichts Gutes herauskommen würde", hört sie dann ihre Mutter sagen. „Aber dein Vater will ja nicht hören."

Später an diesem Abend hört Hildegard, wie ihre Eltern laut miteinander streiten. Normalerweise presst sie in solchen Fällen den Kopf tief in ihr Kissen, aber heute Abend hört sie ihren Namen.

„Ich möchte nicht, dass sich Hildegard mit jedem Hanswurst und seinesgleichen herumtreibt!", schimpft ihre Mutter. „Als ob die außereheliche Enkelin von Baron Müller nicht schon genug wäre – aber jetzt auch noch dieses Kind aus der Arbeiterklasse?"

Ihr Vater schimpft nicht, aber sein Tonfall ist kalt und hart. „Herr Schmidt ist ein ehrbarer Mann, der hart arbeitet, um seiner Familie das Beste zu geben, was er ihr geben kann."

„Ein ehrbarer Mann?", tönt die Stimme ihrer Mutter durch den Raum. „Was weißt du schon von Ehrbarkeit, Wolfgang von Plötzke? Glaubst du etwa, die Dienstmädchen lachen nicht hinter deinem Rücken über dich? Komm du mir nicht und erzähle mir etwas von Ehrbarkeit! Du mit deiner kleinbürgerlichen Familie, mit deiner ..."

„Ist dir eigentlich schon einmal aufgefallen, Charlotte, dass du mittlerweile auch nicht mehr Gefühle hast als ein Eisblock?"

„Ach, jetzt ist auf einmal alles meine Schuld? Wolfgang von ..."

Hildegards Magen zieht sich zu einem Knoten zusammen. Sie hält sich die Ohren zu und presst den Kopf ins Kissen. Die Worte werden zwar leiser, aber die Stimmen gehen ihr immer noch durch Mark und Bein.

Am Sonntag nach Hildegards elftem Geburtstag sind Baron Langner und seine Frau bei ihren Eltern zum Essen eingeladen. Hildegard kennt die beiden gut. Sie sind schon älter und wohnen auf dem Gutshof direkt neben dem ihrer Eltern. Frau Langner streicht Hildegard zur Begrüßung über die Haare und drückt ihr eine Süßigkeit in die Hand. „Ein wunderbares Kind", sagt sie und lächelt freundlich zu Hildegard herab.

Heute hat Frau Langner auch noch ein Päckchen dabei. „Alles Gute zum Geburtstag", sagt sie und drückt Hildegard fest an sich.

Dabei kommt urplötzlich der ganze Schmerz in Hildegard wieder hoch. Sie würde gern ihre Arme um Frau Langners weichen Körper schlingen und sich eng an sie kuscheln. Doch da hat Frau Langner sie schon wieder losgelassen.

„Sag ‚Danke schön', Hildegard", hört sie die Stimme ihrer Mutter.

„Danke schön, Frau Langner."

Frau Langner wendet sich dem jungen Mann neben sich zu. „Das ist unser Enkelsohn Gustav. Er studiert hier und wohnt so lange bei uns. Unsere Tochter und ihr Mann leben in Deutsch-Südwestafrika. Und Gustav ist hier, um an der Universität von Königsberg Recht zu studieren."

Der junge Mann begrüßt zuerst Hildegards Eltern, wobei er die Hacken zusammenknallt und leicht seinen Kopf neigt. Er ist ein bisschen kleiner als Hildegards Vater, der allerdings ein sehr großer Mann ist. Dann dreht sich der Student um und lächelt Hildegard freundlich an. Er hat schneeweiße Zähne und graue Augen, sein Gesicht ist sonnengebräunt und seine Haare müssten gekämmt werden. „Ich hoffe, du hast einen schönen Geburtstag gehabt", sagt er und überreicht ihr auch ein Päckchen.

Hildegard fühlt sofort, dass es ein Buch ist. „Vielen Dank, ich lese gern."

Er lacht. „Nein, nein, wenn du dieses Buch lesen willst, wirst du deine Schwierigkeiten bekommen."

„Oh", erwidert sie ein wenig verlegen. Ein Buch, das man nicht lesen kann?

„Kommen Sie, wir gehen hinein", fordert Hildegards Vater seine

Gäste auf und hält Frau Langner galant seinen Arm hin. Hildegards Mutter legt ihre behandschuhte Hand auf den Arm von Baron Langner.

Der junge Mann verneigt sich wieder kurz und hält Hildegard den Arm hin. „Sollen wir auch hineingehen, Fräulein von Plötzke?"

Hildegard spürt, wie ihr Gesicht warm wird und ihr das Blut vom Hals bis in die Haarwurzeln schießt. Sie klemmt sich die beiden Päckchen unter den einen Arm und streckt den anderen unsicher aus, um ihn auf den Arm des jungen Mannes zu legen. Doch eines der Päckchen rutscht ihr weg und fällt vor die Treppe, die hinauf zum Eingangsportal führt.

Der junge Mann bückt sich, hebt das Päckchen auf, nimmt dann auch das andere Päckchen und hält ihr wieder seinen Arm hin. Er lächelt verlegen. „Mann, ich denke auch nicht mit, oder? Ich hätte die Päckchen gleich nehmen sollen, ich weiß nicht, wo meine Manieren geblieben sind. Verzeihst du mir noch einmal?"

„Das ... gut. Danke."

Sie legt die Hand auf seinen Arm, hebt das Kinn und geht neben ihm die Treppe hinauf. Dabei kommt sie sich vor wie eine Erwachsene, beinahe wie eine Prinzessin, und ihr Gesicht glüht immer noch.

Im Eingangsportal wendet sich Hildegards Vater ihr zu: „Danke, Hildegard. Du bist entschuldigt." Er wartet, bis sie gegangen ist.

Das ist wie ein Eimer kaltes Wasser mitten ins Gesicht, über ihr Sonntagskleid und ihren Hut mit den Blumen darauf und ihre weißen Schuhe. Sie dreht sich um und marschiert geradewegs aus der Eingangshalle hinaus. An der Treppe angekommen, stürmt sie mit großen Schritten die Stufen hinauf. Dann wirft sie ihre Zimmertür hinter sich zu und lässt sich auf ihr Bett fallen.

Sie ist wütend. Sie könnte heulen, so wütend ist sie. Heute hat ihr Vater sie so behandelt, als wäre sie ein sechsjähriges Kind. Er hat sie vor den Leuten gedemütigt, vor dem ehrenwerten Baron Langner mit seiner Uhrenkette vor dem Bauch und seinem Spazierstock in der Hand, vor der liebenswürdigen, sanften Frau Langner und vor dem freundlichen jungen Mann, der ihr seinen Arm angeboten hat und dafür gesorgt hat, dass sie sich wie eine Erwachsene vorgekommen ist.

Die Tränen laufen ihr über die Wangen. Noch nie im Leben ist sie so behandelt worden.

Ohne die Schuhe auszuziehen, schlüpft sie unter ihre Federdecke und zieht sie sich über den Kopf. Mit aller Macht kämpft sie gegen die Tränen an – sie will jetzt auf keinen Fall weinen.

Nach einer Weile ruft Kasia nach ihr. „Warum kommst du nicht zum Essen?"

„Ich habe keinen Hunger."

„Komm doch trotzdem zum Essen. Madam Dubois hat mich geschickt."

Weil Madame Dubois keinen Spaß versteht, bei niemandem, läuft Hildegard also wie eine Schlafwandlerin hinter Kasia her in die Küche.

Als sie gerade mit dem Essen fertig ist, geht auf einmal die Küchentür auf. „Bei wem muss ich mich denn für das vorzügliche Essen bedanken?", fragt der junge Mann.

Madame Dubois sieht sehr zufrieden aus.

„Aha, und du bist auch hier, Hildegard. Hast du schon das Päckchen aufgemacht, das ich dir mitgebracht habe?"

Hildegard merkt, wie ihr Gesicht ein bisschen warm wird. „Ich … ich habe dazu noch keine Zeit gehabt."

„Es ist ein Briefmarkenalbum, mit dem entsprechenden Klebstoff und den Aufklebern. Weißt du, wie so etwas funktioniert?"

Hildegard schüttelt den Kopf.

„Geh es schnell holen, dann zeige ich es dir."

Sie rennt wieder die Treppe hinauf, wobei sie zwei Stufen auf einmal nimmt, doch ihr Herz fühlt sich diesmal ganz anders an. Irgendwie erleichtert. Und unerklärlich glücklich.

Auf dem Küchentisch schlägt er das Album auf. Seine Hände sind so braun gebrannt wie sein Gesicht, seine Nägel sind kurz und gerade geschnitten. Er deutet auf die feinen Linien auf den Seiten und auf die kleinen Aufkleber, die in der Mitte geknickt und hinter die Briefmarken geklebt werden müssen. Dann sucht er in seinen Taschen und bringt eine seltsame Briefmarke zum Vorschein. Sie ist blassrot mit einem schwarzen Segelschiff darauf. Darüber steht „Deutsch-Südwestafrika" und darunter „25 Pfennig". Er dreht die Briefmarke um, faltet einen der kleinen Aufkleber in der Mitte, lässt ein Tröpfchen von dem Klebstoff darauffallen und klebt die Marke vorsichtig in das Album, genau oberhalb der Linie.

Dann presst er die Briefmarke mit der Hand fest auf das Papier. Vorsichtig streichen seine Finger über die Marke. „Die kommt aus meiner Heimat, aus Deutsch-Südwest. Sie klebte auf dem ersten Brief, den ich von zu Hause bekommen habe."

Hildegard schaut auf. Seine Stimme klingt tief und hört sich auf einmal merkwürdig an. „Hast du Sehnsucht nach deinem Land?"

Er betrachtet sie und sie bemerkt, dass nun seine grauen Augen nicht mehr so lächeln wie zuvor. „Ja, Hildegard, ich habe Sehnsucht nach meinem Land und meinen Leuten dort."

„Ist dein Land weit weg?"

Er nickt bedächtig. „Sehr weit."

Sie holt tief Luft. „Ich habe Sehnsucht nach meiner Nanny, die jetzt nicht mehr da ist. Jeden Tag und jede Nacht sehne ich mich nach ihr. Sie ist wieder in England. Das ist auch weit weg."

Er sieht sie mit Augen an, aus denen Verstehen spricht. „Ja, das ist auch weit weg. Sehr, sehr weit weg."

Am Samstag herrscht draußen ein fahles Licht, die Landschaft und die Wolken haben dieselbe Farbe, grauer Nieselregen fällt vom Himmel. Drinnen knistert das Feuer im Kamin rot und warm. Gegen elf Uhr ist das Spielzimmer so bedrückend heiß, dass die Fensterscheiben beschlagen sind und die Mauern einem näher zu kommen scheinen. Hildegard hält es drinnen nicht länger aus.

Sie schlendert nach draußen, aber nirgendwo ist eine Menschenseele zu sehen.

Die Stalltür steht einen Spalt weit offen. Hildegard geht näher heran und macht die Tür vorsichtig etwas weiter auf. Drinnen erwartet sie ein warmes Halbdunkel. Es riecht nach frisch gemähtem Gras und Pferdemist.

Da bemerkt sie den Stallknecht, den Jungen mit den langen, dünnen Beinen. Er hat eine flache Bürste in der Hand und bürstet ein Pferd ab. Dann entdeckt er sie auch, schlägt aber sofort die Augen nieder. Er spricht kein Wort, sondern fährt einfach mit seiner Arbeit fort.

„Du heißt Franz, stimmt's?"
Er nickt.
„Hier drinnen ist es ganz schön warm."
Wieder nickt er. Leise und zufrieden wiehert das Pferd.
„Dem Pferd macht das bestimmt Spaß, wenn du es so abbürstest, nicht wahr?"
Wieder ein Nicken.
„Darf ich es auch einmal versuchen?"
Er schaut auf. Seine Augen sind wachsam, jedoch nicht unfreundlich. Plötzlich macht er einen Schritt zurück und streckt ihr die Bürste hin. Du darfst nur nicht hinter dem Pferd vorbeilaufen, bedeutet er ihr mit den Händen.
Hildegard bürstet eine Weile. „Wie heißt denn das Pferd?", fragt sie.
Aber er antwortet ihr nicht.
Als sie das Pferd gründlich abgebürstet hat, gibt sie ihm die Bürste zurück. „Danke. Ich würde gern wiederkommen und dir helfen, wenn ich gerade nichts zu tun habe."
Er sieht unsicher aus, trotzdem nickt er.
Als sie weggeht, erwidert er ihren Gruß nicht.
„Warum redet der Stallknecht eigentlich nicht?", will Hildegard von Kasia wissen, als sie in der Küche ist.
„Wer, Franz? Ach, der ist ein bisschen beschränkt. Und du solltest nicht in den Stallungen herumhängen, du weißt ja, was Herr von Plötzke dazu sagen würde."
„Kann er denn überhaupt reden?"
„Hör jetzt auf, über Franz zu sprechen."
Seitdem geht Hildegard regelmäßig zur Mittagszeit in den Stall. Der Stallknecht Franz ist immer dort, fegt, schrubbt den Boden oder verteilt das Heu auf die Tröge. Manchmal hilft sie ihm, ein Pferd zu striegeln. Dabei lernt sie die Pferde kennen, nach einer Weile weiß sie sogar, wie man ein Pferd sattelt. „Du kannst gerne mit mir reden, ich tue dir nichts, verstehst du?", lädt sie ihn ein.
Doch er lächelt nur sehr flüchtig und schaut in eine andere Richtung.

Sonntags gehen sie in die Kirche. Hildegards Eltern haben in der Kirche eine eigene Bank, die vorher den Eltern ihrer Mutter gehört hat. Während des Gottesdienstes muss Hildegard ganz still dasitzen. Sie betrachtet sich die Lichtflecken, die durch die hellen Farben der Glasfenster auf die Bänke fallen, und die hohe Gewölbedecke über sich. Die Orgelklänge fließen durch sie hindurch. Als sie endlich aufstehen und singen, ist sie froh, es ist wunderbar, gemeinsam den Herrn zu loben. Da muss sie wieder einmal an Nanny denken. Nanny wollte ständig den Herrn loben.

Doch ihre Mutter singt nicht mit, sie starrt einfach nur geradeaus. Auch ihr Vater bewegt kaum die Lippen. Was ist nur los mit ihnen?

Schließlich müssen sich alle wieder hinsetzen. Pfarrer Schumanskis Stimme brummt in einem ruhigen Tonfall die Predigt herunter. Hildegard hat Schwierigkeiten, wach zu bleiben.

Nach dem Gottesdienst werden sie in der Regel von Frau Langner zum Tee eingeladen. „Benimm dich“, wird Hildegard jedes Mal von ihrem Vater gewarnt. Sie wünschte, ihr Vater würde damit aufhören, sie wie ein kleines Kind zu behandeln, vor allem dann, wenn Gustav dabei ist.

Ihren heißen Tee trinkt sie aus der feinen Porzellantasse mit dem verschnörkelten Henkel, ohne irgendetwas zu verschütten. „Wie läuft es denn mit deiner Briefmarkensammlung?“, will Gustav wissen.

„Ich habe schon sehr viele Briefmarken aus Preußen, die Papa mir gegeben hat“, erwidert sie stolz. „Und zwei habe ich von Mamas Brüdern bekommen. Sie haben ihr Briefe aus Rom und Madrid geschrieben. Und Madame Dubois habe ich gefragt, ob sie mir Briefmarken aus Frankreich besorgen kann, aber leider bekommt sie keine Post. Ich glaube, sie kann gar nicht lesen.“

„Nun, dann hat es auch keinen Sinn, ihr Briefe zu schreiben.“

„Aber ich könnte sie ihr ja vorlesen.“

„Kannst du denn Französisch?“

Sie schüttelt den Kopf. „Nein. Daran habe ich nicht gedacht.“

„Ich glaube, ich habe noch eine Briefmarke aus Deutsch-Südwest für dich. Warte hier.“

Mit schnellen Schritten stürmt er die Treppe hoch und ist sofort mit einem Briefumschlag in der Hand wieder zurück. Die Ecke mit der Briefmarke reißt er ab und reicht sie Hildegard. „Du musst das Papier in ein Schälchen mit Wasser legen und es einweichen lassen, dann löst sich die Briefmarke ganz leicht von dem Papier, verstehst du?"

„Ich weiß, wie das geht, Papa hat es mir gezeigt."

Diese Briefmarke ist größer als die letzte, auf ihr ist auch ein Schiff zu sehen, aber diesmal ist die Briefmarke blau. „2 Mark" steht in den beiden unteren Ecken. „Windhuk" ist quer über die Marke gestempelt. „Windhuk – wohnst du da?"

„Meine Freundin wohnt da, sie heißt Ulrike. Wir sind verlobt. Wenn ich mit dem Studium fertig bin und wieder nach Hause fahre, wollen wir heiraten. Wir wohnen auf einer Farm in der Nähe von Okahandja."

Hildegard streicht mit dem Finger über die Briefmarke. Eines Tages möchte sie auch einmal auf so ein Schiff steigen und in all die Länder fahren, aus denen ihre Briefmarken kommen. „Sehnst du dich immer noch nach deinem Land, das so weit weg liegt?", fragt sie.

„Langsam wird es besser. Allmählich gewöhne ich mich an das Leben hier. Es ist nur manchmal …" Aber er spricht nicht weiter.

„Ja, ich weiß, was du meinst", nickt sie. „Während der Woche, wenn Frau Faber kommt und Brigitte und Antje da sind, dann denke ich nicht so viel an Nanny. Aber manchmal tut es noch ganz schön weh, vor allem abends. Oder sonntags." „Ja, besonders sonntags."

Sie hätte gern, dass er noch mehr mit ihr redet. Es ist schön, seine Stimme zu hören und auf seine Hände zu schauen. Aber nicht in seine Augen, denn dann wird sie verlegen. „Ist es bei dir zu Hause anders als hier?"

Er lächelt sie an. „Ganz, ganz anders. Da, wo ich herkomme, ist das Land weit und offen, voller endloser Ebenen und Sanddünen. Dort ist es sehr heiß, Hildegard, und trocken und am Horizont verschwimmen die Kameldornakazien in den Luftspiegelungen."

„Gibt es dort viel Wasser?"

„Oh nein, der größte Teil des Landes ist eine Halbwüste und die Flussbetten sind ausgetrocknet. Doch wenn es dann doch einmal geregnet hat, dann wird die Welt auf einmal grün und die roten Sanddünen werden von einer feinen bunten Blumendecke überzogen. Manchmal bilden sich auch in den ausgetrockneten Flussbetten braune Flutwellen, die über die Ufer treten und alles überschwemmen, sodass man nirgendwo hinfahren kann."

„Gibt es dort gar keine Wälder?"

„Nein, Wälder so wie hier gibt es dort nicht, nein. Aber bei uns gibt es viele wilde Tiere, die ihr hier nicht habt."

„Welche denn?" „Springböcke zum Beispiel, riesige Herden. Und Tausende von Gazellen. Aber es gibt auch Löwen, vor allem in der Nähe von Wasserlöchern."

Ihre Augen leuchten auf. „Löwen? Wirklich?"

Mit seinen grauen Augen schaut er sie freundlich an. „Ja, wirklich."

Es ist so, als würde ihr jemand zum ersten Mal eine Geschichte erzählen. So wie Nanny damals, vor langer Zeit. „Und ... was machen deine Eltern?"

„Das sind ganz normale Leute, so wie deine Eltern auch."

„Oh." Ganz normale Leute?, denkt sie. Sind meine Eltern auch ganz normale Leute? Doch dann zuckt sie mit den Schultern. Eigentlich hat sie gehofft, dass das auch eine interessante Geschichte werden würde. „Mussten sie auch fliehen, als sie nach Deutsch-Südwestafrika gegangen sind?"

„Auch fliehen? Wer musste denn noch fliehen?"

„Wir! Wir sind vor den Bolschewisten geflohen, aus Sankt Petersburg, das ist in Russland."

„Und wann war das? 1904? Oder 1905?"

Sie starrt ihn überrascht an. „Woher weißt du das?"

Er lacht. „Ich weiß eben, was sich so in der Welt zuträgt. Damals war der Russisch-Japanische Krieg. Nein, wir mussten nicht fliehen. Mein Vater gehört zur Schutztruppe, den Soldaten, die aus Deutschland geschickt wurden, um Deutsch-Südwest zu beschützen."

„Gegen die Bolschewisten?"

Wieder lacht er.

Er lacht viel, denkt sie.

„Nein, nein, eigentlich gegen die Hereros, die Ovambos und andere Stämme."

Sie hat keine Ahnung, was Hereros und Ovambos sind, aber sie will lieber nicht nachfragen, vielleicht denkt er, sie müsste das eigentlich wissen.

„Seid ihr auf einem Schiff dorthin gereist?“ Das ist etwas, was sie am liebsten tun würde, mit einem richtigen Schiff in ferne Länder reisen.

„Mit einem Schiff gefahren, ja. Zuerst nur mein Vater und nach ein paar Wochen sind dann auch meine Mutter, meine Brüder und ich nachgekommen. Ich war damals acht Jahre alt. Da, wo wir an Land gegangen sind, in Swakopmund, gibt es keinen Hafen, die großen Schiffe können da nicht am Ufer festmachen.“

Sie kommt sich wichtig vor, während sie so beieinandersitzen und sich wie richtige Erwachsene unterhalten. „Musstet ihr dann an Land schwimmen?“

Jetzt lacht er zunächst. „Oh, du bist köstlich. Nein, auf dem Schiff gab es einen Ladekran und die Leute, die aussteigen wollten, mussten zusammen mit ihrem Gepäck in einen Korb steigen. Dieser Korb ist dann heruntergelassen worden, damit die Leute in Ruderboote umsteigen konnten.“

„Einen Korb?“ Vor ihrem geistigen Auge erscheinen schnell entsprechende Bilder und dieses Bild ist besonders seltsam. Sie fragt sich, ob sie diese Geschichte überhaupt glauben kann. Versucht er gerade, sie auf den Arm zu nehmen? „Gustav, meinst du das ernst?“

„Ja, das ist die Wahrheit. Ich lüge dich nicht an, hörst du. Und auf dem Schiff waren auch Pferde, die Pferde der Schutztruppe.“

„Wie? Pferde? So wie damals auf der Arche Noah?“ Sie fängt an zu lachen. „Sind die auch in einen Korb gestiegen?“

„Nein, Mann, hast du schon mal Pferde in einem Korb gesehen?“, fällt er in ihr Gelächter ein. „Die Pferde sind auf Flöße heruntergelassen worden und man hat sie ans Ufer gerudert.“

„Gustav, jetzt flunkerst du aber.“ Denn sie sieht, wie seine Augen glänzen, so als würde er es genießen, ihr Geschichten zu erzählen.

„Das ist wirklich wahr, Hildegard. Weißt du, dass die Schutztruppe ganz oft auch Kamele in der Wüste eingesetzt hat?“

„Kamele? Das hört sich jetzt wirklich wie eine biblische Geschichte an, mit Tieren auf einem Schiff und Körben im Wasser und Kamelen.“

Er lacht fröhlich. „Ja, aber es stimmt. Genauso wie die biblischen Geschichten wahr sind, so stimmt auch das, was ich dir gerade erzählt habe. Und die Kamele sind für die Wüste geschaffen.“

„Und … äh … deine Mutter?“

„Meine Mutter ist ein wunderbarer Mensch. Eine starke Frau und sehr liebevoll." Er schweigt für einen Augenblick. „Ich habe großen Respekt und eine tiefe Bewunderung für sie."

Das hört sich doch ganz anders an als bei meiner Mutter, denkt sie. Und die nennt er ganz normal? „Hast du ... deine Mutter lieb?"

Er nickt bedächtig. „Sehr", sagt er leise.

Sie schweigt und hat keine Ahnung, was sie jetzt sagen soll. Atemlos wartet sie ab.

Er sieht nicht mehr in ihre Richtung, sondern lässt seinen Blick in die Ferne schweifen, zu dem Waldstück vor dem Fenster. Er schweigt lange, dann schließlich sagt er: „Weißt du, Hildegard, ich komme mir manchmal so vor, als wäre ich aus dem offenen, warmen Herzen Afrikas herausgerissen und in die dunklen, kalten Wälder Preußens versetzt worden."

Spät in der Nacht denkt Hildegard immer noch über Gustavs Deutsch-Südwestafrika nach. Er ist erwachsen, ein Mann. Und trotzdem hat er Heimweh, denn er sehnt sich nach seinen Leuten und nach seinem Land. Genauso wie sie sich nach Nanny sehnt.

Sie hätte nie gedacht, dass Erwachsene auch so einen Schmerz mit sich herumtragen können. Sie fragt sich, wie es sein muss, wenn man eine Mutter hat, die wunderbar ist und liebevoll.

Doch dann wird sie zu müde, um weiter darüber nachzudenken.

An einem Sonntagnachmittag kurz vor Hildegards zwölftem Geburtstag werden ihre Eltern von Baron Langner und seiner Frau zum Essen eingeladen. „Natürlich kommt ihre kleine Tochter auch mit", sagt der Herr Baron.

Bevor sie losfahren, redet ihr Vater ihr eindringlich ins Gewissen. „Du benimmst dich, du isst deinen Teller leer, machst beim Essen den Mund zu und plapperst nicht am Tisch. Hast du mich verstanden?"

Sie hasst es, wenn ihr Vater so mit ihr spricht. „Ja, Papa."

Nach dem Essen gehen ihr Vater und der Herr Baron in das Raucherzimmer der Männer, ihre Mutter und Frau Langner ziehen sich ins Musikzimmer zurück. „Wie ich höre, macht dein Klavierspiel dank Herrn Schroeder gute Fortschritte, Hildegard. Komm doch mit und spiel uns etwas vor", lädt Frau Langner sie ein.

Im Musikzimmer fühlt sich Hildegard mehr zu Hause als am Esstisch. Sie setzt sich auf den Klavierhocker und klappt den Tastendeckel auf.

Als sie ihr erstes Stück gespielt hat, tritt Gustav näher heran und öffnet den Pianodeckel. „So, jetzt kann man die Töne noch besser hören", lächelt er sie an.

Verlegen lacht sie. „Danke."

„Du spielst wirklich gut, weißt du. Kannst du auch schon ein Duett spielen?"

„Ein paar."

„Wie sieht es aus mit dem Largo von Händel?"

Sie nickt verlegen.

„Dann heb mal deinen Hintern, damit ich die Noten aus dem Klavierstuhl herausholen kann."

„Gustav, pass auf deine Sprache auf!", weist ihn seine Großmutter zurecht.

Der schaut Hildegard mit großen Augen an. „Es tut mir leid, junge Dame. Ich meinte eigentlich, erheben Sie sich bitte, Sie sitzen auf den Noten. Ich kann nämlich nicht so gut auswendig spielen wie du."

„Oh, das tut mir leid", sagt sie und steht hastig auf.

Als er das Notenheft vor ihnen aufgeschlagen hat, beginnen sie zu spielen. Ihr fällt es sehr leicht, auswendig zu spielen – die Musik ergibt ein sinnvolles Ganzes, man kann sich also denken, welche Noten als Nächstes gespielt werden müssen. Es ist beinahe logisch und hat etwas Mathematisches an sich.

Nach dem ersten Stück klatscht Frau Langner erfreut in die Hände. „Wunderbar, wunderbar, ihr beiden!", ruft sie aus. „Spielt ruhig noch etwas, ihr spielt so gut zusammen. Charlotte, es ist so ein lieblicher Tag. Sollen wir beide uns für eine Weile im Garten die Beine vertreten?"

Als Hildegards Mutter und Frau Langner aus der Tür sind, wendet sich Gustav Hildegard zu. „Für ein kleines Töchterlein spielst du ziemlich gut." Dabei hört er sich immer noch überrascht an.

Mit einem Mal ist sie verärgert. „Danke. Aber ich bin auch schon fast zwölf, verstehst du?"

Er hebt die Augenbrauen und dabei nehmen seine Augen einen

schelmischen Ausdruck an. „Ach ja? Gut, mein fast zwölf Jahre altes Fräulein, was können Sie denn noch spielen? Das wollen wir doch mal sehen."

In den Noten findet sich jedoch nichts, was ihr bekannt vorkommt. Er behauptet, er könne „An der blauen Donau" auswendig spielen, aber als sie es ohne Noten versuchen, verspielt er sich. „Nein, Mann, du spielst furchtbar verkehrt", sagt sie.

Er lacht und macht den Tastendeckel wieder zu. „Es ist schon eine Weile her, dass ich dieses Stück gespielt habe. Das nächste Mal musst du deine Musiktasche mitbringen, dann kommen wir besser miteinander zurecht."

„Gut, das werde ich. Hast du noch mehr Briefmarken aus deiner Heimat?"

„Nein, nur die, die du schon hast."

Jetzt ist sie enttäuscht, aber nicht wegen der Briefmarken, sondern weil sie Angst hat, er könnte aufstehen und weggehen. „Deine Großmutter ist auch sehr schön und liebevoll", spricht sie die ersten Worte aus, die ihr durch den Kopf gehen.

Er steht auf, setzt sich auf einen Sessel und streckt die Beine aus. „Ja, das ist sie."

Sie bleibt aufrecht auf dem Klavierstuhl sitzen. „Meine Mutter ist nicht so."

Sie weiß nicht, woher ihre Worte gekommen sind, sie sind einfach plötzlich da gewesen. Vielleicht sind sie aus ihrem Herzen gekommen. „Ich ... wollte nicht sagen ..." Sie schüttelt den Kopf.

Er bleibt still sitzen und schaut sie an. „Erzähl mir von deiner Mutter, Hildegard."

Aber sie weiß gar nicht, was sie sagen soll. „Sie ... ist immer in ihrem Zimmer."

Es ist still im Musikzimmer, die typische Stille eines Sonntagnachmittags. Aber es ist keine beängstigende Stille, eher eine ruhige Stille. So wie in der Kirche.

Seine grauen Augen sind auch ruhig. Beinahe sanft, so wie die Augen seiner Großmutter.

„Meine Mama hat böse Augen. Und sie singt im Gottesdienst nicht mit."

Seine Schultern bewegen sich ein wenig. „Manche Menschen singen eben nur im Kopf mit."

„Ich glaube, sie mag keine Musik. Sie kommt auch nie, um mir beim Klavierspielen zuzuhören."

Wieder ist es still im Raum. Doch es ist nicht so, als würde er darauf warten, dass sie noch etwas sagt. Er ist einfach nur still und hört zu.

„Ich weiß nicht, ob sie mich lieb hat, Gustav. Sie streicht mir nie über den Kopf, wie das deine Oma macht."

Er nickt bedächtig. „Und was ist mit deiner Nanny?"

Sie holt tief Luft. „Meine Nanny hat mich sehr lieb gehabt, das weiß ich. Sie hätte meinem Vater nur klar sagen müssen, dass sie nicht weggeht. Das ist alles."

Er schaut sie ernst an. „Aber irgendwann hätte sie weggehen müssen."

„Aber nicht so. Nicht ohne mir Auf Wiedersehen zu sagen."

„Da hast du recht. Man muss die Zeit haben, um Abschied zu nehmen."

Als sie nach Hause fahren, fühlt sich Hildegard beinahe glücklich. Gustav ist ihr Freund, mit ihm kann sie reden, auch wenn er schon erwachsen ist.

Selbst vier Tage später erinnert sie sich immer noch gut an die kleinen Fältchen neben seinen grauen Augen.

Hildegards Vater reitet regelmäßig aus, manchmal allein, manchmal zusammen mit anderen. Er trägt dann eine Reithose, die um die Oberschenkel ganz weit ist, eine spezielle Jacke und dazu Stiefel, die ihm fast bis unter die Knie gehen, setzt sich einen stabilen Hut auf den Kopf und nimmt seine Reitgerte in die Hand. Nahezu kerzengerade sitzt er auf seinem Pferd.

„Papa, kann ich auch reiten lernen?", fragt Hildegard eines Abends.

Ihr Vater runzelt die Stirn. „Du willst reiten lernen? So ein Pferd ist ein großes Tier."

„Ich kenne alle unsere Pferde, Papa. Manchmal helfe ich Franz, wenn er sie striegelt."

„Du hilfst Franz?"

Das hätte sie wohl besser nicht gesagt. Deshalb fügt schnell hinzu: „Gustav kann mir doch das Reiten beibringen, er hat es mir schon angeboten."

„Welcher Gustav?" Ihr Vater kann sich wirklich keine Namen merken.

„Der Enkel von Baron Langner und seiner Frau. Der, der aus Deutsch-Südwestafrika gekommen ist und jetzt bei ihnen wohnt."

„Ach ja, Gustav, das ist ein netter, junger Mann."

„Er kann auch sehr gut mit Pferden umgehen, Papa. Wenn du damit einverstanden bist, bringt er mir das Reiten bei. Er hat es auch schon seinen jüngeren Brüdern beigebracht."

„Ja-a." Ihr Vater streicht sich über sein Ziegenbärtchen. „Ich werde darüber nachdenken."

In diesem Augenblick weiß Hildegard: Sie kann Gustav sagen, dass ihr Vater einverstanden ist. Schließlich kennt sie ihren Vater nur zu gut.

Es ist ein heißer Sommertag im Juni. Der Garten draußen steht im satten Grün und die Bäume werfen dunkle Schatten auf die Blumenbeete und die Grasflächen.

Im Haus redet der Meister so viel, dass die Worte wie Sprechblasen im Zimmer hängen. „Um zu verstehen, was heute in der Welt geschieht, müssen wir zurück zu …"

Ab und zu hört sie das Summen einer Biene, die gegen die Scheibe des geschlossenen Schulzimmerfensters fliegt, weil sie nach draußen will. Damit stehst du nicht allein da, Bienchen, denkt sich Hildegard und versucht, ihre Füße von den heißen Schuhen zu befreien. Aber die Schuhe kleben fest.

Ohne Punkt und Komma fährt die Stimme des Meisters fort: „Deutschland selbst hat auf dem Balkan keinerlei Interessen, deshalb konnte es auf dem Berliner Kongress als Schiedsmann auftreten."

„Was ist ein Schiedsmann, Meister?", fragt Antje.

Der Meister sieht ein wenig überrascht auf. „Ein … Mittelsmann. Ein Vermittler."

„Oh."

Der Meister wischt sich über die Glatze. „Gut, auf dem Berliner

Kongress – und denkt daran, das war 1878, also vor mehr als dreißig Jahren – ist beschlossen worden, die beiden ehemals bulgarischen Provinzen Bosnien und Herzegowina unter die Verwaltung von Österreich-Ungarn zu stellen. Das hat natürlich den Zorn Bulgariens erregt."

Schwierige Namen: Bosnien und Bulgarien, die sind fast so schwierig wie die Bolschewisten mit ihren aufgeblasenen Backen. Bosnien heißt sicher das Land der Bosse und Bulgarien kommt von Bullen mit langen, spitzen Hörnern.

Brigitte ist die ganze Zeit damit beschäftigt, ihren linken Daumennagel mit dem Nagel ihres rechten kleinen Fingers sauber zu machen. Wenn sie nicht bald damit aufhört, bekommt sie noch Ausschlag, denkt Hildegard.

Die Biene fliegt am Fenster hinauf und wieder hinunter, hinauf und wieder hinunter.

„Der Frieden hat nicht lange gehalten. Österreich-Ungarn war zufrieden, aber die Serben haben immer wieder Unruhe gestiftet, weil sie nun unter österreichischer Herrschaft standen. 1904 wurde zwischen Großbritannien und Frankreich die Entente Cordiale ins Leben gerufen …"

„Meister, können wir eben die Biene herauslassen?"

Der Meister wirft Hildegard einen sehr verstörten Blick zu. „Wie bitte?"

„Die Biene, Meister. Sie würde gern raus und Honig suchen."

„Welche Biene?"

„Die Biene am Fenster, Meister. Darf ich das Fenster öffnen und die Biene herauslassen?"

Der Meister seufzt und sieht auf einmal ein wenig alt aus. „Ja, meinetwegen", aber es wirkt nicht so, als hätte er tatsächlich verstanden, um was es geht. „Wo war ich nochmal?"

„Im Jahr 1904", hilft ihm Antje.

„1904, ja. Also, ein Jahr später, 1905, ist Russland von Japan besiegt worden."

Na endlich, etwas Bekanntes. „Damals haben wir in Russland gewohnt, wir mussten vor den Bolschewisten fliehen, wussten Sie das, Meister? Ich und meine Eltern …"

„Ihr seid geflohen?", fragt Brigitte und betrachtet sich die Nägel an ihrer linken Hand sehr kritisch. „Warum musstet ihr denn fliehen?"

„Die Bolschewisten wollten uns mit Messern ermorden. Sie hatten schon die Scheune hinter unserem Haus in Brand gesteckt und …"

„Ach, Hildegard, du lügst doch", erwidert Brigitte.

„Ich lüge nicht! Meister, sagen Sie Brigitte …"

„Seid beide still, wir machen jetzt mit unserem Stoff weiter. Die …"

„Meister, haben Sie gewusst, dass um dieselbe Zeit die Schutztruppe mit einem Schiff nach Deutsch-Südwestafrika gefahren ist, um gegen die Ovambos zu kämpfen?"

Jetzt sieht der Meister ganz und gar verwirrt aus. „Nein, wartet, wartet, lasst mich reden. Wo war ich noch einmal?"

Antje rollt die Augen. „Im Jahr 1904."

„1904, dann beim Russisch-Japanischen Krieg, stimmt's? Ja, danach haben Deutschland und Österreich ihr Vertrauen in die Russen vollkommen verloren, Russland hat sich schließlich Frankreich und Großbritannien zugewandt."

„Meister, Meister", streckt Brigitte ihre Hand in die Luft, „mein Opa kommt uns abholen. Schauen Sie, da ist sein Pferdefuhrwerk, da hinten."

Der Meister holt bedächtig seine Taschenuhr aus der Weste und schaut darauf. Dann klappt er den Deckel wieder zu. „Ja, es ist gleich so weit. Am Montag schreiben wir eine Arbeit über diesen ganzen Bereich, seht also zu, dass ihr ihn euch noch einmal in euren Büchern anschaut."

Beim Hinausgehen sagt Brigitte: „Ich verstehe nichts von dem, worüber der Meister redet."

„Du passt ja auch nicht auf", entgegnet Antje schnippisch. „Bei meinem Vater werden immer mehr Daunendecken für die Garnison hier in Königsberg bestellt. Er sagt, er wäre nicht überrascht, wenn die Armee sich auf einen Krieg vorbereiten würde. Ich wünschte, Bismarck wäre jetzt hier und würde als Vermittler auftreten."

Antje versucht immer, besonders schlau zu tun. Und ständig erzählt sie Brigitte von ihrem Vater.

„Das bringt mich alles furchtbar durcheinander."

Sie sitzen auf der Veranda vor dem Haus, sie und Gustav. Auf

Korbstühlen haben sie es sich gemütlich gemacht, genau wie richtige Erwachsene. Hildegard setzt alles daran, ihre Beine nicht hin und her baumeln zu lassen, denn dann sieht Gustav sofort, dass sie zu kurz sind und den Boden nicht berühren. Nur die Beine von Erwachsenen reichen immer bis zum Boden.

„Nein, ach was, eigentlich ist Geschichte ziemlich logisch, weißt du. Wenn man erst einmal verstanden hat, wie die Sache funktioniert, braucht man gar nicht mehr viel zu lernen."

„Mathematik ist logisch, ja, und Musik auch, vielleicht sogar Erdkunde. Hast du gewusst, dass die Erde eine Pampelmuse ist und die Sonne ein Kürbis?"

Er schüttelt den Kopf. „Stimmt das wirklich mit dem Größenverhältnis? Aber warte, bevor wir in Erdkunde abschweifen, lass uns zu Geschichte zurückkommen. Wo hast du denn deinen Atlas?"

„Meinen Atlas? Das ist doch Erdkunde."

Er macht lachend eine abwehrende Handbewegung. „Geh jetzt und hol deinen Atlas, du kleiner Dickkopf."

So schnell sie ihre Beine tragen, rennt sie über die Veranda, durch das Eingangsportal und die Treppe hinauf bis zu ihrem Zimmer. Ihr Gesicht fühlt sich heiß an. Es ist aber nicht dieselbe Hitze wie bei Fieber. Vielleicht eher wie wenn sie sich schämt. Sie weiß es nicht, sie hat keine Ahnung. Tatsächlich ist sie etwas verlegen, aber da ist auch noch etwas anderes, so ein seltsames, warmes Gefühl in ihrer Magengegend – jedes Mal, wenn Gustav in der Nähe ist.

Sie schaut in den Spiegel. Ihr Gesicht ist ein bisschen rot, ihre blonden Haare stehen überall aus den Zöpfen hervor, ihre blauen Augen glänzen. Als sie sehr viel ruhiger und irgendwie erwachsener zu ihm zurückgeht, sitzt er immer noch in seinem Korbstuhl auf der Veranda.

Als sie kommt, zieht er das Tischchen zu sich heran und schlägt den Atlas auf. „Gut. Wo ist nun Deutschland?"

Glaubt er etwa, sie sei etwas beschränkt? Sie presst ihren Finger auf das richtige Land. „Da ist Deutschland. Und da sind Österreich, Italien, Frankreich, Spanien, Portugal, England. Oh, und hier ist Russland."

„Danke. Und wo ist der Balkan?"

„Der Balkan? Der Meister hat ständig vom Balkan geredet, ich vermute mal, dass der irgendwo hier bei uns in der Gegend ist."

„Nein, das hier ist das Baltikum. Weißt du, wo das Osmanische Reich ist?"

Sie zuckt mit den Schultern. „Das hört sich ein bisschen nach Ostmännern an."

Er fängt an zu lachen. „Ach, Hildegard, kein Wunder, dass die Geschichte für dich keinen Sinn ergibt. Im Augenblick gibt es einen Krieg zwischen den Balkanstaaten und dem Osmanischen Reich."

„Ach, diese ewigen Kriege. Warum gibt es den denn jetzt schon wieder?"

Er überlegt einen Moment. „Das ist sehr schwer zu verstehen, weißt du."

„Das sage ich ja immer! Die ganze Geschichte bringt einen nur durcheinander."

Plötzlich legt er seinen Kopf schief, aber seine Augen bleiben freundlich. „Hildegard, wie lernst du denn?"

„Ich baue mir für alles eine Eselsbrücke: Bosnien ist das Land der Bosse und Bulgarien der Bulle mit den spitzen Hörnern, und die Osmanen sind die Männer aus dem Osten. Und die verschiedenen Bündnisse sind Dreikais zwei Dreiecke, die mit dem Bär und der Ente herumtrippeln."

„Was?"

„Dreikaiserbund, Zweikaiserbund, Dreibund, Berliner Kongress, Entente Cordiale, Triple Entente. Allerdings muss ich noch einen Weg finden, um mir dazu die Jahreszahlen zu merken und manchmal auch die Anführer, und leider weiß ich auch nicht mehr, wer mit wem über Kreuz liegt, und ich habe erst recht keine Ahnung davon, warum nicht einfach alle miteinander Freunde bleiben konnten. Das hätte das Leben jedenfalls einfacher gemacht."

Er lässt sich in seinem Stuhl zurückfallen und schüttelt sich vor Lachen. „Kannst du dein Verslein noch einmal aufsagen?"

„Dreikais zwei … warum lachst du?"

„So kann man doch nicht lernen."

„Natürlich kann man das!", schnappt sie zurück. „Wie soll man sich denn sonst alles merken?"

„Man muss verstehen, wie die Dinge funktionieren. Dann sind solche Eselsbrücken nicht nötig."

Sie hebt ihr Kinn. „Ach ja? Du hast doch selbst gesagt, dass die Sache schwer zu verstehen ist."

„Nun ja, es gibt viele geheime Abkommen und kleinere Konflikte, aber alles in allem geht es nur um zwei Dinge: Erstens wollen die Könige und Kaiser und der Zar und der türkische Sultan ihre Macht behalten. Aber währenddessen entwickeln die Völker so etwas wie ein Nationalgefühl. Wir Deutschen sind doch sehr stolz darauf, dass wir Deutsche sind, nicht wahr? Und genauso geht es den Italienern und den Menschen in den Balkanstaaten."

„Aber warum muss man darüber gleich streiten?", entgegnet sie unsicher und runzelt die Stirn. Dann schüttelt sie entschieden den Kopf. „Nein, verstehen hilft gar nichts, der Meister möchte, dass wir die Verträge kennen und die Jahreszahlen auch. Da geht es nicht ums Verstehen, das muss man einfach auswendig lernen."

„Hildegard, manchmal bist du ganz schön komisch", lacht er. „Gut, dann lern einfach dein Verslein, aber eigentlich musst du nur wissen, dass sich in Europa zwei bewaffnete Lager gegenüberstehen: Auf der einen Seite sind Frankreich, Großbritannien und Russland und auf der anderen Deutschland und Österreich-Ungarn."

„Deshalb ist Madame Dubois auch so bekümmert", versteht sie plötzlich. „Aber was hat das alles mit dem Balkan zu tun? Und mit dem Osmanischen Reich?"

„Schau, das ..."

„Nein, erkläre es mir lieber nicht, du bringst mich nur noch mehr durcheinander." Plötzlich runzelte sie die Stirn und schaut ihn ernst an. „Gustav, ich kann einfach nicht verstehen, warum alle immer Krieg führen wollen! Das ist schon im Alten Testament so und hat sich bis heute nicht verändert."

Er nickt bedächtig mit dem Kopf. „So sind die Menschen eben. Seit dem Paradies streiten die Menschen miteinander. Das ist schade, ja, aber ich bezweifle, dass sich das jemals ändern wird."

„Das ist der Teufel", erwidert Hildegard mit Bestimmtheit. „Nanny hat mir beigebracht, dass dies das Werk des Teufels ist."

Sein Mund zieht sich zu einem sehr ernsten Ausdruck zusammen. „Das ist der Teufel. Da hast du recht, der Teufel ist los."

Zu Beginn des Sommers heiratet Prinzessin Victoria Louise, die einzige Tochter von Kaiser Wilhelm II., Ernest Augustus, den Herzog von Cumberland. Die Zeitungen berichten jeden Tag darüber. Sie schreiben, dass dies die jahrzehntelangen Spannungen zwischen dem deutschen Haus Hohenzollern und dem österreich-ungarischen Habsburger Haus beenden werde.

Hildegard liest jede Meldung, die sie in die Finger bekommt. Das ist so eine schöne Geschichte, beinahe so, wie wenn eine wunderschöne Prinzessin einen starken und mächtigen Prinzen heiratet, jedenfalls besser als die ständigen Zeitungsartikel über Konflikte, Waffen und Bündnisse zwischen den verschiedenen Ländern.

Hildegard denkt über Prinzessin Victoria Louise nach. Wenn sie einen Herzog aus einem anderen Land heiratet, muss sie aus ihrem Haus ausziehen. Wird sie dann kein Heimweh bekommen? Vielleicht hat sie aber auch eine Mutter, die sowieso immer nur in ihrem Zimmer ist, dann wird sie sicher kein Heimweh bekommen.

Oder vielleicht hat sie auch einen Vater, der für sie entscheidet, was sie zu tun hat. Dann darf sie ihm natürlich nicht sagen, wenn sie nicht wegwill.

Vielleicht liebt sie den Herzog aber auch so sehr, dass sie für immer und ewig bei ihm in dem anderen Land wohnen möchte. Sie seufzt behaglich – so muss die Geschichte sein.

Plötzlich fragt sie sich, ob Prinzessin Victoria Louise auch eine Nanny hatte, die weggehen musste.

Am Tag der Trauung sind fast alle Königshäuser Europas anwesend. Es ist das soziale Ereignis des Jahrzehnts, vielleicht sogar des Jahrhunderts. Unter all den vornehmen Gästen befinden sich auch zwei Neffen Kaiser Wilhelms II., nämlich König George V. von England und Zar Nikolaus II. von Russland.

„Kannst du dir vorstellen, dass das alles eine große Familie ist?“, fragt sie Gustav.

Er schaut auf. „Jedenfalls sehen sie sich ein bisschen ähnlich.“

„Aber das ist noch gar nichts. Schau dir einmal dieses Foto hier an, schau doch mal, wie hübsch die Prinzessin ausgesehen hat“, zeigt sie Gustav. „Ich habe alle Fotos und Berichte ausgeschnitten und aufbewahrt. Schau dir nur ihre schönen, langen Haare an, Gustav, und ihr schönes Kleid. Und ihre Augen sehen so verschwommen aus, siehst du?“

Gustav lehnt sich nach vorn, um besser sehen zu können. „Schau doch mal, wie hübsch auch Herzog Ernest Augustus aussieht, was für eine prächtige Uniform."

„Männer können nicht hübsch aussehen!", stellt sie entrüstet fest. „Oder willst du mich wieder veräppeln?"

Er lacht. „Die Prinzessin sieht wirklich gut aus, Hildegard."

So will ich eines Tages auch aussehen, wenn ich heirate, denkt Hildegard, so wie eine Prinzessin. Aber das sagt sie nicht laut, denn Gustav ist ein Mann und mit Männern redet man nicht so.

Vielleicht wird sie eines Tages Gustav heiraten und dann mit ihm in sein Land ziehen, weit weg von ihren Eltern.

Plötzlich wird sie verlegen. Was wäre, wenn er auf einmal ihre Gedanken lesen könnte? Deshalb redet sie schnell über etwas anderes. „Gustav, weißt du, was ich denke? Wenn die Könige und Kaiser aller Länder eine große Familie sind, dann werden sie doch sicher keinen Krieg gegeneinander führen. Was meinst du?"

Gustav nickt, er sieht jedoch plötzlich ernst aus. „Sie sind alle eine große Familie, ja. Aber weißt du, Hildegard, die schlimmsten Kriege werden manchmal innerhalb von Familien ausgetragen."

Sie runzelt die Stirn, weil sie das alles nicht versteht, aber sie sagt lieber nichts. Schließlich soll er sie nicht für dumm halten.

Seit ihrem dreizehnten Geburtstag isst Hildegard abends mit am Tisch. Meistens isst sie dort nur mit ihrem Vater, nur manchmal ist auch ihre Mutter mit dabei. Der Hausverwalter räumt die Suppenteller ab und holt das gekochte Gemüse und das Fleisch, das sie sich selbst auftun darf. Ihr Vater spricht nicht viel, ihre Mutter noch viel weniger.

An manchen Abenden kommen Freunde ihres Vaters und essen mit ihnen. Manchmal darf Hildegard dabei sein – obwohl sie nie mit ihnen reden darf –, manchmal muss sie zu solchen Anlässen aber auch in der Küche essen. Wenn die Frauen dabei sind, ist ihre Mutter auch immer anwesend.

Ihr Vater ist mit wichtigen Leuten aus der Armee befreundet. Einer von seinen Freunden ist der Herr Doktor Siegfried von Stein. Er ist groß und steht immer kerzengerade da, seine Uniformjacke umschließt seine Schultern perfekt. Seine Augen und seine Haare sind dunkel, selbst die kleinen Härchen auf seinen Fingern sind es. Hildegard scheint er etwas jünger zu sein als ihr Vater. Seine Praxis ist eigentlich in Berlin, im Augenblick jedoch hat ihn die Armee nach Königsberg versetzt. Er erzählt ihnen von seiner schönen Frau und den beiden kleinen Söhnen in Berlin.

Als sich das Gespräch am Tisch der Bedrohungslage zuwendet und die Männer behaupten, ein Krieg liege in der Luft, bleibt Hildegard das Essen im Halse stecken. Sie schluckt, so gut sie kann, aber es kommt ihr so vor, als wolle das Essen wieder heraus, als würde es ihr wieder hochkommen. Ihr Magen zieht sich zu einem Knoten zusammen. Sie wollte, die Männer würden über etwas anderes reden.

„Dieses Gerede über Schwierigkeiten." Frau Becker tupft sich die Mundwinkel mit ihrer Serviette ab. „Habt ihr schon gehört, wer die neue Geliebte von Baron Thill ist?"

Es kommt Hildegard so vor, als würde in ihrem Magen eine Schraube fester und fester angezogen. Sie weiß nicht, was schlimmer ist: Das Wort „Krieg" oder das Wort „Geliebte".

ꕥ

„Glaubst du auch, dass es Krieg geben wird?", fragt sie Gustav, als sie an einem Sonntagnachmittag wieder auf der Veranda seiner Großeltern sitzen.

Gustav runzelt die Stirn. „Wieso, wer glaubt das denn noch?"

„Die Männer in den Armeeuniformen, die bei uns essen."

„Ja, nun, ich weiß nicht. Alle Länder sind dabei, mächtig aufzurüsten, so viel ist klar. Und es gibt enorme Feindseligkeiten zwischen den Völkern, sodass ich glaube, ein Krieg wird unvermeidlich sein." Er runzelt die Stirn. „Ich hoffe nur, dass der Frieden lange genug hält und ich mit meinem Studium vor dem Krieg fertig bin."

„Ich mag diese Geschichten nicht", erwidert sie ernst.

„Ich denke, niemand mag sie."

„Und warum reden dann alle darüber? Und sogar bei Tisch. Da bleibt einem ja vor Schreck das Essen im Hals stecken!"

„Ja, so etwas ist sicher nicht gerade verdauungsfördernd. Aber über irgendetwas muss man ja reden, oder?"

„Dann lass uns jetzt wenigstens über etwas anderes sprechen. Worüber würdest du gerne reden?"

Er lächelt träge und streckt seine Beine aus. „Ach, meine kleine Kurländerin! Nun ja, worüber sollten wir reden? Zum Beispiel darüber, dass ich noch eine Briefmarke für dich habe."

„Wirklich? Aus Deutsch-Südwest?"

Er nickt. „Meine Mutter hat sie mir geschickt. Ich habe ihr geschrieben, dass sie mir ein paar Briefmarken für dich mitschicken soll."

Als er seine Hand in die Jackentasche steckt und wieder hervorzieht, kommen ein ganzer Haufen Dinge zum Vorschein: ein Taschenmesser, ein Notizbüchlein, eine Packung Pfefferminzbonbons, ein kleiner Tabaksbeutel ...

„Halt! Rauchst du etwa?"

Schuldbewusst blickt er auf. „Ja, nun. Pfeife. Das darfst du aber nicht meiner Großmutter erzählen!"

„Das werde ich nicht, versprochen. Geheimnisse kann ich gut bewahren." Sie lächelt zufrieden, weil sie nun ein Geheimnis haben.

Zwischen einer Menge Zetteln und Papierschnipseln kommt nun auch eine rote Briefmarke zum Vorschein. Hildegard nimmt sie ihm ab. Es ist eine Zehn-Pfennig-Marke. „Kolmannskuppe", liest sie und schaut ihn fragend an.

„Das ist ein Ort in Deutsch-Südwest."

Sie macht es sich auf ihrem Stuhl noch etwas bequemer. „Erzählst du mir davon?"

Er lächelt breit. „Du alte Geschichtentante! Aber gut. Die ersten Deutschen, die nach Deutsch-Südwest gezogen sind, waren Missionare. Danach sind dann auch die Gutsbesitzer und Händler gekommen."

„Die Missionare sind immer die Ersten, stimmt. Genauso wie damals die Kreuzritter vom Deutschen Orden", nickt sie.

„Ja, nun, nicht immer, aber sie haben den Menschen das Evangelium gebracht, ja. Einer von den deutschen Kaufleuten, ein gewisser Adolf Lüderitz, hat damals den Ort Lüderitzbucht im Süden von Deutsch-Südwest gegründet."

„Aber was ist nun mit Kolmannskuppe?" Er hat die Angewohnheit, beim Erzählen gewaltig abzuschweifen, deshalb muss man ihn immer wieder auf die Spur zurückholen. Das weiß sie mittlerweile, so gut kennt sie ihn schon.

„Ja, dazu komme ich gleich. Kolmanskop ist in der Nähe von Lüderitzbucht. Dort sind die Diamantfelder."

Ihre Augen leuchten auf. „Diamantfelder?" Jetzt wird es interessant.

Auch er macht große Augen. „Da gibt es viele Diamanten. Keine großen, aber sie sind von einer sehr hohen Qualität, sagen die Leute. Sogar Kaiser Wilhelm besitzt Diamanten aus Deutsch-Südwest. Er hat sie zu seinem zwanzigjährigen Thronjubiläum geschenkt bekommen."

„Waren sie in einen Ring eingelassen? Oder waren das Manschettenknöpfe?"

„Nein, soweit ich weiß, sind es zwei kleine Körbchen aus Gold gewesen, in die die kaiserliche Krone und das Kreuz des Südens mit jeweils zwanzig Diamanten eingelassen sind."

Sie betrachtet ihn ein bisschen skeptisch. „So etwas ist sicher hübsch anzusehen, aber was macht man damit?"

„Du Schlaukopf stellst Fragen", lacht er leise.

Sie möchte mit der Geschichte weitermachen. Geschichten sind und bleiben nun einmal das Schönste, was es auf der Welt gibt. „Liegen die Diamanten da bei Kolmanskop einfach so in der Gegend herum?"

„Nein, eigentlich nicht, nein. Einer der Arbeiter, die die Eisenbahnlinie zwischen Lüderitz und dem Ort Aus vom Sand befreit haben – ich glaube, er hieß Lewala –, der hat Anfang 1908 den ersten Diamanten dort gefunden."

„Du darfst keine Jahreszahlen erwähnen! Und der Diamant hat da einfach so auf den Gleisen herumgelegen?"

„Schade, dass ich keine Jahreszahlen sagen darf. Aber gut. Du hast recht, er hat da einfach so im Sand gelegen. Lewala hat ihn zum nächsten Bahnhof gebracht, nach Grasplatz. Der Bahnhofsvorsteher, ein gewisser Strauch, hat sofort auf seinem Uhrenglas ausprobiert, wie hart er ist. Und als der Diamant das Glas zerschnitten hat, hat er das dem Oberbahnmeister in Lüderitz gemeldet. Dann haben sie ihn zu einem Doktor Peyer ins Krankenhaus von Aus gebracht, der mit den richtigen Testverfahren festgestellt hat, dass es sich wirklich um einen Diamanten handelt."

Sie klatscht in die Hände. „Jetzt stell dir nur einmal vor, wie glücklich sie gewesen sein müssen! Denn mit einem Mal waren Lewala und Strauch reich."

„Ja, nun, ich habe keine Ahnung, wie viel von dem Reichtum tatsächlich bei Lewala angekommen ist. Strauch hat jedenfalls sofort rund um Kolmanskop dreißig Grabungsfelder für sich abgesteckt. Erst wollten die Leute die Geschichte gar nicht glauben, weißt du. Bis dahin haben sie nämlich gedacht, dass man Diamanten nur in einem blauen Gestein finden kann."

„Was für ein blaues Gestein?"

„Nun, Kimberlit ist eigentlich nicht richtig blau, sondern eher blaugrün. Aber als dann ein staatlicher Geologe gekommen ist und bestätigt hat, dass sich dort wirklich Diamanten befinden, ist ein regelrechtes Diamantenfieber ausgebrochen."

Das hört sich nach einer Krankheit an. „Ein Diamantenfieber?"

Er nickt. „Das hättest du einmal sehen müssen. Von überall aus Deutsch-Südwest und allen möglichen Gegenden des südlichen Afrikas kommen die Glücksritter, auch aus Europa, Australien und Amerika. Sie kommen auf Schiffen und mit der Eisenbahn nach Deutsch-Südwest. Viele kommen auf Pferden und Kamelen, mit Pferdefuhrwerken und Ochsenwagen, einige kommen sogar zu Fuß nach Kolmanskop."

Dabei wedelt er mit seinen Händen in der Luft herum. Ihr fällt auf, wie kräftig seine Hände sind und wie gut sie aussehen, sehr gut sogar. „Ein ganzer Haufen Goldschürfer und Glücksritter. Auf Händen und Knien kriechen sie überall im Sand herum und suchen nach Diamanten. Sie heben Laufgräben von ungefähr zwei Metern Tiefe aus und sieben den Sand nach Diamanten durch."

„Was sind denn Laufgräben?"

„Das sind lange Gänge in der Erde." Als er sie anschaut, funkeln seine grauen Augen geheimnisvoll. Er weiß Dinge, die der Meister oder ihr Vater noch nicht einmal ahnen. „Aber jetzt pass auf, Hildegard, das Ganze geschieht ja mitten in der Wüste unter der afrikanischen Sonne. Nach einer Weile bekommen diese Glücksritter von der intensiven Sonne Geschwüre."

„Igitt, Geschwüre?"

„Dort gibt es auch nur sehr wenig Trinkwasser, deshalb waschen sie ihre Geschwüre mit Salzwasser, und das macht alles nur noch schlimmer. Und selbst wenn sie Hüte aufziehen, verbrennt ihnen die Sonne immer noch das Gesicht, weil sie sich im Sand spiegelt. Deshalb machen sie sich Gesichtsmasken und Brillen aus Rauchglas mit Flappen an der Seite, um ihre Augen zu schützen."

„Diese armen, armen Menschen. Das hört sich an, als wäre es die Hölle. Warum nehmen sie das überhaupt auf sich?"

„Sie alle hoffen auf Reichtum und ein besseres Leben. Die ersten Schürfer haben sich auch nur Wellblechhütten und Holzbaracken gebaut. Aber jetzt, wo an vielen verschiedenen Orten in der Umgebung mehr und mehr Diamanten gefunden worden sind, kehrt langsam der Wohlstand ein. Ich bin selbst noch nie dort gewesen, aber ich habe gehört, dass es da mittlerweile wunderschöne Häuser, ja richtige Schlösser gibt. Das erzählen jedenfalls die Leute. Und die Reichen leben wie die Könige."

„Wie die Könige? In Schlössern?" Und dann liegen da auch noch Diamanten herum. Was für eine wunderbare Geschichte!

„Das habe ich gehört, weißt du. Aber stell dir nur vor", dabei fuchtelt er mit seinen Händen wieder in der Luft herum, „auch diese Herren und ihre vornehm gekleideten Damen kriechen im Sand herum und wühlen nach Diamanten, das hätte ich dir gleich sagen sollen. Mit der einen Hand raffen die Damen, die feine Handschuhe tragen, ihre lange Schleppe zusammen und mit der anderen versuchen sie, ihre mit Blumen und Federn geschmückten Hüte festzuhalten, damit sie ihnen nicht vom Kopf fliegen – denn da ist es ganz schön windig!"

Sie sieht das Bild vor sich und muss lachen. „Das hört sich eher nach einem elenden Geschufte als nach einem königlichen Leben an!"

„Die Leute sagen, dort gibt es alles, was man zum Leben braucht, sogar eine Fabrik, die Sprudelwasser und Limonade herstellt. Täglich werden die Häuser mit Eisblöcken beliefert. Gut, das mag sich für dich vielleicht ein bisschen ungewohnt anhören, aber du darfst nicht vergessen, dass das mitten in der Wüste ist und jedes bisschen Trinkwasser von weit her durch den Sand herbeigeschafft werden muss."

„Wie herbeigeschafft?"

Seinen Erzählungen könnte sie den ganzen Tag zuhören. Irgendwann möchte sie einmal dorthin gehen, wo die Brüder ihrer Mutter wohnen, und nach Indien, worüber sie bei Kipling gelesen hat, und nach Japan, woher die Geschichte von Koong-se und Chang und dem blauen Teller stammt, die sie aus ihrer Kindheit noch kennt. Und jetzt möchte sie auch einmal nach Deutsch-Südwestafrika.

Auf dem Weg zurück nach Hause sagt sie: „Gustav erzählt interessante Geschichten über Deutsch-Südwest."

„Du darfst den jungen Mann nicht mit deiner ewigen Fragerei nach Geschichten langweilen", erwidert ihre Mutter. „Du musst lernen, dich wie eine Dame zu benehmen."

Eines Sonntags nach dem Gottesdienst kommt er direkt auf sie zugelaufen. Sie blickt ihm entgegen. Die seltsame Wärme, die ihr Herz schneller schlagen lässt, wallt wieder in ihr auf. Vielleicht …

Schäm dich, Hildegard von Plötzke!, befiehlt sie sich streng.

Er bleibt direkt vor ihr stehen und holt aus seinem Jackett eine rote Rose heraus. „Meine Dame?"

Sie schnappt nach Luft. „Woher hast du denn die Rose?"

Er macht ein schuldbewusstes Gesicht. „Ich gestehe, sie ist aus dem Kirchgarten. Zu meiner Entschuldigung muss ich allerdings hinzufügen, meine Edle, dass die Dame heute Morgen so wunderbar aussieht, dass ich ihr einfach eine Rose geben muss."

Sie schaut sich schnell um. „Gustav, du …"

Er legt ihr den Finger auf den Mund. „Schscht! Leiser. Sonst sieht dich noch jemand mit einer gestohlenen Rose. Sag jetzt schön danke."

Sie muss lachen, er hat sich gerade genau wie ihre Mutter bei ihrer ersten Begegnung angehört. „Danke, Gustav, die ist schön." Er berührt sie sanft am Arm. „Da bin ich aber froh. Meine Großeltern wollen los, wir sehen uns gleich."

Für einen Moment schließt sie die Augen und holt tief Luft. Dabei streicht sie sich leicht über die Stelle, wo er sie am Arm berührt hat.

Nach dem großen Mittagessen sitzen sie gesittet auf der Veranda und reden über Erwachsenendinge. Doch heute ist Gustavs Stimme anders, viel ernster als sonst. „Das ist die Realität des Lebens, Hildegard. Selbst in meiner weiten, offenen Heimat gibt es ständig Konflikte wegen des Landes."

„Das ist dumm, so typisch für die Männer."

Er lächelt. „Das bekommst du zurück, verstanden, Frauenzimmer?" Dann wird er wieder ernst. „Normalerweise sind es Missverständnisse, die zu blutigen Konflikten führen."

„Hör auf, dieses Wort zu sagen!"

„Welches? Blut?"

Sie springt auf, aber er lacht nur und fängt sie mit einem Griff am Arm wieder ein. „Gut, gut, dann reden wir eben über etwas anderes."

Sie dreht wieder um. Eigentlich hat sie sowieso keine Lust, auf ihr Zimmer zu gehen – da ist es einsam, vor allem an einem Sonntagnachmittag. Und ... bei Gustav ist es nett. „Ich habe ein neues Duettstück bekommen, wenn du Lust hast, können wir es spielen. Das Secento ist einfach, das bekommst sogar du hin."

„Du hältst nicht viel von meinem Klavierspiel, nicht wahr?" Jetzt lachen seine grauen Augen zum Glück wieder.

„Nun, du spielst wirklich nicht besonders gut, aber das liegt nur daran, dass du nicht übst", gibt sie schnippisch zurück. „Doch wir können es ja einmal versuchen – mit meiner Hilfe schaffst du es bestimmt."

Als sie aufsteht, bleibt er jedoch sitzen und sein Gesicht nimmt plötzlich einen sehr ernsten Ausdruck an. „Hildegard, ich möchte, dass du mir etwas versprichst. Ja?"

Mit einem Mal fühlt sie sich unsicher. Dieser seltsame Ernst ist wieder in seine grauen Augen zurückgekehrt, die Lachfältchen sind nur noch leichte Striche. „Was soll ich dir denn versprechen?"

„Ich weiß nicht, wie die Zukunft aussehen wird." Er schweigt eine Weile, dann sieht er plötzlich zu ihr hinauf. „Du bist so ein wunderschönes Mädchen, du strahlst geradezu – deine Haare, deine Augen, dein Lächeln. Ich möchte, dass du immer so schön bleibst, was immer auch geschehen mag. Versprichst du mir das?"

Sie spürt, wie ihr Gesicht feuerrot wird. „Ich ... werde es versuchen."

Auf seinem Gesicht erscheint plötzlich wieder sein altbekanntes Lächeln, dann steht er auf. „Komm, wir schauen uns dieses Duett einmal an. Mit deiner Hilfe werde ich damit schon einigermaßen zurechtkommen, nicht wahr?"

Spät in der Nacht, während der Halbmond durch die Zweige

vor ihrem Fenster scheint und ihre rote Rose zum Pressen sicher zwischen den Seiten ihrer Bibel liegt, ist Hildegard immer noch tiefglücklich. Sie kann in ihrem ganzen Körper spüren, wie ihr Herz aufgeregt schlägt.

Vielleicht, ganz vielleicht wird sie eines Tages Gustav heiraten und mit ihm in sein weites und trockenes Land ziehen.

Draußen regnet es, das Schmuddelwetter hält schon seit Tagen an. Drinnen ist es warm, nur die Luft ist dick und stickig.

Die Stimmen rund um den Esstisch reden unaufhörlich, die Männer reden so, dass einem das Essen keine Freude mehr macht.

Hildegard kommt es vor, als würde sie mit jedem Atemzug etwas weniger Sauerstoff bekommen. Sie schaut auf ihren Teller, kaut bedächtig und schluckt jeden Bissen mühsam herunter. Aber je länger das Gespräch am Esstisch so weitergeht, desto mehr hat sie das Gefühl, dass sich ihre Kehle zusammenzieht.

Denn am letzten Sonntag, so war es in der Zeitung zu lesen, fuhren der Erzherzog Franz Ferdinand und seine Frau Sophia in einem offenen Fahrzeug durch die Straßen von Sarajewo, der Hauptstadt von Bosnien-Herzegowina. Sie saßen dort behaglich zurückgelehnt und winkten ihren Untertanen zu.

Doch nicht alle winkten zurück – der Hass der serbischen Nationalisten erfüllte die schwüle Sonntagsluft.

Zwischen den Schaulustigen stand unauffällig Gavrilo Princip, ein bosnisch-serbischer Student. Seine Pistole war geladen.

Als er schoss, fiel der Körper des Thronfolgers Franz Ferdinand nach hinten. Seine Arme flogen in die Luft, alles war voller Blut.

Frauen schrien, einige fielen in Ohnmacht, rannten weg. Ein Durcheinander brach aus, eine Panik entstand und die Schaulustigen liefen chaotisch durcheinander.

In den Zeitungen der Welt findet der Schuss seinen Widerhall: Ist das etwa der Funke, der das Pulverfass in Brand stecken könnte?

„Nun ja, das könnte tatsächlich passieren." Der Herr Doktor Siegfried von Stein zuckt mit den Schultern. „In Österreich meinen die Zeitungen jedoch, dass die politischen Folgen dieses Meuchelmordes arg übertrieben werden."

„Ich bezweifle sehr, dass der Tod des Thronfolgers Franz Ferdinand wirklich die feine Balance zwischen den Großmächten aus dem Gleichgewicht bringt", erwidert Hildegards Vater.

Eine Woche lang beherrscht ausschließlich dieses Thema die Tischgespräche. Jeder Baron, jeder Armeeoffizier, jeder Kaufmann und Postbeamte, ja sogar der Pfarrer, sie alle wissen tagelang, wie man am besten darauf reagieren sollte.

Doch am nächsten Sonntag sitzen der Herr Baron Langner und Frau Langner allein in der Kirchenbank. „Gustav ist nach Deutsch-Südwest zurückgekehrt", erklärt Frau Langner nach dem Gottesdienst mit Tränen in den Augen. „Er ist nach Hause gefahren, solange er noch konnte – man weiß ja nie, was noch geschehen wird. Ach, ich habe solche Sehnsucht nach dem Kind."

Für Hildegard sind diese Worte wie ein Eimer kaltes Wasser ins Gesicht. Ihr stockt der Atem und sie spürt, wie ihr das Blut langsam in den Adern gefriert.

Dann dreht sie sich um und geht zum nächsten Baum. Sie drückt ihren Rücken fest gegen den rauen Stamm.

Gustav? Weg?

In diesem Moment fühlt sie sich so, als würde sich gleich ihr Magen umdrehen und sein Inhalt die Speiseröhre emporklimmen. Sie muss aufstoßen, die Beine werden ihr weich und ihre Kehle zieht sich krampfhaft zusammen. Nur stoßweise geht ihr Atem und ihr Herz fängt an zu weinen.

Nein, nein, das kann doch nicht sein!

Während sie nach Hause fahren, nimmt Hildegard nichts von ihrer Umgebung wahr. Beim Mittagessen schmeckt sie nichts. Sie gibt sich alle Mühe, sich nichts anmerken zu lassen. Denn ihr Geheimnis möchte sie mit niemandem teilen.

Nach dem Essen stolpert sie nach draußen. Über allem liegt eine sonntägliche Stille, selbst die Pferde im Stall rühren sich nicht.

Sie schmiegt ihren Kopf an das zahme, alte Wagenpferd. Sein Körper fühlt sich an ihrem warm an. „Kannst du dich an Gustav erinnern?", fragt sie das Pferd. „Er ist weg, weit, weit weg. Und er hat mir noch nicht einmal Auf Wiedersehen gesagt."

Vielleicht ist es das, was sie am meisten bekümmert – dass auch Gustav einfach weggegangen ist, ohne sich von ihr zu verabschieden. Denn er ist der einzige Mann, den sie jemals heiraten würde, das weiß sie jetzt. Und er ist zurück in seiner Heimat, weit weg über dem Meer, zurück in seinem weiten, trockenen Land voller Sonnenschein.

Das Pferd schaut sie an, seine Augen sehen müde und traurig aus. Vielleicht versteht es sie doch.

Vielleicht sollte sie Nonne werden und den ganzen Tag lang mit einem Rosenkranz zwischen den Fingern dasitzen und beten. Aber das wird sicher nicht gehen – in der lutherischen Kirche gibt es keine Nonnen.

Der Knoten in ihrer Kehle wird immer größer. Erst am Abend, als sie im Bett liegt, überwältigt der Kloß ihre Willenskraft und ergießt sich in einem lautlosen Strom von Tränen.

Ihr Herz ist gebrochen, weil Gustav weg ist, für immer. Seine Stimme ist verstummt, seine Geschichten werden nicht mehr erzählt, seine Hände bewegen sich nicht mehr.

Vor allem an seine Augen, seine grauen Augen, erinnert sie sich.

Gustav.

Sie weiß nicht mehr ein noch aus.

3. Kapitel

Der Sommer hat Einzug gehalten. Das Laub an den Bäumen und Sträuchern ist saftig grün und die Lerchen zwitschern über den weiten Grasflächen. Die Gärten blühen in bunten Farben, die Sonne steht früh auf und geht erst spät wieder zu Bett.

Doch Hildegards Tage sind dunkel und in ihrem Herzen herrscht tiefster Winter.

Die hellen Sonnenstrahlen reichen auch nicht bis in die Küche – Madame Dubois ist nach Frankreich zurück, solange das noch möglich war.

Auch in den Gesprächen fehlt die Sonne. Denn die Zeitungsartikel bleiben nüchtern: Die Welt sitzt auf einem Pulverfass, stolpert von einer diplomatischen Krise in die nächste. Kaiser und König, Zar und Sultan schließen Allianzen, geloben sich im Geheimen die Treue, misstrauen sich aber untereinander. Ultimaten werden gestellt, junge Männer einberufen, Armeen an den Landesgrenzen zusammengezogen.

Am 28. Juli explodiert die erste Bombe. Mit Unterstützung von Kaiser Wilhelm II. erklärt Österreich-Ungarn Serbien den Krieg.

Er breitet sich aus wie ein Flächenbrand in einem dürren Wald, schreibt dieselbe Zeitung ein paar Tage später. Ein uraltes Pulverfass nach dem anderen geht in Flammen auf: Russland, Frankreich, Großbritannien. Sogar das neutrale Belgien und Luxemburg werden hineingezogen.

Das ist ein schöner Vergleich, denkt Hildegard, aber kein schönes Bild. Denn alles läuft nur auf ein Wort hinaus: Krieg. Ein furchteinflößendes Wort.

Was ist schlimmer: der Krieg oder dass Gustav weggegangen ist?

„Wir werden gezwungen sein, an zwei Fronten zu kämpfen", sagt ihr Vater eines Morgens bekümmert. „Gegen Frankreich und England im Westen und gegen Russland an unserer Ostgrenze."

„Sorge du lieber dafür, dass die Armee genügend Pelze bekommt", erwidert ihre Mutter. „Und kümmere dich darum, dass wir wieder eine bessere Köchin kriegen."

Hildegard flüchtet sich nach draußen, das Haus ist ihr zu eng geworden. Nun sehnt sie sich nach den Zeiten zurück, in denen sie mit Brigitte und Antje Schmidt in der Klasse von Meister Rosenberg gesessen hat, in denen Meister Schroeder sich nachmittags eine Tonleiter nach der anderen angehört hat und Herr Mäkelä ihnen den Two Step beigebracht hat. Als Gustav ihnen einmal pro Woche Reitunterricht gegeben hat.

Ihr Herz weint Nacht für Nacht wegen Gustav. Tagsüber lehnt sie sich mit dem Rücken an die Stallmauer, schreibt für ihn lange Gedichte und verbrennt sie anschließend im Kohlenofen zu Asche. Sie spielt ihm etwas auf dem Klavier vor, redet mit ihm und träumt ihre eigenen Träume. Dabei weiß sie, dass Luftschlösser nur Schall und Rauch sind.

„Gustav ist weg“, sagt sie, während Franz ihr Pferd sattelt.

Aber er schaut nicht auf, sondern nickt nur.

„Mein Herz tut mir so weh.“

Er nickt.

„Ich glaube, wir werden ihn nie mehr wiedersehen.“

Wieder nickt er. Als das Pferd so weit ist, reicht er ihr die Zügel und wendet sich ab. Dann dreht er sich wieder um und sagt: „Er war mein Freund.“

Er sagt das sehr leise, aber er sagt es.

Sie holt tief Luft. „Ich weiß. Er war auch mein Freund.“

Dann geht Franz ohne ein Wort des Grußes weg.

Franz hat mit mir gesprochen, denkt sie. Und auf einmal ist sie nicht mehr so allein.

Die Gespräche und Mutmaßungen über den Krieg werden eines Abends beim Essen Wirklichkeit. „Die Russen kommen aus Südosten direkt auf Königsberg zumarschiert“, verkündet ihr Vater und dabei hört sich seine Stimme finster an. „Charlotte, wir müssen alle Vorbereitungen treffen, damit wir flüchten können, wenn es nötig wird.“

Der Schreck fährt Hildegard in die Glieder, noch bevor ihr Kopf versteht, um was es geht. Sie schlägt die Hände vors Gesicht. Fliehen – vor den Bolschewisten? Schon wieder?

„Ich fliehe nicht. Hör mir gut zu, Wolfgang von Plötzke, ich fliehe nicht." Ihre Mutter dreht sich um und geht hocherhobenen Hauptes hinaus. Sie hören nur noch, dass irgendwo eine Tür ins Schloss fällt.

Der Knoten in Hildegards Hals zieht sich langsam wieder zusammen. Bolschewisten. „Papa?"

Die Augen ihres Vaters starren ausdruckslos nach vorn. Er wischt sich den Mund mit der Hand ab und schüttelt den Kopf. „Ja, es wird wahrscheinlich auch nicht nötig sein, ich weiß es nicht. Aber man muss doch vorbereitet sein. Ich kenne die Russen, die machen keine Spielchen. Sag Kasia, dass sie das Nötigste zusammenpacken soll, und ..."

„Kasia ist weg, Papa."

„Weg? Sie auch?" Ihr Vater macht eine ungeduldige Handbewegung. „Verschwinden denn die Bediensteten jetzt wahrhaftig einer nach dem anderen? Sogar den Stallknecht haben sie meines Wissens eingezogen, allerdings weiß ich nicht, inwieweit man den Leuten glauben kann."

„Franz? Muss er auch in den Krieg ziehen?" Hildegard hat vergessen, dass sie seinen Namen eigentlich gar nicht kennen dürfte.

Die blauen Augen ihres Vaters betrachten sie kühl. „Anscheinend soll er sich um die Pferde kümmern. Iss jetzt zu Ende, dann kannst du dich entschuldigen, Hildegard."

Langsam schüttelt sie den Kopf. Mit einem schnellen Zungenschlag hat ihr Vater das kleine bisschen Vertrauen, das sich zwischen ihnen beiden entwickelt hat, wieder zerstört.

Gedankenverloren geht sie die Treppe hinauf auf ihr Zimmer. Gustav hätte niemals so mit ihr geredet. Er ist der einzige Mensch in der ganzen, weiten Welt, der sie respektiert und wie eine Erwachsene behandelt.

Behandelt hat.

Die ganze Nacht wälzt sie sich zwischen ihren Kissen herum und versucht zu schlafen. Dabei muss sie immer wieder an Franz denken, der nur mit Mühe zum Reden gebracht werden kann. Auf einmal kommt Gustav aus dem Nebel heraus auf einem Schiff angefahren. „Gustav! Gustav!", ruft sie, „Franz musste in den Krieg ziehen. Niemand wird ihn verstehen!" Doch Gustav hört sie nicht.

Er ist ja auch nicht mehr hier, wird ihr in den frühen Morgenstunden klar.

Sogar seine Großeltern, der ehrwürdige Baron Langner und seine liebe Frau, sind jetzt verschwunden, anscheinend sind sie zu einem ihrer Kinder gezogen.

In den frühen Morgenstunden kommt der Krieg zu ihnen ins Haus.

Träume ich?, fragt sich Hildegard, während sie vom Schlaf noch wie benebelt ist. In der Ferne kann man ein tiefes Grollen hören. Ist das ein Gewitter? Oder zieht ein Sturm heran?

Die Erkenntnis macht sie mit einem Schlag wach. Angestrengt presst sie sich beide Hände auf die Ohren, das Geräusch ist immer noch zu vernehmen. Dann springt sie aus dem Bett, schließt das Fenster und zieht den Vorhang zu. Doch das dumpfe Dröhnen der Artillerie dringt auch durch Fenster und Vorhang hindurch und geht ihr durch Mark und Bein.

Das ist der Krieg, wird ihr klar. Das ist der Krieg, die Bolschewisten sind hinter uns her.

Und Papa! Papa!, will sie rufen, die Bolschewisten wollen mich holen!

Doch die Augen ihres Vaters schauen sie schon seit Tagen so an, als habe er seine eigenen Ängste durchzustehen.

Der rollende Donner, das scharfe Geknatter und die dumpfen Schläge gehen tagelang so weiter. Es ist nervenaufreibend. Manchmal sind sie dumpfer, manchmal deutlicher zu hören.

Jeden Tag wieder. Das Geräusch füllt Hildegard nach und nach immer mehr aus, bis schließlich ihr ganzes Dasein davon erfüllt ist.

Gibt es dort überhaupt noch etwas Lebendes, das man erschießen könnte?

Ihre Reisetasche steht bereit, die Notvorräte sind gepackt. Die Pferde bleiben im Stall, die Rasenflächen ungemäht, das Strickzeug liegt unangetastet in ihrem Korb. Und das Dienstmädchen sitzt schweigend in der Küche und schält Kartoffeln.

Sie sind im Haus eingekerkert, haben Angst, sind wie Mäuse, die es nicht wagen, ihren Kopf aus dem Mauseloch zu stecken. Ihre Mutter bleibt in ihren Gemächern, Hildegard und ihr Vater gehen von Zimmer zu Zimmer, nehmen im einen etwas mit und bringen es ins andere. Auf dem Flur vor dem Studierzimmer gehen sie schweigend aneinander vorbei und sitzen zum Essen wortlos nebeneinander am Tisch. Sie teilen einander ihre Ängste nicht mit, denn dann bekommen sie eine Gestalt.

Und das Geknatter geht weiter wie ein Hagelsturm, der niemals aufhört. Sobald der Wind dreht, kommt es näher, bis es schließlich im Haus ist. Selbst wenn sie Schuberts „Marche Militaire" auf die Klaviertasten hämmert, werden die Geräusche nicht gedämpft. Denn sie sind tief in Hildegards Kopf eingehämmert.

Tröpfchenweise sickern die Neuigkeiten durch: Die Russen haben doppelt so viele Soldaten wie die Deutschen, die deutsche Achte Armee steht in der Gefahr, eingeschlossen zu werden.

Wie es Franz wohl geht?, fragt sich Hildegard während dieser langen Stunden. Doch das Dienstmädchen zuckt nur mit den Schultern und rührt weiter in ihrem Topf mit Kartoffelsuppe. „Woher soll ich das wissen? Ich habe nie etwas mit ihm zu tun gehabt."

Hildegard sehnt sich so sehr nach Gustav. Ob sein Schiff schon im Hafen von Swakopmund angekommen ist? „Papa, wie lange ist denn so ein Schiff unterwegs, bis es in Swakopmund ankommt?"

Ihr Vater runzelt die Stirn, weil er die Frage nicht versteht. „Welches Swakopmund?"

„Das in Deutsch-Südwestafrika."

„Woher soll ich das wissen? Hildegard, belästige mich bitte nicht mit irgendwelchen unnötigen Dingen."

Dann verbreitet sich die Nachricht, dass der große Paul von Hindenburg aus seinem Ruhestand zurückbeordert worden sei. Nun ist er der Oberbefehlshaber der deutschen Truppen.

Wer ist dieser große Paul von Hindenburg? Aber sie fragt lieber nicht.

Stattdessen versucht sie an andere Dinge zu denken. „Werde ich immer noch in die gehobenen Kreise eingeführt werden, wenn ich vierzehn bin, Mama?"

Ihre Mutter schaut sie an, als wäre sie minderbemittelt. „Jetzt, wo es in diesem Riesenhaus nur noch drei Dienstboten gibt? Sei nicht albern, Hildegard."

Das war sicher eine dumme Frage. Aber der Krieg kann doch nicht ewig dauern.

„Nein, ach was, dieser Krieg ist schnell vorbei", versichert ihr Vater ihr beim Abendessen. Das klingt so, als habe er keine Angst mehr. „Die Leute sagen, dass den Russen langsam die Vorräte ausgehen. Wir werden ihnen schon noch die Hölle heißmachen – ich hoffe, uns gelingt es, ihre Zweite Armee total zu vernichten."

Die Gefechte haben sich nun so weit wegbewegt, dass man sie die meiste Zeit nicht mehr hören kann. Nur die schweren Explosionen werden manchmal noch vom Wind angeweht, gelegentlich kann man auch am Horizont Staubwolken erkennen.

Ob Franz in all diesen Donnerschlägen, diesen Blitzen und dem Kugelregen noch die Pferde versorgt?

Schließlich wird es stiller, später sogar totenstill, sodass ihr Vater eines späten Nachmittags sagt: „Ich glaube, die Ostfront ist gesichert. Jetzt müssen wir aufpassen, dass wir uns an der Westfront nicht festfressen. Ich sage dir, Charlotte, dieser Krieg ist Weihnachten schon wieder vergessen und dann werden meine Geschäfte auch wieder so gehen wie früher."

„Ja, Wolfgang von Plötzke, du weißt auch alles", erwidert ihre Mutter.

Nach den tagelangen Gefechten feiert ihr Vater den deutschen Sieg mit einem Essen für seine zurückgekehrten Freunde aus der Armee.

Hildegard darf auch mitessen. Zum ersten Mal seit Tagen fühlt sie sich leichter ums Herz. Der Krieg ist vorbei, die Bolschewisten sind keine Gefahr mehr. Kritisch betrachtet sie ihre neuen Kleider und entscheidet sich für ein tiefblaues Kleid, das ihre Figur in jeder Hinsicht vorteilhaft unterstreicht. Brigitte sieht schon wie eine richtige Frau aus, sogar Antjes dürrer Körper hat schon weibliche Proportionen angenommen. Deshalb möchte Hildegard auch nicht mehr wie ein Kind aussehen.

Als Brigitte Frauengeschichten erzählt, möchte Hildegard sie lieber nicht hören, denn ihre Liebe zu Gustav ist so rein und schön. Jeden Tag sehnt sie sich so sehr nach ihm.

Die Haare machen ihr Probleme. Sie würde sie gern in einer eleganten Rolle hinter dem Kopf tragen, aber leider ist sie äußerst ungeschickt. Schließlich holt sie das Foto von Prinzessin Victoria Louise an ihrem Hochzeitstag zum Vorschein. Dann bürstet sie ihr Haar, sodass es ihr lose über die Schultern fällt. Das sieht zwar nicht ganz so aus wie die Frisur der Prinzessin, aber sie ist zufrieden damit.

Ich wollte, Gustav könnte mich so sehen, denkt sie. Denn ihr Spiegelbild verrät deutlich, dass sie hübsch ist, beinahe so hübsch wie eine Erwachsene.

Doch als sie so ihrem Vater unter die Augen tritt, schickt der sie sofort wieder auf ihr Zimmer. „Geh und steck dir die Haare hoch, das sieht unordentlich aus."

Der ganze Abend ist verdorben, sogar das blaue Kleid sieht auf einmal nicht mehr so schön aus. Und als dann der Herr Doktor das furchtbare Gemetzel unter den Menschen in allen Einzelheiten schildert, wünscht sich Hildegard, sie wäre nicht zum Essen gekommen.

Ich habe solche Sehnsucht nach Gustav und kann ihn einfach nicht vergessen, denkt sie. Wo er wohl gerade ist?

Und wo ist der arme Franz?

Eines Morgens ist Franz zurück, ohne ein Wort zu sagen, genauso verschlossen wie immer. Mit dem Rücken gegen die weiß gekalkte Stallmauer gelehnt sitzt er in der Kühle.

Unverhoffte Freude kommt in ihr auf. „Du bist wieder da!"

Schüchtern schaut er auf und nickt.

„Wie ist es gewesen, Franz? Manchmal habe ich Gewehrfeuer gehört, sogar die Staubwolken von den Granaten konnten wir sehen. Ich habe die ganze Zeit ... Angst gehabt."

Er nickt.

„Hast du auch Angst gehabt, Franz? Rede doch mit mir!"

„Ich habe die Pferde versorgt."

Sie lächelt froh, denn er hat gesprochen. „Das weiß ich. Du bist sehr gut mit Pferden, du verstehst sie."

Totenstill sitzt er da.

„Ich möchte in Kürze ausreiten. Kannst du mein Pferd satteln?"

Er steht auf. Er ist noch dünner als vorher, denkt Hildegard.

Als das Pferd gesattelt ist, reicht er Hildegard die Zügel. „Der russische General hat sich selbst eine Kugel in den Kopf geschossen, weil sie verloren haben. Der Krieg ist jetzt zu Ende."

„Ja, Franz, der Krieg ist jetzt vorbei."

Doch bei den Baronen, den Pfarrern, dem Herrn Doktor sowie bei ihrem Vater und den Menschen vor der Kirche und dem Stallknecht legt sich nach und nach der Optimismus. Denn die Zeitungen berichten von den Kriegshandlungen im Westen, in die immer mehr Länder hineingezogen werden.

„Ich hasse den Krieg", verkündet Hildegard eines Morgens nach dem Gottesdienst.

„Also ich finde, dass den jungen Männern ihre Uniformen ausgesprochen gut stehen", seufzt Brigitte und wickelt sich eine ihrer blonden Locken um den Finger.

Antje schaut zum Himmel und sagt gar nichts.

Entschlossen holt Hildegard ihren Atlas heraus – den, in den Gustav Pfeile hineingemalt hat, um ihr die verschiedenen Bündnissysteme zu verdeutlichen. Das Osmanische Reich ist jetzt auch eine Konfliktpartei. Sie nimmt einen Bleistift und zieht einen Kreis um die Mittelmächte: Deutschland, Österreich-Ungarn und das Osmanische Reich. Wenn noch jemand dazukommen sollte, dann muss sie den Kreis wieder ausradieren und größer einzeichnen. England, Frankreich und Russland sind der Feind.

Mit dem Bleistift in der Hand überlegt sie lange. Eigentlich darf man in Büchern nicht herummalen, das weiß sie. Wenn sie den Bleistift allerdings nur ganz leicht aufdrückt, kann sie es später wieder ausradieren. Sie lächelt kurz und zeichnet dann in jedes der drei Länder ein hässliches Gesicht: England wird eine Hexe mit einer langen, spitzen Nase, Frankreich wird ein Troll mit einem bösartigen Mund und aus Russland wird ein Teufel mit aufgeblasenen Backen und den zornigsten Augen, die sie zeichnen kann – ihr Vater sagt immer, dass die Russen voller Teufeleien stecken. Jetzt sehen die Länder wirklich aus wie Feinde.

Eines Tages liest Hildegard in der Zeitung, dass die Streitkräfte der Union von Südafrika schon im September die Grenze von Deutsch-Südwestafrika überschritten und die Polizeistation von Ramansdrift angegriffen haben. Die Soldaten, die auf deutscher Seite gekämpft haben, sind gefangen genommen und in Lager gebracht worden.

Sie runzelt die Stirn. Lager? Wenn sie Gustav nur einen Brief schreiben könnte. Fliegen die Kugeln denn so weit?, würde sie ihn fragen. Über das Meer bis in dein weites, offenes Land mit den wilden Tieren und Diamanten, der Sonne und dem Sand?

Und wo bist du? Wie weit ist Ramansdrift von Okahandja entfernt?

Doch Gustav hat immer noch keinen Nachnamen und sie hat auch immer noch keine Adresse von ihm. Dazu kommt, dass weder Okahandja noch Ramansdrift in ihrem Schulatlas zu finden sind. Deutsch-Südwestafrika wird für sie kein Ort – es bleibt einfach nur ein flacher, gelber Fleck auf Seite achtunddreißig.

Weihnachten kommt und geht wieder, ganz ohne Weihnachtsbaum – denn wie soll er geschmückt werden? Und auch ganz ohne das traditionelle Festmahl – denn wer soll es kochen?

Ganz zu Beginn des neuen Jahres zieht ein Zeitungsartikel Hildegard in seinen Bann. Versteckt zwischen all den Lobeshymnen auf die zahlreichen Siege auf dem Schlachtfeld hätte sie ihn beinahe übersehen.

Weihnachtsfrieden – so lautet die Überschrift.

Am Heiligen Abend haben an der Westfront die Waffen geschwiegen und aus dem gefrorenen Schlamm der Schützengräben erklangen Weihnachtslieder, heißt es in dem Artikel.

Weihnachtslieder aus dem Schlamm der Schützengräben? Hildegard muss lächeln, das hört sich nach einer schönen Geschichte an. Sie kuschelt sich tiefer in ihre gemütliche Daunendecke und liest weiter.

„Wir haben zu Anfang unsere Laufgräben geschmückt. Am Rand haben wir Kerzen aufgestellt, sie angezündet und dann Weihnachtslieder gesungen“, berichtet ein einfacher deutscher Soldat von der Westfront in Frankreich. „Dann haben die Tommies auch zu singen angefangen. Schließlich haben wir alle gesungen: Engländer, Franzosen, Schotten, Preußen, Württemberger. Alle haben zusammen gesungen und am Ende haben wir alle in ‚Nehmt Abschied, Brüder, ungewiss‘ eingestimmt.“

Hildegard kann sich das Bild gut ausmalen. Es ist sehr anrührend.

„Am ersten Weihnachtsfeiertag haben wir uns gegenseitig Grußbotschaften zugerufen", berichtet ein zweiter Augenzeuge. „Dazu sind wir aus den Schützengräben geklettert. Dann sind wir ins Niemandsland gelaufen und haben Geschenke ausgetauscht: Essen, Getränke und Tabakwaren. Auch Andenken, wie beispielsweise Knöpfe und Mützen. Überall war es still, man konnte kein Gewehrfeuer mehr hören. Unsere Toten haben wir eingesammelt und sie begraben. Dieses merkwürdige Weihnachten an der Front werde ich nie wieder vergessen."

Das war so etwas wie ein Wunder, denkt Hildegard erstaunt. Das ist der Weihnachtsfrieden gewesen, den Nanny ihr hatte beibringen wollen. Vielleicht beginne ich jetzt erst, ihn zu verstehen.

Irgendwo haben die verfeindeten Soldaten sogar Fußball miteinander gespielt. Die Deutschen haben das Spiel gewonnen, unterstreicht die Zeitung.

Und irgendwo in dem Schnee, dem Rauch und dem Schlamm an der fernen Westfront, in dieser Wildnis aus umgepflügtem Boden und Granattrichtern, zwischen Baumwurzeln und Uniformresten, irgendwo da hat jemand einen Weihnachtsbaum gefunden und ihn geschmückt – es war ein Augenblick himmlischen Friedens, der scheinbaren Normalität in der stinkenden Hölle der Schützengräben.

Das Jahr 1915 schleppt sich schlafwandlerisch vorbei. Wenn man den Zeitungen Glauben schenkt, dann folgt ein deutscher Sieg auf den nächsten – Deutschland über alles.

Dagegen sprechen die Gerüchte, die vor allem nach dem Gottesdienst vor der Kirche verbreitet werden, eine andere Sprache: An der Westfront hausen die jungen Männer wie Ratten in den Schützengräben. „Die Zustände sind unmenschlich, es gibt keinen Schutz vor Schnee und Wind, keinerlei Hygiene ..."

Hildegard dreht sich um und läuft weg, sie spürt in ihrer Kehle, wie ihr schlecht wird. Bereitet es den Leuten Vergnügen, anderen solche Ekelgeschichten aufzutischen?

Auf einmal ist da ein junger Mann vor der Kirche, dessen einer Ärmel in die Jackentasche gesteckt ist. „Die Männer verheddern sich in den Stacheldrahtrollen. Du, wenn sie dann versuchen, sich loszumachen, reißen sie sich dabei Stücke aus dem Fleisch. So verzweifelt sind sie. Und dann werden sie von den Maschinengewehren einfach zusammengeschossen“, erzählt er.

„Er hat seinen Arm durch eine Granate verloren“, flüstert ihr Antje Schmidt im Vertrauen zu.

Frieden auf Erden?

Nehmt Abschied, Brüder, ungewiss ...?

Die Tage und Wochen in dem kalten, alten Haus am Rand von Königsberg schleppen sich finster weiter. Hildegard liest die Zeitung von Anfang bis zum Ende durch, weil es nichts anderes mehr zu lesen gibt. Und so stößt sie ab und zu auf versteckte Artikel darüber, dass die Armee der Südafrikaner in Deutsch-Südwestafrika einfach zu groß war für die Handvoll Deutschen dort. Schon Mitte des Jahres hat die Schutztruppe in der Nähe von Khorab kapituliert.

Wo ist Khorab?, fragt sich Hildegard. Gibt es dort auch Schützengräben und Stacheldrahtrollen? Hat Gustav vielleicht auch in so einem Schützengraben gekämpft?

Gustav. Allmählich wird es besser, aber ihr Herz tut immer noch weh, wenn sie an ihn denkt.

Zu Hause gibt es in den Ställen Ratten, sogar in ihrem Hinterhof sind einige und manchmal findet sich sogar eine in der Küche.

Das neue Jahr bricht finster, kalt und aussichtslos an. Hildegard sitzt am Klavier und spielt die Mondscheinsonate. Dieses Jahr werde ich sechzehn, denkt sie. In diesem Jahr wird der Krieg vielleicht zu Ende gehen. Schließlich kann doch nicht immer Krieg sein, oder?

Die Stunden kriechen einsam und einsilbig von einer Mondphase am Horizont zur anderen.

Franz ist schon seit Monaten wieder an der Ostfront. Das einzige Dienstmädchen, das noch in der Küche arbeitet, muss täglich für Brot, Zucker, Mehl und Kaffee anstehen, manchmal auch umsonst, weil es nichts mehr gibt.

Der Einzige, der noch zu Besuch kommt, ist Pfarrer Schumanski mit seinem ewigen Geseufze. Und manchmal der Herr Doktor Siegfried von Stein, der nun auf unbestimmte Zeit in dem Militärkrankenhaus in Königsberg stationiert ist.

„Die prächtige, neue Stadthalle mit ihrem Konzertsaal, dem Restaurant und dem Gartencafé ist jetzt ein Lazarett", erzählt der Herr Doktor.

Ein Lazarett?, wundert sich Hildegard. Noch in der letzten Saison hat sie dort zusammen mit ihren Eltern das Königsberger philharmonische Orchester gehört. Hört man da jetzt das Stöhnen der Verwundeten und die Schreie von Menschen in Not? Unwillkürlich überkommt sie ein Schaudern.

„Die Not ist so groß, dass man ihrer nicht Herr wird." Die dunklen Augen des Herrn Doktors sehen müde aus. „Es gibt zwar ehrenamtliche Helfer, aber es sind viel zu wenige. Es ist hoffnungslos."

Das hört sich interessant an, denkt Hildegard plötzlich. „Was sind das denn für ehrenamtliche Helfer, Herr Doktor?"

„Das sind Frauen, die in der Küche helfen, die Betten machen, die Patienten füttern oder einfach nur zuhören, wenn sie erzählen." Er wendet sich wieder ihrem Vater zu. „Weißt du, Wolfgang, es ist einfach großartig, dass sich Mädchen und Frauen freiwillig melden, um uns zu unterstützen.

Hildegards Vater scheint sehr skeptisch zu sein. „Ja, das ist nett von ihnen, aber …"

Der Herr Doktor schaut ihn durchdringend an. „Aber Wolfgang, es wird immer schlimmer. Wir bekommen immer mehr Gasopfer, junge Männer, deren Lungen so verbrannt sind, dass sie sie in kleinen Stücken heraushusten, während sie langsam an ihrem eigenen Blut ersticken. Ich ..."

Hildegard wird bleich. Was er erzählt, zieht sich in ihrem Magen zu einem Knoten zusammen. „Entschuldige bitte, Hildegard, es tut mir leid. Das war nicht nett. Ich wollte dir nicht den Appetit verderben. Ich habe nicht bedacht, dass …" Dann wendet er sich schnell wieder den Männern zu. „Aber ihr versteht doch …"

Sie hört nicht weiter zu. Es geht nur um Krieg, Krieg. Das hört niemals auf.

Ehrenamtliche?

„Och, ja, in diesen Zeiten gibt es kein Recht und keine Ordnung mehr", seufzt Pfarrer Schumanski schwermütig. „Nirgendwo, in keinem Land."

Ehrenamtliche? Die sich um die armen, jungen Männer aus den Schützengräben kümmern, mit ihnen reden und ihnen zuhören.

Die Stimme des Herrn Doktor dröhnt weiter. „Was mir Sorgen

macht, ist, dass das Gas nicht an einem Ort bleibt. Nicht nur die Schützengräben, sondern auch die Gebiete drumherum werden von dem Gas genauso verseucht. Die natürlichen Trinkwasserquellen werden vergiftet ..."

Auf der anderen Seite: Stücke aus der Lunge …? Das muss schrecklich aussehen.

Nein, lieber nicht.

Als sie am nächsten Sonntag nach dem Gottesdienst Antje Schmidt davon erzählt, erwidert diese: „Ja, mein Onkel hat auch schon davon berichtet. Ich habe mich letzte Woche dort gemeldet und helfe jetzt mit, meine Schwester auch. Wir tun es für Kaiser und Vaterland."

„Nein, danke!", sagt Brigitte mit Nachdruck.

Hildegard schaudert es. „Ist das nicht ... äh ... schlimm?"

Antje rollt die Augen. „Hildegard, bitte! Es ist Krieg, vergiss das nicht."

Die Woche schleppt sich todlangweilig dahin. Es gibt kein Buch im Haus, das sie nicht schon gelesen hätte, und ihr kommt es so vor, als sei das Klavier so oft gespielt worden, dass es verstimmt sein muss.

Im Lazarett träfe sie andere Menschen, junge Männer, die verwundet und krank sind, junge Frauen, die ehrenamtlich helfen. Eigentlich kann es nicht schlimmer sein als die Einsamkeit in diesem großen, kalten Haus.

Denn es wird kein Feuer mehr entzündet – wer soll denn das Holz hacken? Für die Ölöfen gibt es kein Öl mehr und auch kein Geld, um Öl zu kaufen. Der Krieg hat die goldene Gans ihres Vaters geschlachtet, niemand kauft in diesen Zeiten Pelze.

Was denkst du, Gustav?, fragt sie sich eines Nachts. Soll ich als Ehrenamtliche im Lazarett arbeiten? Traust du mir das zu? Ich kann doch kein Blut sehen ...

Doch Gustav ist nur noch schemenhaft zu erkennen. Auch er verschwindet allmählich aus ihrem Leben, so wie Nanny.

Nur sie allein kann die Entscheidung treffen. Und wenn sie sie trifft, dann wird sie sie auch umsetzen. Ihr Vater kann jetzt sagen, was er will, sie muss selbst entscheiden, was sie mit ihrem Leben anfangen will. Und sie möchte ganz gewiss nicht zu Hause herumsitzen und ihr Gesicht mit Sahne einschmieren. Niemals will sie so werden wie ihre Mutter.

Plötzlich spürt sie einen seltsamen Stolz in sich aufkommen, sie fühlt sich beinahe so wie eine Erwachsene. Das ist die erste Entscheidung, die sie ganz allein getroffen hat. Nun muss sie nur noch ihre Eltern überzeugen.

„Die jungen Männer unseres Volkes brauchen mich, Papa", sagt sie am Abend. „Kaiser Wilhelm hat das auch gesagt: Jede stolze Deutsche muss ihre Pflicht tun."

„Das hat er gesagt, ja", stimmt der Vater ihr zögernd zu.

„Ich denke, das ist eine sehr edle Entscheidung, Hildegard", mischt sich der Herr Doktor in das Gespräch ein. „Ich werde mich persönlich darum kümmern, dass Hildegard in den richtigen Krankensälen zum Einsatz kommt. Sie ist ein hochintelligentes Mädchen und das ist es, was die Soldaten brauchen, um ihre Moral wieder aufzubauen – eine anregende Gesellschaft."

Doch als sie am Abend die Sache mit ihrer Mutter besprechen möchte, ist diese total dagegen. „Eine Dienstbotin in einem Lazarett? Das ist doch wohl nicht dein Ernst!"

„Doch, das ist es, Mama. Meine Entscheidung ist getroffen."

Ihr Vater dreht sich um und geht zur Tür – was ihn betrifft, ist das Gespräch vorbei. An der Tür wendet er sich noch einmal um. „Deine Mutter wird in jedem Fall etwas daran auszusetzen haben, egal, wie deine Entscheidung ausfällt, Hildegard", entgegnet er bitter und zieht die Tür hinter sich zu.

Ich weiß wirklich nicht, ob das die richtige Entscheidung gewesen ist, denkt Hildegard, als sie am nächsten Montagmorgen in der geschlossenen Kutsche zur Stadthalle von Königsberg fährt. Aber ich bin glücklich, es kommt mir so vor, als könnte ich endlich etwas Nützliches tun. Ich glaube, Gustav wäre stolz auf mich.

Vielleicht ist das das Gefühl, das die jungen Männer haben, wenn sie an die Front ziehen.

Vor der neuen Stadthalle hängt an einem hohen Mast die Fahne des Roten Kreuzes. Auf der Vordertreppe wartet Antje schon auf sie. Sie hat ein dunkelblaues Kleid an und einen weißen Kittel mit Bändern über den Schultern. Dazu trägt sie ein kleines, weißes Häubchen.

Trotz der Unsicherheit, die weiterhin an ihr nagt, ist Hildegard aufgeregt. Sie weiß, dass das kein Abenteuer werden wird, aber es kommt ihr zehnmal abenteuerlicher vor, als Tag für Tag zu Hause zu sitzen und zu warten ... auf was eigentlich?

„Ich bin froh, dass du hier bist, Antje, das ist alles noch so fremd für mich."

Antje macht eine abwehrende Handbewegung. „Du wirst dich schnell an alles gewöhnen. Komm, wir machen einen kleinen Rundgang, dann zeige ich dir, wo alles ist."

Aus der Vorhalle sind die Tischchen mit den Blumenvasen und den bequemen Sesseln verschwunden, stattdessen stehen dort nun Betten. „Immer, wenn eine Zugladung Verwundeter ankommt, werden sie zunächst hierhergebracht, bevor sie auf die richtige Station verlegt werden", erklärt Antje.

Eine Zugladung Verwundeter? So schlimm ist es?

Hildegard folgt ihr die Treppe hinauf. Auf den glänzenden Stufen hören sich ihre Schritte hohl an.

Die Luft riecht seltsam. Sie ist zum Schneiden dick, man bekommt beinahe keine Luft mehr. „Wonach stinkt es hier?"

„Karbolseife."

„Nein, das meine ich nicht, da ist noch etwas anderes, keine Seife. Es riecht so wie ... so wie etwas, was schlecht geworden ist. Wie verrottete Kartoffeln oder so."

Antje zuckt mit den Schultern. „Das könnten die septischen Wunden sein. Wahrscheinlich der Wundbrand. Wegen ihm müssen die Ärzte so viele Gliedmaßen abnehmen."

Hildegard dreht sich der Magen um. Ist sie hierauf wirklich vorbereitet? Doch Antje geht mit festen Schritten weiter und weist dabei Hildegard auf alles Mögliche hin.

In den Konzertsälen mit ihren glänzenden Böden, ihren reich verzierten Decken und goldenen Lampen stehen nun lange Reihen eiserner Bettgestelle. Sogar in den Logen des größten Saales stehen Bettgestelle.

Hier liegen die Bauch- und Rückenverwundungen, erläutert Antje im Vorbeigehen, hier die Kopfverletzungen, dort die Amputationen.

Überall sieht Hildegard Köpfe, die Körper sind unter weißen Laken und groben, grauen Decken versteckt. Überall hört sie Geräusche, gedämpfte Gespräche, Stöhnen, die leisen Schritte der Krankenschwestern in Weiß. Über alldem glitzern die Kristallleuchter und erzählen von einer Zeit, als alles noch anders war.

An den Wandpaneelen und den schweren Samtvorhängen vor den Fenstern klebt ein erstickender Geruch. „Ich ... brauche frische Luft“, stottert sie.

Antje betrachtet sie skeptisch. „Dann kannst du hier nicht arbeiten, geh besser sofort nach Hause.“

„Nein, nein, mir geht es gleich wieder gut.“

Draußen auf der Terrasse sitzen einige Verwundete in der Sonne. Die Gartenbänke und kleinen Tischchen stehen immer noch auf der grünen Rasenfläche unter der Pergola, im Wasser des Schlossteiches spiegeln sich immer noch die Sonnenstrahlen.

Hildegard atmet die saubere Luft mit tiefen Zügen ein. Ich kann das. Wenn Antje es kann, dann kann ich das auch, ringt sie sich verbissen durch. Doch sie ist unsicher.

„Ich gehe wieder hinein, ich habe viel zu tun“, sagt Antje. „Du kannst ja dort zu dem Kerl gehen und dir seine Geschichten anhören. Er heißt Heinz und redet ohne Punkt und Komma. Er hat so etwas wie einen Grabenkoller. Ich komme dich später wieder holen.“

Die Unsicherheit und mehr und mehr auch die Angst vor dem Fremden überwältigen sie. „Ich ... kann nicht lange bleiben.“ Aber da ist Antje schon wieder im Gebäude verschwunden.

Langsam atmet Hildegard durch und geht vorsichtig auf den jungen Mann zu. Er sitzt auf einem Stuhl unter einem Baum, neben sich ein Tischchen, seine Beine in eine graue Decke gehüllt. „Guten Tag“, sagt sie leise. „Ich heiße Hildegard.“

Der junge Mann schaut etwas überrascht zu ihr auf.

„Ich ... würde gern mit Ihnen reden. Sitzen Sie ... äh ... bequem?“

„Bequem? Nein, bequem ist es nicht gerade.“ Seine Stimme hört sich grob an, fast schon angriffslustig. „Nein, denn du hast ja auch keine Ahnung von den Schützengräben. Niemand hat die. Ich sehe vielleicht sauber aus, ja, aber dort ist es ekelhaft dreckig.“

Hildegard schreckt etwas zurück. „Ich ...“

„Da ist immer so ein modriger Schlamm, von der Seite sickert Wasser hinein, von oben kommt der Regen und Schneeflocken fallen herab. Wir schöpfen den Graben leer, pumpen ihn aus, bauen Dämme in die Schützengräben. Aber trotzdem fließt das Wasser immer wieder hinein. Du stehst ständig in modrigem Wasser. Wenn du etwas isst, riechst du nichts anderes und in diesen ekligen Pfützen musst du auch jede Nacht schlafen. Und weil du es auf keinen Fall trinken darfst, verreckst du vor Durst."

„Oh? Ich habe nicht ..." Die Augen des Mannes entsetzen sie – es sind Augen voller Angst, so wie die von einem Fuchs, der in eine Falle getappt ist.

„Und über uns geht das Gewehrfeuer immer weiter, vom ersten Dämmerlicht bis lange nach Sonnenuntergang, Tag für Tag, ununterbrochen. Du bist zu müde, um weiterzuleben, hast zu viel Angst, um schlafen zu können. Du darfst niemals deinen Kopf über den Rand des Schützengrabens stecken, denn dann ballern dir sofort vier oder fünf Tommie-Scharfschützen das Gehirn weg."

Plötzlich schnappt der junge Mann nach Luft, dabei schnellt seine Hand in die Höhe. Hildegard wird vom Schreck gepackt. Erst zuckt sie zurück, aber dann streckt sie doch die Hand aus und berührt ihn am Arm. „Ganz ruhig, hier sind Sie sicher." Sie schaut sich um, von dem anderen Personal ist niemand zu sehen.

Aufgeregt greift er nach ihrer Hand. „Du hast keine Ahnung, wie das in den Schützengräben ist, du hast einfach keine Ahnung!"

Als sie versucht, ihre Hand aus seinem Griff zu lösen, klopft ihr das Herz bis zum Hals. Aber es gelingt ihr, ihre Stimme unter Kontrolle zu bekommen. „Nein, ich habe keine Ahnung. Aber die Schützengräben sind weit weg, hier sind Sie sicher."

Wo zum Himmel bleibt denn Antje?

„Ich werde dir von den Schützengräben erzählen." Dabei sehen seine Augen völlig wild aus und seine Hände zittern.

Verzweifelt schaut sie sich um. „Nein, nein, Sie müssen sich erst beruhigen", versucht sie auf ihn einzureden. „Ich glaube, das regt Sie zu sehr auf."

Mit einem Mal laufen ihm Tränen über die Wangen. „Bitte, lass mich erzählen", bettelt er. „Du hast ja keine Ahnung von den Schützengräben, niemand hier hat eine Vorstellung davon. Davon wollen sie alle nichts hören. Sie sind so ahnungslos!"

„Gut", erwidert Hildegard unsicher. Wie war sie nur auf den Gedanken gekommen, hier als Ehrenamtliche zu arbeiten?

Die Worte strömen hervor, die Tränen laufen weiter. Wie eine

Welle nach der anderen kommen dem Mann die Worte über die Lippen, aber der Sinn ist immer derselbe. Wieder und wieder sagt er dasselbe, es hört nicht auf.

Schweigsam sitzt sie dabei und hört ihm zu. Allmählich wird sie ruhiger. Langsam fängt sie an, etwas vom Krieg zu begreifen – vom Krieg, der damit begonnen hat, dass patriotische junge Deutsche bereit waren, ihr Leben für Kaiser und Vaterland aufs Spiel zu setzen. Männer in der Blüte ihres Lebens, die als Helden in ihre Heimatorte zurückkehren, selbst dann, wenn es in einer Holzkiste geschieht.

Das ist … schrecklich, stellt sie mit großem Entsetzen fest.

Nach einer Weile scheint es, als würde der junge Mann auch ruhiger werden, so als bekäme seine Stimme einen ruhigeren Klang.

Plötzlich spürt sie die Hand auf ihrer Schulter, noch bevor sie die Stimme hört. „Ich habe mich schon gewundert, wo du bleibst."

Hildegard schaut auf. Die dunklen Augen des Herrn Doktor Siegfried von Stein schauen sie freundlich an, um seinen Mund spielt ein Lächeln. „Ich bin froh, dass du hier bist, Hildegard. Unser Volk braucht junge Frauen wie dich."

Er redet mit ihr wie mit einer Erwachsenen. „Ich ... äh ... danke, Herr Doktor."

„Heinz, es wird Zeit, dass du wieder hineingehst. Komm, komm, aufstehen, genug geredet, geh jetzt wieder auf deine Station. Hildegard, du kommst mit mir, ich werde dafür sorgen, dass du der richtigen Gruppe zugeteilt wirst. Wir wollen doch nicht riskieren, dass du hier putzen oder Kartoffeln schälen musst, nicht wahr?"

Putzen und Kartoffeln schälen erscheinen ihr mit einem Mal viel attraktiver, als jungen, verwundeten Soldaten zuzuhören, die ihre Geschichte erzählen. Trotzdem hat sie eine Entscheidung getroffen, sie wird helfen, aber sie wird keine Kartoffeln schälen. Sie will wirklich helfen. Entschlossen hebt sie das Kinn und schaut ihm in die Augen. „Gut, Herr Doktor."

Als sie am Spätnachmittag nach Hause fährt, lässt sie die Zügel locker. Langsam trottet das alte Pferd dahin, denn es kennt den Weg. Dafür ist sie dankbar, denn sie braucht etwas Zeit, um nachzudenken und ihre Gefühle unter Kontrolle zu bekommen.

Ich kann das, sagt sie wieder und wieder zu sich selbst. Ich kann das schaffen.

„Und, hast du dein kleines Abenteuer genossen?", fragt ihr Vater, als sie zur Tür hereinkommt. „Du willst doch sicher morgen nicht noch einmal dahin."

Was würde ihr Vater schon verstehen? „Das ist kein Abenteuer", entgegnet sie entschieden. „Das ist das Gesicht des Krieges. Für einen Soldaten habe ich einen Brief an seine Mutter geschrieben, er hat den rechten Arm verloren. Dann habe ich mir noch die Geschichten von ein paar anderen angehört. Es ist gut, wenn sie reden, der Herr Doktor sagt, dass ihnen das hilft. Und ja, ich gehe morgen und an allen Tagen danach wieder dorthin, um zu helfen."

Aufgrund ihrer heftigen Reaktion sieht ihr Vater etwas überrascht aus. „Der Herr Doktor hat mir versprochen, er würde dafür sorgen, dass du keine schlechten Dinge tun musst, die sich für eine junge Dame mit deinem Hintergrund nicht ziemen würden."

Hildegard seufzt. „Ja, Papa. Er kümmert sich gut um mich."

Und er spricht mit mir, so wie Gustav auch mit mir gesprochen hat, denkt sie. Aber das sagt sie lieber nicht.

Das Lazarett lernt sie schnell kennen: Im Hochzeitssaal mit seiner Stuckdecke und den goldenen Lampen liegen nun die Patienten mit den Kopfverletzungen. Die Garderobe mit den dicken Säulen – von der Sorte, die Simson im Alten Testament umgeworfen hat – beherbergt die Bauchverletzungen. Und in dem Salon, in dem einst die Holztischchen mit den Stühlen und den blütenweißen Tischdecken standen, liegen jetzt die Amputationen.

Nur sind das keine medizinischen Fälle, die je nach Schweregrad klassifiziert werden müssen, sondern Menschen. Menschen mit Gesichtern, die ihre Schmerzen verraten, mit Augen, die müde sind, erschrocken, dumpf, die einen aus knöchernen Gesichtern verfolgen.

Herr, Herr, gib mir die Kraft für diesen Tag, betet Hildegard jeden Morgen. Sie betet so, wie Nanny es ihr beigebracht hat. Und sie wird stärker, jeden Tag etwas mehr, das spürt sie. Bedächtig bewegt sie sich zwischen den Betten hindurch. Sie schüttelt Kissen auf, hört sich die Geschichten an und spricht den Soldaten Mut zu. Von zu Hause bringt sie Bücher zum Vorlesen mit, sie schreibt Briefe für

Menschen, die das selbst nicht mehr können. Manchmal hilft sie sogar dabei, die Betten zu machen.

Am schwierigsten ist es, wenn sie die Verletzten Löffel für Löffel füttern und dabei in deren brennende Augen blicken muss.

Nach und nach wird das Lazarett ihr Zuhause, ein Haus, in dem sie sich heimischer fühlt als an dem kalten Ort, an den sie jeden Abend zum Essen und Schlafen zurückkehrt.

Ihrer Mutter begegnet sie nur noch selten. Schweigend nehmen sie und ihr Vater das Abendessen zu sich – es gibt genug, aber das Essen ist langweilig und eintönig. Dann legt sie sich schlafen, müde an Körper und Geist.

„Ich werde mich der Armee anschließen, Hildegard", eröffnet ihr eines Abends ihr Vater bei Tisch.

Erschrocken schaut sie ihn an und schüttelt heftig den Kopf. „Papa, nein! Bitte nicht!"

Er legt Gabel und Messer neben seinen Teller und schaut auf, sein Gesicht sieht sehr ernst aus. „Ich muss es tun, Hildegard. Ich bin ein Mann, der es gewöhnt ist, jeden Tag hart zu arbeiten. Mit meiner eigenen Hände Arbeit bin ich dahin gekommen, wo ich jetzt bin, oder besser: wo ich einmal war. Ich kann jetzt nicht faul zu Hause herumsitzen ohne ...", er zögert einen Augenblick, „ja, ohne irgendwelche Einkünfte."

Sie sieht die stolzen Augen ihres Vaters, die um Verständnis heischen.

Und sie versteht ihn, aber trotzdem kann sie nicht aufhören, den Kopf zu schütteln. „Was der Krieg bei den Menschen anrichtet, Papa, das habe ich jeden Tag vor Augen."

„Sie werden einen Mann, der fast fünfzig ist, wohl kaum an die Front schicken, Hildegard. Ich werde in der Königsberger Garnison bleiben und im Büro helfen, die Lagerverwaltung übernehmen, die Proviantversorgung regeln oder was auch immer."

Sie holt tief Luft, weil sie es verstehen muss. „Ja, das ist sicher richtig. Aber was sagt Mama dazu?"

„Sie lebt auf ihrer eigenen Insel, um sie herum könnte die Welt untergehen und sie würde es nicht mitbekommen." Ihr Vater schweigt für einen Augenblick. „Ich werde hier im Haus wohnen bleiben, obwohl ich auch ein paar Nächte außer Haus schlafen muss."

Seine Worte machen sie traurig, vielleicht noch mehr als die Tatsache, dass ihr Vater sich nun der Armee anschließen will. Denn jetzt weiß sie es. Brigitte hat sie über die Tratschgeschichten, die über ihren Vater im Umlauf sind, auf dem Laufenden gehalten.

Einen Augenblick lang zögert Hildegard. Entweder jetzt oder nie, das ist die Chance, auf die sie gewartet hat. Sie sieht ihm geradewegs in die Augen. „Papa, warum haben Mama und du geheiratet?"

Er schweigt eine Weile, in seinem Blick liegt Unbehagen. Er ist es nicht gewohnt, mit ihr über solche Dinge zu reden.

Doch ihre Augen lassen ihm keine andere Wahl. Sie fordern eine Antwort.

„Du weißt nicht, was Armut ist, Hildegard. Und ich hoffe, du findest es niemals heraus."

Sie schüttelt den Kopf. Armut ist doch keine Entschuldigung für das Leben, das er führt.

Er zuckt mit den Schultern. „Ich habe geglaubt, dass es für uns beide die beste Lösung ist. Sie war schon etwas älter und hatte keine Alternative. Und ich wollte etwas aus meinem Leben machen, wollte jemand sein. Und das bin ich auch geworden! Jemand, der allerdings nach und nach entdeckt hat, dass er in einem luxuriösen Gefängnis sitzt." Er seufzt schwer. „Ich muss auch mein eigenes Leben haben, einfach nur, um zu überleben."

Dann legt er seine Serviette neben den Teller, steht auf und geht hinaus. Seine Mahlzeit hat er noch nicht einmal halb gegessen.

Es muss doch noch einen anderen Weg geben!, denkt Hildegard. Bedauert er seine Entscheidung denn überhaupt nicht? Denkt er denn gar nicht daran, was es für mich bedeutet, solche Eltern zu haben?

Hildegard steht am Bett eines jungen Mannes mit einem sauberen, offenen Gesicht. Seine Armwunde fängt schon an zu riechen, sie werden den Arm sicher amputieren. Aber das weiß der Patient noch nicht, momentan hilft ihm noch das Morphium. „Kein Artillerieangriff, keine Granate verursacht so viel Panik wie das Wort ‚Gas'", erzählt ihr der junge Mann. „Weißt du, was dann passiert?"

Sie schüttelt den Kopf.

„Deine Finger werden taub, du gerätst in Panik, weil du rechtzeitig die Gasmaske aufs Gesicht bekommen musst. Du siehst, wie das gelbgrüne Chlorgas auf dich zutreibt. Es bildet Wolken, die sich langsam zu einem blauweißen Nebel verändern. Sobald dieser Dunst den Schützengraben erreicht, sinkt er hinein und bleibt da wie eine zusammengerollte Schlange, die geduldig auf ihre Beute wartet."

Ihr Gesicht verzieht sich und ein Schauer läuft ihr über den Rücken. „Furchtbar", sagt sie leise.

„Was du nicht sagst! Du reißt dir die Maske übers Gesicht, du schiebst deinen Mund hinter die Klappe und versuchst, normal zu atmen. Dein Atem macht, dass deine Maske beschlägt, und du fragst dich, ob sie luftdicht ist. Dann presst du sie dir noch fester aufs Gesicht. Die Luft wird dick und deine Lungen ziehen die ganze Zeit über nur dieselbe heiße, verbrauchte Luft ein. Nach einer Weile fühlt sich dein Kopf an, als würde er zerspringen, du willst dir nur noch die Maske vom Gesicht reißen und frische Luft atmen."

„Das ist ja schrecklich." Unwillkürlich holt sie tief Luft.

Bisher hatte sie erst ein Mal mit Gaspatienten zu tun, aber jetzt meidet sie den Saal, in dem sie liegen. Die Menschen dort schnappen nach Luft und ersticken, sie husten Klumpen ihrer Lungen heraus. Ihre Gesichter haben eine blaue Farbe. Zu wenig Sauerstoff, erklärt ihr der Herr Doktor. Nach einer Weile werden ihre Lippen schwarz. Auf der Suche nach Leben greifen sie verwirrt um sich und sterben langsam.

Für sie war das das Schlimmste, dieses verzweifelte Ringen um Luft.

„Ja, sogar die Pferde müssen Gasmasken aufziehen", sagt Franz, als er eine Woche später für zehn Tage Urlaub beim Landgut auftaucht. Er ist rappeldürr und sein Gesicht ist braungebrannt von der Sonne. „Aber sie verstehen es nicht."

„Franz, warum bist du nur so dünn? Bekommst du denn nicht genug zu essen?"

Er schaut weg.

„Wo bist du eingesetzt, Franz? Immer noch an der Ostfront?"

„Ich ziehe den Pferden die Masken über die Nüstern, sonst verrecken sie. Aber sie verstehen es nicht."

Werde ich langsam alt?, fragt sich Hildegard manchmal. Ist es wirklich erst drei Jahre her, dass ich rund um deutsche Prinzessinnen mit ihren Hochzeiten Luftschlösser gebaut und von Schiffen in fernen Ländern geträumt habe und vor allem von einem jungen Mann namens Gustav?

Mit einem Mal kommt sie sich so viel älter vor als das blutjunge Mädchen, das ihr aus dem Spiegel entgegenschaut. Sie fühlt sich weiser als ihre Mutter, die sich in ihrem Zimmer verkriecht und nichts mitbekommt. Und sie hat den Eindruck, dass sie auch klüger ist als ihr Vater, der immer noch glaubt, dass die jungen Leute für die Ehre Deutschlands kämpfen.

Oder sind es nur die Geschichten der Soldaten, die sie auf einmal so verändern? Wird sie eines Tage wieder lachen können, tanzen und mit anderen jungen Frauen Spaß haben?

„Ich wäre so gern jung, sorglos und frei", eröffnet sie Antje.

„Das wird auch wieder geschehen", entgegnet diese. „Irgendwann werden wir wieder bunte Kleider anziehen, ein Picknick veranstalten und mit den jungen Männern tanzen." Nach einem kurzen Zögern fragt sie: „Hildegard, hast du schon jemanden im Auge?"

„Einen Jungen?"

„Einen Mann."

Einen Mann? Ja, schon, meinen Bräutigam. Doch der ist jetzt weit, weit weg und er wird nie wieder zurückkommen. „Nein. Und du?"

Auf Antjes Gesicht macht sich ein merkwürdiges Lächeln breit. „Ja, aber er weiß es noch nicht. Er ist jetzt an der Front. Wenn er zurückkommt, werden wir vielleicht ..." Sie zuckt mit den Schultern. „Ich weiß es auch nicht."

Antje ist auch verletzlich, bemerkt Hildegard. Jetzt ist sie es, die ihr Mut zuspricht. „Wir werden wieder jung sein, eines Tages, wenn der Krieg vorbei ist."

Doch der Schatten des großen Krieges breitet sich weiter aus, er reicht von einem Horizont zum anderen, von Neujahr bis Silvester, jahrein, jahraus.

Schier endlos.

Eines Abends klopft es nach dem Essen unerwartet an der Haustür. Hildegard sitzt am Klavier und sie spielt ihrem Vater ein paar seiner Lieblingsstücke vor, wie sie es jeden Abend macht. Er sitzt da, die Zeitung vor dem Gesicht, vor sich die Ausgaben der ganzen zurückliegenden Woche. Aber er liest nicht mehr, sondern hat die Augen geschlossen und hört ihrem Spiel zu.

Als sie das Klopfen hören, stehen alle beide auf und gehen ins Eingangsportal. Ihr Vater öffnet die Tür. Über die Schultern ihres Vaters hinweg erkennt Hildegard die große Gestalt des Herrn Doktors Siegfried von Stein.

„Siegfried? Was um alles in der Welt? Komm doch herein.“ Ihr Vater tritt zur Seite.

Hildegard erschrickt – der Herr Doktor sieht furchtbar aus. Seine Haare sind ungekämmt, sein Gesicht ist grau, die Augen dick und rot. Er ist doch wohl nicht etwa betrunken?

„Geh auf dein Zimmer“, befiehlt ihr Vater schnell.

Sie dreht sich um und eilt auf die Treppe zu. Dabei wird sie bleich vor Wut. Er hat es schon wieder getan! Wie kann er sie nur so behandeln! Inzwischen hat sie gesehen, wie der Krieg ist, sie hat ihn gerochen, wie kann er es wagen, sie so zu behandeln? Stampfend geht sie die Stufen hoch. Der Flur oberhalb liegt im Halbdunkel, um Licht zu sparen.

Leise öffnet sich die Tür zum Zimmer ihrer Mutter. „Wer ist denn da gekommen?“

„Der Herr Doktor, Mama, aber er sieht nicht gut aus.“

„Oh“, erwidert ihre Mutter und schließt die Tür wieder.

Die Stunden schleppen sich dahin. Hildegard versucht sich zu beruhigen, sie zwingt sich an etwas anderes zu denken. Doch sie beschäftigt nur ein Gedanke: Was ist wohl mit dem Herrn Doktor geschehen?

Spät in der Nacht hört sie, wie die Tür zum Zimmer ihres Vaters geöffnet wird. Schnell steht sie auf und klopft an seine Tür.

Die große Gestalt ihres Vaters steht mitten in seinem Zimmer. Er hat das Licht noch nicht angeschaltet. „Papa, was ist denn los?“

„Der Herr Doktor hat eine schlimme Nachricht bekommen, Hildegard. Seine Frau ist gestorben, ganz plötzlich.“

„Seine Frau, Papa? Tot? Wie das denn?"
„Darüber hat das Telegramm nichts gesagt."
„Und seine beiden kleinen Jungen?"
„Morgen fährt er zurück nach Berlin. Und du brauchst dir über die Jungen keine Sorgen zu machen, sie sind auf einer Militärakademie. Inzwischen sind sie ja auch nicht mehr so klein, etwa acht oder zehn Jahre alt. Geh jetzt schlafen."
Doch Hildegard kann nicht schlafen. Der arme Herr Doktor, er hat ihr immer erzählt, wie schön seine Frau ist. Er hat sie mit Sicherheit geliebt, denkt Hildegard.
Und die Jungen? Acht oder zehn Jahre sind noch kein Alter. Das weiß sie genau, weil sie zehn war, als Nanny gegangen ist. Man sehnt sich nach dem weichen Körper, der einen festgehalten hat, der einem immer zugehört hat, nach der Stimme, die einen beruhigt und gestreichelt hat. Wenn das weggeht, bleibt ein Loch, das nie wieder gefüllt werden kann.
Das weiß sie ganz genau.
Vielleicht ist es ja bei Jungen anders. Aber das glaubt sie nicht.

Ohne den Herrn Doktor kommt ihr das Lazarett plötzlich fremd vor. Zwar gibt es dort auch noch andere Ärzte, die Operationen gehen weiter, die Patienten bekommen ihre Medizin. Doch es ist nicht mehr so wie vorher.
Am Anfang wollen alle wissen, was passiert ist, wie seine Frau genau gestorben ist. War sie krank? Oder ist es vielleicht eine Bombe gewesen? Sie ist doch gar nicht an der Front gewesen?
„Nein, sie war in Berlin, aber mehr wissen wir auch nicht", antwortet Hildegard.
Nach einer Woche interessiert es niemanden mehr, die Arbeit geht einfach so weiter wie immer.
Nach einem Monat ist der Herr Doktor wieder zurück im Lazarett. Er sieht aus wie immer und macht einfach mit seiner Arbeit weiter, kümmert sich um einen Patienten nach dem anderen, führt Laboruntersuchungen an zerschundenen Körpern durch, legt Verbände über Schmerzen, die niemals aufhören werden.
Hildegard würde ihm gern sagen, wie leid ihr tut, was gesche-

hen ist. Doch er arbeitet verbissen und hat keine Zeit für ein Gespräch.

Selbst als er zum ersten Mal wieder zu ihnen zum Essen kommt, wirkt er völlig unnahbar. „Wie geht es denn den Söhnen des Herrn Doktor?", fragt sie deshalb.

„Gut, danke, Hildegard. In der Akademie und auf dem Sportplatz machen sie gute Fortschritte. Inzwischen sind sie zwei erwachsene, junge Männer, auf die ich stolz bin, Deutsche, die dieser Bezeichnung wert sind."

Ich würde gern wissen, wie es ihnen wirklich geht, denkt sie. Aber das kann sie ihn nicht fragen, weil sie ihre Grenzen kennt.

Anfang Juli taucht überall in den Zeitungen ein neuer Ortsname auf, jeder hat ihn auf den Lippen: das Tal der Somme. Dorthin ist jetzt Verstärkung unterwegs – Tausende und Abertausende von Soldaten.

„Papa, wo ist das Tal der Somme?"

Irritiert schaut ihr Vater von seiner Zeitung auf. „Bestimmt an der Westfront. Irgendwo in Frankreich. Hildegard, ich versuche zu lesen."

In ihrem Zimmer nimmt sie ihren Atlas zur Hand und sucht das Tal der Somme. Aber sie findet nur den gleichnamigen Fluss. Wenn sie den entlangfährt, läuft er sicher irgendwo durch ein Tal. Ihr ganzer Atlas ist voller Kreise und Kreuze, aber trotzdem bekommt sie noch keinen Eindruck davon, wo der Krieg nun wirklich geführt wird.

Die Wagenladung von Verwundeten, die zwei Wochen später bei ihnen ankommen, lassen jedoch aus der Somme einen Ort des Gemetzels werden – jedenfalls sieht sie die Resultate.

Die weiße Jacke des Herrn Doktors ist schon lange nicht mehr weiß, seine sonst ordentliche Frisur ist durcheinander, seine Augen dumpf vor Erschöpfung. „Herr Doktor, hier ist eine Tasse heißer Kaffee. Trinken Sie den, Sie scheinen sehr müde zu sein."

Ein wenig überrascht schaut er sie an. „Danke, Hildegard, das ist sehr nett von dir."

„Ich habe auch ein belegtes Brötchen mitgebracht, ich finde, Sie sollten auch etwas essen."

Er macht eine wegwerfende Handbewegung. „Später, danke."
„Aber Sie brauchen doch Kraft. Es ist niemandem damit geholfen, wenn Sie ohnmächtig werden und ich Sie verarzten muss."
Er lächelt schwach, vielleicht ein wenig amüsiert. „Für dein Alter bist du ganz schön vorlaut, nicht wahr?"
Sie hebt die Hände. „Ich wollte nicht ..."
Doch er erwidert sofort: „Nein, ich meine das gar nicht negativ, eigentlich hast du ja recht. Gib mir also das Brötchen, damit ich – was hast du gesagt? – nicht ohnmächtig werde."
Während er noch kaut, sagt er zu ihr: „Kannst du Patient Nr. 921 in den Salon bringen? Sein Zustand ist nicht kritisch, er kann dort so lange liegen, bis wir für ihn Zeit haben."
Patient Nr. 921 ist ein gut aussehender, junger Mann mit rotblonden Haaren, hellen Augen und einem offenen Gesicht. „Ich bringe Sie jetzt in den Saal, hier entlang", sagt Hildegard zu ihm und schiebt den Rollstuhl vor sich her.
„Ich bin am Bein verwundet worden, bei Delvillebos", erklärt der Mann. „Ich kann nicht auftreten, deshalb sitze ich in dem Ding hier. Mein Knie ist zertrümmert und meine Wade sieht aus wie Hackfleisch."
Hildegard schaudert es unwillkürlich, deshalb versucht sie sofort, das Gespräch von der Wunde wegzulenken. „Wo ist eigentlich Delvillebos?"
„Das ist nur ein kleines Waldstück im Tal der Somme. Aber wenn es je eine Hölle auf Erden gegeben hat, dann ist die in Delvillebos gewesen."
„So, hier ist Ihr Bett", sagt sie und schiebt das Laken und die Wolldecke zurück. „Soll ich Ihnen beim Hineinklettern helfen?"
„Ich komme schon zurecht, danke." Sein Gesicht verzieht sich vor Schmerzen, als sich seine Armmuskeln anspannen und er sich ohne ihre Hilfe ins Bett schiebt.
Sie deckt ihn mit der Wolldecke zu. „Ist es so bequem?"
„Ja, danke. Das war die Hölle, die reine Hölle."
„Ich verstehe." Sie dreht sich um.
„Geh nicht weg."
Einen Augenblick lang zögert sie. Das Letzte, was sie jetzt hören möchte, sind weitere Geschichten über die Hölle an der Front. Sie wünschte, sie könnte wenigstens einmal wieder eine schöne Ge-

schichte hören, eine Geschichte, die nicht mit Wundstarrkrampf, Amputationen und Tod endet. In einem tiefen, tiefen, dunklen Wald ...

„Die Tommies wollten den Wald bei Delvillebos einnehmen, denn der bietet eine gute Deckung, von der aus man den Angriff leichter durchführen kann. Sie schicken also eine südafrikanische Brigade los, um uns den Wald abzunehmen."

Südafrika ist neben Deutsch-Südwestafrika, wo Gustav ist.

Gedankenverloren beißt sie sich auf die Unterlippe. Gustav, Gustav. Woran sie sich am deutlichsten erinnern kann, ist seine Fröhlichkeit. Ob er wohl so fröhlich geblieben wäre, wenn er sich all diese Geschichten hier hätte anhören müssen?

„Hallo! Hörst du mir noch zu?"

„Ich höre Ihnen zu."

Plötzlich richtet sich der Soldat in seinem Bett auf. „Wie heißt du?"

Sie schüttelt den Kopf. „Das spielt doch keine Rolle, oder?"

Er lächelt flüchtig. „Auch gut, du wirst schon sehen, was du davon hast. Aber egal, jedenfalls haben wir unsere Gasgranaten auf die Afrikaaner regnen lassen, bis zu vierhundert Stück die Minute."

„Vierhundert Granaten pro Minute?" Sie schüttelt den Kopf. Und das erzählt er auch noch voll Stolz? Wie soll denn die Welt nach diesem großen Krieg aussehen?

„Wir haben es ihnen gegeben, verstehst du? Am nächsten Tag haben sie versucht, uns aufzuhalten, aber wir haben uns den Weg freigeschossen. Sie ..."

„Wie kann man einfach so auf andere schießen? Das sind doch Menschen, so wie wir!"

„Nein, du Mädchen ohne Namen, sie sind der Feind. Wenn du sie nicht wegmähst, machen sie Hackfleisch aus dir. Dann siehst du hinterher aus wie mein Bein."

Sie schüttelt nur den Kopf.

„Doch dann hat es mich erwischt. Ich bin aus dem Wald herausgekrochen und habe die Nacht in einem Schweinestall geschlafen. Es war bitter kalt, aber das Stroh und die Körper der Schweine haben mich warm gehalten. Am nächsten Tag haben mich dann die Kerle vom Sanitätsdienst gefunden. Die haben sich vielleicht gefreut, nicht wegen mir, sondern wegen der Schweine. Bevor sie mich ins Erste-Hilfe-Zelt getragen haben, haben sie sich erst einmal ein Stück Schweinefleisch gebraten und gegessen. Wenn ich schneller Hilfe bekommen hätte, vielleicht ... vielleicht wäre dann meine Wunde nicht so schlimm, aber ich glaube, die Infektion ..."

Auf einmal schaut er in die Ferne, an ihr vorbei, die Augen auf etwas gerichtet, das es gar nicht gibt. „Das war sicher eines der blutigsten Gefechte in diesem großen Krieg hier, Delvillebos. Viele von unseren Männern sind gefallen, aber wie ich gehört habe, hat die südafrikanische Brigade mehr als Dreiviertel ihrer Leute verloren."

„Aber sie haben Delvillebos gehalten?"

Er nickt bedächtig. „Ja, sie haben Tausende von Männern verloren, um ein Waldstück mitten in Frankreich zu halten – ein Waldstück, von dem jetzt nicht ein Baum übrig geblieben ist. Und ich habe mein Leben behalten, aber ich fürchte, dass mein Bein hinüber ist."

Einen Augenblick lang sagt er nichts, dann schaut er sie mit hellen Augen geradewegs an. „Was denkst du, du Mädchen mit deinem reinen, unschuldigen Gesicht: Ist das alles der Mühe wert gewesen?"

Die Nacht über spukt es in ihrem Kopf herum: Das kann doch nicht der Mühe wert sein. Aber warum geht es dann weiter und weiter?

Der Patient Nr. 921 aus Delvillebos begrüßt sie am nächsten Nachmittag mit einem schiefen Lächeln. „Wo bist du denn den ganzen Vormittag über gewesen?"

Hildegard lächelt zurück – es tut so gut, jemanden lächeln zu sehen. „Ich arbeite nicht nur hier, junger Mann, sondern helfe auch auf anderen Stationen."

„Ich bin froh, dass du hier bist, denn du machst diesen Ort etwas lebendiger. Du hast ein hübsches Lächeln, weißt du das?"

Lass dich nur nicht mit den Patienten ein, verrate ihnen noch nicht einmal deinen Namen, hat Antje ihr schon am ersten Tag als Rat mit auf den Weg gegeben. Sei nichts weiter als eine Helferin in Uniform. „Danke. Kann ich etwas für Sie tun? Liegen Sie bequem?"

„Hör mal, wir plaudern so nett miteinander und haben uns noch nicht einmal richtig vorgestellt." Er streckt ihr die Hand entgegen. „Ich heiße Fritz, vor dem Krieg habe ich hier in Königsberg studiert und ich bin wirklich ein sehr ehrbarer junger Mann – mich könntest du sogar deiner Mutter vorstellen."

Hildegard lacht. „Das müssen wir erst noch sehen, Herr Fritz."

„Und wie heißt du?"

„Wozu möchten Sie meinen Namen wissen?"

„Hmm, warte mal." Mit einem Lächeln auf dem Gesicht legt er den Kopf schief und betrachtet sie neugierig. „Maria. Für mich siehst du aus wie ein Engel, wie eine Madonna, wie eine blütenweiße Lilie im schwarzen Schlamm des Krieges, wie ..."

„Nein, du lieber Himmel", entgegnet Hildegard ihm lachend. „Wie mir scheint, haben Sie Fieber, Sie sehen Gespenster. Versuchen Sie vor dem Essen noch ein wenig zu ruhen, derweil schaue ich nach, wo der Essenswagen bleibt."

„Nein, warte, bevor du gehst, könntest du bitte eine der Schwestern zu mir rufen? Ich glaube, mein Bein fängt wieder an zu bluten."

Sie schaut sich um, aber es ist gerade kein ausgebildetes Personal in Sichtweite. „Gestern Nacht ist noch ein Zug mit Verwundeten hereingekommen, ich glaube, die sind alle sehr beschäftigt", erwidert sie vorsichtig.

„Ja, so machen es die hohen Herren", sagt er auf einmal und seine Stimme nimmt einen bitteren Unterton an. „Schmuggeln die Verwundeten nachts herein, damit das Volk nicht merkt, wie der Krieg wirklich aussieht." Er schüttelt den Kopf und seufzt tief. „Dann schau du doch bitte, was mit meinem Bein los ist. Es tut furchtbar weh. Und es nässt."

„Ich ... äh ... aber ich bin nicht ausgebildet, ich ..."

„Findest du denn, ich solle lieber verbluten?"

Einen Augenblick lang zögert sie, doch dann schlägt sie vorsichtig die Decke zurück. Das Betttuch ist verkrustet und gelb-schwarz vom Blut. „Hat heute schon irgendjemand nach Ihnen gesehen?"

„Schmerzmittel haben sie mir gegeben, aber nicht nach der Wunde geschaut."

Sie nimmt eine Ecke des Lakens und faltet es vorsichtig zusammen. Der Geruch trifft sie mitten ins Gesicht. Als sie den steifen, schwarzen Fuß sieht, weiß sie genau, was das bedeutet. „Ich werde eine Schwester holen", sagt sie und flieht vor ihm.

Den ganzen Tag über lässt sie die Übelkeit nicht mehr los, der Geruch klebt ihr in der Nase fest. Das Schicksal dieses freundlichen, jungen Rotschopfes trifft sie tief. „Ich weiß, dass sie amputieren müssen", sagt sie abends zu ihrem Vater.

„Deine Gesprächsthemen beim Essen sind genauso unappetitlich wie die des Doktors", erwidert er abwehrend und isst unbeirrt weiter.

Gewöhnlich ist das für die Patienten sehr traumatisch, sie sehen einfach keine Möglichkeit, wie ihr Leben weitergehen soll, möchte sie ihrem Vater noch sagen. Aber dann schweigt sie lieber.

Die ganze Nacht über spukt dieses Wissen in ihrem Kopf herum. Sie sieht, wie das Gesicht des Soldaten langsam einfällt, wie seine Augen unnatürlich zu glühen anfangen, wie sein Lächeln verschwindet. Schließlich ist er ein Skelett mit feuerroten Haaren und nur einem Bein. Klatschnass geschwitzt schreckt sie aus dem Schlaf hoch. Den Rest der Nacht traut sie sich nicht mehr einzuschlafen.

Am nächsten Morgen kommt Antje zu ihr, um sie auf eine der anderen Stationen zu holen. „Patient Nr. 921 fragt die ganze Zeit nach einer Maria, ich vermute mal, dass du damit gemeint bist. Er weiß noch nicht, dass sein Bein gestern Abend amputiert worden ist, verstehst du?"

„Und was ist mit dem anderen Bein?"

„Das kann vielleicht noch gerettet werden, meint der Arzt."

Zunächst schüttelt Hildegard den Kopf, doch dann kommt sie zögernd näher.

Fritz, wenn das wirklich sein Name ist, ist nur noch ein aschfahles Gesicht, in dem zwei Augen wie glühende Kohlen brennen. „Und jetzt, wie geht es Ihnen heute Morgen?", fragt sie ihn vorsichtig und schlägt die Decke zurück.

Er verzieht das Gesicht. „Elend, aber jetzt, wo du hier bist, schon viel besser. Wo bist du denn den ganzen Tag über gewesen, schöne Maria?"

„Es ist doch noch früh am Morgen."

„Oh, das tut mir leid, in meinem Kopf dreht sich noch alles. Gestern Abend haben sie mich zusammengeflickt und mir davor Morphium gegeben, vermute ich. Ich bin ein bisschen durcheinander."

„Dann schlafen Sie doch lieber erst noch eine Runde."

„Ich kann nicht schlafen, mein Fuß tut so furchtbar weh." Er richtet sich auf, beugt sich nach vorn und streckt seine Hand nach der Stelle aus, an der er sein Bein vermutet.

Hildegard reagiert sofort. „Nein, Sie müssen liegen bleiben, Sie haben eine sehr schwere Operation hinter sich."

Doch er ist stärker als sie, sein Mund bleibt sperrangelweit offen, seine Augen nehmen einen verblüfften Ausdruck an.

Dann stöhnt er laut auf, wie ein gequältes Tier. Das Geräusch kommt ganz tief aus seinem Inneren.

Hildegard drückt ihn auf sein Kissen zurück und zieht ihm die Decke wieder bis unters Kinn.

„Was ist mit meinem Bein?" Die Worte brechen aus ihm hervor.

„Ihr Bein ist amputiert worden", erwidert Hildegard leise. „Darin hatte sich Wundbrand eingenistet und so ein Wundbrand frisst Ihren ganzen Körper auf, wenn die Ärzte ihn nicht wegschneiden. Sie haben keine andere Wahl gehabt."

„Mein Bein!", schreit er und beugt sich vor. Seine Stimme ist gequält, sein Mund ein klaffendes Loch in einem schmalen Gesicht. „Mein Bein? Himmel, mein Bein!"

Eine Krankenschwester eilt mit einer Spritze herbei. Mit der Nadel sticht sie dem jungen Mann in den Arm. „Er wird jetzt schlafen", sagt sie. „Du kannst gehen."

Hildegard flieht nach draußen in die heiße Sonne und reibt sich mit den Händen über die Oberarme, damit sie warm werden. Obwohl es Hochsommer ist, zittert sie vor Kälte.

Ich kann nicht mehr, ich bin nicht stark genug. Sie möchte gern helfen, das will sie wirklich, aber was sie jetzt erlebt hat, das ist zu viel für sie. Nachts träumt sie von den hohlen Gesichtern mit den brennenden Augen, hört das Stöhnen, das leise Röcheln. Wenn sie nach Hause fährt und sich beim Klavierspielen entspannen will, bleibt der Geruch an ihr kleben, selbst nachdem sie sich gewaschen hat.

Jeder Bissen Essen schmeckt nach Lazarett.

Es kommt ihr so vor, als würde es nicht mehr helfen, Gott um Kraft zu bitten.

Sie sackt auf einen der Stühle nieder. Ihr Kopf fällt müde nach vorn und eine Welle der Erschöpfung überkommt sie. Eine tiefe Mutlosigkeit übermannt sie. Sie weint, ohne einen Ton von sich zu geben, bewegungslos sitzt sie da – eigentlich ist sie sogar zu müde, um zu weinen.

Nach einer Weile spürt sie die Sonne, die ihr auf den Rücken brennt. Sie muss an die jungen Männer denken, die Tag für Tag in der brütenden Sonne in den Schützengräben liegen, bis sich auf ihren Nasen Brandblasen bilden, ihre Augen rot werden und ihre trockenen Lippen aufplatzen. Von der Sonne bilden sich auf ihrer Haut Geschwüre, dort gibt es kein Trinkwasser, mit Salzwasser waschen sie sich.

Oder sind das die Glücksritter in der Wüste von Deutsch-Südwestafrika gewesen?

Sie kommt nicht heraus aus dem Graben.

„Hildegard?"

Sie schaut nicht auf, sondern schüttelt nur den Kopf.

„Komm, ich bringe dich nach Hause. Ich glaube, für heute war es genug für dich."

Sie möchte nicht aufstehen, denn keiner soll sehen, dass sie geweint hat. Sie will doch nicht als Schwächling dastehen – vor allem nicht vor ihm, der Tag für Tag weitermacht und mit großer Entschlossenheit versucht, einen Patienten nach dem anderen wieder zusammenzuflicken.

Mit fester Hand zieht er sie hoch und führt sie am Ellbogen weg von dem Elend. „Komm, wir fahren mit meinem Auto."

„Mein Pferdewagen ..."

„Ich kümmere mich darum, dass ihn jemand zu euch nach Hause bringt."

„Danke, Herr Doktor."

Ihren Blick lässt sie gesenkt, weil sie sich so schämt.

Auf dem Nachhauseweg redet er beruhigend auf sie ein. Vielleicht behandelt er sie wie ein Kind, vielleicht aber auch nicht. Eher wie eine junge Erwachsene, die zu viel gesehen hat. „Es kann nicht mehr lange dauern, Hildegard. Deutschland ist überall Herr der Lage. Russland ist bereits das Rückgrat gebrochen, Frankreich ist am Ende, die britische Armee auf den Knien. Es ist nur noch eine Frage von Wochen, höchstens zwei Monaten. Bis Weihnachten ist Frieden. Dann ist alles vorbei."

Sie antwortet nicht, weil sie ihrer Stimme nicht trauen kann.

Doch in ihr wird es trotzdem ruhiger, so als ob ein tiefer Friede das Loch füllt, das die Mutlosigkeit gegraben hat.

4. Kapitel

In einer der kalten Winterwochen vor dem Weihnachtsfest stirbt Kaiser Franz Josef I. Sein Foto ist in der Zeitung: der österreichische Kaiser mit seinem mächtigen Backenbart und einer beachtlichen Reihe von Orden auf der Brust. Sechsundachtzig Jahre alt ist er geworden, davon hat er achtundsechzig auf dem Thron gesessen.

In Ostpreußen allerdings schenkt man den Gerüchten über versuchte Aufstände gegen den russischen Zaren mehr Aufmerksamkeit als dem Tod des hochbetagten Kaisers – Österreich ist eine ganze Tagesreise entfernt, Russland dagegen nur einen Katzensprung.

„Wenn ihr mich fragt, haben die Russen von der Zarin Alexandra und diesem üblen Rasputin die Nase voll", sagt der Herr Doktor eines Sonntagmittags bei Tisch.

„Ich habe gehört, dass eigentlich sie das Zepter schwingt. Ist das richtig?", fragt Hildegard.

„Das hört man, ja. Zar Nikolaus ist anscheinend die ganze Zeit an der Front."

„Ich traue den Russen überhaupt nicht", wirft ihr Vater ein. „Nach dem, was ich 1905 in Sankt Petersburg erlebt habe, traue ich ihnen nicht mehr über den Weg."

„Heute heißt die Stadt Petrograd."

„Ja, die Bolschewisten ändern alles, was sich auch nur entfernt deutsch anhört."

„Wenn das so ist, dann hat die Zarin keine einzige ruhige Nacht mehr, schließlich wurde sie in Deutschland geboren", sagt der Herr Doktor mit einem schiefen Lächeln. „Wie ich gehört habe, gibt es in Russland mittlerweile ernst zu nehmende Versorgungsprobleme."

„Nicht dass es hier viel besser aussähe."

„Aber dort ist es sogar noch schlimmer, denke ich, Wolfgang. Die Arbeiter sollen bereits in Scharen die Städte verlassen, um sich etwas zu essen zu suchen. Ich habe sogar gehört, dass sich nun selbst die Soldaten gegen den Zaren wenden."

„Wenn die russischen Soldaten eine Meuterei anzetteln, dann bedeutet das für uns, dass wir bald nicht mehr an der Ostfront kämpfen müssen und mehr Truppen an die Westfront schicken können", erklärt Hildegard.

Der Herr Doktor schaut sie ein wenig überrascht an und nickt. „Ja, Hildegard, da hast du recht." Er wendet sich ihrem Vater zu. „Deine Tochter wird erwachsen, Wolfgang. Sie verrichtet auch sehr wertvolle Liebesdienste im Lazarett."

Doch dazu schweigt ihr Vater.

Als Hildegard am Montagmorgen ins Lazarett geht, winkt Antje sie zu sich. „Du musst bitte mit Patient Nr. 921 reden, versuche ihm etwas Essen einzuflößen. Die Krankenschwestern sagen, dass er sich das ganze Wochenende über unmöglich verhalten hat. Ach ja, sein anderes Bein ist am Freitagabend auch amputiert worden, verstehst du?"

Hildegard schüttelt entsetzt den Kopf. Der arme Mann. „Hat er Schmerzen?"

„Er ist vor allen Dingen schlecht gelaunt und weigert sich zu essen."

„Ja, gut. Ich schaue, was ich tun kann."

Mit geschlossenen Augen liegt er da, sein Gesicht hebt sich grauweiß vom Kissen ab. Hildegard legt ihm sanft die Hand auf den Arm. „Fritz?"

Er öffnet die Augen, die ausdruckslos und kalt sind. „Ich heiße ebenso wenig Fritz wie du Maria."

„Haben Sie Schmerzen?"

„Und wenn ich welche hätte, was würdest du dann tun? Mich noch mehr mit Morphium vollpumpen?"

Sie schaut ihn direkt an. Inzwischen hat sie gelernt, wie man Mitleid und Festigkeit gleichzeitig ausstrahlt. „Ich bin vor allem deshalb hier, damit Sie etwas essen."

Wieder schließt er einfach die Augen.

„Sie müssen etwas essen, um wieder zu Kräften zu kommen."

Seine Augen bleiben geschlossen. „Damit ihr mich wieder an die Front zurückschicken könnt?"

„Nein, damit Sie wieder nach Hause können."

„Und was soll ich da?"

„Ihr Leben weiterleben."

Er macht die Augen auf. „Was für ein Leben denn?"

Der Mann versinkt im Selbstmitleid und hätte gern Sympathie, entscheidet sie. Aber Selbstmitleid wird ihm nichts helfen, das hat sie schon bei ihrer Mutter gesehen, doch hier im Lazarett wird ihr das klarer als jemals zuvor. „Ihr neues Leben, das jetzt vor Ihnen liegt! Und denken Sie einfach daran: Sie werden nie wieder an die Front gehen müssen."

Er lacht zynisch. „Na, da habe ich ja nochmal Glück gehabt."

„Nun hören Sie einmal: Ich schiebe Sie jetzt nach draußen, denn heute ist so ein herrlicher Tag", versucht sie etwas anderes. „Die Sonne tut uns allen gut."

„Ich habe keine Lust auf die Sonne. Lass mich hier verrecken. In diesem Krieg ist es besser, wenn man tot ist, anstatt so ein Krüppel zu sein wie ich."

Hildegard runzelt die Stirn. „Wie können Sie so etwas sagen? Schließlich geht es um Ihr Leben!"

„Ja, mein Leben. Was ist davon noch übrig? Die Leute sehen lieber woanders hin, sogar meine eigenen Leute, die mich am Wochenende besucht haben. Wenn einer tot ist, dann ist er als Held gestorben und hat sein Leben für Kaiser und Vaterland gegeben. Doch wenn man uns sieht, die wir nur noch in Einzelteilen aus dieser Hölle herausgekommen sind, dann sieht man der ganzen Hässlichkeit des Krieges ins Gesicht. Weißt du, Püppchen, wir Krüppel zerstören die ganze romantische Seite der Männer in Uniform. Alles, was dann bleibt, ist ein fahler Nachgeschmack. Deshalb fassen uns die Leute nie an oder schauen lieber bewusst über uns hinweg. Versuchen, uns gleich wieder zu vergessen."

Hildegard spürt, wie sich in ihr Ärger aufstaut. Sie ist doch kein Püppchen mehr! Und dann dieser junge Mann, der so negativ ist. „Alles in allem ist das meiner Meinung nach nicht wahr. Die Leute …"

„Und was bekommen wir nach alledem dafür?", unterbricht er sie. „Eine pathetische Zulage, weniger Chancen auf eine Arbeitsstelle. Wir werden eine lebenslange Last für unsere Familien. Und es gibt Hunderttausende wie mich. Nicht nur hier in Deutschland, auch in Frankreich und Russland, in England und Afrika und Indien. Und warum, frage ich dich? Warum?"

Sie versucht ruhig zu bleiben und schüttelt entschieden den Kopf. „So dürfen Sie nicht reden. Die Leute müssen sich nur an den Gedanken gewöhnen. Ich weiß, dass Ihre Familie dankbar ist, dass Sie noch leben. Am Anfang ist es immer schwer, aber …"

„Dann sei mal ehrlich: Wenn so ein hübsches Mädchen wie du die Wahl hätte zwischen mir, so wie ich jetzt hier liege, und diesem großen Doktor, um den hier alle Krankenschwestern herumscharwenzeln, für wen würdest du dich dann wohl entscheiden?"

Mit ehrlichen Augen schaut sie ihn geradewegs an. „Wenn es um einen Tanzpartner geht, sicher den großen Doktor. Aber wenn man sich einen Lebensgefährten sucht, dann schaut man doch viel tiefer und nicht nur auf Äußerlichkeiten."

„Ja, ja, das ist sicher eine ehrenvolle Antwort, aber das ist nicht die Wahrheit", entgegnet er bitter. „Ein Mensch erwartet mehr vom Leben, als in einem Stuhl herumgeschoben zu werden und draußen in der verdammten Sonne sitzen zu müssen, damit ihm warm wird. Und wenn ich aufs Klo muss, dann muss mir jemand helfen. Himmel nochmal, soll das mein Leben sein, das da draußen auf mich wartet?"

Sie überlegt eine Weile. Irgendwie ärgert sie, was er sagt, andererseits kann sie ihn auch gut verstehen. Sie muss versuchen, ihm Hoffnung zu geben, aber wie? „Ich verstehe ja, dass Sie entmutigt sind, aber Sie werden schon sehen, irgendwann gibt es ein Licht am Ende des Tunnels. Wollen Sie nicht lieber einen Happen essen und dann etwas vorgelesen bekommen?"

Er macht müde die Augen zu. „Ich weiß es doch nicht. Ich werde diesen Fraß hier jedenfalls nicht essen, vergiss es. Lies mir lieber eine Geschichte vor, wenn dich das glücklich macht."

Eigentlich weiß ich auch nicht mehr, ob ich das noch möchte, denkt Hildegard flüchtig.

Doch dann schlägt sie ihr Buch auf und fängt wild entschlossen an zu lesen.

Die Tür zum Zimmer ihrer Mutter ist immer geschlossen. Sie lebt in ihrer eigenen Welt, in der der Krieg keinen Platz hat. Hildegard klopft leise an.

„Wer ist da?“, fragt die Stimme von drinnen.

Vorsichtig macht Hildegard die Tür auf. „Guten Abend, Mama, wie geht es dir heute?“

„So wie jeden Tag. Mit meiner Gesundheit steht es nicht zum Besten, Hildegard.“ Jeden Abend dieselbe Geschichte. „Aber meinst du, deinen Vater kümmert das? Sich der Armee anschließen? Pff! Er soll nicht glauben, dass er auch nur einen Pfennig erbt, nicht einmal einen halben Pfennig wird er von meinem Geld bekommen, sollte ich als Erste sterben.“

Hildegard schüttelt den Kopf. Draußen sterben Soldaten, denkt sie mutlos, geben ihr Leben für den Frieden. Und hier drinnen sitzt meine Mutter und denkt nur daran, wie sie meinem Vater sogar noch nach ihrem Tod das Leben schwer machen kann.

„Die Russen haben einen Aufstand gegen den Zaren angezettelt, sie wollen, dass er abdankt“, versucht sie ihrer Mutter die Welt draußen nahezubringen.

Doch ihre Mutter schaut sie einfach nur schweigend an. Belanglos. In dem Zimmer riecht es muffig und alt.

„Wie lange sind die Romanows schon an der Macht? Sicher locker dreihundert Jahre.“

„Ja“, antwortet ihre Mutter.

„Ich frage mich, wie viele der alten Königshäuser diesen Krieg überleben werden.“

„Wolltest du mir Gute Nacht sagen? Es ist schon spät.“

Ach, Mama, denkt sie ein wenig mutlos. Versteht denn meine eigene Mutter nicht, dass ich heute Abend reden möchte, einfach nur mit einem anderen Menschen plaudern? „Gut, dann gehe ich wohl besser. Gute Nacht.“

In solchen Zeiten sehnt sie sich nach Gustav. Mit ihm konnte sie beinahe über alles reden. Du bist ein wunderschönes Mädchen, du hast einen solchen Glanz in den Augen und ein strahlendes Lächeln, hat er gesagt.

Einen kurzen Augenblick lang bleibt sie stehen. Was wäre wohl geschehen, wenn der Krieg nicht ausgebrochen wäre und er nicht … Doch dann erinnert sie sich an Ulrike und seine Sehnsucht nach dem Mädchen in Windhuk.

Hildegard hüllt sich enger in das Tuch, das sie sich um die Schultern gelegt hat. Dann geht sie langsam die Treppe hinunter in ihr Zimmer. Heute Abend fühlt sie sich sehr, sehr allein.

Im Lazarett hat sie keine Zeit, sich Sorgen zu machen. Eine Zugladung Verwundeter nach der anderen trifft im Königsberger Bahnhof ein.

„Es ist unverantwortlich, die Patienten vom Bahnhof bis hierher auf Krankentragen zu befördern." Der Herr Doktor zieht sich die Brille ab und reibt sich seine müden Augen. „Schau doch, wie sie hier ankommen: Männer mit klaffenden Kopfwunden, abgetrennten Füßen, zersplitterten Knien, Eingeweiden, die nur noch durch schmutzige Verbände zusammengehalten werden – sie alle werden nachts durch die Straßen getragen!"

Schnell wendet sie sich ab und geht zu der kleinen Küche in der Ecke. Der Herr Doktor darf jetzt auf keinen Fall den Mut verlieren – ohne ihn können sie nicht weitermachen. Sie nimmt eine Tasse und gießt etwas von dem starken, schwarzen Kaffee auf dem Öfchen hinein. Dann berührt sie ihn leicht am Arm. „Herr Doktor?"

Er schaut sie an, nimmt die Tasse und lächelt flüchtig. „Danke, Hildegard, auf dich ist wirklich Verlass. Und sag ruhig Siegfried zu mir, mittlerweile arbeiten wir schon so lange zusammen."

Instinktiv macht sie eine abwehrende Handbewegung. „Das werde ich nicht hinbekommen."

Amüsiert zieht er seine dunklen Augenbrauen nach oben. „Versuch es einfach. Das kann doch wohl nicht so schwer sein, oder?"

Sie schüttelt den Kopf und schaut weg.

Doch spät in der Nacht, als sie im Bett liegt, versucht ihre Zunge, sich an den Namen zu gewöhnen: „Siegfried, Sieg-fried, Siegfried von Stein."

Sie lacht leise. Nein, lieber nicht, entscheidet sie, kurz bevor sie einschläft.

Es ist, als versänke das Lazarett mit jedem Tag tiefer im Schatten des Todes. Und die, die überleben, werden so schnell wie möglich an die Front zurückgeschickt. „Mir kommt es so vor, als würde die Industrie die Kanonen produzieren und wir das Kanonenfutter", sagt Hildegard zu Antje Schmidt, während die beiden eines Nachmittags für einen Augenblick draußen sind.

„So darfst du nicht denken, sonst verlierst du den Mut."

Hildegard seufzt. „Ich fürchte, viele unserer Patienten sterben daran, dass sie den Mut verloren haben. Der Herr Doktor hat neulich gesagt, dass der Sanitätsdienst im Militär von Anfang an zu schwach aufgestellt war. Zum Beispiel gibt es fast keine motorisierten Krankenwagen, alles geschieht immer noch mit Pferd und Wagen."

„Aber in den Zügen sind doch genügend Betten und anderes Material vorhanden. Auf diese Weise kommen all die Verwundeten von der Front hierher."

„Ja, aber der Herr Doktor sagt, dass es in den Zügen nicht genügend medizinisches Personal gibt. Und viele von denen, die da sind, haben sich alles selbst beigebracht."

„Du hast eine sehr gute Beziehung zu dem Herrn Doktor, stimmt's?", erwidert Antje plötzlich kratzbürstig.

Hildegard schaut sie verdutzt an. „Er ist ein guter Freund meines Vaters."

Antje steht auf. „Das ist sicher sehr angenehm. Und das ist auch der Grund, warum du niemals die Flure schrubben oder die Bettpfannen ausleeren musst. Mit uns plaudert er schließlich nicht, wenn wir mal ein paar Minuten Pause machen, Hildegard. Uns bringt er auch nicht nach Hause, wenn uns alles zu viel wird. Die Krankenschwestern tuscheln schon über dich, verstehst du, sie tuscheln."

Hildegard wird rot im Gesicht und sitzt totenstill da. Sie ist wie vor den Kopf gestoßen. Kann das wahr sein? Energisch schüttelt sie den Kopf.

Ach was, das denkt Antje sich nur aus, sagt sie zu sich selbst.

Und trotzdem, die Krankenschwestern tuscheln?

Das große, alte Herrenhaus auf dem Familienlandgut am Rand von Königsberg ist kalt und einsam. Das einzig verbliebene Dienstmädchen sitzt steif am Küchentisch und schält Kartoffeln.

„Weißt du, wie es Franz geht? Lebt er noch?", fragt Hildegard und gießt sich eine Tasse Kaffee ein.

Das Dienstmädchen spitzt die Lippen und schüttelt den Kopf.

„Kommt er eigentlich von hier? Wohnen seine Eltern auch noch hier?"

„Woher soll ich etwas von Franz wissen? Irgendwann war er plötzlich nicht mehr hier auf dem Hof. Das ist alles, mehr weiß ich nicht."

Der Garten und die Anlagen rundum das Haus sind verwahrlost, jetzt, gegen Ende des Winters, sind die Blumenbeete tot. Nur das alte Wagenpferd steht noch im Stall, alle brauchbaren Pferde hat die Armee schon vor Monaten beschlagnahmt. In einer Ecke steht unter einer dicken Staubschicht der Mercedes ihres Vaters – aber Benzin gibt es nur noch für kriegswichtige Dienstfahrten.

Die Zeitungsartikel berichten immer noch positiv vom Kriegsgeschehen. An der Ostfront hat Deutschland den Krieg mit Sicherheit schon gewonnen. Und das Ende kann nicht mehr weit sein, sagen alle. Jetzt fehlt nur noch ein Durchbruch an der Westfront und dass die Tommies ins Meer gejagt werden, zurück auf ihre Insel.

Aber wenn das alles eines Tages aufhört, wie geht es dann weiter?, fragt sich Hildegard manchmal. So viele zerbrochene Familien, so viele zusammengeschossene Menschen, so viele Betriebe, die schon seit Jahren geschlossen sind, so viele Bauernhöfe ohne Tiere, ohne Arbeiter, die die Ernte auf den Feldern einbringen. So viel Not und so wenig Hoffnung, wo Hilfe herkommen könnte.

Und was wird aus mir, Hildegard von Plötzke, wenn die Kanonen eines Tages schweigen? Werde ich nach dem Krieg in die entsprechenden Kreise eingeführt werden, einen jungen Mann kennenlernen, heiraten und eine eigene Familie gründen? Wie gut stehen dafür die Chancen, angesichts der vielen jungen Männer aus der Gegend, die verstümmelt, verstört, verschwunden ... tot sind?

Manchmal, wenn sie allein am Klavier sitzt, muss sie an Gustav denken. Er hat ein Lächeln voller Sonnenschein gehabt und sonnengebräunte Hände. Vor allem hat er wunderbare Geschichten über das ferne Deutsch-Südwestafrika erzählt. Jetzt ist es sicher nur noch Südwestafrika, das Deutsch ist bestimmt weggeschossen worden.

Gedankenverloren schüttelt sie den Kopf. Damals war ich ein

Mädchen mit fest geflochtenen Zöpfen, ein lächerliches Töchterchen von elf oder zwölf Jahren, was habe ich da schon vom Leben gewusst?

Die Moral unter den Soldaten versinkt immer tiefer im Schlamm, vor allem nachdem Amerika in den Krieg eingetreten ist.

Und als die Bolschewisten unter Lenin zu Beginn des Winters das Winterpalais stürmen, scheint es, als habe ihr Vater vollkommen den Mut verloren. „Der Zar ist nicht mehr da, um die Bolschewisten zu vertreiben, so wie er das 1905 getan hat. Das sind bösartige Kerle, uns steht ein blutiges Gemetzel bevor."

Täglich sieht Hildegard, wie Abertausende von deutschsprachigen Flüchtlingen nach Königsberg hineinströmen. Sie kommen auf Pferdefuhrwerken, auf Kutschen und Fahrrädern. Es sind adelige Deutsche, deren Geschlechter seit Jahrhunderten unter den russischen Zaren hohe Staatsposten bekleidet haben. Aber jetzt sind sie Fremde in ihrer Heimat geworden.

„Das ist das Beste, was sie tun können", bemerkt Hildegards Vater. „Die Bolschewisten sind Teufel."

„Wenigstens hören jetzt die Gefechte an der Ostfront langsam auf", erwidert Hildegard hoffnungsvoll.

Vielleicht werden die jungen Männer dann bald von der Ostfront zurückkehren, denkt Hildegard. Vielleicht sogar Franz, der Stallknecht. Aber der Stall wird leer sein.

Die Zeitungen machen weiterhin aus jedem kleinen Geländegewinn der deutschen Truppen eine erfolgreiche Feldschlacht. Doch die verwundeten Soldaten mit den gelben Gesichtern erzählen eine ganz andere Geschichte, ihre Stimmen lassen jedes Gefühl und jede Hoffnung vermissen. „Es geht immer schlechter. Entlang der gesamten Westfront ziehen sich unsere Linien zurück."

„Verlieren wir gerade den Krieg?", will Hildegard wissen.

Der junge Mann zuckt mit den Schultern. „Die Tommies haben zu viele Gewehre, zu viel Munition und zu viele Flugzeuge."

„Aber die Front ist doch noch nicht auf deutschem Boden angekommen, oder?"

„Nein, aber das ist nur eine Frage der Zeit."

Einen anderen fragt sie: „Wissen Sie, ob die Amerikaner schon in Gefechte verwickelt sind?"

„Die Yankees kommen an, frisch aus den Militärakademien. Was uns umbringt, ist aber eher das Essen. Es ist ungenießbar, geradezu verrottet. Der Durchfall zerreißt uns die Eingeweide und die Ruhr nimmt uns die letzte Kraft."

Antje Schmidt wischt sich müde übers Gesicht. „Und wir schicken die Verwundeten zurück, selbst dann, wenn sie noch schwach sind. Hildegard, wenn du mich fragst, sind wir dabei, den Krieg zu verlieren, ja."

Können wir dann nicht einfach verlieren und die Sache so zu Ende bringen?, denkt Hildegard manchmal beinahe aufmüpfig. Muss erst jeder junge Mann in Deutschland verstümmelt oder tot sein, damit der Krieg endlich aufhört?

Doch das darf sie nicht laut sagen. Das wäre unloyal und unpatriotisch.

Währenddessen macht sich ihr Vater Sorgen um Russland. „Der Zar und seine ganze Familie sind ermordet worden. Die Bolschewisten haben da jetzt die Oberhand. Die Leute verlieren den Mut."

„Entschuldige, dass ich das so sage, aber du musst dich zusammenreißen", mischt sich der Herr Doktor stehenden Fußes ein. „Wenn wir an der Heimatfront anfangen zu kapitulieren, während gleichzeitig unsere Männer an der Westfront für Kaiser und Vaterland ihr Leben geben, grenzt das an Hochverrat. Wir müssen weiter vertrauen – Kaiser Wilhelm weiß, was er tut."

„Und doch, Siegfried, wie ich gehört habe, gibt es Gerüchte über einen Waffenstillstand", erwidert ihr Vater vorsichtig.

Unvermutet blickt der Herr Doktor auf. „Bitten die anderen darum oder wir?"

„Die ... ja, nun, ich bin mir nicht sicher."

Das Gesicht des Herrn Doktors nimmt einen strengen, ernsten Zug an. „So ein zersetzendes Geschwätz muss schon im Keim erstickt werden!"

Hildegard runzelt die Stirn, weil sie den Herrn Doktor erst selten so entrüstet gesehen hat. Er ist aufgestanden, geht auf und ab, während seine rechte Hand rhythmisch auf seinen Oberschenkel klopft. „Wir dürfen jetzt keine weichen Knie bekommen! Unsere Männer an der Westfront stehen kurz vor dem Durchbruch. Sie brauchen jetzt jede nur erdenkliche Unterstützung!"

„Siegfried ..." Die Stimme ihres Vaters klingt bekümmert.

Einen Augenblick lang bleibt der Herr Doktor schweigend hinter seinem Stuhl stehen. Er streckt seine Hand aus, um sein Weinglas zu nehmen, dabei zittert seine Hand leicht. Dann schaut er Hildegard geradewegs an. „Diesen Krieg dürfen wir nicht verlieren! Wir müssen bis zum letzten Blutstropfen kämpfen."

Hildegard schweigt.

Als der Herr Doktor seinen letzten Schluck Wein getrunken hat, stellt er sein Glas auf den Tisch zurück. Er schlägt leicht die Hacken zusammen und neigt flüchtig den Kopf in ihre Richtung. „Ich empfehle mich nun. Wolfgang. Fräulein von Plötzke."

Leise schließt er die Haustür hinter sich.

„Ja", nickt ihr Vater.

Lange nachdem Hildegard ihre Kerze ausgeblasen hat, liegt sie noch im Dunkeln und starrt an die Zimmerdecke. Draußen ist es bewölkt, kein Stern ist zu sehen, auch der Mond bleibt unsichtbar.

Sie hat Angst. Wovor, weiß sie nicht genau, aber heute Abend beschleicht sie die Furcht wie ein Rudel hungriger Wölfe. Und jeder der Wölfe hat einen besonderen Namen, doch sie kennt die Namen nicht.

Sehr viel später hört sie ihren Vater zu Bett gehen. Sie kann seine hohlen Schritte im Flur vor ihrem Zimmer vernehmen und hört, wie seine Tür ins Schloss fällt.

Innen drin ist das Haus finster und knarzend alt.

Draußen ist die Nacht totenstill.

Tot.

Auf dem Schlachtfeld steht es immer schlechter um die Truppen, täglich sterben Zehntausende von Soldaten auf beiden Seiten. „Du lieber Himmel, da kann einem ja übel werden!", ruft Antje Schmidt verzweifelt aus. Sie wirft das graugewaschene Laken und die zerschlissene dünne Decke über das Bett. Ihre Hände zittern.

„Antje, Hildegard, kommt und helft dabei, dass wir die neuen Verwundeten auf ihre Stationen bekommen", ruft eine der Krankenschwestern. „Die hier links bleiben erst einmal hier, sie müssen dringend behandelt werden. Die Ärzte werden sicher wieder die ganze Nacht über operieren. Die Gruppe dort drüben kann auch bis morgen warten, bringt sie erst einmal in den Körtesaal."

Die Verwundeten liegen auf Betten, teilweise aber auch auf dem Boden, auf einer schmutzigen Decke. Einer kauert zusammengesunken an der Wand, den Kopf gegen ein Bettgestell gelehnt. „Komm, wir besorgen dem Kerl dort ein Bett. Es sieht so aus, als könnte er kaum noch laufen", sagt eine der Krankenschwestern.

Der Kopf des Mannes, der nicht mehr als ein ausgemergeltes Bündel Mensch ist, hängt schlaff herunter, seine Haare sind verklebt und schmutzig, seine Hände bleich und spindeldürr. „Wir helfen dir, du musst aufstehen", sagt die Krankenschwester zu ihm.

Von beiden Seiten schieben sie ihm die Arme unter die Schultern und schleppen ihn in ein Bett. Unwillkürlich hält Hildegard die Luft an und dreht schnell den Kopf zur Seite. Ein schrecklicher Gestank aus Schweiß, geronnenem Blut und einem seit Monaten ungewaschenen Leib geht von diesem Mann aus, als er sich in das Bett legt.

Als der Kopf des Soldaten nach hinten sackt, stützt Hildegard ihn mit ihrer Hand ein wenig ab und schaut sich hilfesuchend um. Gibt es hier denn nirgendwo ein Kissen, das man ihm unter den schlaffen Kopf legen könnte?

Dann wendet sie sich wieder dem Patienten zu und sieht ihn an. Plötzlich stockt ihr der Atem, denn sie erkennt ihn. „Franz?"

Langsam macht er seine Augen auf und betrachtet sie, doch ohne sie zu sehen.

„Franz, ich bin es, Hildegard." Ihre Stimme hört sich plötzlich so rau an. „Hildegard von Plötzke."

Ohne irgendeine Regung schaut er lange in ihre Richtung. Dann schließlich erkennt er sie, zeigt aber keinerlei Emotionen. „Die Pferde, sie schreien vor Schmerzen", murmelt er und schließt die Augen wieder.

Weil sie kein Laken für ihn hat, zieht Hildegard die dünne, graue Wolldecke über seinen ausgemergelten Körper. In ihrem Herzen fühlt sie einen unerklärlichen Schmerz. „Du bist jetzt im Lazarett, Franz, da bist du in Sicherheit."

Er nickt, aber seine Augen bleiben geschlossen und sein Gesicht hat eine unnatürlich graue Farbe.

„Hast du Schmerzen, Franz?"

Mit einer Hand macht er eine flüchtige Bewegung. „Wasser?"

Sie geht ein Glas Wasser holen. „Du darfst ihm kein Wasser geben, er hat eine Bauchverletzung", wird sie von einer Krankenschwester im Vorbeigehen gewarnt. „Mach ihm nur die Lippen feucht."

Seine Lippen sind aufgesprungen und bluten, seine Zunge ist geschwollen. „Tut dir das gut, Franz?"

Er nickt. „Das Pferd, sein Bauch ist aufgerissen. Seine Eingeweide zieht es hinter sich her. Sein Maul, es ist offen und dabei sucht es nach Wasser."

Sie hat Schwierigkeiten zu verstehen, was er sagt. Mit der geschwollenen Zunge und dem zerfetzten Mund kann er die Worte nur mit Mühe formen. „Du musst dich jetzt ausruhen, Franz, damit du schnell wieder zu Kräften kommst. Hörst du mich?"

Plötzlich gehen seine Augen auf. „Fräulein von Plötzke?"

Ihr Herz zieht sich zusammen. „Ja, das ist richtig, Franz, ich bin es. Du musst jetzt schnell wieder zu Kräften kommen, damit du dich um die Pferde kümmern kannst."

Im Lauf des Nachmittags überzeugt sie sich mehrmals, wie es Franz geht. Es sieht so aus, als würde er fest schlafen – möglicherweise hat man ihm eine starke Dosis Morphium verabreicht. Oder sein Körper ist so ausgemergelt, dass schon eine normale Dosis ausreicht, um ihn in einen tiefen Schlaf zu versetzen.

Am späten Nachmittag fährt Hildegard nach Hause, ihr ist unglaublich schwer ums Herz. Sie versteht es wirklich nicht. Vielleicht ist es die aufgestaute Trauer aus vielen Kriegsjahren, die langsam aus ihr herausbricht.

Ihr Vater ist nicht zu Hause, deshalb klopft sie an die Tür ihrer Mutter. „Darf ich hereinkommen, Mama?"

„Ich mache mich gerade fertig, um zu Bett zu gehen." Dabei

spricht sie so, als sei Hildegard einer der Arbeiter oder der Damenschneider.

„Es ist noch sehr früh. Hast du denn schon gegessen, Mama?"

Ihre Mutter sitzt auf dem kleinen, besonderen Sofa mit den goldenen Füßen. Neben ihr ist kein Platz mehr für Hildegard. Daher setzt sie sich auf den einzigen anderen Stuhl. Ins Holz der Möbel sind kleine, vergoldete Bildchen geschnitzt, die Bezüge sind jedoch dünn gescheuert und plattgesessen.

„Abends trinke ich nur ein Tässchen Tee", erklärt ihre Mutter. „All diese schweren Mahlzeiten vertrage ich nicht. Um meine Gesundheit steht es nicht gut."

Hildegard ignoriert diese Bemerkung – es ist schon seit Monaten dieselbe Geschichte. „Heute habe ich Franz gesehen. Er ist einer der Patienten, die heute Morgen hereingebracht worden sind."

„Was für ein Franz?"

„Unser Stallknecht, vor dem Krieg. Er hat an der Ostfront die Pferde versorgt, aber jetzt haben sie ihn von woanders hergebracht."

„Oh."

„Mama, es geht ihm nicht gut. Ich würde gern seine Familie darüber informieren. Weißt du, wo er zu Hause ist?"

Mit leeren Augen schaut ihre Mutter auf. „Ich weiß nicht einmal, wer das ist. Die Dienstboten und Knechte kenne ich doch nicht."

Eine vage Mutlosigkeit senkt sich langsam auf Hildegard. Sie würde so furchtbar gern etwas tun, sie muss etwas tun für dieses graue Häuflein Mensch im Lazarettbett. „Seit wann hat er denn in den Ställen gearbeitet?"

„Hildegard, versuch das in deinen Kopf zu bekommen: Ich mische mich nicht unter die Dienstboten. Und für dich gehört sich das auch nicht, es ist unangebracht."

„Gut." In Hildegard kommt auf einmal eine Abscheu gegenüber dieser hartherzigen Frau auf, die so groß ist, dass sie sich sofort aus dem beklemmenden Zimmer zurückziehen möchte. „Ich gehe dann wohl besser. Gute Nacht."

Lieber Vater im Himmel, bitte sorge dafür, dass ich eines Tages mehr sein werde als ein verdorbenes Töchterchen reicher Eltern, das sein Leben damit zubringt, von einem Zimmermädchen bedient zu werden, betet Hildegard im Stillen, als sie die Treppe hochgegangen ist. Ich möchte einmal meinem Mann eine gute Frau und meinen

Kindern eine gute Mutter sein. Und meine Dienstmädchen und Knechte möchte ich kennen und dabei meinem Haus gut vorstehen.

Nach dem Essen geht sie auf ihr Zimmer. Dort starrt sie gedankenverloren an die Decke.

Die Patienten verstören sie, das weiß sie schon seit Längerem. „Du darfst dich nicht auf eine persönliche Ebene mit ihnen begeben", ist Antjes Rat gewesen.

Und der Herr Doktor hat ihr einmal gesagt: „Du musst versuchen, das Lazarett im Lazarett zu lassen, wenn du nach Hause gehst."

Aber das hilft nichts. Nachts spuken die Gesichter und die Geräusche herum, bleiben die Gerüche an ihr kleben. Und die Geschichten beschäftigen sie weiter.

Heute Abend ist es noch schlimmer als sonst. Liegt das daran, dass Franz der erste Patient ist, den sie noch von früher kennt?

Nach der langen Nacht fährt sie am nächsten Morgen früh ins Lazarett. Sie braucht Leben um sich herum, selbst wenn es Leben ist, das schon im Sterben liegt.

Sie geht direkt zum Bett von Franz.

In dem Augenblick, als sie ihn in seinem Bett liegen sieht, weiß sie, dass sie ihn so lieb hat, wie eine Schwester ihren Bruder liebt. Sie will ihm helfen, so gut sie kann.

Heute Morgen sieht er nicht gut aus, vielleicht sogar noch schlechter als gestern. Seine Haut hat einen kranken gelblichen Farbton, in seinem Gesicht zeichnen sich tiefe Furchen ab. Unter der Haut pulsiert das Blut nicht mehr.

Ein seltsames Gefühl überwältigt sie, fast schon eine Verzweiflung, ihm unbedingt helfen zu wollen. Nichts anderes ist noch wirklich von Belang.

Entschlossen macht sie sich auf die Suche nach dem Herrn Doktor. „Fräulein von Plötzke?", fragt er etwas überrascht.

„Da ... ist jemand, den Sie sich bitte einmal ansehen sollten, Herr Doktor. Ich ... äh ... ich kenne ihn, er ist unser Stallknecht gewesen."

Er nickt. „Auf welcher Station?"

„Im Körtesaal."

„Ich komme, sobald ich hier fertig bin, Hildegard."

„Danke ... Siegfried."

Ein flüchtiges Lächeln huscht über sein Gesicht, dann jedoch macht er mit seiner Arbeit weiter, ohne noch einmal aufzuschauen.

Als sie an sein Bett zurückkommt, hat Franz die Augen offen. „Fräulein von Plötzke?"

Sie zwingt sich zu einem Lächeln. „Hallo Franz, du bist wach?"

„Wasser?"

Wieder feuchtet sie ihm die Lippen an. Gierig leckt er sie ab und versucht sogar, ihr das Glas abzunehmen. „Nein, du darfst noch nichts trinken, vielleicht später."

Plötzlich schnappt er nach Luft. „Wo ist Herr Gustav?"

„Er musste zurück in seine Heimat, nach Deutsch-Südwestafrika, schon vor dem Krieg. Erinnerst du dich nicht?"

Er nickt, seine Augen sind wieder geschlossen.

„Hast du große Schmerzen?"

Wieder nickt er.

„Der Arzt hat gesagt, dass er gleich kommt und nach dir schaut. Franz, weißt du noch, wie Gustav mit Nachnamen geheißen hat?"

Doch es scheint, als habe er sie nicht gehört. „Sie haben das Pferd blind geschossen. Und so ist es in einen Graben gefallen und hat sich ein Bein gebrochen", brabbeln seine trockenen Lippen. In seinen Augen liegt ein wilder Blick. „Es weint wie ein Kind. Hilf ihm doch!"

Sie streicht ihm sanft über die dürre Hand, deren Adern hervorstehen. „Ganz ruhig, Franz. Ganz ruhig, hörst du? Der Arzt kommt gleich."

Es scheint, als würden ihn ihre sanften Worte beruhigen.

Eine halbe Stunde später spürt sie eine Hand auf der Schulter. „Er heißt Franz", sagt sie und dreht den Kopf weg. Selbst nach fast zwei Jahren im Lazarett kann sie den Anblick von Wunden nicht ertragen.

„Franz? Uih, dir haben sie aber übel mitgespielt, nicht wahr? Leg dich zurück, die Schwester wird dir gleich eine Spritze geben."

„Ich war bei den Pferden. Die wurden auch verwundet, Granaten", sagt Franz.

„Gut. Aber jetzt ruhe dich aus." Mit seinem Kopf bedeutet der Herr Doktor Hildegard, dass sie kurz mit ihm kommen soll.

„Die Wunde ist nicht ernst. Wenn er rechtzeitig behandelt worden wäre, hätten wir etwas für ihn tun können. Aber zu dem Zeitpunkt, als er hier angekommen ist, war es schon zu spät. Er hat eine Blutvergiftung, die sich jetzt in seinem ganzen Körper ausbreitet."

„Was ... bedeutet das?"

Seine Hand liegt schwer auf ihrer Schulter. „Das bedeutet, dass wir ihm nicht mehr helfen können."

Sie kann es nicht fassen. „Gibt es denn keine Medizin, die helfen könnte? Kommen Sie, lassen Sie uns irgendetwas ausprobieren, egal was."

Die Hand des Herrn Doktors gleitet langsam von ihrer Schulter und streicht für einen Moment über ihren Arm. „Wir benutzen alle chemischen Waffen in unserem Arsenal, um Infektionen zu bekämpfen, Hildegard. Aber wenn sie sich bereits so weit ausgebreitet hat ... Du muss es verstehen, es ist zu spät. Wir werden ihm Morphium gegen die Schmerzen geben. Ich muss jetzt gehen."

Sie nickt bedächtig und ihr Herz klopft dabei wie wild. „Danke, Herr ..."

„Siegfried?", fordert er leise.

„Danke, Siegfried."

Kurz bevor sie nach Hause fährt, schaut sie noch einmal, wie es Franz geht. Er schläft, sein Gesicht ist graugelb und eingefallen, seine Lippen dick geschwollen und aufgerissen. Mit der grauen Wolldecke deckt sie seinen ausgemergelten Körper etwas besser zu.

Der Knoten in ihrer Kehle begleitet sie auf dem gesamten Nachhauseweg. „Können Sie mich bitte zur Waschfrau bringen, zu Frau Nowak?", bittet sie den gebrechlichen, alten Gärtner.

Der schaut sie skeptisch an. „Jetzt? Das ist aber ein ganzes Stück."

„Jetzt. Wir können meine Kutsche nehmen."

Behutsam schaut er in Richtung Haus.

„Herr von Plötzke ist nicht zu Hause. Er wird wohl auch heute Abend nicht mehr hierherkommen. Kommen Sie, fahren wir los."

Widerwillig klettert er unter Mühen auf die Kutsche.

Das erste Stück auf dem zweispurigen Vorkriegsweg lässt sich gut fahren, dann verschwindet der Weg jedoch in den hohen Quecken. „Und jetzt?“

Er zeigt ihr die Richtung mit der Hand, schweigt aber unzufrieden.

Das dienstbare Kutschpferd trottet bedächtig weiter, während die Kutsche hinterherrumpelt. „Wie ist denn Frau Nowak jeden Tag zur Arbeit gekommen?“

„Gelaufen.“

„Und im Winter? Wenn es geschneit hat? Oder geregnet?“

„Gelaufen.“

Hildegard schüttelt den Kopf. Wie wenig ich doch von den Menschen weiß, mit denen ich aufgewachsen bin, den Menschen, die zusammen mit mir auf diesem Landgut leben, denkt sie.

Schließlich halten sie vor einer baufälligen Hütte. Kinder strömen neugierig heraus, hinter ihnen läuft eine verdutzte, junge Frau. „Maria?“, fragt Hildegard.

Die Frau verschwindet wieder im Haus hinter ihr.

Irgendwo lacht jemand, es ist Frau Nowaks tiefes Lachen. „Allmächtiger! Das bist doch nicht etwa du, meine kleine Hildegard von Plötzke?“

Hildegard sieht das dürre Frauchen auf dem alten Stuhl direkt vor dem Haus – klein und eingefallen. Wäre nicht das Lachen gewesen, hätte sie in ihr niemals die Waschfrau mit den schwabbelnden Oberarmen erkannt. „Frau Nowak? Es ist schön, Sie zu sehen.“

„Ihr, weg mit euch!“, verjagt Frau Nowak die Kinder, die von allen Seiten zu ihnen kommen. „Ich frage lieber nicht, wie es dir geht – jetzt ist Krieg, da geht es allen schlecht.“

„Ich bin gesund, Frau Nowak. Papa und Mama sind es auch. Aber das Haus ist still und kalt.“

„Ja, so ist das. Hier aber auch. Was sollen wir dazu schon sagen?“

Hildegard nickt. „Frau Nowak, erinnern Sie sich noch an Franz?“

„Den Stallknecht, ja. Armer Kerl.“

„Er liegt verwundet im Lazarett. Ich fürchte, er wird sterben.“

„Es ist eine Schande. Ivan auch, mausetot geschossen. Und das war so ein kräftiger Kerl.“

„Ivan auch? Ach, das tut mir leid.“

„Und andere auch noch. Du kennst sie nicht alle.“

Nein, ich kenne sie nicht alle, nicht einmal die, die auf unserem Anwesen gearbeitet haben, denkt Hildegard schuldig. Doch auf eine sehr seltsame Weise kommt es ihr so vor, als würde sie Franz kennen. „Frau Nowak, ich würde gern die Angehörigen von Franz ausfindig machen, um ihnen zu sagen, dass er im Lazarett liegt. Vielleicht kann ihn jemand besuchen – er liegt da so allein in seinem Bett."

Frau Nowak kratzt sich mit ihren Fingern unter ihrem Kopftuch. „Nein, die wirst du nicht finden."

„Frau Nowak?"

„Er hat nie einen Vater gehabt. Und die Frau, die angeblich seine Mutter gewesen ist, hat ihn einfach hiergelassen, da im Stall, bei den Pferden. Sie ist nie mehr zurückgekommen. Er ist einfach hiergeblieben und ohne Eltern groß geworden."

Nachdenklich schaut Hildegard zu Boden, lange sitzt sie da und spürt, wie ihr Herz immer kleiner und kleiner wird. „Wie alt war er denn, als seine Mutter ihn hiergelassen hat, Frau Nowak?"

„Er war noch ein Kind, vier vielleicht. Oder fünf oder sechs? Er hat gewartet, jeden Tag hat er am Tor auf sie gewartet. Aber sie ist nie gekommen."

Dieses Bild hat sie die ganze Nacht vor Augen: der dünne Junge, der am Tor auf seine Mutter wartet.

Am nächsten Morgen sieht Franz sehr krank aus. Sein ganzer Körper ist angeschwollen, sein Gesicht aschfahl, seine Augen stechen wild aus ihren Höhlen. „Wasser", bettelt er. „Wasser?"

Die Krankenschwester schüttelt den Kopf. „Das wird ihm nicht helfen, hinterher geht es ihm noch schlechter. Mach ihm nur die Lippen feucht. Und die Zunge."

Seine Lippen sind so geschwollen, dass es schwierig ist, mit dem nassen Tuch die Zunge zu erreichen. Sie ist so dick, dass er kaum noch sprechen kann. „Helft den Pferden. Erschießt sie, erschießt sie doch endlich!", stammelt er.

„Das werden wir, Franz, das werden wir."

Mit der Zeit scheint es, als würde er sich etwas entspannen. Sein Körper ist glühend heiß, kurz darauf zittert er vor Kälte. Und er ist klatschnass geschwitzt. „Können wir ihm noch ein Schmerzmittel geben?", bittet Hildegard.

„Wir haben nicht mehr viel Morphium", antwortet die Krankenschwester im Vorbeigehen. „Er ist bald von seinen Schmerzen erlöst, andere müssen sie tagelang ertragen."

Um sie herum herrscht das blanke Chaos: Wieder ist ein Lazarettzug angekommen. „Kommst du helfen?", fragt Antje Schmidt.

Hildegard schüttelt den Kopf. „Ich bleibe hier."

Irgendwann am Morgen macht er seine Augen wieder auf. Doch sein Blick ist nicht mehr klar „Wasser", fleht er sie an, dabei klingt seine Stimme hohl, so als käme sie von ganz weit weg.

Vorsichtig benetzt sie ihm die Lippen und versucht, die geschwollene Zunge mit dem Tuch zu befeuchten. Die blauen Augen starren an die Decke, blinzeln selten und schauen sich nicht mehr um.

Gegen Nachmittag ist sein Mund eingefallen, seine Zähne sind trocken und belegt. Er atmet nur noch flach. Plötzlich zuckt sein Körper, Tränen strömen ihm aus den trockenen Augen. „Mama?"

Vor Schreck zuckt Hildegard zusammen. Sie ergreift seine Hand. „Ich bin hier bei dir."

Er seufzt lang und tief und macht die Augen zu.

Ihre Kehle ist wie zugeschnürt, sodass sie kaum noch sprechen kann. Soll sie ihm etwas vorsingen? *Rock-a-bye baby* oder vielleicht *Toora loora loora* – so wie Nanny ihr immer vorgesungen hat, damals in ihrer Kindheit, als sie im Dunkeln Angst hatte?

Doch sie sitzt nur neben ihm und streichelt ihm die Hand. Dabei bewegen sich seine Finger nicht.

Nach einer Weile kommt eine Krankenschwester und fragt: „Ist der hier tot? Dann müssen sie ihn schnell holen, es gibt viele, die auf ein Bett warten."

Hildegard taumelt nach draußen und lässt sich auf eine Bank fallen. Ihr Körper sackt vornüber, Trost suchend reibt sie sich die Oberarme und bewegt sich hin und her. Sie weint, ohne dass sie eine einzige Träne vergießt oder einen Laut von sich gibt.

Dieser Krieg! Dieser niemals aufhörende, vernichtende Krieg!

Und Franz, der nie aufgehört hat zu warten.

Nach einer Weile spürt sie, wie ihr jemand einen starken Arm auf die Schulter legt. „Hildegard?"

Sie wendet sich der Person neben sich zu und klammert sich an ihr fest, jetzt laufen ihr die Tränen über die Wangen. „Er ist tot."

„Ich weiß. Es ist besser so."

„Jahrelang hat er darauf gewartet, dass seine Mutter wieder zu ihm zurückkommt."

Er hält sie fest und streicht ihr über den Kopf. „Komm, ich bringe dich nach Hause."

Sie klammert sich an ihn, genießt den Schutz, den sie in den Armen des Herrn Doktor findet. „Du hast zu tun. Ich werde ..."

Doch er steht schon auf, dabei hält er sie weiterhin in seiner Umarmung. „Komm, wir fahren."

5. Kapitel

„Es ist wahrhaftig Frieden", sagt Antje Schmidt eines Tages an einem eiskalten Wintermorgen. „Der Frieden ist da, kannst du das glauben?"

Das ist zu schön, um wahr zu sein – der Frieden ist da. Aber es gibt einfach zu viel Leid, um das zu feiern. Das Gewehrfeuer ist verstummt. Die Soldaten klettern aus den Schützengräben und treten geordnet den langen Marsch in die Heimat an. Innerhalb von Tagen strömen sie nach Königsberg hinein, schweigend, ohne irgendein Gefühl oder einen Ausdruck der Freude auf dem Gesicht.

Zum ersten Mal erzählen die Zeitungen nüchterne Geschichten. Der unantastbare Kaiser Wilhelm II. hat schon abgedankt und ist ins Exil gegangen. Vier jahrhundertealte Dynastien, manche so alt, dass sie bis in die Zeit der Kreuzzüge zurückreichen, hören mit einem Schlag auf zu bestehen: die Hohenzollern, die Habsburger, die Osmanen und die Romanows.

„Ja, Antje, es ist Frieden. Und was jetzt?", fragt Hildegard.

„Jetzt besteht unsere Aufgabe darin, den Weltkrieg hinter uns zu lassen, die Bruchstücke unseres Daseins einzusammeln und mit dem Leben weiterzumachen", erwidert Antje.

Mit welchem Leben?, würde Hildegard sie gern fragen. Aber diese Frage behält sie für sich. Stattdessen sagt sie: „Mit einem neuen Leben, ja. Mit einem neuen Leben."

„Ende der Woche ziehe ich wieder zurück nach Berlin, das Lazarett hier wird aufgelöst", sagt der Herr Doktor.

„So schnell schon?" Hildegard kommt diese Frage über die Lippen, ohne dass sie wirklich darüber nachgedacht hätte.

Einen Augenblick lang betrachtet der Herr Doktor sie. Doch den Ausdruck in seinen Augen kann sie nicht deuten. „Sobald hier im Lazarett der Papierkram erledigt ist, ja. Das sollte eigentlich vor dem Wochenende der Fall sein."

Der Herr Doktor weg? Mittlerweile kommt Hildegard das beinahe verkehrt vor. Er ist so sehr Teil ihres Lebens geworden. „Gibt es etwas, wobei ich helfen könnte?“

„Nein, nicht wirklich, danke, Hildegard. Das Schließen des Lazaretts ist eine militärische Angelegenheit. Ich packe nur meine Sachen zusammen.“

Ihr Vater schüttelt den Kopf. „Ich kann immer noch nicht fassen, dass der Kaiser einfach so das Handtuch geworfen hat. Wir mussten uns ja noch nicht einmal zurückziehen, unsere gesamte Armee ist doch noch auf französischem und belgischem Boden gewesen, Berlin war Hunderte von Kilometern von der Gefahrenzone entfernt. Und da kapitulieren wir einfach?“

„Ich habe dazu meine eigene Theorie, Wolfgang. Irgendwann werde ich sie dir erklären.“

Ich bin dankbar, dass der Krieg vorbei ist, denkt Hildegard. Dieser ganze Krieg war nur eine gigantische Vergeudung von Zeit, Geld und vor allem von Menschenleben. Wer kann daraus schon etwas Positives ziehen?

„Wohin genau wirst du gehen, Siegfried?“, will ihr Vater wissen.

Der Herr Doktor zieht seine Brille von der Nase und betrachtet kritisch die Gläser, dann setzt er sie sich wieder auf. „Ja, das könnte man sich sicher fragen, nicht wahr? Mein Haus in Berlin wartet noch auf mich, meine Haushälterin ist auch noch da, ebenso der Gärtner. Ich besitze ein Chateau in der Gegend von Dresden, das ich von meinem Großvater geerbt habe. Und unsere Praxis existiert auch noch. Einer meiner Teilhaber ist eine ganze Ecke älter. Er ist nicht eingezogen worden und hat die Praxis am Laufen gehalten. Ich kehre in mein altes Leben zurück, Wolfgang, jedenfalls soweit das möglich ist.“

Hildegards Vater streicht sich mutlos über seine ordentlichen, grauen Haare. „Ich wollte, ich könnte das auch sagen.“

„Du hast das Haus und das Landgut, du kannst doch wieder in dein altes Geschäft einsteigen.“

Hildegards Vater seufzt tief. „Mit welchen Kunden denn, Siegfried? Auf dich wartet die Arbeit, Ärzte werden die Menschen immer brauchen. Aber die Inflation hat aus unserem Geld Plunder gemacht. Und das bedeutet, dass ein Pelzhändler der Letzte ist, dem die Leute ihr Geld bringen.“

Der Herr Doktor überlegt lange und erwidert dann: „Ja. Das verstehe ich."

Hildegard weiß, dass das ihren Vater schon seit geraumer Zeit bekümmert. Auch sie hat sich schon darüber Sorgen gemacht. Aber sie denkt trotzdem, dass es noch eine andere Lösung gibt. „Mag ja sein, dass die Leute keine Luxusartikel wie Pelzmäntel mehr brauchen, Papa. Aber essen müssen sie immer noch: Fleisch, Milch, Eier, Gemüse. Mamas Vorfahren haben doch auch auf diesem Gut Landwirtschaft betrieben und davon ein gutes Auskommen gehabt. Wir könnten doch damit auch anfangen und so das Landgut wieder aufbauen."

„Was willst du denn da aufbauen? Um Fleisch, Milch und Eier zu produzieren, brauchen wir Tiere. Für den Gemüseanbau brauchen wir Saatgut. Unser Sparguthaben ist absolut wertlos geworden, womit willst du also anfangen?"

Doch daran hat sie nicht gedacht. „Ich ... weiß es nicht."

Ihr Vater seufzt tief. „Ich weiß wahrhaftig nicht, was aus uns werden soll. Wie dem auch sei, Siegfried, du bist gekommen, um dich zu verabschieden, und nicht, um dir meine Probleme anzuhören. In meinem Weinkeller ist noch eine Flasche. Soll ich sie für uns holen?"

Der Herr Doktor schüttelt den Kopf. „Die machen wir das nächste Mal auf, danke, Wolfgang. Wenn ich nach draußen schaue, sehe ich, dass ein Schneesturm aufkommt. Ich werde mich also sputen müssen, damit ich auf dem Heimweg nicht im Schnee stecken bleibe."

Dem Herrn Doktor das letzte Mal Auf Wiedersehen zu sagen, fühlt sich unwirklich an. Hildegard ringt vergeblich um die richtigen Worte. Am liebsten würde sie ihm für seine Arbeit im Lazarett danken, aber sie stolpert schon über die Frage, ob sie ihn mit „Herr Doktor" oder mit „Siegfried" ansprechen soll. Ihr Gesicht fängt wieder an zu glühen – was soll der Herr Doktor nur von ihr denken? Das ist so kindisch.

Er dagegen sieht aus, als wüsste er genau, was er zu tun hat. Er lächelt charmant, klappt die Hacken flüchtig zusammen, verneigt sich, ergreift ihre Hand und drückt sie sich für einen kleinen Augenblick an die Lippen. „Auf Wiedersehen, Hildegard. Ich glaube, wir werden uns tatsächlich bald wiedersehen."

Schöne Worte, denkt Hildegard, aber wann und wo sollen wir uns denn so schnell wiedersehen?

Nachdem ihr Vater hinter ihm die Haustür geschlossen hat, wendet er sich Hildegard zu. „Es gibt noch etwas, was mir mehr Sorgen macht als unsere finanzielle Situation."

„Und das ist?"

Er streicht sich wieder über seine grauen Haare. „Wie du weißt, haben jetzt in Russland die Bolschewisten das Sagen. Und Hildegard, hör mir jetzt gut zu, was ich dir zu sagen habe: Diese Hasardeure werden nicht eher Ruhe geben, bis sie die Nachbarländer auch unter kommunistische Herrschaft gebracht haben. Hier in Ostpreußen sind wir einfach zu dicht an den Russen, ich traue ihnen nicht."

Sie weiß, wie sehr ihr Vater die Bolschewisten fürchtet.

Draußen pfeift wütend der Wind um die Ecken des Hauses und dichte Sturmwolken türmen sich übereinander. Das Wetter sieht bedrohlich aus.

Was wird nur aus uns werden?, überlegt Hildegard die ganze Nacht, während sie wach liegt. So viele Jahre hat sie sich nach dem Ende des Krieges gesehnt. Und jetzt, wo der Friede Wirklichkeit geworden ist, sind da nur finstere Sturmwolken über ihnen, soweit der Horizont reicht.

Als ihr Vater einige Tage später auf sie zukommt, weil er etwas mit ihr besprechen will, lehnt Hildegard sich entspannt in ihrem Stuhl zurück. „Geht es um unsere Zukunft hier auf dem Landgut?"

„Der Herr Doktor hat heute Nachmittag mit mir gesprochen."

Hildegard runzelt die Stirn. „Ist er denn hier gewesen?"

„Nein, er hat mir die Nachricht zukommen lassen, dass ich kommen und mich mit ihm treffen soll. Er konnte sich nicht losmachen."

„Oh?"

„Er hat mir etwas vorgeschlagen, worüber ich intensiv nachdenke."

„Ja?" Sollte der Herr Doktor ein paar Strippen gezogen haben, um ihrem Vater einen Verwaltungsposten in der Armee zu beschaffen? Oder vielleicht ...

„Er braucht einen Verwalter für sein Chateau bei Dresden und hat mir den Posten angeboten."

Hildegard hebt die Augenbrauen. „Dresden? Das ist ganz schön weit weg von hier."

„Wir hätten da unser Auskommen, Hildegard."

Das stimmt. „Und was sagt Mama dazu?"

„Ja, nun ... mit ihr habe ich noch gar nicht darüber gesprochen. Vermutlich wird sie zunächst dagegen sein, doch ich glaube, mit der Zeit wird sie die innere Logik dieses Schrittes einsehen."

„Du meinst also, du solltest das Angebot annehmen?"

„Ich tendiere sehr in diese Richtung, ja. Noch mehr als das, ich bin sehr dankbar für das Angebot. Es klingt so, als ob das Chateau in einiger Zeit genauso vornehm werden könnte wie unser Landgut hier bei Königsberg. Momentan ist es nicht viel mehr als ein landwirtschaftlicher Betrieb mit ein paar Hühnern, Schafen und Kühen, einem Gemüsegarten und einem Stück Land mit Obstbäumen. Das Landgut wirft genug ab, um den eigenen Gebrauch zu decken und den Haushalt des Herrn Doktor in Berlin zu versorgen. Was darüber hinausgeht, wird vor Ort verkauft."

Weil das Angebot sehr unerwartet kommt, überlegt Hildegard lange. „Ich verstehe", erwidert sie vorsichtig. „Ich glaube jedoch, dass du zuerst mit Mama darüber sprechen solltest, bevor du eine endgültige Entscheidung triffst."

Schuldbewusst blickt ihr Vater kurz auf. „Ich hatte gehofft, dass du mit ihr reden könntest. Bei dir ist sie eher bereit, über so etwas zu sprechen."

Doch jetzt schüttelt Hildegard entschieden den Kopf. „Ich denke, das ist deine Aufgabe, Papa."

„Bitte, Hildegard!"

Versucht er sie anzuflehen? Sie kommt sich auf einmal so alt vor, fängt sich dann aber wieder. „Ich werde dir höchstens beistehen, wenn du mit ihr redest. Aber das Gespräch musst du selbst führen."

Ihr Vater seufzt tief. Während sie schweigsam zu Mittag essen, stehen die Folgen des Krieges dunkel zwischen ihnen. Nur das Ticken der Wanduhr ist zu hören.

Dann schaut ihr Vater wieder auf. „Da ist noch etwas."

„Noch etwas?"

Er rutscht unbehaglich auf seinem Stuhl hin und her. „Siegfried hat ... äh ... mir ein zweites Angebot gemacht."

„Welches denn?"

„Er ist äußerst beeindruckt von dir."

Worauf will ihr Vater hinaus? „Und?"

„Ja. Äh ... Hildegard, ja … der Herr Doktor Siegfried von Stein hat mich um deine Hand angehalten. Das ist eine gewaltige Ehre, ich habe sofort meine Zustimmung …"

Hildegard fällt die Kinnlade herunter. „Er hat *was*?"

„Er hat mich um mein Einverständnis gebeten, dich heiraten zu dürfen. Und ich habe es ihm gegeben."

Instinktiv lässt sie Gabel und Messer fallen und zieht scharf die Luft ein. „Du hast *was*?"

„Ach, komm schon, Hildegard, du kennst ihn doch gut. Du weißt auch, dass er große Stücke auf dich hält, schließlich sprecht ihr euch mittlerweile sogar schon mit Vornamen an."

Mit einem Mal kommt es ihr so vor, als wäre sie gar nicht richtig anwesend, sondern würde von außen diese Szene beobachten. Schließlich schaut sie ihn ungläubig an und sagt: „Hast du ihm versprochen, dass ich ihn heiraten werde, Papa?"

„Du bist schon achtzehn Jahre alt und damit in jeder Hinsicht im heiratsfähigen Alter."

Verwirrt schüttelt sie den Kopf. „Ich glaube das nicht. Ich ... ich habe großen Respekt vor dem Herrn Doktor, aber er ist ... er ist dein Freund, er ist fast schon so alt, dass er mein Vater sein könnte."

Darauf erwidert ihr Vater nichts.

Es fällt ihr schwer, ihre Gedanken zu sortieren. „Sein ältester Sohn ist gerade einmal fünf, sechs Jahre jünger als ich. Ich kann ihn unmöglich heiraten!"

Immer noch betrachtet ihr Vater sie schweigend, seine blauen Augen sind kühl und unpersönlich.

„Aber was wird dann …?"

„Hildegard, bitte benimm dich wie eine Erwachsene", entgegnet er kühl.

Sie schweigt und schüttelt dabei unwillkürlich den Kopf.

„Hör auf, dich hysterisch dagegenzustemmen, und fang an, die Sache ruhig und logisch zu betrachten, Hildegard. Dann wirst du erkennen, dass das ein sehr gutes Angebot ist."

„Ein gutes Angebot? Aber ich …"

„Ich möchte nicht weiter darüber sprechen, da ich ihm bereits meine Zustimmung gegeben habe und nicht der Mann bin, der sein Wort wieder zurücknimmt. Wir werden heute Abend mit deiner Mutter reden."

Draußen ist es bitterkalt, die Sonne hat sich auf die andere Seite der Erde zurückgezogen und zwischen sie und die gefrorene ostpreußische Erde hat sich eine graue Wolkenmasse geschoben. Der Garten erstreckt sich abgestorben bis zu den großen Bäumen. Und alles liegt unter einer grauweißen Schneedecke.

Das kann sie nicht tun, nein, das wird sie nicht tun. Dafür hat sie ihre Gründe, die ihr Vater verstehen muss.

Allerdings: Welche Ahnung soll ihr Vater von den Träumen einer Liebe zwischen einem Mann und einer Frau schon haben? Von den Luftschlössern eines jungen Mädchens? Was soll er davon schon wissen mit einer Frau wie ihrer Mutter?

Unruhig huscht sie von einem Zimmer zum anderen. Der Kloß in ihrem Magen wird immer größer, es fühlt sich an, als würde jemand in ihrem Bauch eine Schraube anziehen, immer fester und fester. Welche Wahl hat sie da noch.

Soll sie wirklich den Herrn Doktor heiraten?

Vor ihrem inneren Auge erscheint wieder der gut aussehende, charmante junge Mann, von dem sie schon so oft geträumt hat, vor allem in den letzten Monaten, als die Arbeit im Lazarett so schwer auf ihr Gemüt gedrückt hat. Sie hätten sich bei ihrer Einführung in die entsprechenden Kreise kennengelernt oder vielleicht auf einem Frühlingsball. Er hätte ihr den Hof gemacht, wenn nötig, wochenlang.

Eine weiße Kutsche, die von Schimmeln gezogen wird?

Im Stall steht nur das Kutschpferd, das müde aufschaut, als sie hineinkommt. Als würde es sich gestört fühlen, bewegt es nur kurz die Ohren und kaut dann weiter auf dem trockenen Heu herum. Es riecht nach altem Pferd und Hühnerfedern, nach Rattennestern und verrottendem Stroh. Das Segeltuch, mit dem man den brandneuen Mercedes ihres Vaters zugedeckt hat, ist voller Hühnermist.

Unentschlossen zieht sie die windschiefe Stalltür wieder hinter sich zu und geht zurück zum Haus.

In ihren Tagträumen hat es der junge Mann nett gefunden, sie abends zu besuchen. Nach dem Essen hat er zusammen mit ihrem Vater im Rauchsalon ein Glas Portwein getrunken. Dann hat sich ihr Vater schlafen gelegt und sie und der junge Mann mit dem offenen Gesicht haben geplaudert, sich gegenseitig Gedichte vorgelesen oder miteinander Klavier gespielt.

Manchmal hat er sie für eine Theatervorstellung oder ein Konzert in der Stadthalle abgeholt, die nun sicher wieder ein Theater werden wird.

Als sie ihr Gesicht mit kühlem Wasser wäscht, sieht die junge Frau, die sie im Spiegel anschaut, so aus wie immer.

Doch der Spiegel lügt.

Ihr Zimmer engt sie ein, sie schlendert wieder den Flur entlang und geht die Treppe hinunter. Das Klavier müsste dringend in Ordnung gebracht und gestimmt werden, jedes einzelne Buch im Studierzimmer ihres Vaters hat sie bereits gelesen.

Bestimmt hätte der junge Mann ihr Blumen mitgebracht oder sie durch einen Boten schicken lassen.

Doch dann hat die Uhr zwölf geschlagen und der Krieg ist gekommen. Und alles ist anders geworden.

Die Nacht ist finster, so wie immer.

Ich werde mich einfach weigern, überlegt sie tief in der Nacht. Und wenn mich jemand zwingen will, werde ich stehen bleiben wie ein Pferd, das auf dem Weg zur Kirche bockt und sich aufbäumt. Und dann werde ich rennen, so schnell mich meine Füße tragen. Ich werde alles dafür tun, dass ich den Herrn Doktor nicht heirate.

Und dann?

Wenn ich mich weigere, ihn zu heiraten, wird er wahrscheinlich sein Angebot an Vater zurückziehen. Und was wird dann aus uns? Wir haben kein Auskommen, kein Vermögen mehr, muss ich dann arbeiten gehen?

Die Wände des Zimmers schieben sich auf das Bett zu. Die Fenster verschwinden, die Zimmerdecke sackt bis kurz über ihr Bett herunter.

Sie holt tief Luft und setzt sich auf.

Was wäre das Schlimmste, das passieren könnte?, fragt sie sich plötzlich. Der Heiratsantrag eines Mannes, für den sie den höchsten Respekt und die höchste Bewunderung hegt, in dem sie jedoch noch nie ihren romantischen Traummann gesehen hat?

Oder die Tatsache, dass sie die Trumpfkarte ist, mit der ihr Vater für sie beide, vor allem aber für sich selbst, eine Zukunft erkauft hat?

Das Wissen darum ist ernüchternd für sie. Es bleibt ihr nächtelang quer im Hals, im Kopf und im Herzen stecken.

Genau auf dieselbe Weise hat er ihre Mutter benutzt. Vielleicht sogar missbraucht. Um für sich selbst ein besseres Leben zu bekommen.

Sie möchte nicht so wie ihre Mutter werden. Sie möchte lieber …

Als gegen Morgen schließlich eine dritte Erkenntnis plötzlich in ihr zu wachsen beginnt, wird ihr Körper förmlich vom Schmerz übermannt: Möglicherweise gibt es für sie keinen anderen Ausweg.

Irgendwann am nächsten Tag tragen ihre Füße sie in den Stall. Sie scheinen den Weg allein zu finden. Das Kutschpferd schaut müde auf, als sie hereinkommt, seine Ohren bewegen sich verstört, dann fährt es ruhig damit fort, das trockene Heu zu kauen. Im Stall riecht es immer noch nach altem Pferd und Hühnerfedern, nach Rattennestern und verrottendem Heu. Das Segeltuch, mit dem der nagelneue Mercedes zugedeckt ist, ist immer noch voller Hühnermist.

„Heute muss ich eine Entscheidung treffen", sagt Hildegard laut vor sich hin und streicht dem alten Kutschpferd sanft über den Nacken. „Ich muss meine eigene Entscheidung treffen, aber ich fürchte, dieses Mal kann ich nicht auf mein Herz hören. Diesen Entschluss muss ich mit dem Kopf treffen."

Mit trübem Blick schaut das Pferd sie an.

Sie blickt ernst zurück. „Das ist so, wie wenn man dich vor die Kutsche spannt. Dann kannst du nämlich nicht selbst die Richtung bestimmen, sondern musst dahin laufen, wohin dich der Kutscher lenkt." Sie schweigt einen Augenblick. „Gut, vielleicht ist das kein gutes Beispiel, aber du verstehst es, stimmt's?"

Das Pferd kaut ruhig weiter, seine Augen sind sanft und traurig. Sein Körper ist warm.

Entschlossen wendet Hildegard sich ab. Wahrscheinlich ist es verrückt mit einem Pferd zu reden.

Und dennoch ... vielleicht hat es ihr trotzdem geholfen.

Eigentlich habe ich meine Entscheidung bereits getroffen, erkennt sie. Schon in dem Moment, als sie keine Chance mehr gesehen hat, ihre Träume zu verwirklichen.

Als sie am späten Nachmittag ihren Vater sieht, sagt sie: „Heute Abend müssen wir mit Mama reden."

Dabei hört sich ihre Stimme wie die einer alten Frau an.

Das Boudoir ihrer Mutter riecht ein wenig muffig, so wie ein altes Zimmer, das nicht regelmäßig gelüftet wird. Der vage Geruch verschiedener Öle hängt in der Luft: Kampferöl, Lavendelsäckchen, Pfefferminzpastillen. Das Sofa, auf dem ihre Mutter immer sitzt, ist durchgesessen und der Bezug darauf ausgeblichen und verschlissen.

Das ganze Haus trauert um eine untergegangene Welt, denkt Hildegard. Doch das hier ist das Zimmer, in dem dieser Schmerz am stärksten zu spüren ist.

„Ihr möchtet etwas mit mir besprechen?", sind die Willkommensworte ihrer Mutter.

„Ja, äh ...", erwidert Hildegards Vater.

„Kommt, setzen wir uns, dann kann man besser reden", schlägt Hildegard vor.

Ihr Vater bleibt jedoch stehen – für ihn ist kein Sitzplatz vorhanden.

„Ja?" Die Stimme ihrer Mutter klingt fern und unpersönlich.

„Schau, Charlotte, die Lage sieht folgendermaßen aus." Ihr Vater erklärt ihr ausführlich die gesamte Situation, so geduldig, wie man sie einem Kind erklären würde. Er spricht über den Pelzmarkt, der zusammengebrochen ist, über die Inflation, die den Wert der Mark weggefressen hat, und über die massiven Kriegsschulden Deutschlands.

„Von dem Erbe meiner Eltern, von ihrem ganzen Reichtum hast du also nichts mehr übrig? Alles, wofür sie gearbeitet haben, ist nun nicht mehr vorhanden?"

Hildegard schüttelt den Kopf. „Das war der Krieg, Mama. Der hat all das Geld gefressen, nicht wir."

Der Mund ihrer Mutter ist nur noch eine dünne Linie.

„Es gibt allerdings eine Lösung, Charlotte." Und dann berichtet ihr Hildegards Vater von dem großzügigen Angebot des Herrn Doktor.

Hildegard lehnt sich mit dem Kopf an die Rückenlehne und schließt für einen Augenblick die Augen. Ihr Vater tut ihr trotz allem plötzlich furchtbar leid – dieser gut aussehende Mann, der nie wirklich gut genug gewesen ist.

Das Gesicht ihrer Mutter bleibt ausdruckslos, während sie ihm geradewegs in die Augen schaut.

Als er fertig ist, sagt ihre Mutter: „Ich habe es dir schon früher gesagt und sage es dir noch einmal, Wolfgang von Plötzke: Ich begebe mich nicht mehr auf die Flucht."

Hildegard bemerkt die Endgültigkeit in der Stimme ihrer Mutter. „Mama?"

Die Hände ihres Vaters vollführen eine mutlose Bewegung. „Das ist keine Flucht, Charlotte. Das ist ein Umzug – nur für eine gewisse Zeit, wenn du möchtest – auf ein Landgut in der Nähe von Dresden, auf dem uns Siegfried von Stein ein Auskommen anbietet."

„Ich bin noch nie auf die Almosen meiner Freunde oder meiner Familie angewiesen gewesen. Das wird auch in Zukunft nicht geschehen."

„Lieber Himmel, Frau, das sind doch keine Almosen! Ich werde mit meiner eigenen Hände Arbeit unser tägliches Brot verdienen. Und auch Siegfried hat etwas davon, er vertraut mir die Verwaltung seines Landgutes an."

„Das sagt er jetzt, ja. Aber schlussendlich wirst du nur ein Arbeitnehmer sein, Wolfie, ein Knecht."

Die altbekannten Spannungen zwischen ihren Eltern schlagen Hildegard wieder auf den Magen. Jetzt ist auch der Mund ihres Vaters nur noch eine dünne Linie. „Dann bleib meinetwegen hier in dieser baufälligen Hütte! Wir gehen jedenfalls."

Hildegard holt scharf Luft. So schlimm ist es?

Ihre Mutter sieht sie direkt an. „Du auch, Hildegard?“

„Mama, ich verstehe das nur als zeitlich begrenzte Lösung, ich ...“, tastet sie sich ins Dunkel vor.

„Denkt ja nicht, dass ihr auch nur eine Mark oder einen Pfennig von mir erbt“, zischt ihre Mutter, ihre Augen fliegen dabei geradezu von einem zum anderen.

„Charlotte, selbst wenn du noch ein paar Mark oder Pfennige auf der Bank hast, dann sind sie nichts mehr wert. Sieh es doch ein, du hast kein Geld, um hier zu überleben.“

Mühsam erhebt sich ihre Mutter und bleibt direkt vor ihrem Mann stehen. „Ich, Wolfgang von Plötzke, habe meine Juwelen; ich habe mein Silberbesteck, meine Kristallgläser und mein Meißener Porzellan. Ich habe meine Pelze und meine Perserteppiche und Gemälde – das kann mir niemand nehmen.“

„Mama ...“

„Von dir will ich nichts hören, Hildegard.“ Ihre Mutter ist ganz weiß um den Mund. „Geh du ruhig mit deinem Vater. Ich bin für euch sowieso nie mehr gewesen als ein gefülltes Bankkonto. Und jetzt, wo das Geld seinen Wert verloren hat, verlasst ihr mich? Geht!“

„Das ist nicht wahr, Mama! Wir hätten es gern, dass du mit uns kommst, wir können dich doch nicht allein hierlassen!“

„Ich gehe nirgendwo mehr hin. In diesem Haus habe ich das Licht dieser Welt erblickt, in diesem Haus werde ich auch sterben. Ich habe meine Bediensteten, vielen Dank, euch brauche ich nicht.“ Mühsam schleppt sie sich zur Tür und öffnet sie. „Geht jetzt, ich bin müde.“

Ich frage mich, ob ich wirklich lebe, überlegt Hildegard, während sie ihre letzten Habseligkeiten einpackt. Denn schon lange fühlt sie nichts mehr, sondern handelt nur noch automatisch.

Sie hat sich vollkommen stumpf gedacht, leer geweint und von ihren Mädchenträumen verabschiedet, an die sie geglaubt hat. Geblieben ist ihr nur noch eine tiefe Müdigkeit.

Der Herr Doktor? Siegfried von Stein?

Ihr Vater hat schon vor ein paar Tagen die Bahnfahrkarten gekauft, drei einfache Fahrten von Königsberg nach Berlin. „Für Mama auch eine?“

„Sie wird schon nicht allein hierbleiben“, hat ihr Vater mit Entschiedenheit geantwortet. „Wenn wir am Dienstagmorgen losfahren, wird ihre Reisetasche sicher gepackt sein.“

Hildegard bezweifelt das, aber sie ist zu müde, um ihm zu widersprechen. So müde wie ein ganz alter Mensch.

„Ich habe noch zwei Pelze im Lager gefunden. Sie haben einem Ehepaar gehört, das zu Beginn des Krieges wieder nach Wien gezogen ist. Ich glaube nicht, dass sie jemals wieder nach Königsberg kommen werden.“

„Hast du die Mäntel verkauft?“

„Ich habe sie bei der Frau im Bahnhof gegen Fahrkarten getauscht.“

„Zwei Pelzmäntel für drei Zugfahrkarten?“, hat Hildegard verdutzt gefragt.

„Die Mäntel waren schon älter.“

Ungläubig schaut sie ihren Vater an, so etwas wie Mitleid wallt unerwartet in ihr auf. „Haben wir wirklich so wenig Geld, dass wir uns noch nicht einmal Zugfahrkarten kaufen können?“

„Wir haben überhaupt kein Geld mehr, Hildegard. Kein bisschen.“

Kein Geld bedeutet keine Hoffnung auf die Zukunft. Und kein respektabler junger Mann wird sich eine arme Kirchenmaus zur Braut wählen. Sie hat es gemerkt, wie ihre Chancen auf eine Heirat immer mehr dahinschwanden. „Weiß der Herr Doktor denn, dass wir überhaupt kein Geld mehr haben?“

„Er muss nicht alles wissen“, antwortet ihr Vater einsilbig und schaut dabei aus dem Fenster.

Er weiß nicht alles, bemerkt sie, während sie am frühen Morgen ihren Reiseproviant in einen Korb zu packen versucht. Harte Brote aus Kriegsmehl, die letzte Flasche Wein aus dem Keller.

Nahezu biblisch.

Warum sollte der Herr Doktor sie heiraten?, fragt sie sich zum x-ten Mal. Weil sie jung ist? Schön? Sicherlich sieht er in ihr doch keine Mutter für seine Kinder.

Zwei Reisetaschen hat sie, in denen sich vor allem Erinnerungsstücke befinden: einige Bücher, Noten, ihre Puppe, die sie noch aus

Russland mitgenommen hat, das mittlerweile vergilbte Fotoalbum aus den Kindertagen ihrer Mutter und ein paar wenige Kleider.

„Mama, darf ich bitte dieses Fotoalbum hier mitnehmen?“, hat sie gestern Abend beim Gute-Nacht-Sagen gefragt. Dabei hat sie bemerkt, dass es im Zimmer ihrer Mutter keinerlei Hinweise auf eine gepackte Reisetasche gab.

Ihre Mutter hat sie geradewegs angesehen. „Wie ich höre, heiratest du Siegfried von Stein.“

Hildegard hat nur einen Augenblick gezögert – schließlich hatte sie noch nicht offiziell zugestimmt. Trotzdem hat sie geantwortet: „Ja, Mama, das werde ich.“

„Weißt du auch, was du da tust, Hildegard?“

Darauf hätte sie viel antworten können: Sie weiß nicht, ob sie überhaupt eine Wahl hat. Dabei ist der Herr Doktor eine gut situierte und respektierte Person, sie wird in der Lage sein, ihren Lebensstandard von vor dem Weltkrieg weiterzuführen. Sie hätte sagen können, dass sie zu Siegfried von Stein aufsieht und dass viele Berliner Frauen sie beneiden werden. Doch sie hatte sich das alles schon selbst gesagt und da hatte es auch nicht funktioniert.

Darum hat sie sich dafür entschieden zu sagen: „Der Herr Doktor ist ein gut aussehender und charmanter Mann.“

Und mit einem Mal haben die Augen ihrer Mutter alt ausgesehen. „Ja, Hildegard, er ist ein gut aussehender und charmanter Mann. In so einen Mann habe ich mich auch einmal verliebt.“

Daraufhin hat Hildegard zunächst eine Weile geschwiegen. Was sollte sie auch dazu sagen? „Ich weiß, Mama.“

Ihre Mutter hat nur mit den Schultern gezuckt und sich abgewandt. „Nimm das alte Fotoalbum ruhig mit. Was kann ich schon damit anfangen?“

Oben auf eine ihrer Reisetaschen hat sie auch ihre Bibel eingepackt, die gepresste Rose ihrer Kindheit steckt immer noch sicher zwischen den dünnen Seiten.

Es gibt so viele Dinge, die hierbleiben müssen, der Besitz eines ganzen Lebens, den man zurücklassen muss.

Auch die glänzende Hülle des neuen Mercedes ihres Vaters unter dem Segeltuch im Stall – inzwischen haben sich die Ratten unter der Motorhaube Nester gebaut, die Innenverkleidung herausgerissen und das Holz des Armaturenbretts zernagt.

Am großen Eisentor bleibt das alte Kutschpferd automatisch stehen. „Komm, weiter!“, brummt der krummbuckelige Gärtner und lässt über dem Rücken des Pferdes die Peitsche knallen.

Nachdenklich dreht Hildegard sich um und schaut zurück über die weiten, schneebedeckten Grasflächen und Blumenbeete, vorbei an dem kleinen Brunnen, in dem einst eine Fontäne in die Luft geschossen ist, zu dem Haus, in dem sie in den letzten dreizehn Jahren gewohnt hat. Sie sieht die Wegbiegung vor dem Haus, wo Nanny vor so vielen Jahren in eine Kutsche eingestiegen und weggefahren ist, ohne Auf Wiedersehen zu sagen. Sie betrachtet die Treppe zum Haupteingang, auf der ihr Gustav seinen Arm angeboten hat, als sie gerade elf Jahre alt geworden war. Dann fällt ihr Blick auf die schwere Vordertür. Da hat der Herr Doktor in finsterer Nacht windzerzaust gestanden, als seine Frau gestorben war.

Links neben der Haustür sind die Empfangsräume hinter einer zugezogenen Gardine versteckt, dahinter liegt die Küche. Schließlich wandert ihr Blick nach rechts zu dem Schulraum, in dem Meister Rosenberg Brigitte, Antje Schmidt und sie in die Geheimnisse des Wissens einzuführen versucht hat, wo Herr Mäkelä und seine Frau mit den verschrumpelten Fingern ihnen den Two Step beigebracht haben. Daneben sind die Fenster des Musikzimmers, in dem Meister Schroeder ihr die Wunder der Musik erschlossen hat.

Nun ist ihr Klavier zugeklappt und die Elfenbeintasten sind verstummt. Ob der Herr Doktor ein Klavier in seinem Haus hat?

Sie schaut zum oberen Stockwerk: die Zimmerflucht ihres Vaters an der Ecke, ihr eigenes Zimmer und das Spielzimmer. Diese Räume sind nun ihrer Identität beraubt, die Vorhänge sind zugezogen.

Dann betrachtet sie die Stelle, wo die Zimmer ihrer Mutter sind.

Im Fensterrahmen des Boudoirs sieht sie die runden Schultern ihrer Mutter, ihr straffes Gesicht. Regungslos steht sie da und schaut zu ihnen hinüber.

Zögernd hebt Hildegard die Hand für einen letzten Gruß.

Doch ihre Mutter wendet sich ab und verschwindet hinter dem Vorhang.

Als sie am nächsten Nachmittag auf dem Schlesischen Bahnhof in Berlin ankommen, ist es bitterkalt. Der Wind bläst schneidend um die Ecken, es fällt ein eisiger Schneeregen. Um diese Jahreszeit ist es in Deutsch-Südwest brütend heiß, hat Gustav ihr erzählt, aber das war in einem anderen Leben.

Als sie aus dem Zug steigen, haben sie Schwierigkeiten, alle Reisetaschen zu tragen. „Nein, es ist schon gut, danke", sagt ihr Vater zu einem der Träger, der ihnen helfen möchte.

Es ist niemand zu sehen, der sie in Empfang nimmt. „Wir warten einfach, der Herr Doktor hat vermutlich sehr viel zu tun", schlägt ihr Vater vor.

Auf dem Bahnsteig ist es kalt und ungemütlich. Während sie da zwischen den Gleisen stehen und warten, fühlt sie sich wie auf einer Insel, auf die sie ein fremdes Meer gespült hat. Und der vage Traum von einem charmanten Mann, der mit Blumen in der Hand auf dem Bahnsteig auf sie wartet, verflüchtigt sich wie der rußige Qualm in der grauen Luft.

So langsam sollte ich wohl erwachsen werden, denkt Hildegard müde.

„Herr von Plötzke? Fräulein?" Der Mann hat eine adrette Uniform an, mit Knöpfen, die im flauen Licht glänzen.

„Das ist richtig."

„Ich bin Klaus Hoffmann, der Chauffeur von Herrn Doktor von Stein. Der Herr Doktor bittet um Entschuldigung. Die Grippe hat sich zu einer richtiggehenden Epidemie entwickelt."

„Ist der Herr Doktor krank?", fragt Hildegard entsetzt.

„Nein, mein Fräulein, nein, aber er muss sich um die Kranken kümmern. Ist das hier Ihre Reisetasche?"

„Ich habe mir schon gedacht, dass nichts passiert ist", erwidert ihr Vater zufrieden.

„Ich bringe Sie ins Hotel Excelsior. Der Herr Doktor wird sich morgen Abend mit Ihnen treffen."

Und warum nicht heute Abend?, fragt sich Hildegard. Aber sie schiebt den Gedanken schnell beiseite.

Das Hotel Excelsior ist in der Königgrätzer Straße am Askanischen Platz. „Das ist eines der größten Hotels in Europa", erklärt ihnen Klaus während der Fahrt.

Als sie vor dem eindrucksvollen Gebäude anhalten, sagt ihr Vater: „Dein zukünftiger Ehemann hat mehr Geld, als ich vermutet habe. Dir wird es an nichts fehlen."

Ja, mir wird es sicher an nichts fehlen, denkt Hildegard, als sie sich später in ihrem vornehmen Zimmer umschaut. Und der Herr Doktor ist ein gut aussehender und charmanter Mann ...

Doch das Gespräch, das sie mit ihrem Vater während der Zugfahrt geführt hat, beschäftigt sie immer noch.

„Ich kann Mamas Gesicht nicht vergessen. Sie stand am Fenster, als wir weggefahren sind."

„Ich habe es gesehen, ja", hat ihr Vater erwidert, ohne sie dabei anzuschauen.

„Und sie hat uns nicht einmal zum Abschied gewunken."

„Das hatte ich von ihr auch nicht erwartet."

Sie hat gespürt, wie sich in ihr die bekannte Abneigung wieder gerührt hat. „Wie geht es dir denn damit, dass sie jetzt nicht hier bei uns ist?"

Da hat ihr Vater seinen Kopf zu ihr gedreht und nur gesagt. „Es war ihre Entscheidung."

„Es macht dir also gar nicht so viel aus, dass sie allein zurückgeblieben ist?"

Er hat mit den Schultern gezuckt. „Um ganz ehrlich zu sein, Hildegard, nein. Jetzt kann sie ihr Leben leben und ich meins."

Bei diesen Worten ist in ihr ein elendes Gefühl des Widerstands aufgekommen. „Wie kannst du das nur sagen! Sie ... hat dich einmal geliebt!"

„Ach, hör doch auf, Hildegard. Werde endlich erwachsen."

Diese Worte haben bitter in ihrem Mund geschmeckt. Ist es das, was von einem gemeinsamen Leben übrig bleibt? Das kann es doch nicht sein!

Aber die Kälte in den Augen ihres Vaters, der harte Zug um seinen Mund und die genervte Bewegung seiner Hände haben eine eigene Sprache gesprochen.

Beim Gedanken an ihre Mutter senkt sich ein schwerer Kummer auf sie herab, eine Finsternis, die sie ganz umfängt.

Pfarrer Schumanski hat versprochen, dass er nach ihrer Mutter schauen und es sie rechtzeitig wissen lassen wolle, wenn etwas nicht in Ordnung sei. „Ja, so ist das Leben", hat er seufzend gesagt.

Stundenlang sind sie mit dem Zug gefahren, immer weiter und

weiter nach Westen. Das Licht des Zuges hat sich einen Tunnel durch den Schnee und den Nieselregen gebahnt. Sogar als sich die Wolken ein wenig gelichtet hatten, ist es dennoch dämmerig und eisig kalt geblieben.

„Ja, so fliehen wir wieder einmal vor den Bolschewisten nach Westen“, hat Hildegard gesagt, kurz bevor sie in Berlin angekommen sind.

„Wir sind doch nicht auf der Flucht“, hat ihr Vater ihr entschieden widersprochen. „Wir fangen ein neues Leben an, ein besseres Leben, wie ich glaube.“

Ein neues Leben? Auf einmal fragt sie sich, wie wohl ihr Zimmer im Haus des Herrn Doktors aussehen wird.

Wird sie überhaupt ein eigenes Zimmer bekommen?

Die Schwermut übermannt sie wieder mit aller Macht. Ich habe keine Ahnung, was mich erwartet, stellt sie ernüchtert fest. Alles, was sie weiß, sind die furchteinflößenden Geschichten, die Brigitte und Antje ihr aufgetischt haben, wenn der Meister zum Rauchen nach draußen gegangen war und sie ihre Brote essen mussten.

Sie setzt sich auf das große Bett. Ihre Augen wandern durch das geräumige, unpersönliche Zimmer. Nicht einmal das Feuer im Ofen kann die Kälte ganz vertreiben.

Oder vielleicht kommt die Kälte von ganz tief in ihr drinnen.

Sie fühlt sich unglaublich einsam und wünscht sich ihre Nanny herbei. Mit allem, was sie hat, sehnt sie sich nach der Nähe ihrer Nanny, in deren Umarmung sie sich sicher gefühlt hat.

In der ersten Woche kommt die Damenschneiderin zu Hildegard und bringt ihr verschiedene Materialien und Schnittmuster mit, Rollen mit Stoff und Spitze, Satinbänder, Seidentücher und Knöpfe.

Völlig unbeeindruckt sitzt Hildegard am Tisch und blättert lustlos durch das Heft mit der neusten Mode. Statt freudiger Erregung spürt sie nur eine tiefe Niedergeschlagenheit und hat keine Ahnung, was sie haben möchte.

Was ist nur los mit mir?, fragt sie sich entsetzt. Wo ist nur mein Selbstvertrauen hin, mit dem ich Entscheidungen getroffen habe?

Vielleicht ist einfach alles zu überwältigend, zu fremd für mich.

„Geben Sie die Sache ruhig in meine Hände", erwidert die Damenschneiderin sachlich. „Ich habe Frau von Stein jahrelang eingekleidet, ich werde dafür sorgen, dass auch Sie dem Standard des Herrn Doktor Genüge tun."

Abends kommt der Herr Doktor und holt Hildegard und ihren Vater zum Essen ab. Sie gehen in vornehme Restaurants und besprechen ihre Pläne für das Chateau bei Dresden. Schweigend hört Hildegard zu. Sie reden auch über die Ostjuden, die in Berlin zu einer regelrechten Plage geworden seien, und die tödliche Grippeepidemie, die sich auf der ganzen Welt ausbreitet, und schließlich auch wieder über den Krieg.

„Wolfgang, die deutsche Armee hat den Weltkrieg nicht verloren", verkündet der Herr Doktor. „Zum Zeitpunkt der Kapitulation hatte noch kein einziger alliierter Soldat die Reichsgrenze überschritten. Nein, unsere Armee ist durch die Bevölkerung zu Hause verraten worden, besonders durch diejenigen, die das Kaiserhaus stürzen wollten. Und natürlich durch die Juden."

Das darf doch nicht wahr sein, denkt Hildegard und ist empört. Ich habe eine Verabredung mit meinem zukünftigen Bräutigam. Und er und mein Vater haben nichts Besseres zu tun, als über Krankheiten, Krieg und die Feinde Deutschlands zu sprechen.

In der Nacht, als sie mal wieder nicht schlafen kann, schmilzt ihre innere Empörung und sie spürt eine große Unsicherheit in sich aufkommen. Was mache ich hier eigentlich?, fragt sie sich. Was erwartet mich in all den Jahren, die noch vor mir liegen?

Sie steht auf und schiebt den Vorhang ein wenig zur Seite. Jetzt ist die Finsternis nicht mehr ganz so finster.

Doch an Schlaf ist nicht zu denken. Je länger die Nacht dauert, desto mehr wird aus der anfänglichen Unsicherheit eine große Traurigkeit. Sie wächst wie ein Schneeball, der einen Berg herunterkullert und immer mehr Schnee mit sich trägt.

Und dann gesellt sich noch das Gefühl von Einsamkeit dazu.

Sie hat doch gewusst, dass ihr Vater heute Morgen mit Klaus zu dem Chateau in der Nähe von Dresden aufbrechen wird, versucht sie Vernunft in ihren verwirrten Kopf zu bekommen. Sie hat gewusst, dass sie nicht mit ihm mitfahren kann, denn heute Morgen kommt die Damenschneiderin zur Anprobe und in drei Tagen noch einmal.

Und trotzdem …

Warum fühlt sie sich nur so allein? Vielleicht liegt es daran, dass ihr Vater sie für einen Augenblick, einen winzigen Augenblick an sich gedrückt hat. Vielleicht war es der plötzliche Ausdruck der Wehrlosigkeit in seinen blauen Augen. Vielleicht liegt es auch daran, dass sie am Fenster gestanden hat und ihr Vater nicht hatte sehen können, dass sie ihm zugewunken hat.

Doch selbst wenn sie das mit dem Verstand begriffen hat, fühlt ihr Herz etwas anderes. Verzweifelt presst sie das Gesicht ins Kissen, ihr Körper zuckt unaufhörlich und so gibt sie sich ganz dem Schmerz hin, der mehr und mehr in ihr aufbricht.

Nach einer Weile fühlt sie sich innerlich völlig leer, der Kopf tut ihr weh vom Weinen und ihre Welt ist in einen dichten Nebel gehüllt. Alles verschwimmt vor ihren Augen, alles, was gewesen ist, löst sich auf, nichts ist mehr wichtig.

Nur die Einsamkeit ist geblieben.

Sie muss sich fertig machen, weil der Herr Doktor sie zum Abendessen in ein vornehmes Restaurant ausführen will – nur sie beide.

Sie steht auf und zieht gedankenverloren die Gardine zur Seite. Draußen ist es immer noch dämmrig, angesichts der kalten Erde hat die Sonne offenbar den Mut verloren.

Heute Abend möchte sie nicht allein mit ihm ausgehen.

Sie wäscht sich das Gesicht, zieht das tiefblaue Kleid an, das die Damenschneiderin gestern vorbeigebracht hat, und kämmt sich die Haare, ohne dabei wirklich einen Blick auf ihr Spiegelbild zu werfen. Sie legt ein paar Tropfen von dem Duftwasser auf, das ihr die Schneiderin mitgebracht hat, holt den Mantel, den die Schneiderin ausgesucht hat, und ist bereit zum Ausgehen. Dann setzt sie sich mit einem Buch in den Lehnstuhl – schließlich kann man nie wissen, wie lange die Patienten den Herrn Doktor beschäftigen.

Er ist ein gut aussehender Mann, charmant und seiner Arbeit

hingegeben. Mehr kann eine Frau von einem Mann doch nicht verlangen.

Doch heute Abend allein mit ihm an einem Tisch sitzen? Worüber sollen sie den ganzen Abend plaudern?

Sie ist todmüde. Wenn es nach ihr ginge, würde sie sich einfach wieder ins Bett legen und die Decke über den Kopf ziehen. Sie wünschte, sie könnte sich einfach immer unter dem dicken Federbett verkriechen. Sie wollte …

Das muss Klaus sein, denkt sie, als es klopft, und schiebt mit den Fingern ein paar Haare, die sich aus ihrer Frisur gelöst haben, wieder in die richtige Position. Doch es ist der Herr Doktor selbst.

Er lacht leise. „Hat sich meine Braut erschreckt? Du wirst doch wohl nicht eingeschlafen sein?"

„Herr Doktor!"

Er lächelt weiter und schüttelt ungläubig den Kopf. „Hildegard, Hildegard. Sprich mir nach: ‚Sieg-fried'."

Sie lächelt verlegen. „Guten Abend, Siegfried."

Er führt ihre Hand an seine Lippen. „Guten Abend, meine schöne Hildegard."

Sie spürt, wie ihr Gesicht heiß wird. Dieses blöde, einfältige Gesicht, das andauernd so rot wird wie eine Tomate!

Bewundernd legt er seinen Kopf ein wenig schief. „Bleib ein Weilchen so stehen, damit ich dich anschauen kann. Hildegard, du siehst wirklich wunderschön aus."

Die Wärme in ihrem Gesicht zieht sich bis in ihr Herz. Siegfried, nicht Herr Doktor, Siegfried, erinnert sie sich. „Danke, Siegfried."

„Dreh dich um."

Sie wirft ihm einen etwas verwirrten Blick zu. Er bedeutet ihr, sie solle ihm den Rücken zuwenden. Dann legt er ihr eine Perlenkette um den Hals. Die Perlen liegen blitzweiß auf ihrer weichen Haut. „Danke, Siegfried, die ist schön."

Heute sehen seine Augen anders aus als sonst, viel sanfter. „Komm, lass uns gehen."

Er hält ihr den Mantel hin und sie zieht ihn an. „Mmh, gute Wahl", sagt er zufrieden.

Als sie ihre Hand auf seinen Arm legt, gehen sie langsam nebeneinander die Treppe hinunter.

Als Hildegard spät am Abend ins Bett geht, fühlt sie sich beinahe glücklich – jedenfalls glücklicher, als sie sich seit Monaten gefühlt hat. Ich weiß jetzt, wie es ist, wenn ein Mann einem den Hof macht, ich weiß, was das wirklich bedeutet, denkt sie. Siegfried ist ein galanter Herr und ein einfühlsamer Gesprächspartner gewesen, er hat ihr zugehört, wenn sie geredet hat, sie haben zusammen gelacht und über die verschiedensten Dinge geplaudert, aber weder über Kriege noch über Politik oder Krankheiten. Sie haben über Bücher gesprochen, über Musik und das bevorstehende Weihnachtsfest.

Und auch über die Hochzeit. Jetzt ist sie sich nicht mehr so unsicher. Sie sind einander fast auf Augenhöhe begegnet, obwohl er so viel älter ist als sie – der Altersunterschied ist fast so groß wie der zwischen ihr und Gustav.

Gustav. „Du siehst wunderbar aus, du strahlst geradezu, du musst immer so schön bleiben, egal was geschehen mag", hat er gesagt. Und sie hat es versprochen.

Ich werde mein Versprechen halten, entscheidet sie wild entschlossen – auch damit ich dem Herrn Doktor eine Frau bin, auf die er stolz sein kann.

Vielleicht hält dieses Glücksgefühl nicht bis morgen an. Aber wenigstens heute Nacht kann sie ruhig einschlafen.

Am Heiligen Abend holt Klaus sie am Hotel ab. Sie wird diesen Abend zusammen mit Siegfried von Stein und seinen beiden Söhnen verbringen. Auch sein Teilhaber und dessen Frau werden mit ihnen feiern.

Sorgfältig wählt Hildegard ihre Kleidung aus, sie möchte erwachsen genug aussehen, aber auch nicht zu formell. Ihre Haare dreht sie zu einem losen Knoten zusammen und legt die Perlenkette um, die Siegfried ihr geschenkt hat.

Heute Abend wird sie Siegfrieds Söhne kennenlernen, aber sie weiß gar nicht, was sie erwarten soll. Nur, dass Hans dreizehn Jahre alt ist und Oswald elf, dass sie auf ein bekanntes und jahrhundertealtes Gymnasium in Berlin gehen und in der Schule und auch im Sport sehr gut sind. Hans soll im nächsten Jahr, wenn er vierzehn wird, auf eine Militärakademie gehen. Das ist alles, was sie weiß.

Sie braucht gar nicht erst zu versuchen, ihnen so etwas wie eine

Mutter zu sein, schließlich ist sie gerade einmal fünf Jahre älter als Hans. Sie hofft darauf, dass sie ihre Freundin werden kann.

Auch Siegfrieds jahrelangen Teilhaber wird sie kennenlernen, Herrn Doktor Albrecht. Über ihn weiß sie nur, dass er während des Krieges die Praxis am Laufen gehalten hat und sehr viel älter als Siegfried ist, seine Frau ist es sicher auch. Aber man kann nie wissen – sie ist immerhin neunzehn Jahre jünger als Siegfried, ihre Mutter dagegen zehn Jahre älter als ihr Vater.

Aber heute Abend möchte sie nicht an ihre Mutter denken, die so allein in dem großen, kalten Haus lebt. Und auch nicht an ihren Vater, so allein dort in dem fremden Chateau.

Mein erstes Weihnachten in Berlin, denkt sie, während sie durch die Autoscheiben die brennenden Kerzen und erleuchteten Weihnachtsbäume in den großen Fenstern der Häuser sieht. Weihnachtsfrieden, erinnert sie sich und denkt dabei an die Berichte über das erste Weihnachten in den Schützengräben des Weltkrieges.

Als Klaus durch eines der großen Tore fährt, erscheint Siegfried sofort auf der Treppe vor der Eingangstür, hinter ihm thront das doppelstöckige Haus. Er öffnet ihr eigenhändig den Wagenschlag und hält ihr die Hand hin, um ihr beim Aussteigen behilflich zu sein. „Willkommen in deinem zukünftigen Heim, Hildegard", sagt er galant.

Sie holt tief Luft, fährt sich flüchtig mit der Zunge über die Lippen und versucht zu lächeln. „Danke. Es ist … wunderschön."

Die beiden gehen Arm in Arm die vier Treppenstufen hinauf und treten über die Schwelle in das vornehme Haus. Hildegard weiß noch nicht einmal die Adresse.

Es ist ein merkwürdiger Abend gewesen, überlegt Hildegard spät in der Nacht. Eigentlich hatte sie erwartet, dass der ältere Sohn der schwierigere sein würde, doch Hans hat eher kühl gewirkt. Möglicherweise hat er sich mit der Situation nicht anfreunden können, vielleicht ist er sogar ein wenig amüsiert darüber gewesen, dass sein Vater nun eine so junge Verlobte hat.

Oswald dagegen ist ihr gegenüber offen feindselig gewesen – und zwar so sehr, dass ihn sein Vater gleich zweimal zur Ordnung hat rufen müssen. „Oswald hing sehr an seiner Mutter“, hat Siegfried ihn in Schutz genommen, während er Hildegard schließlich ins Hotel zurückgebracht hat.

Das kleine Frauchen von Herrn Doktor Albrecht ist sehr freundlich gewesen, wenngleich Hildegard auch den Verdacht nicht loswird, dass sie die jugendliche Wahl von Siegfried sehr kritisch betrachtet. „Können Sie wirklich in ihre Fußstapfen treten?“, hat Frau Albrecht sie gefragt, als sie für einen Augenblick allein waren.

Auch die Haushälterin hat Hildegard getroffen, eine ordentliche Frau, ungefähr in Siegfrieds Alter. „Frau Hoffmann war während des ganzen Krieges für mich von unschätzbarem Wert, aber noch mehr in der Zeit nach dem Tod meiner Frau.“

Meiner Frau – immer noch? Hildegard hat diesen Gedanken schnell beiseitegeschoben.

„Hoffmann? Ist das nicht auch der Nachname von Klaus?“

Die Haushälterin hat genickt. „Das ist mein Mann.“ Dann hat sie sich weggedreht und ist wieder in die Küche gegangen.

Und trotzdem ist sie nicht unfreundlich gewesen, entscheidet Hildegard, vielleicht nur etwas zu sachlich und professionell.

Der Einzige, der unfreundlich gewesen ist, der sich geradezu Mühe gegeben hat, damit sie sich unwohl fühlt, ist also Oswald gewesen. Doch auch das wird sich mit der Zeit geben, davon ist sie fest überzeugt.

Und so schläft sie schließlich ruhigen Herzens ein.

Doch je näher der Hochzeitstermin rückt, desto mehr beginnen Hildegards Nerven verrückt zu spielen. „Ich bin mir über so vieles unsicher“, bekennt sie Siegfried Anfang des neuen Jahres.

Er schaut sie überrascht an. „Worüber denn?“

„Ich … weiß zum Beispiel nicht genau, was während der Hochzeitsfeier von mir erwartet wird.“

Er legt ihr den Arm um die Schulter. „Du brauchst dir um nichts Sorgen zu machen, Frau Hoffmann hat alles unter Kontrolle. Ich habe nach dem Gottesdienst auch nur ein paar Freunde zum Essen eingeladen. Dein Vater wird auch da sein. Selbst um die Menüfolge und die Sitzordnung brauchst du dir keine Gedanken zu machen, das habe ich alles schon mit Frau Hoffmann besprochen."

„Oh. Gut, danke." Das beantwortet aber nicht wirklich meine Frage, denkt sie. Allerdings weiß sie auch nicht genau, wie ihre Frage lautet.

„Ich habe auch gedacht, es wäre das Beste, wenn du schon zwei Wochen vor der Hochzeit hier ins Haus einziehst. Frau Hoffmann kann das Gästezimmer so weit für dich vorbereiten. Ich weiß, dass das nicht den üblichen Gewohnheiten entspricht, aber ich denke, dass es das Praktischste wäre."

„Gut, wenn du meinst. Dann kann ich deine Söhne auch besser kennenlernen und sie mich."

„Die sind dann schon wieder im Internat."

„Oh. Das habe ich nicht gewusst. Eigentlich weiß ich so viele Dinge nicht."

„Du wirst dich schnell eingewöhnen. Morgen Abend fangen wir mit der Oper an, ich glaube, das wird dir sehr gefallen."

„Danke, Siegfried."

Anfang des Jahres 1919 zieht Hildegard, all ihre irdischen Besitztümer in zwei Reisetaschen gepackt, in das Haus, in dem sie ein neues Leben anfangen wird.

Das Gästezimmer ist geräumig, darin stehen ein großartiges Himmelbett und ein Waschtisch mit Spiegel. Auf der einen Seite sind zwei Sessel mit einem Kaffeetischchen dazwischen. Frische Blumen verschönern das Tischchen und den Spiegelschrank. „Ich hoffe, das ist alles nach Ihrem Geschmack", sagt Frau Hoffmann und schiebt die schweren Vorhänge noch weiter zur Seite.

„Es ist sehr schön, danke, Frau Hoffmann. Auch der Blick aus dem Fenster, auf den Garten, ist sehr schön."

„Vor allem im Sommer. Möchten Sie ein Tässchen Tee? Oder bevorzugen Sie lieber Kaffee?"

Hildegard dreht sich zum Himmelbett. „Im Moment möchte ich nichts, danke. Woher sind denn diese wunderschönen Bettdecken?", fragt sie und streicht mit der Hand über die handgearbeiteten weißen Spitzen.

„Die gehören zur Aussteuer von Frau von Stein, es ist die Brautgabe, die sie selbst angefertigt hat."

Hildegard holt tief Luft und nickt schweigend. „Mit solch filigranen Handarbeiten hat sie die Familienprüfung vermutlich mit fliegenden Fahnen bestanden."

„Das hat sie. Sie war auch auf vielen anderen Gebieten eine außerordentlich geschickte Frau."

Und jetzt muss ich in ihre Fußtapfen treten? „Ich habe keine Aussteuer."

„Das ist schade, ja. Der Weltkrieg hat vieles verändert, das dürfen wir nicht vergessen."

„Ja, sicher", stimmt Hildegard ihr zu und betrachtet sich die feine Handarbeit näher. „Das ist ja sogar Klöppelspitze! So etwas habe ich schon seit Jahren nicht mehr gesehen!"

„Sie kennen also Klöppelspitze?"

„Mein Kindermädchen hat mir das Klöppeln beigebracht, als ich noch sehr klein gewesen bin. Ich habe allerdings meine Zweifel, ob ich es noch beherrsche."

Frau Hoffmann nickt. An der Tür wendet sie sich um. „Das Abendessen wird um acht Uhr aufgetragen. Der Herr Doktor ist dann für gewöhnlich bereits zu Hause."

„Danke."

„Melden Sie sich ruhig, wenn Sie noch etwas brauchen."

„Danke, Frau Hoffmann."

Als die Frau das Zimmer verlassen hat, beginnt Hildegard langsam damit, ihre Reisetaschen auszupacken. Die Damenschneiderin hat ihr eine schöne Garderobe für viele Gelegenheiten angefertigt, aber nicht in einem der Kleider kommt sie sich wirklich wie sie selbst, wie Hildegard von Plötzke, vor.

In zwei Wochen ist sie Hildegard von Stein und sie fragt sich, ob sie wohl jemals wirklich Frau von Stein werden wird.

Nüchtern und bitterkalt bricht der erste Tag an. Im Haus ist es schummerig dunkel, weil der Himmel draußen in Grau gehüllt ist. Da Siegfried schon früh zu einer schwierigen Geburt gerufen wurde, beginnt Hildegard den Tag mit einem einsamen Frühstück.

Nach dem Frühstück beschließt sie, das Haus zu erkunden. Die beiden Jungen haben jeweils ein eigenes Zimmer, die Räume sind identisch, ordentlich, es gibt nichts darin, aus dem man auf die Persönlichkeiten ihrer Bewohner schließen könnte. Zwischen den beiden Zimmern gibt es ein Spielzimmer, das steril aussieht und vielleicht schon seit Jahren nicht mehr zum Spielen benutzt wird. Daneben gibt es noch ein zweites Gästezimmer, das wie eine Kopie ihres eigenen wirkt.

Die Zimmer sind kalt. Die Öfen darin anzuzünden, wäre vollkommen unnötig.

Es fehlt ihr der Mut, auch die Tür zum letzten Raum zu öffnen. Dahinter muss sich Siegfrieds Schlafzimmer befinden, in zwei Wochen auch ihres.

In einem Bogen führt die breite Holztreppe nach unten, das gedrechselte Geländer ist blank gewienert. Hildegard hat schon gesehen, dass das die Arbeit von Herrn Hoffmann ist. Unter der fachlichen Aufsicht von Frau Hoffmann wird er in Kürze als Herr Putzmann bekannt werden.

Die Küche ist geräumig und gut ausgestattet, die neue Köchin soll Anfang Februar ihre Arbeit aufnehmen. In den vergangenen Jahren haben Herr und Frau Hoffmann sich allein ums Haus gekümmert, aber mit der Rückkehr zu einem normalen Leben nimmt die Arbeit überhand. „Der Herr Doktor und Frau von Stein haben oft Gäste zum Essen eingeladen, manchmal auch für ein ganzes Wochenende", erläutert Frau Hoffmann. „Der Herr Doktor wird das sicher wieder tun wollen."

An dem langen Esstisch finden bis zu vierzehn Gäste Platz und über der Tafel glänzen zwei Kupferlampen im Schein des Kaminfeuers. Auf den Ecken der Tischdecken und Servietten ist in Frakturschrift „SvS" aufgestickt – auch das ist sicher das Werk der jungen Frau von Stein.

Insgesamt gibt es zwei Wohnzimmer. Das formellere ist mit dunklen Holzpanelen ausgekleidet, in die Blumenmuster, Blätter und Kringel hineingeschnitzt sind. Auf den Bleiglasfenstern wiederholt sich dasselbe Blumenmuster in Dunkelrot, Blau und Gold. Die schweren, tiefroten Brokatvorhänge sind zur Seite gezogen und geben den Blick auf den großen hinteren Garten frei. Das ist vermutlich das Wohnzimmer, in dem die Gäste empfangen werden.

Im weniger formellen Wohnzimmer stehen große Ledersofas und jemand hat ein Kaminfeuer entzündet, das gemütlich knistert. Bisher kennt Hildegard nur diesen Raum. Hier hat sie den Heiligen Abend verbracht und mit Siegfried gestern vor dem Abendessen noch einen Aperitif getrunken.

Eigentlich ist dieses Haus hier nur eine modernere Version des Hauses, in dem sie aufgewachsen ist, denkt Hildegard, während sie die Tür zum Raucherzimmer aufmacht. Smoking room, hat Nanny es genannt. Siegfried und seine Freunde werden es mit Sicherheit nur Raucherzimmer nennen. Daneben liegt die Bibliothek mit ihren Regalen voller Bücher und in der Ecke steht sogar ein Klavier.

Voller Freude klatscht Hildegard leise in die Hände. Sie öffnet den Deckel, legt das grüne Filztuch zusammen und streicht über die Tasten. Das bekannte Gefühl von Elfenbein fließt wieder durch ihre Fingerspitzen. Doch als sie sich ans Klavier setzt und zu spielen anfängt, bemerkt sie, dass das Instrument schon seit Jahren nicht mehr gestimmt worden ist. Sie wird Siegfried bitten müssen, sich darum zu kümmern.

Als sie die nächste Zimmertür einen Spalt breit öffnet und hineinschlüpft, sieht sie, dass ein dicker Perserteppich auf dem Boden liegt und darauf ein großer Schreibtisch aus glänzendem, dunklem Holz steht. Der Lederstuhl dahinter ist schon ziemlich durchgesessen. Das muss Siegfrieds Studierzimmer sein. Sie kann seine Gegenwart geradezu riechen. Weil sie nicht gern in seine Privatsphäre eindringen will, wendet sie sich um und will hinausgehen.

Da trifft es sie wie ein Hammerschlag vor den Kopf: Über dem Kamin, direkt gegenüber vom Schreibtisch hängt ein lebensgroßes Gemälde einer bildhübschen, jungen Frau Anfang dreißig. Sie sitzt auf einer Fensterbank, den Kopf an den Fensterrahmen gelehnt, die Hände entspannt auf ihrem Schoß. Ihre blonden Haare hat sie lose zusammengesteckt, ihre Lippen umspielt ein Lächeln. Das königsblaue Samtkleid ist sanft um ihre Oberarme drapiert, Schultern und Hals sind frei. Das Kleid umschließt fest ihre Taille und läuft dann zu einer eleganten Glockenform aus. Um ihren schlanken Hals trägt sie eine weiße Perlenkette, an den Füßen modische Schuhe mit hohen Absätzen, die Beine hat sie gemütlich übereinandergeschlagen.

Frau von Stein.

Leise zieht Hildegard die Tür hinter sich zu und flieht zurück in ihr Zimmer.

All der aufgestaute Schmerz und die Einsamkeit von vielen Monaten und Jahren brechen unkontrolliert aus ihr heraus. Sie unterdrückt das laute Weinen mit ihrem Kissen.

Als Frau Hoffmann zum Mittagessen herzhaft an ihrer Tür klopft, geht sie nach unten und nimmt ein leichtes Mahl zu sich.

Ihre Gefühle hat sie ganz unter Kontrolle.

Es geht ihr gar nicht um die Tatsache, dass Siegfried schon einmal verheiratet war, das weiß sie ja schon lange. Sie hat auch schon vorher gewusst, dass er vor dem Krieg ein volles Familienleben gehabt hat. Zu Beginn des Krieges hat er ihnen doch immer von seiner wunderschönen Frau und seinen beiden Söhnen in Berlin erzählt. Als er seine Frau verloren hat, ist er völlig am Boden zerstört gewesen, das hat sie doch alles mitbekommen.

Wenn sie das alles längt gewusst hat, warum hat sie dann auf die bloßen Hinweise darauf, dass diese Frau mehr als zehn Jahre in diesem Haus gewohnt hat, so überreagiert?

Sie weiß die Antwort.

Der Herr Doktor muss in fünfzehn Jahren kein weiteres Porträt mehr in Auftrag geben – sie, Hildegard, wird dann genauso aussehen wie die Frau auf dem Bild in seinem Studierzimmer.

6. Kapitel

Durch die nächsten Tage stolpert sie; jede Nacht kämpft sie mit ihren quälenden Gefühlen.

Ich habe immer noch die Wahl und kann meine Entscheidung ändern, sagt sie sich selbst. Denn eine Frage, die sie sich die ganze Zeit über gestellt hat, ist nun beantwortet: Sie soll der Platzhalter für die erste Frau von Stein werden.

Aber hat sie wirklich eine Wahl? Wohin sollte sie denn zurückgehen?

Die Hochzeit wird ein immer größerer Berg, der sich vor ihr auftürmt. „Ich habe keine Ahnung, was man von mir erwartet. Ich weiß noch nicht einmal, wie alles ablaufen wird."

„Morgen früh um zehn Uhr gehen Sie aufs Standesamt, dort wird die Ehe vor dem Gesetz geschlossen." Der Ton von Frau Hoffmann bleibt sachlich, so als ginge sie das alles nichts an. „Danach findet dann der Gottesdienst in der Kirche statt."

Hildegard fährt sich mit der Zunge über die trockenen Lippen. „Wer kommt denn alles mit?"

Frau Hoffmann macht eine Handbewegung. Ist sie etwa verärgert? „Zum Standesamt gehen nur der Herr Doktor und Sie, dazu die beiden Jungen und Ihr Vater. Die geladenen Gäste und wahrscheinlich auch einige hochstehende Personen und Armeeoffiziere wohnen dem Gottesdienst bei. Danach kehren Sie und die Gäste zum Mittagessen nach Hause zurück. Das ist alles."

„Oh, vielen Dank."

Unbeirrt fährt die Haushälterin damit fort, jede einzelne Blume sorgfältig in den Vasen zu arrangieren. Die großen Schiebetüren zwischen dem formellen Wohnzimmer und dem Esszimmer sind schon aufgeschoben, beide bilden nun einen einzigen großen Raum.

Doch Hildegard hat noch nicht alles erfahren, was sie wissen möchte. „Und was muss ich tun?"

„Sie müssen nur schön aussehen und lächeln."

Das hört sich sehr einfach an.

Dann schließlich wendet sich die Haushälterin doch kurz von den Blumen ab und ihr zu. „Wenn ich Ihnen einen Rat geben darf, dann sollten Sie sich nicht in die Gespräche einmischen, sondern das Reden lieber den Männern überlassen. Vor allen Dingen sollten Sie sich bei den politischen Themen sehr zurückhalten. Wenn Sie und die Damen allein sind, können Sie über die Dinge reden, von denen Sie etwas verstehen. Das wird aber mit Sicherheit nichts Politisches sein, sondern eher soziale Angelegenheiten."

Hildegard wird noch bekümmerter. „Aber ich kenne nicht einen Menschen in den hiesigen sozialen Kreisen."

„Sie wissen aber doch zum Beispiel über Musik und Bücher Bescheid – bei allen anderen Themen schweigen Sie am besten und hören zu."

Es ist verstörend, was die Haushälterin in gerade einmal zwei Wochen schon über sie herausgefunden hat, denkt Hildegard überrascht. „Danke, das ist ein guter Rat. Ich … bin sehr nervös."

Frau Hoffmann hat sich schon wieder ihrer Arbeit mit den Blumen zugewandt. „Das brauchen Sie nicht zu sein, der Herr Doktor wird die ganze Zeit über nicht von Ihrer Seite weichen. Und beim Empfang wird auch alles glattgehen."

Hildegard lächelt gequält. „Darum mache ich mir keine Sorgen. Danke, Frau Hoffmann."

„Wenn Sie möchten, kann ich Ihnen morgen helfen, sich zurechtzumachen", sagt sie sehr vorsichtig, um keine Grenze zu überschreiten.

„Oh, ja, bitte, Frau Hoffmann."

So kommt es schließlich dazu, dass Frau Hoffmann am folgenden Morgen das grüne Samtkleid auf dem Bett ausbreitet.

Ich hätte nie geahnt, dass mein Brautkleid irgendwann einmal so aussehen würde, denkt Hildegard. Sie hätte so gern ein weißes Kleid mit einer Bordüre und Satinspitzen getragen. Doch die Damenschneiderin hat nicht mit sich reden lassen. „Der Herr Doktor hat mir ausdrücklich aufgetragen, eine Farbe auszusuchen und ein Kleid zu schneidern, das zum Beispiel auch in der Oper getragen werden kann. Sie wollen doch als Braut sicher kein Modepüppchen sein? Schließlich ist der Herr Doktor ein respektierter und stilsicherer Mann."

Aber das ist doch meine Hochzeit, hat Hildegard bei sich gedacht. Und ich bin noch nicht einmal neunzehn Jahre alt.

„Es ist ja auch nicht seine erste Hochzeit. Weiß wäre deshalb vollkommen unpassend."

Aber es ist *meine* erste Hochzeit, hätte Hildegard ihr am liebsten erwidert. Doch dann hat sie ihre Worte schnell heruntergeschluckt. Alles ist so fremd gewesen. Und ihr Selbstvertrauen hatte gelitten. Sie war so am Boden zerstört, dass sie noch nicht einmal wusste, wie ihr Traumkleid überhaupt aussehen sollte.

Nun streicht Frau Hoffmann vorsichtig mit der Hand über das smaragdgrüne Kleid. „Wunderschön, sehr elegant", bemerkt sie anerkennend. „Kommen Sie, wir müssen erst das Kleid anziehen, bevor wir uns die Haare machen können."

Hildegards Magen hat sich zu einem Knoten zusammengezogen, ihre Kehle ist wie zugeschnürt. „Gut", erwidert sie unsicher und versucht zu kichern. In der Nacht hat sie kaum geschlafen und wünschte sich, dass dieser Tag, am besten die ganze vor ihr liegende Woche schon vorbei wäre. Doch jetzt muss sie hindurch.

Das Kleid mit seinem fest anliegenden Oberteil ist mit einer schweren Bordüre auf dem Samt verziert. Frau Hoffmann hilft Hildegard dabei, es über den Kopf zu ziehen, und schließt die kleinen Häkchen auf dem Rücken. Der wadenlange Saum fällt glockenförmig nach außen. Dazu soll Hildegard eine kleine Handtasche aus demselben Samt tragen und vornehme schwarze Schuhe mit Absätzen.

„Heute Morgen hat der Herr Doktor die Blumen anliefern lassen. Vielleicht könnten wir uns eine davon in die Haare stecken?"

„Ja, das ist schön. Könnten Sie das tun, Frau Hoffmann?"

„Ich kann es versuchen."

Nach einer Viertelstunde hält die Haushälterin den versilberten Handspiegel so, dass Hildegard ihren Hinterkopf betrachten kann. „Frau Hoffman, das sieht wunderbar aus!", ruft sie überrascht aus. „Sie sind eine Künstlerin."

Und zum ersten Mal, seit sie ihr vor ein paar Wochen begegnet ist, huscht ein flüchtiges Lächeln über das Gesicht der älteren Frau. „Ich bin froh, dass Sie zufrieden sind."

Ich bin zufrieden, denkt Hildegard. Ich glaube, ich hätte meine Haare niemals so schön frisieren können.

„Haben Sie ein Hochzeitstaschentuch?"

„Ein Hochzeitstaschentuch? Nein, so etwas habe ich nicht, aber dort in der obersten Schublade ist ein quadratisches Taschentuch. Ich habe es vor Jahren zum Geburtstag geschenkt bekommen", antwortet Hildegard. „Benutzt habe ich es noch nie, weil es kein besonders praktisches Taschentuch ist."

„Das tut es auch, ja", entscheidet Frau Hoffmann und legt das Taschentuch vorsichtig in die Samthandtasche. Dann betrachtet sie Hildegard von Kopf bis Fuß. „Warten Sie, etwas fehlt noch, um das Bild abzurunden", sagt sie und geht bedächtig zur Tür hinaus.

Hildegard wendet sich dem hohen Spiegel zu und betrachtet sich kritisch darin. Sie merkt, wie sie sich nach und nach entspannt. Das ist vielleicht nicht das blütenweiße Brautkleid, das sie im Modebuch der Damenschneiderin entdeckt hat, aber mit Sicherheit das schönste Kleid, das sie je besessen hat. Und es macht etwas mit ihr: Sie kommt sich erwachsen, elegant und fast schon königlich vor.

Frau Hoffmann kommt zurück und legt Hildegard eine lange Perlenkette um den Hals. „Ich werde den Herrn Doktor fragen, ob Sie die tragen können. Sie würde den Gesamteindruck vornehm abrunden."

Hildegard erkennt die Kette sofort wieder. Es sind die Perlen, die Frau von Stein auf dem Gemälde trägt. „Diese Perlen haben Frau von Stein gehört", stellt sie nüchtern fest.

„Ja, sie hat sie sehr gern gemocht. Der Herr Doktor hat sie ihr zur Verlobung geschenkt. Aber ich bin mir sicher, dass er nichts dagegen hat, wenn Sie sie tragen."

Aber ich möchte sie nicht tragen, denkt Hildegard schweigend. Doch sie will auch Frau Hoffmann nicht vor den Kopf stoßen – denn im Augenblick ist sie der einzige Mensch in diesem Haus, in der ganzen Welt, mit dem sie reden kann.

„Kommen Sie, wir müssen hinuntergehen. Der Herr Doktor wartet schon."

Plötzlich überfällt sie wieder die Nervosität und ihr gewonnenes Selbstvertrauen löst sich in der grauen Luft auf. Hastig legt sie ihre Hand auf den Arm der Haushälterin. „Frau Hoffmann, kommen Sie bitte mit?"

Sanft löst die Haushälterin ihren Arm aus der Umklammerung. „Nein, Fräulein Hildegard, das würde sich nicht schicken. Aber machen Sie sich keine Sorgen, der Herr Doktor wird die ganze Zeit über nicht von Ihrer Seite weichen."

Er steht bereits am unteren Ende der Treppe und wartet: stolz und kerzengerade in seiner Ausgehuniform, die Orden sind blitzblank gewienert.

In Uniform?, denkt Hildegard erschrocken. Warum hat er denn keinen Anzug an?

Doch die Zeit drängt, sie kann sich nicht mehr beschweren. Vorsichtig gleitet sie Stufe für Stufe die Treppe hinunter, das Kinn erhoben, die eine Hand auf dem Treppengeländer. Er folgt jedem ihrer Schritte. „Hildegard, du siehst sehr elegant aus, wunderschön", begrüßt er sie und bietet ihr seinen Arm an. „Du machst aus mir heute einen sehr stolzen Mann."

Ich werde mein Bestes geben, denkt sie. Aber es kommt ihr kein Wort über die Lippen – ihre Kehle ist immer noch wie zugeschnürt.

Direkt vor der Außentreppe wartet Klaus, um ihnen den Schlag des vornehmen, schwarzen Mercedes zu öffnen. Sie fahren durch das schwere Eisentor und durch die Straßen von Berlin zum Standesamt. Hildegard kommt es so vor, als würde etwas Schweres auf ihrer Brust liegen, so als würde ein Schraubenzieher etwas in ihrem Magen fester und fester anziehen.

Siegfried nimmt ihre Hand, die in einem eleganten Handschuh steckt, in die seine. „Du musst dich entspannen, Hildegard, du bist ja gespannt wie eine Gitarrensaite."

Sie holt tief Luft. „Gut, ich werde es versuchen."

Vor dem Standesamt warten die Jungen, ordentlich angezogen, beinahe in Hab-Acht-Stellung. Doch auch ihre Gesichter sehen angespannt aus. „Guten Morgen, Vater, guten Morgen, Fräulein von Plötzke", grüßt Hans.

Fräulein von Plötzke. Zum letzten Mal. In weniger als einer Viertelstunde ist ihr Leben als Fräulein für alle Zeiten vorbei.

Oswald murmelt etwas vor sich hin, das man als Begrüßung verstehen kann.

Dann entdeckt Hildegard ihren Vater, die schneeweißen Haare ordentlich nach hinten gekämmt, in seinem dunklen Anzug sieht er gut aus. Dieser Augenblick übermannt sie beinahe. „Papa!"

Er lächelt sie an und in seinen Augen blitzt Stolz auf. Dann macht er einen Schritt auf sie zu und streckt ihr seine Hand entgegen. „Du siehst wunderbar aus, Hildegard."

Wie gern würde sie ihm entgegenrennen und sich in seine Arme werfen, damit er sie an sich drückt, auch wenn es nur für einen Augenblick wäre. Aber da hat er sich schon abgewandt, um Siegfried die Hand zu schütteln.

Nur noch fünf Minuten, nur eine Antwort auf die Frage und eine Unterschrift auf einem Blatt Papier und sie ist vor dem Gesetz Frau Hildegard von Stein. In einem Augenblick ist es vorbei. „Das fühlt sich unwirklich an", sagt sie im Auto zu Siegfried.

„Das war ja nur der standesamtliche Teil. Ich halte den Gottesdienst in der Kirche für die eigentliche Eheschließung." Dabei hört sich seine Stimme etwas steifer an als sonst. Ist er etwa auch ein wenig angespannt?, überlegt Hildegard einen Moment lang.

Nach einer kurzen Fahrt halten sie vor der Kirche, der prachtvollen Kaiser-Wilhelm-Gedächtniskirche mitten auf dem Breitscheidplatz. Sie betrachtet das hohe Dach und die kleinen Spitztürme, von da aus schweift ihr Blick zu dem hohen Turm, der sich vor dem grauen Wolkenhimmel deutlich abhebt.

„Warte hier einen Augenblick, ich sage dem Pfarrer Bescheid, damit wir gemeinsam einziehen können", dringt Siegfrieds Stimme an ihr Ohr.

Sie lehnt sich in den Autositz zurück und schließt für einen Moment die Augen. Sie ist todmüde und fühlt sich … vielleicht so wie ein Lamm, das zur Schlachtbank geführt wird?

Wieder wirft sie einen Blick zur Gedächtniskirche hinüber, die märchenhaft schön ist. Vielleicht wird auch für sie das eine oder andere Märchen Wirklichkeit. Doch da hat sie ihre Zweifel.

„Hildegard?"

Verlegen lächelt sie. „Entschuldigung, ich war ganz in Gedanken."

„Hast du schon wieder Luftschlösser gebaut? Komm, wir ziehen ein."

Schnell ergreift sie Siegfrieds Hand und steigt aus dem Auto, Klaus schließt hinter ihr die Tür. Als sie ihren Vater entdeckt, fragt sie: „Wie geht es dir, Papa?"

„Gut, gut. Wir können nachher reden, beim Essen. Hildegard, das ist dein großer Tag. Für mich ist es auch ein großer Tag, weil ich weiß, dass es dir nie mehr an etwas fehlen wird."

Nie an etwas fehlen. „Ja, Papa."

Sie treten durch die Tür, während die gewaltigen Orgelklänge bis auf die Straße hinausdringen.

Dann soll es eben so sein, denkt Hildegard gelassen. Denn dort, vor der Kirche, kommt es ihr zum ersten Mal so vor, als würde sie wirklich heiraten.

Sie hätte nicht gedacht, dass sie dort stehen würden, wenn sie herauskommt. Sie hatte gedacht, dass sie die Kirche einfach an Siegfrieds Arm verlassen würde und die Gäste sie beglückwünschen würden. Doch dann stehen sie da, in Reih und Glied, ordentlich angetreten, die Männer in Uniform mit ihren Schwertern, die einen Ehrenbogen über ihren Köpfen bilden.

Und sie bringen die herzzerreißende Bösartigkeit des Krieges ins Herz ihrer Hochzeit.

„Das ist die größte Ehre, die sie uns erweisen können", erklärt Siegfried leise neben ihr. „Ich wollte dich damit überraschen."

Wie wenig du mich doch kennst, Siegfried von Stein, denkt sie. Dennoch zwingt sie sich zu einem Lächeln. „Danke."

Dann zuerst das Foto: sie und Siegfried in der Mitte, die Jungen neben Siegfried, ihr Vater neben ihr. Hinter ihnen stehen einige Gäste, die sie nicht kennt, die meisten Männer tragen die imperiale Uniform der kaiserlichen Armee. Ein blendendes Licht. „Bleiben Sie stehen, ich mache noch eins", sagt der Fotograf unter dem schwarzen Tuch.

Schließlich kommt irgendjemand sie abholen – Klaus ist schon vor längerer Zeit zum Haus zurück, um bei den letzten Vorbereitungen zu helfen. „Die Glückwünsche finden zu Hause statt", erklärt Siegfried ihr sachlich. „Bisher ist alles glatt verlaufen."

So wie eine militärische Operation.

Auf der Eingangstreppe wartet schon Frau Hoffmann auf sie. „Gehen Sie zuerst schnell noch nach oben, im Waschbecken in Ihrem Zimmer ist warmes Wasser", sagt sie zu Hildegard. „Legen Sie auch ein wenig Rouge auf, Sie sehen sehr bleich aus."

Das war also meine offizielle Hochzeit, denkt Hildegard, während sie sich im Spiegel betrachtet. Ein paar einzelne Haarsträhnen haben sich aus dem Knoten gelöst, aber es sieht nicht unordentlich aus. Die Blumen sind immer noch frisch, in den Sommermonaten wären sie zu diesem Zeitpunkt sicher schon verwelkt. Nachdem sie den Rat ihrer Haushälterin befolgt hat, sieht ihr Gesicht auch nicht mehr so bleich aus.

Jetzt ist sie bereit, die hohen Herren und Damen aus Siegfrieds Gesellschaft – ihrer neuen Gesellschaft – zu treffen.

Sie wird einer Person nach der anderen vorgestellt. Die meisten von ihnen sind schon ergraut oder ihr Haaransatz schiebt sich weit nach hinten. Nach dem vierten Ehepaar kann sie sich die Namen nicht mehr merken, sondern lächelt nur und nickt mit dem Kopf – ihre Kehle ist geschwollen, ihre Schultern verkrampft, ihr Lächeln auf dem Gesicht festgefroren.

Warum kommt ihr Vater nicht auf sie zu, um sie zu beglückwünschen? Scheinbar ist er in ein Gespräch vertieft und wohl auch tief beeindruckt von den hohen Herren von Berlin.

Die Jungen tauchen erst am Ende einer langen Reihe von Menschen auf. Über das Gesicht von Hans huscht ein flüchtiges Lächeln, er wirkt selbstbewusst, aber die Situation ist ihm unangenehm. „Viel Glück, Vater, Fräulein von Plö… ich meine, Frau von Plö…, ich meine, Frau von Stein."

Plötzlich muss Hildegard leise lachen. „Danke, Hans. Das hört sich seltsam an, nicht wahr? Ich muss mich auch erst noch daran gewöhnen."

Hans wirft ihr ein schiefes Lächeln hin. „Ziemlich seltsam."

Oswald sagt nichts, nicht einmal in die Augen schaut er ihr, sondern schüttelt ihr nur die Hand.

„Danke, Oswald", erwidert sie.

„Diesen jungen Mann werde ich etwas fester anpacken müssen", sagt Siegfried leise neben ihr.

Das ist kein junger Mann, sondern ein Kind, das leidet, möchte sie ihm entgegnen. Aber bisher hat sie in der Familie noch keinen Platz, der ihr eine eigene Stimme geben würde.

Aus dem formellen Wohnzimmer sind alle Möbel herausgeräumt und extra Tische und Stühle hineingetragen worden. Weiße, gestärkte Tischdecken, steife, weiße Servietten, Sträuße cremeweißer Blumen, langstielige Kristallgläser und das sanfte Licht unzähliger Kerzen verleihen dem Raum eine adelige Atmosphäre.

Ich muss daran denken, mich bei Frau Hoffmann und natürlich auch bei Klaus dafür zu bedanken, dass sie so hart gearbeitet haben, überlegt Hildegard flüchtig.

Schließlich nimmt sie neben Siegfried ihren Platz ein, ihr Vater sitzt auf der anderen Seite neben ihr. „Erzähl mir doch einmal, wie es dir geht, Papa“, bittet sie ihn nach endlosen Ansprachen, Grußworten und Trinksprüchen.

Ihr Vater nickt. „Mir geht es gut, Hildegard, mir geht es wirklich gut. Das Chateau ist luxuriöser, als ich je gedacht hätte, und die Gegend dort ist herrlich. Ganz langsam lerne ich dort auch die Gesellschaft kennen. Ich glaube, ich brauche nie mehr zurückzuschauen.“

Sie muss es einfach wissen: „Papa, weißt du, wie es Mama geht?“

„Ich habe nur einen kurzen Brief von Pfarrer Schumanski bekommen. Er schreibt, dass Charlotte einfach mit ihrem Leben weitermacht, so wie vor dem Krieg. Nicht, dass sie jemals viel von einem Leben gehabt hätte.“

Das Essen, das Herr und Frau Hoffmann in einer Schüssel nach der anderen auftragen, schmeckt vortrefflich. Der Wein gehört zu dem Besten, was in dieser Nachkriegszeit zu bekommen ist. Die Gäste genießen die Einladung, sie kennen sich untereinander und je mehr von dem guten Wein fließt, desto geselliger werden sie.

„Sie sehen gelangweilt aus“, behauptet eine Jungenstimme direkt hinter ihr.

Hildegard zieht scharf die Luft ein und dreht sich um. „Nein, ich …“

Das Lächeln von Hans wird breiter. „Kommen Sie schon, gleich ist es vorbei, ich kenne diese Sorte Essen.“

„Aber ich sollte dennoch nicht gelangweilt aussehen.“

„Nein, versuchen Sie einfach zuzuhören. Und vergessen Sie nicht, hin und wieder zu nicken.“ Dann geht er nach draußen.

Der ganze Tag fühlt sich mit einem Mal besser an. Oswald verhält sich immer noch äußerst feindselig, aber es kommt ihr so vor, als ob sie in Hans bald einen Bundesgenossen finden könnte.

Als sich die Gäste verabschiedet haben, Klaus die Jungen ins Internat gebracht und ihr Vater sich ins zweite Gästezimmer zurückgezogen hat, sagt Siegfried zu ihr: „Das war doch jetzt außerordentlich erfolgreich, was meinst du, Hildegard?"

Erfolgreich, ja. Haarklein geplant, geschmackvoll durchgeführt, ordentlich abgerundet.

Nur eine Kleinigkeit ist übersehen worden: Irgendwann an diesem langen Tag sollte doch ein Bräutigam seiner Braut sagen, dass er sie liebt, oder etwa nicht?

7. Kapitel

Die Schmerzen sind überwältigend. Sie bekommt keine Luft mehr, sondern ertrinkt geradezu in den Schmerzen.

„Du hast es gleich geschafft, Hildegard", dringt Siegfrieds Stimme vage zu ihr hindurch. „Hol tief Luft. Komm schon!"

Sie schnappt nach Luft. „Es tut so weh!", brüllt sie mit erstickter Stimme.

„Komm schon, so schlimm ist es nicht. Gleich ist es vorbei. Hilf mit."

Sie hört die unterdrückte Ungeduld in seiner Stimme. Verbissen presst sie die Zähne aufeinander. Ihr ganzer Körper krampft sich zusammen, wird ein einziger Schmerz und drückt ihr die Kehle so fest zusammen, dass sie beinahe erstickt.

Dann bricht sich die Welle in ihr und alles schießt nach oben.

Erleichternd.

Sie hört das Schreien, der Ton ist hoch und stark. Beeindruckend.

„Ist es …", ihr fehlt die Luft.

„Es ist ein Junge, ein gesunder, kräftiger Junge." Auf einmal hat sich der Ton in seiner Stimme verändert und die Ungeduld ist gewichen.

Sie kämpft gegen den Strom, um ihre Augen öffnen zu können. „Ein Junge?"

Weiße Uniformen verschwimmen vor sterilen Wänden, ihr wird ein in eine Decke gewickeltes, schreiendes Bündel gereicht.

Wie hat Maria das nur geschafft, die nur einen Zimmermann treu an ihrer Seite hatte?

Die Wasser scheinen gleich über ihr zusammenzuschlagen. „Ich habe Durst."

Irgendjemand benetzt ihre Lippen. Mit Wasser, nicht mit Essig.

Sie kämpft sich an die Oberfläche. „Ist alles vorbei?"

„Machen Sie ruhig noch ein wenig die Augen zu, Frau von Stein. Es ist alles vorbei, Sie können sich jetzt ausruhen", antwortet eine Frauenstimme.

„Ist mit dem Baby alles in Ordnung?"

„Es ist ein vollkommener, prächtiger Junge. Schlafen Sie ein wenig."

Wo ist Siegfried? Doch dann übermannt sie der selige, schmerzfreie Schlaf.

„Karl, so werden wir ihn nennen. Er soll auf den Namen Karl Wolfgang von Stein getauft werden, aber der Rufname wird Karl sein", hat Siegfried gesagt, als er zwei Tage später an ihr Krankenbett gekommen ist. Die Schwester hat ihr die Haare gekämmt und ihr das bestickte Bettjäckchen angezogen, damit sie gut für ihn aussieht.

Hildegard staunt immer mehr über das kleine Wunderwerk, das ihr Kind ist. Wenn die Krankenschwestern ihn zum Stillen bringen, streichelt sie ganz sanft mit den Fingern über die feinen Härchen auf seinen seidenweichen Wangen. Sie schaut auf das gerötete Gesichtchen. Seinen Körper hat man fest eingewickelt, fast wie eine Puppe. „Karl, mein kleiner Karl", schmeckt sie immer wieder seinen Namen, sehr leise, damit sie ihn nicht stört. „Ich wollte, ich könnte dich auspacken und schauen, wie deine Zehen aussehen. Aber damit werden wir warten müssen, bis wir bei uns zu Hause sind, nicht wahr?"

Das ist also mein Märchen, das wahr geworden ist, denkt sie beinahe jeden Tag. Sie kann sich nicht daran erinnern, jemals im Leben so glücklich gewesen zu sein.

Und sie weiß jetzt, was Liebe ist. Bedingungslose Liebe.

Zehn Tage muss sie im Krankenhaus bleiben. Dann erst darf sie nach Hause gehen. Endlich.

Zu Hause fühlt sie sich wohler als im Krankenhaus. Trotzdem kann sie immer noch nicht ihr Baby nehmen und mit ihm schmusen, so wie ihr das ihr Herz befiehlt. Denn das Kindermädchen, das Siegfried angestellt hat, ist sehr streng, wenn es um die Routine des Babys geht.

Einerseits ist Hildegard froh, dass sie ein Kindermädchen hat, denn Kinder, und vor allem Babys, können noch gar nichts. Das seltsame, kleine Menschlein sieht so aus, als könnte es einfach so im Schlaf sterben. Aber auf der anderen Seite sehnt sie sich danach, den kleinen Körper an ihr Herz zu drücken. Deshalb genießt sie die Zeit, wenn er beim Stillen in ihrem Arm liegt.

Frau Hoffmann hat das ganze obere Stockwerk neu arrangiert, nur das eigentliche Schlafzimmer ist so geblieben, wie es all die Jahre gewesen ist. Hildegard ist nun wieder ins Gästezimmer gezogen – sie kann doch nachts, wenn das Kindermädchen das Kind zum Stillen bringt, nicht den Herrn Doktor vom Schlafen abhalten!

Die zwei großen Jungen sind ins andere Gästezimmer umquartiert worden. „Werden sie nicht Schwierigkeiten haben, wenn sie sich ein Zimmer teilen müssen?", will Hildegard vorsichtig wissen.

Frau Hoffmann hat mit den Schultern gezuckt. „Sie sind doch nur selten hier. Und obendrein schlafen sie im Internat mit neun anderen Jungen in einem Schlafsaal."

Das Zimmer von Hans ist nun das Babyzimmer und in Oswalds Zimmer ist das Kindermädchen gezogen.

Hildegard ist immer noch etwas unglücklich über das Kindermädchen. „Könnten wir für unser Baby nicht ein englisches Kindermädchen anstellen?", hat sie kurz nach der Geburt gefragt. „Dann lernt das Kind ..."

Doch bei Siegfried sind ihre wohlüberlegten Pläne auf taube Ohren gestoßen. „Das Kind bekommt ein deutsches Kindermädchen. Ich werde mich selbst darum kümmern, darüber brauchst du dir keine Gedanken zu machen."

Dabei hat sie doch nur gewollt, dass ihr Kind so eine Nanny bekommt, wie sie selbst auch eine hatte. Jetzt macht sie sich Sorgen – Frau Schäfer scheint zwar recht geschickt zu sein, aber sie hat nicht so weiche Arme und keinen so weichen Körper, wie sie ein richtiges Kindermädchen haben sollte.

Hildegard muss die Luft anhalten, damit Frau Hoffmann die kleinen Knöpfe auf dem Rücken des tiefroten Tuffseidenkleides verschließen kann. „Das Kleid sitzt zu eng, ich bekomme fast keine Luft mehr", stöhnt sie.

„Die anderen Kleider, die man in der Oper tragen könnte, sind auch nicht weiter", erwidert die Haushälterin bestimmt. „Soll ich Ihnen die Haare mit einem Kamm hochstecken?"

Vor Beginn der Vorstellung dinieren sie zunächst in dem sehr vornehmen Hotel Fürstenhof. Die beiden Ehepaare, die Siegfried eingeladen hat, sind ihr bekannt: Es sind sein Teilhaber, Herr Doktor Albrecht und Frau und sein jahrelanger Freund, Herr Kapitän Werner Günther und seine Frau Freda. Der Herr Doktor und seine Frau sind sehr viel älter, während der Kapitän ungefähr in Siegfrieds Alter ist. Seine Frau ist allerdings sehr viel jünger – sie ist die einzige von Siegfrieds Freunden, die Hildegard mit Vornamen anspricht.

Die Gespräche am Tisch folgen alle demselben langweilige Muster: „Die Weimarer Republik wird niemals funktionieren. Wir haben keine demokratischen Traditionen, sondern sind es gewöhnt, einem Fürsten die Herrschaft zu überlassen", sagt der eine.

„Weimar bedeutet allein schon auf finanziellem Gebiet unseren Untergang. Das Geld verliert jede Woche an Wert und die Regierung druckt einfach immer mehr Papierscheine, um die Kosten zu bezahlen", meint ein zweiter.

Habe ich das richtig gesehen? Hat Freda tatsächlich eine Handbewegung gemacht, so als wolle sie sich die Kehle durchschneiden? Doch Freda sieht eindeutig wieder so aus, als ob sie dem Gespräch mit größtem Interesse folgt.

„Es ist die Kriegsschuld, die Versailles uns aufgehalst hat", entgegnet Kapitän Günther. „Dieser sogenannte Friedensvertrag hat doch nur eins zum Ziel: Das deutsche Volk soll erniedrigt werden. Ich glaube, dieser Friede trägt die Saat für den nächsten Weltkrieg in sich."

„Oh, nein, so etwas dürfen Sie nicht sagen!", ruft Frau Albrecht entsetzt aus.

Diesmal ist sie sich sicher, Freda hat die Augen verdreht. Sie merkt, wie ein spöttisches Kichern seinen Weg nach oben sucht. Benimm dich, Hildegard, befiehlt sie sich streng. Du bist nicht mehr dreizehn Jahre alt! Konzentriere dich.

„Für mich bleibt es unerklärlich. Wie konnte aus einem kurz bevorstehenden Sieg im April eine Kapitulation im November werden? Das ergibt doch einfach keinen Sinn", tischt Siegfried wieder seine Dolchstoßtheorie auf.

Hildegard ertappt sich dabei, wie ihre Gedanken abschweifen, weg von dem langweiligen, niederschmetternden Gespräch. Was ist, wenn der kleine Karl jetzt irgendwann Hunger bekommt?, fragt sie sich. Aber dann sagt sie sich: Frau Schäfer achtet unerbittlich auf die Stillzeiten – dazwischen gibt es nichts für ihn.

„Sind Sie in jeder Hinsicht wieder hergestellt?“, fragt Frau Albrecht, als sie sich nach dem Essen für die Oper zurechtmachen.

Ich bin ja nicht krank gewesen, denkt Hildegard ein wenig amüsiert. Laut antwortet sie: „Ja, danke, Frau Albrecht, mir geht es gut.“

„Siegfried sagt, dass er ein Kindermädchen mit guten Referenzen angestellt hat.“

„Ja, Frau Schäfer ist eine sehr erfahrene Person, danke, Frau Albrecht.“

„Dann ist es ja gut.“ Frau Albrecht lacht leise. „Für Siegfried war es sicher seltsam, auf seine alten Tag noch nach einem Kindermädchen zu suchen.“

Neununddreißig ist doch nicht so alt!, ärgert sich Hildegard im Stillen.

„Wie geht es dem Baby? Wie sieht der Junge denn aus?“, fragt Freda. Ihre beiden Söhne sind noch klein, gerade einmal fünf oder sechs Jahre alt.

Hildegards Gesicht hellt sich auf. „Er ist wunderbar, seine kleinen Füße und Hände sind wundervoll geformt. Ich kann mich gar nicht sattsehen an ihm.“

Er ist so ein Wunderwerk, möchte sie am liebsten sagen. Aber das behält sie lieber für sich, denn vor Siegfrieds kultivierten Freunden möchte sie nicht naiv klingen.

Die Tage folgen unspektakulär einer auf den andern, alles ist organisiert und korrekt – ganz so, wie Siegfried es mag.

Das Baby wächst schnell, es fokussiert sie mit seinen kleinen Augen und lächelt, wenn es Hildegard erkennt. Nachts bringt Frau Schäfer den Jungen nur noch selten zum Stillen, er schläft gut. „Mittlerweile können wir ihn abstillen, er ist inzwischen kräftig genug. Das wird Ihnen wieder etwas mehr Bewegungsfreiheit geben, Frau Hildegard“, sagt sie eines Nachmittags zu Hildegard.

Aber das möchte ich doch gar nicht, denkt Hildegard traurig. Die glücklichsten Zeiten am Tag sind doch die dreißig Minuten, wenn sie das weiche Babykörperchen in den Armen hält. Doch Frau Schäfer kennt sich da wohl besser aus.

Einige Wochen später an einem Nachmittag wendet der Junge ihr den Rücken zu und streckt seine Ärmchen Frau Schäfer entgegen. An diesem Abend weint Hildegard sich das Herz aus. „Wenn arme Leute ihre Kinder selbst großziehen dürfen, warum kann ich das nicht auch tun?“, fragt sie Siegfried am nächsten Tag.

„Ach, hör doch auf, Hildegard! Du musst realistisch sein, das würde doch gar nicht gehen. Ach, übrigens, die Frau des Bürgermeisters lädt dich zu einem musikalischen Vormittag ein. Ich glaube, daran wirst du Freude haben.“

Sie genießt die Musik, ja. Aber noch mehr hätte sie es genossen, mit ihrem Kind auf einer Wiese zu spielen.

Ist das das Schicksal, das mit einem gesicherten gesellschaftlichen Status verbunden ist?

Jede Woche lädt Siegfried Gäste zum Essen ein, sodass sie sich mit der Zeit immer mehr in ihrer Rolle als Gastgeberin zu Hause fühlt. Die Küche betritt sie jedoch nur selten – das ist Frau Hoffmanns Reich, in dem sie unangefochten herrscht.

Zusammen mit Freda Günther besucht sie die erste Versammlung des neu gegründeten Damenclubs. Sie wird als Frau Doktor Siegfried von Stein vorgestellt und in den Musikausschuss gewählt. „Das ist gut, herzlichen Glückwunsch“, sagt Siegfried an diesem Abend.

Ich hätte es vorgezogen, Hildegard von Stein zu sein, denkt sie immer noch etwas aufmüpfig.

Mit der Zeit wird die Beziehung zwischen ihr und Hans etwas besser. „Nennt mich ruhig Hildegard“, hat sie die Jungen nach den ersten schwierigen Begegnungen aufgefordert.

Hans ist ein großer, schlaksiger Junge, der sehr intellektuell wirkt, seine Liebe gilt den Büchern und der Musik. Auch Politik und Zeitgeschichte sind ihm wichtig. „Vielleicht die Rechtswissenschaften, möglicherweise auch die Politik“, antwortet er eines Tages, als sie ihn fragt, was er nach seinem Schulabschluss einmal studieren möchte.

Oswald spricht sie von sich aus immer noch nicht an. Soweit es ihm möglich ist, vermeidet er jeden Kontakt mit ihr. Mit seinem Bruder hat er weder die Körpergröße noch den Intellekt gemein, er ist kräftiger gebaut und glänzt vor allem auf dem Sportplatz. Für ihn gibt es nach der Schule nur ein Ziel: die Reichswehr. „Ich kann es einfach nicht fassen, dass ich den Weltkrieg verpasst habe. Wenn ich nur zehn Jahre früher geboren wäre …"

Du hast keine Ahnung, wovon du sprichst, würde Hildegard ihn gern zurechtweisen. Nichts weißt du von den Schützengräben, den Stacheldrahtrollen und den Granaten, von dem Giftgas und dem gewaltigen Durst. Du hast keine Ahnung, wie Wundbrand riecht; die jungen Männer mit den zerschundenen Gesichtern und abgerissenen Gliedmaßen hast du nicht gesehen.

In solchen Zeiten kommt sie sich so viel älter vor als die Jungen, fast so alt wie ihr Mann und seine Freunde.

Und dennoch ist es Oswald, der sich ständig von sich aus mit dem kleinen Karl beschäftigt, als dieser zu laufen beginnt. An den Wochenenden, an denen die Jungen zu Hause sind, kann man Karl auf unsicheren Wackelfüßen hinter Oswald über das Gras laufen sehen, und wenn Oswald ihn hochhebt und durch die Luft wirbelt, dann kreischt er vor Vergnügen.

Hans kümmert sich kaum um den Jungen. Wenn er an den Wochenenden zu Hause ist, verbringt er sie meistens in der Bibliothek zwischen den Büchern oder am Klavier. „Rutsch zur Seite, dann spielen wir ein Duett", fordert Hildegard ihn eines Tages auf und holt die Noten des Largos hervor.

Amüsiert zieht Hans die Augenbrauen hoch. „Das Largo?"

„Als ich noch ein kleines Mädchen war, das war noch vor dem Weltkrieg, da kam ein junger Mann aus Deutsch-Südwestafrika nach Königsberg, um dort zu studieren. Wir haben manchmal zusammen ein Duett gespielt, das Largo und *An der blauen Donau* oder Rubinsteins *Melodie in F* oder … na ja, noch mehr, aber daran kann ich mich nicht mehr erinnern."

Er nickt mit gespieltem Ernst. „Wenn Ihr Gedächtnis Sie im Stich lässt, dann werden Sie alt, meine Dame. Sehen wir also zu, dass wir eine von Ihren wenigen Jugenderinnerungen wieder zum Leben erwecken", sagt er und schiebt sich selbst in die richtige Position vor dem Klavier.

Frau Hoffmann wird mit der Zeit beinahe eine Vertrauensperson für Hildegard. Wenn sie nicht meine Haushälterin wäre, denkt Hildegard manchmal, dann könnte sie auch so etwas wie eine zweite Mutter für mich sein. Hildegard ist zwar darum bemüht, den korrekten Abstand zu wahren, aber von Zeit zu Zeit tauchen dann doch Dinge auf, über die sie gerne reden möchte. „Frau Hoffmann, was wissen Sie über Kindererziehung?“

„Leider nicht allzu viel, Frau Hildegard. Ich selbst habe keine Kinder.“

„Oh. Das habe ich nicht gewusst.“

Ihren Vater sieht sie ziemlich regelmäßig, augenscheinlich geht es ihm gut. Wenn sie für ein Wochenende zu dem Chateau in der Nähe von Dresden fährt, verbringt sie dort immer eine sehr schöne Zeit. Am Freitagabend besuchen sie die Oper und am Samstagnachmittag gehen ihr Vater und Siegfried ins Fußballstadion. Und dazwischen wandern die Männer durch das kleine Landgut, planen und plaudern stundenlang.

Hildegard selbst geht gern in den Wald. Es wäre schön jemanden zu haben, mit dem ich spazieren gehen könnte, denkt sie. „Wir könnten doch ruhig einmal Freda und Werner mitnehmen“, bemerkt sie zu Siegfried, als sie auf dem Nachhauseweg sind.

„Ich werde einmal schauen, wann sie zu den Leuten passen, die ich einlade“, antwortet er. „Nächstes Wochenende passt es mit Sicherheit nicht.“

Nein, dir passt es nicht, das ist etwas ganz anderes, denkt Hildegard aufmüpfig. Doch sie zuckt lediglich mit den Schultern. Wenn sie nur wüsste, wie sie ihn dazu bringen könnte, ihre Wünsche ernst zu nehmen.

Einmal bleiben sie nach dem Wochenende noch für einige Tage dort – nur Hildegard, der kleine Karl und Frau Schäfer. Aber das ist im Großen und Ganzen nicht so erfolgreich, denn die bildhübsche, junge Witwe von einem der Nachbargüter ist offensichtlich mehr als nur eine gute Freundin ihres Vaters. Dadurch bricht die alte Wunde wieder auf, die Hildegard unter einem dicken Verband zu verstecken sucht.

Seitdem beschränkt sie ihre Besuche auf die Wochenenden, an denen auch Siegfried dabei ist.

Mit ihrer Mutter hat Hildegard nur noch gelegentlich Kontakt, in der Regel durch kurze, unpersönliche Briefe. Als ein Fotograf die ersten Kinderfotos von Karl gemacht hat, hat sie ihrer Mutter ein Bild ihres Enkels geschickt. Zwei Monate später erfolgt die kurze

Antwort: „Das Kind sieht mager aus. Sorge dafür, dass ihm das Kindermädchen genug zu essen gibt."

Mager?, denkt Hildegard jedes Mal, wenn sie die Speckröllchen an Karls Beinchen betrachtet. Mager?

Nach der Geburt des kleinen Johann Otto, der anderthalb Jahre jünger ist als sein älterer Bruder, schickt Hildegard ihrer Mutter kein Foto mehr, sondern nur das golden bedruckte Kärtchen, auf dem Siegfried und sie die Geburt ihres zweiten Sohnes verkünden. Auf die Rückseite kritzelt sie eine kurze Notiz: „Dieses Mal ging alles viel einfacher und das Baby ist kräftig und gesund. Frau Schäfer, das Kindermädchen, kümmert sich nun um beide Kinder."

Wie sehr sie sich manchmal danach sehnt, auf den grünen Rasenflächen herumzutollen und die kleinen Körperchen herumzuwirbeln, so wie Oswald es immer wieder tut, davon schreibt sie nichts. Oder davon, dass die kleinen Jungen nachts unter ihre Decke schlüpfen, wenn ihnen die Nacht zu finster wird, undenkbar. Sie versucht ihren Schmerz zu unterdrücken und einfach nicht daran zu denken. Aber es gelingt ihr nicht, ihn aus ihrem Körper zu bekommen.

Inzwischen hat sie immer mehr Einzug in den Freundeskreis von Siegfried gefunden. Mittlerweile sind ihr die Gesprächsthemen beim Essen vertraut: das himmelschreiende Unrecht des Versailler Vertrages, der Hass auf die Kommunistische Partei Deutschlands, der Glaube an die Überlegenheit der arischen Herrenrasse.

Auch den Antisemitismus ihrer Gesprächspartner hat sie inzwischen kennengelernt, vor allem ihr Klagen über die Juden aus dem Osten – an allem sind die Juden schuld. „Ich verstehe dieses Herumhacken auf den Juden oft nicht", sagt sie, als sie mit Siegfried allein ist.

„Der Jude hat dafür gesorgt, dass für ihn im Krieg etwas herausspringt. Diese jüdischen Offiziere mit ihrer verlotterten Mentalität haben einen negativen Einfluss auf die Moral ihrer Truppe gehabt. Hildegard, die Juden werden noch zum Untergang dieses Landes führen."

„Für mich ergibt das alles keinen Sinn", sagt sie eines Morgens zu Frau Hoffmann.

„Ja", antwortet die alte Dame mit zusammengepressten Lippen und fährt mit ihrer Arbeit fort.

Freda ist ein Ausbund an Lebenslust, manchmal sprudelt sie geradezu über wie ein Glas Sekt. Die ganze Idee, den Film *Nosferato – eine Symphonie des Grauens* im Kino anzuschauen, stammt von ihr.

„Ich habe uns Karten für die Premiere besorgt“, verkündet Freda aufgeregt. „Die Besucher sollen sich alle so anziehen, als kämen sie aus dem 19. Jahrhundert.“

„Und wie sieht das aus?“, will Hildegard wissen.

„Das sind die Kleider, die man in der Zeit zwischen dem Wiener Kongress und dem Ende der napoleonischen Kriege getragen hat.“

Für einen Augenblick befindet sich Hildegard wieder in dem muffigen Schulzimmer und hört Meister Rosenbergs Singsang: Dreikaiserbund, Zweikaiserbund, Dreibund, Berliner Kongress, Entente Cordiale, Triple Entente.

Und plötzlich sitzt sie in Gedanken neben Gustav auf der Treppe, den Atlas auf den Knien: „Wenn man versteht, wie die Geschichte funktioniert, dann braucht man keine Eselsbrücken.“

Ja, Gustav aus Deutsch-Südwest. Wegen ihm ist ihr Gesicht immer ganz heiß geworden.

Sie schüttelt den Kopf und lacht verlegen. „Freda, du hast deinem Geschichtslehrer sicher besser zugehört als ich.“

Ein breites Lächeln zieht über Fredas Gesicht. „Eine vorbildliche Schülerin, genau das bin ich gewesen. Ich glaube, das wird eine feine Sache, meinst du nicht auch?“

Freda besitzt das Talent, einen ansteckenden Enthusiasmus zu verbreiten, der selbst die Männer in ihren gestärkten, weißen Hosen, schwarzen Fräcken und Zylindern mitreißt.

Doch auch Wochen später träumt Hildegard immer noch von dem schwarzen Vampir, der in mondhellen Nächten seine klauenartigen Finger um ihren Hals legt. „Das ist der Teufel, Hildegard“, vernimmt sie deutlich Nannys Stimme. „So ein Film ist auch ein Werk des Teufels. Wenn der Herr bei dir ist, musst du niemals Angst haben.“

Der Herr.

Sie ist zum letzten Mal bei der Taufe des kleinen Johann Otto in der schönen Kaiser-Wilhelm-Gedächtniskirche gewesen.

ଓ

Es ist ein lieblicher Frühlingstag. Der Himmel ist zur Abwechslung einmal blau und wolkenlos, und die Vögel in dem Baum vor ihrem Zimmerfenster zwitschern fröhlich. Als ihr nagelneues Zimmermädchen Olga ihr den Morgentee hereinbringt, sagt Hildegard: „Heute möchte ich früher frühstücken als sonst und mich anziehen. Ich gehe aus."

Das neue Mädchen redet schnell und ohne Punkt und Komma, deswegen fällt es ihr manchmal schwer, dem Redeschwall zu folgen. „In Ordnung Frau Hildegard ich kümmere mich darum Frau Hildegard."

„Du sprichst furchtbar schnell, Olga."

„Das is' noch gar nichts, Frau Hildegard, Sie müssten einmal meine Nichte erleben, da sacht die doch glatt, sie will nich denunden Mann heiraten, und wie sie das gesacht hat, da tut's ihr auch schon wieder leid, weil sie kein anderer Mann nich anguckt, sie is' nicht hübsch, Frau Hildegard, und jetzt wird sie sicher als alte Jungfer sterben."

Nicht dass die arme Olga eine Schönheit wäre. Ihr Gesicht ist flach und in der Regel gerötet, ihre Augen stehen weit auseinander, sie hat dünnes, gekruseltes Haar und ihr ganzer Körper scheint aus Rundungen zu bestehen. Aber sie ist wohl ein gutes Kind.

Nach dem Frühstück wählt Hildegard sorgfältig das Kleid aus, das sie heute tragen will. Sie hat sich mit Freda und zwei anderen Freundinnen in der Stadt verabredet. Sie wollen ein paar Einkäufe erledigen, eine Tasse Tee trinken gehen und anschließend ein leichtes Mittagessen zu sich nehmen. Sie freut sich darauf, den Tag mit Freundinnen zu verbringen.

Klaus setzt sie in der Innenstadt ab. Sie schlendern die Straßen entlang, rechts und links von ihnen hohe Gebäude. Dabei erledigen sie ihre Einkäufe: Schuhe für die eine, einen Hut für die zweite, dazu Handschuhe und ein feines Taschentuch. Siegfried hat ihr für den Vormittag einen ordentlichen Betrag zugesteckt, damit kauft sie sich ein Fläschchen teures Parfüm. Einer Eingebung folgend erwirbt sich auch noch ein Tuch für Frau Hoffmann. Sie erzählt den anderen nicht, dass es sich dabei um ihre Haushälterin handelt. Ein Straßenfotograf macht ein Bild von den vier Freundinnen, sie bezahlen ihn und geben ihm die Adresse, an die er das Foto schicken kann. Dann fahren sie mit der Straßenbahn zu einem Restaurant, in dem nach Fredas Aussage ein leckeres Mittagessen serviert wird. Dort wird Klaus sie wieder abholen kommen.

Als die anderen drei abgeholt werden, schlendert Hildegard allein noch ein wenig die Straße entlang, denn Klaus kommt erst um vier Uhr. Sie bleibt vor den Schaufenstern stehen, betrachtet sich bei einem Blumenhändler die Blumen und schaut an einem dreistöckigen Gebäude hinauf: Carl Zeiss – Optische Geräte, steht hoch über ihr an der Wand geschrieben.

Plötzlich kommt sie ins Stolpern, findet aber schnell das Gleichgewicht wieder. Sie ist über einen Mann gestolpert, der mit dem Rücken an die Mauer gelehnt auf dem nackten Zementboden sitzt. Die gleißende Sonne scheint ihm voll ins Gesicht, seine beiden Krücken liegen auffällig vor ihm auf dem schmalen Bürgersteig. Er trägt eine verschlissene Armeeuniform aus dem Weltkrieg, die Hosenbeine sind unter ihm zusammengerollt. „Eine milde Gabe für einen armen Krüppel aus den Schützengräben?“, bettelt er.

Mit Entsetzen erkennt sie die Stimme wieder: Das ist Patient Nr. 921, beide Beine amputiert, weigert sich zu essen. „Du bist …“, stockt ihr die Stimme.

Er nickt. „Das Gesicht des Krieges, ja, das Gesicht, das die Leute, die ein Dach über dem Kopf und Essen auf dem Tisch haben, um jeden Preis verdrängen wollen.“

Sie spürt, wie in ihr Übelkeit aufkommt. Schnell wirft sie ein Almosen in die Mütze, die vor ihm liegt, und geht hastig weiter.

„He, du hast recht gehabt, Schwester, die Sonne tut einem gut, verstehst du? Schau doch nur, wie gesund ich jetzt bin!“, ruft er ihr provozierend hinterher.

Hildegards Rücken versteift sich, ihr Herz krampft sich zusammen, ihre Füße laufen immer weiter. Jedes Klacken ihrer Absätze auf dem Zementweg ruft ihr wieder seine Worte aus längst vergessenen Tiefen ins Gedächtnis. „Wenn einer tot ist, dann ist er als Held gestorben. Doch wir, die wir nur noch in Einzelteilen aus dieser Hölle herausgekommen sind, zerstören die ganze romantische Seite der Männer in Uniform.“

Als Klaus ihr den Wagenschlag des Mercedes öffnet, steigt sie hastig ein. „Können Sie bitte auf dem Nachhauseweg am Charlottenburger Schloss vorbeifahren?", bittet sie ihn. Dann hat sie mehr Zeit zum Nachdenken.

Die Worte gehen ihr nicht mehr aus dem Kopf, wie Bluthunde, die sich an ihre Fersen geheftet haben, verfolgen sie sie. „Und was bekommen wir nach alledem dafür? Eine pathetische Zulage des Vaterlands, weniger Chancen auf eine Arbeitsstelle. Wir werden eine lebenslange Last für unsere Familien. Warum, frage ich dich? Warum?"

Abends sagt sie zu Siegfried: „Ich habe heute einen unserer alten Patienten getroffen. Patient Nr. 921, beide Beine amputiert."

Siegfried zuckt mit den Schultern und schüttelt den Kopf. Er kann sich schlichtweg nicht an alle Patienten erinnern, schließlich hatte er Tausende.

„Er sitzt an der Straße und bettelt. Das hat mich sehr verstört."

„Du musst lernen, die Bettler zu ignorieren, Hildegard. Schließlich sind sie überall und erwarten, dass Menschen wie wir, die unter diesen schwierigen wirtschaftlichen Umständen hart für ihr Geld arbeiten müssen, sie auch noch durchfüttern."

Darauf antwortet sie nichts, sondern fragt sich, was aus dem Arzt geworden ist, der stundenlang ohne Pause operiert hat, weil er versucht hat, seinen Mitmenschen das Leben zu retten.

Damen auf einem Kaffeekränzchen sprechen nicht über Geld, das überlassen sie ihren Männern. Doch wenn ein Laib Brot 1919 eine Mark gekostet hat und vier Jahre später 100 Milliarden Mark, merkt selbst die vornehmste Dame, dass die Inflation völlig außer Kontrolle geraten ist. „Daran ist die Regierung schuld, die hat von der Wirtschaft keine Ahnung", wagt es eine der jungen Damen zu sagen.

Die Gastgeberin wechselt schnell das Thema – so gehört es sich, wenn man seinen sozialen Stand wahren möchte.

An der grundlegenden Wahrheit gibt es allerdings nichts zu rütteln: Das Volk und sogar auch die Damen in den höchsten sozialen Kreisen sind so unzufrieden mit der Regierung der Weimarer Republik, dass die Stimmung vor dem Siedepunkt steht.

Ende November ist es draußen bitterkalt. Der Himmel ist grau, der Wind weht immer wieder kalte Böen aus dem Norden heran. „Am Wochenende sind die beiden älteren Jungen wieder zu Hause, ich möchte es ihnen gern gemütlich machen“, sagt Hildegard.

Frau Hoffmann nickt. „Wenn Sie möchten, kann ich das übernehmen, Frau Hildegard: Frau von Stein hat bei solchen Gelegenheiten manchmal das Abendessen vor dem Kaminfeuer im Wohnzimmer auftragen lassen. Als sie noch klein waren, haben die Jungen das geliebt.“

Frau von Stein, die als Porträt immer noch in Siegfrieds Heiligtum hängt.

Hildegard hebt ihr Kinn. „Gut, dann lassen Sie uns das tun.“

Hans ist inzwischen siebzehn, in mancher Hinsicht schwierige siebzehn Jahre alt. Oswald ist fünfzehn und sein Gesicht spricht Bände: Ihm wäre jetzt alles lieber, als mit dieser zusammengewürfelten Familie vor dem Kamin zu sitzen. Karl ist fast vier, und weil der Abend nicht seiner gewohnten Routine entspricht, tobt er herum. „Karl, setz dich jetzt ruhig hin oder geh auf dein Zimmer!“, schimpft Siegfried ungeduldig.

Das funktioniert so nicht, denkt Hildegard enttäuscht. Vielleicht sollten sie ein Picknick veranstalten, das geht aber erst im Sommer. Oder sollte sie lieber …

„Vater, hast du schon von dem Bürgerbräu-Putsch gehört?“, fragt Hans plötzlich.

Siegfried schaut von seiner Zeitung auf. „Ein Staatsstreich? Wo?“, fragt er offensichtlich skeptisch.

„Ein missglückter Staatsstreich. In München.“

„Woher weißt du denn davon?“

„Der Vater von einem meiner Mitschüler in unserem Schlafsaal ist jetzt in München stationiert. Der hat es mir erzählt.“

„Und?“

„Eine Gruppe Leute unter der Führung eines gewissen Adolf Hitler hat eine Versammlung des bayerischen Ministerpräsidenten unter ihre Gewalt gebracht und erklärt, die Weimarer Republik sei Geschichte.“

„Und?“ Siegfried sieht immer noch skeptisch aus.

„Ja, nun, dann kam es zu einer Schießerei mit der Polizei und ein Haufen von ihnen und ein paar Polizisten sind ums Leben gekommen.“

„Und was ist mit diesem Hitlerkerl geschehen?"

„Der ist geschnappt worden, Vater, er und die anderen Anführer."

„Die Jungen in der Schule sind von Hitler ziemlich begeistert", beteiligt sich Oswald am Gespräch. „Sie sagen, dass er eines Tages der Weimarer Republik den Gnadenschuss geben wird."

„Bumm, bumm, bumm!", beteiligt sich der kleine Karl, ein unsichtbares Gewehr in den Händen, an der Schießerei.

„Wie kommt er denn auf so etwas?", will Hildegard erschrocken wissen. „Wer hat ihm das beigebracht?"

Oswald sieht sie herausfordernd an. „Wir spielen regelmäßig Krieg, das macht uns Spaß."

Hildegard fällt die Kinnlade herunter. „Euch? Dem kleinen Johann auch? Davon möchte ich nichts mehr hören! Das ist ja unfassbar …"

„Ach, komm schon, Hildegard, das sind Jungen. Natürlich spielen sie Krieg", fällt ihr Siegfried kurz angebunden ins Wort.

„Aber sie wissen nicht, was …"

„Hildegard, ich habe gesagt, es ist genug."

Widerwillig schluckt sie ihre Worte herunter und kämpft verbissen gegen den Aufstand in ihr. Schließlich steht sie augenscheinlich ruhig auf. „Komm, Karl, es ist Zeit, dass Frau Schäfer dich badet."

„Aber ich …"

„Ich habe ‚komm' gesagt."

Als sie sich kurz nach dem Kleinen umdreht, sieht sie den offen triumphierenden Blick in Oswalds Augen.

Den Namen Adolf Hitler und die Bezeichnung *Nationalsozialistische Deutsche Arbeiterpartei* findet man nun immer öfter in den Zeitungen. Der Mann scheint ein brillanter Redner zu sein, das behaupten jedenfalls diejenigen, die ihn schon einmal gehört haben. Die Menschen hängen anscheinend an seinen Lippen.

„Was haltet ihr von diesem Hitler und seinem nationalsozialistischen Gerede?", fragt Siegfried an einem entspannten Freitagabend.

„Mir gefällt, was ich über ihn höre", antwortet Werner Günther sofort. „Am wichtigsten ist mir, dass er die Arbeiter vom Kommunismus wegholen möchte und für einen deutschen Nationalismus begeistern will."

Siegfried runzelt die Stirn. „Ja, aber er redet doch auch vom Sozialismus."

„Schon, aber vom Nationalsozialismus. Die Nazis wollen ein Sozialprogramm installieren, um den Deutschen zu helfen, die infolge des Weltkrieges immer noch Not leiden müssen."

„Ich verstehe", erwidert Siegfried vorsichtig.

„Wenn jemand gegen den Kommunismus ist und für alles Deutsche, dann hört sich das doch erst einmal gut an", wagt Hildegard einen Versuch.

„Ja, wir werden sehen müssen. Möchte noch jemand ein bisschen Wein? Freda? Hildegard?", fragt Siegfried.

Werner ist noch nicht alles losgeworden, was er in die Runde einbringen will. „Wisst ihr, dieser Hitler hat gute Ideen. Unter anderem will er die Schande von Versailles ausradieren und er tritt für eine Ausdehnung Deutschlands nach Osten ein."

„Und er propagiert den Ausschluss der Juden aus der Gesellschaft", fügt Freda hinzu. „Nur Menschen mit einer rein arischen Herkunft können Mitglieder seiner Partei werden."

„Er ist gegen die Juden?" Mit einem Mal hört sich Siegfried weniger skeptisch an.

Am nächsten Morgen sagt Hildegard zu Frau Hoffmann: „Ich weiß nicht. Das antikommunistische und das soziale Programm klingen gut, aber was meinen sie, wenn sie vom ‚Ausschluss der Juden aus der Gesellschaft' sprechen?"

„Wenn Sie mich fragen, Frau Hildegard, dann gehen Sie besser politischen Diskussionen so weit wie möglich aus dem Weg. Das sind Männerangelegenheiten."

„Aber manchmal finde ich sie wichtig, Frau Hoffmann. Schließlich geht es dabei um unser alltägliches Leben."

Die Haushälterin schüttelt nur verständnislos den Kopf, wirft ihr einen seltsamen Blick zu und dreht sich um. „Ich gehe und sage Olga Bescheid, dass sie Ihr Abendkleid bis heute Abend bügeln muss." Dabei zieht sie leise die Tür zum Musikzimmer zu.

In den Sommermonaten ist das Chateau in der Nähe von Dresden herrlich. Die Rehböcke, die ihr Vater während der Wintermonate gefüttert hat, stehen jetzt wohlgenährt auf den grünen Wiesen am Waldrand und äsen. Zu Beginn des Winters werden die Männer wieder die Jagd aufnehmen, Siegfried erlaubt es jedoch nicht, dass alte Tiere gejagt werden. Die drei Jagdhunde gehorchen geradezu auf militärische Weise, sie sitzen still und aufrecht neben ihrem Vater und beobachten die Rehböcke aus der Distanz. Ihre Augen lassen keinen Ausdruck erkennen.

„Seht ihr die Böcke, Karl?"

„Ja, Mutter." Karl läuft ungeduldig im Kreis herum. „Können wir jetzt reiten gehen?"

Hildegard wirft einen Blick auf die Uhr – auch auf Siegfrieds Wochenendausflügen geschieht alles nach einem festen Zeitplan. „Seid aber pünktlich um ein Uhr zum Mittagessen wieder zurück."

„Gut, Mutter."

Nachdenklich schaut sie den beiden Jungen hinterher, die über das grüne Gras rennen und zwischen den Bäumen in Richtung Stall verschwinden.

‚Mutter' sagen sie zu ihr. Nicht ‚Mama' – so etwas gehört sich nicht für einen jungen deutschen Mann, hat Siegfried ihnen von Anfang an eingeschärft.

„Ich denke, wir sollten von den umliegenden Bauern noch mehr Jagdgebiete pachten", schlägt Siegfried vor. „Dann können sich unsere Rehböcke noch besser vermehren."

Hildegards Vater nickt. „Ich schaue einmal, was sich machen lässt. Komm mit, es gibt etwas, was ich dir zeigen möchte."

Hildegard schlendert allein zum Haus zurück.

An manchen Wochenenden lädt Siegfried Freunde ein. Dabei wählt er die Ehepaare sorgfältig aus, sodass alle zueinanderpassen. „Das macht die Gesellschaft leichter. Schließlich möchte man sich am Wochenende einfach nur entspannen und Spaß miteinander haben."

Siegfrieds und Hildegards Vorstellung von ‚Spaß haben' unterscheiden sich allerdings grundlegend. Zum Beispiel an einem Samstag, als sie beim Mittagessen über den amerikanischen Einfluss auf die deutsche Wirtschaft reden. Wie unglaublich langweilig, denkt Hildegard und kann ihre Gesichtszüge nur mit Mühe dazu zwingen, interessiert zu wirken.

Freda beugt sich zu ihr hinüber und raunt ihr zu: „Komm, wir verdrücken uns in die Friedrichstadt, da können wir den ganzen Tag Martinis trinken und uns Kabarettvorstellungen anschauen."

Schnell dreht Hildegard den Kopf zur Seite, um ihr Lächeln zu verbergen, während Freda mit einem Ausdruck heiliger Unschuld im Gesicht weiter den Männern zuhört.

„Du bringst mich in große Schwierigkeiten, wenn du mich während der Mahlzeiten zum Lachen bringst", erklärt Hildegard ihr, als sie nach dem Essen einen Spaziergang zu zweit machen.

„Oh, da können wir noch viel mehr tun, als nur ins Kabarett zu gehen", entgegnet Freda fröhlich. „Wir könnten uns die Haare kurz schneiden lassen und die Lippen blutrot anmalen, wir könnten … unser eigenes Auto fahren und tun, was wir wollen!"

Hildegard hakt sich bei ihr ein. „Wir kaufen uns ein Päckchen Zigaretten und zwei lange Zigarettenspitzen und dann blasen wir Rauchkringel in die Luft."

„Und wir tanzen Can-Can!" Dabei lüftet Freda ihren weiten Rock und wirft die Füße in die Luft.

Begeistert zieht Hildegard ihre Schuhe aus, hebt auch ihren Rock und hüpft herum. „Oder den Charleston!", ruft sie fröhlich.

Freda lässt ihren weiten Rock wieder fallen, legt ihre Arme auf die von Hildegard und drückt ihre Hand nach außen. „Hintern herausstrecken, die Füße drehen, die Hacken nach außen!", ruft sie. „Juchee!"

Hildegard lacht und lässt sich ins Gras fallen. „Du lieber Himmel, das ist so furchtbar amerikanisch! Was für eine Sünde!"

Freda bleibt stehen und sieht aus, als müsste sie um Atem ringen. „Oh, da hast du recht!" Sie knallt ihre Hacken militärisch aneinander und verkündet mit dröhnender Stimme: „Meine Damen und Herren, das ist alles die Schuld der Amerikaner. Sie retten zwar offensichtlich die deutsche Wirtschaft, aber in der Zwischenzeit verliert das deutsche Volk seine traditionellen Werte! Alles, was schiefgeht, muss man deshalb der Wirtschaftshilfe der Amerikaner anlasten."

„Oder den Juden, du darfst die Juden nicht vergessen", spielt Hildegard mit, den Zeigefinger erhoben.

Doch jetzt wird Freda ernst. „Mädel, mit den Juden ist nicht zu scherzen. Die Amerikaner sind ein Haufen Großmäuler mit zu viel

Geld, aber die Juden sind anders. Nein, den Juden traue ich überhaupt nicht", sagt sie und lässt sich neben Hildegard nieder.

„Meinst du das ernst?", fragt Hildegard erstaunt.

Freda nickt. „Ja, Hildegard, allen geht es so! Du kannst es überall hören und so etwas sagt man doch nicht, wenn es nicht wahr wäre. Wir müssen sie loswerden."

„Wir müssen sie loswerden? Aber ... die intelligentesten Deutschen sind Juden. Denke doch nur an Albert Einstein zum Beispiel oder an Karl Mannheim oder an Gustav Meyer ..."

„Sie mögen ja intelligent sein, zugegeben", fällt ihr die Freundin ins Wort, „aber genau das macht sie auch so gerissen. Zum Glück brauchen wir beide uns aber darum keine Sorgen zu machen – das tun schon unsere Männer für uns. Vergessen wir also die ganze Geschichte."

Das Gras auf der Wiese fühlt sich unter ihren Händen kräftig und weich und grün an, so wie das Gras am Fluss in der Nähe ihres Landgutes in Königsberg. Was würden wohl unsere Pferde in Deutsch-Südwest denken, wenn sie dieses Gras hier sehen könnten?, hat Gustav gefragt.

Nach einer Weile stehen beide auf und gehen zum Haus zurück – die Mittagsfröhlichkeit hat ein jähes Ende gefunden.

„Vor Kurzem hat der Herr Doktor Albrecht seinen Anteil an unserer Praxisgemeinschaft verkauft", verkündet Siegfried eines Abends bei Tisch. „Heute Nachmittag habe ich meinen neuen Teilhaber kennengelernt."

„Er hat verkauft? Warum das denn?"

„Hildegard, er ist dieses Jahr neunundsechzig Jahre alt geworden. Er hat sich zur Ruhe gesetzt."

„Gut, das habe ich nicht gewusst. Ich hatte keine Ahnung, dass er schon so alt ist."

„Ich habe Herrn Doktor Mäkinen für Samstagabend zum Essen eingeladen, die Albrechts und ein paar andere Gäste kommen auch. Ich werde Frau Hoffmann bitten, für ein entsprechend festliches Essen zu sorgen."

Ja, ja, am wichtigsten ist es, einen guten ersten Eindruck zu hinterlassen, denkt Hildegard ein wenig verärgert. Doch laut sagt sie: „Er heißt Mäkinen?"

„Andreas Mäkinen. Er stammt aus Finnland, anscheinend ist er aber hier geboren. Seine Eltern sind im letzten Jahrhundert nach Deutschland ausgewandert."

Während das Zimmermädchen Olga Hildegards Haare zurechtmacht, plappert es ununterbrochen. Doch Hildegard hört ihr nicht wirklich zu, sondern lässt ihre Gedanken schweifen. Siegfrieds neuer Teilhaber wird mit Sicherheit jünger sein als er, denn Menschen, die so alt sind wie Siegfried und älter, haben bereits eine eigene Praxis. Andererseits hat Siegfried jedoch auch nichts von einer Frau Mäkinen erwähnt. Also ist der neue Teilhaber wahrscheinlich noch unverheiratet. Vielleicht hat er auch eine junge Freundin oder eine Verlobte, dann könnte sie das Fräulein unter ihre Fittiche nehmen. Vielleicht würden sie auch Freundinnen werden, so wie sie und Freda – obwohl Freda auch zehn Jahre älter ist als Hildegard.

Als sie Doktor Mäkinen am Abend zum ersten Mal sieht, ist er jedoch deutlich älter als Siegfried, vielleicht sogar sehr viel älter. Für einen Augenblick verschlägt ihr die Erkenntnis die Sprache, aber sie bekommt sich schnell wieder unter Kontrolle. „Es ist mir eine Ehre, Sie kennenzulernen, Herr Doktor Mäkinen. Herzlich willkommen in unserem Haus."

„Vielen Dank. Sie haben ein sehr schönes Haus."

„Danke."

Als sie und der Herr Doktor Andreas Mäkinen bei Tisch nebeneinander sitzen, wendet sie sich ihm zu. „Als junges Mädchen hatte ich einen finnischen Tanzlehrer, einen gewissen Herrn Mäkelä. Soweit ich weiß bedeutet dieser Name ‚Berghof', nicht wahr?"

„Ja, das stimmt, Berghof", antwortet Doktor Mäkinen. „Mein Nachname Mäkinen bedeutet ‚kleiner Berg'. ‚Mäki' heißt ‚Berg' und die Hinzufügung ‚-nen' macht ihn zu einem kleinen Berg."

„Das ist ja interessant. Sprechen Sie noch Finnisch?"

„Manchmal. Mit meinen Eltern habe ich immer Finnisch gesprochen, aber sie sind schon lange tot. Gelegentlich sprechen meine Schwester und ich miteinander Finnisch, aber nur dann, wenn wir nicht wollen, dass die anderen uns verstehen", lächelt er.

Aber das Lächeln kommt nicht in seinen Augen an.

Spät in der Nacht, als alle Gäste sich verabschiedet haben, sagt

Hildegard: „Dein neuer Teilhaber ist ein begabter Mann, Siegfried, und auch sehr belesen. Es überrascht mich nur, dass er schon so alt ist."

„Er ist nur neun Jahre älter als ich, so alt ist er also noch gar nicht."

„Er ist erst gut fünfzig? Das ist ein ungewöhnliches Alter, um die Praxis zu wechseln, oder? Ist er denn nicht verheiratet? Kommt er überhaupt hier aus Berlin?"

„Nein, er stammt aus Westfalen. Er hatte eine gut gehende Praxis in Düsseldorf, Albrecht kennt ihn schon seit Jahren. Aber vor ungefähr zwei Jahren hat er Frau und Sohn verloren, er hatte nur das eine Kind. Ich glaube, er wollte das alles hinter sich lassen und einfach neu anfangen."

Seine Augen. Mit einem Mal versteht sie so viel mehr. „Der arme Mann."

„Albrecht hält ihn für einen außerordentlich fähigen Arzt. Und nur das zählt für mich", erwidert Siegfried und schaltet die große Lampe im Empfangsbereich aus. „Gute Nacht, Hildegard. Und danke, das war ein sehr erfolgreicher Abend."

Sie geht in ihr Zimmer, aber schaltet nicht sofort das Licht an. Stattdessen tritt sie ans Fenster und schaut auf den dunklen Vorgarten und die Straße weiter hinten hinaus, wo die Straßenlaternen ein fahles Licht verbreiten.

Ich hoffe, der Mann findet hier in Berlin ein neues Glück, denkt sie. Oder Frieden, wenn Glück zu viel verlangt ist. Das ist es, was für mich zählt.

Eines frühen Morgens hört Hildegard das Telefon in Siegfrieds Schlafzimmer klingeln. Sie macht sich deswegen keine Gedanken, denn es passiert häufiger, dass außerhalb der Sprechzeiten wegen eines Notfalls oder einer Geburt angerufen wird. „Einige Frauen kapieren nicht den Unterschied", brummt er dann manchmal, während er ihr noch hastig einen guten Morgen wünscht.

Doch als er ein paar Minuten später noch im Nachthemd in ihrer Zimmertür steht, sieht sie an seinem Gesichtsausdruck, dass etwas nicht in Ordnung ist. „Siegfried, was ist denn los?"

„Dein Vater hat angerufen, es geht um deine Mutter.“

„Meine Mutter?“

„Als ihr Zimmermädchen gestern Abend ihr Zimmer betreten hat, hat sie auf dem Boden gelegen. Hildegard, sie ist gestorben. Pfarrer Schumanski konnte deinen Vater erst spät am gestrigen Abend erreichen.“

Sie macht zwei Schritte zurück und tastet nach dem Bett hinter sich. „Sie ist tot?“

„Es tut mir leid, ja. Dein Vater fährt heute Morgen noch nach Königsberg, er nimmt den Zug.“

Mit einem Mal kommt es ihr so vor, als würde die Erde aufhören, sich zu drehen, ihr Kopf hat Schwierigkeiten, sich zu konzentrieren. „Soll ich … mitfahren?“

„Ich habe mit deinem Vater darüber gesprochen, wir denken nicht, dass es sinnvoll wäre, und zudem würde es seine Abreise weiter verzögern. Er muss sich um die Beerdigung kümmern und auf dem Landgut ein paar Dinge regeln, dafür wird er eine Weile weg sein. Es gibt nicht viel, was du dabei tun könntest.“

Als Siegfried den Raum verlassen hat, sitzt Hildegard wie erstarrt da. Zuerst fühlt sie sich seltsam leer, so als würde sie sich aus der Ferne betrachten, ausgelaugt.

Sie steht auf und zieht die Vorhänge zur Seite. Aber den Garten nimmt sie mit ihren Augen nicht wahr, ihr Blick ist ganz nach innen gerichtet. Sie merkt, wie ihre innere Leere sich allmählich zurückzieht und sich stattdessen ein Gefühl von unerklärlichem Widerstand in ihr breitmacht.

Und was wäre, wenn ich aber fahren *möchte*, Siegfried?, fragt sie ihn in Gedanken. Schließlich war das meine Mutter – hat er überhaupt nicht daran gedacht, dass sie vielleicht bei der Beerdigung gern dabei gewesen wäre? Dass sie vielleicht ein letztes Mal das Haus sehen möchte, in dem sie groß geworden ist? Dass sie vielleicht die Stallungen besuchen und über die Felder schlendern möchte, auf denen ihr Gustav das Reiten beigebracht hat?

Die Tränen hören nicht auf, unaufhaltsam laufen sie ihr über die Wangen.

Weine ich über meine Mutter, fragt sie sich, oder weine ich über meinen Mann?

Es gibt nicht viel, was du dabei tun könntest, hat er gesagt. Es gibt nie viel, was sie tun könnte: weder im Haushalt noch bei der Frage, was sie anziehen soll, noch bei der Entscheidung, welche Gäste eingeladen werden, nicht einmal wenn es darum geht, welche Kinofilme sie sich anschaut oder welche Musikaufführungen sie besucht.

Und auch nicht, wie die Erziehung ihrer Söhne geregelt wird.

Plötzlich sehnt sie sich danach, bei ihnen zu sein, ihre warmen Körper an sich zu drücken. Entschlossen richtet sie sich auf, dreht sich um, wäscht sich das Gesicht und geht in das Spielzimmer.

Die beiden sitzen ordentlich am Tisch und frühstücken. „Sagt ihr nicht guten Morgen?“, fragt Frau Schäfer streng.

„Guten Morgen, Mutter.“

Sie lächelt sie an, streicht ihnen über den Kopf und wendet sich Frau Schäfer zu. „Wenn sie mit dem Essen fertig sind, möchte ich gern mit ihnen einen Ausflug machen.“

„Unsere Ausgehzeit beginnt um zehn Uhr. Danach dürfen Sie sehr gern zusammen mit uns einen Ausflug machen.“

„Ich würde gern mit ihnen allein hinausgehen, Frau Schäfer“, erwidert Hildegard entschieden.

Das Kindermädchen schaut sie etwas verdutzt an. „Auch gut, dann bringe ich sie um zehn Uhr zu Ihnen.“

Meine Mutter ist tot, denkt Hildegard, während sie in ihr Zimmer zurückgeht. Es ist ein unwirklicher Gedanke, meine Mutter ist weg, für immer. Tot. Was immer das auch bedeutet.

Ist sie nun in dem Himmel, von dem Nanny gesprochen hat? Gibt es Nannys Himmel überhaupt? Sie weiß so wenig darüber.

Und sie kann sich nicht daran erinnern, mit ihrer Mutter ein einziges Mal einen Ausflug unternommen zu haben.

Vielleicht sollte ich meinen Vater anrufen, überlegt sie, einfach nur, um mit ihm zu sprechen. Doch was haben sie sich zu sagen? Einen Anruf nach Dresden durchzustellen, dauert zudem manchmal länger als eine Stunde, und bis dahin ist ihr Vater sicher schon auf dem Weg nach Königsberg.

Warum hat Siegfried sie denn nicht gerufen, als er ihren Vater am Telefon hatte? Das ist ihm sicherlich nicht in den Sinn gekommen.

Schweigsam isst sie ihr morgendliches Obst. Ich bin eher wütend als traurig, versucht sie ihre Gefühle zu beschreiben. Und leer, vielleicht auch … verlassen?

Um zehn Uhr geht sie mit den beiden Jungen nach draußen, die wie zwei wild gewordene Rehböcke über den Rasen springen. „Mutter, schau dir das an! Hier ist ein Käfer, der so etwas Rotes auf dem Rücken hat!"

Der kleine Johann ist als Erster da und tritt den Käfer mit seinem Stiefel tot. „Mutter! Schau doch, was er getan hat!", schreit Karl.

„Ach, nein, Johann", tadelt sie ihn. „Komm, wir suchen uns einen anderen ..."

Doch Karl ist Johann schon an die Gurgel gesprungen, vor Entsetzen verzieht der jüngere Bruder das Gesicht. „Er schlägt mich tot! Er schlägt mich tot!"

„Nein, nein, hört auf zu streiten. Karl, lass deinen Bruder in Ruhe!"

Jetzt ist es Johann, der sich festbeißt – im wahrsten Sinne des Wortes. Als er seine Zähne tief in den Arm seines Bruders gräbt, kreischt der wie ein Schwein, das geschlachtet wird.

„Hört auf, ihr zwei! Hört sofort auf! Ihr benehmt euch ja wie die Barbaren!"

Hildegard schnappt nach Luft, die schrille Stimme hallt ihr in den Ohren. Ist sie es gewesen, die so gebrüllt hat?

Sie sackt auf die Knie und zittert am ganzen Körper. Sie kann sich einfach nicht mehr beherrschen.

„Mutter?"

Sie weint, weil ihr Vater sie nicht nach Königsberg mitnimmt, weil ihr Mann nicht einmal daran gedacht hat, dass sie gern mit ihrem Vater telefonieren würde.

„Mutter, was ist denn los?"

Sie weint, weil sie so eine schlechte, schlechte Mutter ist. Sie wäre ihren Söhnen gern eine gute Mutter. Aber das ist sie nicht, sie ist eine furchtbare Mutter.

„Mutter? Mutti?"

Doch Hildegard hat keine Kontrolle mehr über sich selbst.

Sie weint um die Mutter, die sie nie gehabt hat und die jetzt tot ist.

Sie hat ihr nie Auf Wiedersehen gesagt.

Wann Frau Schäfer die Jungen abgeholt hat, weiß sie nicht. Wie in Trance läuft sie hinter Frau Hoffmann her in ihr Zimmer. Die macht ihr einen heißen Tee und gibt ihr ein Pülverchen. „Armes Kind, schlaf jetzt", sagt sie und deckt Hildegard zu.

Als Freda am späten Nachmittag vorbeikommt, um Hildegard ihr Beileid auszudrücken, ist diese immer noch traurig und verwirrt und fühlt sich schuldig. „Ich wäre so gern eine gute Mutter für meine Kinder, aber ich fürchte, ich bin es nicht. Sie hören mir noch nicht einmal zu.“

„Kinder sind eben Kinder, meine Liebe.“

„Aber sie sind doch erst vier und sechs Jahre alt! Sie hätten sich fast umgebracht, nur mit Mühe konnte ich sie auseinanderbringen. Und ich hatte geglaubt, dass zwei Brüder immer schön miteinander spielen.“

„So etwas darfst du nicht voraussetzen. Kinder sind von sich aus nicht höflich, sie essen nicht das, was sie sollen, sie gehen nicht einfach so ins Bett. Sie meckern, wenn sie baden sollen, und streiten beim Spielen“, entgegnet Freda. „Deshalb hat unsereiner ja ein Kindermädchen, das dafür sorgt, dass die Kinder abgefüttert und gebadet zu uns gebracht werden, damit wir eine schöne Zeit mit ihnen verbringen können.“

„Ja, du hast sicher recht“, erwidert Hildegard.

Tief in der Nacht grübelt sie jedoch immer noch darüber nach. Sie hätte es so gern anders gehabt.

Weil Hildegard eine Trauerausstattung braucht, wird die Damenschneiderin bestellt. Als die Frau am nächsten Tag schon die ersten Trauerkleider bringt, verpackt Olga Hildegards bunte Kleider in eine Kiste mit Mottenkugeln und hilft ihr in eines ihrer Trauerkleider. „Sie werden in Schwarz sehr gut aussehen, selbst wenn Sie das ein Jahr lang tragen, werden Sie immer noch sehr gut aussehen, denn Sie haben helles Haar“, babbelt Olga drauflos.

Hildegard betrachtet sich im Spiegel und schüttelt bedächtig den Kopf. Sie fühlt sich immer noch so elend. In dieser nüchternen Garderobe sieht sie zudem zehnmal älter aus. Aber was soll's, in den nächsten Monaten wird sie nichts anderes anziehen können.

Als ihr Vater aus Königsberg zurückkommt, wirkt er sehr aufgewühlt. „Da ist alles in einem erbärmlichen Zustand, vom Landgut ganz zu schweigen!", berichtet er. „Und alles, was irgendeinen Wert hatte, ist verschwunden: die Gemälde sind weg, die Perserteppiche, die Statuen, die Vasen, das Silberbesteck, sogar der Kronleuchter, der in der Eingangshalle gehangen hat. Alles weg!"

Hildegard sieht das Bild vor ihrem geistigen Auge. Dabei krampft sich ihr Herz zusammen. „Arme Mama, sie musste das wahrscheinlich alles verkaufen, um zu überleben."

Doch ihr Vater will davon nichts wissen. „Glaub doch so etwas nicht, ihr Bruder hat ihr über Pfarrer Schumanski Geld zukommen lassen, damit war sie in jeder Hinsicht versorgt. Und der sagt, soweit er sich erinnern könne, sei vor weniger als einem Monat, als er sie das letzte Mal besucht hat, alles noch da gewesen. Wenn da schon der Kronleuchter im Eingangsbereich gefehlt hätte, hätte er es doch gemerkt – jetzt ist da ein riesiges Loch in der Decke!"

„Meinst du, er ist gestohlen worden?", will Siegfried wissen.

„Scheinbar hat Charlotte zuletzt nur noch russische Dienstboten gehabt, von den ursprünglichen polnischen Arbeitern ist auf dem Landgut jedenfalls keiner mehr zu sehen."

„Du verdächtigst sie also?"

„Und ob ich sie verdächtige, das habe ich der Polizei auch so zu Protokoll gegeben. Mittlerweile sind sie natürlich alle verschwunden, nur ein verschrockenes Zimmermädchen ist noch übrig geblieben. Man kann den Russen wahrhaftig nicht trauen."

Über die Beerdigung selbst berichtet er weniger bitter. Über den Menschen, der zuletzt von den Almosen seiner Familie abhängig gewesen ist, den Menschen, mit dem er über zwanzig Jahre verheiratet und der Hildegards Mutter gewesen ist, verliert er kein einziges Wort.

Der Name „Hitler" taucht nun immer häufiger in den Gesprächen auf. Er ist mittlerweile der unumstrittene Führer seiner Partei und fordert alle deutschen Nationalisten auf, sich den Nationalsozialisten anzuschließen.

Oswald kommt mit entsprechenden Geschichten aus dem Internat nach Hause. Hans, der inzwischen an der Heidelberger Universität Jura studiert, berichtet, was die Studenten denken. Sogar auf dem ruhigen Landgut in der Nähe von Dresden ist den Menschen der Name vertraut.

Hildegards Vater ist schon in die NSDAP eingetreten, Siegfried möchte erst sehen, wie sich die Dinge entwickeln. „Wir werden demnächst Mitglieder werden", verkündet Werner. „Die Nationalisten brauchen alle Unterstützung, die sie bekommen können."

„Nationalsozialisten", korrigiert Siegfried ihn. Es ist offensichtlich, dass ihm der Ausdruck ‚Sozialisten' immer noch zu schaffen macht.

Freda lacht sorglos. „Schäm dich, Siegfried! Du willst nur deinen Besitz nicht mit deinen Volksgenossen teilen!"

Als sie später allein sind, sagt Siegfried: „Die Frivolität von Werners Frau gefällt mir ganz und gar nicht. Ich möchte nicht, dass du allzu viel Zeit in ihrer Gesellschaft verbringst."

Oswald ist in seinem letzten Schuljahr und sehr enthusiastisch, wenn es um Adolf Hitler geht. Er schließt sich der neu gegründeten Hitler-Jugend an und trägt dort so etwas wie eine Uniform: braunes Hemd, schwarze Hose, Hakenkreuzbinde. Er und seine Kameraden paradieren im Rhythmus traditioneller Marschlieder. „Das haben wir damals auch gesungen, das stammt noch aus der Zeit vor dem Weltkrieg", sagt Siegfried und nickt zufrieden mit dem Kopf. Fast schon beiläufig fügt er hinzu: „Wir sollten uns auch der Partei anschließen."

„Den Nationalsozialisten?"

„Den Nazis, ja. Im Augenblick gibt es doch nicht viele Alternativen."

So werden auch der Herr Doktor Siegfried von Stein und Frau Hildegard von Stein Mitglieder der wachsenden Nationalsozialistischen Deutschen Arbeiterpartei.

Anfang des Jahres 1927 halten die Nazis eine Versammlung in Wedding ab, einer traditionellen Hochburg der Kommunisten. „Das war vielleicht aufregend!", erzählt Oswald sonntags am Esstisch. „Die Kommunisten hatten die Parole ausgegeben: ‚Tötet die Faschisten, wo immer ihr sie kriegen könnt!' Aber sie haben an diesem Abend ganz schön eins auf die Nase bekommen! Die Versammlung ist in eine richtige Kneipenschlägerei ausgeartet, mit bloßen Fäusten wurde gekämpft. Biergläser, Stühle, Tische, alles ist durch die Luft geflogen und auf dem Boden lagen die Verletzten, die aus allen Wunden geblutet haben ..."

„Oswald! Bitte!", versucht Hildegard ihn zu stoppen.

Ihre beiden Söhne schauen ihn voller Bewunderung an.

Voller Kälte mustert Oswald sie mit seinen blauen Augen, seine Stimme hat einen unpersönlichen Klang. „Tut mir leid, was da passiert ist. Es ist ein gewaltiger Triumph gewesen, wir haben die Kommunisten aus ihrer eigenen Bierhalle verjagt."

Am nächsten Tag teilt Hildegard ihre Bestürzung mit Freda: „Weißt du, Karl ist erst sieben und Johann gerade einmal fünf. Ich möchte sie nicht einem solchen Einfluss aussetzen."

Freda zuckt mit den Schultern. „Mein Otto ist dreizehn und hat sich der Hitler-Jugend angeschlossen. So etwas tun die jungen Leute eben. Zerbrich dir darüber nicht den Kopf."

„Ich weiß einfach nicht", zweifelt Hildegard immer noch. „Ich lehne Gewalt ab."

Über Fredas Gesicht huscht ein Lächeln. „Ich fürchte, du siehst die Sache viel zu ernst, Hildegard. Weißt du, wohin du einmal gehen solltest?"

Hildegard kennt dieses Lächeln auf dem Gesicht ihrer Freundin. „Mädel, was hast du denn jetzt schon wieder vor?"

„Wir müssen unsere Männer davon überzeugen, uns zu einem Tanztee ins Hotel Esplanade auszuführen. Wir brauchen alle eine kleine Abwechslung, um unsere Gedanken von dieser idiotischen Politik wegzulenken."

„Zum Tanztee?"

„Ja, Mann, zum Tanztee. Die Leute sitzen da auf der Terrasse und trinken Tee, das Jazz-Orchester spielt auf und die Paare tanzen zwischen den Tischen auf dem Rasen. Das ist genau das, was unsere überspannten Männer brauchen, und wir beide werden dabei viel Spaß haben."

Hildegard muss lachen. „Und wie willst du die beiden davon überzeugen, zu so einem Tanztee zu gehen?"

„Mir fällt schon etwas ein. Wir haben sie ja auch dazu gebracht, in einem Kostüm zur Premiere von Nosferato zu gehen, erinnerst du dich?"

„Hör bloß auf mit diesem Film“, entgegnet Hildegard mit einer abwehrenden Handbewegung. „Ich habe wirklich genügend Alpträume von Vampiren im Mondschein gehabt.“

Ist das hier ein Alptraum?, fragt sich Hildegard im Herbst des Jahres 1929. Vor ihren Augen marschieren mindestens zweitausend Kinder vorbei, militärisch präzise, gekleidet in die Uniform der Hitler-Jugend. Hinter ihnen marschieren dreißigtausend von Hitlers SA-Männern ebenfalls in Reih und Glied.

Sie erinnert sich noch glasklar an die jungen Männer mit den offenen Gesichtern aus Königsberg, die mit Marschliedern auf den Lippen zum Bahnhof marschierten, um im Krieg Deutschlands Ehre zu verteidigen. Auch die Tragen, auf denen sie zurückgeschleppt wurden, stehen ihr noch lebhaft vor Augen, die Gliedmaßen waren zu Fetzen zerschossen und die Gesichter unwiederbringlich entstellt. Da wurden keine Marschlieder mehr gesungen.

Hildegard schaut sich um. Ist sie denn die Einzige, für die diese Wirklichkeit ein Alptraum ist?

„Langsam gewinnt Hitler die Oberhand“, bemerkt Werner am selben Abend zufrieden. „Für die Zukunft können wir noch große Dinge erwarten. Ich bin fest davon überzeugt, dass er die alte deutsche Herrlichkeit und Ehre wiederherstellen wird.“

Freda erhebt ihr Weinglas. „Die Goldenen Zwanziger sind fast vorbei. Stellt euch nur vor, was die Dreißiger alles bringen werden!“

„Heute geht es Deutschland gut, ja“, erwidert Siegfried ernst, „aber wir sind noch zu sehr von Amerika abhängig. Wenn es dort zu einer Krise kommt, kann das gefährlich für uns werden.“

„Nein, Mann, hör auf, du siehst Gespenster. Es geht uns gut, lasst uns also auf die Dreißiger anstoßen. Deutschland über alles!“

8. Kapitel

Sie stehen auf dem Wilhelmplatz. Um sie herum wimmelt es von Menschen: von Kindern auf Fahrrädern, von Motorrädern, Straßenbahnen und Doppeldeckerbussen. Überall sind Straßenhändler, die Blumen, Obst und Gemüse sowie frisch gebackene Leckereien verkaufen. Es ist ein Durcheinander von Gerüchen, Sprachen und Kleidungsstilen. Berlin ist eine kosmopolitische Stadt, das „Paris des Nordens".

An diesem Tag strömen die Berliner nicht zufällig auf den Platz. Alle schauen sie in den blauen Himmel hinauf.

Über ihnen schwebt lautlos die zigarrenförmige ‚Graf Zeppelin' vorbei. Mühelos und majestätisch. „Diese moderne Technik verschlägt einem die Sprache. Ich kann mir nicht vorstellen, wie so ein Ding in der Luft bleiben kann", staunt Hildegard.

„So modern ist das nun auch wieder nicht. Solche Dinger haben schon im Weltkrieg einiges an Zerstörungen angerichtet", entgegnet Werner.

Hildegard schaut ihn verblüfft an. „Im Weltkrieg?"

„Mit Zeppelinen sind mehrere tausend Kilo Bomben über England abgeworfen worden, insbesondere auf London, ja."

„Das habe ich nicht gewusst. Ich dachte, der Krieg sei nur in den Schützengräben ausgetragen worden."

„Oh, nein. Auch in der Luft und auf See, sogar unter dem Meer mit unseren Unterseebooten."

„Wir sollten an so einem schönen Tag nicht über den Krieg sprechen", wirft Freda entschieden ein.

Hildegard schaut wieder zu dem Luftschiff hinauf, das über die Gebäude dahinschwebt. „Wenn man nur daran denkt, dass dieses Luftschiff letzten Monat noch um die Welt geflogen ist!"

„Ich habe irgendwo gelesen, dass sie darüber nachdenken, eine regelmäßige Zeppelin-Verbindung über den Atlantik einzurichten. Ich sage dir, wenn das so kommt, kaufe ich die erste Karte nach Amerika", freut sich Freda.

„Willst du dort bleiben?"

„Nein, nein, nur das Land einmal besuchen, für einen längeren Urlaub dort."

„Die Zeitungen haben heute Morgen geschrieben, dass Amerika in tiefen Problemen steckt. Hast du gesehen, wie da gestern die Börsenkurse zusammengebrochen sind, Werner?", fragt Siegfried.

Freda rollt mit den Augen, sagt aber glücklicherweise nichts.

Werner macht eine unwirsche Handbewegung. „Das sind doch nur unsere jüdischen Zeitungsredakteure, die den Kapitalisten so viele Nachrichten widmen. Die Börsenkurse sind schon öfter gefallen, sie werden auch wieder steigen. Außerdem war das in Amerika, und das ist sehr weit weg von Europa."

Siegfried runzelt jedoch weiterhin die Stirn. „Unsere gesamte Wirtschaft hängt am amerikanischen Geld. Ich mache mir Sorgen, Werner. Dreißig Milliarden Dollar? Das ist eine astronomische Summe."

„Ach, Siegfried, hör doch auf damit, immer so ein Spaßverderber zu sein!", kann Freda sich nicht mehr zurückhalten.

Hildegard holt scharf Luft, sie merkt, wie ihr Herz kalt wird – so hat noch nie jemand mit Siegfried gesprochen.

Sie dreht ihren Kopf zur Seite und schaut vorsichtig in seine Richtung.

Siegfrieds Gesicht ist weiß geworden, sein Mund ist nur noch eine gerade Linie, seine Körperhaltung stocksteif. Als er das Wort ergreift, ist seine Stimme eiskalt: „Wir gehen jetzt. Bis bald, Werner. Komm, Hildegard."

Für einen Augenblick sieht sie, wie Werner unsicher die Hand ausstreckt, ihr Blick fällt auf Fredas entsetzt aufgerissene Augen. „Siegfried …?"

Doch Siegfried hat sie schon fest am Ellenbogen genommen und geht mit großen Schritten dahin, wo das Auto geparkt ist.

Schweigend fährt er nach Hause, das Lenkrad so fest umklammert, dass seine Knöchel weiß sind.

Zu Hause sagt er: „Von dieser Frau, die Werner da geheiratet hat, habe ich jetzt wirklich genug", und verschwindet hinter der Tür seines Studierzimmers.

Plötzlich ist nichts mehr so, wie es war. Hildegard und Siegfried gehen zusammen mit einem seiner Journalistenfreunde auf den Presseball ins Hotel Adlon, wo Marlene Dietrich auftritt. Sie trägt ein neues Kleid und hat die Haare zu einer modernen Frisur hochgesteckt. Wie gebannt lauscht sie der tiefen, schleppenden Stimme und ist völlig hingerissen von der tollkühnen Sängerin, die einen schwarzen Frack trägt. Sie und Siegfried tanzen den ganzen Abend. „Das war ein sehr erfolgreicher Abend", konstatiert Siegfried, als sie nach Hause kommen.

„Ja, das war es. Gute Nacht, Siegfried."

Doch ihr Herz ist traurig. Ein echt unbeschwertes Vergnügen ist dieser Abend nicht gewesen.

Sie treffen Freunde im Lido-Restaurant am Wannsee, sie trinken Sekt auf einem Vergnügungsdampfer auf der Spree. Immer sind Freunde dabei, denn Siegfried hat sehr viele Freunde.

„Ich mit meiner großen Klappe", sagt Freda bei der nächsten Monatsversammlung des Damenclubs, eine der wenigen Gelegenheiten, wo Hildegard sie noch sehen kann. „Glaubst du, dass es helfen würde, wenn ich euch beide am kommenden Wochenende zum Essen einlade?"

„Wir können es ja einmal versuchen."

Doch Siegfried erwähnt während der nächsten beiden Wochen nichts von einer derartigen Einladung.

Sie besuchen Theatervorstellungen, gehen essen und genießen Musikaufführungen – aber nicht mit den Günthers, sondern zusammen mit anderen Freunden.

Wenn sie in der Stadt ist, geht Hildegard manchmal absichtlich an dem Bettler mit den amputierten Beinen vorbei – dem Patienten Nr. 921. Sie gibt ihm ein paar Almosen und geht weiter. „Ich folge deinem Rat, Schwesterchen, und sitze in der Sonne!", ruft er ihr hinterher. Dann schickt sie ein paar Monate lang nur noch Klaus mit einem Briefumschlag vorbei, weil der Patient Nr. 921 sie zu sehr aus der Fassung bringt.

An einem Wochenende müssen Hildegard und Siegfried nach Dresden fahren, aber darauf freut sie sich nicht. Im Gegenteil, sie spürt, wie sich in ihr ein gewisser Widerstand breitmacht. Denn sie fahren wegen der Hochzeit ihres Vaters auf das Landgut. Es ist nicht so, dass sie ihrem Vater sein neues Glück nicht gönnt, schließlich ist er schon seit geraumer Zeit verwitwet. Es ist nur … die Beziehung hat schon zu Lebzeiten ihrer Mutter ihren Anfang genommen. Das ist es, was ihr zu schaffen macht, ja. Aber was sie am meisten schmerzt, immer noch, obwohl sie sich nach all den Jahren doch längst daran gewöhnt haben sollte, ist eine Frage: Warum hat er in seinem Herzen so wenig Platz für sie, schließlich ist sie doch seine eigene Tochter? Warum hat er sich nicht die Mühe gemacht, sie persönlich zu informieren, sondern hat seine Einladung per Post geschickt? Geschah das aus Angst? Oder Gefühllosigkeit? In Gedanken ringt sie mit sich, kämpft mit dem, was diese Erkenntnis bedeutet. Ihr eigener Vater ist für sie ein Fremder.

In einer wunderschönen, alten Kirche sitzt sie neben Siegfried. Die Orgelklänge tragen sie zurück in ihre Kindheit, auf die harte Kirchenbank, auf der Mama und Papa neben ihr gesessen haben, in die geweihte Atmosphäre der Kuppelkirche in Königsberg und zur tranigen Stimme von Pfarrer Schumanski.

Zu der Rose, die Gustav im Kirchgarten für sie gepflückt hat.

Doch dann zwingt sie ihre Gedanken in die Gegenwart zurück, denn in dem Leben, das sie führt, ist kein Platz für Nostalgie.

Als der Hochzeitsmarsch erklingt, steht die Gemeinde auf und das Brautpaar betritt die Kirche. Die sinnliche, junge Witwe vom Nachbarhof hat sich für die Gelegenheit herausgeputzt. Herr Wolfgang von Plötzke wirkt wie eine Katze, der man ein Schüsselchen Sahne vorgesetzt hat.

Der Empfang im Speisezimmer des Chateaus ist eine gespenstische Angelegenheit mit viel zu vielen Blumen, Kerzen und Essen, zu viel Champagner und Trinksprüchen.

Kleinbürgerlich hätte ihre Mutter das genannt, wenn sie noch leben würde.

Haben hier auch Ratten unter der glänzenden Haube des neuen Mercedes ein Nest gebaut?

Es wird zu viel gelacht und zu laut geredet.

Hildegards Herz ist zerbrochen. So möchte sie ihren Vater nicht sehen. So maßlos, dass es fast schon billig wirkt.

Und doch … zum ersten Mal in seinem Leben sieht ihr Vater wirklich glücklich aus.

Ich vermisse meine Freundin, denkt Hildegard, während sie nach Berlin zurückfahren. Sie hätte mich verstanden. Ich muss endlich etwas unternehmen, damit zwischen ihr und Siegfried wieder Frieden herrscht. Aber was?

Die Jungen gehen ihren eigenen Weg. Damals hat sie geweint, als Siegfried Karl das erste Mal ins Internat gebracht hat – er ist noch so klein gewesen. Jetzt sind ihre beiden Söhne ebenfalls auf dem Internat, und sogar an den Wochenenden, an denen sie zu Hause sind, kümmern sie sich nur um ihre eigenen Angelegenheiten.

„Ich mache mir Sorgen um sie. Oswald hat keinen guten Einfluss auf sie“, sagt Hildegard bei einer der Versammlungen des Damenclubs zu Freda.

Doch ihre Freundin schüttelt den Kopf. „Oswald ist ein wunderbarer junger Mann, ich würde mir über ihn keine Sorgen machen. Hildegard, was können wir tun, um die Dinge wieder ins Lot zu bringen?“

Es ist vor allem die aufsässige und radikale Haltung der Hitler-Jugend, die Hildegard so zu schaffen macht. Als sie versucht, ihren Kummer mit Siegfried zu teilen, und nicht möchte, dass Karl mit der Hitler-Jugend zu tun bekommt, schaut er erstaunt von seinem Essensteller auf. „Er hat doch gar nichts damit zu tun, schließlich ist er noch zu klein für die Hitler-Jugend. Und jetzt hör auf, dich wie eine Glucke zu verhalten, Hildegard. Das sind Jungen, die sollten nicht überbehütet werden.“

Mit der Wirtschaft des Landes geht es weiter bergab. Die Regierung kürzt die Staatsausgaben: Die Arbeitslosen bekommen keine Unterstützung mehr und die Hilfen für Kranke, Invaliden und Rentner werden drastisch zusammengestrichen. Immer mehr Betriebe müssen aufgeben, täglich kommen neue Arbeitslose hinzu. An jeder zweiten Straßenecke sitzt ein Bettler, der die Hand aufhält.

Die Schlangen vor den öffentlichen Suppenküchen werden mit jedem Tag länger. Auch Kinder in zu klein gewordener Kleidung stehen mit einem Becher in der Hand in der Reihe.

Adolf Hitler lädt die Schuld dafür den jüdischen Finanziers und den Bolschewisten auf. „Das deutsche Volk muss sich gegen seine Feinde erheben!", brüllen die Lautsprecher seine fast schon hysterische Stimme über die Köpfe von Tausenden seiner fanatischen Anhänger. „Die einzige Partei, die die deutsche Ehre wiederherstellen kann, ist die nationalsozialistische. Wir werden die Schande von Versailles ausmerzen! Wir werden die Wirtschaft wieder in Schwung bringen! Wir werden Deutschland von den Kapitalisten und den Kommunisten befreien! Der deutsche Stolz wird wieder triumphieren!"

Und wie ein Mann antwortet die Menge, die Arme erhoben: „Heil! Heil! Heil! Heil!"

Ich frage mich, ob ich der einzige Mensch in ganz Deutschland bin, dem dieser Mann etwas suspekt vorkommt, fragt sich Hildegard manchmal. Doch das behält sie für sich – mit wem sollte sie auch darüber sprechen?

Sie wünschte, sie wüsste, was sie tun könnte, damit Siegfried wieder Frieden mit Freda schließt.

„Wir werden für die Empfänge Gegeneinladungen annehmen müssen", hat Siegfried gesagt. „Aber die Soiree am Freitagabend ist mir sehr wichtig. Schließlich empfangen wir nicht jeden Tag ausländische Gäste."

Gäste zu empfangen, ist für Hildegard zur zweiten Natur geworden. Sie ist als charmante, stilvolle Gastgeberin bekannt und die Empfänge, die sie und Siegfried veranstalten, werden langsam, aber sicher zu Höhepunkten im sozialen Kalender von Berlin. Die Einladungen werden mit der Hand geschrieben und von Klaus persönlich überbracht. Die Rasenflächen werden gemäht, die Hecken geschnitten, die Einfahrt wird gefegt.

Schon früh am Morgen wird der Tisch eingedeckt, die einzelnen Plätze werden dabei mit dem Lineal ausgemessen, so wie es Hildegard von Kind an zu Hause in Königsberg gesehen hat. Das

Küchenmädchen hat schon die ganze Woche über das Silberbesteck poliert und die Kristallgläser geputzt, alles glänzt und blinkt im Licht des kupfernen Kronleuchters über der Essenstafel.

Aus der Küche zieht langsam der Duft von gebratener Gans herüber, die Vor- und Nachspeisen warten schon auf den Regalen in der Speisekammer. „Ich stecke nur noch die letzten Blumen zurecht, dann mache ich mich auch fertig", verkündet Hildegard.

„Das ist in Ordnung, Frau Hildegard. Sie brauchen sich keine Gedanken zu machen, ich glaube, für heute Abend ist alles geregelt", antwortet Frau Hoffmann.

Hildegard lächelt. „Daran habe ich keine Zweifel. Vielen Dank."

Gerade ist sie noch mit den letzten Blumen im Eingangsbereich beschäftigt, als sie ein Klopfen an der Haustür vernimmt. Das kommt zur Unzeit, geht es ihr durch den Kopf, aber sie öffnet trotzdem die Tür.

Auf der Vortreppe steht Hans, den Mantel fest um seinen großen Körper geknöpft. Seine Bartstoppeln stehen ihm stachelig aus dem Gesicht, seine Augen sind müde.

„Hans? Was ist …? Nein, komm erst einmal herein." Sie schließt die Tür hinter ihm, damit der eisige Wind nicht hineinweht.

„Ich muss reden", entgegnet er. „Ich hatte gehofft, dass du mich verstehst."

„Was ist denn los?" Heute Abend ist eine Soiree, schießt es ihr durch den Kopf. Sie muss sich noch waschen, anziehen, auch ihre Haare müssen noch gemacht werden. Aber im Augenblick ist all das weniger wichtig. „Geh durch bis ins Musikzimmer, ich lasse uns ein Tässchen heißen Tee bringen."

„Lieber Kaffee, bitte."

Als Olga ein Tablett mit Kaffee bringt, ist ihr einfältiges, junges Gesicht rot vor Verlegenheit und ihre großen Augen glänzen. „Guten Tag, Herr Hans, geht es Ihnen gut?"

Hans nickt grüßend mit dem Kopf. „Gut, danke, Olga. Danke für den Kaffee."

Hastig verschwindet sie aus dem Zimmer.

Hildegard nimmt die hohe Kaffeekanne und gießt den starken, schwarzen Kaffee in die feinen Tassen. Dabei zittert ihre Hand etwas. Bleib ruhig, ermahnt sie sich selbst. „Milch? Sahne?"

„Schwarz. Und bitter, danke, Hildegard."

Sie sitzen sich gegenüber, das Kaffeetischchen zwischen sich, hinter Hildegard glänzt das Klavier.

„Du wolltest etwas mit mir besprechen?"

Hans macht eine mutlose Bewegung mit den Händen. „Was ich sage, könnte dich möglicherweise in eine schwierige Position bringen."

„Ich habe schon vor Jahren gelernt, wie man mit so etwas umgeht."

„Ja, das hast du."

Er trinkt schweigend seinen Kaffee, die Hände um die heiße Tasse gelegt.

Als sie einen Schluck von ihrem Kaffee probiert, versucht sie ruhig zu bleiben und geduldig abzuwarten.

„Gestern Abend bin ich in der Leipziger Straße gewesen. Dort musste ich einen Mandanten besuchen, einen jüdischen Geschäftsmann, bestens ausgebildet und sehr belesen." Er schließt für einen Augenblick die Augen und schüttelt dabei den Kopf.

Instinktiv legt sie ihm die Hand auf den Arm. „Hans? Was ist passiert?"

Als er die Augen aufmacht, schaut er sie hilflos an. „Wir haben plötzlich von draußen Krach gehört, schreiende Menschen, splitterndes Glas. Ich habe zuerst an einen Einbruch gedacht. ‚Nein', sagte mein Klient, ‚das sind die jungen Nazis, die wollen uns provozieren.' Ich wollte hinausgehen, aber dann hat er mich aufgefordert drinnen zu bleiben, es könne gefährlich werden."

„Und?"

Er schaut weg. „Ich habe gesehen, wie diese Leute von der Hitler-Jugend die Schaufensterscheiben eingeworfen und die Geschäftsleute angepöbelt haben, die nur versuchten, ihr Eigentum zu beschützen. Hildegard, ich habe mich so geschämt. Und … ich hatte solche Angst, dass Oswald einer von ihnen ist. Zum Glück war er nicht dabei."

Sie nickt nur. Sie versteht ihn, ohne etwas zu sagen.

„Es war barbarisch. Ich muss etwas tun, deshalb habe ich heute Morgen versucht, etwas für das Berliner Tageblatt zu schreiben."

Hildegard runzelt die Stirn. „Das Berliner Tageblatt? Das ist eine sehr liberale Tageszeitung."

„Sie kritisieren regelmäßig die Nationalsozialisten, ja."

Plötzlich erkennt sie die möglichen Konsequenzen. „Dein Vater wird es lesen und er wird nicht sehr glücklich darüber sein."

Entschlossen schaut Hans sie an. „Ich bin ein erwachsener Mann, Hildegard, und treffe schon seit Jahren meine eigenen Entscheidungen. Ich kann nicht länger schweigen. Außerdem werde ich ja nicht für sie arbeiten, sondern ihnen nur einen Artikel schicken, den sie vielleicht gar nicht einmal abdrucken."

Kurz darauf verschwindet er wieder. Doch während des ganzen Abends, des Lachens, des beiläufigen Plauderns und der ernsten Gespräche muss Hildegard die ganze Zeit über an Hans denken und was er zu ihr gesagt hat: „Hildegard, ich mache mir Sorgen wegen der Nazis. Und was Hitlers heilige Versprechen betrifft, so weiß ich nicht, was ich davon halten soll."

Am nächsten Abend, als Siegfried von der Zeitung aufschaut, sagt er: „Die Zeitung hat recht: Die Juden würgen unsere Wirtschaft ab. Denkt doch nur, dass alle großen Geschäfte Juden gehören: das KdW, das Wertheim und die Läden von Tietz. Man muss sie in ihre Schranken weisen, das ist wahr."

Dabei hatte er aber das Berliner Tageblatt nicht vor Augen.

Die Wochen ziehen vorüber, Wochen, in denen sich Hildegards Sorgen nach und nach zu immer dunkleren und schwärzeren Wolkentürmen zusammenballen. Was soll nur aus Hans werden? Und dabei geht es ja nicht nur um Hans, sie macht sich Sorgen um die Zukunft von allen vier Jungen, bei jedem auf eine andere Weise.

Wohin?, fragt sie sich. Und wird es nie wieder Frieden zwischen ihnen und Günthers geben können? Sie weiß, dass Siegfried und Werner einander von Zeit zu Zeit treffen, sie und Freda auch. Aber die vertraute Viererrunde?

Kurz vor Weihnachten schaut sie sich mit Siegfried den Film „Im Westen nichts Neues" an. Die Bilder auf der Leinwand ziehen Hildegard vollkommen in ihren Bann, es ist, als würde sie alles noch einmal erleben. Sie sieht den jungen Mann, der sich mit großer Begeisterung der deutschen Armee anschließt. Sie erlebt wieder die Schützengräben, genau so, wie sie der verstümmelte Patient beschrieben hat: den Schlamm, die Stacheldrahtrollen, die Panzer, die auf einen zurollen. Bei jeder Granatenexplosion zuckt ihr Körper zusammen, die barbarische Brutalität der modernen Kriegführung wird Realität. Und sie sieht, wie der junge Mann vor lauter Ernüchterung immer älter wirkt. „Was für ein Meisterwerk!", sagt sie nach der Vorstellung zu Siegfried.

„Das ist ein amerikanisches Zerrbild", erwidert er. „Denen geht es doch nur darum, deutsche junge Männer davon abzuhalten, die Reichswehr zu unterstützen."

Wie weit mein Mann und ich bei so vielen Dingen auseinanderliegen, überlegt sie am Abend, als sie zu Bett gegangen ist. Wie wenig wir verstehen, was in dem anderen vorgeht.

Hans würde diesen Film verstehen, denkt sie sich. Aber sie hat keine Chance, mit ihm zu reden. Sie sehen sich eher selten und er stellt sich den Nazis immer beherzter entgegen.

Bevor Hans diesen Film sehen kann, verschwindet er aus den deutschen Kinos. Wie schade, denkt Hildegard, was für ein Verlust.

Eines Morgens sagt Siegfried ganz beiläufig: „Es gibt im Bahnhof Friedrichstraße ein gutes Restaurant. Wir treffen uns dort heute Abend mit Werner und seiner Frau."

Hildegards Kinnlade fällt beinahe herunter. Sie spürt, wie Freude in ihr aufwallt, und ist so froh darüber, dass sie nahezu explodiert. Einfach nur so, „wir treffen uns mit Werner und seiner Frau", als ab das die natürlichste Sache der Welt wäre. Und sie hat noch nicht einmal etwas dafür getan …

„… nächsten Samstag."

Sie zwingt sich mit Macht in die Gegenwart zurück. „Entschuldige bitte, ich habe nicht verstanden, was du gesagt hast."

„Hildegard, du musst lernen dich zu konzentrieren, wenn ich mit dir rede. Ich habe gesagt, dass wir am kommenden Samstag auf den Ball des Bürgermeisters gehen werden."

„Das ist gut, Siegfried."

Er hätte ihr auch eröffnen können, dass sie eine Weltreise machen, sie hätte nicht glücklicher sein können.

Inzwischen sind die Dreißiger Jahre angebrochen, finster und kalt. Es wird immer deutlicher, dass die Regierung keinen Rat mehr weiß, wie sie mit dem alltäglichen Leid umgehen soll, das die Weltwirtschaftskrise mit sich bringt. Tausende von Betrieben und Banken brechen überall in Deutschland zusammen. Die Menschen verlieren ihre gesamten Ersparnisse, Millionen sind arbeitslos. Eltern können nicht mehr genug Essen für ihre Kinder auf den Tisch bringen, ältere Menschen können sich nicht mehr ausreichend Brennstoff kaufen, um im Warmen zu sitzen.

Und der Kampf um die Machtübernahme wütet unvermindert weiter, vor allem zwischen zwei Parteien: den Nazis und den Kommunisten. Zwischen der Hitler-Jugend und den jungen Kommunisten, der Rotfront, toben heftige Straßenkämpfe.

Oswald sehen sie nur noch selten, er ist inzwischen ein aktives Mitglied der Hitler-Jugend.

Gerüchte machen die Runde, üble Geschichten. „Meine Nichte arbeitet am Wannsee, sie ist Putzfrau und sie sagt, dass viele reiche Juden alles, was sie haben, verkaufen und nach Amerika gehen, alles für 'nen Appel und 'nen Ei, Frau Hildegard", erzählt Olga, während sie Hildegard die Haare macht.

Hildegard runzelt die Stirn. „Für 'nen Appel und 'nen Ei kommen sie nach Amerika?"

„Nein nein, Frau Hildegard, es kostet sehr viel Geld, nach Amerika zu fahren, aber sie verkaufen ihre Häuser und alles für ein Taschengeld, nur um wegzukommen."

Eine Wahl jagt die andere, keiner Partei gelingt es, eine ausreichende Mehrheit im Reichstag zu bekommen. „Wieder einmal schachmatt", sagt Siegfried ernst.

Anfang 1933 ernennt Reichspräsident von Hindenburg Hitler zum Reichskanzler. Hans schüttelt ungläubig den Kopf. „Dieser alte Mann ist verrückt geworden! Ausgerechnet Hitler!"

„Dein Vater meint, dass das die Lösung sein könnte", entgegnet Hildegard.

„Ich würde so etwas meinem Vater gegenüber nicht äußern, aber ich glaube, Hindenburg hat nicht mehr alle Tassen im Schrank."

„Nun ja, er ist ja auch schon ziemlich alt. Ich erinnere mich noch daran, wie der große Paul von Hindenburg 1914 aus dem Ruhestand zurückgeholt wurde, um die Führung der deutschen Armee zu übernehmen."

Hans pfeift zwischen den Zähnen. „Das ist ja fast zwanzig Jahre her. Damals war ich acht."

Eine Weile sitzen sie schweigend da, dann sagt er plötzlich: „Übrigens, ich habe bei der Anwaltskanzlei gekündigt."

Gekündigt?, fährt ihr der Schrecken in die Glieder. In dieser unsicheren wirtschaftlichen Lage kündigt er eine sichere Stelle? „Hans? Warum das denn?"

„Sie haben offiziell beschlossen, den jüdischen Mandanten nicht mehr zu helfen. Nicht einmal denen, die sie schon haben."

Sie schüttelt bedächtig den Kopf. „Deshalb hast du deinen eigenen offiziellen Beschluss gefasst?"

„Ja."

Sie weiß nicht, ob das richtig oder falsch ist, auf jeden Fall ist es zu plötzlich. Vielleicht ist sie dennoch stolz auf ihn, sie weiß es nicht. „Und jetzt? Was wirst du jetzt tun?"

Er schweigt lange, bevor er antwortet: „Das Berliner Tageblatt hat mir einen Vertrag als freier Mitarbeiter angeboten. Den habe ich angenommen."

Bis tief in die Nacht liegt sie wach und macht sich Sorgen um die Zukunft, um die politische Situation, die Wirtschaft, aber vor allem um Hans. Hans ist ein Freund geworden, denkt sie. Eigentlich sind Hans und Freda und vielleicht auch Frau Hoffmann die einzigen Menschen, mit denen sie wirklich reden kann.

„Siegfried wird explodieren", sagt Freda.

„Das ist er schon, Hans hat es ihm noch am selben Nachmittag erzählt. Eigentlich war das nur das Ende einer längeren Entwicklung, Freda. Schon seit geraumer Zeit schreibt Hans ab und zu diese Artikel. Und er ist jetzt siebenundzwanzig Jahre alt, es gibt also nicht viel, was sein Vater daran ändern könnte."

„Siegfried ist ein Machtmensch, ein Autokrat, der andere Meinungen nicht stehen lassen kann. Ich weiß wahrhaftig nicht, wie du es mit ihm aushältst."

Hildegard lächelt dünn. „So schlimm ist es nun wirklich nicht. Ich habe ein gutes Leben, meine Liebe."

Dir wird es niemals an etwas fehlen, erinnert sie sich plötzlich an die Worte ihres Vaters. Und der Herr Doktor ist immer noch ein gut aussehender und charmanter Mann, oder etwa nicht?

„Ja, nun … lass uns über etwas anderes sprechen. Andreas Mäkinen ist auch so ein altes Schätzchen, nicht wahr?"

Hildegard lacht amüsiert. „Ich weiß nicht, ob man Herrn Doktor Mäkinen ein Schätzchen nennen kann. Aber er ist ein begabter Mensch, ja."

„Du lieber Himmel, Hildegard, nenn doch den Mann bei seinem richtigen Namen! Er heißt Andreas und nicht Herr Doktor Mäkinen. Er ist der Teilhaber deines Mannes, du kennst ihn doch nun schon ein paar Jahre."

„Immerhin ist er älter als mein Vater." Hildegard faltet die Hände. „Siegfried habe ich noch bis kurz vor unserer Hochzeit mit Herr Doktor angesprochen."

Freda wirft den Kopf in den Nacken und lacht laut. „Und er hat dir sicher die Hand geküsst, oder?"

„Nun …"

„Nein, sag jetzt lieber nichts", entgegnet sie immer noch lachend. „Dass ihr beiden überhaupt je Kinder bekommen habt, ist und bleibt ein Wunder."

Vielleicht hat Siegfried doch recht – ihre liebe, fröhliche Freundin kann manchmal arg banal sein.

Eines Abends Anfang 1933 kommt Siegfried erst nach zehn Uhr aus dem Krankenhaus nach Hause. Hildegard ist noch wach, sie sitzt vor dem Kaminfeuer im Musikzimmer und hört eine neue Schallplatte auf dem Grammophon. „Komm, hör dir das an, das ist das Klavierkonzert von Maurice Ravel, das …"

„Anscheinend ist im Reichstagsgebäude ein Brand ausgebrochen", erwidert Siegfried und geht zum Grammophon. „Ich möchte hören, ob sie im Radio etwas dazu sagen." Er hebt die Nadel von der Schallplatte und schaltet das Radio an.

„Ein Brand?", fragt Hildegard, während sie vorsichtig die Schallplatte wegpackt.

„Das habe ich jedenfalls im Krankenhaus gehört. Die Feuerwehr ist schon da, anscheinend ist er wieder gelöscht worden."

Erst nach einer halben Stunde werden die ersten Berichte gesendet: Inzwischen ist der Brand gelöscht. Am Tatort haben die Feuerwehrmänner Bündel aus brennbarem Material gefunden – es geht also mit Sicherheit um Brandstiftung. Sie haben auch einen Verdächtigen, einen arbeitslosen Arbeiter mit starken kommunistischen Verbindungen, in Gewahrsam genommen.

„Das ist ein Zeichen der Vorsehung!“, brüllt Hitler durch den Äther. „Das ist das Zeichen, dass der kommunistische Aufstand bevorsteht.“

„Die Kommunisten, ja“, nickt Siegfried und schaltet das Radio ab. „Es ist spät, wir müssen schlafen gehen. Die Zeitungen werden die ganze Geschichte berichten.“

Das stattliche Reichstagsgebäude in Brand gesteckt?, überlegt Hildegard später im Bett. Ihr Vater hat recht – den Bolschewisten kann man nirgendwo trauen.

Während der folgenden paar Tage wird die ganze Geschichte auf den Titelblättern im ganzen Land breitgetreten.

Doch auch andere Geschichten machen die Runde. Ist das wirklich das Werk der Bolschewisten, der Kommunistischen Partei Deutschlands gewesen? Oder sind Hitlers eigene Leute für die Brandstiftung verantwortlich und haben dafür gesorgt, dass die Kommunisten blamiert und diffamiert werden?

Gerüchte über mitternächtliche Verhaftungen nehmen zu, es wird über Menschen geflüstert, die gefoltert werden und verschwinden.

Das Berliner Tageblatt fragt ganz offen heraus: Wie überzeugend sind die Beweise dafür, dass der Beschuldigte die Tat im Auftrag der Kommunisten ausgeführt hat? Und reicht der Brand wirklich als Begründung für die Ausrufung des Notstandes aus?

Der Redakteur des Berliner Tageblatts wird sofort entlassen und flieht außer Landes. „Dieser Theodor Wolff ist, soweit ich weiß, auch jüdischer Abstammung“, sagt Werner. „Wo es Probleme gibt, muss man nur ein bisschen kratzen und jedes Mal findet man dabei jüdisches Blut.“

„Durch den Brand ist der Boden unter meinen Füßen für mich zu heiß geworden", sagt Hans am nächsten Tag. „Ich wollte schon lange eine Reise machen und ich denke, jetzt ist der richtige Augenblick dafür."

„Du hast schon eine Weile davon gesprochen, ja. Du wolltest nach Afrika, wenn ich mich richtig erinnere", erwidert Hildegard.

Hans nickt. „Ich möchte vor allem die ehemaligen deutschen Kolonien besuchen. Tanganjika, Kamerun, Togo, Deutsch-Südwestafrika. Ich möchte sehen, wie es dort zwanzig Jahre nach dem Ende der deutschen Herrschaft aussieht. In manchen Gegenden wohnen immer noch Deutsche. Vielleicht kann ich in Schwarzafrika ein paar Artikel über Deutschland schreiben."

Sie überlegt einen Moment, dann muss sie unwillkürlich lachen. „Ich habe vor vielen Jahren jemanden kennengelernt, der aus Deutsch-Südwestafrika stammt und zum Studium nach Königsberg gekommen ist."

„Es sind genau solche Leute, die ich aufsuchen möchte", entgegnet Hans enthusiastisch. „Ich habe einen Kommilitonen aus Tanganjika gehabt, dem alten Deutsch-Ostafrika, aber er meinte, dass die Deutschen in diesen Gebieten nur sehr dünn gesät sind, die Engländer haben alles übernommen. Doch soweit ich weiß, gibt es in Südwest noch eine starke deutsche Kultur. Kannst du dich noch an den Namen dieser Person erinnern?"

„Gustav."

„Gustav und weiter?"

Sie lächelt verlegen. „Das weiß ich nicht. Das hilft dir nicht viel weiter, stimmt's?"

„Nei-ein, nicht wirklich. Gustav ist nicht gerade ein seltener deutscher Name. Warte einen Moment, ist das nicht der junge Mann, mit dem du auf dem Klavierhocker gefüßelt hast?"

Sie merkt, wie sie im Gesicht rot wird. „Ich habe gar nicht …"

Doch dann fängt er an zu lachen. „Ich sag dir was: Wenn ich einen Gustav in Deutsch-Südwest treffen sollte, werde ich ihn fragen, ob er eine Hildegard aus Königsberg gekannt hat."

„Nein, nein, lieber nicht", entgegnet sie schnell. „Ich war damals nur ein kleines Mädchen, sicher könnte er sich nicht mehr an mich erinnern."

Abends holt sie ihren alten Atlas hervor und sucht die Gebiete:

Deutsch-Ostafrika, Kamerun, Togo, Deutsch-Südwestafrika. Sie sind alle noch da – das Deutsche Reich aus der Zeit vor dem Weltkrieg. In alten Büchern lebt es noch weiter.

Auch die Bleistiftstriche aus dem Weltkrieg sind noch da. Und die großen Pfeile, mit denen Gustav ihr die Bündnissysteme erläutern wollte.

Manche Nächte sind finsterer als andere. Das weiß sie noch aus ihrer Kindheit. Manchmal hilft es dann, die Vorhänge zur Seite zu ziehen und eine Weile vor dem Fenster zu stehen. Aber manchmal auch nicht.

Heute Nacht hilft es nicht. Sie dreht sich vom Fenster weg, geht den dunklen Gang entlang und macht die Tür von Siegfrieds Zimmer auf. Sie kriecht unter seine Decke und schmiegt sich an seinen großen Körper.

Manchmal wird er wach, dann legt er seinen Arm um sie und zieht sie zu sich heran. Sie liebt seine warme Zärtlichkeit. Doch heute Nacht ist eine der Nächte, in denen er nicht einmal merkt, dass sie da ist.

Sie tut das nur, wenn die Nacht zu finster ist, denn sie möchte ihn ja nicht stören, schließlich braucht er seine Nachtruhe.

Früh am Morgen, noch bevor es hell wird, schleicht sie dann wieder in ihr Zimmer zurück.

Ich kann nicht anders, ich muss ihn „Herr Doktor Mäkinen" nennen, denkt Hildegard, als sie den ehrwürdigen Mann neben sich betrachtet. Er ist etwas kleiner als die meisten Männer, von rundlicher Gestalt, mit einer rosa Glatze und nur sehr wenigen Haaren. Er trägt immer einen Dreiteiler: Hose, Jacke, Weste, für gewöhnlich alles in Grau. Seine Finger, mit denen er die Taschenuhr aus der Westentasche zieht, sind kräftig und kurz – ganz anders als Siegfrieds lange, schmale Finger.

„Herr Doktor, möchten Sie noch ein Stückchen Apfelkuchen?", fragt sie.

„Ja, gern, das ist sehr nett, danke, Hildegard."

Egal was Freda sagt, sie wird ihn nie mit Andreas ansprechen können.

Und vielleicht ist er tatsächlich ein Schätzchen, denn er hat seine eigene, vorsichtige Meinung zu den Dingen, eine Meinung, die sich manchmal grundlegend von Siegfrieds und Werners Ansichten unterscheidet.

„Ich weiß einfach nicht. Dieser Hitler hat jetzt zu viel Macht. Er hat schon alle Juden aus dem Staatsdienst entfernt, er kann jeden Tag die Pressefreiheit aufheben, wenn er Lust hat, kann er sogar die Oppositionsparteien verbieten."

„Große Machtfülle gehört zur deutschen Tradition, schon seit Jahrhunderten", entgegnet Werner. „Und Hitler ist dabei, die Wirtschaft wieder in Gang zu bekommen."

„Ja, das müssen wir erst einmal sehen. Ich sage nur: Er hat zu viel Macht. Schaut euch doch nur an, wie er seinen ehemaligen Vertrauten Röhm hat umbringen lassen."

Die Nacht der langen Messer, hat die Zeitung getitelt. Die Schlagzeilen, die Fotos und die Berichte spuken nun nachts wie riesige Vampire durch Hildegards Träume.

Nach vielen Wochen bekommen sie eine Postkarte von Hans. Er ist sicher in der Walfischbucht angekommen. Die Seereise ist gut verlaufen, sieht man einmal von zwei furchtbaren Stürmen in der Umgebung des Äquators ab. Er fährt nun mit dem Zug nach Windhuk, von dort aus möchte er versuchen, ins Landesinnere zu reisen.

Sein zweiter Brief zwei Monate später ist sehr viel ausführlicher. Hildegard fühlt sich wie ein Kind, das ein Päckchen bekommen hat – sie kann es beinahe nicht abwarten, bis Siegfried nach Hause kommt, sodass sie den Brief öffnen können. Ich sehne mich sehr nach meinem Freund Hans, wird ihr klar.

> Er sitzt in einem Hotelzimmer in Windhuk, schreibt er. Das ist hier die größte Stadt – so groß wie ein Dorf bei uns. Das Witzigste ist, dass sie hier stolz auf ihre „alten Gebäude" sind, dabei ist das älteste gerade einmal fünfzig Jahre alt!

Er berichtet über die deutschen Straßennamen: Kaiserstrasse, Bismarckstrasse, Leutweinstrasse, Lutherstrasse, Lillian-Krone-Strasse, Schillerstrasse und Schanzenstrasse. Er beschreibt die großen deutschen Geschäfte mit aus der Heimat importierten Waren: Metje & Ziegler, Woermann & Brock, Wecke & Voigts.

Hier gibt es sogar eine Tageszeitung, die „Allgemeine Zeitung". Vielleicht schreibe ich für sie einen Artikel.

Er beschreibt die wunderschöne Christuskirche oben auf einem Hügel in der Mitte von Windhuk. Die Bleiglasfenster waren ein Geschenk Kaiser Wilhelms II. und die Kanzelbibel wurde von seiner Frau Alexandra gestiftet.

Er erzählt die Geschichte von den drei Burgen am Berg und von dem Tintenpalast, in dem die alte Kolonialverwaltung ihr Hauptquartier hatte. Es ist überraschend, hier in diesem staubtrockenen und glutheißen Land auf der anderen Seite des Erdballs ein Stück Deutschland zu finden. Alles kommt einem in einem Moment so vertraut und im nächsten so fremd vor. Die Sprache und die Gewohnheiten sind zwar bekannt, aber der Boden unter den Füßen ist sandig und der Himmel ist jeden Tag wolkenlos und tiefblau.

Die „Alte Feste" ist das Fort, in dem die Schutztruppe zuerst stationiert war, liest Hildegard. Sie muss lächeln. Die Schutztruppe, ein Wort aus meinen Kindheitstagen auf der Terrasse zusammen mit Gustav, erinnert sie sich.

Ich lerne auch eine neue Sprache, Afrikaans – sehr interessant, sie gehört erkennbar zur deutschen Sprachfamilie, schreibt Hans. Bestimmt die Hälfte der Europäer, die hier in Südwest wohnen, spricht Afrikaans, ein Großteil der Bevölkerung spricht Deutsch und lebt auch nach typisch deutschen Traditionen und eine kleine Gruppe ist englischsprachig.

Ich bin vier Wochen lang durch die Gegenden im Norden von Windhuk gereist. Die Hauptstraße in den Norden ist ein zweispuriger Feldweg durch hohe Sanddünen, auf dem man alle paar Kilometer auf ein Tor stößt – wir haben am ersten Tag für die siebzig Kilometer zwischen Windhuk und Okahandja fast sechs Stunden gebraucht. Das ist die schlimmste Straße, auf der ich je gefahren bin, aber ich fürchte, sie bereitet mich auf meine weiteren Reisen durch Afrika vor.

Das Wunderbarste hier ist das Land selbst, seine Naturschönheiten. Ich wollte, ich könnte die richtigen Worte finden, um sie zu beschreiben – die Farben, die Dünen und das flache Land, die schroffen Berge, die unglaubliche Trockenheit dieser unberührten Welt. Vor allem fasziniert mich jedoch das Wechselspiel der Farben.

Dann gibt es hier wilde Tiere, Gazellen, die unsereins gar nicht kennt, Springböcke, Gämsen, Kudus und Antilopen. Den kleinen Steinbock mit seinen großen Ohren, die langmähnigen Löwen, die man nachts brüllen hört. Sie alle tragen die Farben dieses Landes in ihrem Fell.

Und dann sind da noch die Bewohner, herzliche Menschen, die nah an der guten Natur leben, die hier auf diesem dürren Boden hart für ihr tägliches Brot arbeiten und das im Überfluss bekommen.

Es ist so friedlich hier – offen und weit und still. Hier lässt es sich leben.

Was hat es nur mit diesem Land an der südlichen Spitze von Afrika auf sich, dass die Menschen es so preisen?, überlegt Hildegard bis tief in die Nacht hinein und erinnert sich glasklar an die Sehnsucht, die sie in Gustavs Augen gesehen und in seiner Stimme gehört hat. Ja, Hildegard, ich sehne mich nach meinem Land voller Sonnenschein am anderen Ende des Meeres, hat er gesagt.

In Deutschland ist es kalt und nass und Frieden sieht anders aus. Die Zeitungen tragen schwer an den Fotos von den Flammen, die in die Luft schlagen, während zwanzigtausend Bücher von unerwünschten Autoren auf einem Scheiterhaufen mitten auf dem Opernplatz verbrannt werden.

Die Hexenjagd richtet sich auch gegen Menschen: Juden, Sinti und Roma, Menschen mit Behinderungen, Zeugen Jehovas und einige politische Gegner Hitlers.

Jedes Mal wenn Olga ihr wieder eine Schauergeschichte aus der Gerüchteküche erzählt, ist Hildegard wie vom Donner gerührt. „Wie könnt ihr das einfach so hinnehmen?", fragt sie eines Nachmittags Freda. „Das sind Deutsche wie du und ich, die da verfolgt werden."

„Werner sagt immer, dass man das größere Bild betrachten muss, meine Liebe", antwortet Freda ruhig. „Ich glaube, dass alles dem Wohl Deutschlands und der arischen Herrenrasse untergeordnet werden muss."

Verdutzt runzelt Hildegard die Stirn und schüttelt bedächtig den Kopf. „Du hörst dich schon an wie die Nationalsozialisten."

„Ich bin eine von ihnen, Hildegard. Ich bin stolz darauf, eine Deutsche zu sein, und ich will Deutschlands Ehre wiederhergestellt sehen, ja. Du doch auch. Gut, dann heißt das nationalsozialistisch. Und jeder stolze Deutsche, der die Ehre Deutschlands wiederhergestellt sehen möchte, ist Nationalsozialist. Ich auch, sogar ganz offiziell. Und du solltest aufpassen, bevor du den Mund auftust, sonst bringt dich das eines Tages in große Schwierigkeiten."

„Meinst du?"

Freda macht eine abwehrende Handbewegung. „Ja, gut, ich lerne auch aus meinen Fehlern. Vergiss jetzt die ganze Geschichte und gib uns beiden lieber noch ein Stück von deinem Käsekuchen."

Was soll Marie Antoinette nochmal gesagt haben? „Wenn die Arbeiter kein Brot haben, dann sollen sie Kuchen essen"? Oder wie war das mit Nero, der die Leier gespielt haben soll, während Rom in Flammen stand?

Es wird Winter in Europa, grau und kalt. Doch der nächste Brief von Hans bringt ein Stückchen des Sommers der Südhalbkugel in Hildegards Herz. Sie streicht über den Umschlag mit der unbekannten Briefmarke. Aus Afrikas Urwäldern und Ebenen hat der Brief seinen Weg bis in dieses vornehme Haus in Berlin gefunden. „Hans hat geschrieben, ich habe den Brief noch nicht geöffnet", teilt sie Siegfried schon vor dem Abendessen mit.

„Wurde aber auch höchste Zeit. Der Junge könnte tot sein und wir hätten es noch nicht einmal mitbekommen."

Sie zögert einen Augenblick. „Soll ich ihn öffnen?“

„Lies ihn ruhig schon mal, ich lese ihn dann nach dem Essen“, antwortet Siegfried und vergräbt sich in die Zeitung.

Ich bin jetzt in Tanganjika, schreibt Hans. Hier ist wenig von der deutschen Vergangenheit zu spüren und anders als in Südwest höre ich hier auch nur Englisch. Es ist auch noch sehr urwüchsig hier, alles ist sehr viel weniger entwickelt als in Südwest.

Eine Sache, die unglaublich ist, sind die Ebenen voller Tiere. Wilde Tiere, Zebras, Giraffen mit ihren langen Hälsen, Wasserbüffel. Hier gibt es auch Löwen und Leoparden, Hyänen (ich glaube, das ist eine Wolfsart) und Schakale. Nachts hört man es überall brüllen, kreischen und heulen.

Sie schaut auf. „Hans beschreibt die Ebenen Afrikas auf eine Weise, dass man das Gefühl bekommt, dort neben ihm zu stehen“, sagt sie lächelnd.

„Ich versuche mich auf den Artikel zu konzentrieren, den ich gerade lese. Bitte.“

Sie wendet ihren Blick wieder dem Brief zu. Manchmal bin ich einsam, obwohl dein Vater im Zimmer ist, Hans, redet sie im Stillen mit ihrem Stiefsohn, der wie ein Freund für sie ist.

Es ist unbeschreiblich heiß hier, schreibt Hans weiter. Zwischen elf Uhr morgens und drei Uhr nachmittags muss man im Haus bleiben. Hier gibt es Stechfliegen, deren Stiche so brennen, dass die Haut weiß und heiß wird, und in der Abenddämmerung kommen Wolken von Moskitos, die wir mit Zweigen wegscheuchen. Es sieht so aus, als würden sie die Einheimischen kaum stören – ich finde sie jedoch sehr lästig und unangenehm.

Von hier aus möchte ich weiter nach Togo und Kamerun, dann wieder zurück nach Südwest. Möglicherweise kann ich bei einer Anwaltskanzlei in Windhuk Arbeit finden, ich würde gern etwa drei Jahre dort bleiben. Das Land und die Menschen regen meine Fantasie an.

Aber all das liegt noch in der Zukunft – vielleicht komme

ich auch nach Deutschland zurück und lasse mich dort nieder. Im Augenblick sitze ich in einem Hotel in Dar-Es-Salam und trinke einen kalten Genever, der soll angeblich gegen die Moskitos helfen.
So weit fürs Erste.

Viele Grüße von dem verlorenen Sohn
Hans von Stein

Hildegard faltet den Brief vorsichtig wieder zusammen und legt ihn auf die Anrichte, damit Siegfried ihn auch lesen kann. „Hans hört sich glücklich an, darüber bin ich froh“, sagt sie später am Tisch.

„Er ist ein Mann von beinahe dreißig Jahren“, entgegnet Siegfried streng. „Er sollte seine Herumreiserei sein lassen, hierher zurückkommen und sich endlich eine eigene Kanzlei aufbauen.“

Mitten im Winter kommt Siegfried eines Nachmittags früher nach Hause als gewöhnlich, sehr viel früher, und geht direkt ins Musikzimmer, wo Hildegard Klavier spielt.

Augenblicklich unterbricht sie ihr Spiel und schaut auf. An seinem verschlossenen Gesicht erkennt sie, dass etwas nicht in Ordnung ist. „Siegfried, was ist los?“

Er antwortet nicht, sondern hält ihr mit zitternder Hand ein Telegramm hin.

Mit einem Mal wird ihr Mund staubtrocken. Ist etwas mit einem der Kinder passiert? Ihrem Vater? Oswald, der bald …?

Langsam faltet sie das Blatt auseinander. Dann runzelt sie die Stirn. „Malaria?“

„Sumpffieber. Eine tödliche Tropenkrankheit. Wird durch Moskitos übertragen.“

„Siegfried? Tödlich?“

Doch er dreht sich um und geht hinaus, ohne ihr zu antworten.

Ihr wird kälter und kälter, während sie auf die getippten Buchstaben auf dem Papier starrt.

HERR DOKTOR SIEGFRIED VON STEIN +++ BEDAUERE IHNEN MITTEILEN ZU MÜSSEN DASS IHR SOHN HANS PETER VON STEIN WEGEN MALARIA IN UNSER KRANKENHAUS EINGELIEFERT WORDEN IST +++ BEFINDET SICH IN KRITISCHEM ZUSTAND +++ TUN ALLES IN UNSERER MACHT STEHENDE +++ DOKTOR ARTHUR BROWN +++ ARUSHA

Es kommt ihr vor, als würden die Worte gar keinen Sinn ergeben.

Bedächtig steht sie auf und geht in die Küche, wo Frau Hoffmann am Küchentisch sitzt und das Kupfergeschirr poliert.

Erschöpft lässt Hildegard sich ihr gegenüber auf einen Küchenstuhl sacken und reicht ihr das Telegramm.

Frau Hoffmann schaut auf. „Ich … lese nicht", sagt sie.

Frau Hoffmann liest nicht? Bedeutet das, dass sie nicht lesen kann? „Hans hat Malaria, das ist eine tödliche Tropenkrankheit."

„Hans?"

„Er liegt irgendwo in Afrika im Krankenhaus, in einem Ort namens Arusha."

Im nächsten Moment steht Olga mit bleichem Gesicht neben ihr. „Frau Hildegard, oh weh oh weh, bedeutet das, dass Herr Hans jetzt stirbt?"

„Olga!", ruft Frau Hoffmann entsetzt aus.

„Das könnte passieren, Olga", antwortet Hildegard mit einer Stimme, die sich in ihren Ohren wie tot anhört.

Die junge Frau klappt nach vorn, sinkt auf die Knie und presst ihren Kopf zwischen ihre Knie. „Herr hilf, ach Herrgott hilf doch!", stöhnt sie.

„Olga! Reiß dich zusammen!"

Doch das Zimmermädchen hört nicht auf die strenge Stimme von Frau Hoffmann. Es sind die rauen Töne aus längst vergangenen Zeiten, die aus ihr herausbrechen. Wie Wasser strömen sie unaufhaltsam auf den Boden und erfüllen den ganzen Raum.

Und plötzlich erinnert sich Hildegard: das gerötete Gesicht des einfältigen Kindes, seine glänzenden Augen, seinen überhasteten Abgang, nachdem es das Kaffeegeschirr abgestellt hat. Sie legt ihre Hand auf den Kopf des Zimmermädchens, seine Haare fühlen sich an wie die Schale einer Kokosnuss. „Lassen Sie es gut sein, Frau Hoffmann. Sie steht auch unter Schock."

Entschlossen steht die Haushälterin auf, lässt den Kessel voller Wasser laufen und stellt ihn auf den Herd.

Plötzlich schaut Olga auf. „Frau Hildegard wir müssen für Hans beten, wir müssen im Gebet ringen, dann wird der Herr nicht zulassen, dass Hans etwas passiert, wir müssen beten", sagt sie in dringlichem Tonfall.

Zwei Tage lang betet Hildegard so, wie sie zuletzt als kleines Kind gebetet hat. Sie fleht den Herrn an, so wie Nanny es ihr beigebracht hat, dass er Hans verschonen möge.

Die Abende sind stockdunkel und bitter einsam, denn Siegfrieds Zimmertür bleibt verschlossen.

Und zwei Tage später trifft das nächste Telegramm von der anderen Seite der Erde ein – und mit ihm kommt die niederschmetternde Nachricht.

Das ist nicht möglich, es ist nur ein furchtbarer Alptraum, denkt Hildegard. Aber sie wacht nicht daraus auf. Es bleibt einfach nur finstere, leere Nacht, tagelang.

„Ich fahre für ein paar Tage weg", verkündet Siegfried noch am selben Nachmittag. Dabei schaut er sie nicht einmal an.

„Hättest du gern, dass ich mitkomme?"

Er schüttelt den Kopf und zieht die Tür hinter sich ins Schloss.

Die Trauerfeier in der Kaiser-Wilhelm-Gedächtniskirche findet ohne die Leiche statt. Es wird auch nie ein Grab geben, denn das befindet sich irgendwo in den tropischen Wäldern oder auf den weiten Ebenen Afrikas, am Fuß des Kilimanjaro – der „Kaiser-Wilhelm-Spitze", wie er in Hildegards altem Atlas heißt, der aus der Zeit stammt, als Tanganjika noch Deutsch-Ostafrika gewesen ist.

Olga packt wieder Hildegards schwarze Trauerkleidung aus. Während sie sie wäscht und bügelt, die schwarzen Schuhe putzt und die schwarzen Hüte stärkt, weint sie.

Ich wollte, ich könnte so weinen wie Olga, so ohne irgendeinen Schein wahren oder sich zurückhalten zu müssen, so einfach aus meinem zerbrochenen Herzen heraus, denkt Hildegard an manchen Tagen. Aber ihre Trauer bleibt diszipliniert tief in ihr verschlossen.

Nach der Trauerfeier fährt Siegfried fort mit seinem Leben. Er ist allerdings sehr viel stiller als gewöhnlich. Er lädt keine Freunde mehr zum Essen oder für Musikabende ein, sie besuchen auch keine Vorstellungen mehr und gehen auch sonst nicht mehr aus. Ihr soziales Leben liegt brach. Für gewöhnlich geht er morgens in sein Sprechzimmer, liest vor dem Abendessen seine Zeitung und verkündet abends um zehn Uhr: „Ich gehe jetzt auf mein Zimmer. Gute Nacht, Hildegard."

„Gute Nacht, Siegfried. Schlaf gut."

In den finsteren Nächten bleibt seine Zimmertür geschlossen.

Im Sommer des Jahres 1936 finden in Berlin die Olympischen Spiele statt.

Hildegard wird nun durch die damit verbundene Aufregung völlig in den Bann geschlagen. Die Zeitungen quellen täglich von frischen Nachrichten über: Ein neues Stadion für die Bahn- und Feldsportarten wird gebaut, es soll hunderttausend Sitzplätze bekommen – kein Stadion der Welt ist größer.

Auch aus dem Radio strömen beinahe täglich landesweit neue Erkenntnisse durch die Ätherwellen: Zum ersten Mal in der Geschichte wird die Welt eine Fernsehübertragung erleben. Die Deutsche Reichspost plant, ausgerüstet durch die Technik der etablierten deutschen Firma Telefunken, über siebzig Stunden Live-Übertragungen zu senden.

Diese Sendungen werden mit speziellen Bildgeräten an verschiedenen Orten in Berlin und Potsdam zu empfangen sein.

„Mutter, kannst du dir das vorstellen? Das deutsche Radionetz kann mehr als vierzig Länder abdecken", verkündet Karl stolz. „Das ist ein weiterer Beweis für unsere technische Vorreiterrolle."

Karl ist erst sechzehn, was weiß er schon von der ‚deutschen technischen Vorreiterrolle', fragt sich Hildegard. Andererseits hat sie auch mit sechzehn bereits alles über Senfgas, Wundbrand und die Folgen von Amputationen gewusst.

Die Zeitungen berichten, dass Juden und gewisse andere unerwünschte Personen nicht zur Teilnahme an den Spielen zugelassen werden. Doch als daraufhin verschiedene Länder damit drohen, die Spiele ganz zu boykottieren, wird das hastig wieder zurückgenommen. Eine halbjüdische Athletin, Helene Mayer, wird sogar in die deutsche Olympiamannschaft aufgenommen.

Hildegard schüttelt nur den Kopf, weil sie diese starken antisemitischen Abneigungen immer noch nicht nachvollziehen kann.

„Die Polizei hat alle Hände voll zu tun, um die Zigeuner in Berlin einzusammeln", erzählt Olga mit großen Augen. „Alle wissen es, sie sagen, die SS fängt sie ein und bringt sie in ein spezielles Lager, wo sie bis nach den Spielen bleiben müssen, so sagen es die Leute, Frau Hildegard."

„Ach, Olga, ich weiß nicht, ob das so stimmt."

„Nein Frau Hildegard, also wirklich, ich lüge doch nicht, das ist alles wahr."

„Das ist die Wahrheit, ja", bekräftigt Oswald, als er wieder einmal zum Essen kommt. „Ganze Lastwagenladungen von ihnen werden nach Berlin-Marzahn in ein Konzentrationslager gebracht. Und mit Sicherheit nicht nur bis nach den Spielen."

„Sie wollen Berlin säubern, alles Unerwünschte muss weg", erwidert Siegfried. Er klingt zufrieden. Doch in dieser Nacht kann Hildegard nicht schlafen.

Am 1. August wohnen Siegfried und Hildegard mit Werner und Freda der Eröffnungsfeier der Olympischen Spiele bei.

Das große, nagelneue Stadion ist bis auf den letzten Platz mit Menschen gefüllt. Davor sind die Zeichen des Nationalsozialismus unübersehbar: Fahnen wehen und große, schwarze Hakenkreuze hängen an Bäumen und Laternenpfählen. Hitler selbst eröffnet die Spiele aus seiner eigenen Loge heraus, hoch oben in den Zuschauerrängen. Die Massen jubeln ihm stehend zu, der Applaus hält minutenlang an. „Heil Hitler! Heil Hitler!", rufen sie.

Und schließlich ist die Euphorie der großen Spiele wieder vorbei, die Schilder „Für Juden verboten" tauchen zehnmal so häufig auf wie davor und die Gerüchte über Verfolgungen werden immer lauter.

Weihnachten kommt und geht wieder. „Ich möchte in den Weihnachtsgottesdienst in die Gedächtniskirche gehen", sagt Hildegard zu Siegfried.

„Geh ruhig. Ich sage Klaus, dass er dich hinfahren soll."

Weder Karl noch Johann möchten mitgehen. Oswald fragt sie erst gar nicht, sondern sie geht allein.

Es ist ein sehr einsames Weihnachten und sie sehnt sich nach Hans, der wie ein Freund für sie war.

Im neuen Jahr wird Oswald befördert. Er steigt schnell in den Rängen der SS auf. Zu schnell.

Karl ist siebzehn, er muss nach den langen Sommerferien auf die Universität. „Ich möchte Medizin studieren, ja", erklärt er seinem Vater, „aber ich würde gern in München studieren, nicht in Heidelberg."

„Hans war auch in Heidelberg, das ist eine sehr gute Universität."

„Aber ich bin nicht Hans, Vater."

Hans' Name liegt immer noch wie ein schwerer Mühlstein in ihrer Mitte.

Weder Karl noch Johann besprechen jemals ernste Angelegenheiten mit Hildegard. Hier und da fragen sie sie einmal nach ihrer Meinung über eine neue Freundin, die sie kennengelernt haben, und vielleicht danach, in welche Musikvorstellung oder Ballettaufführung sie sie mitnehmen sollten. Doch das ist alles.

In den letzten Wintermonaten des darauffolgenden Jahres 1938 marschiert Deutschland in Österreich ein, ohne dass es dabei Widerstand gibt. Im Gegenteil, die Truppen werden mit Blumen begrüßt und in den Straßen bejubelt. Die Deutschen im Reich und in Österreich sind nun vereinigt – „Anschluss" nennen das die Leute. Siegfried ist zufrieden: Die Ausbreitung nach Osten hat begonnen.

Im Frühjahr 1938 hat der mit Wasserstoff gefüllte Zeppelin Hindenburg zum wiederholten Mal Lakehurst bei New York angeflogen. Doch dieses Mal läuft etwas schief und es kommt zu einer schrecklichen Explosion des Luftschiffs. Die Flammen steigen hoch in den Himmel hinauf und schälen die dünne Membranhülle vom

Luftschiffrumpf herunter, sodass nur das verbogene Stahlgerippe zurückbleibt. Die Katastrophe fordert sechsunddreißig Menschenleben. Durch die Zeitungen werden die Bilder des brennenden Luftschiffs überall in der Welt verbreitet. Als Konsequenz aus der Katastrophe werden sofort alle Luftschifffahrten eingestellt. „Jetzt werde ich sicher nie nach Amerika fliegen“, stellt Freda enttäuscht fest.

Im Herbst 1938 schließen Deutschland, England, Frankreich und Italien das Münchner Abkommen. Das Sudetenland mit seiner deutschen Bevölkerung wird Teil des Großdeutschen Reiches. „Frieden in unserer Zeit“, nennt das der britische Premierminister Chamberlain.

Sind das nicht dieselben Worte, die ein früherer britischer Premierminister nach dem Berliner Kongress gesagt hat?, versucht sich Hildegard zu erinnern. Und das ist schon damals eine Lüge gewesen.

„Der Friede kann warten, jetzt sind wir auf dem Siegeszug“, ruft Oswald triumphierend aus.

Eines Abends, tief im Winter 1938, gehen Siegfried und Hildegard zusammen mit Freunden aus. Das Symphonieorchester spielt, dirigiert von Herbert von Karajan. „Das ist wirklich Musik vom Feinsten“, verkündet Andreas Mäkinen bewundernd. „Kristallklare Klänge in dieser kristallklaren Nacht.“

Freda hakt sich bei Hildegard unter. „Glaubst du, das alte Schätzchen ist verliebt?“

„Benimm dich!“, weist sie Hildegard leise zurecht.

Doch während sie im Staatstheater sitzen und auf die Klänge der alten Meister lauschen, erfüllen ganz andere Töne die Straßen der deutschen Städte. Mitglieder von Hitlers SA überfallen mehr als siebentausend jüdische Geschäfte und Betriebe. Mit Gewehrkolben, Knüppeln und Besenstielen schlagen sie die Schaufensterscheiben ein – die Glasscherben liegen auf den Straßen und Bürgersteigen zwischen Müll und Schneekristallen. Tausende jüdischer Häuser werden geplündert, zweihundert Synagogen in Brand gesteckt, jüdische Friedhöfe verwüstet. Dreißigtausend Juden werden inhaftiert und in Konzentrationslager gebracht.

Als Hildegard davon in der Zeitung liest, kommt in ihr ein elendes Gefühl der Abneigung hoch. „Siegfried, was geht in unserem Land vor?“, fragt sie ihn entrüstet.

„Wir sind dabei, Deutschland von der Judenplage zu befreien, das ist alles“, antwortet er. „Freitag fahren wir nach Dresden, könntest du bitte Frau Hoffmann sagen, dass sie für sechs weitere Gäste Vorräte für das Wochenende einpacken soll?“

Bis weit nach Mitternacht liegt sie wach im Bett. Das Leben rennt an mir vorüber, denkt sie, und ich bin so furchtbar allein. Ich bin umgeben von Menschen, die sich Freunde nennen. Jede Woche gehe ich zu Aufführungen und Soirees, zu Morgentees und Picknicks, zu Musikabenden und Buchvorstellungen. Ich habe zwei gesunde Jungen, ich wohne in einem wunderschönen Haus, ich kenne die Welt.

Ich bin mit Sicherheit der undankbarste Mensch der Welt.

Und der einsamste.

„Ich muss etwas mit dir besprechen, mit dir allein“, sagt Freda eines Samstags während eines Abendessens bei gemeinsamen Freunden.

Hildegard runzelt die Stirn. „Ist irgendetwas?“

„Können wir uns am Montagmorgen auf einen Kaffee treffen? Im Tierpark-Restaurant? So gegen elf Uhr?“

„Freda? Was …?“

„Nichts, worüber du dir Gedanken machen solltest, ich möchte nur nicht hier darüber sprechen. Passt dir Montag?“

„Gut, um elf dann.“

Das ist nicht einfach nur nichts, denkt Hildegard, während Klaus sie am Montagmorgen in die Stadt fährt. Sie kennt ihre Freundin, da ist nicht einfach nur nichts.

„Du hast recht, es ist nicht einfach nur nichts“, erklärt Freda und spielt dabei mit ihrem Trauring. Verlegen schiebt sie die leere Kaffeetasse zur Seite und spielt mit dem Zuckerlöffel, der im Zuckerdöschen steckt.

Hildegard ist klar, dass sie versucht Zeit zu gewinnen. „Freda, was ist denn los?“

„Komm, wir vertreten uns etwas die Beine“, antwortet Freda und steht auf.

Sie gehen an den ersten Gehegen vorbei, betrachten die bunten Vögel von überall auf der Welt. „Ich gehe für eine unbestimmte Zeit weg“, verkündet Freda.

Nach Amerika? Aber der Zeppelin ist doch zu Asche verbrannt. „Weg? Wohin denn? Und warum?"

„Ich gehe in ein Sanatorium in der Schweiz."

„Ein Sanatorium? Wegen …?" Hildegard kann das Wort jedoch nicht laut aussprechen.

„Wegen einer Tuberkulosebehandlung, ja."

Hildegard bleibt stockstill stehen, das Geländer, das sie mit ihrer Hand umfasst, ist eiskalt.

Das kann doch nicht wahr sein! Tuberkulose? Schwindsucht? Doch nicht die fröhliche, verrückte Freda! „Bist du dir da sicher?"

„Ich bin bei Andreas gewesen, bei deinem Herrn Doktor Mäkinen. Er stellt keine Fehldiagnosen. Ich habe Tuberkulose, Hildegard. Es … ja, ich habe sie schon eine ganze Weile. Je schneller ich mit der Behandlung beginne, desto besser."

Hildegard ist wie vom Donner gerührt und weiß gar nicht, was sie sagen soll. Sie fühlt sich innerlich stumpf und leer. „Was sagt Werner dazu?"

Freda schaut sie nicht an. „Ihm habe ich es noch nicht gesagt. Niemand weiß davon, nur du und ich. Und natürlich der Arzt."

Nur du und ich. Hildegard fährt sich mit der Zunge über die trockenen Lippen. „Wann hast du davon erfahren?"

„Am Donnerstag. Vor fünf Tagen."

Und sie behält die Nachricht fünf Tage für sich allein?

Wie in Trance geht Hildegard langsam weiter. Ein Gehege nach dem anderen zieht an ihr vorbei: Affen, die mit langen Armen an trockenen Zweigen hängen, Gazellen aus den weiten Ebenen Afrikas, die etwas müde an einem Ballen trockenem Heu herumknabbern, eine Seekuh in einem kleinen, stinkenden Wasserbecken. „Wann musst du gehen?"

„So bald wie möglich. Nächste Woche, wenn es geht."

„Freda, es tut mir so leid. Ich …"

„Hör auf, dir um mich Sorgen zu machen. Und hör auf, so zu reden. Ich will nicht weinen, ich möchte lachen."

Schließlich bleiben sie vor einem Gehege stehen und betrachten die afrikanischen Löwen in ihrem riesenhaften Vogelkäfig. „Die sehnen sich bestimmt nach der weiten Savanne", sagt Freda.

Langsam fängt Hildegards Verstand wieder an zu arbeiten. „Ich weiß, dass du lachen möchtest. Aber Lachen macht dich nicht gesund, du musst ins Sanatorium fahren. Freda, du musst es auch Werner erzählen und deinen Kindern. Ihr müsst ein paar Dinge regeln."

„Du hast recht und das weiß ich auch. Aber können wir nicht heute Morgen einfach nur Spaß haben? Dann rede ich auch heute Nachmittag mit Werner, versprochen. Dann werde ich alles tun, was ich tun muss."

Wie? Wie um alles in der Welt? Was kann ich noch sagen?, überlegt Hildegard. Spaß?

Der Frühling liegt in der Luft, an den Bäumen sprießt schon das erste Grün, der Himmel über ihnen ist blau, die ersten Blumen zeigen sich. „Das ist die Jahreszeit des neuen Lebens", sagt sie schließlich.

„Vielleicht werde ich ja sogar gesund."

„Du wirst sicher gesund werden, das weiß ich. In ein paar Monaten schlagen wir hier auf den grünen Blumenwiesen Purzelbäume, du und ich."

„In ein paar Monaten ist wieder Winter, du Dummerchen. Dann rollen wir uns im Schnee", lacht Freda mit ihrem alten, fröhlichen Lachen.

Plötzlich kämpft Hildegard gegen einen Anfall von Trauer an, der über ihr hereinbricht, und sie möchte am liebsten fliehen. „Irgendwo macht jemand Musik, hörst du? Komm, wir schauen uns das an."

Sie folgen den Klängen der Musik. Das Spiel einer spanischen Gitarre lockt sie ins Restaurant zurück. Zur Mittagessenszeit gibt es dort ein Freilichtkonzert, zur Feier des ersten Frühlingstages.

Alle Tische unter den Bäumen sind besetzt, die Leute sitzen sogar auf Decken im Gras. „Komm, wir stellen uns einfach hier hin und schauen ein bisschen zu. Das ist fröhlich, oder?", sagt Freda mit gezwungener Heiterkeit.

Der fröhliche Tanz der Paare in ihren farbenfrohen Kleidern, die Musik und der Rhythmus, der ins Blut geht, die Kastagnetten, das Klatschen, der Klang von Tanzschritten auf dem Steinboden – das ist fröhlich.

Aber es ist alles nur Schein: Der klagende Schmerzensgesang der spanischen Gitarre verrät die Wahrheit. Betrauert sie das Schicksal von Tausenden Zigeunerfrauen, deren Wohnwagen abgebrannt am

Rand der Gesellschaft stehen? Der Tausenden von jüdischen Familien, die mit Zügen in die Arbeitslager gebracht worden sind? Erzählt sie die Geschichte von unbeantworteten Liebeserklärungen von Menschen, die zwar zusammenleben, aber einander dennoch fern sind? Trauert sie um das Gute, das gewesen ist, um die Verstorbenen, um Menschen, die sie noch nicht kennengelernt hat?

Weint die Musik wegen Freda?

„Nein, um alles in der Welt, diese Musik hört sich doch ziemlich traurig an“, bemerkt Freda beinahe fragend. „Komm, lass uns tanzen.“

Schon fangen ihre Finger an, mit imaginären Kastagnetten zu klappern, und ihre Füße tanzen im Rhythmus über das Gras. „Olé!“, ruft sie und dreht sich. „Tanz, Hildegard, tanz!“

Ich kann nicht, denkt Hildegard beinahe verzweifelt. „Freda, das solltest du nicht tun. Bitte!“

Plötzlich klappt Freda nach vorn und presst sich die Hände auf die Brust. Ein Hustenanfall übermannt sie, rau und schmerzhaft bricht es aus ihren Lungen heraus.

So wie bei den jungen Soldaten, die Senfgas eingeatmet hatten, denkt Hildegard entsetzt. Sie holt ihr Taschentuch hervor und reicht es Freda.

Freda schnappt nach Luft, sie keucht, ihre Brust pfeift, die Tränen laufen ihr über die Wangen. Ihr Gesicht ist ganz bleich und in ihren Augen liegt ein panischer Blick.

Hildegard legt den Arm um sie, dabei wird ihr bewusst, wie dünn sie geworden ist. „Komm, meine Liebe, wir müssen gehen.“

Langsam gehen sie auf das Eingangstor zu, Arm in Arm. „Ich habe Angst“, bekennt Freda.

Ich auch, denkt Hildegard. Ich habe furchtbare Angst. Aber das sagt sie lieber nicht.

Draußen warten geduldig zwei schwarze Autos, deren Fahrer aussteigen und ihnen jeweils die Tür aufhalten. „Schreibst du mir jede Woche? Versprichst du mir das?“, bittet Hildegard, während sie ihrer Freundin ins Auto hilft.

Nachdenklich schaut sie dem Wagen hinterher, bis er um die Ecke verschwunden ist. Dann erst steigt sie in ihren Mercedes. „Wir können fahren, danke, Klaus.“

„Haben Sie einen angenehmen Morgen gehabt?“

Sie überlegt lange. Dann schluckt sie schwer. „Jedenfalls ist es ein Morgen gewesen, an den ich mich immer erinnern werde."

Mit einem Mal verliert alles für sie an Bedeutung. Die Politiker spielen ihre eigenen Spielchen: Hitler, Mussolini, Chamberlain, Stalin, Roosevelt, Charles de Gaulle – der ganze muntere Haufen. Und wohin soll das alles ihrer Meinung nach führen?

Was gibt sie auf die hochgejubelten Verträge mit Italien und dem bolschewistischen Feind des Volkes, der Sowjetunion? Aus ihrer Kindheit weiß sie noch, dass Abkommen nicht einmal die Tinte wert sind, mit der sie unterschrieben werden.

Und welche Rolle spielt es, als Johann nicht mehr studieren möchte, sondern lieber zur Wehrmacht gehen will? Was hat sie als Mutter dazu überhaupt zu sagen? „Er ist ein vernünftiger und erwachsener junger Mann, der seine eigenen Entscheidungen treffen kann, Hildegard", ist Siegfrieds letztes Wort.

Welche Rolle spielen alle diese Dinge noch, wenn Fredas Briefe immer kürzer werden und immer nichtssagender?

Wenn Werner sich Urlaub nimmt, um bei ihr sein zu können, aber die wunderbare Wehrmacht die Freistellung innerhalb einer Woche wieder einkassiert?

Es ist schon spät am Abend, als sie die endgültige Nachricht erreicht. Werner ruft selbst an und redet mit Siegfried.

Es wird eine finstere Nacht. Langsam geht sie den langen Flur entlang und öffnet die Tür am Ende des Ganges.

Er hebt seinen Arm und sie kuschelt sich an seinen Körper. Er streicht ihr über das Haar, tröstend, so wie man ein Kind beruhigt.

Sie weint lautlos an seiner Brust.

Sie weint über ihre Freundin, die in den letzten Monaten ihres Lebens allein gewesen ist, ohne Vergnügungen. Die ihren Krieg gegen eine sich ausbreitende Krankheit verloren hat.

Sie weint über Hans, den Träumer Hans, der irgendwo in einem tropischen Krankenhaus, mit einem Ventilator an der Decke gegen die Hitze und die Fliegen, seinen Kampf verloren hat.

Sie weint über Patient Nr. 921, einen alten Mann von vierzig Jahren, einen Veteranen aus dem Weltkrieg, der jeden Tag auf der Straße sitzt und bettelt, sein Gesicht im Laufe der Jahre von der Sonne gegerbt.

Sie weint über die Kriegswolken, die tiefschwarz über ihnen hängen, über die Blitze, die überall einschlagen, unaufhaltsam.

Sie weint, damit ihr Mann sie fest an seine Brust drückt.

9. Kapitel

Schon seit Tagen haben sich die Stürme draußen zusammengebraut, die Wolken sind immer dichter geworden, das Wetter hat sich den ganzen Tag über verschlechtert. „Es zieht ein großer Sturm heran", hat Klaus am frühen Nachmittag gesagt und alle Fenster geschlossen. Als die Blitze am Himmel zucken, hat Frau Hoffmann die schweren Vorhänge im Musikzimmer zugezogen und Olga hat die Spiegel in den Schlafzimmern mit Laken verhängt – man weiß ja nie, wann ein Blitz bis in ein Zimmer hereindringt.

An den Landesgrenzen ist schon seit Tagen die Wehrmacht zusammengezogen worden.

Die drückende Stimmung und der heranziehende Sturm machen Hildegard beklommen. Die ‚Fantasie in c-moll' von Mozart hilft ihr auch nicht. Unruhig blättert sie durch ihre Noten, sie holt Brahms' ‚Ungarischen Tanz in fis-moll' zum Vorschein. Ihre Finger fliegen über die Tasten, die Noten tanzen durch ihren Geist. Und je schneller sie spielt, desto mehr wird sie mit hineingenommen – sie spielt die Welt da draußen aus dem Haus heraus.

Der Donner grollt durch die Luft, vor Schreck zuckt sie zusammen. Die Blitze zerschneiden den Himmel, die ersten Tropfen klatschen gegen die Scheibe. Als der Sturm sich erhebt, hört sie auf zu spielen.

In ihr braut sich ein ganz anderer Sturm zusammen.

Das wird eine lange und finstere Nacht werden.

„An der polnischen Grenze braut sich ein Unheil zusammen, sie verhalten sich von Tag zu Tag fordernder", hat Siegfried vor einer Woche gesagt. „Werners Bataillon hat heute den Befehl bekommen, sie werden an die Ostgrenze verlegt."

„Oh?" Sie hat gewartet, weil sie wahrgenommen hat, dass er noch nicht fertig war. Er wollte noch etwas ergänzen.

„Hildegard, ich gehe mit ihnen. Ich habe ihnen beim Einrichten eines Feldlazaretts meine Hilfe angeboten. Wir müssen Polen schnell unter Kontrolle bekommen, dann bin ich in zwei oder drei Wochen wieder zurück."

Dass Siegfried Reservist ist, das hat sie gewusst, und dennoch waren seine Worte ein Schock. Man erwartet einfach nicht das Schlimmste. „Glaubst du, dass das … Krieg bedeutet?“

„Ich denke, es bedeutet, dass wir den Polen zeigen müssen, wer der Herr im Haus ist.“

Es ist sicher gut, dass er mit Werner mitgeht, hat sie in der darauffolgenden Nacht gedacht – Fredas Tod ist ja noch nicht so lange her.

Doch das war vor einer Woche, also lange bevor sie richtig nachdenken konnte.

Draußen peitscht der Wind die Regentropfen steinhart gegen die Hauswand und rüttelt wütend an den Zweigen der Bäume.

Als sie an diesem Abend die Nachricht hört, dass es einen Überfall auf einen deutschen Radiosender in der Nähe der polnischen Grenze gegeben habe, hat sie gewusst, dass der Sturm jetzt losbrechen würde.

Etwas macht ein furchtbares Schleifgeräusch und fällt krachend zu Boden. Hildegard hält sich instinktiv die Ohren zu. Das muss einer der großen Äste gewesen sein.

Sie schließt den Klavierdeckel und verstaut die Noten. Dann geht sie langsam in ihr Zimmer.

Am nächsten Morgen bricht der Sturm, der sich seit vielen Monaten zusammengebraut hat, über Europa herein. Blitzschnell breitet er sich über die Landesgrenzen aus. Die deutsche Wehrmacht marschiert in Polen ein, Großbritannien und Frankreich erklären Deutschland den Krieg und die Sowjetunion kann jeden Augenblick folgen.

„Ach, Frau Hoffmann, jetzt wird wieder die ganze Welt hineingezogen“, verkündet Hildegard entsetzt. „Haben die denn aus dem Weltkrieg nichts gelernt?“

Es ist jetzt stärker als eine Ahnung, allmählich wird es eine Wahrscheinlichkeit. Aber weil sie nicht weiß, wie sie sich deshalb fühlen soll, versucht sie, nicht daran zu denken.

Deutschland überrennt Polen, der polnische Präsident flieht, die deutschen Panzer rollen in Warschau ein. Polen kapituliert.

Das war nur ein einzelnes Gewitter, versucht Hildegard sich zu überzeugen. Nur ein Sturm im Wasserglas. Nur manchmal ist es so, dass sich die Wirklichkeit nicht in Wassergläsern einfangen lässt.

„Warten Sie einmal ab, lassen Sie den Dingen ihren Lauf, Frau Hildegard. Deutschland lehnt sich jetzt zurück, aber in Wirklichkeit graben sie sich ein", warnt Klaus.

„Machen Sie sich auch Sorgen, Klaus?"

Für einen Augenblick sieht sie ihn, diesen Anflug von kalter Angst. Dann hat sie wieder den guten, alten Klaus vor sich. „Man muss einfach abwarten, was passiert, Frau Hildegard."

Was wird passieren, wenn Siegfried zurückkommt? Sollte sie sich nicht schon vorher darüber Klarheit verschaffen?

Mitte Oktober ist Siegfried wieder zu Hause. Hildegard hat ihn erwartet und mit einigen Freunden ein Willkommensessen organisiert. Auch Oswald wird dabei sein.

Frau Hoffmann kocht Siegfrieds Lieblingsessen, Olga sorgt dafür, dass der rote Anzug, den Siegfried so gern mag, bereitliegt. Klaus poliert den Mercedes blitzblank, holt den guten Wein aus dem Keller und bringt Arme voller Blumen vom Markt mit.

Schon am Morgen erscheint Oswald in seiner Nazi-Uniform – ein breitschultriger junger Mann. „Ich kann es kaum erwarten zu hören, was Vater zu erzählen hat."

„Kann ich dir etwas zum Mittagessen anbieten, Oswald?"

„Ich kümmere mich selbst bei Frau Hoffmann darum, danke."

Siegfried kommt kurz nach dem Mittagessen. Er sieht gut aus, frisch rasiert, die Haare ordentlich nach hinten gekämmt, die Schultern zurückgezogen. Als er Hildegard sieht, lächelt er. „Guten Tag, Hildegard. Läuft hier im Haus alles so, wie es sein soll?"

„Ja, danke. Wir haben einen großen Sturm gehabt, ein Ast der alten Linde ist abgebrochen."

„Das habe ich gesehen, ja."

Wie es ihm ergangen ist, fragt sie ihn nicht, denn sie will es gar nicht wissen.

Doch abends am Tisch hat sie keine Wahl. „Danzig ist wieder deutsch. Unsere Wehrmacht funktioniert wie eine gut geölte, moderne Maschine", sagt Siegfried. Während die Männer ihm an den Lippen hängen, hören die Damen mit vorgetäuschtem Interesse zu.

Hildegard muss immerzu an Freda denken und sehnt sich nach der Freundin.

Oswald stellt interessierte Fragen und äußert ohne Skrupel seine Meinung. Siegfried ist augenscheinlich stolz auf seinen großen, blonden Sohn.

Als sie die letzten Gäste zur Haustür geleitet und verabschiedet haben, gehen sie bedächtig die Treppe hinauf. „Das ist ja wieder ein äußerst erfolgreicher Abend gewesen", bemerkt Siegfried zufrieden. „Ich bin froh, dass du auch Andreas eingeladen hast, er ist wirklich ein Mensch, auf den man sich verlassen kann. Nun ja, danke für deine Bemühungen, Hildegard, und gute Nacht."

Nur das. So als ob er nicht über einen Monat weg gewesen wäre.

Und dann kommt die Welt zum Stillstand. Die Feldschlachten sind geschlagen, die Ultimaten stehen, ganz Europa befindet sich offiziell im Kriegszustand. Aber davon ist nichts zu spüren. Ein Schein von Frieden hängt über Europa. Alle warten ab.

Ich kann nicht mit Siegfried reden, wird Hildegard in einer eisigen Winternacht bewusst. Aber ich brauche Gewissheit.

Sie steigt aus dem Bett, steht dann lange vor dem verschlossenen Fenster und schaut auf den mondhellen Garten hinaus. Als es ihr jedoch zu kalt wird, klettert sie wieder ins Bett.

Sie ist sich ziemlich sicher, vielleicht sogar ganz sicher, aber sie weiß es nicht.

Wenn ich nur mit Freda reden könnte, denkt sie. Freda hätte wahrscheinlich mit den Schultern gezuckt und gefragt: „Und warum gehst du dann nicht einfach zu deinem Herrn Doktor Mäkinen?" Aus dem mittlerweile Andreas geworden ist.

Am Freitag operiert Siegfried. Früh am Morgen geht Hildegard ins Sprechzimmer. „Siegfried weiß nicht, dass ich hier bin", eröffnet sie dem Teilhaber ihres Mannes.

„Hildegard, was ist denn los?" Er klingt ernsthaft besorgt.

Sie holt tief Luft. „Ich glaube, ich bin schwanger." Zum ersten

Mal bekommt diese unterdrückte Vermutung Gestalt. So einfach ist es, nur fünf Worte.

Er lächelt breit. „Eine kleine Überraschung für Siegfried, stimmt's? Welche Symptome gibt es denn?"

Sie redet, zählt auf und wirft ihm die reinen Fakten hin.

„Mmh, hört sich so an, nicht wahr? Dann wollen wir einmal schauen. Entspann dich, hörst du?"

Unmöglich. Sie schließt die Augen. Der Knoten in ihrem Bauch zieht sich immer mehr zusammen.

Er macht einen Schritt zurück. „Ja-nein, du hast recht. Herzlichen Glückwunsch."

Sie atmet laut aus. „Ich fürchte, Siegfried wird nicht gerade erfreut darüber sein."

Er steht mit dem Rücken zu ihr, während er sich schon die Hände wäscht. „Och, wenn er erst einmal über den ersten Schreck hinweg ist, wird er froh sein. Ein Kind ist ein wunderbares Geschenk des Himmels."

„Können wir das vorläufig für uns behalten?"

Abrupt dreht er sich um, das Handtuch noch in den Händen. „Warte nicht zu lange, bis du es ihm erzählst, verstehst du?"

Es könnte ihn in eine schwierige Position bringen, das versteht sie.

Auf dem Weg nach Hause wirft sie entschlossen den Kopf zurück. Dann es ist eben so.

Mit einem Mal ist sie hundemüde.

Und hat solche Sehnsucht nach Freda.

Sie beschließen, den Heiligen Abend in aller Stille zu Hause zu verbringen. Karl und Johann werden bei ihnen sein, Oswald hat Dienst in seinem Regiment.

Hildegard spürt die erste Bewegung, während Olga ihr die Haare macht. Kann das sein? Sie wartet mit angehaltenem Atem.

Da ist wieder dieses leise Zucken. Unverkennbar. Es lebt.

Bisher unbekannte Gefühle überfallen sie plötzlich. Verwunderung, Aufregung, eine tiefe Freude. All das sprudelt nun heraus: „Ich bekomme ein Baby."

Die Hände des Zimmermädchens fliegen vor sein Gesicht, seine Augen starren stocksteif aus seinem Kopf. „Oh weh oh weh, du lieber Himmel, Frau Hildegard, das kann doch nicht sein!"

Ein Lächeln breitet sich auf Hildegards Gesicht aus. „Doch, ich bin schwanger."

„Aber das ist doch gar nicht möglich Frau Hildegard und Herr Doktor von Stein teilen doch noch nicht einmal ... ich meine er ist doch sicher schon sechs ... ich meine ... du lieber Himmel!"

Hildegard lacht. „Es ist ein Wunder, da hast du recht, ein wunderbares Geschenk. Aber du musst darüber schweigen, Olga. Ich habe es noch niemand erzählt."

„Nur mir allein Frau Hildegard ...!" Zum ersten Mal seit Hildegard sie kennt, weiß Olga wirklich nicht, was sie sagen soll.

Unten wartet der geschmückte Weihnachtsbaum. Die Kerzen sind schon entzündet und die Süßigkeiten liegen ausgepackt auf dem Tisch. Siegfried hat eine Platte von Richard Tauber aufgelegt und die Musik erfüllt den ganzen Raum.

Schweigend steht Hildegard in der Tür zum Wohnzimmer. Nicht einer der Männer hat sie bisher wahrgenommen. Wir sind doch eine Familie und trotzdem leben wir so weit voneinander weg, denkt sie. Sie betrachtet sie, einen nach dem anderen: Siegfried mit seinen dunklen Haaren, die an den Schläfen schon sehr grau geworden sind; Karl mit seinen wachen Augen, ein Spitzenstudent im vierten Semester in München; Johann, der eine Offiziersausbildung bei der Wehrmacht absolviert. Und nächstes Jahr an Weihnachten wird noch ein weiterer Mensch dabei sein.

Und plötzlich wird der Heilige Abend fast schon heilig, so sehr, dass sie gegen die Tränen ankämpfen muss.

„Mutter, was ist denn los?"

Sie schauen Hildegard fragend an. Sie lächelt. „Ihr seid alle wunderbar, meine Männer. Kommt ihr morgen mit in den Gottesdienst in die Gedächtniskirche?"

„Ach, Mutter. Ja, na gut", stimmt Karl widerwillig zu.

Johann lacht. „Nein danke, so etwas tue ich mir an meinem einzigen freien Tag mit Sicherheit nicht an."

„Mich musst du auch entschuldigen", erwidert Siegfried. „Du siehst sehr gut aus heute Abend, Hildegard."

Länger kann Hildegard nicht mehr warten, sie muss es ihnen sagen. Inzwischen ist sogar schon das neue Jahr angebrochen.

Mittlerweile kann man es auch schon sehen.

Sie versucht, sich eine Strategie zu überlegen, und feilt die ganze Nacht an den richtigen Worten. Schließlich überlegt sie sich, was ein guter Anknüpfungspunkt sein könnte und wie Siegfried möglicherweise reagieren könnte. Doch am Morgen weiß sie immer noch nicht, wie sie am besten anfangen sollte.

Da sagt sie einfach wie aus heiterem Himmel: „Siegfried, ich bin schwanger."

Ihm verschlägt es für einen Augenblick die Sprache. Dann wird er bleich. „Du bist *was*?"

„Ich bekomme ein Baby."

Er schüttelt den Kopf, das Besteck immer noch in der Hand. „Das ist nicht möglich."

Ohne ein Wort zu sagen, wartet sie ab. Er muss sich einfach an den Gedanken gewöhnen, hat Andreas Mäkinen gesagt.

Sein Mund ist eine gerade Linie. „Wenn das tatsächlich so ist, dann weiß ich nicht, woher es kommen soll."

Sie merkt, wie ihr das Entsetzen nach und nach in die Glieder fährt, es raubt ihr alle Kraft. Ist das ihr Mann, der diese Worte sagt? Der ihr Untreue vorwirft?

Nein, nein, das kann er nicht so gemeint haben. Er kennt sie doch! „Ungewollte Schwangerschaften gibt es auch bei Eheleuten."

„Ach, hör doch auf, Hildegard, es ist schon Monate her, dass wir miteinander geschlafen haben." Seine Augen sind eiskalt.

Sie starrt ihn an, völlig verdutzt, völlig ohne Worte, völlig ohne Kraft. Er meint es wirklich ernst.

Zaghaft sagt sie fast flüsternd: „Und was war mit der Nacht, in der Freda gestorben ist?"

„Unmöglich. Das ist schon Monate her."

Sie fährt sich mit der Zunge über die Lippen. Aber es hilft nichts, ihre Zunge ist auch ganz trocken. „Ich bin schon fast im fünften Monat, Siegfried."

Zornig springt er vom Stuhl auf, die Hände zu Fäusten geballt.

„Zum Donnerwetter nochmal, Frau! Und das sagst du mir erst jetzt? Bist du noch bei Verstand?"

Totenstill sitzt sie da.

„Ich …" Er schüttelt den Kopf. Dann dreht er sich auf den Fersen um und eilt mit langen Schritten aus dem Zimmer. Sie hört nur noch, wie die Haustür hinter ihm zugeschlagen wird.

Unschlüssig legt sie ihre Hände über das kleine Menschlein in ihrem Bauch und faltet sie. Siegfried muss nur über den ersten Schock hinwegkommen, dann wird er auch froh sein, dass es dich gibt, versucht sie es zu trösten – versucht sie sich selbst zu trösten. Denn ein Kind ist ein wunderbares Geschenk des Himmels, das weiß sie ganz sicher, seit dem Gottesdienst in der Gedächtniskirche.

Als er in den frühen Morgenstunden zurückkommt, hört sie ihn.

Heute ist Samstag, da frühstücken sie für gewöhnlich gemeinsam. Vielleicht ist Siegfried aber noch so wütend, dass er in seinem Zimmer isst, denkt sie, nachdem sie aufgestanden ist. Oder er hat sich schon so weit beruhigt, dass sie sich wie vernünftige Menschen unterhalten können.

Als sie ins Esszimmer geht, wartet er schon am Frühstückstisch auf sie. Frau Hoffmann trägt das Essen auf, aber während des Essens sprechen sie zunächst kein Wort miteinander. Nachdem sie ihren Kaffee getrunken haben, sagt er zu ihr: „Du wirst am Montagmorgen operiert. Sieh zu, dass du dich fürs Krankenhaus fertig machst."

„Operiert? Warum das denn?" Doch dann versteht sie. „Siegfried, ich bin schon fast im fünften Monat …"

„Das ist ein Problem, ja. Aber man kann den Fötus immer noch entfernen."

Das nackte Entsetzen fährt durch ihren Körper. „Das ist doch kein Fötus! Das ist ein Mensch! Ein Mensch, der sich schon bewegt!"

„Es gibt keinen anderen Ausweg, Hildegard. Versteh das doch: Deutschland steht am Anfang eines Krieges, der wahrscheinlich ein Weltkrieg werden wird. Es wäre vollkommen unvernünftig, in dieser Zeit ein Kind in die Welt zu setzen. Dazu kommt, dass ich beinahe sechzig bin und du schon fast vierzig. Und hör auf, hier so herumzulamentieren, es ist nicht nötig, dass die Dienstboten dein billiges Geschrei hören."

Als sie sich langsam erhebt, knarrt ihr Stuhl auf dem blank gebohnerten Boden. Sie zittert am ganzen Körper, vom Kopf bis zu den Zehen. Aber mit einem Mal spürt sie die Kraft einer Löwin in sich und schaut ihm direkt in die Augen. Dabei ist ihre Stimme fest und sicher: „Ich weigere mich. Hör mir gut zu, Siegfried: Nur über meine Leiche wirst du diesem Kind hier etwas antun."

Sie sieht, wie er die Hacken zusammenschlägt und seine Augen zu Schlitzen werden. Auch er erhebt sich und baut sich vor ihr auf. Seine Stimme ist hart wie Eis. „In diesem Fall ist das ganz und gar deine Angelegenheit, Hildegard. Ich halte mich aus allem raus, denn ich habe von Anfang an nichts damit zu tun gehabt."

Diese Unterstellung steht nackt und bloß zwischen ihnen.

Neun Monate lang wartet Europa einfach ab. Die Nationen rüsten vor den Augen der Weltöffentlichkeit auf und bereiten sich auf das Unvermeidliche vor.

Innerhalb der Mauern des schönen Hauses herrscht ein kalter Krieg. Vorstellungen und Konzerte werden nicht mehr besucht, Siegfried schämt sich wahrscheinlich für ihren Zustand. Es gibt auch keine Empfänge mehr, nicht einmal Andreas Mäkinen wird zum Mittagessen eingeladen. Abends kommt Siegfried spät nach Hause, vermutlich isst er woanders.

Während Hildegard sich auf die Ankunft des Kindes vorbereitet, wird Frau Hoffmann in dieser schwierigen Zeit so etwas wie eine starke Schulter für sie. „Siegfried möchte mit dem Kind nichts zu tun haben."

„Das sehe ich, ja. Vielleicht ändert er sich noch, wenn das Kind erst einmal da ist."

„Nein, Frau Hoffmann, das glaube ich nicht." Selbst gegenüber ihrer Vertrauten kann sie nicht alles offenbaren, denn die Grenzen zwischen ihnen bestehen weiter.

Frau Hoffmann nickt schweigend.

„Und … ich habe kein eigenes Geld."

„Wir werden das Kind schon großziehen, Frau Hildegard. Wir kommen schon klar."

„Was wissen Sie denn über Kinder, Frau Hoffmann?"

Die alte Dame lächelt flüchtig. „Nichts. Ich habe selbst keine

Kinder. Aber sogar die einfachsten Menschen ziehen ihre Kinder groß. Wir werden das schon hinkriegen."

Olga ist sichtbar aufgeregt. „Ich könnte für das Kind Socken stricken und Mützchen, kleine Babys müssen doch Mützen tragen, weil sie keine Haare haben."

„Ich werde Klaus bitten, Wolle und Stricknadeln zu kaufen."

„Nur Wolle, Stricknadeln habe ich. Was wissen Sie eigentlich von Stricknadeln?" Und sie lacht herrlich über ihren kleinen Scherz.

Jeden Sonntag bringt Klaus Hildegard in die Gedächtniskirche. Still sitzt sie dann in der letzten Reihe, ihren Bauch unter dem großen, schwarzen Mantel versteckt. Sonntag für Sonntag taucht sie in die Botschaft ein – das ist lebendiges Wasser für ihre verdorrte Seele.

In der Woche liest sie viel und spielt Klavier, jeden Tag, stundenlang. Manchmal sitzt sie zusammen mit Olga und Frau Hoffmann am Küchentisch und strickt. „Dieses Kind wird mehr Kleidung bekommen, als es jemals tragen kann", lächelt sie mit ihnen.

Sie verzichtet darauf auszugehen, besucht morgens keine Freundinnen mehr und geht auch nicht mehr zu den Versammlungen des Damenclubs. Innerhalb der Mauern ihres Hauses lebt sie wie in einem Kloster.

Und sie vermisst Freda.

Die neun Monate Ruhe waren nur das Auge des Orkans. Danach schlägt die deutsche Wehrmacht wieder zu und das mit Macht. Die Schande von Versailles soll abgetan, der notwendige Lebensraum erobert, der deutsche Stolz wiederhergestellt werden. Deutschland über alles.

Dänemark leistet kaum Widerstand und Norwegen hat keine Chance. „Jetzt werden wir Europa plattmachen", sagt Johann zur Begrüßung. Er und Oswald sind auf dem Weg nach Westen.

„Johann, du weißt nicht, wie Krieg wirklich ist", versucht ihm Hildegard zu widersprechen. Sogar das Kind in ihr wird unruhig.

Johann lächelt sie überheblich an, sein jugendlicher Hochmut erfüllt den ganzen Raum. „Ich habe jetzt beinahe ein Jahr Ausbildung hinter mir, Mutter. Ich weiß es genau."

Doch sie schüttelt vehement den Kopf. „Glaub mir, ich habe

gesehen, wie Soldaten wie du aus den Schützengräben zurückkommen, in Stücke geschossen, die Lungen verbrannt …"

„Mein liebes Mütterchen, bitte, das ist eine Ewigkeit her, die Kriegführung hat sich vollkommen verändert. Dazu kommt, dass mich Vater ja wieder zusammenflicken kann, wenn sie mich in Stücke schießen. Er geht auch mit nach Westen."

Davon hört sie das erste Mal.

Totenstill sitzt sie da, bis sie begreift, was das zu bedeuten hat.

Das ist also Siegfrieds überdeutliche Botschaft an sie: Von diesem Kind will ich nichts wissen. Er wird sie selbst während der Geburt ihrem Schicksal überlassen.

Das macht sie traurig.

„Gut, ich wollte nur kurz vorbeischauen." Johann bückt sich und gibt ihr einen flüchtigen Kuss auf die Stirn. „Auf Wiedersehen, Mutter."

Sie möchte aufstehen, aber ihr Körper ist steif und unbeweglich. Deshalb streckt sie nur die Hand nach ihm aus, aber da ist er schon zur Tür hinaus.

Die deutsche Kriegsmaschinerie rollt über Luxemburg, Belgien und die Niederlande bis nach Frankreich hinein. Rotterdam wird zerbombt, eine Panzereinheit jagt durch das stark bewaldete Gebiet der Ardennen. Die Deutschen erreichen den Ärmelkanal. Die alliierten Gebiete sind in zwei Stücke geteilt.

Von Siegfried hört Hildegard nichts. Er hat ihr weder Auf Wiedersehen gesagt, bevor er gegangen ist, noch hat er ihr eine Nachricht zukommen lassen. Er hat ihr auch nicht gesagt, wo er stationiert werden würde.

Auf eine Nachricht von Oswald wartet sie gar nicht erst.

Mitte Mai bekommt sie eine hastig geschriebene Postkarte von Johann.

Nordfrankreich, Mai 1940

Der Sitzkrieg ist vorbei, das hier ist der Blitzkrieg. Mutter, du glaubst nicht, wie effektiv unsere Wehrmacht ist. Unsere

Panzer überrollen den Feind, unsere Infanterie tritt ihn platt, unsere Flugzeuge geben ihm den Rest. Jetzt fehlt nur noch Dünkirchen, der einzige Hafen am Ärmelkanal, der noch unter Kontrolle des Feindes ist. Doch was uns angeht, ist er das bald nicht mehr. Ich bin so stolz, ein Deutscher zu sein.

Viele Grüße
Johann von Stein

Sie holt ihren alten Atlas aus dem Regal und versucht Dünkirchen zu finden. Aber sie findet es nicht.

„Das Kind hat sich schon etwas gesenkt, aber alles scheint in Ordnung zu sein", stellt Andreas Mäkinen fest, als Hildegard ihn besucht. „Ich schätze, es dauert noch etwa zwei Wochen. Sorge dafür, dass deine Reisetasche gepackt ist. Und lass dich von Klaus sofort ins Krankenhaus fahren, sobald du die ersten Wehen spürst. Und ruf mich an, bevor ihr losfahrt, ich möchte da sein, wenn ihr ankommt."

Ihre Kehle ist wie zugeschnürt. „Danke, Andreas."

Klaus und Frau Hoffmann schlafen jetzt im Gästezimmer, um in ihrer Nähe zu sein. „Der Mercedes ist vollgetankt", versichert ihr Klaus.

„Wir müssen ja nicht bis Dresden fahren", lächelt sie zurück.

„Nein, aber wir wollen blitzschnell hier wegkommen, wenn es nötig ist."

Nach dem Abendessen hört sie die Nachrichten. Das Radio rauscht heute Abend mehr als sonst und sie hat Schwierigkeiten, den Sender zu finden. Irgendetwas muss in der Luft liegen.

Dann ertönt die Stimme hell und klar: „Heute sind die letzten feindlichen Truppen ins Meer gejagt worden, zurück auf ihre Insel … in langen Reihen haben sie auf dem einzigen Pier auf die Rettungsboote gewartet …"

Sie lehnt sich zurück und schließt müde die Augen. Das sind keine „Truppen", das sind Menschen, Jungen wie Johann, die nur zu einem anderen Volk gehören, Jungen, die in Todesangst auf einem kahlen Strand ausharren müssen, bis sie gerettet werden.

„… Schiffe jeglicher Größe und Art, Segeljachten, Fischerboote … alte Männer müssen das britische Heer retten, weil die mächtige britische Kriegsmarine …“

Johann, wo ist dein Feind?, fragt sie sich benommen. Freust du dich mit deinen Kameraden auch über die Zehntausende, die tot oder verstümmelt zurückgelassen wurden?

„… unter großen Schwierigkeiten durch das Wasser zu den wartenden Schiffen …“

Sie möchte den Rest gar nicht wissen und schaltet das Radio aus. Dann blättert sie durch ihre Schallplatten, legt Mozarts Requiem auf und lässt sich in ihren Lehnstuhl sinken. Sie hört bis spät in die Nacht Musik. Danach lauscht sie nur noch in die Stille der Nacht.

Als das erste Licht durch die Vorhänge schimmert, geht sie leise in ihr Zimmer.

Die lange, finstere Nacht ist vorbei.

Olga bringt mit ihrem Kaffee die Morgenzeitung. 5. Juni 1940.

Hildegard fällt die fettgedruckte Schlagzeile ins Auge: Der größte Sieg der Geschichte!

Große Fotos zeigen die Flugzeuge der Luftwaffe am Himmel, brennende Kriegsschiffe, dicke Rauchschwaden, junge Männer in der Brandung. Es herrscht Chaos am Strand: Gefangene, Verwundete, Leichen. Hunderttausende. Menschen.

Aus dem Artikel spricht der Triumph: Für uns Deutsche wird der Name Dünkirchen für immer mit dem Sieg der größten Feldschlacht in der Geschichte der Menschheit verbunden sein. Für die Briten und die Franzosen, die dort gewesen sind, wird dieser Name sie ihr Leben lang an eine Niederlage erinnern, die schwerer wiegt, als sie jemals eine Armee erlebt hat.

Ein Sieg der Deutschen? Bei dem „nicht mehr als“ dreißigtausend Deutsche ums Leben gekommen sind?

„Nimm die Zeitung Klaus mit, ich möchte nicht weiterlesen“, sagt sie.

Sie quält sich durch die Tage und kann sich nicht vorstellen, auch nur noch eine Woche warten zu müssen, geschweige denn zwei.

Am späten Nachmittag kommt Frau Hoffmann mit einem Tablett.

Hinter ihr erscheint Andreas Mäkinen in der Tür. Sie hat doch noch nie die Türklingel überhört …?

Sein Gesicht … sie sieht sein Gesicht.

Ihr wird eiskalt.

„Andreas?"

Irgendwann in der finsteren Nacht zwischen den Gewitterwolken und dem fahlen Nebel, der sie umgibt, kommt das Kind zur Welt. Am 6. Juni. Es ist ein Mädchen.

Johann wäre in etwas mehr als zwei Wochen neunzehn Jahre alt geworden.

Ihr fröhlicher, lebenslustiger Sohn.

Andreas ist da und auch Frau Hoffmann. Und ihr Vater mit seiner properen Witwe, die neben ihm steht und schluchzt.

Irgendwann in dieser Zeit kommt Karl. Er ist bleich und hält ihr die Hand.

Er ist nicht auf dem Schlachtfeld gefallen, sondern im Krankenhaus gestorben. Innerhalb von Stunden.

Das Kind trinkt viel.

„Mutter, wie fühlst du dich?"

Sie schüttelt den Kopf. Sie befindet sich auf einer weißen Insel, umgeben von hohen weißen Mauern und ohne Aussicht.

Sie wohnt dem Feldgottesdienst bei. Auch Siegfried ist da und sitzt neben ihr. „Der Herr hat es gegeben, der Herr hat es genommen. Gelobt sei der Name des Herrn."

Dann muss sie ihr Leben weiterleben.

„Ich kann nicht mehr."

Die wehmütigen Augen von Andreas schauen sie ernst an. „Du musst dir Zeit lassen, Hildegard."

Aber sie schüttelt nur den Kopf. „Was kann die Zeit schon heilen?"

„Nichts, die Trauer bleibt, wahrscheinlich für immer. Die Zeit macht es nur … ein bisschen einfacher. Oder vielleicht lernt man auch einfach, mit dem Schmerz zu leben."

Sie nickt flüchtig. Er wird es wissen. Vor allem er wird es wissen.

„Eines Tages wirst du wieder glücklich sein. Aber nicht jetzt, das wäre zu schnell."

Sie seufzt. „Ach, Andreas."

„Komm, wir schauen einmal, wie es deinem kleinen Mädchen geht", und er faltet die fest zusammengewickelte Decke auseinander. „Schau dir doch nur diesen Babyspeck an den Beinchen an", lacht er.

„Sie trinkt gut."

„Habt ihr euch schon einen Namen überlegt?", fragt er sie, während er das Kind untersucht.

„Bevor sie geboren wurde, habe ich immer gedacht, Freda wäre ein schöner Name für ein Mädchen, aber jetzt gefällt er mir nicht mehr." Sie hatte eigentlich mit einem weiteren Sohn gerechnet. Aber das kann sie nicht sagen oder will es nicht.

„Und was denkt Siegfried?"

Sie zuckt mit den Schultern. „Der kämpft seinen eigenen Krieg."

Er wickelt das Kind wieder ein und reicht ihr das Bündel. „Das namenlose Mädchen ist kerngesund." Dann schaut er ihr geradewegs in die Augen. „Du musst zusehen, dass du wieder auf die Beine kommst, Hildegard."

„Ich weiß."

Er setzt sich wieder an seinen Schreibtisch. „Ich verschreibe dir ein Stärkungsmittel."

„Gegen die Trauer?" Eigentlich wollte sie nicht so zynisch klingen.

Aber er bleibt geduldig. „Das wird deinem Körper Kraft geben, damit er mit der Trauer umgehen kann. Und mit der Freude über dein neugeborenes Kind."

Draußen wartet der treue Klaus, der sie und ihr Kind nach Hause bringt.

Das Stärkungsmittel nimmt sie ein. Wochenlang. Doch nichts hilft. Das Einzige, was sie tut, ist ihr Kind zu stillen. Das ist alles.

Der Krieg rauscht an ihr vorbei. Irgendwann in dieser Zeit tritt auch Italien in den Krieg ein, weht die deutsche Fahne über Paris, flieht die norwegische Königsfamilie nach London. Das alles sind doch nur Nachrichtenfetzen, die keinen Sinn ergeben.

Ihr Sohn ist tot.

Während ihre Tochter groß wird, fallen deutsche Bomben auf London, möglicherweise war das nur ein Versehen. Aber britische Kampfflugzeuge wehren den Angriff ab.

„Frau Hildegard?"

Hildegard schaut von dem Buch auf ihrem Schoß auf, in dem sie ohnehin nicht gelesen hat.

Frau Hoffmann steht in der Tür, das Baby im Arm. Es kann doch nicht schon wieder Zeit zum Stillen sein?

„Es tut mir leid." Der alten Dame laufen die Tränen über die Wangen.

Es tut ihr leid? Ist noch jemand gestorben? „Kommen Sie herein. Was möchten Sie mir denn sagen?" Ihre eigene Stimme hört sich in ihren Ohren mausetot an.

Frau Hoffmann bleibt stehen, aufrecht, das Kind an die Brust gedrückt. Sie streichelt ihm die ganze Zeit über den Rücken. „Ich wollte zuerst nicht kommen, weil es besser ist, wenn Sie nichts wissen. Aber ich konnte doch nicht …?" Sie schweigt plötzlich.

Hildegard runzelt die Stirn. „Was ist denn los, Frau Hoffmann? Was sollte ich lieber nicht wissen?"

Die Haushälterin schließt die Augen. Dann sagt sie schnell: „Klaus hat einen Fahrer gefunden, dem man vertrauen kann, einen älteren Herrn. Und ich habe mich um eine Köchin gekümmert. Ich weiß aber nicht, wie gut sie ist. Jedenfalls ist sie noch jung."

„Frau Hoffmann, wovon reden Sie?"

„Wir müssen weg, heute noch. Klaus' Neffe hat alles geregelt."

„Weg? Warum denn?"

Die Haushälterin schweigt.

Langsam dämmert es Hildegard.

Sie macht den Mund auf, um etwas zu sagen. Aber die Haushälterin schüttelt heftig den Kopf. „Sagen Sie nichts, bitte, Sie wissen nichts. Der Herr Doktor weiß auch nichts.“ Sie geht zu Hildegard und kniet sich neben ihren Stuhl. Dann legt sie eine Hand auf Hildegards Arm, mit der anderen drückt sie sich das Baby fest an den Körper. „Es tut mir so leid. Ich wollte, es wäre anders.“

Hildegards eingerostetes Hirn beginnt zu arbeiten, aus Olgas Schauergeschichten werden langsam Bilder. „Ach, Frau Hoffmann, ich … finde das alles so furchtbar. Sie also auch …“, sagt sie langsam.

„Ich habe das Baby gebracht, Frau Hildegard, Sie müssen verzeihen, wenn ich Ihnen das sage. Die Kleine ist ein liebes Mädchen, Sie müssen sie an sich drücken. Und sie braucht einen Namen.“

Hildegard starrt die Haushälterin an, als wäre sie nur einem Traum entschlüpft. Keinem guten Traum, sondern einem Alptraum.

„Ich muss jetzt gehen.“

Hildegard streckt wie von selbst die Arme aus, um das Kind zu übernehmen. Sie will sich von mir verabschieden, wird ihr klar. Sie hat nicht vergessen, Auf Wiedersehen zu sagen. Hildegard holt tief Luft. „Frau Hoffmann, wie heißen Sie mit Vornamen? Meine … Tochter hat noch keinen Namen.“

Im nächsten Augenblick verschwimmen die Augen von Frau Hoffmann hinter einem Tränenschleier. „Esther. Ich heiße Esther.“

„Esther?“

„Das bedeutet ‚Stern‘, ‚Sternchen‘. Das wäre eine große Ehre für mich. Danke … Hildegard.“

„Passen Sie gut auf sich auf, Esther. Möge Gott der Allmächtige mit Ihnen sein.“

Die Haushälterin dreht sich um und eilt hastig zur Tür hinaus.

Hildegard legt das Kind vorsichtig auf das Sofa. Als sie in die Küche kommt, ist dort nur das Hausmädchen. „Frau Hoffmann ist zusammen mit Herrn Hoffmann einkaufen gegangen. Sie hatten es sehr eilig.“

„Oh. Danke.“

Sie dreht sich um und geht wieder ins Musikzimmer, wo das Baby auf dem Sofa liegt und mittlerweile schreit. Unsicher schaut sie es an, nimmt es in den Arm und fängt an, es zu küssen. Doch nichts hilft.

„Sie ist sicher wieder nass, wo ist nur Frau Hoffmann?“, fragt Olga hinter ihr.

„Sie ist einkaufen." Sie überlegt schnell. „Olga, komm mit."

Im Kinderzimmer legt sie das Kind auf den Wickeltisch. Mittlerweile hat es aufgehört zu weinen und starrt Hildegard mit großen, braunen Augen misstrauisch an. „Olga?"

„Ja, Frau Hildegard?"

„Komm, mach das Baby trocken."

Die weiten Augen des Zimmermädchens sind vor Schreck ganz rund. „Nein, du lieber Himmel, Frau Hildegard, von so kleinen Babys habe ich keine Ahnung", entgegnet sie hastig.

Hildegard macht sich innerlich bereit, so schwer kann das doch wirklich nicht sein. Unter einigen Schwierigkeiten öffnet sie die Sicherheitsnadeln der Decke und faltet die Windel auseinander.

Der Geruch trifft sie völlig unvorbereitet mitten ins Gesicht. Olga flieht zur Tür hinaus.

Es ist ein elendes Geracker. Das Baby lächelt sie an und strampelt wieder mit seinen kräftigen Beinchen. „Du lieber Himmel, halt doch einmal still!", befiehlt Hildegard entrüstet.

Doch das Baby hört nicht auf sie.

Inzwischen ist Olga wieder zurückgekommen, mit einer Schüssel Wasser. „Ich glaube, Sie brauchen das hier, du liebe Güte, stinkt das. " Und schon ist sie wieder verschwunden.

Hildegard betrachtet die Schüssel mit Wasser. Dann wirft sie einen Blick auf das Kind, das in seiner vollen Windel daliegt. Sie sollte jetzt schnell etwas unternehmen. Mutig hebt sie das Baby hoch, hält es so weit weg von sich, wie es geht, und taucht seinen Körper vorsichtig in die Schüssel mit dem lauwarmen Wasser.

Augenblicklich macht das Baby wieder seinen kleinen Mund auf und schreit Zeter und Mordio durch das Kinderzimmer. „Nein, nein, hör auf zu schreien, wir müssen dich sauber bekommen."

Das Baby hört nicht auf sie. Schließlich ist sie von Kopf bis Fuß nass.

Auch als Hildegard ihm unter großen Schwierigkeiten seine Kleidung über den Kopf zieht, schreit das Kind. Es strampelt, während Hildegard versucht, ihm die Socken an die Füße zu ziehen und die Decke festzuklammern. „Du bist eine wirklich schwierige kleine Tochter", schimpft Hildegard mutlos.

Den ganzen Tag lang kämpft Hildegard mit dem Kind. Die Decke ist bei Weitem der größte Alptraum, sie weiß noch nicht, wie man sie am besten faltet, sodass nicht alles innerhalb von Minuten wieder nass ist. Und weil dieses Kind überhaupt nicht stillliegen will, fürchtet sie, sie könnte es mit einer der großen Sicherheitsnadeln verletzen.

„Weiß irgendjemand von euch, wie Frau Hoffmann die Decke faltet?"

Olga macht sofort eine abwehrende Handbewegung. „Ich habe keine Ahnung von Babys."

„Frau Hoffmann müsste doch auch gleich zurück sein, ich weiß gar nicht, wo sie so lange bleibt", runzelt das Hausmädchen die Stirn und schaut auf das Fleisch auf dem Küchentisch. „Ich habe keine Ahnung, wie man dieses Fleisch da zubereiten soll."

Selbst das Stillen ist schwierig. Das Kind trinkt, aber sobald Hildegard es ablegt, schreit es sich wieder die Seele aus dem Hals. „Frau Hoffmann hat sie immer erst aufrecht hochgehoben und ihr den Rücken massiert", hilft das Hausmädchen.

Gegen Abend ist Hildegard völlig geschafft. Zum Abendessen gibt es Brot und Tee. Niemand kann verstehen, was mit Herrn und Frau Hoffmann passiert sein könnte. „Alle ihre Sachen sind noch in ihrem Zimmer, ich hoffe, dass ihnen nichts zugestoßen ist", sagt Olga.

„Nein, ach was, ich glaube eher, dass ihnen etwas dazwischengekommen ist", versucht Hildegard die beiden Mädchen zu beruhigen. „Olga, trage doch bitte die Wiege in mein Schlafzimmer."

Sie stillt das Kind, massiert ihm den Rücken, bis es einschläft, legt es vorsichtig in die Wiege und lässt sich dankbar auf ihr Kissen fallen. „Lieber Vater im Himmel, lass das Kind schlafen", betet sie noch, bevor sie wegdämmert.

Sie hat seit Stunden nicht mehr an Johann gedacht. Und auch nicht an Frau Hoffmann.

Die Explosion lässt das ganze Haus erbeben. Die Wände wackeln, Fensterscheiben zerbersten, Geschirr fällt aus dem Küchenregal. Der Schlag weckt Hildegard aus dem Tiefschlaf.

Draußen schrillen die Luftschutzsirenen. Neben ihr schreit ihr Kind sich die Seele aus dem Leib.

In den Luftschutzkeller, sofort, wie es ihr eingedrillt worden ist. Sie schnappt sich das Baby, doch dabei fällt die Decke auf den Boden. Das Kind macht sich stocksteif und schreit aus Leibeskräften. Ungeschickt wickelt sie die Decke um das Mädchen und versucht, klar zu denken. Aber sie kann sich nur auf eine Sache konzentrieren: Sie muss das Kind in den Weinkeller bringen.

Das darf doch nicht wahr sein! Nicht hier im Herzen von Deutschland, mitten in Berlin!

Draußen ist die dunkle Nacht plötzlich voller Licht. Suchscheinwerfer zucken im Sternenhimmel hin und her. Das Feuer der Luftabwehrgeschütze knallt durch die Luft und hinterlässt Feuerbälle am Himmel.

An der Tür betätigt sie den Lichtschalter. Doch es bleibt dunkel, der Strom ist ausgefallen.

Vorsichtig geht sie die Treppe hinunter, das schreiende Kind und die zusammengeknüllte Decke in den Armen. Draußen explodieren weiter Bomben, aber die Einschläge scheinen sich wegzubewegen.

Unten an der Treppe ist es heller, denn von draußen fällt etwas Licht hinein. Es ist das rote Glühen eines Brandes, so wie damals in der Nacht, in der sie aus Russland fliehen mussten. Nicht auszudenken, wenn sie in diesem Haus vom Feuer eingeschlossen würden!

„Los, in den Weinkeller!", befiehlt sie den beiden Mädchen, die erschrocken hereinkommen.

Eine weitere Bombe, die sehr viel näher detoniert, lässt das Haus erzittern. „Schnell!"

Olga stürmt voraus und stößt die Tür zum Weinkeller auf. Die Treppe nach unten ist im fahlen Licht kaum zu sehen. Mittlerweile brüllt das Kind lauter als die Luftschutzsirenen.

Göring hat doch versichert, dass so etwas niemals passieren würde. Dass es keinem feindlichen Flugzeug gelingen werde, den Luftabwehrring um Berlin zu durchbrechen.

Doch das hier ist zu wirklich, um nur ein Alptraum zu sein.

Im Weinkeller ist es stockdunkel, nur ein kleiner Streifen Licht fällt durch die geöffnete Tür die Treppe hinunter. Hildegard lässt sich auf den Boden sinken und fängt an, das Baby zu küssen. „Geben Sie dem Kind die Brust", ertönt die Stimme des Hausmädchens aus der Dunkelheit.

Das hilft. Doch immer wenn eine weitere Explosion die Mauer

erzittern lässt, krampft sich der kleine Körper zusammen und das Geschrei beginnt von vorn.

Während Olga die ganze Zeit flehend betet, drängend und ohne Unterbrechung, jammert das Hausmädchen in einer hohen, klagenden Tonlage. Hildegard beugt sich über das Kind, versucht es zu beruhigen und mit ihrem eigenen Körper zu beschützen.

Hat es sich so angehört, als die Söhne Englands und Deutschlands auf dem kahlen Strand von Dünkirchen aufeinander geschossen haben? Als zigtausende junger Männer totgeschossen worden sind – auch ihr Johann mit seinen blonden Haaren und seinen bleigrauen Augen?

Lautlos laufen ihr die Tränen über die Wangen. Salzig sammeln sie sich in ihren Mundwinkeln und tropfen nass auf ihre Brust. Der Tränenstrom versiegt nicht mehr. Ihr ganzer Kummer bricht sich Bahn. Die Tränen kommen aus der großen Leere in ihr und fließen ins Nirgendwo.

Nach einer Weile ziehen die Explosionen langsam weiter, werden weniger und hören schließlich ganz auf. Während das Kind an ihrer Brust einschläft, verebbt auch allmählich das Gejammer des Hausmädchens.

Im Keller ist es stockdunkel. „Geh und hole eine Kerze und Streichhölzer", befiehlt Olgas Stimme unvermittelt. „Mich bringen keine zehn Pferde von hier weg, ich bin doch nicht bescheuert", erwidert das Hausmädchen den Tränen nahe.

Endlich hallen die Zeichen der Entwarnung durch die Stadt: Alles ist sicher. „Wir können raus", sagt Hildegard und erhebt sich mühsam.

„Ich bleibe hier", entgegnet das Hausmädchen.

„Ich gehe ins Bett und schlafe, ich bin müde", sagt Olga.

„Ich bleibe trotzdem hier", erwidert das Hausmädchen trotzig.

Es ist schon lange nach vier Uhr, als Hildegard schließlich mit dem schreienden Kind den Mut verliert. Sie steht auf und nimmt es zu sich ins Bett.

Da wird es sofort ruhiger und schläft völlig erschöpft ein.

Sie drückt das Mädchen den Rest der Nacht an sich, bis lange nach Sonnenaufgang. Die ganze Nacht über spürt sie, wie sich sein kleiner Körper bewegt, sie lauscht auf seinen Atem, riecht den kleinen Menschen. Und ein seltsamer Friede breitet sich sanft über ihr aus. „Esther", flüstert sie lautlos. „Meine kleine Esther."

Sie merkt, wie der kleine Körper manchmal vor Schreck zusammenzuckt. „Esther, Mama ist bei dir, hörst du? Mama bleibt bei dir, für immer."

Das Kind schläft an ihrer Brust, ruhig und glücklich.

Der Herr hat es genommen. Der Herr hat es gegeben. Gelobt sei der Name des Herrn.

Als Esther vier Monate alt ist, beschließt Hildegard, ihren Vater in Dresden zu besuchen, der seine Enkelin noch nie gesehen hat. Wenn sie noch länger wartet, ist es zu kalt für eine Reise mit einem kleinen Kind.

Ihrem Vater geht es gut, anscheinend funktioniert die Ehe doch.

Er interessiert sich jedoch herzlich wenig für das Kind. „Esther? Das ist ein jüdischer Name!", ist seine einzige Reaktion.

„Das ist der Name der Frau von König Ahasveros, der Königin Esther, die ihr Volk gerettet hat. Es ist ein biblischer Name."

Doch er zuckt nur unbeteiligt mit den Schultern und wechselt das Thema. „Hast du gewusst, dass unsere Marienburg jetzt als Ausbildungslager für die Hitler-Jugend benutzt wird? Das muss für die jungen Männer eine Erfahrung sein, auf die sie sehr stolz sein können."

Als ob die Hitler-Jugend wichtiger wäre als ihr wunderbares, kleines Mädchen.

Nach ein paar Tagen fährt Hildegard wieder zurück nach Berlin, in Dresden fühlt sie sich nicht mehr wohl. Die neue Frau ihres Vaters hat sich nicht ein einziges Mal nach der kleinen Esther erkundigt und sich überhaupt nicht für sie interessiert. Nein, sie ist froh, dass sie wieder zurück nach Berlin kann. Das Auto ist voll von frischem Gemüse und Fleisch – sie hofft, dass die neue Köchin, mittlerweile die vierte nach dem Weggang von Frau Hoffmann, weiß, was sie damit anstellen soll.

„Ich weiß immer noch nicht, was aus Herrn und Frau Hoffmann

geworden ist, Frau Hildegard, ich könnte schwören, dass das Juden gewesen sind, und jetzt ist dieses neue Hausmädchen auch noch verschwunden."

„Hör doch auf damit, Olga. Wir kommen gut ohne sie zurecht."

„Ohne das Hausmädchen werde ich nichts ..."

„Nein, nein, ich mache mich ja wieder auf die Suche nach einem neuen. Seit wann ist das letzte denn weg?"

„Seit gestern schon, aber diese Köchin ist ja auch so jähzornig, dass das kein Mensch lange aushalten kann."

Sie muss also wieder ein Hausmädchen finden. Nie hätte sie gedacht, dass es so schwer ist, Personal zu finden.

Anfang Dezember kommt Siegfried für drei Wochen nach Hause. Er sieht gut aus, auf den Schlachtfeldern in Europa ist es ziemlich ruhig. Über das Verschwinden von Klaus und Frau Hoffmann ist er jedoch äußerst entrüstet. „Sobald ich euch den Rücken zuwende, fällt mir der ganze Haushalt auseinander."

Die meiste Zeit verbringt er mit Andreas im Sprechzimmer – die Praxis muss schließlich weitergehen. Wenn er zu Hause ist, versucht Hildegard, das Kind so still wie möglich zu halten, damit er nicht gestört wird. Ihre Unterhaltungen sind sehr sachlich: „Andreas wird dafür sorgen, dass sich jemand um die Abflussleitungen kümmert. Ich sorge dafür, dass du jeden Monat genug Geld für das Personal und den Haushalt hast."

„Danke, Siegfried."

„Und ihr müsst den Keller so weit fertig machen. Ihr dürft euch nicht unvorbereitet überraschen lassen."

„Ja, gut."

Nach drei Wochen reist er wieder ab, weil er den Auftrag erhält, sich der Panzerdivision von Generalmajor Erwin Rommel anzuschließen.

Er hat nicht einmal Johanns Namen in den Mund genommen.

Und er hat nicht einmal nach Esther geschaut.

Kurz nach Weihnachten fängt Esther an zu krabbeln. „Ach du lieber Himmel, nein jetzt fällt sie noch die Treppe hinunter", sagt Olga und bastelt eine Absperrung vor die Treppe.

„Und wie sollen wir jetzt hinunterkommen?"

„Darüberklettern."

Ein paar Nächte später fällt Esther aus dem Bett und schreit sich die Seele aus dem Leib. Hildegard tröstet sie und bekommt sie wieder ruhig. „Du musst lernen, still zu sein, wenn du bei deiner Mama schlafen möchtest."

Doch das kann das Kleinkind nicht und Hildegard macht fast kein Auge zu. Sie versucht Esther ins Kinderbett zu legen, aber da steht sie auf, hält sich am Geländer fest und protestiert lauthals. Am nächsten Tag schiebt Hildegard zusammen mit Olga das große, schwere Himmelbett an die Wand. Sogar die Köchin und das Hausmädchen müssen mithelfen. Jetzt kann Esther an der Wand schlafen.

Die Treppenabsperrung funktioniert nicht lange. Esther zieht sich daran hoch und rüttelt mit aller Kraft daran. „Oh weh, oh weh, hier wird sie doch noch runterfallen", sagt Olga und bringt ihr mit äußerster Geduld bei, wie sie sich rückwärts auf dem Bauch die Treppe hinunterschieben kann.

„Sie ist sehr schlau, Frau Hildegard, dieses Kind ist wirklich sehr schlau."

Jetzt gehört das Haus Esther. Sie ist in einem Augenblick im Musikzimmer, im nächsten in der Küche.

Und draußen tobt der Krieg unvermindert weiter. In Nordafrika erobert das Afrikakorps unter Rommel die strategisch wichtige Hafenstadt Tobruk.

Rommel?, überlegt Hildegard. Das ist doch der General, zu dem Siegfried im Dezember abkommandiert worden ist. Aber was machen sie mittlerweile in Nordafrika?

Schnell faltet sie die Zeitung wieder zusammen, denn sie möchte nicht mehr über den Krieg lesen.

Anfang des Sommers kommt Oswald unerwartet nach Hause. Er ist geradezu ein Ebenbild arischer Gesundheit. „Ich gehe in einer Woche an die Ostfront", sagt er im Vorbeigehen zu Hildegard. Sie versucht sich daran zu erinnern, was sein Lieblingsessen ist. Doch dafür kennt sie ihn eigentlich nicht gut genug. Frau Hoffmann hätte es gewusst.

Oswald spielt stundenlang auf dem Rasen mit Esther, er wirft sie in die Luft und rollt sie sich kopfüber über die Schultern. Dabei jauchzt sie vor Vergnügen – je wilder, desto besser. Sie rollen sich über die grüne Rasenfläche, sie reitet auf seinem Bein, ihre strahlenden braunen Augen glänzen vor Freude. Und dann macht sie ihre ersten Schritte auf dem Rasen. „Hildegard, komm her, Esther kann laufen!", ruft Oswald nach drinnen.

Das ist das erste Mal, dass er sie direkt anspricht.

Als er wieder abreist, wird das Haus sehr still.

Während der Semesterferien besuchen Hildegard, Karl und Esther eine Woche lang Hildegards Vater in dem Chateau. Bei lieblichem Sommerwetter unternehmen sie lange Spaziergänge durch die Wiesen und den Wald. Sie und die sinnliche Witwe haben nicht viel, über das sie reden könnten, die Frau hat nie Kinder gehabt und Esther nimmt sehr viel von Hildegards Zeit in Anspruch. Doch Karl und sein Großvater führen lange Gespräche. „Sie lassen mich erst noch zu Ende studieren, bevor ich an die Front geschickt werde, Großvater. Sie haben Ärzte nötiger als Soldaten."

Hildegards Herz krampft sich zusammen. Nein! Nicht auch noch Karl an die Front. Nein.

„Ach, bis dahin ist der Krieg schon lange gewonnen und vorbei", erwidert ihr Vater bestimmt.

Karl interessiert sich nicht sehr für Esther, er weiß wahrscheinlich nicht genau, was er mit ihr anstellen soll. „Sie hat ganz schön Hummeln im Hintern", ist der einzige Kommentar, der von ihm zu hören ist.

Am Abend, bevor sie wieder nach Berlin zurückfahren, erreicht sie die Nachricht, dass Deutschland die Sowjetunion von Ostpreußen und Polen aus angegriffen hat.

„Ostpreußen." Ihr Vater nickt bedeutungsvoll.

„Das ist da, wo Oswald ist, irgendwo an der Ostfront", entgegnet Hildegard.

Karl schüttelt den Kopf. „Hat er denn gar nichts von Napoleon gelernt?"

„Wer? Oswald?"

„Nein, Mutter. Hitler."

Wieder ist das Auto voller frischer Produkte, als sie nach Hause fahren. Karl sitzt am Steuer, Esther schläft ruhig auf Hildegards Schoß. „Die Nazis machen Dinge, von denen ich nicht viel halte", sagt Karl plötzlich.

Hildegard wendet ihm schnell den Kopf zu. „Es ist gefährlich, so etwas zu sagen, Karl."

Er schaut geradeaus auf den Weg. „Ich sage so etwas nur zu dir, Mutter."

Noch lange nachdem er wieder auf der Universität ist, nagt die Unruhe in Hildegard weiter.

Esther entwickelt sich zu einem ausgesprochen fröhlichen kleinen Mädchen, das weiß, dass die Welt ihm gehört. Sie wackelt auf ihren kurzen Beinchen durch das Haus und wickelt das ganze Personal um den kleinen Finger. Wenn Olga in dem langen Flur mit ihr spielt, lacht sie lauthals und macht wiederum furchtbaren Rabatz, wenn es einmal nicht nach ihrem Willen läuft. Nachts sucht sie die Nähe zu Hildegard und kuschelt sich eng an sie.

Sogar die langen Nächte, in denen sich Hildegard nicht von diesem kahlen Strand irgendwo am Ärmelkanal losreißen kann, sogar diese Nächte sind nicht mehr so finster. Denn ihr kleiner Sonnenschein schläft direkt an ihrem Herzen.

In Nordafrika geht es immer hin und her: Hier gewinnen die Briten ein wenig Boden, dort brechen die deutschen und italienischen Armeen wieder durch. „Siegfried wird wahrscheinlich gegen Ende des Monats zu Hause sein", sagt Andreas eines Nachmittags.

Sie nickt nur, diese Information ist ihr neu.

„Hildegard, hast du das gewusst?"

Sie schaut auf, seine grauen Augen hinter den dicken Brillengläsern blicken sie ernst an. „Nein, Andreas. Wir kommunizieren nicht viel miteinander."

Betroffen schüttelt er den Kopf. Doch bevor er weitersprechen kann, klettert Esther ihm schon auf den Schoß und nimmt seine ganze Aufmerksamkeit in Anspruch, sodass er nur noch lachen kann. „Ach, dieses Mädchen, das ist schon ein Mensch für sich, nicht wahr?"

In der Sowjetunion rückt die deutsche Wehrmacht näher und

näher an Moskau heran. Im September wird Leningrad von den deutschen Truppen eingeschlossen, Kiew wird erobert. In einer Radioansprache an sein Volk sagt Hitler: „Die Schlacht um Kiew ist die größte Feldschlacht der Weltgeschichte. Die Rote Armee hat keine Reserven mehr, um Moskau zu verteidigen."

Eine Feldschlacht? Doch wohl eher ein Schlachthaus.

Mit einem Mal ist sie wieder auf der Veranda in Königsberg. „Mir gefällt das Wort ‚Schlacht' nicht." Und Gustav lacht.

Sie kann sich gar nicht mehr daran erinnern, wie Gustav überhaupt ausgesehen hat. Außer dass seine Augen grau waren und gelacht haben.

„Mama?", sagt Esther laut und deutlich neben ihr.

Hildegard dreht ihren Kopf zu ihrer Tochter hin. „Mein Püppchen, hast du gerade ‚Mama' gesagt?"

Mit glänzenden, braunen Augen schaut Esther sie direkt an. „Mama."

Überwältigt von Glück nimmt Hildegard sie auf den Arm und drückt sie fest an sich. „Sag das noch einmal: Mama."

„Mama Mama Mamama."

Das ist einer der schönsten Tage der Weltgeschichte. Mein Kind nennt mich Mama, freut sich Hildegard.

Noch vor dem Winter ist Siegfried zu Hause, abgemagert und braun gebrannt – mit der afrikanischen Wüste ist nicht zu spaßen. Karl kommt für ein Wochenende auf Besuch, auch Andreas kommt regelmäßig vorbei. Für ein paar Tage fahren sie nach Dresden, damit Siegfried mit eigenen Augen sehen kann, wie es um das Chateau bestellt ist.

Siegfried hat keine Wahl, Esther lässt es nicht zu, dass jemand sie nicht beachtet. Er bleibt jedoch abweisend und meidet, so gut es eben geht, den Kontakt.

Hildegard hat gar nicht erst versucht, Esther beizubringen, wie man „Papa" sagt, denn Siegfried ist kein Mensch, den man Papa nennen möchte.

In der Sowjetunion erreicht die deutsche Wehrmacht den Stadtrand von Moskau. Einzelne Truppenteile haben bereits den Moskau-Wolga-Kanal überquert und stehen nur noch wenige Kilometer vor dem Kreml.

Doch die ersten Schneestürme des Winters schlagen auch dort mit eisigen Klauen zu. Gerüchte über Erfrierungen und Krankheiten, denen immer mehr Soldaten zum Opfer fallen, erreichen die warmen Elternhäuser in Berlin. Die Kälte setzt anscheinend auch die Luftwaffe weitgehend außer Gefecht.

„Ich habe darum gebeten, an die Ostfront versetzt zu werden", sagt Siegfried eines Abends bei Tisch.

Sie versteht ihn, vermutlich macht er sich Sorgen um Oswald, sein Lieblingskind. „Die Wehrmacht wird das sicher erlauben, schließlich kennst du die Lage an der Ostfront."

Persönlicher als dieses Gespräch ist keines, das sie führen.

Eine Woche später wird Siegfried dringend in die Wüste von Nordafrika zurückbeordert – jüngere Ärzte von dort werden an die Ostfront versetzt.

Anfang Dezember wird die Welt ganz plötzlich sehr viel größer. Dort, wo immer nur ein stiller, blauer Ozean gewesen ist, erscheint mit einem Mal eine Reihe unbedeutender kleiner Inseln. Ihre Namen klingen seltsam in den Ohren: Maui, Kauai, Oahu. Ihre schwarzen Vulkanschlote thronen umgeben von Wolken Tausende von Metern über dem Meeresspiegel und ihre Zehen sind bunte Korallenriffe, die in den Boden des endlosen Ozeans eingegraben sind.

Das sind die Inseln, die James Cook vermessen hat und die Mark Twain als die bezauberndsten der Welt beschrieben hat. Dort liegt die große amerikanische Flottenbasis auf dem Weg nach Osten.

Im Dezember verschiebt sich der Fokus der Welt plötzlich auf dieses Fleckchen Stiller Ozean. Japan fliegt einen Überraschungsangriff auf die strategische Flottenbasis in Pearl Harbor. Amerikanische Flugzeuge werden am Boden zerstört, ihre Start- und Landebahnen sind nicht mehr zu gebrauchen. Amerikanische Kriegsschiffe versinken in schwarzen Qualmwolken.

„Jetzt werden die Amerikaner sich rächen", bemerkt Andreas bekümmert. „Hildegard, das sieht nicht gut aus."

Sie erinnert sich: Als erst einmal die Amerikaner in den Weltkrieg eingetreten sind, hat sich vieles ganz schnell verändert.

Am 8. Dezember erklären die Vereinigten Staaten und Großbritannien Japan den Krieg, drei Tage später erklärt auch das Deutsche Reich Amerika den Krieg.

„Ab sofort können wir von einem zweiten Weltkrieg sprechen", sagt Karl nüchtern, als er über Weihnachten zu Besuch kommt.

Dann wird aus dem Weltkrieg sicher der Erste Weltkrieg werden, denkt Hildegard im Stillen.

Die Stimmung an Heiligabend ist gedrückt, allen geistert der Krieg durch den Kopf, der Schatten von Hans hängt dunkel über ihnen, Johanns Platz ist schrecklich leer. Irgendwo in der sandigen Welt auf der anderen Seite des Mittelmeeres ist Siegfried und Oswald ist im Schnee von Russland.

Nur Esther scheint die gedrückte Stimmung nichts auszumachen. Als sie herausfindet, dass sich in dem bunten Papier Geschenke verbergen, kennt ihre Aufregung keine Grenzen mehr.

„Sie ist ja schon süß, aber ganz schön wild, oder?", bemerkt Karl mit einem flüchtigen Lächeln.

Eines Nachmittags ruft eine der alten Freundinnen von ihr und Freda bei Hildegard an. „Komm, wir gehen am Samstagabend in die Oper", lädt die Dame sie ein. „Ich schicke unseren Fahrer vorbei, der kann dich abholen."

Bevor sie geht, spricht Hildegard wieder mit Olga. „Du musst dich gut um Esther kümmern, bitte, Olga. Sieh zu, dass ihr nichts passiert."

„Nein, Frau Hildegard, ich werde mich drum kümmern, Frau Hildegard, es wird nichts passieren, ich passe auf Esther auf."

Hildegard genießt die Musik, mehr sogar, als sie gedacht hätte. „Das war ein wunderbarer Abend, vielen Dank", sagt sie, als sie wieder vor ihrer Haustür aussteigt.

„Wir werden so etwas wieder tun."

„Ganz bestimmt."

Doch als sie die Haustür öffnet, hört sie ein furchtbares Geschrei. So schnell sie kann, rennt sie die Treppe hinauf und reißt die Tür auf.

Olga sieht verzweifelt aus. „Sie schreit ganz schrecklich und will nichts wissen, von gar nichts, sie will nur zu Ihnen, Frau Hildegard, ich gehe jetzt schlafen."

Hildegard tröstet ihr Kind die ganze Nacht lang. Sie fühlt sich so unendlich schuldig. „Du musst aufpassen, dass sie nicht störrisch wird", sagt Andreas am nächsten Nachmittag.

Hildegard schüttelt den Kopf. „Sie war einfach nur verunsichert. Wahrscheinlich hätte ich nicht weggehen dürfen. Ich möchte ihr eine gute Mutter sein."

„Das bist du, Hildegard, du bist die beste Mutter, die sich ein Kind nur wünschen kann."

In Nordafrika rückt Rommel Richtung Ägypten vor, Deutschland ist auf der Siegerstraße. In der Sowjetunion ist es der Roten Armee jedoch gelungen, die deutsche sechzehnte Armee einzukesseln. Die Truppen, die das Gebiet verteidigen, sind abgeschnitten. Flugzeuge werfen den benötigten Nachschub ab. „Oswald sitzt im Schnee von Russland fest", teilt sie ihrem Vater telefonisch mit.

„General Winter, ja. Jedes Mal dasselbe, nicht wahr?"

Zu Hause wird es immer schwieriger, an frische Produkte zu kommen. Sogar als der Sommer kommt, sind viele Erzeugnisse nicht zu haben. „Die Ladenbesitzer sagen, dass sie alles den Soldaten schicken, aber wir hier in der Stadt sollen wohl verrecken?", fragt Olga ganz entrüstet.

„Verrecken, verrecken, verrecken", ahmt Esther sie nach.

„Nein, meine Liebe, das ist kein schönes Wort. Nur Tiere verrecken, Menschen sterben", versucht Hildegard entgegenzuhalten.

„Wenn wir nichts zu essen bekommen, verrecken wir wie die Fliegen", behauptet Olga mit Bestimmtheit.

Im Hochsommer kommt es in Afrika zur großen Schlacht. In El Alamein. Der Name ruft keine Erinnerungen wach. Hildegard findet den Ort auch nicht in ihrem Atlas. Nach dem, was in den Zeitungen zu lesen ist, ist El Alamein eine unauffällige Bahnstation in der weiten Wüste. Es liegt an der Hauptbahnlinie von Tobruk in Libyen nach Alexandria, der ägyptischen Hafenstadt. „Dort ist sicher dein Papa jetzt", zeigt sie Esther auf der Karte.

„Papa, Papa, Papa", wiederholt Esther. Aber das Wort ist für sie nur ein Klang von zwei Silben, ohne jede Bedeutung.

Drei Monate später findet eine zweite Schlacht statt, dieses Mal müssen sich die Deutschen bis nach Tunesien zurückziehen. Wenigstens kann man Tunesien im Atlas finden. „Ich glaube, dein Papa ist wieder zurück in der Zivilisation."

Esther schaut nicht einmal auf. Die Bauklötzchen sind viel interessanter als Mamas Bücher.

Am Mittwochmorgen bekommt das Wort El Alamein plötzlich eine neue Bedeutung. Es ist nur eine kurze Notiz:

> Liebe Hildegard!
>
> Ich möchte dich kurz wissen lassen, dass ich durch einen Querschläger an der Kniescheibe verwundet worden bin. Das ist unangenehm, aber nichts, worüber du dir Sorgen machen müsstest. Ansonsten geht es mir gut.
>
> Viele Grüße
> Siegfried von Stein

Der Schock ist größer, als Hildegard es je für möglich gehalten hätte. Sie zittert noch am ganzen Körper, als Olga ihr kurz darauf den Kaffee bringt. „Der Herr Doktor ist am Knie verwundet worden."

Vor Schreck lässt Olga beinahe das Tablett fallen. „Ach du lieber Himmel, Frau Hildegard, ach nein, der Herr Doktor ist erschossen worden, ach nein!"

„Schossen, schossen!", ruft Esther.

„Nein, er ist nur verwundet worden."

Als am Abend Andreas an die Tür klopft, fragt er sie vorsichtig: „Hildegard, hast du es mitbekommen?"

„Siegfried ist verwundet worden."

Er nickt. „Ich habe heute seine Nachricht bekommen."

„Ich auch, ja."

„Da bin ich froh."

Fragend runzelt sie die Stirn. „Darüber, dass er verwundet worden ist?"

„Nein, nein, natürlich nicht. Nur darüber …"

Sie lächelt schief. „Ich weiß es doch, Andreas, ich habe dich nur ein bisschen aufziehen wollen. Er schreibt, dass es nichts Ernstes ist."

„Nein. Du brauchst dir deswegen keine Sorgen zu machen."

Mittlerweile kennt Hildegard Andreas gut genug, um zu wissen, dass ihm etwas auf dem Herzen liegt. „Aber? Warte, komm erst herein, du kannst gern mit Esther und mir zu Abend essen. Ich glaube, es gibt Brot und gekochte Eier, ich kann auch schauen, ob noch ein bisschen Schinken im Kühlschrank ist."

Er lächelt freundlich. „Das hört sich nach einem Festmahl an, aber ich muss nach Hause. Du weißt doch, alte Männer müssen früh ins Bett."

Natürlich versteht sie. Er sieht müde aus und auch alt, weil er furchtbar hart arbeiten muss, um die Praxis allein am Laufen zu halten. „Komm, dann trink wenigstens ein Tässchen Tee und erzähle mir, was dir auf dem Herzen liegt."

Er überlegt sich sorgfältig seine Worte. „Eine Knieverletzung ist nichts, was man auf die leichte Schulter nehmen sollte."

Sie erschrickt. „Glaubst du, dass es zu einer Infektion kommen könnte? Werden sie das Bein amputieren müssen?"

„Oh nein, nein, die ärztliche Wissenschaft hat sich seit den Tagen des Weltkriegs um einiges weiterentwickelt. Nein, es ist nur, dass ... ja, nun, ich habe Siegfried geschrieben, dass er auf sein Knie gut aufpassen soll. Aber das wird er selbst wissen, er ist ein guter Arzt."

In dieser Nacht träumt sie glasklar von Patient Nr. 921, der mit seinen beiden amputierten Beinen auf der Straße sitzt und bettelt. Doch dann hat er plötzlich Siegfrieds Gesicht. „Schieb mich in die Sonne, ich möchte gesund werden", sagt er.

Schweißgebadet wacht sie auf.

Auf der anderen Seite des Bettes schläft Esther tief und fest. Der Teddybär, den Karl ihr im letzten Dezember mitgebracht hat, liegt in ihren Ärmchen.

Inzwischen machen immer mehr Gerüchte von Bombenangriffen der amerikanischen Luftwaffe auf deutsche Städte die Runde, und das am helllichten Tag. „Aber das ist weit weg von Berlin, sie sagen, dass wir keine Angst zu haben brauchen."

„Ja, Olga, das haben sie in der Vergangenheit auch immer wieder gesagt. Ich denke, wir sollten lieber dafür sorgen, dass im Weinkeller alles vorbereitet ist. Kümmere du dich darum, dass genügend Decken hinuntergeschafft werden, da unten ist es bitterkalt. Und Kerzen und Streichhölzer. Und Wasser."

„Durch diese Tommiebomber sitzen wir in diesem Keller wie Mäuse in der Falle fest und dann schießen sie so lange auf uns, bis wir verreckt sind."

„Olga! Hör bitte auf, so vor Esther zu reden."

„Was darf ich denn nicht sagen? Verreckt?"

„Ja, genau. Und auch keine Geschichten über das Schießen, ich möchte nicht, dass sie unnötig Angst bekommt."

Kurz vor Weihnachten sickern noch andere Gerüchte durch: Die sechste deutsche Armee sei angeblich in einem verzweifelten Zustand in den eisigen russischen Ebenen eingeschlossen worden. Zudem mache es die Kälte der Luftwaffe unmöglich, sie mit dem nötigen Nachschub zu versorgen.

Jetzt spukt auch Oswald durch ihre Nächte. Er ist zwar ein großer, starker Mann von vierunddreißig Jahren, der einzige Mensch, der sie nie richtig in diesem Haus aufgenommen hat. Doch so ohne jeden Schutz in der bitteren Kälte festzusitzen und das noch bei viel zu wenig Essen?

Nachdenklich legt sie die warme Federdecke enger um sich und Esther und drückt ihr Töchterchen fest an die Brust. Aber allzu schnell wird es dem Kind zu warm. Es arbeitet sich aus Hildegards Armen heraus und streckt seine Arme weit von sich.

Weihnachten kommt Karl nach Hause und lädt Andreas ein, den Heiligen Abend mit ihnen zu feiern. „Er hat doch niemanden, mit dem er Weihnachten feiern könnte, Mutter."

„Es ist schon in Ordnung."

Esther kann den Heiligen Abend kaum erwarten. Wie ein Gummiball hüpft sie um den geschmückten Weihnachtsbaum herum und kann ihre Finger beinahe nicht von den Geschenken lassen.

„Noch ein Teddy!", ruft sie überrascht aus, als sie Karls Geschenk öffnet.

Verlegen zuckt er mit den Schultern. „Ich weiß nicht, was ich ihr sonst hätte schenken sollen."

Hildegard lacht. „Teddybären kann sie nicht genug haben", beruhigt sie ihn.

Am Nachmittag, bevor er zur Universität zurückfahren muss, kommt Karl und setzt sich zu Hildegard ins Musikzimmer. Er hat ihr einen neuen Notensatz zu Weihnachten geschenkt, sie konzentriert sich sehr auf die Noten und spielt das Stück erst zu Ende, bevor sie sich ihm zuwendet. „Das ist wunderbare Musik, danke, Karl. Ganz anders als das, was ich normalerweise spiele."

Karl nickt etwas abwesend.

Schließlich klappt sie das Klavier zu und dreht sich ganz zu ihm um. „Soll ich uns einen Kaffee bringen lassen?"

Er schaut auf. „Bei uns an der Universität gibt es eine Gruppe, die meint, dass es eine Bürgerpflicht sei, dem Regime gegenüber Widerstand zu leisten", sagt er plötzlich völlig unvermittelt.

Eine kalte Hand klammert sich um ihr Herz. „Karl?"

„Sie sagen, dass Hunderttausende von Deutschen direkt in den Tod geschickt werden."

„In den Krieg?"

„Nein, nicht dahin."

Sie schnappt nach Luft. In der Regel versucht sie, Olgas Geschwätz im Keim zu ersticken, und ermahnt sie, nicht auf diese Altweibergeschichten zu hören. Aber manchmal geben sie ihr zu denken. „Worauf willst du hinaus, Karl?"

Er schweigt einen Augenblick, so als müsse er die Dinge durchdenken. „Bei uns gibt es ein Geschwisterpaar, Scholl heißen sie. Sie verteilen Flugblätter und nennen sich die ‚Weiße Rose'. Überall in der Universität tauchen diese Flugblätter auf und behandeln verschiedene Themen. Sie haben mir einfach zu denken gegeben."

Die eiskalte Hand greift nun nach ihrer Kehle. Wild schüttelt sie den Kopf. „Das hier ist ein gefährliches Gerede, Karl, wir haben schon einmal darüber gesprochen. Es gibt Menschen, die schon wegen weit weniger verhaftet worden sind."

„Das ist mir klar, Mutter. Ich werde meine Bedenken auch nicht Vater erzählen, erst recht nicht Oswald."

Oswald. Falls Oswald dieser eiskalten Hölle lebend entkommen kann.

Die Furcht hat nun eine feste Wohnung in Hildegards Gemüt bezogen. Manchmal legt sie nicht nur Siegfried und Oswald in die Hand des Herrn, sondern sie bittet auch darum, dass Gott Karl beschützen möge. Wo er ist – nicht der spezielle Ort, sondern da, wo er als Mensch angekommen ist –, kommt es ihr plötzlich gefährlicher vor als im Geschützfeuer an der Front.

Am 22. Februar kapituliert eine eingekesselte, halb erfrorene und verhungerte deutsche Truppe vor der Roten Armee. Über neunzigtausend Soldaten, die die Kälte und den Hunger überlebt haben, kommen in Kriegsgefangenschaft. Es ist eine gewaltige Schande, ein Schmutzfleck auf dem Namen der deutschen Wehrmacht – kein deutscher Feldmarschall hat sich jemals ergeben oder seine Truppe lebend in Kriegsgefangenschaft führen lassen.

Hunderttausende sind auf beiden Seiten als Volkshelden gestorben. Oswald ist einer von Zehntausenden, die als Kriegsgefangene zu Fuß durch den tiefen Schnee marschieren müssen – in ein sowjetisches Kriegsgefangenenlager irgendwo in der russischen Steppe.

Knapp drei Monate später ergeben sich die Truppen der Achsenmächte in Tunesien. „Du lieber Himmel, Andreas, sie können Siegfried doch nicht in ein Gefangenenlager bringen!", ruft Hildegard entsetzt.

Er schüttelt nur den Kopf.

Auf einmal sieht er in ihren Augen um Monate älter aus.

Doch Siegfried kommt zurück, das Feldlazarett ist rechtzeitig evakuiert worden.

In einem solchen Zustand hat Hildegard ihn noch nie gesehen. Eines seiner Brillengläser ist gesprungen, sein Gesicht ist aschgrau, seine Augen müde, er ist ein alter Mann von zweiundsechzig Jahren, der kaum laufen kann. Nie hätte sie gedacht, dass jemand in so kurzer Zeit so viel älter werden könnte.

„Siegfried?"

Den ganzen Tag schläft er. Sie hat Schwierigkeiten, Esther währenddessen still zu halten. Zum Glück ist es Sommer, sodass sie oder Olga tagelang draußen mit dem Kind spielen können.

„Er hat sehr große Schmerzen und nimmt viel zu viel Morphium", sagt Andreas tief bekümmert.

An manchen Tagen geht es ihm besser, dann kommt er zum Essen an den Tisch. Doch sein Geist bleibt düster. „Es wäre für Oswald besser gewesen, wenn er so wie Johann auf dem Schlachtfeld gefallen wäre, anstatt in einem russischen Gefangenenlager in Sibirien langsam zu krepieren. Ich weiß nicht, ob auch nur ein Prozent dieser neunzigtausend jungen Männer das überleben wird."

In den ersten Frühlingstagen wird er wieder einberufen, dieses Mal nach Italien.

Hildegard kann ihr Entsetzen nicht verbergen. „Das können sie doch nicht tun, Siegfried! Du bist doch gar nicht gesund genug, um zurück an die Front zu gehen!"

Seine Augen blicken müde zurück, ohne Kampfgeist. „Die Wehrmacht braucht Ärzte. Auch wenn es jetzt alte, verkrüppelte Ärzte sind."

Bei seinen Worten krampft sich ihr Herz zusammen. Wegen ihres Mannes. Und wegen ihres Kindes, das im nächsten Jahr um diese Zeit mit seinem Medizinstudium fertig sein wird. Denn dieser Krieg wird niemals aufhören.

An dem Tag, an dem er abreist, verhält er sich seltsam. Beinahe träge. Er streicht Esther zärtlich über den Kopf, sagt ihr leise etwas ins Ohr und schüttelt bedächtig den Kopf.

An der Tür legt er Hildegard die Hand auf die Schulter. „Ich wollte, es wäre alles anders gekommen", sagt er und küsst sie auf die Stirn. Seine Lippen sind kalt.

Dann dreht er sich um und klettert mühsam in den wartenden Wehrmachts-Kübelwagen, ohne sich noch einmal umzudrehen.

„Papa jetzt tata?", fragt das Kind.

„Ja, Liebes. Dein Papa ist wieder zurück in den Krieg."

An den meisten Sonntagen geht Olga zusammen mit ihnen in die Kirche. Der Chauffeur bringt sie mit dem Mercedes dorthin.

Von fern und nah ruft das Glockengeläut die Besucher zusammen, die auf den steilen Holzbänken in der großen Kirche sitzen, die Kuppeldecke hoch über ihnen. Hildegard riecht den Duft der

Kerzen, bei getragener Orgelmusik entspannen sie sich. Esther betrachtet sich die Mosaikbilder von alten Königen und Königinnen an den Wänden, die Sonnenlichtstreifen, die durch die Buntglasfenster fallen, die Marmorbilder in den Nischen. Dann schläft sie auf Hildegards Schoß ein.

Hildegard lauscht auf jedes Wort der Predigt. Mehr und mehr findet sie Trost in den sicheren Mauern der prächtigen Gedächtniskirche.

Am Anfang war es schwer, weil sie immer an die Trauerfeier für Johann hat denken müssen. Auch an ihre Hochzeit, ja, an die Taufe von Karl und Johann. Aber vor allem an die Trauerfeier.

Andreas hat recht gehabt: Der Schmerz bleibt zwar, doch die Zeit macht es etwas leichter. Man lernt, mit dem Schmerz zu leben.

Nach der Kirche fahren sie nach Hause. Sie kann nicht wirklich mit Olga über die Predigt sprechen – meistens schläft das Zimmermädchen irgendwann mitten im Gottesdienst ebenfalls ein.

Inzwischen müssen sie viele Nächte im Keller verbringen. Der ist jetzt gut eingerichtet: zwei Matratzen mit Kissen und Wolldecken, genügend Kerzen, Wasser, ein Haufen Kekse. Wenn die Sirenen zu heulen beginnen, greift Esther automatisch ihren Teddybären und stürmt die Treppe hinunter. Olga torkelt schlaftrunken in die Küche. Ihre Haare stehen wild ab, sie stolpert über ihr langes Nachthemd. „Du lieber Himmel, Frau Hildegard, ich hoffe, heute schießen sie uns nicht in Stücke. Esther, gib mir deine Hand, schnell, sonst fällst du noch die Treppe hinunter."

Manchmal fallen die Bomben weit weg, dann hört man nur ein dumpfes Krachen. Manchmal kommen die Bomben näher, dann zittern die Mauern des Hauses und Hildegard drückt Esther fest an die Brust. Doch das Haus wird nie getroffen, selbst die Fensterscheiben bleiben ganz.

Wenn die Entwarnung ertönt und alles sicher ist, gehen sie wieder in ihre Schlafzimmer zurück.

„Bomben sind jetzt tata", sagt Esther.

„Da hast du recht, mein Püppchen. Jetzt können wir wieder schön in unserem eigenen Bett schlafen."

In dieser Zeit wird auch die Gedächtniskirche getroffen und unwiederbringlich in Trümmer gelegt. Das Zeitungsfoto sagt alles: die Fensterhöhlen der einstmals so prächtigen Kirche, die nach dem Brand immer noch rauchen; die Trümmerhaufen um sie herum, die kahl gebrannten Bäume. Nur das Eingangsportal steht noch und ein Teil des Turmes, der nach oben hin verstümmelt ist. Einzig die Turmuhr ist stehen geblieben.

Hildegard schließt die Augen. Aber die Tränen finden trotzdem ihren Weg und laufen ihr über die Wangen.

Ihr Kind legt tröstend sein Händchen auf ihren Arm. „Alles gut, Mama, alles gut. Ich Mama Süßes geben?"

Im neuen Jahr wird in Italien das berühmte Kloster auf dem Monte Cassino von amerikanischen Bombern völlig zerstört. Deutsche Fallschirmjäger verteidigen die Ruinen des Klosters, sie halten sie noch drei Monate lang. Dann können sie nicht mehr.

Als Andreas kurz vor dem Mittagessen in der Eingangstür steht, weiß Hildegard sofort Bescheid.

Er bringt sie ins Musikzimmer und befiehlt Olga mit einer Handbewegung, das Kind mitzunehmen. „Es war ein Schießunfall, Hildegard. Es tut mir so leid."

Ein Schießunfall? „Eine Kopfwunde?"

Er nickt.

Sie fragt gar nicht weiter. Weil sie es bereits weiß.

Ihr Mann ist tot.

Das ist alles.

10. Kapitel

Sie kann nichts mehr fühlen. Tage- und wochenlang schleppt sie sich wie tot durch die lange Nacht.

Mein Mann ist tot. Der Vater meiner drei Kinder …

Entsetzt schüttelt sie den Kopf. Ich habe mich doch schon vor fünf Jahren von meinem Bild von Siegfried verabschiedet, an dem Tag, als er wollte, dass ich unser Kind abtreibe.

Doch bis zu diesem Tag haben wir zusammen ein gutes Leben gehabt. Vielleicht hat er mich nie wirklich geliebt, ich jedenfalls habe ihn mit Sicherheit nie geliebt. Trotzdem ist er immer gut zu mir gewesen.

Was soll jetzt nur aus mir werden?, denkt sie immer wieder.

Andreas Mäkinen, ihre Stütze, wird jeden Monat grauer und älter und kleiner.

Nur Olga bleibt so, wie sie ist. Olga und Esther auch.

Am 5. Juni bringt Hildegard wie in jedem Jahr frische Blumen auf Johanns Grab. Und auch auf die anderen Gräber: das von Freda, jetzt auch das von Siegfried. Nur nicht auf das von Hans.

Am 6. Juni 1944 wird Esther vier Jahre alt. Seit dem frühen Morgen kann sie sich nicht mehr ruhig verhalten, sie hüpft in einer Tour herum. „Heute kommt mein Bruder Karl, mein Bruder Karl kommt heute“, singt sie dabei die ganze Zeit.

Der Köchin ist es gelungen, einen Geburtstagskuchen zu zaubern, auf dem sogar eine Kerze brennt, die Esther ausblasen muss. „Aber ich warte damit, bis mein Bruder Karl hier ist“, sagt Esther.

Andreas kommt am frühen Nachmittag vorbei. Er bringt ihr ein antikes Teeservice aus Porzellan mit, worüber sie sich sehr freut. „Danke, Onkel Andreas.“

Später kommt auch Karl dazu. Er hat all seine Besitztümer bei sich, denn sein Studium ist nun beendet. Es ist geplant, dass er jetzt in der Praxis von Andreas mitarbeiten wird. „Hier ist dein Geschenk.“

Hastig reißt Esther das Papier auf und packt eine Puppe aus, die in einer traditionellen deutschen Tracht steckt. Esther guckt etwas überrascht. „Danke, Karl, das ist eine schöne Puppe. Aber warum hast du mir denn keinen Teddybären mitgebracht?"

„Esther!", weist Hildegard sie streng zurecht.

„Ich habe doch ‚danke' gesagt, Mama."

„Es ist schon in Ordnung", mischt sich Karl schnell ein. Zu seiner Mutter sagt er: „Ich hätte nicht gedacht, dass sie sich noch einen Bären wünscht."

Er und Andreas unterhalten sich den ganzen Nachmittag über die Arbeit, die Patienten und die Schwierigkeiten, die richtigen Medikamente zu bekommen. „Ich bin ausgesprochen dankbar, dass du jetzt hier bist, alter Junge", verkündet Andreas. „Die Patienten und ihre Leiden werden immer mehr, die Ärzte dagegen immer weniger. Sie sind alle eingezogen worden."

Am Abend hören Hildegard und Karl sich die Abendnachrichten im Radio an. „In den frühen Morgenstunden des heutigen Tages hat ein großes alliiertes Flottenkontingent versucht, die deutschen Verteidigungslinien am Strand der Normandie zu durchbrechen. Der Angriff ist abgewehrt worden."

Hildegard steht auf und holt ihren Atlas aus dem Regal. Wo Dünkirchen ist, das weiß sie genau. Die Normandie, sieht sie, ist rund vierhundert Kilometer weiter westlich.

„Mutter, wie kommst du zu diesem Atlas?", fragt Karl mit einem plötzlichen Lächeln.

„Den habe ich schon seit meiner Kindheit. Herr Rosenberg hat mir damit Geografie beibringen wollen und Gustav Geschichte."

„Gustav?"

„Jemand, den ich in meiner Kindheit gekannt habe. Er ist aus Deutsch-Südwestafrika nach Königsberg zum Studieren gekommen. Dünkirchen ist näher an England als die Normandie."

„Ich fürchte, das ist der Anfang vom Ende", erwidert Karl plötzlich ernst.

Hildegard schaut schnell auf. „So etwas darfst du nicht sagen. Der Angriff ist abgewehrt worden."

„Man muss realistisch sein."

Doch sie bleibt optimistisch – was soll man auch sonst machen? „Nein, ach was, ich glaube, das war nur ein kleiner Zwischenfall."

Doch damit liegt sie verkehrt. In den nächsten Tagen wird stets deutlicher, dass die Alliierten mit einer groß angelegten Offensive in Europa begonnen haben. Ein nicht enden wollender Fluss an Soldaten und Ausrüstung strömt unaufhaltsam über den Atlantischen Ozean und den Ärmelkanal. Er springt aus dem blauen Himmel, landet auf den Landebahnen auf dem Festland. Er kriecht aus den Löchern und Verstecken in den französischen Pyrenäen und aus den Widerstandsnestern in Holland, Belgien und Polen.

Und der größte Teil der deutschen Truppen ist immer noch an der Ostfront verteilt.

„Ach, Mutter."

Sie schüttelt den Kopf. Was wird nur werden?

In den folgenden Tagen und Wochen kriechen die schweren Panzer der Alliierten Stück für Stück in die besetzten Gebiete hinein, breiten sich immer weiter und weiter aus, wie Kolonien schwarzer Ameisen. Frauen und Kinder in den besetzten Gebieten begrüßen sie mit Flaggen und Blumen.

In Berlin werden die Bombardements etwas weniger, aber dafür wird es beinahe jeden Tag schwieriger, Nahrungsmittel zu bekommen, und Brennstoffe werden rationiert. „Solltest du nicht lieber zu dem Chateau bei Dresden fahren? Auf dem Land ist es sicherer als in der Stadt und da gibt es auch mehr zu essen", schlägt Karl vor.

„Nein, nein, das glaube ich nicht. Weißt du, Karl, vor zwei oder drei Jahren sind fast dreitausend Menschen von hier aufs Land evakuiert worden. Und was denkst du, was aus ihnen geworden ist? Sie sind fast alle wieder nach Hause zurück. Keiner lässt eben gern seinen Besitz im Stich."

Ende Juni beginnt die Sowjetunion mit ihrer Sommeroffensive, achthunderttausend Deutsche fallen in nur einer großen Feldschlacht. „Achthunderttausend! Das ist sicher die größte Niederlage der Geschichte", kommentiert Andreas Mäkinen die Zahlen nüchtern.

Im Polen machen die Einwohner Warschaus einen Aufstand gegen die deutsche Besatzung. Und die Wehrmacht zerstört das, was von der Stadt noch übrig geblieben ist.

Die alliierten Bomberflotten zertrümmern nun mit einer gewissen Regelmäßigkeit das, was von Berlin noch steht.

Ende August wird offiziell gemeldet, der deutsche Oberbefehlshaber von Paris habe kapituliert. Das Hakenkreuz ist von den Wänden gerissen und verbrannt worden.

Daneben machen verschiedene Gerüchte die Runde: Die britische Luftwaffe habe Königsberg in Schutt und Asche gelegt, die Stadt habe tagelang gebrannt. Die prächtige Stadthalle sei vollkommen zerstört worden.

So wie die deutschen Helden, die dort vor langer, langer Zeit gepflegt worden sind.

„Komm, deine Mama liest dir noch eine schöne Geschichte vor." Irgendetwas, um von der Wirklichkeit abzulenken.

Doch das Kind möchte lieber draußen in der Sonne herumtoben.

Und dann passiert das, wovor Hildegard die ganze Zeit Angst gehabt hat.

Karl und Andreas kommen am Nachmittag nach der Arbeit zusammen durch die Eingangstür. „Ich habe den Herrn Doktor eingeladen, noch ein Gläschen Wein mit uns zu trinken", sagt Karl. Ganz beiläufig.

Es ist ein wunderschöner Spätsommerabend, die Bäume stehen noch dicht im Laub, die Sonne geht bald unter. „Sollen wir uns draußen hinsetzen?", fragt Hildegard.

„Wir müssen in der Nähe des Telefons bleiben, denn es liegt möglicherweise eine Geburt an."

Auf einem Silbertablett bringt Olga die Weinkaraffe und die langstieligen Weingläser und stellt alles auf den Tisch. „Frau Hildegard, ich werde Esther baden gehen, sie ist schmutzig wie ein Schwein." Den guten Ton wird sie wohl nie mehr lernen.

„Danke, Olga."

Karl schüttelt den Kopf und lässt ein kurzes Lachen hören. „Wie du das mit ihr aushältst, Mutter, ist mir ein Rätsel."

Sie nimmt ihr Glas mit dem dunkelroten Wein und lehnt sich zurück, die Beine vor sich ausgestreckt. „Olga ist mir eine große Hilfe. Ach, tut das gut, einfach nur zu sitzen."

„Hast du einen anstrengenden Tag gehabt, Mutter?"

„Nur das Übliche. Esther kann einen ganz schön auf Trapp halten."

„Prost!", sagt Andreas und hebt sein Glas.

Hildegard nickt. „Auf eure Gesundheit, Andreas, Karl."

Doch Karl trinkt nicht sofort. „Mutter, ich muss fortgehen."

Vor Schreck lässt sie beinahe das Weinglas fallen. Sie schließt die Augen. „Bist du einberufen worden?"

„Ja, in ein ziviles Krankenhaus in den Niederlanden. Weit weg von der Front."

Sie sitzt eine Weile totenstill da, die Augen zu, ihr Kopf ist wie gelähmt.

„Hildegard?" Die Stimme von Andreas hört sich aufrichtig besorgt an.

„Ich kann nicht noch jemanden verlieren."

„Ich komme wieder, Mutter."

Langsam macht sie die Augen wieder auf und schaut ihrem ältesten Sohn direkt ins Gesicht. „Das glauben alle."

Entschlossen steht Karl auf und geht vor ihr in die Hocke. Er legt seine Hand auf ihr Knie. „Der Unterschied besteht darin, dass ich gehe, weil ich muss, Mutter. Aber ich habe nicht vor, mein Leben für Deutschland zu opfern, was immer das auch sein mag. Ich will kein Held werden."

Und dann laufen ihr die Tränen über die Wangen.

„Ach, Mutter. Ich wollte, es wäre alles anders."

Sie versucht sich zusammenzunehmen. „Ich weiß."

„Der Krieg geht dem Ende entgegen, Hildegard. Das wissen wir alle."

Sie holt tief Luft und kämpft verbissen gegen die Tränen an. „Wenn das Ende nur nicht zu spät kommt."

„Ich glaube, dass Gott andere Pläne mit mir hat", entgegnet Karl mit Gewissheit in der Stimme. „Du musst das auch glauben, Mutter."

„Ich will es ja, ich will es ja."

Doch die Nacht ist stockfinster.

Nach Mitternacht steht sie leise auf, um Esther nicht zu wecken. Sie geht die Treppe hinunter. Die Tür zum Musikzimmer ist geschlossen, ein dünner Streifen Licht fällt darunter hindurch.

Vorsichtig öffnet sie die Tür. Der Raum ist voller leiser Musik.

Erstaunt schaut Karl auf. „Mutter."

Sie setzt sich neben ihn aufs Sofa und zieht ihn sich an die Brust. Sie streicht ihm über sein Haar, so wie sie es zum letzten Mal gemacht hat, als er noch ein kleiner Junge gewesen ist, viel kleiner, als Esther jetzt ist. Sie liebkost ihn so, wie sie es gern getan hätte, wenn er ins Internat zurückmusste, so wie sie es verschiedene Male gern getan hätte, aber nicht durfte. „Du kommst zurück, Karl“, sagt sie. „Du kommst zurück.“

Als die Morgendämmerung hereinbricht, gehen sie wieder auf ihre Zimmer.

Er muss sich Punkt sechzehn Uhr dreißig auf dem Bahnhof melden. „Du brauchst nicht zum Bahnhof mitzukommen, Mutter, das regt dich nur auf. Und Esther auch“, hat er morgens gesagt.

Als es so weit ist, hält Andreas mit seinem Auto vor der Tür, er möchte Karl selbst zum Bahnhof fahren.

Esther fängt an zu weinen. „Mama, hast du nicht gesagt, dass Karl jetzt bei uns bleiben kann?“

Er versucht sie von seinen Beinen loszumachen, aber sie klammert sich fest an ihn. „Ich komme wieder, Esther, ich komme wieder.“

Sie schaut auf. „Werden sie dich nicht totschießen?“

Er schluckt und schüttelt den Kopf. „Nein, nein, ich komme zu dir zurück. Passt du gut auf unsere Mama auf?“

Ein glucksendes Lachen überfällt sie. „Ich soll auf Mama aufpassen?“

Er wendet sich schnell ab. „Ich muss gehen“, sagt er leise.

Hildegard nimmt alle Kraft zusammen und antwortet: „Pass gut auf dich auf, Karl. Und möge Gott dich sicher wieder zurückbringen.“

Die Tage sind dunkel und einsam, die Nächte unendlich lang. Hildegard spielt Klavier und bringt Esther ein paar Lieder bei. Dann liest sie ihr etwas vor, puzzelt wieder und wieder mit ihr dasselbe Bild, trinkt zusammen mit den Teddybären aus winzig kleinen Tässchen Tee. Regelmäßig arbeitet sie sich durch Siegfrieds Studierzimmer und sucht Zettel zusammen, auf denen Esther malen kann. Dabei wird sie von der ersten Frau von Stein aus ihrer Ecke an der Wand beobachtet.

Die Sorgen um die Zukunft machen sie ganz krank. Was soll nur aus ihr und Esther werden? Welche Vorkehrungen hat Siegfried für den Tag getroffen, an dem er nicht mehr da sein würde? Und wenn er irgendwelche Vorkehrungen getroffen hat, was wird ihnen nach diesem alles zerstörenden Krieg noch bleiben?

Sie und Olga bereiten den Keller für den Winter vor: zusätzliche Decken, zwei kleine Ölheizöfchen, eine extra Lampe, Petroleum und Kerzen. „Jetzt sind wir wie die fünf weisen Jungfrauen auf diese Tommie-Flugzeuge vorbereitet“, sagt Olga zufrieden.

Auch Esther richtet es sich ein. „Wenn du so viele Teddybären in unser Bett räumst, dann haben Mama und du keinen Platz mehr zum Schlafen.“

„Die Bären haben auch Angst, sie wollen sich zusammen mit uns vor den Bomben verstecken.“

Karl hat gesagt, er werde regelmäßig schreiben. Natürlich hat er nichts Genaueres gesagt, aber dass er Kontakt halten werde. Jeden Tag schaut sie in den Briefkasten. Erst nach zwei Wochen liegt ein Umschlag mit seiner Handschrift darauf darin.

Sonntag, 10. September
Niederlande

Liebe Mutter!

Ich bin gut hier angekommen und habe mein Quartier im Krankenhaus bezogen. Ich habe es mir auch schon so einigermaßen eingerichtet. Die Krankenhausroutine kenne ich noch nicht so gut, aber die Leute hier sind sehr hilfsbereit.
Wir sind am Ufer des Rheins stationiert. Der Fluss bildet so etwas wie eine natürliche Befestigung, um die Alliierten aus Deutschland wegzuhalten. Viele Rheinbrücken sind schon gesprengt worden, was einerseits die Alliierten aufhält, andererseits aber auch bedeutet, dass unsere eigenen Truppen schwerer mit Nachschub versorgt werden und auch nicht über den Rhein zurück nach Deutschland können.
Die Brücke in die Stadt, in der ich stationiert bin, ist eine breite Stahl- und Betonkonstruktion, die auf massiven Betonpfeilern ruht. Wie man diese Brücke in die Luft jagen kann, weiß ich nicht. Aber das ist das Spezialgebiet von ande-

ren. Ich muss mich mit ganz anderen Dingen beschäftigen.
Im Augenblick gibt es hier nicht viele Neuigkeiten, im Krankenhaus ist alles ruhig. Wir sind auf alle Eventualitäten vorbereitet.
Ich denke sehr oft an dich und Esther.

Dein Sohn
Karl

„Dein Bruder Karl ist jetzt gut in den Niederlanden angekommen", sagt sie zu Esther.

„Gibt es da auch Bomben?"

„Nicht im Krankenhaus. Da ist Karl sicher."

Das Kind fängt an, auf und ab zu wippen. „Bringst du mir heute wieder Klavierspielen bei, Mama?"

„Dieses eine üble Geschäft hat zugemacht, die Besitzer haben sich einfach mit Sack und Pack vom Acker gemacht und die Tür abgeschlossen." Olga keucht vor Entrüstung. „Wo sollen wir denn jetzt Essen einkaufen, der Laden war schlimm genug."

Hildegard merkt, wie die Mutlosigkeit über sie hereinbricht. Jeden Tag steht Olga stundenlang Schlange, um Dinge einzukaufen, von denen sie vorher nicht weiß, ob es sie überhaupt gibt. Und wenn sie jetzt erst noch mit der Straßenbahn in ein anderes Stadtviertel fahren muss, um etwas zu essen zu kaufen, dann wird sie zu nichts anderem mehr kommen.

Inzwischen macht das Haus einen verwahrlosten Eindruck, der mit jedem Tag schlimmer wird, denn auch das Hausmädchen hat sich „vom Acker gemacht". Die Köchin arbeitet sehr gemächlich, ihre dicken Beine schlurfen nur langsam durch das Untergeschoss. Die Treppe benutzt sie überhaupt nicht. Der Chauffeur ist entrüstet darüber, dass er sich nun auch noch um den Garten kümmern soll – weil es sowieso kein Benzin für den Mercedes gibt –, und das Gehen fällt ihm immer schwerer, weil er Rückenprobleme hat.

Nur Esther macht fröhlich mit ihrem Leben weiter. „Ach, was hätten wir ohne diesen kleinen Sonnenschein nur getan?", fragt

Andreas mehr als einmal, wenn er zur Visite kommt, um zu schauen, ob mit ihr alles in Ordnung ist.

Täglich strömen mehr und mehr Flüchtlinge aus dem Osten nach Berlin. Sie erzählen Schauergeschichten über die russischen Soldaten der Roten Armee und Olga gibt sie ungefiltert an ihre Zuhörer weiter. „Olga, bitte!"

„Das ist die Wahrheit, Frau Hildegard, das schwöre ich vor Gott, das ist die Wahrheit, ich habe selbst gesehen …"

„Es reicht, Olga."

Auch die geflüsterten Nachrichten von der Westfront erzählen eine ernüchternde Geschichte: Brüssel ist gefallen, Antwerpen auch. In den Niederlanden hoffen die Menschen jeden Tag darauf, befreit zu werden.

Vor zwei Wochen war die Front noch weit außerhalb der Niederlande.

Ihre Hände zittern, als sie das Kuvert aufreißt.

Freitag, 22. September
Niederlande

Liebe Mutter!

Ich schreibe nur kurz, denn ich bin hundemüde.
Die letzten Tage sind die Hölle auf Erden gewesen. Ich weiß jetzt, von was du gesprochen hast, als du von deinen Erfahrungen im Feldlazarett im Weltkrieg berichtet hast.
Die Operation (ich meine die militärische, nicht die chirurgische) hat am Samstagmorgen begonnen. Tausende von Fallschirmjägern und Lastenseglern sind auf den Wiesen gelandet. Ich vermute, unsere Wehrmacht hat sie bereits erwartet, viele sind schon in der Luft zusammengeschossen worden. Die Gewalt, die Menschen sich gegenseitig antun, ist mir völlig unerklärlich. Noch mehr als das: abstoßend.
Eine Einheit alliierter Soldaten hat sich trotzdem bis zu unserer Brücke durchgekämpft. Der Rest ist in den Außenbezirken der Stadt gestoppt worden. Dort sind heftige Straßenkämpfe ausgebrochen – und das Ergebnis ist auf Tragbahren in unser Krankenhaus gebracht worden. Gruselig.

Die Einheit am Brückenkopf ist vom Rest der Armee abgeschnitten worden.
Hier in der Nähe sind anscheinend auch polnische Fallschirmjäger gelandet, aber sie mussten sich nach zwei Tagen ergeben. Gestern hat sich auch das gesamte Bataillon an der Brücke ergeben. Zwei Mannschaften und ihr Oberstleutnant sind erst ins Krankenhaus gebracht worden, um dann ins Kriegsgefangenenlager geschickt zu werden. Sie waren unrasiert, völlig erschöpft, hungrig und dehydriert.
Wir haben einen nicht enden wollenden Strom Verwundeter behandelt. Ich will nicht wissen, wie viele es noch nicht einmal in unseren Operationsraum geschafft haben.
Die Brücke selbst ist ein Schlachtfeld: ausgebrannte Wehrmachtsfahrzeuge, verkohlte Geländer, Holztrümmer, Bombentrichter in der Fahrbahn, Panzerwracks, zerstörte Betonblöcke, verbogene Stahlgerippe. Uniformfetzen.
Darunter fließt der Fluss wie schon seit Jahrhunderten ruhig weiter, völlig unbeeindruckt von dem Wahnsinn der Menschen.
Ach, Mutter.
Morgen ist ein neuer Tag.

Dein Sohn
Karl

ଓ

Die Schlagzeile in der Zeitung: Angriff auf Nordholland abgewehrt! Großer Sieg der Deutschen bei Arnheim!

Das ist also der Ort, wo ihr Sohn ist: Arnheim.

Den Artikel will sie nicht weiterlesen.

Esther rennt los und holt den Atlas. „Wo ist Karl? Darf ich einen Kringel darum machen?“

Hildegard zeigt es ihr mit dem Finger. „Das ist doch ganz nah bei uns! Kann er da nicht morgen zum Essen vorbeikommen?“

„Das kann er nicht, mein liebes Kind. Aber du kannst jeden Tag schauen, ob wieder ein Brief von ihm gekommen ist.“

So wird das Esthers tägliche Aufgabe, manchmal schaut sie dreimal am Tag, ob irgendetwas im Briefkasten am Tor ist.

Am dritten Tag, sehr viel schneller, als Hildegard vermutet hat, kommt sie triumphierend zurückgelaufen, einen Briefumschlag in der Hand, mit dem sie über dem Kopf wedelt. „Mama! Mama!"

27. September

Liebe Mutter!

Die Stadt um mich herum ist nur noch ein Trümmerfeld. Häuser, in denen noch vor einer Woche viele Menschen gewohnt haben, sind nun Ruinen. In den Parks stehen verbrannte, kahle Bäume, die Straßen liegen voller Trümmer.
Ein großer Teil der alliierten Soldaten, die an der anderen Seite der Brücke gestrandet gewesen waren, ist während der Nacht entkommen. Ich vermute, dass sie durch den Rhein geschwommen sind oder ihn vielleicht mit Ruderbooten überquert haben. Sehr viele haben sich auch ergeben.
In den vergangenen Tagen wurden Zehntausende von Einwohnern, angefangen vom kleinen Baby bis zum alten Greis, gezwungen, die Stadt zu verlassen. Ich vermute, dass unsere Wehrmacht Angst hat, die Niederländer könnten den Alliierten helfen. Sie mussten ihre Häuser und ihren Besitz zurücklassen und verschwinden – ohne Essen, wer weiß, wohin.
Mutter, das hat mich mehr schockiert als die verwundeten Soldaten oder die verwüstete Stadt: Frauen mit Kinderwagen, die bis obenhin vollgepackt waren, kleine Kinder im Schlepptau, alte Männer mit Stöcken. Und dann muss ich an dich und die kleine Esther denken und ich bete zu Gott, dass ihr so etwas niemals durchmachen müsst. Warum tun Menschen sich gegenseitig so etwas an?
Ja, und so geht der Krieg immer noch weiter bis in den Winter hinein.
Grüße doch bitte Esther und Herrn Doktor Mäkinen von mir. Seht ihr euch noch regelmäßig?

Dein sehnsüchtiger Sohn
Karl

Die ganze Nacht über trauert ihr Herz. Ihr sehnsüchtiger Sohn. Deine Mutter sehnt sich ebenso sehr nach dir, Karl.

„Jetzt hat sich auch noch diese üble Köchin aus dem Staub gemacht, es ist schon zehn Uhr und sie ist immer noch nicht da."

Hildegard schaut auf. „Vielleicht ist sie auch einfach nur krank, Olga, oder irgendetwas ist dazwischengekommen."

„Sie hat doch noch nie etwas richtig auf die Reihe bekommen und kochen kann sie auch nicht richtig, gut, dann streiche ich also die Brote fürs Frühstück, Frau Hildegard."

„Vielen Dank, Olga, du bist eine echte Hilfe."

„Aber Frau Hildegard, ich kann nicht kochen, überhaupt nicht."

„Schau einfach, was du zum Abendessen zubereiten kannst."

Innerhalb von drei Tagen stimmt Hildegard ihr aus ganzem Herzen zu: Olga kann nicht kochen. „Kennst du nicht vielleicht jemanden, der kochen kann, Olga? Vielleicht deine Mutter? Oder eine Tante oder so?"

„Ach nein, Frau Hildegard, du lieber Himmel, ich habe doch keine Mutter oder Schwester oder so etwas, ich bin ganz allein und kenne niemanden, der kochen kann, nur Putzfrauen."

„Auch gut. Ich werde sehen, was ich tun kann."

Zwei Wochen später essen sie immer noch Olgas Fraß.

Mitte Oktober
Immer noch dieselbe Stadt

Liebe Mutter!

Von hier gibt es nicht viel Neues zu berichten. Es gibt allerdings eine interessante Geschichte, die ich dir jetzt erzählen möchte.
Zu den Luftlandetruppen, die hier im September gelandet sind, gehörte auch ein Chirurg aus Südafrika, ein Doktor Lipmann-Kessel. Hast du nicht einmal gesagt, dass dein Jugendfreund von dort gekommen ist?

Sie lächelt. Nein, Karl, aus Deutsch-Südwestafrika. Die südafrikanische Union ist gleich daneben.

> Unsere Wehrmacht hat das Krankenhaus eingenommen, kurz nachdem seine Division dort gelandet ist, schreibt Karl weiter. Die meisten Briten sind in ein Gefangenenlager gebracht worden, aber zwei Ärzte und einer der anderen Sanitäter durften hierbleiben. Lipmann war einer von ihnen.
> Er spricht Englisch, aber eigentlich eine andere Sprache, die sie „Afrikaans" nennen, die spricht er mit den Niederländern. Selbst ich habe ein bisschen davon verstanden, sie gehört zur deutschen Sprachfamilie.

Sie nickt in Gedanken. Das hat Hans auch in seinen Briefen geschrieben. Afrikaans, aus Afrika. Sie liest weiter:

> Er und sein medizinisches Personal sind gestern in ein Gefangenenlager in einer Stadt in der Nähe gebracht worden. Deshalb habe ich nun die Erlaubnis, es dir zu erzählen.
> Uns hat es leidgetan, ihn zu verlieren, er ist ein sehr tüchtiger Arzt gewesen. Wenn er operiert hat, habe ich ihm mehrmals assistiert – wir lassen die Alliierten schließlich nicht allein an den Patienten arbeiten.
> Eines Nachts hat er einen britischen Brigadegeneral namens J. W. Hackett operiert. Meine deutschen Kollegen haben seine Bauchwunde betrachtet und nur den Kopf geschüttelt. Denn im Fall einer Bauch- oder Kopfwunde gibt man nur eine Morphium-Überdosis – damit ist ein schneller Tod vorprogrammiert.
> Lipmann hat trotzdem beschlossen, ihn zu operieren. Er hat einen ungefähr zwei Finger großen Granatsplitter aus dem General geholt. Der hatte seine inneren Organe perforiert und so hatte der General sehr viel Blut verloren. Ich habe dabeigestanden und es war eine Freude, Lipmann bei der Arbeit zuzuschauen.
> Zwei Wochen später ist der Patient Hackett verschwunden. Unglaublich, dass jemand nach so einer großen Operation fliehen kann.

Jetzt ist Lipmann in ein Gefangenenlager geschickt worden.
Was aus ihm werden wird, weiß ich nicht.
Ich vermute, er ist Jude.

Dein Sohn
Karl

Ein Jude, denkt sie. „Die Juden, Frau Hildegard, die so in die Lager gebracht worden sind, die sind alle abgemeuchelt worden, abgemeuchelt, sage ich Ihnen."

Doch Hildegard schüttelt den Kopf. „Olga, woher hast du nur all diese Geschichten?"

Olga lässt ihren runden Körper auf einen Küchenstuhl fallen. „Das sind keine Geschichten, Frau Hildegard, das ist die reine Wahrheit, ich lüge doch nicht." Gegen ihren Willen muss sie ihren Redefluss unterbrechen und erst einmal Luft holen. „Meine Nichte ist Putzfrau am Wannsee, sie hat ausgeholfen, als sie so eine Wannseevilla sauber gemacht haben für so eine Versammlung von ganz hohen Tieren, sie war auch selbst dabei, ja."

„Und dabei hat sie gehört, worüber sie sprechen?", fragt Hildegard skeptisch.

„Nein, gesehen hat sie nichts, die Putzfrauen sind ja nicht dabei, sie sehen die Leute da nicht, sie müssen einfach nur sauber machen, wenn alle draußen sind." Atem holen. „Aber meine Nichte hat mir erzählt, dass sie noch am frühen Abend sauber machen musste, als die Großkopferten gerade beim Essen gewesen sind, sie müssen da immer ganz schnell sauber machen, denn nach dem Essen kommen die Leute wieder, und wenn die Versammlung weitergeht, müssen sie fertig sein und sie bekommen noch nicht einmal was zu essen."

„Die Putzfrauen?"

„Ja die Putzfrauen, dann muss meine Nichte die Papierkörbe ausleeren und all die Papiere verbrennen, sie müssen immer alles verbrennen, aber sie sagt, dass sie es immer erst liest." Atem holen. „Meine Nichte ist eine ganz schön Schlaue, denken Sie sich nur, sie kann lesen, dann liest sie immer alles, bevor sie es ins Feuer wirft."

Hildegard runzelt die Stirn. „Das sind gefährliche Geschichten, Olga."

„Darüber darf man auch nicht reden, nicht einmal mit Ihnen,

Frau Hildegard, ich rede ja auch erst jetzt, weil ich so Angst habe, und das ist ja auch schon vor ein paar Jahren passiert und ich erzähle es auch nur Ihnen, es ist sicher schon zwei oder drei Jahre her." Atem holen. „Jedenfalls sagt meine Nichte, dass da so etwas auf den Papieren gestanden hat, solche komischen Worte und Sätze und das waren so Worte wie ‚Jude' und ‚Endlösung' und so Satzfetzen wie ‚in Arbeitslager schicken' und ‚endgültig beseitigen' und dann weiß sie, dass das eine große Sache ist, und dann hat sie alle Papiere verbrannt." Tief Atem holen. „Aber sie hat es nur mir erzählt, niemand anderem und ich habe es auch niemandem erzählt, weil ich Angst habe, nur Ihnen Frau Hildegard, weil ich Ihnen vertraue, und jetzt wissen Sie es auch."

Hildegard schüttelt den Kopf. „Du darfst mit niemand anderem darüber sprechen, hörst du, Olga? Damit kannst du dich und deine Nichte und unser ganzes Haus hier in größte Schwierigkeiten bringen."

„Aber glauben Sie mir doch, Frau Hildegard, Sie müssen mir glauben, ich lüge doch nicht und meine Nichte auch nicht."

„Gut, Olga, ich glaube dir."

Und doch … sie kann es nicht wirklich glauben.

Oder vielleicht will sie es auch nicht.

Es ist nicht nur Olga, die seltsame Geschichten erzählt.

20. November

Liebe Mutter!

Mir geht es gut. Alles ist ruhig, nur Routineangelegenheiten. Draußen ist es bitter kalt. Ich sitze in meinem Zimmer, hier drinnen ist es einigermaßen warm. Das Essen lässt zu wünschen übrig, aber man kann es essen.

Weil es nichts zu berichten gibt, erzähle ich dir noch eine Geschichte (ich fürchte, ich entwickle mich zu einer zweiten Olga. Aber du hörst doch gern Geschichten, nicht wahr, Mutter?)

Die Alliierten suchen nun natürlich einen Sündenbock für die Blamage ihrer missglückten Arnheimoperation. Sie haben ihn in einem gewissen Lindemans gefunden, einem Niederländer, der anscheinend als Doppelagent gearbeitet hat. Er hat, soweit ich weiß, sein Wissen über den Angriff im Hauptquartier von Prinz Bernhard bekommen und alles an die Deutschen weitergegeben, weswegen unsere Wehrmacht auf den Angriff vorbereitet war. Natürlich machen auch andere Geschichten die Runde, aber allen gemeinsam ist, dass nicht das alliierte Oberkommando und seine Soldaten an der Demütigung schuld sind.

In diesem Zusammenhang musste ich an Vaters ‚Dolchstoß-Theorie' am Ende des Weltkrieges denken – irgendjemand muss die Schuld bekommen. So lässt sie sich viel besser verarbeiten, denn dann wird sogar aus einer Katastrophe noch eine Heldentat.

Höre ich mich zynisch an? Dann tut es mir leid.

Weihnachten kann ich hoffentlich mit dir und Esther verbringen.

Dein Sohn
Karl

Doch Weihnachten kommt und geht und es passiert nichts weiter, als dass der eisige Wind stärker und kälter um die Ecken des Hauses fegt.

„Solltest du mit Esther nicht lieber nach Dresden fahren? Glaubst du nicht, das wäre sicherer?", fragt Andreas Mäkinen sie eines Abends.

Der sowjetische Vormarsch ist schlussendlich an der Oder aufgehalten worden, nur sechzig Kilometer von Berlin entfernt. Die Flüchtlingsströme aus den deutschen Ostgebieten reißen nicht ab. Sie verweilen immer nur ein paar Tage in Berlin, lassen ihre Schauergeschichten dort und ziehen dann weiter nach Westen. Durch Eisregen und Schnee marschieren sie zu Fuß, die Kinderwagen und

Handkarren sind vollgepackt, Kinder im Schlepptau, alte Männer auf Krückstöcken gestützt …

Ein anderes Land, derselbe Krieg. So wie es einst im Weltkrieg auch geschehen ist.

„Hildegard?“

Müde schaut sie auf. „Wie denn, Andreas? Bis Dresden sind es immerhin vierhundert Kilometer. Für private Zwecke gibt es keinen Treibstoff mehr. Und wenn die Züge überhaupt noch fahren, sind sie voller Soldaten.“ Und Juden, möchte sie sagen. Aber das behält sie lieber für sich.

Darauf antwortet er ihr nicht. Schweigend trinken sie ihren Kaffee.

„Ich habe mein Sprechzimmer inzwischen zu mir nach Hause verlegt. Es wird für mich immer schwerer, mein Zimmer zu verlassen.“

Sie versteht: Er ist ein alter gebeugter Mann, der durch den Schnee laufen muss, niemand hat mehr die Kraft, die Straßen in den Wohngebieten vom Schnee zu räumen. „Das ist gut, Andreas.“

„Hunderttausend Millionen Flüchtlinge kommen nach Dresden“, erzählt Olga.

Sollte ich das nicht auch tun?, überlegt sich Hildegard in der finsteren Nacht. Aber sie sieht keine Chance, wie sie diese unmögliche Reise bewerkstelligen soll.

Sogar bei Vollmond ist die Welt dunkel – alle Vorhänge müssen dicht zugezogen werden, damit die Lichter der Stadt von keinem feindlichen Flugzeug aus gesehen werden können.

Sie verbringen nun jede Nacht im Keller, denn nahezu jede Nacht heulen die Luftschutzsirenen und dann müssen sie aus ihren warmen Betten in den kalten Keller fliehen. Olga zündet schon am frühen Abend die Ölöfen an. Dadurch riecht zwar der ganze Keller nach Petroleum, aber es hilft gegen die bittere Kälte. Sie ziehen sich alle warm an, sogar Mützen über die Ohren. Hildegard und Esther schlafen eng aneinandergekuschelt unter einer dicken Federdecke. Olga liegt allein auf ihrer Matratze und schnarcht die ganze Nacht.

„Olga stört mich, sie grunzt wie ein Schwein“, flüstert Esther.

„Sie kann doch nichts dafür, Esther. Komm, ich mache dir etwas Watte in die Ohren.“

Am Morgen des 14. Februar wachen sie mit der Nachricht auf, dass britische und amerikanische Kampfflugzeuge unzählige Tonnen Bomben über Dresden und den umliegenden Gebieten abgeworfen haben. Die jahrhundertealte Stadt steht in Flammen.

Hildegards Herz krampft sich zusammen. Was ist wohl aus ihrem Vater geworden? Ist er in Sicherheit?

Sofort versucht sie, dort anzurufen. „Die Telefonleitungen nach Dresden sind tot“, sagt die müde Stimme in der Vermittlungsstelle.

Das Chateau liegt etwas außerhalb, vor den Toren der Stadt, das sollte eigentlich sicher genug sein, versucht Hildegard sich einzureden.

Das Bombardement geht den ganzen Tag über weiter und danach noch die ganze Nacht. Sogar die umliegenden Gebiete werden angegriffen.

Warum sollte irgendjemand die Stadt der Kunst und Kultur, das ‚Elbflorenz‘, bombardieren wollen? Ist die Familie ihres Vaters in Sicherheit?

„Es ist nahezu unmöglich, das herauszufinden. Alle Verbindungen nach Dresden sind unterbrochen, nicht nur die Telefonleitungen“, schüttelt Andreas den Kopf. „Hildegard, ich möchte Esther und dich von hier wegbringen. Mit jedem Tag zieht sich die Schlinge rund um Berlin enger zusammen.“

Für einen kurzen Moment legt sie ihre Hand auf seinen Arm. „Aber du bist doch nicht verantwortlich für uns, Andreas.“

„Aber ihr seid alles, was ich habe.“

Darauf antwortet Hildegard nicht, ihre Kehle ist wie zugeschnürt.

Die Zeitungsfotos offenbaren die gewaltige Zerstörung. Tausende von Menschen sind obdachlos geworden, verstümmelt, verbrannt, gestorben.

Hildegard ist fast krank vor Sorgen.

Nach einer Woche gelingt es einem der Arbeiter, eine gekritzelte Notiz ins Sprechzimmer zu schicken. Andreas findet sie, als er seine wöchentliche Runde durch die Zimmer macht. Das Chateau ist getroffen worden, das Haus schwer beschädigt, die Pferde sind aus dem Stall ausgebrochen (zum Glück, sonst wären sie darin verbrannt), die meisten Schafe und Schweine, Hühner und Enten sind tot oder weg.

Von Herrn Wolfgang von Plötzke und Frau von Plötzke fehlt

jede Spur. Es sieht so aus, als seien sie während des Angriffs nicht zu Hause gewesen.

„Jetzt wissen wir immer noch nichts“, sagt Hildegard zu Olga.

„Sie dürfen nicht aufhören mit dem Beten, Frau Hildegard. Sie dürfen nicht mit dem Beten aufhören.“

Sonntag, 18. Februar 1945

Liebe Mutter!

Erst gestern habe ich von der Bombardierung Dresdens erfahren und bin sehr entsetzt darüber. Ich weiß zwar, dass das Chateau etwas außerhalb der Stadt liegt, aber ich mache mir trotzdem Sorgen. Weißt du, wie es Großvater geht? Lass mich bitte wissen, ob sie in Sicherheit sind.

Über mich brauchst du dir keine Gedanken zu machen, ich werde gut versorgt. Das Leben im Krankenhaus geht seinen gewohnten, ruhigen Gang, wir behandeln in der Regel die Folgen dieses bitterkalten Winters, den wir gerade erleben – und ihr sicher auch.

Wir hören aber, dass Berlin die schwersten Bombardements durchstehen muss. Mutter, ich fange an, das Schlimmste für dich und Esther zu befürchten. Seid bitte vorbereitet, kauft so viele Vorräte wie möglich ein, Essen, Kerzen, Petroleum, alles, was ihr trinken könnt. Verstärkt die Kellertür. Wenn es nötig wird, dann lasst den Herrn Doktor bei euch einziehen.

Ich wollte, ich wäre bei euch.

Dein Sohn
Karl

Sie schreibt einen hastigen Brief zurück, antwortet ihm, dass Großvaters Familie anscheinend während des Angriffs nicht im Haus gewesen ist und dass sie ihn informiert, sobald sie Näheres weiß. In unserem Keller sind wir sicher, du brauchst dir keine Sorgen zu machen, schreibt sie. Und pass gut auf dich auf, mein lieber Karl, komm gesund zurück.

Sie schickt Olga jeden Tag mit Geld los. „Kauf ein, was du kannst, egal was."

Am späten Nachmittag kommt das Mädchen mit dem zurück, was es bekommen konnte: eine Packung getrocknete Erbsen, ein Säckchen Dinkelmehl, Kartoffeln, von denen die Hälfte schon faul ist. „Heute Abend gibt es Kartoffeln, sonst sind die morgen alle faul, ich konnte schon wieder kein Salz bekommen."

Zwei Tage später kommt sie vom Einkaufen gebeugt wie der Weihnachtsmann zurück, mit einem großen Sack Weizenmehl auf den Schultern. „Ich musste zwanzig Leute aus dem Weg räumen, sogar einen jungen Mann, der jetzt hungrig bleiben muss, aber dann habe ich meinen Sack Mehl bekommen, aber da war weniger drin", keucht sie außer Atem.

„Das ist wunderbar, Olga. Hast du auch Salz bekommen?"

„Nichts, kein Salz, auch keine Konserven, Frau Hildegard."

Das Mehl wird sofort in eine Vorratsdose aus Blech umgefüllt – sie haben immer größere Probleme mit Ratten, vor allem im Keller.

Olga kommt mit noch mehr Kartoffeln zurück, einem kleinen Päckchen Kaffee und vier Dosen Kohlrabi. „Was ist das?", fragt Esther skeptisch.

„Kohl. Das ist Essen, Esther."

Sie sind gerade mit dem Abendessen fertig – Olga hat so eine Art Kartoffelsuppe zusammengerührt mit zu wenig Salz und ziemlich geschmacklos, aber dick und heiß –, als die Luftschutzsirenen zu heulen beginnen. „Mein Bär Karl ist noch oben!", schreit Esther und rennt los.

Olga holt sie ein, bevor sie die Treppe erreicht. „Lass den Bären und komm!"

„Aua! Du tust mir weh! Mama! Olga tut mir weh!"

„Komm jetzt, Esther!"

Über ihnen dröhnen schon die Flugzeugmotoren, die Sirenen kreischen hysterisch. Hektisch stürmen sie in den Keller. Hildegard klappt die Kellertür hinter ihnen zu.

Als sie auf halbem Weg die Treppe hinuntergegangen sind, bebt das ganze Haus. Die einzige Glühbirne an der Decke ist sofort mausetot.

Hildegard hält sich mit beiden Händen an den Wänden fest. Vater im Himmel, ist das Haus getroffen worden?

Esther schreit Zeter und Mordio.

„Halt die Klappe, Esther, ich suche eine Kerze", lässt sich Olgas Stimme vernehmen.

„Mama! Mama!"

„Ich komme gleich, lass Olga zuerst die Kerze anzünden."

Das Streichholz flammt auf. Olgas Hände zittern merklich, während sie die Kerze ansteckt.

Ein zweiter Schlag. Ohrenbetäubend. Vernichtend.

„Mama!"

Hildegard nimmt drei oder vier Stufen und drückt das Kind fest an ihre Brust. Staub und Putz von der niedrigen Betondecke über ihren Köpfen prasseln auf sie nieder.

Olga ist auf den Knien. „Herr, hilf, ach Herr, hilf doch!"

Noch ein Schlag folgt, weniger heftig, doch wieder bebt die Erde über ihnen.

„Ach Herrgott hilf doch, heute Nacht werden wir bei lebendigem Leib im Keller begraben, Herr, hilf doch bitte."

Die Kerzenflamme zuckt beklemmend über die Decke und die Regalbretter an den Wänden. „Bete, Mama, bete!", ruft Esther.

Und alles, was sie herausbekommt, ist: „Lieber Vater im Himmel, sei uns armen Sündern gnädig."

„Nein du liebe Güte, Frau Hildegard, Gnade allein wird nichts helfen. Sie müssen den Herrn bitten, uns hier lebendig herauszuholen, ich will nicht zusammen mit den Ratten hier verrecken!"

„Ach, Olga."

Das Bombardement hält die ganze Nacht an und wiederholt sich in den nächsten drei Nächten. Selbst am helllichten Tag fallen Bomben – die deutsche Luftabwehr ist so geschwächt, dass sie für die alliierten Bomberpiloten keine Abschreckung mehr darstellt.

Angstvoll sitzen sie da, warten, versuchen Esther zu beschäftigen oder planen ihre Mahlzeiten.

Am dritten Tag, als es still geworden ist, gehen sie wieder nach oben.

Die Sonne scheint auf den Küchenboden – in der Wand nach Süden hin klafft ein großes Loch.

Niedergeschlagen inspizieren sie das, was einst ihr Haus gewesen ist. Ungehindert kann die Kälte nun durch die Öffnung dringen, die einmal ihre Fenster gewesen sind. „Die Bomben haben unser Haus kaputt gemacht", sagt Esther.

Die Treppe nach oben ist unbeschädigt, nur das Geländer ist an manchen Stellen zerbrochen. Ein Teil des Flures ist eingestürzt, die Wand zu Siegfrieds Zimmer ist aufgerissen. Sie klettern über den Bauschutt und bücken sich unter Dachbalken hindurch. Zum Glück brennt es nirgendwo. „Dem Bär Karl geht es gut, er ist nur furchtbar schmutzig!", jubelt Esther. „Können wir ihn baden, Olga?"

Alles ist furchtbar schmutzig. „Wir werden jetzt wohl im Keller leben müssen, ach Frau Hildegard, und ich hatte das Obergeschoss so schön geputzt", bemerkt Olga fassungslos.

Sie gehen wieder nach unten und Esther hüpft von Zimmer zu Zimmer. „Unser Klavier ist noch ganz! Olga, kannst du das Klavier sauber machen?"

Den Rest des Tages verbringen sie damit, alles Lebensnotwendige in den Keller zu räumen. Der Keller ist klein und dort liegen auch schon zwei Matratzen auf dem Boden. Die Regale, die einmal voller Weinflaschen gewesen sind, sind nun gefüllt mit dem Petroleum, den Nahrungsmittelvorräten und den Wasserflaschen.

Auch in der nächsten Nacht heulen wieder die Luftschutzsirenen. „Das ist weit weg, eher in Richtung Innenstadt", versucht Hildegard ihr Töchterchen zu beruhigen.

„Ich weiß, der Keller hält etwas aus", erwidert Esther.

Am nächsten Tag erscheint keine Zeitung. „Die Friedrichstadt ist nur noch ein Trümmerfeld, Luisenstadt auch, beides brennt und ein paar Züge fahren noch zum Anhalterbahnhof und der Potsdamer Bahnhof ist völlig zerstört, ich habe dieses Huhn hier gefunden."

Festgeklemmt schauen von unter ihrem Arm die beiden Knopfaugen einer Henne heraus. „Dieser Hahn da, der … äh … lebt ja noch."

„Ja wir werden es schlachten, das ist eine Sie, und kein Er, Frau Hildegard, heute Abend essen wir wieder Fleisch."

„Olga, hast du jemals ein Huhn geschlachtet?"

„Das kann doch so schwer nicht sein, Frau Hildegard, so schwer kann es nicht sein."

Die Schlachtung eine halbe Stunde später hinterlässt ein blutiges Chaos. „Dieses Mistvieh hat neun Leben", brummt Olga, als sie wieder ins Haus kommt.

An diesem Abend essen sie Huhn. Es ist zäh, furchtbar zäh, und sie müssen sich ständig kleine Federn aus dem Mund ziehen, doch es ist das erste Fleisch seit Wochen. Sie knabbern die Knochen sauber. „Ahh, lecker", seufzt Esther.

Was übrig ist, packt Olga sorgfältig in den Kühlschrank. Ich frage mich, wie lange wir noch Strom haben, denkt Hildegard bekümmert.

Die Innenstadt brennt vier Tage lang. Durch das Feuer wird alles Brennbare in Asche verwandelt. „Die Leute schleppen jetzt schon die Balken der Häuser in die U-Bahn-Stationen, um da Feuer zu machen, wegen der Kälte, und weil sie Essen kochen wollen", erzählt Olga. „Aber sie haben kaum etwas zu essen, ich habe heute nur diese paar Stückchen Seife kriegen können, die habe ich dann lieber gekauft, man kann ja nie wissen, es gab nicht einmal Brot."

„Danke, Olga, danke."

Niederlande

Liebe Mutter!

Ich denke so oft an dich und dann bin ich sehr besorgt. Wenn man den Berichten und Gerüchten glauben kann, dann steht in Berlin kein Stein mehr auf dem anderen. Ich bete zu Gott, dass Esther und dir nichts zugestoßen ist. Auch nicht dem Herrn Doktor und Olga.

Mir geht es gut. Wir sind bereit, jederzeit die Stellung zu räumen, wenn das nötig wird. Im Augenblick ist es das noch nicht. Mein Hals schmerzt seit zwei Tagen. Heute Morgen taten mir auch die Gelenke weh und ich hatte ziemliches Fieber, deshalb glaube ich, dass es nur die gute, alte Grippe ist. Ich werde morgen oder übermorgen wieder auf den Beinen sein.

Wenn es dir möglich ist, Mutter, dann lass mich wissen, wie es euch geht. Ich weiß nicht, wie lange die Post noch funktionieren wird.

Dein sehnsüchtiger Sohn
Karl

Sie schreibt sofort zurück. Dabei drückt sie sich so optimistisch wie möglich aus, erklärt, was für eine patente Frau Olga ist, und erzählt Geschichten von Esther. Du darfst die Grippe nicht unterschätzen, schreibt sie, und pass gut auf dich auf.

Auch sie weiß nicht, wie lange die Post noch funktionieren wird. Vielleicht wird Karl den Brief noch bekommen, vielleicht auch nicht.

„Ich wollte, ich könnte euch irgendwie aus Berlin herausbekommen", sagt Andreas in dringendem Ton. „Ich kann nicht zulassen, dass du mit der kleinen Esther noch hier bist, wenn die Soldaten in die Stadt kommen."

„Wie denn, Andreas, und wohin sollen wir denn gehen?"

„Nach Westfalen. Meine Schwester wohnt immer noch in Düsseldorf. Ich kenne auch noch eine Menge anderer Leute da. Wir sollten uns rechtzeitig dort eine Wohnung besorgen."

„Aber … wie sollen wir denn dahin kommen? Die Züge und Busse fahren nicht mehr. Für unser Auto gibt es kein Benzin. Wie soll es gehen, Andreas?"

Er macht eine vage Handbewegung. „Zu Fuß, wenn es sein muss. Tausende andere machen es auch so."

Frauen mit vollgepackten Kinderwagen, die Kinder im Schlepptau hinterher, alte Männer auf Krückstöcken durch den Schnee? Durch die alliierten Linien nach Düsseldorf?

Sie schüttelt den Kopf. „Und Tausende schaffen es nicht. Dann ist der Keller vermutlich sicherer."

„Wenn die Amerikaner die Ersten in Berlin sind, dann vielleicht. Aber wenn zuerst der Russe hier einmarschiert? Nein, Hildegard."

In dieser Nacht und in den Nächten danach überlegt sie ernsthaft, aber sie sieht keinerlei Möglichkeit, eine solche Flucht anzutreten. Draußen ist Winter, bitter kalt – und so ganz ohne jeden Schutz, nur mit einem alten Mann und einem kleinen Kind? Selbst dann, wenn Olga mitkommen sollte?

Sie zieht die kleine Esther dichter an sich und schlingt die Federdecke enger um sie beide.

„Die Leute sagen, dass Hitler den Frauen und Kindern verboten hat, Berlin zu verlassen, sie sagen, dass das passiert, damit die Männer Berlin verteidigen, ich habe Salz bekommen und eine Zeitung, aber schauen Sie doch nur, wie die jetzt aussieht“, lautet Olgas Rapport.

„Ich bin sehr froh, dass du Salz bekommen hast, Olga.“

Die Zeitung ist nur ein dünnes Blättchen aus rauem Papier, darin finden sich hauptsächlich positive Lageberichte der Wehrmacht. Nichts über Berlin, das immer noch brennt. Wen wollen sie damit täuschen?

Steht das Haus von Andreas noch? Hat er in diesen hungrigen und kalten Zeiten genug zu essen? Sie hat ihn vor fünf Tagen zum letzten Mal gesehen, bevor ihr eigenes Haus getroffen worden ist.

Der Briefkasten bleibt leer.

Sie weiß nicht, ob der nördliche Teil der Niederlande mittlerweile in alliierter Hand ist. Mittlerweile müsste er das doch eigentlich sein?

Vielleicht kommt Karl bald wieder. Sie hofft so sehr darauf, aber sie weiß es nicht.

Im Südosten marschieren die sowjetischen Truppen Ende März in Österreich ein. Mitte April erobern sie Wien und bewegen sich auf die Elbe zu.

Aus Südwesten nimmt die amerikanische Armee das Ruhrgebiet ein und dringt bis zur Elbe vor. Dort treffen sie die aus dem Osten kommenden sowjetischen Truppen.

Die Briten überqueren von Nordwesten aus den Rhein und breiten sich Richtung Hamburg aus und marschieren dann auf Dänemark und die Ostsee zu.

Die Rote Armee überquert von Nordosten her die Oder und schließt sich der britischen Armee an.

Berlin ist eine Insel in einem feindlichen Meer aus Panzern und Geschützen, unter feindlichen Flugzeugen am Himmel und umgeben von feindlichen Armeen, die wie ein Tsunami unaufhaltsam in Richtung Strand rollen.

Und dann fahren die ersten sowjetischen Panzer ins Stadtgebiet von Berlin, marschieren die ersten sowjetischen Soldaten durch die Straßen der Außenbezirke von Berlin.

11. Kapitel

Hildegard sitzt totenstill da. Sie hört etwas.

Sie ist sich nicht sicher, vielleicht hat sie sich auch getäuscht. Es ist weit weg. Und dumpf.

Doch dann hört sie es wieder. Weit weg, so wie ein Gewitter, das über die Erde herangerollt kommt. Sie lauscht mit aller Kraft.

Spürt sie es jetzt auch? Ja doch, eine Vibration, vielleicht so etwas wie ein kleines Erdbeben, aber es hört nicht mehr auf.

Plötzlich ist sie wieder in ihrem Zimmer in Königsberg, in der Ferne ein Donnergrollen wie bei einem herannahenden Unwetter, dazu die Gewissheit: Der Krieg ist hier. Furcht, fast schon Panik ergreift sie. „Esther!"

Sie rennt durch das baufällige Haus. „Esther! Esther!"

„Ich bin hier draußen am Spielen, Mama!", ertönt eine Kinderstimme.

Sie zwingt sich zur Ruhe. „Komm schnell rein."

„Aber es regnet doch nicht mehr und …"

„Esther!" Sie hört die Hysterie in ihrer eigenen Stimme.

Das Kind sicher auch. „Mama, was ist denn?"

Das Donnergrollen kommt aus dem Osten. Jetzt, wo sie draußen ist, hört sie es ganz deutlich.

„Komm, spiel lieber drinnen. Wir machen einen Tee für die Bären, hier in der Küche." Neben der Kellertür.

Olga kommt erst Stunden später wieder zurück. Ihr Gesicht ist ganz bleich, ihre weiten Augen sehen erschrocken aus. „Frau Hildegard, die Russen sind hier, die Russen sind in Berlin." Hastig stellt sie ihre leere Einkaufstasche auf dem Boden ab. „Ich konnte nichts zu essen bekommen, weil alles zu ist, und überall sind Plakate angeklebt, große Plakate, die Leute sagen, die Plakate sind von Hitler …", hastiges Luftholen, „… und er will, dass jetzt alle Berlin verteidigen müssen, er sagt, alle Jungen der Hitler-Jugend und die alten Männer vom Volkssturm und die SS-Leute werden ihnen helfen."

Vor weniger als einer Woche, erinnert sich Hildegard, hat Goebbels verkündet, die Oder werde die Mauer sein, an der sich die asiatischen Horden totrennen würden. Himmler hat den Befehl ausgegeben, dass man alle Deutschen, die man verhaftet hat, weil sie eine weiße Fahne an ihrem Haus angebracht hätten, erschießen werde.

Jetzt haben die Sowjets doch die Oder überquert. Und die Geschichten, die die geflohenen Frauen aus Ostpreußen und Polen erzählt haben, finden jetzt mitten unter ihnen statt.

„Olga?"

„Ich weiß, Frau Hildegard, ich weiß und ich konnte auch kein Brot bekommen, ganz zu schweigen von Kartoffeln, und ich kenne die Russen, mir braucht man nichts zu erzählen."

„Ich habe Hunger", sagt Esther.

Den haben wir alle, denkt Hildegard. Hunger und Angst, die werfen einen Schatten auf unsere Tage und sind des Nachts unsere Bettgenossen.

„Morgen gehe ich in die Stadt, du brauchst dir keine Sorgen zu machen, Esther, morgen gehe ich in die Stadt und ich komme erst zurück, wenn meine Einkaufstasche voller Essen ist, aber heute Abend müssen wir Kartoffeln essen."

Die nächste Nacht ist lang und finster.

Herr, sei uns armen Sündern gnädig. Herr, die Russen sind hier und ich habe ein kleines Kind, ein kleines Mädchen. Wir haben zu wenig zu essen, Herr. Der Wasserdruck im Hahn wird immer weniger, die Gasflamme auf dem Kocher immer kleiner. Herr, hilf uns!

Manchmal betet sie, manchmal träumt sie.

Und Herr, wenn wir das alles hier überleben und der Friede da ist, was soll dann werden? Ich bin eine Witwe, die ein Kind versorgen muss.

Und Karl. Herr? Lebt er noch? Ist er wie Oswald in einem Kriegsgefangenenlager? Werden sie das überleben?

Das Haus über ihr ist eine Ruine, ihre Geldbörse wird immer leerer. Das Geld in der Bank – wenn die Banken irgendwann einmal wieder ihre Pforten öffnen sollten – wird wahrscheinlich wertlos sein.

Wie soll sie überleben?

Karl. Sie muss versuchen, nicht an Karl zu denken.

Und obwohl sie die kleine Esther fest an sich drückt, bleibt die Nacht finster.

Schon lange vor Tagesanbruch ist Olga aus dem Haus gegangen. Sie hat ihren großen Mantel an, weil es unaufhörlich regnet.

Die Stunden ziehen vorüber, Stunden, in denen nichts geschieht. Hildegard nutzt den Tag, um den Keller so bequem wie möglich einzurichten. Dort werden sie sicher sein, sogar vor den Russen. Sie versucht, an alles Lebensnotwendige zu denken: noch mehr Decken, zwei Garnituren Kleidung für sie beide, ihre Bibel, ihre Gesichtscreme und ihr Parfüm, Esthers Teeservice.

Mit Mühe schafft sie einen Tisch die Treppe hinunter. Sie breitet eine blütenweiße Tischdecke darauf aus und legt drei gestärkte Servietten bereit. „Bring mir das hier herunter", sagt sie und reicht Esther die silbernen Salz- und Pfefferstreuer, eine Butterdose und ein Buttermesser. Was braucht man noch zum Überleben?

Der Keller ist übervoll. Dort ist fast kein Platz mehr für die beiden Matratzen.

Nach einer Weile kann sie das Kind nicht mehr im Haus halten, seine Lebensfreude sprudelt zu sehr über.

Zum Mittagessen nehmen sie ihr letztes Brot zu sich.

Wer kümmert sich nun in diesen dunklen Tagen um Andreas? Wer stellt sich für ihn an, damit er etwas zu essen bekommt? Sie macht sich Sorgen um ihn, schließlich ist es nun schon eine Woche her, dass sie das letzte Mal von ihm gehört hat. Sobald Olga zurück ist, wird sie sie zu ihm schicken, um nach ihm zu schauen – sofern Olga sein Haus finden kann.

Doch Olga kommt nicht zurück. Auch nicht, als es schon dämmrig wird.

„Mama, ich habe Hunger", jammert Esther.

Hildegard öffnet den Kühlschrank: eine halbvolle Flasche Milch, ein angebrochenes Glas Marmelade, ein verwelkter Kohlkopf. Sie geht an die Lebensmittelregale: ein Säckchen grobes Backmehl, zwei Päckchen getrocknete Bohnen, ein paar Konservenbüchsen ohne Aufschrift, ein Haufen Kartoffeln und drei Karotten.

Sie öffnet die erste Konservendose: Erbsen. Von Erbsen allein werden sie nicht satt.

Sie zögert, weil sie nicht noch eine Dose aufmachen will. Man weiß ja nie, was die Zukunft bringen wird. Sie bückt sich und zählt eine kleine Menge Kartoffeln ab. Wie schwer kann es sein, Kartoffeln zu kochen?

Sie dreht das Gas des Herdes auf und reißt ein Streichholz an. Eine einzelne, kleine Flamme flackert durch die Luft. Sie stellt den mit Wasser gefüllten Topf auf den Herd. Dann setzt sie sich an den Tisch und fängt an, Kartoffeln zu schälen.

Sie hätte nie gedacht, dass es so schwer ist, Kartoffeln zu schälen.

Das Wasser auf dem Herd braucht eine Ewigkeit, bis es endlich kocht. In der Zwischenzeit schaufelt Esther die ganze Dose Erbsen allein in sich hinein.

Die Kartoffeln zerkochen zu einem wässrigen Brei. Abwaschwasser.

Und während der ganzen Zeit kommt Olga nicht zurück. Auch nicht am nächsten Tag.

Die Bomben regnen auf sie nieder, Tag und Nacht. Und dann ist sogar das Konservenessen beinahe aus.

Und Olga, Herr? Was ist mit der armen Olga?

Sie hat sich leer gedacht, sie weiß nicht mehr, was sie tun soll. Und vom Himmel, so kommt es ihr vor, bekommt sie keine Antwort.

Am dritten Tag hat sie keine andere Wahl mehr. Die ganze Nacht über hat sie nachgedacht: Sie kann das Kind unmöglich mit in die Stadt nehmen, das ist viel zu gefährlich. Aber sie müssen etwas zu essen auftreiben. „Wir gehen heute Morgen Onkel Andreas besuchen. Wir werden eine ziemlich lange Wanderung machen, aber ich glaube …“

„Ich habe Hunger, Mama“, jammert das Kind mit verweinter Stimme.

„Esther, wir haben nichts anderes zu essen als diese Kartoffeln hier. Mama hat keine Ahnung, wie man das Mehl kocht. Ich muss Essen besorgen, aber zuerst müssen wir Onkel Andreas finden.“

„Und wo ist Olga?“, fängt das Kind wieder an zu weinen. „Ich möchte zu Olga.“

Hildegard schließt die Augen. Herr, hilf. „Olga ist weg. Wir haben nichts mehr zu essen. Ich bin sehr, sehr müde, Esther. Und ich bin genauso hungrig wie du. Sei also bitte nicht so schwierig.“

Als sie die Augen wieder öffnet, starrt ihr Töchterchen sie mit seinen großen, braunen Augen ernst an. „Gut", antwortet es.

Sie ziehen die warmen Mäntel an, die sie gegen den Wind und den Regen schützen sollen, und ziehen los. Für die paar Kilometer brauchen sie den ganzen Vormittag. Zweimal verlaufen sie sich. Endlich finden sie das Haus. „Das Haus von Onkel Andreas haben die Bomben auch kaputt gemacht", bemerkt Esther.

Sie klopfen dreimal an die Tür und bekommen keine Antwort. Hildegard geht ums Haus herum. Alles ist verschlossen und sieht verlassen aus. Der Garten ist verwahrlost. Es fängt wieder an zu regnen. „Mama! Mama!"

Sie rennt. Sie hätte das Kind nicht allein vor der Haustür stehen lassen sollen.

Doch Esther lächelt breit. „Hier ist Onkel Andreas."

In der Eingangstür steht er, in eine Decke eingewickelt. Seine Nase ist gerötet, seine Augen sind dick. „Andreas!"

„Es ist nur eine Erkältung, nichts Ernstes, mach dir keine Sorgen. Ich bin froh, euch zu sehen, ich war ..."

Dann überfällt ihn jedoch ein Hustenanfall, er klappt nach vorn und hustet schmerzhaft. Hildegard schließt schnell die Haustür. „Du musst aus der Kälte und dem Regen heraus, Andreas."

Das Haus ist ein Alptraum aus Bauschutt und zertrümmerten Möbeln. Alles ist mit grauem Staub bedeckt. An verschiedenen Stellen tropft der Regen von der Decke. „Das Haus von Onkel Andreas ist noch kaputter als unseres", fasst Esther die Situation ernst zusammen.

„Ich habe mir solche Sorgen um euch gemacht." Seine Stimme klingt aufrichtig bekümmert.

Hildegard führt ihn zu einem Sessel und hüllt seine Schultern fest in seine Decke. „Unser Keller ist einigermaßen geräumig und stabil, darin haben wir es uns eingerichtet. Und bis jetzt haben wir auch immer genug zu essen gehabt."

„Ich habe großen Hunger", sagt Esther.

Hildegard runzelt plötzlich die Stirn. „Andreas, wann hast du denn das letzte Mal etwas gegessen?"

Er sieht sie nicht an. „Ich habe keinen Appetit."

„Du musst etwas essen, das weißt du. Ich kann schauen, ob ich irgendwo etwas auftreiben kann."

„Hier gibt es nichts zu essen." Er fängt wieder an zu husten.
„Hast du Medizin?"

Er nickt und deutet in Richtung Küche. Als sie den Schrank durchsucht, findet sie darin zwar nichts zu essen, aber einen ganz ordentlichen Vorrat an Arzneimitteln. Ich muss etwas zu essen für ihn auftreiben, wird ihr klar. Wenn sie schnell losgeht, allein, kann sie vor Einbruch der Dunkelheit wieder zurück sein.

„Mama, ich habe Hunger", sagt Esther neben ihr.

Hildegard beugt sich hinunter. „Hör zu, Esther, ich muss etwas zu essen besorgen. Ich hätte es gern, dass du hier bei Onkel Andreas bleibst. Du musst dich um ihn kümmern, er ist krank. Meinst du, dass du das tun kannst?"

Esther nickt. „Ja, das kann ich."

Hildegard läuft schnell. Je weiter sie geht, desto mehr spürt sie, wie ihre Kraft wächst. Das ist eigenartig, denn sie wird immer müder und kommt sich doch gleichzeitig stärker vor. Ihr Atem jagt, als sie schließlich wieder an ihrem eigenen Haus ankommt.

Olga ist immer noch nicht da.

Sie versucht nachzudenken. Sie stopft ein paar Kartoffeln in die Tasche, die letzte Dose Salzfleisch, das letzte bisschen Kaffee. Sie nimmt Ersatzkleidung für Esther mit. Als Letztes fällt ihr noch ein, dass ja auch der Bär noch mitmuss.

Auf dem Weg zurück muss sie zweimal Pause machen, die Tasche ist zwar nicht schwer, aber sie wird ihr doch zur Last. Nach einer Weile fängt es wieder an zu regnen. Ihr ist kalt und sie ist völlig durchnässt, als sie das Haus von Andreas betritt. „Onkel Andreas schläft. Mama, ich habe solchen Hunger."

Sie findet einen Topf, füllt ihn zur Hälfte mit Wasser – sie hat mittlerweile herausgefunden, dass man Kartoffeln in sehr viel weniger Wasser kocht – und zündet mit einiger Mühe die einzelne Gasflamme an. Überall sucht sie nach Salz, kann aber keines finden. Zum Glück wird das Salzfleisch alles ein wenig salzen.

Heute Nacht werden sie hier schlafen müssen. Sie möchte nachschauen, ob es im Weinkeller für sie einen Schlafplatz geben könnte. Doch als sie am oberen Ende der Treppe das Licht anschaltet, merkt sie sofort, warum Andreas oben schläft. Der Weinkeller ist nur ein kurzer, schmaler Gang, da würde nicht einmal eine einzelne Matratze hineinpassen. Dort gibt es nur einen Stuhl. Auf dem Regal neben dem Stuhl findet sie eine Kerze und eine Packung Streichhölzer. Das ist alles.

Sie schleppt den Perserteppich aus dem Eingangsbereich dorthin, Esther eilt ihr zu Hilfe. Sie tragen Decken und Kissen hinunter und auch eine Flasche Wasser. „Unser Keller ist sehr viel besser", bemerkt Esther entschieden.

„Wir können Onkel Andreas jetzt aber nicht mit zu uns nach Hause nehmen, dafür ist er zu krank und außerdem regnet es", erläutert Hildegard.

„Er ist sehr krank", stimmt Esther ihr zu und bringt das kleinste Kissen, das sie finden konnte, genau passend für ihren Teddybären. „Meine anderen Teddys werden ganz schön Angst haben, so allein bei uns im Keller."

„Zum Glück ist unser Keller aber stabil."

„Aber sie werden Angst haben. Ich bin ihre Mama und ich bin nicht da."

Hildegard bereitet für sich und Esther ein Schlaflager auf einem Sofa im Wohnzimmer, das ist einer der wenigen Räume, in die es nicht hineinregnet. Es ist ungemütlich, die Umgebung ist fremd und sie hat Schwierigkeiten einzuschlafen.

Als sie gerade eingeschlummert ist, gehen die Sirenen los. Sie stolpern die Treppe hinunter. Esther schläft beinahe sofort wieder ein. Andreas nickt auf dem Stuhl ein. Er schläft besser, wenn er aufrecht sitzt, denn dann hustet er nicht so viel. „Ihr dürft nicht auch noch krank werden", hat er entschuldigend gesagt.

Hildegard kämpft die ganze Nacht mit dem Schlaf. Sie nickt mit der Zeit ein wenig ein, aber die unbequeme Haltung fordert ihren Tribut. Ein Mal schreckt sie vom Schlaf auf, weil eine Bombe in nächster Nähe eingeschlagen hat: Die Wände beben, Zementstaub fällt von der Decke. Unruhig bewegt sich das Kind in ihren Armen und kuschelt sich an sie.

Heute ist der 20. April, Hitlers Geburtstag, denkt Hildegard, während sie wach wird. Sie möchte an diesem Tag versuchen, schon ganz früh bei den Geschäften zu sein, denn im Haus gibt es nur noch Kartoffeln. „Trink so lange Wasser und iss noch eine Kartoffel,

Mama versucht schnell wieder da zu sein", verspricht sie, bevor sie sich auf den Weg macht. „Und pass gut auf Onkel Andreas auf."

Was wird sie wohl erwarten, wenn sie die Innenstadt erreicht?

Von Andreas' Haus aus sind es noch rund vier oder fünf Kilometer bis in die Innenstadt, es ist also sehr viel näher als von ihrer Villa. Sie geht schnell. Die Luft ist frisch und der Regen hat sich jetzt in eine dichte Wolkendecke zurückgezogen.

Eine leere Straßenbahn rattert vorbei. „Die Straßenbahnen lassen nur noch bestimmte Leute mitfahren, da muss man die richtige Karte haben", hat Olga ihr erzählt.

Was wohl aus Olga geworden ist?

Je weiter sie geht, desto mehr sieht sie, dass die Stadt nur noch ein großer Trümmerhaufen ist. Seit Wochen regnen die Bomben auf sie nieder – tagsüber aus den „Fliegenden Festungen" der US Air Force und nachts aus den Lancaster-Bombern der Royal Air Force. Sie hört das rollende Donnergrollen der schweren Maschinengewehre. Wenigstens regnet es nicht auch noch.

Als sie um eine Ecke biegt, sieht sie eine Menschenschlange. „Gibt es hier etwas zu essen?", fragt sie.

Eine junge Frau nickt. „Wenn noch etwas davon da ist, bis wir an der Reihe sind."

Hildegard stellt sich erleichtert hinten an, durch die ungewohnte Anstrengung ist sie ganz außer Atem. Hinter ihr wird die Schlange immer länger. Sie tastet in ihrer Tasche nach ihrer Geldbörse mit den beiden Lebensmittelkarten. Sie ist immer noch an ihrem Platz.

Das dumpfe Bumm-Bumm hört nicht auf, es klingt, als würde jemand einen Teppich ausklopfen. „Russische Panzer haben die Stadt eingekreist. Soweit ich weiß, sind die ersten Granaten aus ihren Geschützen schon in den nördlichen Vorstädten eingeschlagen", erzählt die junge Frau.

„Diese Dinger, die so heulen wie die Wölfe, wenn sie abgeschossen werden, die nennen sie ‚Stalinorgeln'", erklärt eine zweite. „Die sehen aus wie Orgelpfeifen auf einem Lastwagen. Die Dinger richten gewaltige Verwüstungen an."

Endlich sind sie an der Reihe. Hildegard zeigt ihre zweite Lebensmittelkarte. „Pro Person nur eine Lebensmittelkarte", sagt die große Frau mürrisch und gibt ihr Andreas' Lebensmittelkarte wieder zurück.

„Aber die ist von einem Mann, der sehr krank ist. Er kann nicht selbst kommen“, versucht es Hildegard.

Die Frau antwortet nichts. Sie stempelt die Karte ab und schiebt einen Haufen Kartoffeln, ein grobes Brot und zwei Eier über die Theke. „Nächster!“

Hildegard packt die Kartoffeln eine nach der anderen ein. „Los, beweg dich! Nächster!“, schnaubt die Frau in ihre Richtung.

Sie steckt die Eier vorsichtig in ihre Manteltaschen, nimmt das Brot und schiebt die Kartoffeln in ihre Einkaufstasche. „Geh und stelle dich mit der anderen Lebensmittelkarte woanders an“, rät ihr jemand.

Sie überlegt, welche Möglichkeiten sie hat. Ihre Einkaufstasche wird immer schwerer, aber wenn sie mehr Essen besorgen kann, bedeutet das auch, dass sie sich nicht schon morgen wieder auf den Weg machen muss. Der Geruch von frisch gebackenen Brötchen nimmt ihr die Entscheidung ab.

Als sie am frühen Nachmittag wieder den Heimweg zu Andreas' Haus antritt, ist ihre Einkaufstasche sehr schwer, doch ihr Herz ist leicht. Sie hat Nahrungsmittel für wenigstens zwei Tage, Essen, das sie selbst aufgetrieben hat.

Zu Hause angekommen, packt sie ihren Schatz auf dem Tisch aus. „Haben die Mäuse an dem Brot geknabbert?“, fragt Andreas neckend.

„Nein, das war meine Wegzehrung. Hier ist für jeden von euch ein frisches Brötchen.“

„Ich habe den ganzen Tag über die Augen offen gehalten und habe doch von Olga keine Spur entdecken können. Morgen werde ich noch einmal bei uns zu Hause nachschauen, vielleicht gibt es da etwas Neues“, sagt sie zu Andreas.

„Lass ihr eine Notiz da, damit sie weiß, dass ihr hier seid“, schlägt er vor.

„Olga kann doch nicht lesen.“

Abends im Radio verspricht Goebbels unverdrossen den Endsieg und eine glänzende Zukunft für alle.

Das war die letzte Radiosendung, erkennen Hildegard und Andreas drei Tage später. Das Gas ist mittlerweile nur noch ein müdes Flämmchen, meistens noch nicht einmal das. „Ich mache mir auch Sorgen wegen des Wassers", sagt Hildegard und füllt jeden Eimer, Topf und Kessel, den sie finden kann, voll Wasser. Das dauert furchtbar lange – selbst der dünne Wasserstrahl wird immer weniger.

Was sollen sie nur tun, wenn nichts mehr aus dem Hahn kommt?

In der letzten Nacht ist schon früh Alarm gegeben worden. Esther hat ihren Bären gegriffen und sie sind schnell die Treppen hinuntergerannt. Andreas hat dabei schrecklich gekeucht und gehustet – das schnelle Laufen und der Staub tun ihm nicht gut.

Die ganze Nacht über haben die Sirenen geheult. Manchmal hat es auch Entwarnung gegeben, aber danach wieder Luftalarm. Wir müssen in unser Haus zurück, so ohne Schlaf kann es nicht weitergehen, wird Hildegard in den frühen Morgenstunden klar. Aber wie? Andreas ist noch nicht in der Lage, dorthin zu Fuß zu gehen, und allein kann sie ihn hier nicht lassen.

Weil sie nichts mehr zu essen haben, muss sie sich am frühen Morgen wieder auf den Weg machen. Weil ihr Körper müde ist, geht sie nicht mehr so schnell. Zusammen mit anderen Frauen steht sie im strömenden Regen an – schweigende, formlose Gestalten in schweren Mänteln, die mitten in alledem zu überleben versuchen.

„Diese Kartoffeln hier sind ungenießbar. Mit diesen Missernten kann man höchstens noch Wodka brennen!", ruft eine Frau entrüstet. „Die fallen beim Kochen auseinander und lösen sich völlig auf, bevor sie gar sind."

„Wie kocht man denn Suppe?", fragt Hildegard.

Die Frau schaut sie an, als ob sie verrückt geworden wäre.

In der nächsten Schlange sind die Menschen gesprächiger. „Wenn der Russe in die Innenstadt kommt, wird er erst einmal alles essen, was er kriegen kann."

„Ich habe gehört, dass die Leute in den Wäldern Wurzeln ausgraben und essen und dass alte Leute Gras essen, um zu überleben."

„Wie ich höre, sterben Tausende von Kindern an den Folgen des Hungers."

Hildegard hört nicht mehr hin, während ihr der Regen in kleinen Bächen den Nacken hinunterläuft.

Im großen Kaufhaus bekommt sie ihre offizielle Ration: 250 Gramm grobes Mehl, 250 Gramm Haferflocken, zwei Pfund Zucker. „Der Kaffee ist aus", sagt der alte Verkäufer.

In der Bäckerei bekommt sie drei Brötchen und auch zwei grobe Brote. „Das ist das letzte Brot, ich höre mit dem Backen auf."

„Aber nach meiner Lebensmittelkarte steht mir doch noch ein weiteres Brot zu!"

Der Bäcker zuckt nur mit den Schultern. „Nächster!"

Bei dem Kartoffelhaufen weiter hinten gibt ihr der Mann ihre Lebensmittelkarte zurück. „Nein, Ihnen stehen erst am 27. April wieder Kartoffeln zu", sagt er.

Sie stellt sich noch einmal an und bekommt ihre Kartoffeln auf Andreas' Lebensmittelkarte.

Erst am späten Nachmittag ist sie wieder zu Hause, todmüde und völlig durchnässt.

Wenigstens sieht Andreas ein bisschen besser aus. „Ich habe Onkel Andreas von den Kartoffeln gegeben", verkündet Esther stolz.

„Und mir ist ein glänzender Plan eingefallen", erzählt Hildegard. „Ich hole Esthers Kinderwagen, der muss irgendwo in der Garage sein. Dann werde ich in Zukunft mit dem Kinderwagen einkaufen gehen. Ich kann es einfach nicht fassen, dass mir das nicht schon früher eingefallen ist."

„Wenn er die Bomben überlebt hat", entgegnet Andreas skeptisch.

Hildegard lächelt müde. „Vielleicht ist uns ja der Vater im Himmel gnädig."

„Ich werde dafür beten, dann bekommen wir unseren Kinderwagen", erwidert Esther bestimmt.

Tausende von Frauen und Kindern fliehen jeden Tag aus Berlin, behaupten die Leute. „Aber unterwegs sterben sie vor Hunger."

„Oder die Maschinengewehre mähen sie um", fügt eine andere hinzu. „Wir sitzen doch wie die Ratten in einer Mausefalle."

Hildegard bewegt sich von einer ellenlangen Schlange zur nächsten. Sie packt ihren Kinderwagen so voll wie möglich und lädt sogar einen Haufen Kohlen ein. Ihr Gesicht und ihre Haare werden dabei rabenschwarz, darüber hinaus trägt sie immer noch ihre schwarzen Trauerkleider. Wenn es kein Gas und keinen Strom mehr gibt, dann können sie sicher noch über einem offenen Feuer kochen, so wie sie es vor vielen Jahren bei den Arbeitern auf dem Landgut in der Nähe von Königsberg beobachtet hat.

Sie eilt hastig zurück. Inzwischen regnet es nicht mehr, sondern zeitweise bricht sogar die Sonne durch die Wolken. Heute möchte sie wieder in den Keller ihres eigenen Hauses ziehen, Andreas behauptet, er werde den Fußmarsch schaffen. Esther zuliebe müssen sie sowieso langsam laufen. Wenn es nur nicht wieder zu regnen beginnt.

Im Osten ist der Himmel durch die Brände feuerrot, dicker Qualm hängt über dem östlichen Stadtrand. Die Russen stehen am Rangsdorfer See, hat sie in der Schlange vernommen.

Was ist nur aus den Menschen geworden? Aus Papa, der vor vielen Jahren so Hals über Kopf geflohen ist, als die Bolschewisten seine Scheune bei Sankt Petersburg in Brand gesteckt hatten? Aus Oswald im sowjetischen Kriegsgefangenenlager? Wo ist Karl jetzt, ihr hübscher, intelligenter Junge? Und welches Schicksal hat die treue Olga ereilt?

„Wir können los, ich werde es schon schaffen", versichert ihr Andreas, als sie bei ihm zu Hause eintrifft.

„Aber erst essen wir jeder ein Stück Brot, um Kraft für den Weg zu bekommen", erwidert sie.

Sie packen den Kinderwagen wieder voll, hauptsächlich mit Arzneimitteln. „Ich kann morgen oder übermorgen noch einmal hier vorbeikommen und deine Kleidung holen. Zum Einkaufen muss ich sowieso wieder hier vorbei."

„Es ist ein sehr weiter Weg von deinem Haus bis zu den Geschäften", warnt Andreas sie.

„Aber unser Keller ist sicherer und bequemer, wir können dort nachts sogar schlafen. Ladet nur alles, was ihr an Essen finden könnt, ein, das haben wir bitter nötig."

„Konntest du irgendwo Brot besorgen?"

„Nein, der Bäcker backt nicht mehr. Aber Kartoffeln habe ich bekommen, sie haben nicht nach der Lebensmittelkarte geschaut."

Doch als sie endlich am Haus der von Steins ankommen und ihre Vorräte auspacken, hat die Kohle alles schwarz werden lassen. „Ach, daran habe ich nicht gedacht."

Andreas ist völlig erschöpft. Sie macht ihm ein Bett auf Olgas Matratze, und ohne etwas gegessen zu haben, schläft er sofort ein.

In dieser Nacht schläft jeder von ihnen wie ein Stein. Wenn es einen Bombenangriff gegeben haben sollte, dann haben sie jedenfalls nichts davon mitbekommen.

☙

Wenn Hildegard für Essen ansteht, geht ihr jedes Zeitgefühl verloren. Weil es ununterbrochen regnet, ist alles durchnässt.

Nachts schweigen die Luftschutzsirenen inzwischen, denn es gibt niemanden mehr, der sie bedient. Die meisten Menschen leben unter der Erde – die Berliner sind Höhlenmenschen geworden.

Ein immerwährender Lärm hallt durch die Luft, ein konstantes Donnern des schweren Maschinengewehrfeuers. Sie nimmt es schon fast nicht mehr wahr.

„Flugzeuge!", schreit plötzlich jemand.

Sie rennt und hört dabei die Geräusche: das immer näher kommende Dröhnen über ihr, das Schlagen ihres Herzens in ihren Ohren, die schreienden Menschen um sie herum.

„Geh nicht von der Mauer weg!"

„Herr, hilf!"

„Schnell, flach auf den Boden!"

Sie duckt sich hinter die Mauer einer Ruine. Dort rollt sie sich zu einem Bündel zusammen und nimmt den Kopf zwischen die Arme.

Das Dröhnen ist jetzt direkt über ihr. Sie hört das Pfeifen der Bomben, die zusammen mit den Regentropfen vom Himmel herunterfallen. Sie pflügen die Erde unter ihr um und lassen die Trümmer des Gebäudes durch die Luft fliegen.

Als die Flugzeuge wieder verschwunden sind, nehmen die Leute sofort wieder ihren Platz in der Schlange ein. Ordentlich. Schweigend.

Ihr Kinderwagen steht immer noch genau da, wo sie ihn stehen gelassen hat.

Und der Regen tropft weiter von ihrem Papphut herunter.

Weiter unten in der Berliner Straße schlagen Flammen in den Himmel, der Qualm vermischt sich mit den Wolken, die über der Stadt hängen. Die Stalinorgeln heulen wie hungrige Wölfe. „Wenn diese Raketen aus der Berliner Straße abgefeuert werden, können sie uns treffen“, wirft jemand ein.

„Aber so nah sind die Russen noch nicht“, meint ein zweiter.

‚So nah noch nicht‘. Sie ist zu müde, um Angst zu haben.

Als jemand das Wort „Butter“ sagt, kommt auf einmal Leben in die steifen Mäntel. „Pass gut auf meinen Wagen auf, ich besorge für uns beide Butter“, sagt sie zu dem alten Frauchen hinter ihr.

Sie stürmt mit den anderen los. Mit ihren Ellbogen arbeitet sie sich einen Weg vor bis ins Zentrum der Menschenmenge. Sie stößt eine Frau zurück, die versucht hat, sich vor ihr hineinzuzwängen. In ihrem ganzen Leben hat sie noch nie ein so tierähnliches Verhalten erlebt, und das nur wegen des fettigen, reichen Geschmacks von Butter.

Sie beugt sich hinunter, bekommt zwei Stücke unverpackter Butter in die Hände gedrückt und presst sie sich beschützend an den Körper. „Danke, vielen Dank, ich hätte es nie bis vorne hin geschafft“, sagt das alte Frauchen, das treu am Kinderwagen auf sie wartet.

„Ich habe grobes Mehl zu Hause, was macht man damit?“, fragt Hildegard.

Das alte Frauchen lächelt. „Du bist eine feine Dame gewesen, stimmt's? Vor dem Krieg.“ Aber sie sagt das ohne Neid und erklärt Hildegard auf einfache Weise, wie man aus dem Mehl eine bestimmte Sorte Brot herstellt. „Wenn du Sauerteig hast und noch genug Gas für den Ofen“, fügt sie hinzu. Dann nimmt sie ihre Einkaufstasche und geht langsam zu dem zerschossenen Wohnblock in der Nähe zurück.

Das Brot ist sehr flach und fest, aber es ist frisch und die Butter schmilzt in die harte Kruste hinein. „Das ist das leckerste Brot, das ich je gegessen habe. Mama, du kochst schon beinahe so lecker wie Olga“, verkündet Esther und dabei läuft ihr die Butter in fettigen Streifen über die Wangen.

Beinahe so lecker wie Olga?, denkt Hildegard amüsiert.

Zwei Tage später ist die Butter ranzig und ungenießbar, weil der Kühlschrank nicht genug Energie hat, um noch irgendetwas frisch zu halten.

Kein Gas, kein Wasser und nur selten Strom. Weil es immer noch regnet, stellen sie alle Gefäße, die sie haben, nach draußen, um an Trinkwasser zu kommen.

Das Radio rauscht nur noch.

Die Bomben, die jetzt fallen, sind russische Bomben, sagen die Leute in der Schlange.

Aber einen Unterschied zwischen russischen, amerikanischen oder britischen Bomben gibt es nicht. Sie verwüsten. So wie die deutschen Bomben London und Paris und Rotterdam verwüstet haben. So wie japanische Bomben den Hafen, der nach den Perlen benannt ist, völlig in Trümmer gelegt haben.

Hildegard steht wieder an, dieses Mal für Fleisch, Zucker, Konservendosen und Kaffee. Das ist ihre Zuteilung für heute. Nahezu zwei Stunden steht sie im strömenden, eisigen Regen. Schließlich bekommt sie drei Dosen ohne Aufschrift, ein Päckchen Kaffee und einen Sack Kohlen. Fleisch und Zucker gibt es nicht.

Dann stellt sie sich in der nächsten Reihe an, hier gibt es anscheinend Haferflocken.

Während sie wartet, fährt langsam ein Pferdefuhrwerk an ihr vorbei. Vier völlig abgemagerte Pferde mit übergroßen Hufen. Unter dem Segeltuch befindet sich kein Heu, das an der Front gebraucht wird, sondern es liegen verwundete Soldaten darunter, die zu dem vornehmen Hotel Adlon gebracht werden. Hier war einst Marlene Dietrich aufgetreten, nun ist aus dem Hotel ein Feldlazarett geworden. Es gibt keine Eile, die Pferde haben keine Kraft mehr und die Jungen unter der Plane keine Zukunft.

Auch Soldaten kommen vorbei, sie marschieren in Reih und Glied, die Gesichter grau, die Augen leer, die Wangen hohl. Die schmutzigen, zerschlissenen Uniformen hängen ihnen formlos um die abgemagerten Körper. Auf müden Füßen schleppen sie sich mühsam voran, die Haare fettig. Das Gepäck hängt ihnen auf dem Rücken wie ein Buckel.

Jungen in viel zu großen Uniformen marschieren vorbei, die Gesichter vollkommen verstört oder einfach nur leer. Unterernährte Kinder unter viel zu großen Helmen. Ein Kind hat eine riesige Panzerfaust in den Händen.

Die Menschen in der Schlange betrachten das Schauspiel ausdruckslos.

An der Wand des Geschäfts hängt ein zehn Tage altes Plakat, das davor warnt, sich zu ergeben, denn das wird mit dem Tod bestraft. Das ältere Plakat daneben ruft alle Männer zum Kampf auf, alle, egal ob sie über fünfundsechzig sind oder noch keine fünfzehn. Alle. Deutschland braucht dich.

„Die neunte und die zwölfte Armee sind zusammengelegt worden, sie werden Berlin von den Russen befreien", erzählt ein Mann in der Schlange. Er lehnt sich schwer auf einen Stock, seine zerschlissene Uniform ist schmutzig, der große Verband um seinen Kopf ist noch schmutziger.

Doch niemand beachtet, was er sagt.

„Dort um die Ecke gibt es Fleisch!", schreit jemand.

Hildegard lässt ihren Kinderwagen stehen und rennt einfach los. In der Schlange wäre sie eine der Nächsten gewesen, die dran kommen, vielleicht bringt ihr die alte Frau, die sie vorgelassen hat, auch ein paar Haferflocken mit.

Ein Lastwagen der Wehrmacht steht dort geparkt, die Bordwand der Ladefläche ist heruntergeklappt. Oben auf ihr stehen zwei junge Männer. Sie werfen Fleischstücke in die Menschenmenge. „Hier, bitte!", ruft Hildegard und winkt. Sie fängt einen großen Brocken Fleisch auf, legt ihn auf den Boden und stellt ihren Fuß darauf. „Noch ein Stück, bitte, für eine alte Frau."

Der junge Mann lacht. „So alt bist du doch noch gar nicht!" Trotzdem wirft er noch ein Stück Fleisch in ihre Richtung.

Dem alten Frauchen steigen die Tränen in die Augen. „Mein Mann wird es nicht fassen können, mein alter Mann wird so froh sein."

Hildegard zieht die Strickjacke unter ihrem Mantel aus und wickelt das Stück Fleisch hinein. Etwas Pferdemist klebt noch daran, aber den kann man abwaschen. Es ist die Steinkohle, vor der sie Angst hat. Sorgfältig versteckt sie das Fleisch unter den anderen Dingen im Kinderwagen, denn bis nach Hause ist es noch ein weiter Weg.

„Ich habe sogar etwas Salz bekommen", erzählt Hildegard, als sie wieder zu Hause ist.

„Als es aufgehört hat zu regnen, habe ich Blumen gepflückt, Onkel Andreas hat mir erlaubt, rauszugehen. Jetzt ist unser Keller richtig schön."

Blumen gepflückt, jetzt ist unser Keller richtig schön. „Danke, Esther, du bist ein Schatz. Was würden wir nur ohne dich tun?"

„Wir müssen das Fleisch komplett kochen und alles so schnell wie möglich essen, es wird sich nicht lange halten", warnt Andreas, nachdem er den Pferdemist außerordentlich sorgfältig mit einem Essiglappen abgewischt hat.

Sie machen ein Feuer im Kamin und werfen die Steinkohle darauf. Das ganze Haus riecht wie eine Lokomotive. Sorgfältig schneiden sie das Fleisch in Stücke und kochen es in dem großen Suppentopf. Das Fleisch riecht seltsam, irgendwie süß. „Besser keine Fragen stellen", entgegnet Andreas.

Sie kochen das Fleisch, bis es bleich wird. Dann kochen sie Kartoffeln, die sich in Matsch verwandeln, bevor sie gar sind. Sie schöpfen sie ab, streuen etwas Salz darauf und setzen sich zum Essen.

Das Fleisch ist trocken, zäh und geschmacklos, es fühlt sich im Mund wie Gummi an. Der Kartoffelbrei schmeckt wie Abwaschwasser. „Ihr müsst versuchen, es zu essen, wenigstens macht es euch satt", sagt Andreas.

Wenn es Abend wird, wird der Husten von Andreas schlimmer. Doch tagsüber geht es ihm besser.

Von den ordentlichen Schlangen der letzten beiden Wochen ist nichts mehr zu erkennen. Inzwischen rennen die Menschen hin und her und nehmen sich, was sie kriegen können.

Als jemand ein Vorratslager der Wehrmacht entdeckt und es aufgebrochen hat, werden die Vorräte geplündert. Die Berliner benehmen sich, als wäre man auf Öl gestoßen oder hätte Gold gefunden. Von weit her kommen die Menschen die Straßen entlanggerannt. Glücksritter von überall her, schießt es Hildegard durch den Kopf.

Sie schaut sich hastig um. Da entdeckt sie den Mann mit dem Stock und der verschlissenen Uniform, inzwischen ist der Verband um seinen Kopf noch schmutziger. „Passen Sie auf meinen Wagen auf, ich bringe Ihnen etwas mit", ruft sie und stürmt zusammen mit dem Menschenstrom die Treppe hinunter.

Unten ist es ziemlich dunkel, die Menschen schieben sich gegenseitig durch die Gänge. Sie sackt auf ihre Knie und greift zwischen den Beinen hindurch in die untersten Regalbretter: Säcke über Säcke mit Vorräten, sie fühlen sich nach Mehl oder vielleicht sogar Zucker an. „Ein ganzer Haufen Glücksritter. Auf Händen und Knien kriechen sie überall im Sand herum und suchen nach Diamanten“, erinnert sie sich an Gustavs Worte.

Sie kämpft sich wieder nach oben durch. Immer mehr Menschen drücken von draußen hinunter, um hineinzukommen. Ihre Arme schmerzen wegen der schweren Last. „Das ist ja unglaublich!“, ruft der Mann mit dem Stock verdutzt.

Sie schiebt sich wieder die Treppe hinunter und greift nach allem, was ihr zwischen die Finger kommt: Dosen, Flaschen, Päckchen. Sie stopft alles in ihre Manteltaschen. Den Rest drückt sie sich wie ein Baby an die Brust und kämpft sich wieder nach oben. Beinahe hätte sie es nicht geschafft, so sehr pressen die Menschen mittlerweile hinein. Hier wird heute noch jemand tot getrampelt, denkt sie bekümmert.

„Das glaube ich nicht!“, ruft der Mann mit dem Stock, als er ihren Schatz sieht. „Die haben all das da drinnen gehabt und uns einfache Leute lassen sie vor Hunger krepieren!“

„Ich gehe noch einmal zurück, um noch etwas für die alte Frau zu holen“, entgegnet Hildegard gehetzt.

Endlich verteilen sie ihre Beute: Dosen mit Fisch und Fleisch, Dosen mit Gemüse, viele Dosen Sauerkraut, drei Flaschen Wein. Sie und die alte Frau tauschen ihren Wein gegen Öl.

Irgendjemand schreit: „Ich habe Säcke mit Mehl, wer tauscht sie mir gegen Konservendosen?“

Weil über ihnen keine Flugzeuge dröhnen, können sie ungehindert auf der Straße ihre primitiven Tauschgeschäfte durchführen.

Als Hildegard nach Hause geht, ist der Kinderwagen bis an den Rand mit Essen gefüllt, sogar Seife hat sie bekommen. Sie fühlt sich stark, ist beinahe stolz. Sie riecht die saubere Luft und den frischen Pferdemist auf der Straße. Ist das wirklich die Kulturstadt Berlin – ihre Heimatstadt der letzten zwanzig Jahre?

Dann erstarrt sie plötzlich. In einer Querstraße, keine zehn Schritte von ihr entfernt, heult ein Motorrad vorbei, eine Zündapp. Auf dem Motorrad sieht sie zum ersten Mal seit vierzig Jahren wieder russische Soldaten: die hohen Lederstiefel, die eng anliegenden Lederjacken, die breiten Gesichter, die wilden Oberlippenbärte.

Wie festgefroren steht sie im Sonnenlicht. Bloßgestellt, vollkommen wehrlos.

„Die Russen mögen fette Frauen“, hat jemand in der Schlange gesagt.

„Dann werden sie in Berlin wohl nicht glücklich werden.“ Alle haben gelacht.

Sie nicht. Sie muss an Olga denken, was ist nur aus ihr geworden?

Dann verschwindet das Motorrad um die Ecke.

Sie geht weiter, noch schneller.

Olga? Was ist nur mit Olga?

Die Sonne bleibt kalt.

12. Kapitel

Erst spät am Abend, als sie alle schon auf ihren Matratzen liegen, bekommt Hildegard die Worte über die Lippen. „Andreas, ich habe heute zwei russische Soldaten gesehen, die auf einem Motorrad durch die Straßen gefahren sind.“

Er antwortet nichts, sodass sie zunächst denkt, er habe sie nicht gehört. Vielleicht schläft er bereits.

Schließlich redet er doch noch, allerdings leise und beherrscht: „Dann gehst du nicht mehr auf die Straße. Wir dürfen auch Esther nicht mehr aus dem Haus lassen.“

Seine Worte sagen alles.

Tagelang teilen sie sich das Essen sorgfältig ein, damit es länger reicht.

Andreas hilft, so gut er kann. Mühsam bückt er sich, um Holzsplitter einzusammeln, mit denen man Feuer machen kann. Unter einigen Schwierigkeiten steckt er geduldig mit dem kleinen Flämmchen das Feuer an und legt vorsichtig die Steinkohle darauf. Seine Glatze glänzt aufgrund der ungewohnten Anstrengung. Mühsam richtet er sich dann wieder auf. „Danke fürs Feuermachen, Onkel Andreas“, sagt Esther und hilft ihm, sich aufrecht hinzustellen.

Er gibt einen Teelöffel Milchpulver in eine Tasse Wasser und rührt sorgfältig so lange, bis sich alle Klümpchen aufgelöst haben. „Danke für meine Milch, Onkel Andreas“, sagt das Kind und streicht ihm über den Arm.

Sie essen das harte, flache Brot, das in einer Pfanne gebacken wurde, und öffnen eine Dose Salzfleisch. Dazu trinken sie schwarzen Kaffee.

Die Tage sind weiterhin kalt und nass. Die Sonne ist verschwunden und vom Frühling ist noch gar nichts zu erkennen.

Aus einiger Entfernung erklingt Gewehrfeuer. Der Himmel über ihnen ist mit dicken Wolken verhangen, manchmal gibt es ein leichtes Gewitter, aber keine Bombardierungen mehr.

Sie tauchen das harte Pfannenbrot in ihre Suppe aus Erbsenpulver. „Jetzt ist das Brot schön weich“, lächelt Esther breit.

Als ein sowjetischer Lastwagen unten in der Straße vorbeifährt, werden sie von Andreas gewarnt: „Ab sofort dürft ihr auf keinen Fall mehr den Garten betreten!"

Das Brot bleibt so hart, dass es beinahe ungenießbar ist. „Vielleicht sollten wir unser Brot über einem Kohlefeuer backen, wir könnten es ja mal versuchen", überlegt Hildegard laut. Es funktioniert und das Brot wird essbarer.

Andreas denkt sich einen Aufstrich aus getrocknetem Grieß und Wasser aus. Sie streichen ihn auf ihre Pfannenbrotscheiben. „Das ist sehr lecker, danke, Onkel Andreas", sagt das Mädchen und schmiegt sein Köpfchen an sein Bein.

Und dann gehen die Nahrungsmittel zur Neige. Die Steinkohle ebenso.

Hildegard bürstet den Anzug von Andreas sauber, der durch die Kohle völlig verrußt ist. Sie versucht ihm zu erklären, wo er ihrer Meinung nach am besten an Nahrungsmittel herankommen kann. „Das ist doch schon mehr als eine Woche her. Inzwischen sind die Russen einmarschiert und vermutlich ist jetzt alles anders", entgegnet Andreas.

Bevor er geht, schiebt er noch den leeren Schrank vor die Kellertür. Hildegard probiert es: Wenn sie fest dagegendrückt, kann sie den Schrank von innen wegschieben. Sie werden also nicht wie Mäuse in der Falle sitzen.

Olga. Was ist wohl aus der armen Olga geworden?

Erst am späten Nachmittag kommt Andreas zurück. Er hat etwas zu essen gefunden: Zucker, zwei Dosen Salzfleisch, grobes Mehl, fünf Konservendosen Sauerkraut, ein Stück mageres Schweinefleisch, ein paar verschrumpelte Kartoffeln.

Und er hat Neuigkeiten mitgebracht. „Es sind eigentlich nur Gerüchte, niemand weiß etwas Genaues", erklärt er. Wie es heißt, haben sich Hitler und seine Leute schon vor einigen Tagen im Führerbunker verschanzt, einem Betonbunker in der Nähe der Reichskanzlei. Hitler soll getötet worden sein und Goebbels habe Selbstmord begangen. „Es gibt auch Gerüchte, die Italiener hätten Mussolini erschossen, ein paar Leute behaupten, er sei öffentlich aufgehängt worden", erzählt Andreas. Mehr als hundert deutsche Generäle hätten bereits kapituliert.

„Da war ein Riesenhaufen verrotteter Kartoffeln, ich habe die paar hier herausgelesen“, erwähnt er, während er die Neuigkeiten berichtet.

Und Hildegard empfindet ein tiefes Mitgefühl für diesen alten Mann, diesen geschickten Chirurgen, der sich in seinem verschlissenen Anzug hinknien muss, um in dem stinkenden Haufen verrotteter Kartoffeln ein paar genießbare herauszusuchen, damit sie etwas zu essen haben.

Als am Mittwoch, dem 16. Mai, die ersten Wasserhähne wieder anfangen zu tropfen, vollführt Esther einen Freudentanz. „Das Wasser ist wieder da, das Wasser ist wieder da!“, singt sie. Sie fangen das Wasser tröpfchenweise auf und gießen es in Töpfe und Eimer.

„Ich würde heute gern mitgehen, wenn du Vorräte einkaufen gehst“, verkündet Hildegard am nächsten Tag. „Du hast ja gesagt, dass nun wieder etwas Ordnung eingekehrt ist. Das Wetter ist schön und wir können Esther nicht mehr länger im Haus halten.“

Sie gehen in aller Ruhe durch die Straßen, vorbei an den Trümmerhaufen, die einst vornehme Häuser gewesen sind, vorbei an den Wracks ausgebrannter Panzer, vorbei an ausgeplünderten Autos und von Kugeln durchlöcherten Wehrmachts-Kübelwagen. „Die Granaten haben die Karren in Stücke geschossen“, bemerkt Esther.

Näher an der Innenstadt sind die Fassaden schwarz verbrannt, die Fenster sind nur noch Scherben. Alter Müll liegt zu Haufen zusammengeschoben: normaler Hausabfall, Betonbrocken, verbogene Eisenstäbe. Überall tauchen Ratten auf.

Die Bäume sind voller Einschusslöcher, ihre Äste teilweise abgerissen. „Warum wollen denn die Granaten auch die Bäume totschießen?“, fragt Esther.

Hildegard und Esther warten in der langen Schlange vor der Bäckerei, der Duft verkündet, dass dort wohl wieder Brot gebacken wird. „Weiß jemand etwas über die Soldaten, die in Nordholland stationiert gewesen sind?“, fragt Hildegard.

Doch niemand weiß etwas. Nur dass das Deutsche Reich nun offiziell kapituliert hat und Hitler tot ist – jedenfalls glauben das alle.

Ganz Ostpreußen, auch Königsberg, falle nun an die Sowjetunion, erzählen sich die Leute. Der Strom der Flüchtlinge reißt nicht ab, es sind Hunderttausende von Menschen. „Wohin wollen die denn alle?“, fragen sich die Leute.

„Weiter nach Westen, irgendwohin.“

„Aber da gibt es nichts zu essen, auch weiter im Westen nicht.“

„Selbst wenn wir unterwegs verhungern, das ist immer noch besser, als da zu bleiben, wo wir herkommen“, entgegnet eine Frau mit einem Tuch um den Kopf. Die Menschen ziehen ihre Wägelchen hinter sich her und schleppen sich mühsam weiter.

„Ich habe keine Ahnung, wie die über die Elbe kommen wollen“, schüttelt ein Mann in der Schlange seinen Kopf.

Andreas hat ein bisschen Salz und etwas Öl bekommen, dazu zwei Säcke Mehl und vier Konservendosen mit Gemüse. Sogar ein Stück Fleisch. „Das ist zwar vermutlich Pferdefleisch, Hildegard“, erklärt er verlegen, „aber wenigstens ist es sauber und frisch.“

„Ich habe so einen Hunger, ich könnte ein ganzes Pferd essen“, entgegnet Esther entschieden.

Andreas hat auch noch etwas anderes herausgefunden. „Anscheinend ist Nordholland, auch die Gegend von Arnheim, bis vor rund zwei Wochen in deutscher Hand gewesen. Dann erst sind die Alliierten dort einmarschiert“, erzählt er.

„Und was ist mit unseren Soldaten passiert, die dort gewesen sind?“, fragt Hildegard ängstlich.

„Das weiß keiner. Es scheint so, als seien sie geordnet abgezogen worden, aber niemand weiß etwas Genaues.“

Hildegard hat es nun furchtbar eilig, nach Hause zu kommen. Vor rund zwei Wochen? Bedeutet das etwa, dass ihr Karl jeden Augenblick vor dem Haus stehen könnte?

Sie hat Angst. Es wäre zu schön, um wahr zu sein.

Über eine Woche warten sie, aber kein Karl taucht auf.

Sie steht gerade für Brot an, als Hildegard es hört: Da läuft jemand wie ein mittelalterlicher Ausrufer mit einer Glocke in der Hand durch die Straßen. An jeder Straßenkreuzung bleibt er stehen und liest mit lauter Stimme vor: „Alle Arbeitssuchenden zwischen fünfzehn und sechzig Jahren sollen zum Rathaus kommen, dort werden sie entsprechend eingeteilt.“

Hildegard geht mit dem Essen in ihrem Kinderwagen und den neuen Gedanken im Kopf nach Hause. „Ich muss es versuchen, Andreas. Ich habe ein Kind zu versorgen."

„Ich habe dir doch schon gesagt, dass ich mich darum kümmere."

Sie wagt es nicht, laut auszusprechen, aber er ist alt und der Krieg hat ihn noch einmal älter gemacht. Und ihr Kind ist noch keine sechs Jahre alt. „Danke, Andreas, ich schätze das wirklich sehr. Aber ich muss es versuchen."

Gemeinsam stehen sie am nächsten Tag in der Schlange. „Alter?", will der Beamte wissen.

„Fünfundvierzig."

Er verzieht den Mund. „Qualifikationen?"

„Ich spreche Russisch."

„Berufliche Qualifikationen?"

Meister Rosenberg hat ihnen in dem muffigen Schulzimmer Geschichte beizubringen versucht: Dreikaiserbund, Zweikaiserbund, Dreibund, Berliner Kongress, Entente Cordiale, Triple Entente ...

„Keine", antwortet sie.

Der Beamte legt ihr ausgefülltes Formular auf den großen Haufen neben sich. Dann betrachtet er Andreas skeptisch. „Unter sechzig?", fragt er zweifelnd.

„Ich bin Arzt, ich habe meine Papiere dabei", entgegnet Andreas. Seine Hand zittert etwas, als er ihm die Dokumente hinhält.

Der Beamte nimmt die Papiere nicht entgegen. „Alter?"

„Dreiundsiebzig."

Er würdigt Andreas keines Blickes mehr. „Nächster!"

Schweigend gehen sie zu den Büros der Deutschen Dienststelle für Kriegsvermisste. „Vielleicht haben wir ja hier mehr Glück", versucht Andreas ihnen Mut zuzusprechen.

„Ich habe furchtbaren Hunger", mault Esther.

Wieder füllen sie Formulare aus. Eine Frau überreicht ihnen einen Stoß mit Listen voller Namen. Hildegard und Andreas suchen den ganzen Nachmittag lang und finden sogar den Eintrag: „Oswald von Stein, in sowjetischer Kriegsgefangenschaft". Aber die Liste ist aus dem Jahr 1943. Neuere Nachrichten gibt es nicht.

Und nirgendwo ist etwas von Karl von Stein zu entdecken.

„Er kann doch nicht vom Erdboden verschluckt worden sein",

jammert Hildegard, als sie in der Abenddämmerung nach Hause zurückschlendern.

Plötzlich haben sie wieder Strom. Es geht nicht tröpfchenweise wie beim Wasser, sondern mit einem Schlag. Danach passiert es immer wieder einmal, dass sie ohne Strom dasitzen, aber er kommt jedes Mal wieder zurück.

Auch das Radio bekommt erneut eine Stimme. „Heute ist Montag, der 28. Mai, es folgen die Nachrichten ..."

Die Meldungen drehen sich in erster Linie um lokale Ereignisse. Die neuen Lebensmittelkarten werden ausgegeben. Neben der Nahrungsmittelzuteilung soll es auch andere Karten geben, mit denen man einen Sack Zement bekommen kann.

Alle Arbeitssuchenden zwischen fünfzehn und sechzig Jahren können sich beim Rathaus nach Arbeitsmöglichkeiten erkundigen.

Am Mittwoch, dem 30. Mai, soll der Strom für ein paar Stunden abgeschaltet werden, damit Instandhaltungsarbeiten durchgeführt werden können.

Und zwischendrin, beinahe beiläufig: Die Asche von Millionen von Juden, die in den Konzentrationslagern im Osten verbrannt worden sind, ist als Düngemittel verwendet worden.

Hildegard, Esther und Andreas essen ihr Brot mit Dosenfleisch.

Spät in der Nacht lauschen sie den wunderbaren Tönen von Beethovens Klavierkonzert Nr. 5 in E-Moll.

Sie gehen nahezu täglich zum Rathaus, um sich nach Arbeit zu erkundigen. Aber vergeblich.

Danach fragen sie beim Vermisstendienst nach Neuigkeiten. Ebenfalls vergeblich.

Aber sie weigern sich, den Mut zu verlieren.

Draußen in den Straßen bricht der Frühling aus, mit frischen, grünen Blättern an den Bäumen.

Die Frauen Berlins fangen damit an, den Schutt mit Handschaufeln wegzuräumen, manche von ihnen arbeiten sogar mit bloßen Händen. Sie sammeln die Trümmer auf Schubkarren und Handwagen und werfen sie auf großen Haufen zusammen.

Noch brauchbare Backsteine klopfen sie glatt und stapeln sie aufeinander. Sie bilden lange Ketten und lassen die Eimer mit feuchtem Zement von einer Hand zur anderen wandern. Gegen den Wind und den Regen bauen sie sich Unterstände.

Zuerst schaufeln die Frauen die Vorgärten frei. Dann bücken sie sich und säen Gemüse in den aufgewühlten Boden.

Die Frauen Berlins sind aus ihren Löchern unter der Erde zurück ans Tageslicht gekrochen. Während der Arbeit singen sie: „Heilig, heilig, heilig, Herr, allmächtiger Gott …"

13. Kapitel

Das, wovor sich ihr Vater am meisten gefürchtet hat, ist nun passiert. Das wird Hildegard eines Abends klar. Die alles niedermachenden bolschewistischen Mordbrenner aus Russland sind über ganz Osteuropa hereingebrochen. Sie haben bereits einen großen Teil des Kontinents an sich gerissen, auch Königsberg ist in ihrer Hand. Das Landgut der von Plötzkes oder jedenfalls das, was davon übrig geblieben ist, ist nun blutrot.

Der Kommentator im Radio ist bitter: Kurz vor dem Ende des Krieges haben die großen Herren Churchill, Truman und Stalin in Jalta ihr Urteil über Deutschland gesprochen. Und jetzt sind sie in die alte preußische Hauptstadt Potsdam gereist, um es zu besiegeln. Wie Bluthunde haben sie Deutschland zerrissen und die Beute zwischen sich verteilt. Ostdeutschland ist nun Hammer und Sichel schutzlos ausgeliefert. Millionen Deutsche sind auf der Flucht.

Nach Westen, nach Westen, nach Westen.

Hildegard lehnt sich zurück. Berlin ist wie eine Insel in einem roten Meer, denkt sie. Und gerade ist Flut. Die Insel ist übersät mit Trümmern und Überbleibseln dessen, was einst Menschen, Häuser, Kirchen, Betriebe und Leben gewesen sind. Es gibt furchtbar wenig zu essen auf dieser Insel und furchtbar viele Menschen müssen hungern. Die Sparguthaben auf den in Trümmer gelegten Banken sind wertlos geworden.

Und mit kleinen, nüchternen Pinselstrichen wird das ganze Bild deutlicher und deutlicher, jeden Tag, jede Nacht etwas mehr: Für eine Frau von fünfundvierzig Jahren ohne berufliche Qualifikationen und ohne entsprechende Erfahrung gibt es keine Arbeit. Und auch nicht für einen geschickten Chirurgen von beinahe vierundsiebzig Jahren mit Händen, die ein wenig zittern. Und ein mageres Mädchen von sechs Jahren hat nur furchtbar wenig Hoffnung auf die Zukunft.

Und der kalte Winter kriecht jeden Tag ein bisschen näher heran.

„Mama, ich habe Bauchschmerzen vor Hunger", jammert das Kind.

Herr, Herr, was soll ich machen? Zeige mir den Weg, Herr, irgendeinen Weg. Hilf mir doch, betet die ausgemergelte Frau Nacht für Nacht.

Der alte Mann geht jeden Tag langsam die Straße entlang, immer in Richtung Innenstadt. Er schaut, ob da irgendwo etwas zu essen ausgeteilt wird. Almosen.

Hildegard seufzt tief und schüttelt bedächtig den Kopf. Herr, wohin sollen wir gehen?

Plötzlich, eines Tages, mitten in den internationalen Spannungen und dem verbissenen Tauziehen zwischen den Siegermächten, wird ein Brief auf die Insel gespült und landet im Briefkasten des zertrümmerten Hauses in Berlin.

Aufgeregt kommt Esther angerannt und wedelt mit dem Brief in der Hand herum. „Karl hat geschrieben! Karl hat uns einen Brief geschrieben!"

Hals über Kopf lässt Hildegard alles stehen und liegen und stürmt die Treppe hinunter.

Doch die Handschrift ist nicht die von Karl. Dem Stempel nach zu urteilen kommt der Brief aus Düsseldorf in Westfalen.

Die plötzliche Enttäuschung überwältigt sie geradezu. Tapfer beißt sie die Zähne zusammen. Einen wunderbaren Augenblick lang hat sie geglaubt ...

Andreas begleitet sie am Ellbogen zurück ins Haus. Er versteht sie, ohne dass sie etwas sagen muss.

Dann holt er den Brieföffner und schneidet vorsichtig das Kuvert auf. Sie wartet, während er schweigend liest.

Als er schließlich aufschaut, bemerkt sie die Hoffnung in seinen Augen. „Meine Schwester Miemie hat Platz für uns. Das Haus ist voll, in Düsseldorf gibt es sehr viele Flüchtlinge aus dem Osten, aber sie sagt, dass sie uns Platz schaffen könnte."

Er schaut wieder hinunter auf den Brief in seinen Händen. „Sie schreibt, dass es dort zu essen gibt. Sie selbst hat auch einen Gemüsegarten, der Herr versorgt sie jeden Tag."

Hildegard hört schweigend zu. Sie spürt, wie sich ihre Kehle zusammenzieht. Sie sollen Berlin verlassen? Das geht doch nicht! Was ist, wenn Karl ...? Oder ihr Vater, oder sogar Oswald?

„Dort in der Nähe gibt es eine gute Schule, Esther könnte dort eingeschult werden."

Er möchte für sie sorgen, das hat sie inzwischen begriffen. So wie sie ihn versorgt. Aber soll sie all das hier einfach so zurücklassen? Und was ist, wenn Karl kommt? Es gibt noch viel zu viel, was ihr nicht klar ist.

Er wartet. Sie muss jetzt irgendetwas sagen. „Wie denn, Andreas?"

„Wie wir da hinkommen sollen? Oder wie wir weiterleben sollen?"

Sie lächelt müde. „Beides. Mit dem Zug ist es unmöglich. Wenn die Züge überhaupt fahren, hängen die Menschen in Trauben außen an den Fenstern, so überfüllt sind sie."

Erschöpft setzt er sich auf einen Stuhl. Alle seine Bewegungen sind langsam, sie wirken beinahe müde. Nur seine Worte sind weiterhin stark. „Ich habe schon vor einer Weile damit angefangen, Treibstoff zu sammeln, der Tank von meinem Auto ist schon fast voll. Und du hast ja auch ein Recht auf Bezugsscheine für Benzin. Wir können alles nehmen, um dorthin zu kommen."

Sie runzelt die Stirn. „Die Bezugsscheine sind doch nur in Berlin gültig, oder?"

„Wir kaufen das Benzin in Kanistern und nehmen dann die Kanister mit."

Ihr Kopf schüttelt sich ganz von selbst. „Wie weit ist das denn, Andreas?"

„Ungefähr zwei Tagesreisen, das hängt davon ab, in welchem Zustand die Wege sind. Wir müssen auf der Höhe von Hannover übernachten."

Zwei Tagesreisen weit, je nachdem in welchem Zustand die Wege sind? Und wie viel Gepäck bekommen sie überhaupt in das Auto von Andreas? „Sollten wir nicht lieber den Mercedes von Siegfried nehmen? Letztes Jahr ist der noch gelaufen."

Er schüttelt den Kopf. „Mein Auto verbraucht weniger Treibstoff. Und auch damit werden wir nur geradeso nach Düsseldorf kommen."

Langsam erkennt sie das ganze Bild. Und es ist kein schöner Anblick.

„Lass dir Zeit und denke in Ruhe darüber nach, Hildegard."

Sie nickt bedächtig. Vielleicht, ganz vielleicht, ist es ein schönerer Anblick als das Bild, das ihr jeden Tag im Kopf herumspukt.

Er räuspert sich. „Ich … ja, ich glaube auch, dass ich dort einfacher Arbeit finden kann. Die Leute da kennen mich noch von früher."

Auch noch nach zwanzig Jahren? Aber diesen Gedanken behält sie für sich, denn sie möchte ihm nicht noch den letzten Rest Stolz nehmen.

Anscheinend kann er aber ihre Gedanken lesen. „Ich denke, es ist heutzutage einfacher, sich irgendwo anders ein neues Leben aufzubauen als in Berlin."

Sie reden nicht weiter darüber. Hildegard möchte eigentlich noch nicht einmal mehr weiter darüber nachdenken. Doch nachts kommen die Gedanken ganz von selbst. Herr? Wo bist du?

Sobald die Wintertage kälter werden, werden auch die Nahrungsmittel wieder weniger und sind zudem schwerer zu bekommen. Hildegard merkt das an ihrer Kleidung, die ihr schlaff um ihren abgemagerten Körper schlabbert. Auch der durchgescheuerte Anzug von Andreas hängt ihm sackartig um den Leib. Esther wird immer lustloser. Sie schläft mittlerweile auch schon tagsüber. „Ich bin so müde", jammert sie.

Doch Berlin verlassen?

Am 6. August taucht ein B-29-Bomber über der japanischen Stadt Hiroshima auf. Direkt über der Stadt öffnet er seinen Bauch. Eine Atombombe fällt heraus, trifft die Stadt und vernichtet sie. Die Fotos in der Zeitung offenbaren alles: Menschen liegen verkohlt auf dem Boden so wie damals vor fast zweitausend Jahren in der Lava von Pompeji, bei anderen brennen die Eingeweide langsam von innen heraus so wie bei den Senfgasopfern von vor fast drei Jahren.

Die Atombombe hat sogar einen Namen: „Little Boy".

Doch der schwer getroffene Verbündete im Osten weigert sich immer noch, die Flinte ins Korn zu werfen.

Drei Tage später wirft ein zweiter B-29-Bomber eine Atombombe über der Hafenstadt Nagasaki ab. Auch die wird ein Er: „Fat Man".

Das ist der K.-o.-Schlag. Japan bleibt liegen. Der Krieg ist endlich vorbei.

Sollte man darüber nicht eigentlich froh sein? Herr?

Hildegard steht mitten in ihrem Zimmer. An der einen Wand klafft ein riesiges Loch, das sich von der Decke bis kurz über die Fußbodenleisten hinunterzieht. Von der einst so vornehmen französischen Tapete sind nur noch Fetzen übrig geblieben. Die Zimmerdecke hängt schief herunter, übersät mit braunen Wasserflecken vom Regen.

Sie lebt nun schon seit mehr als einem Vierteljahr damit, deshalb nimmt sie es kaum noch wahr.

Was soll sie mitnehmen?

So wenig wie möglich, Esthers und ihre Sachen müssen in eine Reisetasche passen.

Was soll sie zurücklassen?

So viel mehr als nur ihren Besitz: das Grab ihres Sohnes, ihres Mannes und das der einzigen Freundin, die sie jemals gehabt hat.

Sie lässt auch das zurück, was immer noch vermisst wird: ihren Sohn Karl, der sich wahrscheinlich irgendwo in britischer oder amerikanischer Kriegsgefangenschaft befindet – wenn er überhaupt noch lebt. Ihren Vater mit seiner großen Angst vor den Bolschewisten, der wahrscheinlich irgendwo in dem Gebiet ist, das jetzt unter sowjetischer Herrschaft steht – wenn er überhaupt noch lebt.

Oswald, den Jungen, der sich nach seiner richtigen Mutter gesehnt hat, nicht nach der jüngeren Ausgabe von ihr, die sein Vater nach Hause gebracht hat, damit sie ihren Platz einnimmt.

Olga. Die arme, treue Olga.

Das Klavier.

Erinnerungen.

Es gibt zu vieles, was hierbleiben muss, ein ganzes Leben muss sie zurücklassen. Wieder einmal.

Sorgfältig legt sie ihre Kleider zusammen, eines nach dem anderen. Dabei versucht sie praktisch zu denken: Sie braucht nur eine Garnitur guter Kleider. Und genügend warme Kleidung, obwohl die Wintersachen so viel von dem begrenzten Raum in Anspruch nehmen. Und ein paar bequeme Schuhe. Sie wird nur einen Mantel mitnehmen, ihren wärmsten Mantel, und den wird sie anziehen. Dazu eine Mütze, zwei Schals und Handschuhe.

Dann holt sie ein paar ihrer Notenblätter. Und auch den Atlas aus ihrer Schulzeit, nur aus dem einen Grund, weil er für sie so etwas wie ein Anker auf einem unbekannten Meer geworden ist. Sie holt die Fotos aus ihren Bilderrahmen und legt sie in das alte Fotoalbum, das sie von ihrer Mutter geerbt hat. Ganz oben drauf packt sie ihre Bibel. Nicht die neue Bibel, die sie kurz vor dem Krieg gekauft hat – die alte Bibel aus der Zeit vor dem Ersten Weltkrieg, in die Pfarrer Schumanski mit seiner geschwungenen Handschrift ihren Konfirmationsspruch eingetragen hat:

Ich hebe meine Augen auf zu den Bergen,
von welchen mir Hilfe kommt.
Meine Hilfe kommt von dem Herrn,
der Himmel und Erde gemacht hat.

Psalm 121
Sonntag, 5. April 1914

Das ist am Palmsonntag gewesen, an dem Tag, an dem sie vor der ganzen Gemeinde das Glaubensbekenntnis gesprochen und ihr Konfirmationsversprechen abgelegt hat. Damals hat ihr Vater sehr zufrieden ausgesehen, die ganze Gemeinde hat ihr alles Gute gewünscht, auch der Herr Baron und Frau Langner. Und Gustav.

Und irgendwo, sicher verborgen zwischen den dünnen Seiten ihrer alten Bibel, befindet sich immer noch die gepresste Rose aus ihrer Kindheit.

Mit äußerster Sorgfalt belädt Andreas das Auto, die Nachbarn helfen ihm dabei. Sie haben vorher die Rückbank herausgebaut. Dort packen sie die Reisetaschen, seinen Arztkoffer, eine Kiste mit Medikamenten und einige Ersatzteile hinein, damit das alte Auto sicher bis Düsseldorf kommen kann. Oben drauf packen sie Decken und zwei Kissen, ganz oben liegt Esther mit ihrem Teddybären. „Das ist ein gemütliches Bett, danke, Onkel Andreas“, verkündet sie ganz begeistert.

„Jetzt musst du aber wieder aussteigen, wir fahren erst morgen los“, lächelt er geduldig.

In den Fußraum vor Hildegards Sitz laden sie seine lederne Aktentasche mit allen möglichen Papieren und auch einen Beutel mit Nahrungsmitteln, alles, was sie zusammenkratzen konnten. „Schließlich wissen wir nicht, was uns dort erwartet“, erklärt Andreas verlegen.

Hildegard legt sich ihre Kleidung für den nächsten Tag zurecht: eines ihrer vornehmen Kleider, ihren wärmsten Mantel, Handschuhe, Hut, Strümpfe, ein paar hübsche Schuhe. Und ihre Handtasche mit ihrem kostbarsten Schmuck und allem Bargeld, das noch im Haus ist. Mit all den Dingen wird es vorn so eng werden, dass sie sich kaum noch rühren kann.

Zusammen mit einem Nachbarn haben sie eine Art Dachgepäckträger gebastelt, daran befestigen sie eine große Tonne, in der sie ihre notwendigsten Haushaltsgeräte verstauen. Auch ein Kanister Treibstoff wird mit Tauen dort festgezurrt. Skeptisch betrachtet Esther die Konstruktion auf dem Dach. „Hoffentlich fällt mir das ganze Zeug nicht durchs Dach auf den Kopf“, sagt sie.

Sie geben den Nachbarn die Adresse von Andreas' Schwester, sogar den Leuten, die weiter unten in der Straße wohnen. „Schauen Sie doch bitte regelmäßig in unseren Briefkasten“, bittet Hildegard. „Und halten Sie die Augen auf. Sowohl mein Sohn Karl als auch mein Vater könnten hier auftauchen, möglicherweise sogar Oswald oder Olga. Wenn das der Fall sein sollte, dann geben Sie uns bitte Bescheid. Bitte, bitte.“

„Das werden wir“, versprechen alle.

Im Garten pflückt Hildegard in paar Blumen, um sie auf den Friedhof zu bringen. „Nein, ich möchte gern allein gehen, danke, Andreas“, wehrt sie ihn ab.

Dieser Gang gehört zu ihrem Abschiednehmen. Sie schlendert durch die bekannten Straßen, durch die sie früher gefahren ist, läuft durch das vertraute Stadtviertel, das einst so vornehm war, vorbei an den Häusern, in denen sie zu Musikabenden, Tanzveranstaltungen und fürstlichen Soirees eingeladen gewesen war. Alles ist totenstill.

Die breite Steinmauer, die den Friedhof umschließt, ist zum Teil zerschossen, das eiserne Tor hängt windschief in den Angeln.

Sie tritt hindurch und geht zu dem Erdhaufen, an dessen Kopfende statt eines Grabsteins ein weißes Kreuz steht. Dort legt sie Blumen auf das Grab. „Ich muss gehen, Siegfried. Mir bleibt nichts anderes übrig. Vielleicht werde ich eines Tages … ich weiß es nicht.“

Dann dreht sie sich um und geht schnell weiter.

Beim nächsten Grab angekommen, bückt sie sich und wählt

sorgfältig die fröhlichste Blume aus ihrem Strauß aus. „Ach, meine Freundin, du ahnst nicht, wie sehr ich dich vermisse! Wenigstens ist dir der Krieg erspart geblieben. Das war kein Vergnügen, das sage ich dir."

Neben dem letzten Grab sackt sie auf die Knie. „Mein Kind, mein Kind."

Ihre Hand streicht über die sanfte Rundung des Bodens. Sie streicht darüber, wie man einem Kind über den Kopf streichelt. „Mama hat dir Blumen mitgebracht, mein Junge."

Auf dem Friedhof herrscht eine Grabesruhe.

Aber sie spricht lange mit ihrem Kind.

Sehr viel später geht sie nach Hause zurück.

Irgendjemand hat einen Kuchen gebracht, es war eine der Nachbarinnen, die gekommen ist, um Auf Wiedersehen zu sagen. Als Esther sie den Weg heraufkommen sieht, kommt sie angerannt: „Ein Kuchen! Mama, du hast einen Kuchen bekommen!"

Andreas kocht Kaffee – oder jedenfalls das, was in diesen Tagen als Kaffee durchgeht. „Möchtest du etwas anderes essen?"

Hildegard schüttelt den Kopf. „Ich möchte nichts essen, danke, Andreas."

„Du musst versuchen, wieder zu Kräften zu kommen", entgegnet er.

„Möchtest du denn keinen Kuchen essen, Mama?"

Hildegard versucht zu lächeln. „Ich habe gerade keinen Hunger, danke, mein Schätzchen. Ich werde mein Stück Kuchen einfach in der Mitte durchschneiden, dann kannst du es dir mit Onkel Andreas teilen."

Zum letzten Mal sieht sie das Mädchen in seinem großen Kinderbett. „Ich bin klein, mein Herz mach rein, soll niemand drin wohnen als Jesus allein, amen. Mama, gehst du jetzt auch ins Bett?"

„Schlaf ruhig schon mal, ich komme auch bald."

Andreas hat sich schon ins zweite Gästezimmer zurückgezogen, als sie nach unten kommt.

Jetzt ist es an der Zeit, von jedem Zimmer Abschied zu nehmen. Vielleicht kommen wir eines Tages wieder zurück, verkündet sie dem langen Esstisch. Sie streicht über die leere Anrichte – alles, was die Bombenangriffe überlebt hat, ist im Keller in Kisten verstaut.

In dem einstmals so vornehmen Wohnzimmer sind die Möbel unter Betttüchern und Decken verschwunden. Hildegard geht schnell wieder hinaus – was sie sieht, erinnert sie zu sehr an das, was sie während des Ersten Weltkriegs im Lazarett in Königsberg mit anschauen musste.

Die Bücherregale im Musikzimmer sind leer, kahl, geplündert, voller Staub. Die Bilder sind von den Wänden geholt und verstaut.

Längst hat das Haus seine Seele verloren.

Sie zieht die dicke Decke vom Klavier und setzt sich auf den Hocker davor, den Rücken gerade, das Kinn hochgehoben, die Handflächen gerundet, halte die linke Schulter ruhig – so wurde es ihr von Kindheitstagen an eingetrichtert.

Sie streichelt die Tasten. Das Klavier muss gestimmt werden.

Und trotzdem spielt sie und spielt und spielt, bis es beinahe Zeit zum Gehen ist.

Dann geht sie in die Küche und macht Kaffee für den Weg, der vor ihnen liegt.

CB

Vor Tagesanbruch fahren sie los.

Die Straßen von Berlin schlafen noch, so friedlich. So zertrümmert. Nur die Hunde bellen so wie immer, die ausgemergelten Hunde, die Nacht für Nacht durch die Straßen schleichen.

Im Dämmerlicht kann man die Pockennarben an den Gebäuden erkennen, die Einschusslöcher, die schwarz verbrannten Wände. Viele Dächer sind verschwunden und der Regen hat sich neue Wege gesucht.

Die Kulturstadt Berlin hat ihr Gesicht verloren.

Bedächtig und vorsichtig steuert Andreas das Auto durch die Straßen. Hildegard sitzt schweigend neben ihm und schaut sich einfach nur um.

Esther liegt hinten auf ihrem Deckenhaufen, ihr Kopf stößt beinahe ans Dach. Wegen des Bären kann sie sich kaum bewegen. Sie schnattert wie ein aufgeregter Vogel. Für sie hat das große Abenteuer endlich begonnen.

Als sie die Außenbezirke von Berlin hinter sich gelassen haben, schließt Hildegard die Augen. „Als wir, mein Vater und ich, 1918 von Königsberg nach Berlin kamen, da war er sehr überzeugt davon, dass wir nicht fliehen, sondern einem besseren Leben entgegengehen. Er hat recht gehabt, Andreas, fünfundzwanzig Jahre lang hat er recht gehabt. Aber dann haben uns die Bolschewisten wieder eingeholt. Und jetzt fliehen wir wieder, fliehen weiter nach Westen."

Andreas schweigt lange, dann erwidert er: „Ich bete zu Gott, dass ich dich und Esther in ein besseres Leben mitnehme, Hildegard."

Mit der Zeit wird es nahezu unmöglich vorwärtszukommen, es geht nur im Schneckentempo voran. Alles, was Räder hat, kriecht auf dem mit Bombentrichtern übersäten Weg westwärts: Autos, Pferdefuhrwerke, Motorräder, Fahrräder, zweimal begegnen sie sogar einem vollbeladenen Lastwagen. Menschen laufen neben der Straße, langsam und vollgepackt. Sie ziehen Handkarren hinter sich her, schieben Kinderwagen und selbst gebastelte Fahrzeuge, auf denen sie ihre wenigen Besitztümer wegschaffen. Ein Teil von ihnen sieht noch frisch aus, vielleicht hat ihre Reise erst in Berlin begonnen. Andere sind erschöpft und zu müde, um sich weiterzuschleppen. Sie kommen aus so weit entfernten Orten wie Danzig, manche sogar aus Königsberg.

Es sind niedergeschlagene Menschen, hungrig, geschwächt, verwirrt, Menschen ohne Hoffnung.

Ein paar von ihnen erzählen von den Lagern, die sie überlebt haben. Sie sprechen nicht von Konzentrationslagern, sondern von Arbeitslagern – Todeslagern.

Zwei Mal kommt ihnen ein langer Konvoi entgegen, Lastwagen der sowjetischen Armee oder vielleicht ausgemusterte Einheiten der deutschen Wehrmacht, die Soldaten, Nahrungsmittel und Ausrüstung nach Berlin bringen. Dazu kommen Gruppen von Soldaten in verschlissenen Uniformen. Monate nach der Kapitulation schleppen sie sich mühsam voran, zurück zu ihren Lieben und zu dem, was von ihren Häusern noch stehen geblieben ist.

„Der Krieg ist doch vorbei, oder, Mama?", versichert sich Esther.

Als die Sonne untergeht, sind sie noch nicht einmal in der Nähe von Hannover. Andreas muss bei drei Bauernhöfen anfragen, bis man ihm einen Schlafplatz in einer Scheune anbietet. „Hildegard, es tut mir leid."

„Nein, nein, das wird sicher ganz kuschelig!", ruft Esther plötzlich aus. „Uns geht es jetzt so wie Maria und Josef und vielleicht bekommt Mama im Stall ja auch ein Baby!"

„Vater, bewahre uns davor", fängt Hildegard an zu lachen.

Andreas streicht Esther über die Haare. „Unser kleiner Sonnenschein", sagt er und dabei hört sich seine Stimme belegt an.

Sie fahren drei Tage lang. Als der Treibstoff knapp wird, tauschen sie bei einem Bauern ein Kännchen Benzin gegen eine lange Perlenkette. „Deswegen habe ich die überhaupt mitgenommen, Andreas. Ich werde doch in diesen Zeiten nicht mit einer Perlenkette herumlaufen."

Am frühen Nachmittag treffen sie in Düsseldorf ein. Im Auto ist es totenstill, mit Worten kann man die Verwüstung nicht beschreiben. Nach einer Weile sagt Esther: „Die Bomben haben diese Stadt aber völlig plattgemacht."

„Es ist ja sogar noch schlimmer als in Berlin", stellt Andreas fest.

Hildegard spürt, wie sich ihr die Kehle zuschnürt. Sie versucht, unbemerkt tief Luft zu holen. Oh Herr, hast du uns wirklich hierhergeführt?

Schließlich bleiben sie vor einem Haus stehen. Das einfache und schmucklose Gebäude steht direkt an der Straße, scheint aber auf wunderbare Weise vor allen sichtbaren Beschädigungen bewahrt worden zu sein.

Andreas' Schwester ist eine ältere Dame, die sogar noch eine ganze Ecke älter ist als er selbst. So wie er ist auch sie klein und rund, sanft, mit blauen Augen. Sie heißt Miemie Parsham, sie hat ihren Mann im Weltkrieg – dem Ersten Weltkrieg – verloren und nicht wieder geheiratet.

Als sie Andreas sieht, fällt sie ihm um den Hals und plappert in einer Sprache los, die kein Mensch verstehen kann. Dann wischt sie sich die Tränen aus dem Gesicht. Die beiden haben sich vor dem Krieg zum letzten Mal gesehen.

Schließlich wendet sie sich Hildegard und Esther zu. „Kommt herein, kommt herein“, fordert sie sie freundlich auf, „ihr seid sicher erschöpft von der Reise. Sie müssen Hildegard sein und das ist also Esther? Ach, du bist ja noch schöner, als Andreas mir geschrieben hat, gelobt sei der Herr. Möchtet ihr ein Plätzchen?“

Alle kommen, um ihnen beim Ausladen zu helfen, der Inhalt des Autos wird in ein kleines Zimmer neben der Küche getragen. „Ist das hier dein Zimmer, Miemie?“, fragt Andreas vorsichtig.

„Ja, das Haus ist ein bisschen voll. Wir können hier doch ein Laken spannen, was meint ihr?“, schlägt seine Schwester unsicher vor.

Wir werden alle hier zusammen schlafen, wir drei und Andreas' Schwester, ereilt Hildegard die niederschmetternde Erkenntnis.

„Kann ich auf dem Strohsack schlafen?“, ruft Esther aufgeregt. „Ich gehe nur noch schnell meinen Teddybären holen“, und dann rennt sie zur Tür hinaus.

„Wir werden schon zurechtkommen, nicht wahr, Hildegard?“ Andreas' Stimme holt Hildegard in die Gegenwart zurück.

„Ja, ja, natürlich. Vielen Dank, Frau Parsham, dass Sie bereit sind, Ihr Zimmer mit uns zu teilen.“

„Herzchen, Sie können mich gern Tante Miemie nennen.“ Sie lacht von ganz tief drinnen. „Schon seit Jahren nennt mich niemand mehr Frau Parsham, alle nennen mich nur Tante Miemie.“

Das Abendessen besteht aus einem großen Topf dicker Suppe. Es ist gerade so viel, dass jeder im Haus eine Schöpfkelle voll bekommt. Dann ist die Suppe alle. „Das war herrlich, danke, Tante Miemie. Stammt das Gemüse aus Ihrem Garten?“, will Hildegard wissen.

„Ja, nun, mein Garten ist nicht so groß. Aber der Herr sorgt sehr gut für uns, jeden Tag, so wie er auch für die Vögel unter dem Himmel und die Fische im Meer sorgt. Gelobt sei der Herr!“

Sie säen nicht, sie ernten nicht, sie wissen noch nicht einmal …

Das Haus ist voller Polen, die auf der Suche nach einem besseren Leben in den Westen geflohen sind. Sie wohnen in den beiden Schlafzimmern, im Wohnzimmer, dem Esszimmer und dem Anbau. Nur in der Küche liegen weder Matratzen noch Bettzeug herum.

Ein paar von ihnen können Deutsch, aber die Frauen sprechen alle überwiegend Polnisch.

Ich verstehe eine Menge von dem, was die Leute sagen, entdeckt Hildegard etwas verblüfft. Als sie allein in ihrem Zimmer sind, sagt sie zu Andreas: „Das hier sind vornehme Leute, die nur das Beste gewöhnt sind. Wenn man sie zum ersten Mal sieht, fällt einem das gar nicht auf."

Andreas nickt. „Nur wer genug Geld hat, konnte flüchten. Der Rest musste bleiben."

„Zum Glück haben wir genug Geld, stimmt's, Onkel Andreas?", wirft Esther ein.

Es wird eine seltsame Nacht. Hildegard schläft auf einem sehr schmalen Einzelbett mit einer dünnen Matratze, vor ihrem Bett schläft Esther auf einem Strohsack. An ihrem Fußende steht Andreas' kleines Bett, daneben befindet sich ihre Reisetasche, sein Arztkoffer und die Medikamente sind unter sein Bett geschoben. An der gegenüberliegenden Wand steht das Bett von Tante Miemie. All ihre Besitztümer liegen auf einem großen Haufen, um für Hildegard und Andreas Platz zu schaffen. Ihr großes, bequemes Ehebett hat sie an die polnische Familie im Wohnzimmer abgetreten. Diese besteht aus zehn Mitgliedern: Großeltern, Eltern und Kindern.

Das ist etwas, was ich gar nicht kenne, diese vollkommene Selbstlosigkeit, dass man alles, was man besitzt, mit anderen teilt, überlegt Hildegard zum wiederholten Mal.

Noch beeindruckender ist das kindliche Gottvertrauen, das dieses graue Frauchen an den Tag legt, diese feste Gewissheit, dass es auch morgen genug zu essen geben wird, weil Gott die Fäden in der Hand hält.

Wie furchtbar klein ist im Gegensatz dazu doch ihr eigener Glaube.

„Wir haben alles verloren", hat jemand am Abend erzählt.

„Deswegen sage ich immer: Sparen ist sinnlos", hat Tante Miemie geantwortet. „Ich habe all mein Erspartes im Ersten Weltkrieg verloren. Und das bisschen, was ich danach zusammengekratzt habe, ist jetzt auch wieder weg. Nein, wirf dein Brot aufs Wasser und – gelobt sei der Herr! – du wirst sehen, wie es wieder zu dir zurückkommt."

„Ja-a, aber dann ist es ziemlich matschig und pappig, jedenfalls manchmal", hat Andreas sie gutmütig aufgezogen.

„Was für ein sündiges Geschwätz!", hat Tante Miemie gelacht. „Du bist doch immer noch ganz der Alte, Andreas."

Aber egal wie wunderlich die alte Dame auch sein mag, wie gut sie es auch mit ihnen meint, hier können wir nicht bleiben, beschließt Hildegard in dieser ersten Nacht. Und davon rückt sie nicht wieder ab.

Und doch ziehen die Tage und Wochen vorüber. Tagsüber sind alle beschäftigt. Die Frauen waschen und schrubben, sie suchen Feuerholz zusammen und schälen Kartoffeln für die abendliche Suppe. Sie versuchen alles für den Winter vorzubereiten, um fertig zu sein, wenn der erste Schnee zuschlägt.

Manchmal bekommen sie mit, dass auf einem Bauernhof Arbeitskräfte gebraucht werden. Dann stehen sie schon vor Tagesanbruch auf und eilen durch die dünne Morgenluft, während ihr Atem weiße Wölkchen vor ihrem Gesicht bildet. Sie arbeiten den ganzen Tag und nehmen abends einen Sack Kohl mit nach Hause oder Raps oder eine Schüssel gelbes Getreide. „Wie wunderbar sind die Wege unseres Gottes, schaut nur, wie er für uns sorgt. Gelobt sei der Herr!", jauchzt Tante Miemie dann und fuchtelt mit den Händen durch die Luft.

Jeden Tag gibt es etwas zu essen, aber nie wirklich genug, um alle Münder satt zu bekommen.

Eines Nachmittags kommt Hildegard mit einem Krug frischer Milch nach Hause. In Gedanken sieht sie schon Esthers Gesicht vor sich, die Milch so sehr liebt. Sie wird sie trinken, bis auf ihrer Oberlippe ein Milchbärtchen erscheint.

Doch als Tante Miemie den Krug Milch sieht, lobt sie den Herrn – denn Milch ist genau das, was der kranke polnische Junge im Anbau braucht. Wie wunderbar ist doch unser Gott.

Morgens gehen die Kinder zur Schule und am Nachmittag spielen sie unter Tante Miemies wachsamen Blicken. „Das ist der schönste Ort der Welt, können wir nicht immer hierbleiben?", fragt Esther jeden Abend. Sie lobt den Herrn für all ihre Spielkameraden und sagt dann: „Danke, lieber Gott, ich habe noch nie so viele Spielkameraden gehabt, echt wahr, wirklich nicht. Gelobt sei der Herr!"

Tagsüber, jeden Tag, machen sich die Männer auf die Suche nach Arbeit, egal welcher Art. Sie suchen ein Auskommen für ihre Familien. Manchmal bekommen sie für den ganzen Tag Arbeit, manchmal nur für ein paar Stunden. Der Anwalt findet eine Stelle als Kellner in einem gerade erst wieder aufgebauten internationalen Hotel. Er und seine Familie ziehen aus dem großen Schlafzimmer aus. Es wird ein tränenreicher Abschied. Innerhalb von Stunden zieht eine neue Familie dort ein.

Bei Tageslicht haben alle zu tun, allerdings geht die Sonne immer früher unter und manchmal versteckt sie ihr Gesicht tagelang hinter der dicken Wolkendecke.

Es sind die Nachtstunden, die sich mühsam vorbeischleppen, manchmal werden sogar die Sekunden zu Minuten. Hildegard versucht sich so wenig wie möglich im Bett herumzuwälzen, denn die ausgeleierten Federn des Bettgestells knarren bei jeder Bewegung. Das Zimmer ist voller Geräusche, das tiefe Atmen beim Schlafen und das Schnarchen zweier alter Menschen.

Herr, danke für unser tägliches Brot. Danke für unsere Gesundheit, danke dafür, dass wir ein Dach über dem Kopf haben. Aber, Herr, wohin sollen wir von hier aus gehen?

Denn für Andreas gibt es keine Arbeit. Seine Hände zittern und seine Augen sind kurzsichtig geworden. Sein Rücken ist von den vielen Jahren gebückt.

Und Herr, was ist mit Karl? Wo ist mein kleiner Karl?

Sei uns armen Sündern gnädig, Herr.

„Es gibt etwas, das ich mit dir besprechen muss, Hildegard", eröffnet ihr Andreas kurz vor Weihnachten.

Sie legt das stumpfe Küchenmesser zur Seite – die hohe Kunst des Kartoffelschälens wird sie wohl nie beherrschen. „Was denn, Andreas?"

Er tritt näher und setzt sich ihr gegenüber auf einen Küchenstuhl. „Man hat mir eine Stelle angeboten."

Ihr Mund klappt auf und ihr Herz macht einen Sprung. Sie erkennt auch die vorsichtige Freude in seinen Augen. „Eine Stelle als was?"

„Als Arzt."

„Als Arzt! Andreas, machst du Witze?"

Er nickt bedächtig. „Ja, als Arzt. Aber nicht hier, Hildegard. Sondern weit weg von hier."

Sie legt ihren Kopf etwas schief. „Wie weit denn?"

„Im Ovamboland. Auf einer finnischen Missionsstation im Ovamboland."

Plötzlich ergibt alles keinen Sinn mehr. Auf einer Missionsstation? Im Ovamboland?

Einer finnischen Missionsstation?

„Das Ovamboland ist in Afrika, im Norden der ehemaligen Kolonie Deutsch-Südwestafrika."

Mühsam versuchen ihre angerosteten grauen Zellen in Gang zu kommen. Eine Missionsstation in Deutsch-Südwestafrika, wo die Menschen seltsam klingende Namen haben, wo es blutige Konflikte zwischen den einheimischen Stämmen und der deutschen Schutztruppe gibt? Sie schüttelt den Kopf: Nein, das war noch vor dem Ersten Weltkrieg. Alles hat sich geändert, das Deutsch in Deutsch-Südwestafrika gibt es schon lange nicht mehr.

Aber Afrika? Wo die Moskitos mit ihren tropischen Krankheiten Hans niedergestreckt und so ausgemergelt haben, dass er gestorben ist? Doch das ist woanders gewesen, in Deutsch-Ostafrika, in Tanganjika, in den Tropen am Fuß eines Berges, dessen Spitze schneebedeckt ist.

Doch all das ergibt immer noch keinen Sinn. „Eine finnische Missionsstation?"

„Ich bin immer noch finnischer Staatsbürger, weil meine beiden Eltern Finnen waren. Die Missionsstation betreibt auch ein Krankenhaus, für das sie einen finnischen Arzt suchen."

Hildegards Verstand will einfach nicht schnell genug arbeiten. Vielleicht ist mit ihm irgendetwas nicht in Ordnung oder es liegt an der Unterernährung.

Das ist eine gute Nachricht für Andreas, überlegt sie. Aber was ist mit ihnen, mit ihr und Esther? Sie können doch nicht mit ihm zusammen auf eine finnische Missionsstation in Afrika ziehen?

Seine Gedanken sind schneller. „Die Missionsgesellschaft finanziert es auch, wenn Familienmitglieder mitgehen. Natürlich nur, wenn es sich um eine echte Familie handelt."

Ihre kleinen grauen Zellen fangen an zu begreifen. „Das gilt dann also nicht für Esther und mich.“

„Es könnte schon.“

Sie runzelt die Stirn. Der am wenigsten naheliegende Gedanke: „Wenn … ich deine Frau werde?“

Er nickt, es scheint ihm unangenehm zu sein. „Hildegard, ich würde dich niemals zu irgendetwas verpflichten. Ich …“ Er holt tief Luft und schaut zur Seite. „Ich möchte einfach nur für euch sorgen.“

Ein tiefes Mitgefühl für diesen liebevollen Menschen, der vor ihr sitzt, droht sie zu überwältigen. Sie legt ihre Hände auf die seinen. „Andreas, du bist einer der wunderbarsten Menschen, die ich kenne.“

Sie sitzen eine ganze Weile so da, ihre Hände um seine geschlungen. Schweigend sehen sie sich an, jeder in seinen eigenen Gedanken versunken.

Dann lacht Hildegard verlegen und zieht ihre Hände zurück. „Diese Kartoffeln hier schälen sich nicht von allein. Und sie müssen fertig sein, wenn deine Schwester ihre Suppe kochen möchte.“

Mühsam steht er auf und holt sich ebenfalls ein Messer. Dabei lächelt er sie an. „Anders als du habe ich praktisch meine gesamte Kindheit mit Kartoffelschälen zugebracht.“

Sie sitzen nebeneinander und schälen einen Berg Kartoffeln fürs Abendessen.

Und sie reden.

Eine bescheidene Backsteinkirche in einem bescheidenen Stadtviertel ist diesmal der Ort, an dem die Hochzeit stattfindet. Rund um die Kirche liegt alles in Trümmern, nur die kleine Kirche ist unbeschädigt geblieben. „Wir haben gebetet, wir haben wirklich jeden Tag gebetet, und so hat der Herr seine schützende Hand über unsere Kirche gehalten. Gelobt sei der Herr“, erläutert Tante Miemie.

Sie sagt das so, als ob das das Selbstverständlichste der Welt wäre.

Und die Kaiser-Wilhelm-Gedächtniskirche in Berlin ist nur noch eine Ruine.

Die Menschen aus dem Haus strömen zusammen. Alle freuen

sich für die beiden, auch darüber, dass Andreas die Möglichkeit hat, für sich und seine Familie ein neues Leben aufzubauen – auch wenn es irgendwo in der Wildnis des dunklen Afrikas ist. Tante Miemie ist nah am Wasser gebaut, schließlich ist Andreas ihr kleiner Bruder. Und Esther ist so aufgeregt wie ein Wespennest, das vom Baum gefallen ist.

Es wird ein schöner Gottesdienst, wenn er auch ganz schlicht ist. Trachtet zuerst nach dem Reich Gottes, predigt der Pfarrer, klopft in allem immer zuerst bei Gott an und dann werdet ihr Frieden finden. Nicht den Frieden, den die Menschen schaffen, wo die Sieger bestimmen, wer die Schuld hatte, wie viele Reparationen bezahlt werden müssen und was mit dem besetzten Land passieren soll – wo alle Deutschen Formulare ausfüllen müssen, damit man sehen kann, in welchem Maße sie bei den Nazis mitgemacht haben. Der Pfarrer verkündet: „Wenn ihr aufrichtig sucht und anklopft, dann werdet ihr den Frieden Gottes finden, der alle menschliche Vernunft übersteigt."

„Gelobt sei der Herr!", stimmt Tante Miemie ihm laut zu.

„Gelobt sei der Herr!", fällt Esther ebenfalls mit glasklarer Stimme ein.

Tante Miemie hat es tatsächlich geschafft, einen Kuchen zu backen. Als sie zu Hause ankommen, bekommt jeder ein Stück.

Und jetzt bin ich also Frau Mäkinen, denkt Hildegard spät in der Nacht. Wie seltsam sich das anhört – Frau Hildegard Mäkinen.

Am nächsten Tag geht Andreas mit der Heiratsurkunde, die vorher auf dem Standesamt ausgestellt worden ist, auf die Post. Jetzt kommt der Ball ins Rollen.

„Ein neues Leben", lächelt er ermutigt. „Ein neues Leben in einem neuen Land."

Aber bekanntlich ist nichts so einfach, wie man es gern haben möchte. Sie können nicht auf einem englischen Schiff nach Afrika fahren, denn die Briten weigern sich, Deutsche mitzunehmen. Ein Finne wäre machbar, aber eine deutsche Frau mit ihrem Kind? Unmöglich. „Den Leuten in der Missionsstation wird schon irgendetwas einfallen", versucht Andreas Hildegard zu trösten.

Ich bin sogar ein bisschen erleichtert, denkt Hildegard im Stillen. Das Leben in diesem begnadeten Haus umschließt sie in einer Weise wie noch nichts jemals zuvor. Sie ist Teil eines Millionenheeres von Menschen, dessen Angehörige täglich auf der Suche nach Nahrung sind, für die ein frisches Brot ein Festessen ist, die lernen, wie es gehen kann, dass Gott alle täglich aufs Neue versorgt.

Nach sechs kalten Wintermonaten erreicht sie die Nachricht: Auf dem niederländischen Schiff *Oranjefontein* ist für sie ein Platz reserviert, sie reisen zweiter Klasse und legen von Rotterdam ab. Von dort aus werden sie nach Southampton fahren, wo britische Passagiere zusteigen, und dann geht es auf direktem Weg nach Südafrika. „Aber wir müssen doch nach Deutsch-Südwestafrika?"

„Von Kapstadt fahren wir mit einem Postschiff nach Walvis Bay. Die *Oranjefontain* ist zu groß für den Hafen von Walvis Bay", erläutert ihr Andreas.

Später am Abend holt Hildegard ihren Atlas zum Vorschein. Das Ovamboland kann sie nicht finden, der Norden von Deutsch-Südwestafrika ist nur eine namenlose Fläche in Sonnengelb. Sie entdeckt jedoch Tsumeb und Namutoni. Und dann sieht sie, dass die Walvis Bay direkt neben Swakopmund ist.

Große Schiffe können nicht in den Hafen von Swakopmund einlaufen, erinnert sie sich an die Gespräche aus ihrer Kindheit.

Aber noch deutlicher erinnert sie sich an Gustavs Worte: Du bist wunderschön, Hildegard, du strahlst geradezu. Versprichst du mir, dass du immer so schön bleibst, egal was auch passieren mag?

Als sie ihre rauen, rotgescheuerten Hände betrachtet, denkt sie nur an eines: Möge der liebe Gott dafür sorgen, dass sich Gustav nie in den Norden von Deutsch-Südwestafrika verirrt.

Vor Tau und Tag reisen sie mit dem Zug nach Rotterdam und lassen Tante Miemie zurück, eine kinderlose Witwe, die ganz allein auf der Welt ist. „Ich bin nie allein, Gott ist immer bei mir", lobt sie ständig den Herrn.

„Wir werden uns schreiben, wir werden uns regelmäßig schreiben", verspricht Hildegard wieder und wieder. Welchen anderen Trost könnte sie ihr sonst anbieten?

Als der Zug Qualm in die Luft bläst, laut pfeift, es kurz ruckt und er losfährt, beugt sich Esther aus dem Fenster. „Ich werde dir auch schreiben, Tante Miemie!“, ruft sie.

Tante Miemie hört nicht auf, mit ihrem Taschentuch zu winken. Ihre runde Gestalt in dem großen, schwarzen Mantel wird kleiner und kleiner, bis sie schließlich ganz verschwindet. „Sie wird schon zurechtkommen“, sagt Andreas und schnäuzt sich laut in sein Taschentuch.

An der Grenze zwischen Deutschland und den Niederlanden werden ihre Dokumente sorgfältig kontrolliert. Dann dampfen sie in die Niederlande hinein.

Das ist das Land, von dem aus mein Sohn Karl seinen letzten Brief geschrieben hat, macht Hildegard sich Sorgen. Herr, du allmächtiger Gott, halte du deine schützende Hand über Karl, wo auch immer er sein mag.

Sie verzehren den Rest ihres Reiseproviants. Heute Abend werden sie auf dem Schiff verpflegt werden – die Missionsgesellschaft hat alles arrangiert.

Rotterdam ist nur noch ein Trümmerhaufen. „Sind die Bomben bis hierher gekommen?“, fragt Esther erstaunt.

Als sie am Bahnhof ankommen, steigen sie aus dem Zug und marschieren zum Hafen. Ihre Besitztümer und alle notwendigen Dinge haben sie bei sich. Eigentlich braucht man nur ganz wenig zum Leben.

„Jetzt sind wir da“, verkündet Andreas endlich.

Esther bleibt wie angewurzelt stehen. „Ist das unser Schiff?“

Andreas lächelt. „Gefällt es dir?“

„Das ist ja riesig! Onkel Andreas, ich hätte nie geglaubt, dass man so große Schiffe bauen kann!“

„Dann komm mal mit, wir schauen es uns ganz genau an, was meinst du?“

„Oh ja, ja! Danke, Onkel Andreas, vielen, vielen Dank!“

Als das riesige Schiff langsam aus dem Hafen gleitet, stehen sie auf dem Deck. Auf der Mole bleiben geliebte Menschen zurück, man sieht, wie sie einander trösten. Auf dem Deck stehen Menschen, die woanders ein besseres Leben zu finden hoffen, aber auch sie trösten sich gegenseitig.

Hildegard und Andreas stehen abseits. Vor noch nicht einmal einem Jahr sind sie der Feind gewesen. Allein das Geld, mit dem ihre Überfahrt bezahlt wurde, eröffnet ihnen den Zugang in die kleine Welt, die in den nächsten drei Wochen ihr Zuhause sein wird. Willkommen geheißen werden sie mit Sicherheit nicht, das wissen sie.

Nachdenklich betrachtet Hildegard die graue See um sie herum und muss lächeln. „Als ich noch ein Kind war, habe ich Briefmarken gesammelt mit Schiffen darauf. Ich habe immer davon geträumt, eines Tages auf so ein Schiff zu steigen und in all die Länder zu fahren, aus denen meine Briefmarken gekommen sind."

„Und ist das hier so ein Schiff?"

„So in etwa. Ich glaube, die Schiffe auf den Marken waren eher Segelschiffe, ich bin mir aber nicht sicher."

Sie stehen schweigend nebeneinander und schauen nach hinten, zurück. Die Welt, die sie bisher gekannt haben, verschwindet langsam im Spätnachmittagsnebel. „Wir sind einen weiten Weg gekommen, seit wir Berlin verlassen haben", sagt Andreas leise.

Hildegard atmet mit vollen Zügen die frische Seeluft tief in ihre Lungen hinein. „Weißt du, Andreas, die Zeit mit deiner Schwester, in der wir zusammen gewohnt und gelebt haben, ist eine der bereicherndsten Zeiten meines Lebens gewesen", bekennt sie nachdenklich. „Ich glaube, ich habe in diesem Haus in Düsseldorf zu mir selbst gefunden. Ich werde Gott für diese Zeit ewig dankbar sein."

Er legt seine Hand auf ihre. „Da bin ich froh."

Lange stehen sie da und schauen in die Ferne. Sie lassen einen alten Kontinent hinter sich, auf dem sich zwei Supermächte über einen unversöhnlichen ideologischen Graben hinweg kalt anstarren, und brechen auf zu einem neuen Kontinent, aus dem sich die europäischen Mächte immer hastiger zurückziehen und auf dem der koloniale Hass hier und da in schwarzen Lavaflammen hochzukochen beginnt.

Sie stehen noch lange da und schauen schweigend zu, wie der Horizont hinter ihnen im Meer versinkt. Dann nehmen sie Esther an der Hand und machen sich auf die Suche nach ihrer Kajüte im Bauch des Schiffes.

14. Kapitel

Während sie über das Deck schlendern, schwankt das Schiff ganz leicht unter ihnen. „Das ist ein komisches Gefühl", bemerkt Esther.

„Du wirst dich ganz schnell daran gewöhnen und echte Seemannsbeine bekommen", entgegnet Andreas.

„Was sind denn Seemannsbeine?", will Esther lachend wissen.

Die *Oranjefontein* ist ein langes, schlankes Schiff mit einem schwarzgestrichenen Rumpf, weißen Decksaufbauten und ganz oben drauf einem großen Schornstein, aus dem der schwarze Qualm in dicken Wolken herausdampft. Im Bug und Heck des Schiffes sind die Frachtbereiche, in den hohen Aufbauten im mittleren Bereich die Quartiere der Passagiere.

Das Schiff hat vier verschiedene Decks, in denen eine deutliche Unterscheidung zwischen den Passagieren der Ersten und denen der Touristenklasse gemacht wird. So bleibt das Promenadendeck mit dem Schwimmbad ausschließlich der Ersten Klasse vorbehalten, die Bereiche der Touristenklasse liegen darunter. „Wir dürfen diesen Teil des Schiffes nicht betreten, verstehst du, Esther?"

„Warum denn nicht?"

„Der ist nur für andere Leute, nicht für uns."

„Na gut."

„Aber das Meer ist von hier unten genauso schön, was meinst du?"

„Ja. Im Meer gibt es ganz schön viel Wasser."

Ein wenig weiter hinten und sehr viel weiter unten, genau über dem brummenden Maschinenraum, befinden sich die Kabinen der Touristenklasse. Auf einer der Türen entdecken Hildegard und Andreas ihre Namen. Daneben steht auch noch der Name einer vierten Person, Miss Anne Brown. Andreas runzelt die Stirn, dann öffnet er die Tür.

Esther rennt hinein. „Hübsch! Kann ich oben schlafen?"

In der Kabine sind vier Schlafplätze, wobei über den beiden auf dem Boden stehenden Betten jeweils eine Hängematte angebracht ist. Es gibt auch zwei kleine Schränkchen, in denen man das Nötigste verstauen kann. Die Reisetaschen müssen unter die Betten geschoben werden. Den Waschraum für die Herren findet man am linken Ende des Ganges, den für die Damen am rechten. „Es gefällt mir nicht, dass wir uns die Kabine mit jemandem teilen müssen", sagt Andreas mit deutlich erkennbarem Unmut.

„Wahrscheinlich ist das Schiff ziemlich ausgebucht. Schließlich ist es eines der ersten Passagierschiffe, die ins südliche Afrika fahren", erwidert Hildegard, während sie die Schränkchen inspiziert.

„Trotzdem. Es tut mir leid, Hildegard."

Sie schaut auf und lächelt ihn an. „Eine der vielen kostbaren Lektionen fürs Leben, die ich bei deiner Schwester gelernt habe, ist, dass man alles, was man hat, mit Freude teilen soll. Es macht mir wirklich nichts aus, dass hier noch ein vierter Passagier schläft, Andreas."

„Kann ich jetzt oben schlafen oder nicht?", fragt Esther erneut.

Um sieben Uhr abends machen sie sich auf den Weg in den Speisesaal der Touristenklasse. „*Kinderen onder twaalf eten hier* (Kinder unter zwölf Jahren essen hier)", erklärt ihnen der freundliche Kellner.

Natürlich, Kinder unter zwölf Jahren, das hatte ich schon vergessen, denkt Hildegard beinahe amüsiert.

„Die Leute hier reden aber komisch", flüstert Esther laut.

„Sie sprechen Niederländisch." Hildegard wendet sich Andreas zu. „Es tut mir leid, aber ich denke, ich sollte die ersten Male mit ihr gehen, bis sie sich mit allem vertraut gemacht hat."

„Selbstverständlich."

Doch innerhalb von zehn Minuten kommt Hildegard hinüber in den Speisesaal für die Erwachsenen. Der Kellner bringt sie an den Tisch, der für sie und Andreas vorgesehen ist.

Als sie einen flüchtigen Blick in den Speisesaal wirft, krampft sich ihr Herz zusammen: Überall stehen große, runde Tische, an denen jeweils acht Gäste sitzen, die miteinander plaudern und sich gegenseitig kennenlernen. Hinten in einer Ecke steht noch ein kleiner, rechteckiger Tisch, an dem Andreas allein sitzt. Er ist die Person, die die Deutschen mit an Bord gebracht hat.

Mit stolz erhobenem Haupt geht Hildegard zu ihm an den Tisch.

Er wirkt überrascht und erhebt sich. Doch sie bedeutet ihm schnell, sitzen zu bleiben. „Andreas, es tut mir leid. Wegen uns haben sie dich in die Ecke verbannt."

Er lächelt gequält. „Meinst du nicht, dass sie uns aus romantischen Gründen einen Einzeltisch gegeben haben?"

Sie lächelt zurück. „So könnte man es auch verstehen, ja."

„Wie geht es unserem Sonnenscheinchen?"

„Sie ist bei einem holländischen Mädchen, das ungefähr zwölf Jahre alt ist. Es hat Esther unter seine Fittiche genommen, weil es sowieso auf seinen kleinen Bruder aufpassen muss. Du müsstest sie einmal sehen, sie kümmert sich rührend um die Kleinen."

Die Suppe wird aufgetragen, dann der Fisch, schließlich das Hauptgericht. Vor einigen Jahren hätte das jeder als ziemliches Durchschnittsessen in einem Mittelklasserestaurant eingestuft. Doch jetzt speisen sie wie die Könige, sogar der Kaffee schmeckt wie richtiger Kaffee. „Das ist gut, nicht wahr?", sagt Andreas.

Das war so viel mehr als nur ein gutes Essen, so viel mehr. Hildegard legt ihre Hand auf die seine. „Weißt du, Andreas, ich glaube, das ist der Anfang von einem neuen, guten Leben für uns beide."

Er nickt bedächtig. „Ich bete immer noch zu Gott, dass wir das Richtige tun."

Am nächsten Morgen in Southampton steigt ihre Kabinengenossin zu. Es ist eine ältere Dame mit zusammengekniffenen Lippen, die sichtbar unzufrieden darüber ist, dass sie die Kabine mit drei Ausländern teilen muss. Der Finne würde ja noch angehen, wenn er kein Mann wäre. Aber zwei Deutsche, und eine davon auch noch ein Kind?

Ihr laut geäußerter Protest stößt auf taube Ohren. „Sie haben für einen Platz in einer Vierbettkabine bezahlt und genau das haben sie bekommen, Madam", ist das Einzige, was ihr ein Schiffssteward darauf entgegnet.

Miss Brown deutet daraufhin vage an, sie werde im nächsten Hafen das Schiff wieder verlassen. Die Reederei solle dann einmal sehen, wie sie sie nach Südafrika bekomme. Dann dreht sie sich um und marschiert hocherhobenen Hauptes und mit zusammengekniffenen Lippen davon.

In der Kabine neben ihnen wohnt das niederländische Mädchen, das sich während des Essens um Esther gekümmert hat. „Mentje heißt es und der andere ist auch gar nicht ihr Bruder, das ist der Junge von den Leuten, die mit ihr zusammen in der Kabine wohnen. Sie kennen sich noch nicht und sie reden alle so komisch. Mama, meinst du nicht, sie kann hier bei uns schlafen, dann kann Miss Brown in die andere Kajüte ziehen?"

„Nein, Esther, daraus wird sicher nichts. Ich glaube, wir sollten einfach nur freundlich zu Miss Brown sein."

Am ersten Morgen nachdem sie Southampton verlassen haben, bietet ein Besatzungsmitglied Spiele für die Kinder an. Hildegard steht am Rand und schaut zu. Es ist sehr ermutigend zu sehen, wie schnell sich Esther unter die anderssprachigen Kinder mischt und wie sie ihr Bestes gibt, um die kleine Platte in das Tor zu schieben.

Danach holt der Seemann eine Handvoll Ballons aus der Tasche. Er fängt an, einen davon aufzublasen.

Esther hat noch nie einen Ballon gesehen und starrt fasziniert auf den immer größer werdenden Ball. Als sie auch einen bekommt, bläst sie ihren grasgrünen Ballon mit Mühe auf. Ihr Gesicht ist dabei blutrot.

Als der Ballon plötzlich mit einem lauten Knall platzt, schreien die Kinder und strömen auseinander. Auch Esther kommt kreischend angerannt. „Das macht nichts, Liebes, das ist doch nur ein Ballon. Und die platzen, wenn man sie zu fest aufpustet."

Esther schluchzt herzerweichend und klammert sich an ihrer Mutter fest. „Zuerst habe ich gedacht, dass da eine Bombe ist, und ich weiß doch noch gar nicht, wo der Keller ist."

Nach und nach bekommen die Tage ihren eigenen Rhythmus. Miss Brown sehen sie nur selten, sie sitzt in der Bibliothek und liest oder ist auf Deck. Zum Schlafen kommt sie erst, wenn die anderen schon eine ganze Weile im Bett liegen, und steht auch sehr viel später als sie auf, erst kurz vor dem Frühstück. Hildegard schläft in der Hängematte über Miss Brown. Sie versucht so still wie möglich zu liegen, um die alte Dame nicht zu stören. Schon am Abend davor legt sie für alle drei die Kleidung für den nächsten Tag zurecht, sodass sie sich in den Waschräumen anziehen können.

Nach dem Frühstück ist die Spielstunde für die Kinder. Andreas geht zusammen mit Esther aufs Deck, Hildegard wäscht die Kleidung vom Vortag und sucht sich ein sonniges Plätzchen, um sie so unauffällig und schnell wie möglich wieder trocken zu bekommen. Nach zwei Tagen geht Esther allein, das niederländische Mädchen Mentje geht mit und wirft ein Auge auf sie.

„Das Kind ist anscheinend schon fast fünfzehn Jahre alt und reist allein“, berichtet Andreas danach.

„Schon fast fünfzehn? Sie sieht eher aus, als wäre sie elf, höchstens zwölf Jahre alt.“

Er nickt. „Es sind vermutlich die Kinder, die am meisten unter dem Krieg zu leiden haben.“

Kinder können anderen leichter vergeben und wieder neu anfangen, Erwachsenen fällt das sehr viel schwerer. Hildegard und Andreas merken das an einer Tour. „Da ist diese deutsche Frau“, deuten die Menschen auf sie und drehen schnell den Kopf weg, so als hätte Hildegard Aussatz. Und weil es so viele Menschen auf dem Schiff gibt, die Englisch oder Niederländisch sprechen, werfen Hildegard und Andreas die Flinte ins Korn.

Kurz vor dem Mittagessen unterrichtet Hildegard Esther im Lesen und Schreiben. Sie möchte nicht, dass das Kind schulisch hinter anderen Kindern zurückbleibt. Nach dem Mittagessen üben sie Rechnen, bis die nachmittägliche Spielstunde ansteht.

Das Schiffspersonal spricht Niederländisch oder gebrochenes Englisch, aber mit Sicherheit kein Deutsch. Es dauert nur ein paar Tage, bis Esther Niederländisch einigermaßen gut versteht, nur Englisch fällt ihr nicht leicht. „Die ist ganz schön schwierig, diese englische Sprache. Das sind doch auch die Leute, die Bomben auf uns geworfen haben, stimmt's, Mama?“

Hildegard seufzt. „Alle haben Bomben aufeinander geworfen, Esther. Wir Deutschen auf die Engländer, die wieder auf uns, die Amerikaner auf die Japaner ...“

„Aber warum denn?“

„Das ist das Werk des Teufels“, wiederholt Hildegard Nannys Worte. „Aber wo wir jetzt hinfahren, da gibt es keine Bomben.“

„Ist da der Herr?“

Andreas legt ihr die Hand auf den Kopf. „Da ist eine Missionsstation, ich vermute mal, dass dort auch der Herr sein wird.“

Madeira ist der einzige Hafen, in dem sie auf dem Weg nach Südafrika anlegen, danach sind sie nur noch auf See. Und auch in Madeira werden lediglich Postsäcke ausgetauscht. Alle stehen direkt nach dem Frühstück auf Deck und schauen zu.

Die hohen Berge der Insel werden immer deutlicher erkennbar, es sieht aus, als ob sie sich direkt aus dem Meer steil nach oben erheben. Ist das die Insel, auf der auch Pearl Harbour liegt?, fragt sich Hildegard.

Endlich dampft die stattliche Dame langsam vom Meer in den Hafen hinein und lässt die Anker fallen. Als ein Ruderboot sich dem Schiff nähert, bewegen sich die Riemen gleichmäßig und ruhig. Hinter ihm bildet sich auf dem Wasser eine Spur, die aber schnell wieder verschwindet.

Plötzlich ergreift Esther Hildegards Hand und fängt wild an zu gestikulieren. „Mama, schau mal! Die Leute, die das Boot rudern, sind schwarz! Schau doch nur, Mama, schau doch nur!“

Hildegard legt ihre Hand über den ausgestreckten Zeigefinger ihrer Tochter. „Du darfst nicht mit dem Finger auf die Leute zeigen, das gehört sich nicht. Ich sehe auch so, dass die Menschen schwarz sind.“

Plötzlich schießt die Vergangenheit wie ein Korken nach oben: Die Ruderer sind schwarze Menschen aus Togo, hat er erzählt, sie rudern bis ans Ufer und tragen die Leute dann durch die Brandung an Land. Es ist seltsam, wie oft sie auf dieser Reise schon an die Geschichten hat denken müssen, die ihr Gustav in ihrer Kindheit erzählt hat. Dabei sind sie noch nicht einmal in Deutsch-Südwest angekommen.

„Wo wir hinfahren, gibt es sehr viele schwarze Menschen“, erklärt Andreas geduldig.

„Wirklich, Onkel Andreas? Sind das nicht nur Geschichten?“

„Nein, das ist wirklich so.“

„Oh, das ist toll!“

Unter ihnen macht das Ruderboot am großen Schiff fest. Die Postsäcke werden vom Ruderboot aus zum Schiff hinaufgezogen, andere Postsäcke werden vom Schiff ins Boot hinuntergelassen. Dann rudern die Ruderer wieder zurück zur Hafenmole.

Miss Brown steht ein Stück von ihnen entfernt und betrachtet das Schauspiel ruhig. Sie hat nun doch nicht vor, das Schiff zu verlassen.

Hildegard, Esther und Andreas bleiben stehen und schauen zu, bis die Insel in der Ferne verschwimmt. Dann drehen sie sich um. „Ich kann euch eine Geschichte von dieser Insel erzählen", sagt Andreas.

„Eine Geschichte oder etwas, was wirklich passiert ist?"

„Nein, nur eine Geschichte. Vor langer, langer Zeit ..."

„Vor wie langer Zeit denn, Onkel Andreas?"

„Nun ja, es ist in der Zeit von König Edward III. von England geschehen, das ist sicher so um die sechshundert Jahre her."

„Sechshundert Jahre? Das ist aber eine lange Zeit!"

„Da hast du recht, ja. Vor sehr langer, langer Zeit gab es einen starken, jungen Mann, Robert Macham hieß er, und eine schöne, junge Frau, die Anne d'Arset hieß."

„Waren das ein Prinz und eine Prinzessin?"

„Da bin ich mir nicht sicher, aber das kann man vermutlich so sagen, ja. Sie waren sehr ineinander verliebt, doch ihr Vater hätte es niemals zugelassen, dass sie heiraten."

„Warum denn nicht?"

Andreas sieht ein wenig überrascht aus. „Das weiß ich nicht. Vielleicht hat der Vater von Anne d'Arset Robert Macham nicht gemocht. Trotzdem war das ein sehr begabter, junger Mann, weißt du. Wie dem auch sei, die beiden Verliebten haben deshalb beschlossen, nach Frankreich zu fliehen."

Gedankenverloren beißt sich Hildegard auf die Unterlippe. Ist das nicht dieselbe Geschichte wie die von Koong-se und Chang, damals auf dem blauen Teller im Esszimmer von Sankt Petersburg? Damals, als wir auch nach Westen fliehen mussten?

„Und was ist dann passiert, Onkel Andreas?"

„Dann sind sie auf ein Schiff gestiegen und von England aus nach Frankreich in See gestochen. Das ist nicht weit, man muss nur über den Ärmelkanal."

Hildegard schließt die Augen, ihr Kopf schüttelt sich von selbst. Das ist so nahe, dass die britischen Väter ihre Söhne mit allen möglichen Schiffen, mit Segeljachten, Fischerbooten und Ruderbooten von diesem dem Untergang geweihten Strand in Frankreich holen konnten. Nur Johanns Vater ist nicht nahe genug dran gewesen.

Und wo ist Karl? Was ist nur aus Karl geworden?

Doch weiter in der Geschichte: „Und was ist dann mit Robert und Anne geschehen?", fragt sie.

Andreas lacht amüsiert. „Wem erzähle ich eigentlich die Geschichte?"

„Mama darf auch gern zuhören", verteidigt Esther sie sofort. „Und was ist dann passiert, Onkel Andreas?"

„In jener Nacht ist ein großer, schwerer Sturm aufgezogen." Esther holt tief Luft und Andreas dramatisiert hingebungsvoll. „Die See war furchtbar aufgewühlt, die Wellen türmten sich vor ihnen auf wie Berge, viel höher als das kleine Schiff, und der Wind hat so wütend um das Schiff herumgepfiffen, dass alle gedacht haben, es würde jeden Moment untergehen."

„Hör auf, das Kind bekommt Albträume", weist ihn Hildegard zurecht.

Er lächelt verlegen. „Das stimmt nun auch wieder, tut mir leid. Dann hat der Wind das Schiff vor sich hergetrieben, bis es wieder in ruhigere Gewässer gekommen ist. Und …"

„Dahin, wo keine Stürme gewesen sind?", stellt eine bedrückte Stimme sicher.

„Nein, da gab es keine Stürme", bekräftigt der alte Mann. „Und dann sind sie auf einer wunderschönen Insel gelandet, Madeira hieß sie. Und da haben sie für immer und ewig glücklich zusammen gelebt."

„Gelobt sei der Herr", ruft Esther und streckt dabei die Hände in die Luft.

In jener Nacht zieht ein großer, schwerer Sturm über dem Meer auf. Die See ist furchtbar aufgewühlt, die Wellen türmen sich auf wie Berge, eiskalte Brecher klatschen auf die unteren Decks herunter. Angesichts der hohen Wassermassen wird das Schiff kleiner und kleiner, der Wind brüllt wütend um das schwankende Schiffchen.

Warum müssen Stürme nur immer in der finstersten Nacht kommen, seit mehr als sechshundert Jahren schon?

Auf dem Schiff regiert das Chaos. Hildegard wird aus ihrer Hängematte geworfen, weil das Schiff von einer Seite zur anderen rollt. Sie kann Esther gerade noch rechtzeitig aus ihrer Hängematte herausholen, verliert dabei aber das Gleichgewicht und landet beinahe im Bett von Miss Brown. „Tut mir leid“ entschuldigt sie sich.

„Seien Sie vorsichtig“, versucht die alte Dame zu erwidern, doch Hildegard und Esther landen hart auf dem Boden zwischen den beiden unteren Betten. Das Wasserglas auf dem Schränkchen zwischen den Betten rutscht herunter und das Wasser ergießt sich über dem Bettzeug.

Esther schreit hysterisch. „Ruhig, ganz ruhig, es ist nicht so schlimm, die Mama ist ja da“, tröstet sie Hildegard.

„Die Zähne! Die Zähne werden uns beißen!“, kreischt das Kind.

Andreas bückt sich und legt das künstliche Gebiss zurück ins Glas. „Entschuldigen Sie, Miss Brown“, sagt er verlegen.

„Das Schiff geht unter“, schreit Esther und klammert sich an Hildegard. „Das Schiff geht unter!“

„Hat das Kind Angst vor dem Sturm?“, fragt Miss Brown, die sich die Decke bis unters Kinn gezogen hat.

„Ja. Unvorsichtigerweise habe ich ihr gestern, als wir Madeira verlassen haben, eine Geschichte erzählt und …“

„Mama, mir ist schlecht.“

Nein!, denkt Hildegard noch, aber da ist es schon zu spät. Im nächsten Augenblick gibt Esther alles von sich, was sie von ihrem kräftigen Abendessen noch im Magen hatte.

Miss Brown hält angeekelt die Hände vor den Mund. „Oh nein!“, ruft sie und schließt sich im selben Augenblick Esther an.

„Nein!“, ruft Hildegard entsetzt.

Nur Andreas bleibt die Ruhe selbst. Er steigt vorsichtig aus dem Bett und tastet mit bloßen Füßen nach seinen Pantoffeln. „Ihr seid nur seekrank, das ist nichts Ernstes. Setzt euch aufrecht hin und schaut nach vorn. Miss Brown, heben Sie Ihr Kinn.“

„Es tut mir so furchtbar leid“, sagt Miss Brown und übergibt sich ein weiteres Mal.

„Oh, nein!", ruft Hildegard, denn auch bei ihr geht die Natur ihren gewohnten Gang.

Andreas greift nach zwei Handtüchern und schwankt zur Tür hinaus. „Du kannst doch jetzt nicht baden gehen!", ruft ihm Hildegard entsetzt hinterher.

„Mama!"

„Oh nein!"

Die Lage wird immer schlimmer.

Wenig später kommt Andreas mit zwei triefend nassen Handtüchern zurück. „Hier, wischt euch damit die Gesichter ab, dann haltet sie euch vor den Mund und kommt mit." Auch Miss Brown bekommt ein nasses Handtuch. „Kommen Sie, Miss Brown."

„Wir können doch nicht …"

„Hier unten im Rumpf ist es am schlimmsten. Wir müssen nach oben", erwidert Andreas streng.

Der Gang draußen ist voller Menschen. Die Besatzung fordert die Passagiere auf, nach oben aufs Deck zu gehen. Eine Dame möchte vorher noch schnell in ihre Kabine und ihren Schmuck holen – denn was ist, wenn dieses Schiff hier genauso sinkt wie damals das englische, das einen Eisberg gerammt hat? „Da kann ich Sie beruhigen, hier gibt es keine Eisberge, wir befinden uns in den Tropen. Und untergehen werden wir heute auch nicht", versucht einer der Kellner sie zu beschwichtigen.

„Das haben sie den Leuten auf dem anderen Schiff auch erzählt und dann ist es doch untergegangen", entgegnet die Dame und macht sich wieder auf den Weg in ihre Kajüte.

„Werden wir untergehen?", fragt Esther benommen. Sie hat anscheinend die gesamte Unterhaltung verstanden, obwohl sie auf Niederländisch geführt wurde.

„Mit Sicherheit nicht", antwortet Andreas. „Komm, da geht es die Treppe hoch."

Im Speisesaal, in dem sich mittlerweile viele Passagiere der Touristenklasse aufhalten, herrscht das blanke Chaos. Die meisten Fahrgäste sind ganz grün im Gesicht, nicht wenige der Mannschaft ebenfalls. Weil der Schiffsarzt bei den Passagieren der Ersten Klasse ist, gibt es hier nur eine Krankenschwester, die tut, was sie kann. „Wartet hier", fordert Andreas seine Begleiterinnen auf und geht zur Krankenschwester.

„Wohin geht Onkel Andreas?“, fragt Esther benommen.

Hildegard hält sich den Kopf und schluckt, so gut sie kann, sie fühlt sich schrecklich. „Er wird sicher irgendwo helfen.“

„Geht es dir nicht gut, Mama?“

„Nein, mir geht es miserabel.“

„Du musst es herausbrechen, dann fühlst du dich besser.“

Auf der anderen Seite des Raumes sieht es so aus, als würde die kleine Krankenschwester Andreas um den Hals fallen wollen. Sie rennt im Trapp sofort nach oben, Andreas beugt sich über ein Kind, das hin und her zuckt, als hätte es einen epileptischen Anfall.

„Das ist Nicolaas!“, ruft Esther plötzlich laut.

„Welcher Nicolaas?“

„Der Junge da, das ist der Kleine, auf den Mentje aufpassen muss, der ist furchtbar ungezogen. Aber im Augenblick ist ihm einfach nur furchtbar schlecht, glaube ich. Oh je, da kommt es wieder!“

„Hier, hier, brich in die Tüte. Ach nein, Esther!“

Die Besatzung verteilt, soweit sie noch auf den Beinen ist, Gläser mit Wasser, holt saubere Handtücher herbei und versucht, die Menschen zu beruhigen. „Nein, setzen Sie sich aufrecht hin, schauen Sie in die Ferne, legen Sie sich bloß nicht hin.“

„Ich sterbe“, stöhnt eine Frau neben ihnen.

„Stirbt sie wirklich?“, will Esther entsetzt wissen.

„Nein, nein, ihr ist nur sehr schlecht. Oh je, das ist schrecklich.“

Vielleicht kann man tatsächlich an der Seekrankheit sterben, denkt Hildegard verzweifelt. Oder ist das hier das Ende der Welt? Egal, was sie unternimmt, ihr Magen hat es sich in ihrer Speiseröhre bequem gemacht und ihre Speiseröhre will sich das nicht gefallen lassen.

„Ist er Arzt?", fragt Miss Brown etwas überrascht und zeigt auf Andreas.

Hildegard versucht ihre Augen zu fokussieren. Andreas steht auf der anderen Seite des Speisesaales, neben ihm ein Notfallkoffer, das Kind liegt auf dem Tisch. Gerade wird ein zweiter Patient zu ihm getragen. Es ist eine ältere Dame, leichenblass, ihre Arme und Beine hängen schlaff an ihr herunter. „Ja, er ist ein sehr guter Arzt.“

„Gott sei Dank“, erwidert Miss Brown.

„Gelobt sei der Herr“, stimmt Esther ihr zu.

Selbst nachdem sich der Sturm endlich etwas gelegt hat, bleibt die graue See unruhig und wirft das Schiff auf den Wellenkämmen weiter hin und her. „Es ist besser, wenn Sie noch nicht hinuntergehen, sondern lieber hierbleiben", rät die Besatzung.

Manche Passagiere sitzen an die Wände gelehnt da und schlafen, andere starren mit müden Augen vor sich hin. Hildegard zittert von Kopf bis Fuß. Es ist nicht so, dass ihr kalt wäre, aber ihr ganzer Körper fühlt sich an wie im Schockzustand.

„Ist mit Ihnen alles in Ordnung?", will Miss Brown wissen. Das Tischtuch, das sie in die Hände bekommen hat, hat sie sich unter die Kehle gebunden.

„Ich fühle mich immer noch furchtbar", stöhnt Hildegard.

Miss Brown erhebt sich mühsam und schwankt zu der Stelle, wo heißer Schwarztee verteilt wird. Vorsichtig balanciert sie zurück. „Trinken Sie das."

Hildegard legt dankbar ihre Hände um die warme Tasse. „Danke, Miss Brown."

„Tänk ju, Miss Braun", sagt Esther und streicht der alten Dame mit ihrem Händchen über den Arm.

Miss Brown schweigt eine Weile. Dann sagt sie: „Das ist ein süßes Kind. Ich werde ihr beibringen, Englisch zu lesen. Sie wird es brauchen, wenn wir nach Südafrika kommen."

Am nächsten Tag bekommt Andreas eine Karte, auf der Doktor und Frau Mäkinen zum Kapitänsabendessen in die Erste Klasse eingeladen werden. „Willst du die Einladung annehmen?", fragt Hildegard.

Andreas betrachtet die Karte noch einmal. „Ich werde den Kapitän fragen, ob er nicht lieber zu uns kommen möchte. Herr und Frau Bijl möglicherweise auch."

Miss Brown hat sich schon am Abend zuvor an ihren Tisch gesetzt, sie ist von dem Doktor schwer beeindruckt. Herr und Frau Bijl, die Eltern des kleinen Nicolaas, haben sich bei Andreas herzlich dafür bedankt, dass er ihrem Sohn das Leben gerettet hat. „Nun ja, er war doch nur seekrank", sind die Worte gewesen, mit denen Andreas den Lobeshymnen zu entkommen versuchte.

Frau Bijl hat sich sogar Hildegard zugewandt. „Was haben Sie doch für ein hübsches Töchterchen", hat sie gesagt.

„Vielen Dank, Frau Bijl."

Die Ankunft des Kapitäns versetzt die Touristenklasse in helle Aufruhr. Die Speisekarte wird entsprechend angepasst, die Gläser werden poliert, die jungen Kellner wieder blitzsauber eingekleidet. Derweil gehen die Passagiere ihre wenigen Besitztümer durch, um für den Abend adrett angezogen zu sein.

Amüsiert betrachtet Andreas das muntere Treiben aus einigem Abstand. „Ja, es geht den Menschen doch wie den Leuten, nicht wahr?", bemerkt er.

Hildegard lacht leise. „Meinst du, sie lassen es zu, dass sich der Kapitän zu den Deutschen setzt? Oder wird er sich eher unter die Niederländer und die Briten mischen?"

Andreas lächelt, bleibt ihr aber die Antwort schuldig.

Hildegard gibt sich mit ihrem Aussehen alle Mühe, sogar den Schmuck, den sie als Notreserve für schwere Zeiten mitgenommen hat, legt sie an. Sie lacht verlegen. „Das Kleid, der Schmuck und die Schuhe, all das passt eigentlich nicht mehr zu mir."

„Du siehst wunderbar aus, Hildegard."

„Mama, du siehst wirklich wunderschön aus."

Das Essen ist vorzüglich, viel besser als jemals zuvor. Man bringt ihnen sogar eine Flasche Sekt an den Tisch. Die Gesellschaft lauscht andächtig auf das, was rund um das Schiff geschieht, und die Geschichten des Kapitäns. Alles, was davon ablenken könnte, wird sorgfältig vermieden. Während des ganzen Abends wird das Gespräch auf Englisch geführt, denn das ist und bleibt die Sprache, die die Sprachgrenzen überwindet.

Während sie zu ihrer Kabine zurückschlendern, bemerkt Hildegard: „Ich kann es beinahe nicht fassen, dass diese Sorte Abendessen früher einmal unser ganzes Leben ausgemacht hat."

Andreas nickt gedankenverloren. „Das Leben geht eben seinen eigenen Weg, nicht wahr?"

In den folgenden Tagen bringt Miss Brown Esther nicht nur bei, wie man Englisch liest, sie legt auch großen Wert auf Esthers englische Aussprache. „Schau mir auf den Mund. *Thank* you. Nicht sänk you."

„Sänk ju."

„Nein, du musst genau zuhören: *Thank* you."

„*Fänk* you." Die fremden Laute wollen einfach nicht in ihren deutschen Mund passen.

„Ich lerne auch mit Charles Englisch", berichtet Esther aufgeregt.

„Welchem Charles?"

„Na mit Charles, dem Freund von Mentje, denn der ist schon groß, also nicht so erwachsenengroß, aber der ist Engländer und die Bomben haben sein Haus kaputt gemacht. Der redet mit mir und er ist ein bisschen rot von der Sonne."

An Regentagen spielen sie im Speisesaal. Die Kinder singen, machen kleine Kunststücke oder beschäftigen sich mit Brettspielen. „Ich habe heute zusammen mit Mentje, Charles und noch einem Mädchen – den Namen habe ich vergessen – Monopoly gespielt. Ich hatte schon zwei kleine Häuser gebaut und da hat das andere Mädchen geschummelt, denn sie wollte nicht in einer Straße landen, in der ein Hotel von Mentje gestanden hat, und so hat sie sich absichtlich verzählt. Und als ich ihr dann gesagt habe, dass sie falsch gezählt hat, hat sie mich einen *dirty German* genannt und gesagt, dass ich *my mouth shut* machen soll."

Hildegard runzelt die Stirn. „Und was ist dann passiert, Esther?"

„Und dann habe ich ihr gesagt, dass es völlig egal ist, welche Sprache einer spricht, geschummelt ist trotzdem geschummelt und der Herr sieht es, wenn einer betrügt. Da hat Charles gelacht und dann ist das andere Mädchen furchtbar böse geworden und weggerannt."

„Und dann?"

„Dann haben wir weitergespielt, also ich und Mentje und Charles. Aber ich habe verloren."

„Das Spiel hat dir aber trotzdem Spaß gemacht, oder?"

„Ja, sehr großen Spaß. Wir haben auch Lieder gesungen, englische Lieder und holländische Lieder, aber die habe ich alle nicht gekannt. Dann habe ich gesagt, dass ich allen ‚Hänschen klein' beibringen kann, aber dann haben sie gesagt, dass sie keine deutschen Lieder singen wollen."

„Da bin ich aber froh, dass du solche netten Spielkameraden hast."

„Die sind gar nicht alle nett. Nicolaas ist ungezogen, mit dem spiele ich auf keinen Fall. Was für ein Spiel spielt denn Onkel Andreas mit Miss Brown?"

„Schach. Aber das ist ein Spiel für Erwachsene, damit musst du dich nicht herumquälen."

„Oh. Gut."

An dem Abend, an dem der Kapitän zum Essen in die Touristenklasse gekommen ist, hat ihn Andreas um einen Gefallen gebeten. Er wollte wissen, ob Frau Mäkinen gelegentlich in den Salon der Ersten Klasse zum Klavierspielen kommen dürfe. Denn sie spiele doch so gern Klavier.

Während also nun Esther in ihre Spielstunde geht, Andreas und Miss Brown die Bauern auf ihrem Schachbrett anstarren und die meisten Passagiere der Ersten Klasse rund um das Schwimmbad in der Sonne liegen, faltet Hildegard das Leinentuch, mit dem das Klavier zugedeckt ist, ordentlich zusammen. Sie streicht zärtlich über die Tasten und merkt immer noch, wie sehr durch das Klavierspielen die Ruhe in ihr aufwallt.

Immer mehr Passagiere der Ersten Klasse schleichen sich in den Salon und setzen sich leise auf die Stühle. Einige von ihnen lesen dabei oder spielen so leise wie möglich ihre Brettspiele, von den Frauen bringen einige ihre Handarbeiten mit. Die meisten Menschen sitzen jedoch nur still da und lauschen mit geschlossenen Augen der Musik, die die Deutsche aus der Touristenklasse auf die Tasten zaubert.

Morgen überqueren wir den Äquator, dann sind wir auf der Südhalbkugel, denkt Hildegard, als sie auf ihrer Hängematte liegt und in die Finsternis starrt. Das ist die Gegend auf der Welt, aus der Hans von gewaltigen Stürmen berichtet hat, durch die sie fahren müssen. Äquator – „Gleichmacher" – das ist ein passender Name, hat er geschrieben, denn hier ist alles flach und ruhig. Nach der Sturmnacht vor ein paar Tagen verstehe ich das nun viel besser, denkt sie, vor allem das, was du mir verschwiegen hast, Hans. Und ich vermisse dich immer noch, mein guter Freund.

Die Südhalbkugel ist eine neue Welt mit einem neuen Sternhimmel, an dem die alten griechischen Sternbilder auf dem Kopf stehen und ein neues Kreuz in Richtung Süden weist.

Was wartet in diesem neuen Leben auf ihre neue, kleine Familie? Und wo in der alten Welt sind die anderen Mitglieder ihrer alten Familie verstreut? Wo ist Karl heute Nacht, wo sind ihr Vater und seine sinnliche Witwe, in welcher Wildnis muss Oswald gerade schuften?

Und was ist nur aus der armen Olga geworden, die doch nur etwas zu essen besorgen wollte?

Herr, barmherziger Gott, sei doch bitte bei ihnen, wo auch immer sie sein mögen.

Am nächsten Nachmittag feiern sie alle zusammen die Überquerung des Äquators. Alle Fahrgäste, auch die aus der Touristenklasse, haben sich rund um das Schwimmbad versammelt. Einer der Schiffsoffiziere hat sich als Neptun verkleidet – denn Passagiere, die das erste Mal den Äquator überqueren, müssen getauft werden.

Andreas und Hildegard suchen sich ein stilles Plätzchen, um trotz des allgemeinen Trubels der Taufe zu entgehen. Denn das Letzte, was sie möchten, ist mit ihrem einzigen Stück leichter Sommerkleidung im Schwimmbecken zu landen.

Zusammen mit dem Nachmittagstee wird Kuchen aufgetragen, dazu kommen große Teller mit Obst. „Wann hast du so etwas zum letzten Mal gesehen?“, fragt Andreas, schält sorgfältig eine Apfelsine und zerteilt sie. „Hier, probiere das einmal, mein Schätzchen.“ „Mmm, lecker“, schmatzt Esther genießerisch und streckt die Hand nach mehr aus.

Das Sommerkleid des Kindes sitzt sehr eng und ist hoffnungslos zu kurz, schließlich ist es schon drei Jahre alt. In Deutsch-Südwest müssen wir uns überlegen, wie wir an neue Kleider herankommen, denkt Hildegard. Alles wird besser werden, wenn Andreas erst einmal wieder Geld verdient, selbst wenn es nicht viel sein sollte.

„Mama! Ich habe gefragt, ob ich schwimmen gehen darf!“, wiederholt das Mädchen ungeduldig. Und um ihr Anliegen zu verstärken: „Charles passt auf mich auf, er ist groß und kann gut schwimmen.“

„Ich werde auf sie aufpassen, Frau Mäkinen”, verspricht der gut aussehende englische Junge.

„Aber sie kann doch gar nicht schwimmen. Und einen Badeanzug hat sie auch nicht", versucht Hildegard Widerstand zu leisten.

„Bitte, Mama, bitte. Alle schwimmen in ihren Kleidern und ich werde mich an Charles festklammern." Das Kind versteht mittlerweile also auch englische Gespräche sehr gut.

„Armer Charles." Doch Hildegard kann nicht anders, als ihre Zustimmung zu geben. Sie beobachtet das Schwimmbecken mit Argusaugen, bis sich Esther ihnen bibbernd vor Kälte wieder anschließt.

„Mentje und Charles sind meine allerbesten Freunde, Inneke und Ruth auch und Bessy und Peter, aber Nicolaas nicht", erklärt Esther, als Hildegard sie abends ins Bett bringt. „Und ich habe Miss Brown ganz doll lieb und Onkel Andreas auch und dich habe ich am allerliebsten, Mama."

Hildegard lacht. „Nun, dann bist du ja ein sehr glückliches Mädchen."

„Ja, können wir für immer und ewig auf dem Schiff wohnen bleiben?"

Es ist seltsam, wie sehr man jedes Zeitgefühl verliert, wie schnell die Wochen auf See vorbeigehen. Wenn die Zukunft nicht so ungewiss wäre, wenn der Abschied nicht so schwergefallen wäre, würde einem das wie eine einzige lange Urlaubsreise vorkommen. Und dennoch fühlt sich Hildegard ausgeruht und in der Lage, der Zukunft ins Auge zu sehen. In den Veränderungen, die das neue Leben von ihnen fordern wird, erkennt sie auch Chancen, ebenso in den Herausforderungen, die mit Sicherheit auf sie warten werden.

Am späten Nachmittag stehen sie auf Deck. „Heute ist unser letzter Abend hier auf dem Schiff, morgen Nacht verbringen wir in einem Hotel und übermorgen bringt uns das Postschiff in die Walvis Bay", erläutert Andreas.

„Ich fürchte, das Postschiff wird kein Vergnügen werden, vor allem dann nicht, wenn der Wind auffrischt", warnt er die beiden.

„Wir werden es nehmen, wie es kommt. Andreas, schau doch nur, wie schön das ist!"

Vor ihnen taucht langsam der Tafelberg vor dem blauen Himmel auf. Es ist wolkenlos und windstill, das Wasser unter ihnen ist genauso blau wie der Himmel über ihnen. Fasziniert schauen sie zu, wie das Festland näher und näher kommt. Mittlerweile können sie einzelne Gebäude unterscheiden, Häuser, die vom Fuß des Berges in Richtung Gipfel hinaufklettern. Sie erkennen die einzelnen Höhenzüge und Abhänge des Berges, sehen die Segelboote im Hafen und die winzig kleinen Menschen auf dem Kai. Golden versinkt die Sonne im Meer. „Das ist wunderschön, einfach nur wunderschön", staunt Hildegard.

„Das hier ist der schönste Ort der Welt. Gelobt sei der Herr", sagt Esther.

„Ja, mein Püppchen, gelobt sei der Herr."

Mitten in der Nacht wird Hildegard plötzlich wach. Direkt unter ihr stöhnt Andreas. Es ist stockdunkel. „Mach das Licht an", flüstert sie.

„Das ist nicht nötig."

„Mach das Licht an", wiederholt sie in einem dringlicheren Tonfall.

Auf einmal ist es in der Kabine taghell. Hildegard kneift die Augen zusammen, um sich gegen das grelle Licht zu schützen. „Andreas, fühlst du dich nicht gut?"

„Mir ist ziemlich schlecht und mein Bauch tut mir weh. Ich muss irgendetwas gegessen haben, was ich nicht vertrage."

Inzwischen haben sich Hildegards Augen an das Licht gewöhnt. Sie sieht, dass auch Miss Brown aufrecht im Bett sitzt. „Aber wir haben doch alle dasselbe gegessen, ich glaube nicht, dass es vom Essen kommt."

„Irgendetwas vertrage ich sicher nicht, denn …" Doch in diesem Augenblick krümmt er sich vor Schmerzen.

„Er ist ja ganz weiß im Gesicht. Ich glaube, wir müssen den Arzt holen", bemerkt Miss Brown bekümmert.

„Nein, nein, das ist wirklich nicht nötig, es ist ja mitten in der Nacht", versucht Andreas ohne großen Nachdruck einzuwenden.

Entschlossen steigt Hildegard aus ihrer Hängematte hinunter, auch sie erkennt nun, wie bleich er ist, und der Schreck fährt ihr in die Knochen. „Andreas, das hat sicher nichts mit dem Essen zu tun. Jetzt sei ehrlich, was meinst du, was ist das Problem? Ist es vielleicht das Herz?“

„Bestimmt nicht. Vielleicht … vielleicht der Blinddarm, ich weiß es nicht.“ Seine Stimme hört sich ganz trocken an.

Hildegard wartet nicht länger, sondern zieht sich schnell ihre warme Jacke an und rennt die Treppe hinauf zum Empfangsschalter. Gott sei Dank ist dort jemand im Dienst. „Mein Mann ist sehr krank, könnte der Arzt bitte nach ihm schauen?“

„Der Arzt?“

„Ja, er möchte bitte sofort kommen und nach meinem Mann schauen. Schnell.“

„Ihr Mann ist doch der Arzt, oder?“

„Nein, nein … ich meine, ja, das ist er, Doktor Mäkinen.“

Es erscheint ihr geradezu unwirklich, sich Herrn Doktor Andreas Mäkinen als ihren Ehemann vorzustellen, er ist ihr Freund, der beste Freund, den ein Mensch nur haben kann.

Der Schiffssteward drückt ein paar Knöpfe, sagt etwas in ein Mikrophon und hält es dann mit der Hand zu. „Kabinennummer?“

Hildegard nennt sie ihm und eilt dann wieder die Treppen hinunter.

Als sie die Kabinentür öffnet, sieht sie, dass Esther noch schläft, Miss Brown hat mittlerweile auch ihre einzige Jacke angezogen. Andreas hat offensichtlich Fieber. „Ich glaube, wir sollten ihm ein feuchtes Tuch auf die Stirn legen“, schlägt Miss Brown vor.

Hildegard ist schnell wieder mit einem nassen Taschentuch zurück, in diesem Augenblick kommt schon der Schiffsarzt. Er ist blutjung, viel jünger noch als Karl. „Doktor Mäkinen?“

Andreas macht eine vage Handbewegung. „Der Blinddarm, fürchte ich.“

Hildegard sieht den Gesichtsausdruck des jungen Mannes, den Schrecken, die Panik. Er untersucht Andreas nur flüchtig. „Damit könnten Sie recht haben, Doktor Mäkinen. Zum Glück sind wir schon fast im Hafen von Kapstadt, dort bringen wir Sie ins Krankenhaus. Wir sind hier wirklich nicht für eine Operation ausgerüstet.“

„Das ist in Ordnung“, erwidert Andreas leise, das Gesicht bleich wie ein Betttuch.

„Sie werden sich ihm wahrscheinlich schnell anschließen wollen, Frau Mäkinen. Ich werde dafür sorgen, dass das geregelt wird.“ Er hastet zur Tür hinaus und nach oben.

Mutlos sinkt Hildegard neben Andreas auf die Knie und ergreift seine Hand. „Andreas?“

„Ich komme schon wieder auf die Beine“, verspricht er ihr leise und drückt ihr die Hand.

„Lasst uns beten“, schlägt Miss Brown vor.

Lange vor Tagesanbruch macht das Ambulanzboot neben der *Oranjefontein* fest. Andreas wird mithilfe einer Trage vorsichtig nach unten gelassen. Er liegt mit geschlossenen Augen da und sieht vollkommen matt aus.

Hildegard steht da, die Hände vors Gesicht geschlagen. In ihrem Kopf dreht sich alles, sie hat Angst, ihr Herz ist zerbrochen. Sie muss hierbleiben, bis sie die Freigabe der Einreisebehörde bekommen hat.

Neben ihr steht Esther. „Der arme Onkel Andreas. Jetzt ist er ganz allein.“

„Ich werde für ihn beten“, sagt Miss Brown.

„Ist das Doktor Mäkinen? Was ist denn passiert?“, wollen einige Passagiere wissen, woraufhin Miss Brown ihre Fragen, so gut sie kann, beantwortet.

Auf der Hafenmole wartet schon ein Krankenwagen. Hildegard sieht zu, wie die blitzenden roten Lichter auf dem Weg zum Krankenhaus verschwinden.

Sie schließt die Augen. Lieber Vater, allmächtiger Gott, wir sind am anderen Ende der Welt, am äußersten Ende eines fremden Kontinents. Sei bei uns, sei bitte vor allem bei Andreas.

Sie kann das Gebet nicht mit einem „dein Wille geschehe“ beenden, dazu hat sie zu große Angst.

Miss Brown führt sie die Treppen hinunter bis in ihre Kabine. Nach dem Frühstück sollen sie und Esther als erste Passagiere das Schiff verlassen.

Es wird ein elend langer Tag, an dem vor allem Formulare ausgefüllt werden müssen. Es beginnt mit der Zollerklärung für sie selbst, dann kommt eine für Esther und schließlich eine für Andreas. „Wir wollen doch gar nicht in dieses Land einreisen, nicht hier leben und auch niemanden hier besuchen. Wir sind eigentlich auf dem Weg nach Südwestafrika, morgen früh mit dem Postschiff", versucht Hildegard die Situation zu erläutern.

„Aber Sie übernachten doch heute hier, oder?"

Sie legt die Papiere auf den Tisch. „Ja, aber nur eine Nacht. Hier sind unsere Dokumente."

Der Zollbeamte spricht Englisch und betrachtet sich die Papiere genauer. „Sie kommen aus Deutschland?"

„Ja." Und ich habe es furchtbar eilig, weil ich zu meinem kranken Mann will, fügt sie in Gedanken hinzu. Doch sie sagt lieber nichts, denn sie sieht den abweisenden Zug um seinen Mund. Geht es ihr jetzt so, wie sich ein Jude in Deutschland gefühlt haben muss?

Der Beamte stempelt die Dokumente und reicht sie ihr, ohne ein weiteres Wort mit ihr zu wechseln. „Der Nächste!"

Hildegard hebt den Kopf, nimmt Esther an der Hand und geht weg.

Ein Taxi zu bekommen, erweist sich als unmöglich. Die Fahrer schütteln nur den Kopf, wenn sie ihnen ihr Geld zeigt. Einer von ihnen zeigt ihr jedoch, in welcher Richtung sich das Hotel befindet.

Ihren ganzen irdischen Besitz haben sie sich um den Leib gepackt. Verzweifelt sackt Hildegard in die Hocke. „Esther, wir müssen laufen und es ist weit."

„Das ist *okay.*"

„Und wir müssen … auch unser ganzes Gepäck tragen."

„Ich helfe dir, Mama, keine Sorge. Du brauchst doch nicht zu *worry.*"

Hildegard ist zu müde, um das Kind zu ermahnen, nicht so einen Kauderwelsch zu sprechen.

Sie schleppen sich und ihr Gepäck durch die heißen Straßen der schönen Stadt am Fuß des hohen Berges. Mehrmals müssen sie Rast machen, manchmal setzen sie sich dann auf ihr Gepäck und wischen sich den Schweiß von der Stirn. „Schau mal, Mama, die Wolken fallen von dem Berg herunter, siehst du das?", lacht Esther.

Doch sie ist zu müde, um hinzuschauen.

Klatschnass geschwitzt kommen sie beim Hotel an. Der Mann hinter dem Tresen an der Rezeption wird sehr freundlich, als er ihre Reisepässe sieht. „So, Sie kommen hierher aus Deutschland?", fragt er in seinem einfachen Englisch. „Herzlich willkommen. Bitte, diese Formulare hier ausfüllen und das hier auch. Und sagen Sie es einfach, wenn wir helfen können mit irgendetwas."

Endlich hält Hildegard den Zimmerschlüssel in der Hand. Mit dem Aufzug fahren sie nach oben in ihr Zimmer, wo sie ein traumhafter Blick auf den Berg erwartet. „Das ist sehr schön", sagt Esther beeindruckt.

Als sich Hildegard Hände und Gesicht mit eiskaltem Wasser gewaschen hat, fühlt sie sich besser. Sie wünschte, sie besäße ein luftigeres Kleid. Doch sie hat nur warme Kleidung mitgenommen, denn als sie gepackt haben, war es in Deutschland bitterkalt. Dann nimmt sie ihre Handtasche mit all ihrem Geld. „Komm, Esther."

„Können wir uns nicht erst noch ein wenig aufs Bett legen?", protestiert Esther.

Der Mann an der Rezeption tauscht ihnen ihre Deutsche Mark gegen Pfund, Schillinge und Pennys, gerade genug, um ein Taxi zum Krankenhaus und wieder zurück zu bezahlen.

Danach wird nur noch bitter wenig Geld im Portemonnaie sein.

Sie kommen außerhalb der Besuchszeiten am Krankenhaus an. Die leitende Schwester hat so viel zu tun, dass sie nur mit Mühe ihre Verärgerung verbergen kann.

Hildegard erklärt, so gut sie kann, dass sie aus Deutschland hierhergekommen sind und ihr Mann auf dem Schiff krank geworden ist, vermutlich ist es der Blinddarm. Sie kann auch nicht noch einmal ins Krankenhaus kommen, denn morgen fährt schon das Postschiff ab. In aller Frühe müssen sie morgen auf dem richtigen Kai sein. Dass sie auch kein Geld für eine weitere Taxifahrt hat, verrät sie ihr lieber nicht.

„Doktor Mäkinen?"

„Ja, ja, Doktor Mäkinen."

„Station sieben. Sie müssen auch die Formalitäten erledigen und der Arzt möchte mit Ihnen sprechen."

Leichenblass liegt Andreas in seinem weißen Krankenhausbett und schläft tief und fest. Wie er da in seinem Bett liegt, sieht er so furchtbar klein aus, so still und so bleich. Hildegard schließt für einen Augenblick die Augen. Herr, Herr, fleht sie wortlos.

Dann holt sie tief Luft. „Esther, kannst du hier bei Onkel Andreas bleiben?"

„Das mache ich."

Sie marschiert zum Empfang zurück, füllt endlos Formulare aus und erklärt sich mit allen nur erdenklichen Operationen einverstanden. „Und wie sieht es mit der Bezahlung aus?"

„Ich habe kein Bargeld bei mir. Schicken Sie die Rechnung doch bitte an diese Adresse hier, wir sorgen dann dafür, dass sie beglichen wird." Sie gibt die Adresse der Missionsstation an, hat aber keine Ahnung, wo das Geld herkommen soll, um all die Rechnungen zu bezahlen. Oder die Hotelkosten, wenn sie länger bleiben müssen.

Dann spricht sie mit dem Arzt, einem jungen Mann, der Afrikaans spricht, aber auch sehr gut Englisch. „Wir werden uns gut um ihn kümmern, Frau Mäkinen. Gleich heute Abend werden wir ihn operieren. Leider mussten wir warten, bis Sie die Formulare unterschrieben haben. Aber vorher wäre auch kein Operationssaal frei gewesen."

„Schläft er jetzt?"

„Wegen der starken Schmerzen haben wir ihm ein Betäubungsmittel gegeben, aber er sollte demnächst aufwachen."

Hildegard hastet auf die Station zurück, wo Esther geduldig neben dem Krankenbett wartet. „Onkel Andreas schläft noch. Mama, warum ist er denn so weiß?"

„Onkel Andreas ist sehr krank."

„Ist er tot?"

„Nein, Liebes, er ist nicht tot."

„Aber wird er sterben?"

Lieber Vater, hilf mir. „Nein, Esther. Er wird wieder gesund werden und mit uns zu der Missionsstation fahren."

„Ja, das verspreche ich euch", murmelt Andreas leise. Seine Augen sind immer noch geschlossen.

Hildegard steht sofort auf, beugt sich über ihn und ergreift seine Hand. „Andreas, wie fühlst du dich?"

„Gut."

„Hast du Schmerzen?"

„Nicht allzu viele." Seine Augen bleiben geschlossen.

„Sie werden dich heute Abend operieren, ich habe mit dem Arzt gesprochen."

Er nickt. „Das ist gut."

Hildegard sackt auf ihren Stuhl zurück und streichelt weiter seine Hand.

„Ich bin auch da, Onkel Andreas."

Er lächelt. „Ist das mein kleiner Sonnenschein?", fragt er und hebt seine andere Hand.

Esther rennt um das Bett herum, presst ihre Wange fest an seine Handfläche und streichelt ihm den Arm.

Es ist lange still, bevor Hildegard etwas sagt: „Andreas, ich weiß nicht, was wir tun sollen. Sollen wir warten, bis du aus dem Krankenhaus entlassen wirst?"

Bedächtig schüttelt er den Kopf. „Ihr müsst fahren, Hildegard. Das Hotelzimmer habt ihr nur für eine Nacht. Eure Fahrkarte für das Postschiff morgen ist schon bezahlt und auch die Fahrkarte für die Bahnreise von der Walvis Bay zur Missionsstation."

Sein Mund ist staubtrocken. Aber er wird vor der Operation nichts trinken dürfen. „Soll ich dir die Lippen ein wenig anfeuchten?"

Er nickt. „Bitte."

Sie steckt einen Finger in das Glas Wasser und streicht ihm damit über die trockenen Lippen und die angeschwollene Zunge.

Dann steckt auch Esther ihr Fingerchen ins Wasser und streicht ihm damit ganz sanft über den Mund.

Hildegard sieht, wie es unter seinen geschlossenen Augenlidern feucht wird. Sie wendet sich schnell ab, denn sie hat selbst mit den Tränen zu kämpfen.

„Alles wird gut, Onkel Andreas, der Doktor wird den ganzen Schmerz wegschneiden", tröstet ihn die glockenhelle Stimme.

Draußen beginnt die Sonne zu sinken, es wird Zeit für sie, zurück ins Hotel zu fahren. „Andreas?"

Er öffnet die Augen. „Ihr müsst gehen, ich weiß. Ich komme wieder in Ordnung, Hildegard, das verspreche ich dir. In ein paar Tagen sehen wir uns auf der Missionsstation."

Hildegard hebt Esther hoch und hält sie so fest, dass sie ihre kleinen Ärmchen um Andreas' Hals schlagen kann. „Tschüss, Onkel Andreas", sagt Esther.

Zärtlich legt Hildegard ihre Hände um das bleiche Gesicht, woraufhin er seine Hände auf ihre legt. „Du musst gesund werden, Andreas", bittet sie.

Langsam führt er ihre Hände an seinem Mund. „Das verspreche ich", sagt er und küsst sie auf beide Hände. „Jetzt müsst ihr aber gehen."

An der Tür der Station winken sie noch ein letztes Mal. Er lächelt und hebt die Hand.

Dann drehen sie sich um und marschieren den langen Krankenhausflur entlang bis nach draußen.

15. Kapitel

Das Meer ist grau und unzufrieden, der Himmel wolkenverhangen und dunstig. Nur mühsam kämpft sich das Postschiff durch die Elemente voran.

Hildegard unterhält sich kaum mit den anderen Passagieren auf dem Schiff. Vor lauter Sorgen ist ihr ganz elend. Sie und Esther sind zudem während der ganzen Fahrt seekrank. „Morgen kommen wir in der Walvis Bay an", versucht sie ihre Tochter zu trösten.

Während des Mittagessens lernt sie einen jungen rheinischen Missionar kennen, der ebenfalls im Ovamboland eine Stelle angenommen hat. „Dahin fahren wir auch, nach Onandjokwe."

Leider kennt er das Ovamboland noch nicht, auch jetzt führt ihn sein Weg noch nicht dorthin. „Soweit ich weiß, ist das recht schwierig, mit dem Zug kommt man nur bis Tsumeb. Nehmen Sie sich genug zu essen und zu trinken mit. Ich spreche da aus Erfahrung. Auf den Bahnhöfen gibt es wirklich nichts zu kaufen. Als ich das erste Mal mit dem Zug unterwegs war …"

Hildegard registriert nicht alles, was er sagt, denn sie hat Schwierigkeiten, sich auf das Gespräch zu konzentrieren. In ihrem Kopf spielt sich immer dasselbe ab: Herr, Herr, sei bei Andreas!

Trotz alledem bekommt sie die Lebensgeschichte des jungen Mannes mit, der zusammen mit zwei älteren Damen unterwegs ist. Ohne Punkt und Komma erzählen die beiden Frauen von zurückliegenden Ereignissen, und alles in einem äußerst vertraulichen Ton. Dabei fallen sie sich ständig ins Wort. „Seine Mutter hat in Berlin gewohnt, es ist furchtbar, was die armen Leute da alles durchgemacht haben. Wir hier in der Union und in Deutsch-Südwest haben ja keine Ahnung davon, wie sehr sie in der Heimat leiden müssen."

„Nein, nicht nur seine Mutter, hörst du, auch er und sein Bruder und seine kleine Schwester sind dort gewesen", ergänzt die andere.

„Dann ist der Russe gekommen, der Russe war ja als Erster in Berlin, und der hat seine Mutter … nun ja …"

„Belästigt", hilft die zweite ihr hinter vorgehaltener Hand mit einem einigermaßen anständigen Wort aus.

Die erste Dame zückt schnell ihr Taschentuch, das sie aus ihrem großen Busen hervorholt. „Sie konnte es nicht verkraften, sie konnte einfach nicht weiterleben", flüstert sie in vertraulichem Ton.

„Dann hat sie sich und ihre drei Kinder vergiftet."

Für einen kurzen Augenblick ist es still. Was für eine furchtbare Geschichte, denkt Hildegard, ich möchte nicht weiter zuhören.

„Die Mutter und zwei der Kinder sind tot …"

„… aber dieses Kind hier hat das Gift nicht genommen, er hat es überlebt", alles wieder hinter vorgehaltener Hand.

„Und jetzt nehmen wir unseren armen Verwandten mit nach Hause, nach Swakopmund."

Hildegard betrachtet den geraden Rücken des jungen Mannes. Er steht an der Reling und schaut nach vorn über die graue See. Wird er das, was er erlebt hat, jemals hinter sich lassen können? Wird er die fehlplatzierte Aufmerksamkeit zweier alter Jungfern in einem fremden Land überleben können? In Kriegszeiten leiden am meisten die Kinder, hat Andreas gesagt.

Andreas, Herr, Andreas.

Für große Schiffe ist der Fischereihafen von Walvis Bay nicht tief genug, aber das Postschiff kann dort anlegen.

An einem kalten, grauen Tag laufen sie langsam in den Hafen ein. Hildegard klammert sich an die kalte Reling und spürt dabei, wie von einem Augenblick auf den anderen eine tiefe Niedergeschlagenheit in ihr aufkommt und sich in ihr festsetzen will. Verbissen kämpft sie dagegen an.

Im kühlen Nebel liegt nun das Land vor ihr, in das sie gekommen sind: eine Sanddüne nach der anderen, kein Baum und kein Strauch, nicht einmal das kleinste bisschen Grün, keinerlei Blumen. Das kleine Städtchen liegt wehrlos am Rand des großen Meeres – des Meeres, das sich nach Norden über den Äquator hinstreckt bis ins Mutterland. Die Häuser stehen auf Pfählen. Die Türen und Fenster sind fest verschlossen, um den Wind und den Sand draußen zu halten. Gärten gibt es nicht. Alles ist kahl – und funktionell.

Vor lauter Furcht zieht sich ihre Kehle zusammen. Wer um alles in der Welt will denn hier wohnen?

Sind das Menschen so wie sie, Menschen, die nirgendwo anders unterkommen?

Wo ist denn das Land, nach dem sich Gustav so gesehnt hat? Das Land, über das Hans geradezu ins Schwärmen geraten ist?

„Die Häuser stehen auf Pfählen, denn manchmal tritt der Kuiseb über die Ufer und fließt mitten durch die Stadt", erklärt eine der alten Jungfern ungefragt.

„Das ist der Fluss, der ist 1934 mitten durch die Stadt geflossen", verbessert die zweite.

1934? Der Fluss ist vor zwölf Jahren einmal über die Ufer getreten und deshalb bauen sie gleich alle ihre Häuser auf Pfähle? Nichts ergibt hier einen Sinn.

Durch den grauen Nebel sehen sie am Kai Lagerhäuser aus Wellblech, Lastkräne und riesige Haufen von Schiffsausrüstung, die scheinbar ohne jede Ordnung überall herumliegen. Hier und da sind Menschen auszumachen, die gegen den Wind ankämpfen. „Haben die Bomben das Haus da so zugerichtet?", will Esther mit ausgestrecktem Finger wissen.

Das ausgebrannte Gebäude fällt Hildegard erst jetzt auf.

„Das ist die alte norwegische Walfischstation", erläutern die alten Damen. „Hier fängt heute keiner mehr Walfische."

„Warum denn nicht?", will Esther wissen.

Doch die alten Damen hören nicht zu, sie reden weiter und zeigen auf dies und das. „Und da ist das alte Gebäude der *Walvisbaai Cold Storage*, sehen Sie, dort hinten, das hohe Gebäude?"

„Aber jetzt exportieren wir hier kein Walfleisch mehr."

„Warum denn nicht?", will Esther wissen.

„Und da ist Fischfabrik, *Etosha Fishing*."

Der Geruch von *Etosha Fishing* mischt sich mit den Dieselabgasen des Postschiffs. Hildegard muss immer wieder schlucken. Die Flucht ergreifen kann sie nicht – wohin auch?

Von den Rändern des Ortes streckt sich der leblose Strand ohne Ende hin bis zum Horizont.

„Sie müssen etwas zu essen mitnehmen, denn Sie haben noch einen sehr weiten Weg vor sich", haben sie die alten Damen beim Frühstück noch einmal gewarnt.

Unwillkürlich musste Hildegard sich schütteln, allein der Gedanke an Essen war zu viel für sie. „Und Wasser müssen Sie kaufen, unten am alten Elektrizitätswerk mitten in der Stadt, da kostet die Gallone drei Penny."

Mit ihrem deutschen Geld kann sie sich in Walvis Bay gar nichts kaufen, haben die beiden alten Jungfern ihr versichert. In Windhuk geht das vielleicht, ja, aber mit Sicherheit nicht in Walvis Bay. Nein, wir werden Ihnen Ihr deutsches Geld auch nicht in Pfund, Schilling und Pennys umtauschen. Niemand weiß hier, was das überhaupt wert ist, schließlich ist das ganz weit weg vom Mutterland. Die Perlenkette? Der goldene Ring mit dem echten Rubin? Ja, die sind schön. Da haben sie die Schillinge vorgezählt und dabei zufrieden geguckt.

Es ging nicht anders, Andreas, dafür habe ich den Schmuck schließlich eingesteckt, versucht sie zu erklären. Aber Andreas liegt auf der anderen Seite des grauen Meeres in einem weißen Krankenhausbett.

Die alten Damen und der schlanke junge Mann werden auf dem Kai von einer anderen alten Dame in einem uralten Fahrzeug abgeholt. Sehr schnell wackeln sie wieder über den Kai zu Hildegard zurück. „Haben Sie noch mehr Schmuck, den Sie gern verkaufen würden?"

„Nein, ich habe nichts."

Enttäuscht marschieren sie zurück.

Der junge rheinische Missionar hilft Hildegard mit ihrem Gepäck. Esther springt wie ein wild gewordenes Kaninchen herum, ihren Bären Karl fest im Arm. „Fahren wir jetzt mit dem Zug weiter?"

Das Bahnhofsgebäude steht auf der Hafenseite. Eigentlich ist es nur eine Wellblechhütte direkt auf dem Bahnsteig. Die Wartehalle besteht aus einer langen Holzbank mit einem Ofen in einer Ecke.

„Von hier aus fährt nur ein Zug pro Tag, er kommt gegen Mitternacht an und fährt morgen früh wieder nach Norden. Sie werden also leider warten müssen. Bitten Sie doch den Stationsvorsteher, den Ofen anzuheizen, denn nachts kann es hier recht kalt werden", empfiehlt der rheinische Missionar.

Sie sollen die Nacht in einer Wartehalle auf einer harten Holzbank verbringen? Allein? Sie haben kein Bettzeug dabei. Und auch nichts zu essen oder zu trinken.

Hildegard wischt sich mit der Hand über die Stirn und hat Schwierigkeiten, einen klaren Gedanken zu fassen. „Zuerst einmal muss ich Wasser kaufen gehen."

„Ich habe noch etwas Zeit. Soll ich Wasser für Sie kaufen gehen?"

Mit einer Kanne Wasser kommt der junge Mann zurück. „Es tut mir leid, aber die Kanne musste ich mitkaufen, denn hier muss man sein eigenes Gefäß mitbringen", erklärt er in entschuldigendem Tonfall. Dann wünscht er den beiden alles Gute und verschwindet.

Hildegard betrachtet ihr Bargeld und runzelt die Stirn. Sie hat keine Ahnung, wie viel die Münzen wert sind, und weiß auch nicht, was die Kanne gekostet hat. Aber langsam beginnt sie zu verstehen, warum die alten Jungfern und ihre Freundin so begierig gewesen sind, noch mehr Schmuck von ihr zu kaufen.

„Mama, ich habe Hunger", jammert Esther.

Hildegard kramt das harte Brötchen, das die beiden alten Damen ihr beim Frühstück zugesteckt haben, aus der Tasche. Sie taucht es kurz ins Wasser und reicht es ihrem Kind.

Es ist schon später Nachmittag, als der Stationsvorsteher kommt, um abzuschließen. „Sie sind ja noch hier?", stellt er verwundert fest. Er spricht nur gebrochen Englisch, aber das ist verständlicher als sein Deutsch.

„Wir warten auf den Zug nach Norden."

Der Bahnhofsvorsteher schüttelt bedächtig den Kopf. „Sie können doch hier nicht schlafen."

Ich habe kein Geld für ein Hotel und ich weiß ja noch nicht einmal, ob es in diesem verlassenen Ort überhaupt so etwas wie ein Hotel gibt, denkt Hildegard frustriert. Ach, lieber Vater, wenn doch nur Andreas hier wäre.

„Sie kommen mit zu mir nach Hause. Da gibt es auch etwas zu essen, meine Frau kocht", entscheidet der Bahnhofsvorsteher spontan. „Wir lassen das Gepäck hier. Kommen Sie."

Esther hüpft mit. Hildegard folgt den beiden beinahe willenlos, zum Denken ist sie viel zu müde.

Die Frau des Bahnhofsvorstehers begrüßt sie herzlich und zeigt ihnen ein Zimmer, in dem sie schlafen können. Dann geht sie das

Bettzeug holen. In dem Haus gibt es kein Bad, deshalb bringt sie ihnen eine Waschschüssel mit furchtbar wenig Wasser darin. Und so waschen sich die beiden eben, so gut es geht.

Die Toilette ist draußen und besteht aus einer kleinen Wellblechhütte mit einer Holzbank, in deren Mitte ein großes Loch geschnitten ist. Esther klammert sich an Hildegard fest. „Mama, halte mich fest, ich habe Angst, dass ich da hineinfalle“, sagt sie bekümmert.

Zum Abendessen, das auf dem groben Tisch in der Küche aufgetragen wird, gibt es Fleisch und Brot. Das Brot ist frisch gebacken und schmeckt herrlich. Nur das Fleisch schmeckt seltsam, es ist trocken und zäh. „Das ist Springbock, haben Sie so etwas schon einmal gegessen?“, fragt der Bahnhofsvorsteher stolz.

„*It is nice.* Tänk ju, Onkel”, sagt Esther.

Der Bahnhofsvorsteher lacht gutmütig. „Du musst sagen: ‚*Dis baie lekker, dankie, oom*‘ (das ist sehr lecker, danke, Onkel).“

Und so biegt sich Esthers deutsche Zunge zum ersten Mal rundum die neue Sprache, die man in Afrika spricht.

In dieser Nacht schläft Hildegard wie ein Stein. Es stinkt nicht nach Dieselabgasen, unter ihr schwankt auch kein Schiff. Doch als sie am frühen Morgen wach wird, gelten ihre ersten Gedanken wieder Andreas.

Am frühen Morgen ziehen sie los, das Licht der Sturmlaterne tanzt flackernd vor ihren Füßen. Dichter Nebel liegt über der kleinen Stadt und bedeckt die Dünen und das Meer. Das Bahnhofsgebäude erkennen sie erst, als sie schon fast davorstehen.

Hildegard hat ihre Tochter warm angezogen, denn es ist kalt draußen. Sie selbst hat ihre vornehmsten Kleidungsstücke an, sie möchte entsprechend gekleidet sein, wenn sie in der Missionsstation ankommen. Dazu aber ihren warmen Mantel und den Schal gegen die Kälte.

Als sie am Bahnhof ankommen, steht der Zug schon am Bahnsteig, abfahrbereit. Automatisch fängt Hildegard an schneller zu laufen. „Nein, nein, der ist schon seit Mitternacht hier“, entgegnet der Bahnhofsvorsteher.

„Sind Sie heute Nacht hier gewesen, als er angekommen ist?“

„Oh ja, ich bin immer in meinem Bahnhof, wenn die Züge ankommen." Und wieder kann man aus seiner Stimme den Stolz deutlich heraushören.

Er reicht Hildegard das Gepäck durchs Zugfenster hinein, auch den Reiseproviant, den seine Frau ihnen eingepackt hat. „Da ist auch geräucherter Fisch dabei, manchmal kann man so etwas in der Fischfabrik bekommen."

„*Thank you*, danke schön."

Esther klatscht in die Hände. „Ja, das ist viel Essen, danke, Onkel."

Der Bahnhofsvorsteher nickt flüchtig. „Jetzt musst du sagen: ‚*Tot siens, oom*' (bis bald, Onkel)."

„*Tot siens, oom. Dis baie lekker, dankie, oom.*"

Der Beamte lacht überrascht. „Das Kind ist ganz schön schlau", bemerkt er und verschwindet in seinem kleinen Büro neben der Wartehalle.

Hildegard schaut sich im Zugabteil um, das einem deutschen Zugabteil verblüffend ähnlich ist, sieht man einmal von den Buchstaben „SAS & H" auf der einen Seite des Wagens ab. Im Abteil sind sechs Sitzplätze, jeweils drei auf jeder der gegenüberliegenden Seiten. Auch auf den festen, grünen Bezügen prangt der Schriftzug „SAS & H". Ins Fenster ist der Kopf von einem Bock eingraviert, dessen Hörner einander beinahe berühren. „Hallo Springbock", sagt Esther und presst ihren Finger auf die Nase des Tieres.

Der kalte Nebel wabert durchs Fenster herein und Hildegard schiebt es kurzerhand zu. Hinter ihr betätigt Esther den kleinen Wasserhahn über dem winzigen Blechwaschbecken. „Hier gibt es kein Wasser."

„In diesem Land gibt es nur sehr wenig Wasser, Esther."

„Aber viel zu essen, gelobt sei der Herr."

Sie warten lange, aber nichts passiert. Irgendwann wird Esther unruhig und Hildegard schiebt das Fenster wieder hoch. In einiger Entfernung steht der Bahnhofsvorsteher am Kopfende des Zuges. „Wann fahren wir ab?", ruft sie ihm zu.

„Pünktlich um sechs Uhr", ruft er zurück.

Hildegard wirft einen Blick auf ihre Uhr, es ist fast zwanzig nach sechs. „Wir fahren jetzt gleich ab", versichert sie Esther.

Nachdem sie weitere zehn Minuten gewartet haben, ruckt der

Zug plötzlich an und der Dampf wird in Wolken herausgeblasen. Der Bahnhofsvorsteher stößt einen schrillen Pfiff aus seiner Pfeife und die Lokomotive antwortet ihm mit ihrer tiefen, heiseren Stimme. „Wir fahren!", jubelt Esther und lehnt sich zum Fenster hinaus, um dem Bahnhofsvorsteher zu winken.

Langsam verschwindet das Bahnhofsgebäude hinter ihnen. Erschöpft lehnt Hildegard sich mit dem Kopf zurück gegen das feste Polster und schließt die Augen. Wir sind bald da, lieber Vater, hilf uns, dorthin zu gelangen. Denn, Herr, hier ist alles so furchterregend fremd.

Doch kaum haben sie Fahrt aufgenommen, da halten sie auch schon wieder. *Cable Station* lesen sie auf dem Schild. Zwei Häuser, kein Bahnsteig. Ein Stückchen weiter halten sie erneut, *Rand Rifles*, ein kahler Strand neben ihnen, in der Düne stehen ein paar Häuser. Nirgendwo passiert etwas. Wir sind noch nicht einmal in Swakopmund, denkt Hildegard, und das ist scheinbar in der Nähe.

Der Wind weht ununterbrochen und bläst die Sandwolken vom Strand und den Dünen übers Land. Neben den Eisenbahnschienen arbeiten drei Männer, ihre Körper glänzen schwarz im klammen Nebel. Wenn sie genau genug hinschauen, finden sie vielleicht einen Diamanten, denkt Hildegard unwillkürlich.

Sie dampfen an einer Insel voller Vögel vorbei. „Schau mal, Mama! Die Frau hat heute Morgen gesagt, wir sollten uns die Vögel ansehen."

„Das war gestern Abend", korrigiert sie automatisch.

Sie fahren an der Kirche vorbei, von der ihnen der Bahnhofsvorsteher erzählt hat. Es ist eine kleine Kirche, die in Deutschland gebaut worden war, abgetragen und nach Afrika verschifft worden ist, um dann hier wieder aufgebaut zu werden. Kommst du dir in diesem fremden Land auch so furchtbar fremd vor, kleine Kirche?, würde Hildegard sie gerne fragen.

Sie fahren über einen Streifen Sand, den man hier einen Fluss nennt. Näher am Meer kann man die Reste einer Brücke erkennen, die weggespült worden ist, sicher auch während des Regens von 1934. Es ist immer noch seltsam, dass man sich hier das Jahr merkt, in dem es einmal geregnet hat.

Dann macht die Bahnlinie einen weiten Bogen landeinwärts und sie dampfen in ein Städtchen hinein.

Sie sehen die Häuser, die Kirche, das Hotel – alles sieht so vertraut aus, so deutsch. Sie lesen die Schilder: „Bäckerei" und „Konditorei", weiter unten „Apotheke" und „Drogerie". Auch die Straßennamen kennen sie: „Bahnhofstrasse", „Poststrasse", „Kaiser-Wilhelm-Strasse". Sie sehen sogar ein Gebäude, auf dem der Name Hohenzollern steht, der Name, den Hildegard noch aus Kindheitstagen kennt. Das geht ihr nahe und die Tränen lassen sich nur mühsam unterdrücken.

Das ist also die Hafenstadt, in der die erste deutsche Schutztruppe an Land gegangen ist, damals, als Deutschland noch ein Reich gewesen ist mit Kolonien, die über die ganze Welt verstreut waren. Das ist die Stadt, in der auch Gustav und seine Familie dieses Land zum ersten Mal betreten haben.

Vielleicht wäre es besser gewesen, wenn Esther und sie auch hier angekommen wären. Vielleicht hätte sie dann mehr Mut gehabt in dieser wildfremden Gegend.

Der Zug fährt langsam in den Bahnhof hinein. Das prunkvolle Bahnhofsgebäude stammt mit Sicherheit noch aus der deutschen Kaiserzeit. Es hat große und kleine Fenster mit runden Bögen, überdachte Bahnsteige, eine breite Treppe, die zum Eingang hinaufführt, und einen Uhrenturm mit einem spitzen Hut obendrauf.

Sie bleiben im Zug sitzen, denn sie müssen hier nicht aussteigen. „Usakos, diesen Namen müssen Sie sich merken", hat der Bahnhofsvorsteher gestern Abend gesagt und heute Morgen noch einmal wiederholt. „Usakos, da müssen Sie in die Schmalspurbahn umsteigen."

Hildegard wünschte, Andreas wäre bei ihr, wie gern hätte sie diesen schönen Anblick mit ihm geteilt.

Herr, danke für die kleinen Stückchen Deutschland in dieser unfruchtbaren Weltgegend am anderen Ende der Erde.

Und Herr, bitte sorge doch dafür, dass ich irgendwann einmal mit Andreas dieses Städtchen hier besuchen kann.

Kaum haben sie das Städtchen verlassen, da hat sich der Nebel auch schon in nichts aufgelöst und es wird so warm, dass Hildegard Esther die Jacke auszieht. Dann wird es heiß, deshalb zieht sie dem Kind auch den Pullover aus. Schließlich wird es heißer und heißer und sie wickeln sich die langen Ärmel hoch. Die Wüste, in der sie sind, breitet sich mit sengender Hitze um sie herum aus, von einem Horizont zum anderen.

Mitten im Nirgendwo hält der Zug an Wassertanks und lässt heißen Dampf ab, während seine durstige Kehle riesige Mengen Wasser verschlingt. Das Wasser kommt von tief unten aus dem Boden, windgetriebene Pumpen spritzen einen dünnen Strahl in ein rundes Loch.

Wenn sie das Fenster aufschieben, weht der glühendheiße Wind hinein. Wenn sie es wieder zuschieben, wird es im Abteil unerträglich heiß und drückend. „Mama, mir ist so heiß, kann ich mein Kleid ausziehen?“, bettelt Esther.

„Hier, trink noch etwas Wasser.“

Langsam arbeiten sie sich von einem Namensschild zum anderen vor, denn Bahnhöfe sind das nicht: Rössing, Arandis. Und dann versucht Hildegard, sie durch Gustavs Augen zu betrachten: „Wenn es regnet, ist die Gegend grün und die Dünen sind von unzähligen bunten Blumen überzogen“, erzählt sie Esther.

Esther betrachtet die Landschaft mit skeptischem Blick. „Aber hier hat es nicht geregnet“, entscheidet sie.

Sie überqueren wieder ein ausgetrocknetes Flussbett, eines von vielen, nirgendwo sind Anzeichen von Wasser zu entdecken. „Aber wenn es regnet, dann strömen die Fluten braun durch das Flussbett.“

„Das sind Geschichten, stimmt's?“

„Das stimmt.“

„Und wo ist das Wasser jetzt?“

„Weg. Innerhalb von zwei Tagen ist das Wasser wieder im Meer verschwunden oder in der Erde versickert.“

Sie essen von ihrem Reiseproviant, alles ist sehr salzig. Als Esther auf Hildegards Schoß einschläft, wird es ihr noch heißer.

Bei Treckkoppje fragt der gesprächige Schaffner: „Sehen Sie dort den Friedhof?“

Wegen des grellen Lichtes kneift Hildegard die Augen zusammen, die Schweißperlen tropfen ihr von der Stirn. „Ja?“

„Während des Ersten Weltkriegs gab es hier ein Scharmützel zwischen den Soldaten der Union und den Deutschen.“

„Hier?“

„Genau hier, ja. In den Gräbern, die Sie dort sehen können, in diesen Gräbern liegen deutsche und südafrikanische Soldaten nebeneinander.“

Die wenigen Gräber befinden sich neben der Eisenbahnlinie und sind der prallen Sonne schutzlos ausgeliefert. Aus welchem Grund haben sich die Söhne zweier Länder mitten in der Wüste eines dritten Landes zum Kämpfen getroffen?, fragt Hildegard sich. Haben sie in dieser unwegsamen Gegend auch Schützengräben ausgehoben?

Was ist schlimmer: der brütendheiße Sand dieser uralten Wüste oder der klamme, nasse Sand an der kalten französischen Küste des Ärmelkanals?

Sie zwingt ihre Gedanken weg von den einsamen Gräbern neben der endlosen Eisenbahnlinie und streicht Esther die nassen Haare aus dem Gesicht.

Als sich der Zug wieder ruckend in Bewegung setzt, dreht Esther sich im Schlaf um. Ihr ganzer Körper ist nass geschwitzt.

Hildegard schaut nach draußen. Alles ist knochenweiß gebrannt und tot. Und dennoch hat Gustav vom Leben in den Dünen gesprochen, von Insekten, Reptilien und Wüstenpflanzen. Und von Halbedelsteinen und Kristallen. Aber alles, was sie erkennen kann, ist der Tod.

Doch ganz langsam beginnt die Landschaft sich zu verändern, hier und da wächst ein Bäumchen im Sand zwischen den Steinen, auch Sträucher mit langen Dornen. In der Ferne bilden die blauen Berge einen großen Kamm. „Wir sind gleich in Usakos“, erinnert sie der Schaffner.

Der Zug rattert über einen breiten, ausgetrockneten Flusslauf aus Sand. An den Ufern sind die blassgrünen Dornensträucher etwas höher, zwischen den Steinen wächst sogar ein wenig Gras. Der Ort liegt zwischen den rauen Bergen.

Hildegard bringt ihr Gepäck in Ordnung, um zum Aussteigen bereit zu sein. Sie versucht, die warmen Mäntel, Pullover und Schals vom Morgen zu einem Bündel zusammenzurollen, allerdings weiß sie nicht, wo sie sie verstauen soll.

Das Mädchen wird wach, ihre langen Haare hängen ihr in klatschnassen Strähnen ins Gesicht. „Sind wir endlich da?“, fragt sie froh.

„Bald, hoffe ich, aber wir sind noch nicht ganz da“, antwortet Hildegard.

Sie klettern aus dem Zug auf den Bahnsteig und schaffen es mit Mühe, gerade einmal die Hälfte ihres Gepäcks zum Bahnsteig der Schmalspurbahn zu schleppen. Letztendlich müssen sie dreimal hin und wieder zurück laufen, um den Reiseproviant, das Wasser, das Gepäck und das Bündel warmer Kleidung auf den richtigen Bahnsteig zu bekommen. Die Sonne brennt ihnen unerbittlich auf den Kopf, innerhalb von Minuten haben sie einen Sonnenbrand.

Die Schmalspurbahn mit nur zehn Waggons, die meisten davon Frachtwagen, wartet schon. Der Personenwagen ist ganz hinten und drei Passagiere sitzen schon darin, auf langen Holzbänken. Ein Mann steht auf und hilft Hildegard mit ihrer Reisetasche. „Wann fahren wir denn ab?", will sie wissen.

Der Mann schüttelt den Kopf. „Wenn die Maschine so weit ist. Die Schmalspurbahn hat keinen festen Fahrplan."

Esther steigt ein. „Das ist aber ein witziger Zug", lacht sie und schiebt sich auf die Holzbank.

Hildegard versucht, ihre Besitztümer unter der Bank zu verstauen. „Was denken Sie, wie lange werden wir bis Tsumeb brauchen?"

„Das hängt davon ab. Vergangene Woche sind dem Zug die Kohlen ausgegangen, da mussten die Fahrgäste erst einmal aussteigen und Brennholz suchen gehen. Aber wir fahren nicht bis nach Tsumeb."

„Sie müssen dem Kind einen Hut oder eine Kappe aufsetzen", sagt eine der beiden Frauen. „Es ist so unglaublich weiß, da wird es sich einen furchtbaren Sonnenbrand holen."

„Sind Sie aus Deutschland?", fragt die zweite.

„Das ist richtig, ja."

„Wie lange sind Sie denn schon hier?"

„Wir sind erst gestern angekommen."

„Ja, da müssen Sie noch viel lernen. Ziehen Sie dem Kind Schuhe und Strümpfe aus, dann wird es ihm nicht so heiß."

Ich weiß immer noch nicht, wie lange wir nach Tsumeb brauchen werden, denkt Hildegard. Aber sie möchte nicht noch einmal fragen.

Esther beginnt sofort damit, sich die Stiefel aufzuschnüren, dann zieht sie die warmen Strümpfe aus und bewegt ihre bleichen, dünnen Zehen. „Das ist sehr schön, Mama. Zieh dir doch auch die Schuhe aus."

Plötzlich geht ein Ruck durch den Zug und sie setzen sich in

Bewegung. Die Schienen der Schmalspurbahn sind zwischen den normalen Gleisen verlegt, so führen drei lange Eisenspuren nach Osten. Auf der linken Seite werden die Berge langsam grüner. Das Flachland bleibt sandig und voller Geröll und Kieselsteine. Da gibt es nur wenig Gras, ein paar Büsche und Dornensträucher. Es ist eine sehr fremde Welt.

Bei Kranzberg wendet sich die Schmalspur plötzlich nach links und verlässt die normale Spur. Hildegard versucht sich anhand der Sonne zu orientieren, sie fahren nun nach Norden, da ist sie sich sicher.

Die seltsamsten Namen schieben sich langsam einer nach dem anderen vorbei: Onguati, Okanono, Omaruru. In Letzterem machen sie lange Halt, um Wasser nachzutanken. Eine Frau steigt ein, sie setzt sich ihnen gegenüber und fällt praktisch sofort über ihren Proviant her. „Möchtest du einen Keks?", fragt sie Esther.

„Gelobt sei der Herr, meine Mutter hat nämlich nur salziges Essen", entfährt es Esther sofort.

Am Horizont verschwimmen die Kameldornbäume in den Luftspiegelungen. Das ist kein kühles Wasser, weiß Hildegard, das ist alles nur ein Trugbild.

Epako, Otuwe, Kalkveld. „Genau hier, sehen Sie? Genau hier ist letztes Jahr die eine Seite von einem Viehwaggon aufgegangen. Die Viecher sind herausgekommen und sofort weggerannt. Zum Glück waren gerade Ferien, deshalb waren ziemlich viele Schuljungen im Zug, die gerade auf dem Weg nach Hause waren. Die mussten alle beim Einfangen der Rinder helfen."

Hildegard nickt freundlich, sie hat nur furchtbar wenig von dem verstanden, was die Frau ihr erzählt hat. „Was sagt die Frau?", will Esther wissen.

Dann erzählt die Frau alles noch einmal auf Deutsch. Sie essen von ihrem Reiseproviant und trinken dazu lauwarmes Wasser. Die Minuten dehnen sich zu heißen Stunden.

Erundu, Otjiwarongo. Dort stehen Milchkannen in Gruppen zusammen und warten darauf, mitgenommen zu werden. Ein paar Fahrgäste verlassen den Zug, andere steigen ein.

Direkt neben der Bahnstation befindet sich ein kleiner Laden, in dem eine ihrer Mitreisenden eine Packung Marienkräcker, eine Dose Fisch in Tomatensoße und drei Flaschen lauwarme Cola kauft. Mit ihrem Taschenmesser schneidet sie die Dose geschickt auf, legt den Fisch auf die Kräcker und bietet sie auch Esther und Hildegard an. Esther nimmt einen Kräcker, Hildegard lehnt dankend ab, sie habe keinen Hunger. „Das schmeckt wirklich furchtbar", bemerkt Esther und gibt ihrer Mutter den Rest ihres Fischkräckers.

Langsam senkt sich die Sonne im Westen. Hildegard ist von der Hitze und ihrer Müdigkeit völlig übermannt. „Wann werden wir in Tsumeb ankommen?", fragt sie.

Eine der Frauen schüttelt den Kopf. „Das hängt davon ab, das kann man nicht wissen."

Sie fahren weiter durch die endlose Ebene, über einen ausgetrockneten Flusslauf nach dem anderen.

Okave, Okapute. Dort steht eine große Herde Springböcke ruhig neben den Gleisen und grast. „Mama, schau nur, Millionen von Springböcken!", ruft Esther aufgeregt.

Als sie in Otavi vorbeikommen, geht die Sonne unter und färbt den Himmel rosa, orange und sandrot. „Uih, das ist aber schön!", bemerkt Esther.

Ja, das ist schön. Trotz allem schön, versteht Hildegard plötzlich Gustavs Worte aus ihrer Kindheit. Denn es fühlt sich in jeder Hinsicht so an, als ob sie aus den grünen, kühlen Wäldern Preußens herausgerissen und in den offenen, heißen Sandfeldern Afrikas ihrem Schicksal überlassen seien.

Khorab liest sie auf dem nächsten Schild. Sollte das der Ort sein, an dem der letzte Kommandant der Schutztruppe, Victor Franke, 1915 vor der Armee der Südafrikanischen Union kapituliert hat? Sie hat nicht die Kraft zu fragen.

Es ist schon lange dunkel, als der Schaffner kommt und sie erinnert: „Tsumeb. Da müssen Sie alle aussteigen."

Tsumeb ist eine Kupfermine, nicht viel mehr. Der Bahnhof besteht aus einem Bahnsteig mit einem großen Ortsschild, ein paar flackernden Lichtern und einer Wellblechhütte. Auf dem Bahnhofsgelände liegen kreuz und quer Eisenbahnschienen herum. Direkt vor sich sieht Hildegard eine Menge heller Lichter. Vermutlich ist das die Kupfermine.

Unsicher betritt sie das Bahnhofsgebäude. Sogar um diese Zeit in der Nacht ist es immer noch drückend heiß. In der Wartehalle ist jedoch kein Mensch. An der Decke ist zwar ein Ventilator installiert, der etwas lahm die Staubflocken durch die Gegend wirbelt, aber es ist hier drinnen auch nicht zum Aushalten, denkt sie und geht wieder nach draußen.

Über den Bahnsteig kommt den beiden ein Mann entgegen, der so etwas wie eine Uniform trägt. Hildegard bleibt stehen, wartet, bis er nähergekommen ist, grüßt ihn freundlich und fragt ihn, wo die Missionsstation sei.

Der Mann versteht kein Wort Deutsch. Sie erklärt alles noch einmal auf Englisch. „*Missionary Station*?", fragt sie.

Er schüttelt den Kopf. Versteht er es nicht oder hat er keine Ahnung, wo die Missionsstation ist?

Hildegard holt ihre Papiere zum Vorschein und zeigt auf den Namen. „Onandjokwe?"

Der Mann schaut genauer hin und schüttelt wieder den Kopf. Scheinbar kennt er diesen Ort nicht.

Vielleicht weiß er, wo das Dorf ist. Sie sucht wieder in ihren Papieren und zeigt ihm den zweiten Ortsnamen. „Oniipa?"

Er schüttelt den Kopf.

„Ondangwa?"

„Ja, ja! Ondangwa." Er zeigt mit der Hand in Richtung Westen. „Sehr weit. Sehr, sehr weit."

Lieber Vater, sehr weit?

„Und wie kommt man dorthin?"

„Kein Zug. Kein Bus. Aber Lastwagen", und dabei deutet er mit seiner Hand auf einen Lastwagen, der neben den Güterwaggons geparkt steht, anscheinend fehlen ihm die Worte. Sie versteht nicht, was er meint.

Was Hildegard jedoch gut versteht, ist, dass sie noch ein ganzes Stück von der Missionsstation entfernt sind. Es ist dunkel und sie sind todmüde. „Gibt es einen Platz zum Schlafen?", fragt sie.

Er lächelt und nickt enthusiastisch. „Das Minenhotel. *Very good*", und er zeigt in eine Richtung. „Soll ich hinbringen?"

„*Yes, please.*"

Das Hotel ist eine Oase mit Wasser, einem Bett und Menschen, mit denen man sich unterhalten kann. Dort wird sogar ihr deutsches Geld akzeptiert. Der Kellner bringt ihr ein Tässchen Tee zusammen mit einer Nachricht aufs Zimmer: „Ein Mann im Speisesaal sagt, dass Sie morgen in aller Frühe auf dem Bahnsteig sein sollten, wenn Sie nach Ondangwa möchten. Dort ist ein Farmer, bei dem könnten Sie sicher mitfahren. Und man weiß nie, wann sich die nächste Gelegenheit bietet."

Vor Tagesanbruch gehen die beiden zum Bahnhof zurück, Hildegard zieht das müde Kind hinter sich her. „Ich will noch schlafen", jammert das Mädchen.

Obwohl die Sonne noch nicht aufgegangen ist, ist es trotzdem schon drückend heiß.

Schwarze Menschen sind dabei, die Ladung von dem Lastwagen in einen Güterwaggon zu laden. Neben dem Lastwagen steht ein großer Mann mit Beinen wie Baumstämme, starken Armen, breiten Schultern und einem breiten Hut auf dem Kopf. Als er die beiden sieht, kommt er mit langen Schritten anmarschiert. *„Is u die dame wat na die sendingstasie naby Ondangwa wil reis?"*

Hildegard schaut ihn hilflos an und gibt ihm auf Englisch zu verstehen, dass sie ihm nicht folgen kann.

Sofort schaltet er auf perfektes Deutsch um und fragt sie, ob sie die Dame sei, die zur Missionsstation wolle.

„Ja, ja", sagt sie verlegen. Wenn sie erst einmal dort ist, wird sie da auf Andreas warten.

Der Mann stellt sich als Ben Botha vor. Er wird sie bis nach Ondangwa mitnehmen, das könnte allerdings auch länger als einen Tag dauern, vorher kann man das nie genau sagen. Von dort aus können sie die Missionsstation benachrichtigen.

Länger als einen Tag? Ist das möglich? „Danke."

Ihr Gepäck braucht sie nicht zu holen, er wird am Hotel vorbeifahren und vor der Abfahrt alles einladen. Heute Nacht werden sie vermutlich irgendwo in der Nähe der Etoshapfanne schlafen, das hängt davon ab, denn in der Dunkelheit fährt er nicht gern, das ist zu gefährlich.

„Wieso ist es gefährlich?"

„Wegen dem Wild, vor allem den Kudus. Wenn die durch die Scheinwerfer des Lastwagens geblendet werden, fangen sie an wild herumzuspringen. Wenn wir uns schlafen legen, wird das allerdings irgendwo draußen sein", warnt er sie. Er hoffe, dass sie es bis zum Mittagessen nach Namutoni schaffen.

„Namutoni? Die Festung?“, lenkt Hildegard das Gespräch weg von gefährlichen Tieren auf ein harmloseres Thema.

„Das ist eine alte Festung aus der Kolonialzeit, ja. Jetzt ist dort eine Polizeistation, da müssen wir uns eine Genehmigung holen, um durch Etosha fahren zu dürfen.“

Ihr Kopf nickt unwillkürlich. Die alte Festung aus der Kolonialzeit. Es ist so, wie du es beschrieben hast, Hans, in diesem großen Meer der Verlorenheit greift man nach den kleinen Bruchstücken des Bekannten.

Sie kommen erst sehr viel später weg, als der Farmer Ben gehofft hat. Ihr Fahrzeug sieht ganz genauso aus wie die Lastwagen, mit denen die lebenslustigen jungen Soldaten vor sieben Jahren zu den Schlachtfeldern gefahren sind und ein paar Jahre später verstümmelt und ehrlos wieder nach Hause gebracht wurden. Die Ladebordwände sind hoch, aber im Augenblick befindet sich zwischen ihnen keine Fracht. Zwei schwarze Männer liegen mit den Köpfen auf einem zusammengerollten Sack und schlafen, erbarmungslos brennt die Sonne auf sie herunter.

Hildegard sitzt mit Esther im Führerhaus auf der Sitzbank neben dem Fahrer. Der Lastwagen rattert über den mit Zinkblechen ausgelegten Weg, heult, wenn es bergauf geht, und pflügt mit seinen breiten Reifen durch den Sand.

Es ist so laut, dass man sich kaum unterhalten kann.

Obwohl es noch lange nicht Mittag ist, glüht Esthers Gesicht schon und wird rot von der Sonne. „Sie müssen sich und ihrem Kind Hüte aufziehen, schauen Sie sich doch nur an, wie rot Sie schon geworden sind“, brüllt der Mann gegen den Lärm an.

Und plötzlich, ohne eine Vorwarnung, kommen Hildegard wieder Siegfrieds Worte in den Sinn: Deutschland steht am Rande eines Weltkrieges. Es wäre vollkommen dumm, in dieser Zeit ein Kind auf die Welt zu bringen.

Sie streicht ihrem Kind über die goldbraunen Haare. Hat er damals recht gehabt? Was für eine Kindheit hat ihre kleine Tochter bisher gehabt? Die Bomben, die Nacht für Nacht um sie herum explodiert sind, sodass sie gegen Ende mehr im Keller als außerhalb gelebt haben? Das Eingesperrtsein, der Hunger, der Verlust von vielem Bekanntem und das zu einer Zeit, in der Kinder eigentlich noch nichts vom Tod wissen sollten? Die angsteinflößende Fahrt mit dem Postschiff? Und jetzt diese menschenfeindliche, glühendheiße Wildnis?

In diesem Moment dreht sich das Kind zu ihr um und sagt mit einem breiten Lächeln: „Wir fahren in einem Armeelaster, stimmt's, Mama?"

Hildegard nickt bedächtig. „Das stimmt, Esther. Unser Fahrzeug ist ein Lastwagen der Armee. Und Mama hat dich sehr lieb."

„Das weiß ich doch", lacht das Mädchen, sogar seine braunen Augen lachen mit.

„Was für ein glückliches Kind", erwidert der Mann.

Sie fahren eine Ewigkeit. Hildegard kommt es so vor, als würde die Sonne alles Lebendige nach und nach austrocknen. Ihr Körper klebt nass auf der Sitzbank unter ihr, ihr Kopf dröhnt von der Hitze. Sie trinkt immer wieder einen Schluck Wasser und reicht die Flasche regelmäßig an Esther weiter.

Irgendwann sagt der Farmer Ben endlich: „Da ist Namutoni."

Wegen des grellen Lichtes muss Hildegard die Augen zusammenkneifen. Vor ihnen taucht plötzlich zwischen Palmen eine weiße Festung auf, auf deren Dach ein Fahnenmast angebracht ist, mit einer Fahne daran.

Esther schnappt überrascht nach Luft. „Das sieht ja aus wie eine Burg!", ruft sie.

Vor der Festung halten sie an. Bei sengender Hitze gehen sie in die Festung hinein, die Polizisten dort verstehen jedoch kein Deutsch. „Geben Sie mir Ihre Papiere", schlägt ihr Wohltäter vor.

Hildegard und Esther schlendern wieder nach draußen. An einer der Mauern ist eine uralte Gedenktafel angebracht: „Am 28. Januar 1904 überfielen 500 Ovambo die Station Namutoni." Dann folgen die Namen der Soldaten der Schutztruppe, die die Festung verteidigt haben.

Diese sieben Deutschen mussten bei Dunkelheit nach Tsumeb flüchten, weil sie nicht mehr genug Munition hatten, erinnert sich Hildegard. Wie um alles in der Welt sind sie in der nächtlichen

Finsternis ohne irgendein Fahrzeug nach Tsumeb gekommen? Auf Pferden?

Manchmal ist die Wirklichkeit noch beeindruckender als die Geschichte.

Es dauert eine Ewigkeit, bis sie die nötige Genehmigung bekommen. Währenddessen haben die beiden Schwarzen auf einem dreibeinigen Kochgestell einen Topf Brei zusammengerührt. „Mahango", erklärt der Farmer Ben aus dem Ovamboland und leckt sich die Lippen. „Wir essen jetzt erst und fahren dann weiter."

Hinter Namutoni verbreitert sich der Weg. Nun führen zwei Spuren nebeneinander durch den dicken Sand. Der Lastwagen rappelt über felsige Kalksteinchen, sie kommen ins Rutschen und arbeiten sich vor, einen Kilometer nach dem anderen, endlos. Hildegard hat keine Ahnung, wie weit sie noch fahren müssen.

„Wir sind zu spät weggekommen, aber schneller fahren können wir auch nicht, sonst fängt das Kühlwasser an zu kochen", schüttelt der Farmer am frühen Nachmittag den Kopf.

„Und was bedeutet das?"

„Dass wir irgendwo hier draußen übernachten müssen. Ich werde mich nach einem geeigneten Ort dafür umsehen müssen."

Hildegard merkt, wie ihr plötzlich die Tränen kommen. Sie ist unglaublich müde, ihr ist furchtbar heiß und sie fühlt sich vollkommen verloren. Und sie sehnt sich unglaublich nach Andreas.

Schnell wendet sie den Kopf ab und kämpft verbissen gegen die Tränen an.

Kurz nach vier hält der Farmer an und die Männer laden eine Trommel vom Lastwagen ab. Der Farmer erklärt etwas in einer unverständlichen Sprache, schultert sein Gewehr und marschiert los. „Geht der Onkel jetzt irgendwo Krieg machen?", will Esther mit großen Augen wissen.

Einer der Schwarzen spannt ein Seil quer über die Ladefläche und hängt zwei Decken darüber. Er lächelt Hildegard und Esther an und gibt ihr zu verstehen, dass dies ihr Schlafplatz für die Nacht sein wird. Seine Zähne sind blitzend weiß.

Der andere Schwarze bringt von irgendwoher zwei Eimer Wasser. Möchtet ihr euch waschen?, gestikuliert er.

Das Wasser ist eine kühle Erfrischung. Als sich Hildegard Gesicht und Hände gewaschen hat, gießt sie sich auch etwas davon in den Nacken, sodass es ihr bis ins Kleid läuft. Esther steht mit den Füßen bis übers Knie im kühlen Nass.

Mit einem Becher aus Blech gießt Hildegard ihr Wasser über den Kopf, dabei werden Esthers Haare klatschnass. „Mehr, mehr", kreischt sie vor Vergnügen.

Der Farmer Ben kommt mit einem Bock auf den Schultern wieder zurück. „Springbock!", ruft Esther aufgeregt. Sie möchte ihm entgegenrennen, aber ihre nackten Füße sind die scharfkantigen Steinchen einfach nicht gewohnt.

„Nein, das ist eine Antilope", erwidert der Farmer. „In diesem Land hier wirst du schnell lernen, barfuß zu laufen, das macht dich zäh. Aber du musst immer etwas auf dem Kopf haben."

Der Mann schlachtet die Antilope, zieht ihr das Fell ab und nimmt sie aus. „In dem Bock sind Därme und da ist auch ein Herz", berichtet Esther Hildegard später.

Sie schichten ein Feuer auf, kochen wieder denselben Brei wie vorhin und braten die Fleischstücke über dem Feuer. „Das ist die Leber und das hier ist ein Rippchen", erklärt der Farmer Ben ihnen und streut etwas Salz darauf.

„Das ist sehr lecker, vielen Dank, Onkel Ben", sagt Esther. „Habt ihr hier in der Gegend viel zu essen?"

„Sehr, sehr viel."

„Müsst ihr nie hungern?"

„Bisher noch nicht, nein, nie."

Als die Sonne untergeht, legen sich alle schlafen. „Sie müssen Ihre Mäntel auspacken und sich und Ihr Kind damit zudecken, früh morgens wird es hier manchmal sehr kalt", warnt sie der Farmer.

Es ist finster und totenstill. Die Erde glüht immer noch von der Hitze des Tages, obwohl die Sonne schon seit Stunden verschwunden ist. Die Ladefläche des Lastwagens unter ihnen ist steinhart.

Esther schläft tief und fest und benutzt ihren Bären Karl als Kissen.

Hildegard starrt das Seil direkt über ihrem Kopf an. In der Nacht kommen die Erinnerungen, die Sorgen treiben ihr Unwesen und ziehen sie tief in einen Strom von Fragen, der sie zu verschlingen droht. Herr, Herr, wo ist ... Herr, bitte bring Andreas ... Herr, ich bin so furchtbar müde.

Da in der Nähe ihres Schlafplatzes eine Wasserstelle ist, füllt sich die Dunkelheit mit Leben. Die ganze Nacht über erklingen seltsame Geräusche. Welche Raubtiere kommen nachts wohl zur Tränke? Kann eine Hyäne über die Räder bis auf die Ladefläche eines Lastwagens klettern? Kann ein Löwe so hoch springen und ein Leopard plötzlich aus dem Nichts auftauchen und sie mit seinen Krallen packen?

Sie rollt sich zu einem kleinen Bündel am vorderen Ende der Ladefläche des Lastwagens zusammen und beschützt so ihr Kind mit ihrem Körper. Doch dem Mädchen ist das zu heiß und so wälzt sich der kleine Körper von ihr weg.

Hildegard macht beinahe kein Auge zu.

Herr, ich habe furchtbare Angst. Nicht nur vor dieser Nacht hier. Ich habe Angst vor der wilden Fremdheit dieser abgelegenen Gegend.

Als sie kurz vor Sonnenaufgang wieder losfahren, ist es kühler. „Und, haben Sie und Ihre Tochter die Geräusche der afrikanischen Nacht gehört?“, will der Farmer Ben wissen.

„Ich habe einfach nur geschlafen“, antwortet Esther.

Hildegard antwortet nichts.

„Gestern Abend war da ein Löwe an der Wasserstelle und heute Morgen ist in aller Frühe eine Gruppe wilder Buschmänner zum Wasserschöpfen gekommen.“

Ich bin heilfroh, dass ich das nicht schon früher gewusst habe, sonst hätte ich sicher kein Auge zugetan, denkt Hildegard. Nicht, dass sie auch so viel geschlafen hätte.

Sie fahren nun über eine weite Ebene, in der Ferne sehen sie große Springbockherden, langsame Wapitis, neugierige Antilopen und Gazellen, die sich scharf gegen den blauen Himmel abzeichnen. „Das sind die Wächter des Königs, schaut euch nur die langen, spitzen Hörner an“, erläutert der Farmer.

Sie fahren an zahlreichen kleinen Dörfern und Kralen vorbei, die längs des Weges liegen, und passieren eine Kolonie Meerkatzen, die kerzengerade dasitzen und sie beobachten. „Die sind ja süß!“, ruft Esther laut. „Kann ich auch so eins haben?“

Noch vor Mittag erreichen sie Ondangwa. Der Farmer fährt zum Büro des Kommissars für Eingeborenenangelegenheiten und redet mit den Menschen darin. „Sie haben der Missionsstation augenblicklich eine Nachricht zukommen lassen", berichtet er ihr, als er zurückkommt. „Ihr sollt hereinkommen und drinnen warten."

„Wie weit ist es denn bis zur Missionsstation?", will Hildegard wissen.

„Nicht so weit."

Das bedeutet alles und nichts.

Schließlich sagt der Farmer auf Wiedersehen und verschwindet. Er fährt jetzt auf seine Farm, zu seiner Frau und seinen vier Kindern.

Sie sitzen in dem heißen Büro und warten. Irgendjemand stellt ihnen auf einem Blechtablett etwas zu essen hin: wieder Mahango mit einer dicken Schicht saurer Sahne obendrauf. Essen die Menschen in dieser Gegend Mahango so oft, wie wir in Deutschland Kartoffeln gegessen haben?, wundert sich Hildegard für einen Moment. Sie bekommen auch jeder einen Becher mit schwarzem, bitterem Kaffee.

Kurz vor drei Uhr kommt ein Schwarzer in einem ausgemusterten Armeejeep, um sie abzuholen. Er heißt Moses, hat ein blitzend weißes Lächeln und spricht einigermaßen gut Englisch. „Wir haben Sie gar nicht erwartet."

Hildegard runzelt die Stirn. „Laut unseren Fahrkarten sollten wir aber um diese Zeit hier ankommen. Mein Mann, Doktor Mäkinen, ist krank geworden. Er liegt in Kapstadt im Krankenhaus, kommt aber nach, sobald er wieder bei Kräften ist."

Für einen kurzen Augenblick sieht Moses überrascht aus. Dann dreht er sich um und lädt ihr Gepäck auf den Geländewagen. Mehr als eine halbe Stunde lang schaukeln sie über die Zinkblechplatten und kämpfen sich durch den dicken Sand, bis sie im nächsten Ort ankommen. „Oniipa, die Missionsstation ist hier gleich um die Ecke", erläutert ihnen ihr Fahrer.

Hildegard versucht sich ihre losen Haare zu einem Knoten hinter dem Kopf zu binden und Esthers Gesicht mehr oder weniger sauber zu bekommen. Doch nach einer Weile gibt sie auf. Der Jeep wackelt viel zu sehr und der Wind bläst ihnen direkt ins Gesicht. Abgesehen davon ist Hildegard auch einfach zu müde.

Schließlich fahren sie durch ein Tor. Das große Schild zeigt ihnen an, dass sie endlich ihr Ziel erreicht haben: Onandjokwe.

16. Kapitel

Das Erste, was Hildegard auffällt, ist der Gemüsegarten. Karotten, Kartoffeln, Raps und Zuckerrüben wachsen üppig im sandigen Boden. Bohnen und Tomaten stehen in ordentlichen Reihen an Stöcke gebunden und die Ranken der Kürbisse wuchern über den Boden.

„Wir haben genug Wasser, weil wir tiefe Brunnen gegraben haben", erläutert Moses stolz. „Wenn es in Angola regnet, fließt das Wasser unter der Erde nach Süden bis hierher. Problematisch wird es nur, wenn es in Angola sehr viel regnet, denn dann staut sich das Wasser in allen möglichen Hohlräumen. Und das sind natürlich ideale Brutstätten für Moskitos."

„Moskitos?" Hildegards Herz krampft sich zusammen. Die tropische Krankheit, an der Hans gestorben ist, wird durch Moskitos übertragen. Wenn nur Esther nichts passiert …

„Das ist unser Vieh", zeigt Moses mit einer Hand. „Wir haben immer genug Milch." Er sagt dies in einem Tonfall, dass man meinen könnte, die paar Rinder mit ihren langen Hörnern seien der kostbarste Besitz der Welt.

„Dann müsst ihr nie hungern", stellt Esther sachlich fest.

Als sie durch das Tor fahren, schaut Hildegard sich um.

Alles sieht vollkommen anders aus als das Krankenhaus, das sich Hildegard bisher vor Augen gemalt hat. Die kleinen Gebäude breiten sich flächig über den ebenen, sandigen Boden aus. Gras gibt es nirgendwo, nur große Bocksfeigenbäume, die Hildegard mittlerweile schon kennengelernt hat. Hier und dort thront eine dünne, hohe Palme über den Dächern. „Doumpalmen", erklärt Moses. Abgesehen von ihnen ist alles offen, weit und flach.

Der Gebäudekomplex besteht aus einem langen, rechteckigen, grob verputzten Haus mit Holztüren und einem Blechdach und einer Veranda davor, deren Dach von grob bearbeiteten Baumstämmen gehalten wird. Hinter dem Gebäude sind Reihen von runden Häuschen mit Grasdächern zu sehen, die genauso aussehen wie die in den Dörfern und Kralen, an denen sie vorbeigekommen sind. „Rondavels“ hat der Farmer Ben sie genannt.

„Manche dieser Rondavels sind Krankenstationen, in anderen wohnt das Personal“, erläutert Moses. Die Rondavels sind aus Holz und Lehm gebaut und ihre Grasdächer sind ordentlich zurechtgeschnitten.

Der ganze Komplex ist von einer Mauer umgeben. „Aber die gibt es eigentlich nur, damit die Raubtiere nachts draußen bleiben.“

Weiter hinten, außerhalb der Mauer, kann man einige Krale erkennen, flache Sandflächen, die aussehen wie eine Pfanne, und verstreute Feigenbäume.

Moses hält vor einem der Rondavels an. „Hier können wir euer Gepäck ausladen, danach bringe ich euch zu Victor Alho, dem Pastor.“

Vor der groben Holztür des Rondavels ist eine kleine Veranda. Drinnen ist es nach der brütenden Hitze draußen überraschend kühl. In dem Häuschen stehen drei Betten und auf einer Seite steht ein geräumiger Kleiderschrank, auf der anderen ein Holztisch mit drei Stühlen. Hinter dem Holztisch ist eine Trennwand, hinter der sich ein Tischchen mit einem großen Krug und einer ziemlich großzügigen Waschschüssel befindet. Die Betten sind bezogen, alles ist für ihre Ankunft vorbereitet.

Warum war Moses dann so überrascht von ihrer Ankunft?

„Ist das unser Haus? Kann ich auf diesem Bett hier schlafen?“, fragt Esther begeistert.

Hildegard wirft ihrer Tochter einen Blick zu. „Meinst du, wir könnten es uns hier gemütlich einrichten?“

„Ja, klar! Das ist schön hier!“

„Das denke ich auch. Aber jetzt müssen wir erst einmal den Direktor der Missionsstation kennenlernen.“

„Kann ich so lange hier in unserem Haus bleiben? Mein Bär Karl ist müde, er würde gern ein bisschen schlafen.“

Hildegard zögert einen Augenblick. „Kann sie hierbleiben?“, wendet sie sich an Moses.

„*Yes, yes, no problem.*“

„Sänk ju, Moses“, erwidert Ester. „Hier drinnen riecht es nach Gras, riechst du das auch, Mama?“

Zusammen mit Moses stapft Hildegard durch den tiefen Sand zu den Direktionsbüros der Ovamboland-Mission. Die Sonne brennt ihr auf den Kopf, der Sand glüht, sie spürt seine Hitze sogar durch die Schuhsohlen hindurch. Der Schweiß rinnt ihr in Strömen den Nacken hinunter und ihr blaues Kleid klebt ihr am Körper.

Pastor Victor Alho ist in Oniipa stationiert. „Er war schon da, als das Krankenhaus vor fünfunddreißig Jahren gegründet worden ist. Manchmal geht er für eine Weile weg, aber er kommt immer wieder hierher zurück“, erzählt Moses, dem die Sonne anscheinend überhaupt nichts ausmacht.

Pastor Alho erhebt sich geschwind. Er trägt einen dunklen, mehrteiligen Anzug: Hemd, Hose, Jackett und Weste. Anscheinend macht auch ihm die Hitze nichts aus. Freundlich streckt er Hildegard die Hand entgegen. „*Nainen Mäkinen? Tervetuloa Onandjokwe.* (Frau Mäkinen? Willkommen in Onandjokwe!)“

Hildegard streckt ihm auch die Hand entgegen und lächelt verlegen. „Leider spreche ich kein Finnisch. Mein Mann allerdings schon.“

Der Pastor nickt und bedeutet ihr, sich zu setzen. „Dann lassen Sie uns Deutsch sprechen.“

„Mein Mann, Doktor Mäkinen, musste leider am Kap zurückbleiben. Er liegt dort mit einer Blinddarmentzündung im Krankenhaus. Er kommt nach, sobald er wieder bei Kräften ist.“

Pastor Alho macht sich an dem Haufen von Papieren zu schaffen, die vor ihm liegen. „Wie sind Sie denn von Tsumeb hierhergekommen?“

„Ein Farmer hat uns auf seinem Lastwagen mitgenommen. Ben Botha hieß er.“

Der Pastor nickt währenddessen. „Ben Botha, ja, das ist ein netter Kerl.“ Dann räuspert er sich. „Ja. Wir hätten Sie gern in Tsumeb abgeholt, dass das nicht geklappt hat, tut mir leid. Mit Doktor Mäkinen hatten wir ausgemacht, dass er uns ein Telegramm schickt, sobald Sie in Walvis Bay angekommen sind. Dann hätten wir gewusst, dass Sie auf dem Weg zu uns sind.“

„Als wir Kapstadt verlassen haben, war er noch sehr krank, ansonsten hätte er sicher nicht vergessen, mich darüber zu informieren.“

„Ja.“ Wieder wühlt Pastor Alho in dem Stapel Papiere vor ihm und zieht dann schließlich eins aus dem Stapel. Mit verschleierten

Augen schaut er auf. „Frau Mäkinen, ich fürchte, ich habe keine guten Nachrichten für Sie."

Er hält ihr ein Telegramm hin.

Mit einem Mal gefriert die Sonne über ihr.

Eine Frau hat sie abgeholt. Lüsa Perälä.

Zusammen sind sie durch den tiefen Sand zum Rondavel zurückmarschiert.

Trotz der brütenden Hitze ist ihr eiskalt gewesen.

Herr! Herr?

Was ist mit meinem Kind?, hat sie gefragt, als sie im Rondavel ankam und Esther nicht da war.

Es spielt mit den anderen Kindern. Wir passen schon auf. Hier, trinken Sie.

Sie hat Kaffee getrunken, mit Zucker. Und dazu ein Pulver eingenommen.

Lüsa Perälä hat neben ihrem Bett gesessen.

Als sie Esther zurück in den Rondavel gebracht haben, ist Hildegard wach geworden. „Mama, ich habe mit den Kindern aus der Schule gespielt. Da gibt es ein Fräulein, das Deutsch sprechen kann, und die Kinder haben keine Schuhe an. Hast du geschlafen, Mama? Es ist doch nicht etwa schon Abend?"

„Deiner Mutter geht es nicht gut", hat die Frau geantwortet. „Ich bin Ester Lahtinen und arbeite hier als Lehrerin. Frau Mäkinen, es tut mir so leid."

Hildegard hat genickt.

„Das Fräulein hat denselben Namen wie ich, hast du gehört, Mama?" Aufgeregt und voller Leben.

Als man Hildegard später etwas zu essen bringt, kriegt sie keinen Bissen herunter. Lüsa, die Krankenschwester, hat ihr noch etwas zum Einnehmen gegeben, das Hildegard, ohne zu zögern, runtergeschluckt hat, denn sie wollte nicht mehr denken.

„Mama, bist du krank?", hat das Kind besorgt gefragt.

Sie hat sich angezogen. Ihre gewöhnlichen Kleider, schließlich trägt sie schon seit Jahren nur noch schwarz.

„Haben die Bomben Onkel Andreas umgebracht?", hat das Mädchen verwirrt gefragt.

„Esther, ich kann jetzt nicht darüber sprechen."

Massen von Menschen sind dort gewesen. Schwarze Menschen. Hildegard und Esther mussten in der kleinen Kirche ganz vorn sitzen, zwischen den wenigen weißen Gesichtern. Pastor Alho hat gepredigt, aber Hildegard hat kein Wort davon verstanden.

Dann sind alle aufgestanden und haben angefangen zu singen.

Schleppend. Fremdartig. Kernig. Ohne Begleitung. Nur die Stimmen. Ein Engelschor.

Sie erkennt die Melodie.

Uit dieptes gans verlore,
Van redding ver vandaan
En ook my hoop het in wanhoop vergaan
Uit diep van donker nagte,
Roep ek: O, Here, hoor!

Aus der Tiefe ganz verloren,
Von der Rettung weit entfernt
Ohne Hoffnung, voll Verzweiflung
Aus der Tiefe finsterer Nächte
Rufe ich, Herr, zu dir. (nach Psalm 130)

Doch der Herr hört ihr Rufen nicht.

Ist er alt geworden, sind seine Ohren taub, seine Augen blind?

Hören und Sehen können vergehen, aber er bleibt immer noch auf dem Thron sitzen.

Es ist nur dieses kummervolle Klagelied der fremden schwarzen Menschen um sie herum, Menschen, die sie nicht kennen und die Andreas nie mit eigenen Augen gesehen haben; es ist nur dieses kummervolle Klagelied, das zu seinen Ohren hinaufsteigt.

Sehr viel später geht Hildegard zum Tor hinaus. Sie marschiert durch den tiefen Sand. Weit hinaus geht sie, bis man die Missionsstation nicht mehr sehen kann.

Dort setzt sie sich unter eine Doumpalme. Sie spürt den festen Stamm in ihrem Rücken und den sonnenheißen Sand unter ihr.

Was soll nur aus ihr werden? Aus ihr und ihrem Kind?

Vollkommen bestürzt sitzt sie da.

Ihr Gebet ist aufgestiegen.

Nach einer ganzen Weile ist eine schwarze Frau gekommen und hat sie in den Arm genommen und zur Missionsstation zurückgeführt.

Alle hatten dort schon nach ihr gefragt, alle waren zutiefst besorgt. Denn es gibt in der Gegend eine alte Hyäne, die reißt immer wieder das Vieh der Menschen.

Esthers Gesicht ist tränenverschmiert. „Mama! Mama!"

Hildegard presst den zuckenden Körper fest an sich. „Es tut mir so leid, mein liebes Mädchen. Ich musste einfach ein bisschen allein sein."

„Mama, du darfst mich nie, nie, nie wieder allein lassen!"

„Das werde ich nicht. Versprochen."

Und dann essen sie zusammen, Hildegard wäscht dem Kind das Gesicht und erzählt ihm eine Geschichte. Schließlich schieben sie die beiden Einzelbetten zusammen.

Das Mädchen schläft ruhig und friedlich, den Teddy in den Armen.

Hildegards Nacht ist wie immer lang und finster.

Die Ovambos bestehen aus acht verschiedenen Stämmen. Das Stammesoberhaupt des Ondangwastammes ist König Eino Johannes Kambonde.

Die Tage ziehen vorbei, einer nach dem anderen.

Als die Finnen zum ersten Mal hierhergekommen sind, hat es noch sehr viele Konflikte zwischen den Stämmen gegeben. Irgendwo hier in der Nähe gibt es einen hohlen Affenbrotbaum, erzählt eine der Frauen. Wenn die Übermacht zu groß war, haben sich die Stammesangehörigen darin versteckt. Bis der Feind den Baum eines Tages in Brand gesteckt hat – ein Scheiterhaufen schreiender Menschen.

Auch nicht barbarischer als das Senfgas, das herangewabert kommt und die Menschen langsam von innen her verbrennt.

Oder die ultramoderne, ultratödliche Atombombe.

Esther geht mit kleinen Kindern in die Schule, die glänzende Kulleraugen und perlenweiße Zähne haben und immer barfuß laufen. Dort lernt sie Oshiwambo und Afrikaans. Sie singt Lieder und schwingt die Füße beim Tanzen. Sie liest und rechnet. Und nachmittags spielt sie so lange, bis sie müde ist.

Es sind die Nächte, die nicht vorübergehen wollen. Wohin sollen sie gehen? Denn noch weiter nach Westen geht nicht, dort gibt es nur die Todesküste und den Atlantischen Ozean.

Irgendwann schreibt sie endlich einen Brief an Tante Miemie. Ihr Herz weint um diesen lieben Menschen, der nun seinen einzigen Angehörigen verloren hat.

Der Vorstand der Gemeinde der Ovambos und Okawangos besteht nur aus Finnen. Sie erledigen alle Verwaltungsaufgaben und arbeiten mit dem Personal. Dazu müssen sie Oshiwambo sprechen lernen und die Bräuche und Traditionen der Ovambos übernehmen. Im Gegenzug übersetzen sie die Bibel ins Oshiwambo.

Die Lehrerin Ester Lahtinen bringt Hildegard viel bei, doch es ist die Krankenschwester Lüsa Perälä, die Hildegards Vertraute wird. „Ich lerne auch noch, ich bin noch nicht lange hier“, erklärt Lüsa.

Nach zwei Wochen sucht Hildegard Pastor Victor Alho in seinem Büro auf. Er trägt immer noch seinen dunklen Anzug: Hemd, Hose, Jackett und Weste. Vermutlich ist es wichtiger, die Form zu wahren, als auf die Hitze Rücksicht zu nehmen. Vielleicht hat er sich über die Jahre hinweg auch schon akklimatisiert.

An einem Nagel an der Wand hängt sein Tropenhelm, den er immer dann aufsetzt, wenn er das Büro verlässt. Wegen der Sonne.

„Wir würden Sie gern bei uns einstellen, Nainen Mäkinen. Lassen Sie uns doch einmal schauen, was Sie tun könnten.“

Vielleicht etwas in der Schule?, schlägt Hildegard vor. Sie kann lesen, schreiben und rechnen.

Ja, aber auch in Oshiwambo und Afrikaans? „Wir finden es sinnlos, auf Englisch zu unterrichten. Die Arbeitgeber in dieser Gegend sprechen alle Afrikaans.“

Dann vielleicht Musik?

„Hier gibt es doch gar kein Klavier. Die Leute hier haben ihre eigene Weise, wie sie Musik machen. Sie haben es doch schon gehört, es klingt wunderbar, nicht wahr? Was könnten Sie sich noch vorstellen?"

Sie weiß es längst. Für sie gibt es hier nichts zu tun. Sogar in dieser abgelegenen, kahlen Gegend so weit weg von jeglicher Zivilisation gibt es nichts für sie zu tun.

Der Pastor versucht Hildegard weiterhin entgegenzukommen. Sie könne hierbleiben, bis die Arztstelle wieder besetzt werde, dann aber bräuchten sie ihre Unterkunft. Er werde Ester Lahtinen bitten, sich mit ihr hinzusetzen und durchzusprechen, wie sie wieder nach Deutschland zurückkehren könne.

„Pastor Alho, ich habe kein Geld."

Nachdenklich betrachtet er sie eine Weile. „Nainen Mäkinen, Gottes Wege sind manchmal unerfindlich, weil wir im Augenblick nur ein verschwommenes Bild sehen. Eines Tages werden wir vollkommen verstehen. Harren Sie aus im Gebet."

Mit leeren Händen kehrt Hildegard zum Rondavel zurück.

Am nächsten Nachmittag kommt Moses mit einem kleinen Böckchen im Arm zum Rondavel. „Das ist für die kleine, süße Esther. Es ist ein Steinbockbaby. Einer der Männer hat seine Mutter mit einer Falle eingefangen und die beiden zur Missionsstation gebracht."

Esther traut ihren Augen kaum. „Das ist für mich? Danke, Onkel Moses, danke!"

Lüsa bringt eine Coca-Cola-Flasche mit einem Sauger darauf, mit der Esther alle paar Stunden Milch für das Böckchen aus der Küche holen muss. In einer Ecke richten die beiden für das Tierbaby einen Schlafplatz ein, dazu benutzen sie eine alte Decke, die Lüsa aus dem Lagerraum des Krankenhauses mitgebracht hat.

Hildegard hat ihre Bedenken, was ihren neuen Zimmergenossen angeht. „Du wischt es auf, wenn er nicht stubenrein ist, hörst du?"

„Natürlich, Mama. Aber du benimmst dich, stimmt's, mein hübsches, kleines Böckchen?" Ihre Hand streichelt immer wieder über das samtweiche Fell des kleinen Bocks.

In der Folgezeit springt das Böckchen immer hinter Esther her, egal wohin sie geht, und wird so etwas wie Esthers Schatten.

Die Missionsstation ist ein kleines Stückchen finnische Kultur, die gegenüber der sengenden afrikanischen Sonne, die durch die afrikanischen Grasdächer fällt, sehr geschätzt wird.

Am Freitagnachmittag geht Hildegard mit Lüsa Perälä in die Sauna – eine siebenhundert Jahre alte finnische Tradition. Die rechteckige Holzhütte steht etwas abseits und wirkt im heißen afrikanischen Sand irgendwie deplatziert. Im vorderen Bereich befindet sich der Ofen mit den Steinen. Die beiden Frauen heizen das Feuer an, bis die Steine gut heiß sind, und gießen dann einen Eimer Wasser über die glutwarmen Steine. Dann sitzen sie im hinteren Bereich im Dampf, während der Schweiß von ihnen heruntertropft. Sie gehen eine Weile nach draußen, setzen sich dort zum Abkühlen auf die Bank – obwohl das nur in der Theorie funktioniert – und gehen dann wieder hinein.

„Diesen Dampf nennen wir *löyly*, er ist sehr gesund", erklärt Lüsa schon schwitzend. „Wir glauben, dass die Sauna genauso gut für einen ist wie die Kirche. Denn die Sauna reinigt nicht nur den Körper und das Blut, sie reinigt auch den Geist."

Wenn wir einfach nur in der heißen Sonne herumliefen, würden wir auch nicht weniger schwitzen, denkt Hildegard im Stillen. Vielleicht ist mein Geist auch nicht so einfach zu reinigen. Laut überlegt sie: „Woher habt ihr die ganzen Steine? Ich habe hier in der Gegend noch keinen einzigen Stein gesehen, hier gibt es ja auch keine Gebäude aus Stein."

„Gute Frage. Wahrscheinlich haben sie die Steine von woanders her mitgebracht."

In der Sauna plaudern sie über vieles. „Ich sehne mich nach Hause, ich weiß nicht, ob ich hier lange bleiben kann", sagt Lüsa.

„Ich wüsste gar nicht, wohin ich gehen könnte."

„Warum gehst du nicht nach Deutschland zurück?"

„Dafür fehlt mir das Geld." Es fällt Hildegard schwer, das zuzugeben, weil es so ernüchternd ist. „Ich habe kein Auskommen. Und ich habe ein Kind zu versorgen."

Der Dampf löst die Zunge. Vielleicht hat er trotz allem eine heilende Wirkung, muss Hildegard denken.

Als es kurz vor vier ist, lädt Lüsa sie ein: „Komm, wir gehen zurück. Es ist beinahe Kaffeezeit."

Es gibt noch eine weitere jahrhundertealte finnische Tradition, nämlich dass um vier Uhr Kaffee und Kekse serviert werden. Der Kaffee kommt aus dem Nachbarland, aus Angola – er ist stark und bitter. Die Kekse werden mit Sultaninen oder anderen getrockneten Früchten und Nüssen gebacken und mit vielen Gewürzen. Irgendjemand stellt den Plattenspieler an und legt eine Schallplatte auf, es ertönen Melodien von Sibelius. Wenigstens das ist bekannt.

Vor jedem Essen oder der Teezeit, vor jedem Schultag, jeder Operation und jedem Picknick, immer, wenn sich eine Gelegenheit bietet, wird gebetet. „Das ist eine Tradition, die Frau Doktor Selma Rainio festgelegt hat. Hast du schon ihr Grab besucht?", fragt Ester Lahtinen.

Das Letzte, was ich jetzt besuchen möchte, ist ein Grab, denkt Hildegard. Dann bricht alles wieder auf. Dann wird der dünne Grind, der sich über der Wunde gebildet hat, abgekratzt und der Schmerz beginnt von vorn.

Ihre Angehörigen, die in Afrika begraben sind, haben keine Gräber.

Die Lehrerin erzählt weiter und ist dabei ganz in ihrem Element. „Doktor Selma Rainio ist bereits Anfang des Jahrhunderts nach Deutsch-Südwestafrika gekommen und außer ihr gab es damals keine weiteren Ärzte im gesamten Norden. Sie hat für dieses Krankenhaus hier gekämpft, das 1911 durch die finnische Missionsgesellschaft gegründet wurde. Unter den Ovambos ist Doktor Selma als *Kuku gwa Nandjokwe* bekannt, als Oma Onandjokwe."

„Ach ja? Das ist interessant." Was sollen die Jahreszahlen, die Frau ist hier doch nicht in einer Geschichtsstunde! Wann werden die Lehrer endlich lernen, wie man einfach nur Geschichten erzählt?

„Ich habe sie noch kennengelernt, denn sie ist erst im Januar 1939 gestorben", erklärt die Lehrerin stolz. „Sie war eine wunderbare Dame, glaube mir. Kannst du dir vorstellen, dass dieses Krankenhaus schon 1938 über einen Operationssaal verfügte, in dem es elektrischen Strom gab?“

Interessant, in der Tat. Erstaunlich. Abgesehen von der Jahreszahl.

Esther ist ein Ausbund an fröhlicher Energie. Doch eines Nachmittags kommt sie schreiend angerannt. Sie kreischt wie eine Luftalarmsirene in Berlin, während das Böckchen fröhlich hinterhergehüpft kommt.

Hildegard erschrickt sich zu Tode. „Esther, was ist los?“

„Das Böckchen hat mich gestoßen, es hat mich einfach so mit seinem Kopf gestoßen!“, schluchzt sie. „Wir haben gespielt, ganz nett miteinander gespielt und sind herumgetollt, dann ist es gekommen und hat mir seinen Kopf in den Hintern gerammt!“

Erleichtert atmet Hildegard auf und fängt leise an zu lachen. „So spielen kleine Böcke nun einmal miteinander.“

„Aber es hat mich gestoßen!“, ruft Esther entrüstet aus. „Und jetzt lachst du mich auch noch aus!“

Doch schon am Abend ist alles wieder vergessen. Esther räumt das Geschirr ab und legt es in das kleine Zinkbecken. Ihr schlanker Körper ist über die Wochen weicher geworden, ihre Wangen sind nun apfelrot. Und sie lobt ständig den Herrn. „Das hier ist der schönste Ort in der ganzen weiten Welt, können wir nicht für immer hierbleiben?“

„Wir müssen dir eine Arbeit suchen“, entscheidet Lüsa Perälä eines Freitagnachmittags in der Sauna. „Sonst wachsen dir vor lauter Sorgen noch graue Haare. Und sich Sorgen zu machen, ist nie eine Lösung.“

„Wir müssen schauen, ob wir von irgendwoher eine Zeitung in die Finger bekommen, am besten die *Allgemeine Zeitung*. Darin gibt es möglicherweise Stellenanzeigen speziell für Deutsche“, erwidert Ester Lahtinen.

„Aber ich habe keine Ausbildung, noch nicht einmal einen Schulabschluss. Ich kann nur Dreikaiserbund, Zweikaiserbund, Dreibund, Berliner Kongress, Entente Cordiale und Triple Entente.“

„Wie bitte?“

Hildegard lacht etwas gezwungen. „Das ist die Zusammenfassung meiner Schulbildung. Ich … könnte vielleicht in einer Fabrik arbeiten."

Ester schüttelt den Kopf. „Ich diesem Land gibt es genügend ungelernte Hilfskräfte. Aber du darfst nicht den Mut verlieren, ich bin mir absolut sicher, dass wir etwas finden werden. Was kannst du denn so?"

„Ich kann Klavier spielen."

„Gut, das ist doch schon mal was. Auch Orgel?"

„Das habe ich noch nie gemacht."

„Mmh. Und sonst? Was hast du denn in deinem Leben bisher gemacht?"

„Ich …" Hildegard versucht nachzudenken. Was hat sie in Königsberg getan? „Während des Ersten Weltkriegs habe ich verwundeten Soldaten im Lazarett vorgelesen und für sie Briefe nach Hause geschrieben."

„Du hast in einem Lazarett gearbeitet?"

„Nein, nicht wirklich gearbeitet, ich habe keine Ahnung von der Krankenpflege oder den anderen Dingen, die man in einem Krankenhaus so macht. Ich habe nur den Verwundeten vorgelesen und für sie geschrieben."

„Gut, du kannst also lesen und schreiben", fasst Lüsa zusammen. „Und sonst …?"

Du lieber Himmel, was hat sie nur in den zwanzig Jahren in Berlin gemacht? Versammlungen des Damenclubs besucht, Musikabenden beigewohnt, auch Aufführungen und Tanzveranstaltungen und natürlich Kunstausstellungen. Wie oberflächlich ihr das alles auf einmal vorkommt!

„Ich habe Empfänge veranstaltet", entgegnet sie gedankenverloren.

Lüsa runzelt unsicher die Stirn. „Empfänge?"

„Ja, nun, ich habe Gäste zu vornehmen Abendessen eingeladen."

Jetzt geht die Sonne auf. „Oh. Was bist du gewesen? Haushälterin? Köchin?"

„Nein, nein, ich kann nicht kochen. Ich bin nur die Gastgeberin gewesen." Kann es sein, dass das, was sie zwanzig Jahre lang so stolz getan hat, jetzt völlig sinn- und wertlos erscheint?

„Ja", erwidert Ester mit sichtlicher Verzweiflung. Es scheint so, als ob selbst Lüsa sich nicht mehr ganz sicher ist, dass Hildegard eine Arbeit finden wird.

Müde lehnt Hildegard den Kopf zurück und schließt die Augen. Der Schmerz und die Unsicherheit fressen an ihr wie ein Krebsgeschwür.

„Wir müssen einen Brief an die Zeitung schreiben. Darin sagen wir, dass eine feine Dame aus dem Adelsstand ... du bist doch aus dem Adelsstand, oder?“, fragt Ester.

Aus dem Adelsstand? Ich bin eine verwahrloste heimatlose Frau mit einem kleinen Kind auf einer Missionsstation im hohen Norden von Deutsch-Südwest.

„Hildegard?“

„Ja, sicher doch. Ostpreußischer Adel.“

„Noch besser. Wir schreiben, dass die deutsche Dame aus dem Ostpreußischen Adel ... ja, nun ... dass sie Arbeit sucht“, schließt Lüsa.

„Ja, nicht wirklich, aber darauf läuft es hinaus. Ich werde darüber nachdenken, wie wir das am besten formulieren“, beendet Ester das Gespräch.

Aus der Verzweiflung will einfach keine Hoffnung werden. Lieber Vater, was soll nur aus Esther und mir werden?

Die Missionsstation bereitet sich auf Ostern vor. Eine der finnischen Frauen macht *mämmi*, eine traditionelle Nachspeise aus Finnland, die schon einige Tage vorher zubereitet werden muss. Die Finnen sind ganz aufgeregt. „Wir essen das mit Sahne, du musst es einmal probieren“, sagen sie.

Auch die Schulkinder sind aufgeregt. Die älteren Kinder führen ein Passionsspiel auf und die komplette Schule singt im Chor mit. Die Vierzehnjährigen sollen am Palmsonntag vor der ganzen Gemeinde konfirmiert werden, danach werden sie mit allen zusammen das Abendmahl feiern.

In diesen Tagen denkt Hildegard oft an die Worte zurück, die Andreas auf dem Schiff zu ihr gesagt hat: Ich bete zu Gott, dass wir das Richtige tun.

Ach, mein lieber Freund, mit deinem guten, guten Herzen, wenn du nur wüsstest, in was für einer verlassenen Gegend ich jetzt bin, in welchem tiefen, finsteren Loch ich gelandet bin.

Die Landschaft hier ist wie eine Pfanne aus feinem, weißem Sand und unter dem Sand ist schwarzblauer Lehm, Andreas. Die Ovambos graben Brunnen durch den Lehm hindurch, tiefe Brunnen, um an das Wasser zu kommen. Deshalb ist das Wasser immer etwas brackig.

Ich bin in das tiefste Loch gefallen, das voll schwarzem Schlamm ist, der mich hinunterzieht.

Wo mein Sohn Karl ist, weiß ich immer noch nicht. Und ich sehne mich nach dir, mein Freund. Habe ich dir je gesagt, wie sehr ich dich liebgewonnen habe?

In der Woche nach Ostern kommt ein Brief aus Windhuk: Jemand sucht eine Dame, die sich um einen älteren deutschsprachigen Mann kümmern soll. „Mein Vater ist kräftig und gesund und braucht keinerlei medizinische Versorgung. Er erblindet allerdings langsam und ist darüber außerordentlich frustriert. Sein Leben lang ist er es gewöhnt gewesen, selbständig und unabhängig zu sein, aber jetzt braucht er jemanden, der seine Korrespondenz für ihn erledigt, seinen Haushalt organisiert, sein Auto fährt und – wenn er das überhaupt zulässt – ihm vorliest“, schreibt die Dame.

„Also ein nerviger Dickkopf“, bemerkt Ester Lahtinen.

„Aber es wäre eine Arbeit“, entgegnet Lüsa.

„Ich habe noch nie im Leben ein Auto gefahren“, erklärt Hildegard. „Und ich kann auch nicht kochen.“

„Das macht nichts, Moses kann dir beibringen, wie man Auto fährt, und wer lesen kann, der kann auch kochen. Wir besorgen dir einfach ein Kochbuch.“

Die Dame aus Windhuk schreibt auch, dass es auf ihrem Gelände Unterkunftsmöglichkeiten gebe. Wenn Frau Mäkinen an der Stelle interessiert sei, möge sie doch bitte so schnell wie möglich zu einem Vorstellungsgespräch nach Windhuk kommen.

„Da hättest du ein gutes Auskommen, Hildegard“, erklärt Lüsa optimistisch.

„Aber was ist mit meiner Tochter Esther? Kein Mensch wird eine Haushälterin mit einem kribbeligen kleinen Mädchen einstellen wollen.“

Ester überlegt lange. „Esther ist ein schlaues Mädchen, sie wird es verstehen, wenn du ihr die Lage erklärst. Was den Brief betrifft, denke ich, dass du zwischen den Zeilen lesen musst. Diese Frau ist verzweifelt auf der Suche nach jemandem, der ihren Vater versorgt. Und es hört sich so an, als sei Geld kein Problem. Deshalb vermute ich, dass das Problem bei dem alten Herrn liegt, ich glaube, dass das ein echt sturer alter Deutscher ist." Sie schweigt plötzlich und lächelt verlegen. „Tut mir leid, Hildegard, ich habe nicht daran gedacht, dass du ja auch Deutsche bist."

Hildegard schüttelt den Kopf. „Dafür brauchst du dich nicht zu entschuldigen, ich weiß selbst, wie schwierig deutsche Männer sein können. Der einzige wirklich entgegenkommende Mann, den ich jemals kennengelernt habe, ist Finne gewesen."

„Was ich eigentlich meine", versucht Ester zu erklären, „ist, dass du hier ein paar Forderungen stellen kannst. Mach von Anfang an deutlich, dass du nicht vierundzwanzig Stunden am Tag und sieben Tage die Woche lang springen wirst, wenn sie rufen. Handle ein gutes Gehalt heraus und stell unumwunden fest, dass Esther ein Teil der Abmachung ist."

„Ich werde ihr heute Abend schreiben ..."

„Nein, wir schicken ihr ein Telegramm, dass sie uns wissen lassen soll, wann du zum Vorstellungsgespräch vorbeikommen kannst."

Hildegard holt tief Luft. „Ich weiß doch noch gar nicht ..."

Doch Ester lässt keine Widerrede zu. „Du hast keine Wahl, Hildegard. Das hier ist eine Art von Arbeit, die du tun kannst, und dazu gibt es sogar noch eine Unterkunft. Du marschierst also sofort aufs Postamt und schickst dein Telegramm los."

„Da ich erst um vier Uhr wieder Dienst habe, begleite ich dich", bietet Lüsa an.

Die Sonne brennt ihnen auf den Kopf, während sie durch den heißen Sand zum Postamt und wieder zurückmarschieren. Hildegard würde gerne dafür beten, dass das Telegramm verloren geht, dass die Frau jemand anderen findet, dass sich plötzlich in der Missionsstation etwas für sie auftut. In ihrem ganzen Leben hat sie noch nie allein eine so große Entscheidung getroffen. Aber sie hat nur noch furchtbar wenig Geld. Und wenn sie diese Arbeit nicht bekommt, wohin soll sie dann gehen? Hier hat sie wenigstens ein Dach über dem Kopf und Menschen um sich herum ...

Aber hier kann sie nicht bleiben.

Zwei Tage später kommt die Antwort: Je schneller Frau Mäkinen zum Vorstellungsgespräch kommen kann, desto besser.

Ester hat auch hier das letzte Wort. „Wie ich es euch gesagt habe, sie ist verzweifelt."

Als sie am selben Tag am Mittagstisch sitzen, legt Ester unversehens ihr Besteck zur Seite und schaut Hildegard direkt an. „Du bist doch aus dem preußischen Adel, oder? Warte einen Augenblick, Hildegard, kennst du vielleicht auch eine Frau von Stein?"

„Ich bin Frau von Stein gewesen, ich habe meinen ersten Mann im Krieg verloren. Danach habe ich Doktor Mäkinen geheiratet. Warum fragst du?"

Ester betrachtet sie nachdenklich. „Wenn ich mich nicht irre, liegt in Pastor Victor Alhos Büro schon seit Wochen ein Brief an eine Frau von Stein."

Ein Brief? „Bist du dir da sicher?"

„Nein, sicher bin ich mir nicht, aber ich denke schon."

Hildegard wartet keine Minute länger. Sofort nach dem Essen rennt sie im Laufschritt zum Büro von Pastor Alho in Oniipa. „Sie sind Frau von Stein?", fragt der überrascht und reicht ihr ein Kuvert.

Ein Blick auf die Handschrift und Hildegard weiß, dass er nicht von Karl ist. „Danke", sagt sie und dreht sich schweigend um. Langsam geht sie zur Missionsstation zurück, düster hängt die Enttäuschung wie eine schwarze Decke über ihr.

Am Tor bleibt sie für einen Augenblick stehen und zieht das Kuvert aus der Tasche. Der Umschlag ist in Düsseldorf eingeworfen worden, er muss Tante Miemies Antwort auf ihren letzten Brief enthalten. Sie sieht beinahe keine Möglichkeit, diesen Brief zu lesen, denn ihr eigener Schmerz ist noch zu frisch.

Erst spät am Abend, als Esther schon schläft und die Kerzen tanzende Schatten auf die weiß gekalkten Wände werfen, öffnet Hildegard vorsichtig das Kuvert.

Drinnen befinden sich zwei Zettel. Das ist kein Brief, das sind nur kurze Notizen.

Vorsichtig faltet sie den ersten Zettel auseinander. Tante Miemie ist sechs Wochen, nachdem sie die Nachricht vom Tod ihres Bruders erhalten hat, selbst gestorben, schreibt der Pole, der mit seiner Familie im Gästezimmer gelebt hat. Sie hatte anscheinend viele Schulden, deshalb werde das Haus nun verkauft. Alle Bewohner müssten sich nun nach einer anderen Bleibe umsehen. Es sei auch eine Nachricht für Frau von Stein über Berlin aus England gekommen, die lege er bei.

Dann faltet Hildegard den zweiten Zettel auseinander. Es ist ein Brief in englischer Sprache:

Juni 1945

Sehr geehrte Frau von Stein!

Ich schreibe Ihnen bezüglich Ihres Sohnes Dr. Karl von Stein, der im Krankenhaus von Arnheim stationiert war. Als die britische Armee Arnheim Anfang Mai eingenommen hat, war er sehr krank, er litt unter einem akuten rheumatischen Fieber. Sein Zustand ließ es nicht zu, dass er in ein Lager gebracht wurde. Zurzeit befindet er sich in meiner Behandlung in unserem Krankenhaus in England.
Er bat mich, Sie darüber zu informieren, dass er hier ist.

Hochachtungsvoll
Dr. Ruth Wilson

Hildegards Hände zittern unkontrollierbar. Ihr Sohn Karl?

Sie liest den kurzen Brief ein zweites Mal. Abgeschickt wurde er schon im Juni vorigen Jahres? Und sie bekommt ihn erst acht Monate später?

Der kleine Zettel hat seinen Weg aus England nach Berlin gefunden. Dort hat ihn jemand in die Hände bekommen und an Miemie Parsham nach Düsseldorf geschickt. Gott sei Dank hat es dort überhaupt jemanden gegeben, der gewusst hat, wohin er ihn als Nächstes schicken musste. Das Kuvert ist in einem Postsack übers Meer nach Südwestafrika gekommen und dann mit der Schmalspurbahn und über Stock und Stein nach Oniipa in den Norden des Ovambolandes gebracht worden.

Auf dem Brief von Doktor Ruth Wilson steht kein Absender, daher kann sie nicht einmal zurückschreiben.

Aber ihr Sohn Karl war im Juni vergangenen Jahres noch in einem Krankenhaus in England in Behandlung. Ein Funken Hoffnung in der Finsternis.

Herr, Herr!, kehrt ihr Gebet zum ersten Mal seit Wochen wieder zurück.

Herr, Herr, bitte!

„Lüsa, was weißt du über rheumatisches Fieber?", will Hildegard am nächsten Morgen wissen.

Lüsa überlegt zuerst. „Nun, soweit ich weiß, ist das eine ernste Erkrankung, die zum Tod führen kann, weil sie auch aufs Herz schlagen kann. Dabei können die Herzklappen geschädigt werden."

„Wie ernst ist das?"

„Früher ist es sehr ernst gewesen. Doch zum Glück gibt es heutzutage Penicillin, mit dem die Streptokokken behandelt werden können, das rettet den meisten Patienten das Leben."

„Mein Kind hat rheumatisches Fieber."

Lüsa schlägt entsetzt die Hände vors Gesicht. „Die kleine Esther?"

„Nein, mein Sohn Karl. Er ist in einem Krankenhaus in England. Nein, eigentlich war er in einem Krankenhaus in England, letztes Jahr im Juni."

„Und wo ist er jetzt?"

„Das weiß ich nicht. Ich habe es erst gestern Abend herausgefunden."

„Stand das in dem Brief, von dem Ester erzählt hat?"

Hildegard nickt. „Deshalb würde ich gern alles über rheumatisches Fieber wissen."

„Ich weiß auch nicht viel darüber", gibt Lüsa zu. „Soweit ich weiß, sind die Symptome genau dieselben wie bei einer gewöhnlichen Mandelentzündung. Nach ein paar Wochen entzünden sich dann alle Gelenke und der Patient entwickelt hohes Fieber und bekommt Hautausschlag. Dann gibt man ihm Penicillin. Und an dieser Stelle verlässt mich leider mein Wissen. Aber ich weiß, dass Penicillin ein Wundermittel ist, das rottet alle Bakterien aus."

Hildegard nickt bedächtig. „Danke."

Wenn ich nur wüsste, wie ich mit dieser Frau Doktor Ruth Wilson Kontakt aufnehmen könnte, denkt Hildegard spät in der Nacht. In England gibt es sicher Hunderte von Krankenhäusern.

Schließlich steht sie wieder auf, zündet die Kerze an und schreibt einen kurzen Brief, in dem sie die Adresse der Missionsstation angibt. Ich bin jetzt in Südwestafrika, bitte schicken Sie alle Post an diese Adresse, schreibt sie. Und falls jemand bei mir zu Hause auftauchen sollte, geben Sie ihm bitte diese Adresse. Dann unterschreibt sie: Hildegard von Stein.

Sie klebt den Umschlag zu und adressiert ihn an ihre alte Adresse in Berlin.

Lieber Vater, lass mich doch bitte die Stelle in Windhuk bekommen. Und wenn es möglich ist, Herr, lass mich mit meinem Sohn Karl wieder in Kontakt treten.

Hildegard und Esther verabschieden sich von allen auf der Missionsstation. Pastor Victor Alho spricht ein rührendes Gebet und Lüsa drückt Hildegard zum Abschied fest an sich. „Danke für alle Gespräche", sagt sie unter Tränen. Esther nimmt von jedem Einzelnen ihrer zahlreichen Spielkameraden Abschied und heult dabei Rotz und Wasser. „Ich werde euch schreiben", verspricht sie.

„Dazu muss ich ihnen aber erst noch das Lesen beibringen", lächelt Ester Lahtinen, aber auch ihre Stimme hört sich belegt an.

Am schwersten fällt es Esther, von ihrem geliebten Böckchen Abschied zu nehmen. „Ich werde gut für ihn sorgen, Estherchen", verspricht Lüsa feierlich und löst dabei liebevoll die Arme, die das Kind um den Hals des Böckchens gelegt hat. Sie trauert sehr um das Tier und weint herzerweichend.

In dem klapprigen Geländewagen bringt Moses sie nach Tsumeb. Sie fahren früh los, damit sie in Tsumeb im Hotel übernachten können. Am frühen Morgen reisen Hildegard und Esther mit der Schmalspurbahn wieder zurück nach Usakos, dann geht es auf der normalen Spur weiter, vorbei an bekannt klingenden Namen wie Friedrichsfelde, Vogelsang und Wilhelmstal, vorbei an fremd klingenden Namen wie Karabib, Okasisi und Okahandja bis nach Windhuk.

Morgen Abend werden die beiden, so Gott will, in Windhuk sein.

17. Kapitel

Die armen Menschen verrichten alle möglichen Arbeiten, nur um über die Runden zu kommen, sie verdingen sich sogar als Kammerdiener und Kellner in Hotels, erinnert sich Hildegard an die Worte, die Pfarrer Schumanski über die adeligen Flüchtlinge nach der Russischen Revolution gesagt hat.

Meine Tochter und ich gehören nur noch auf dem Papier zum ostpreußischen Adel des Deutschen Ordens, denkt Hildegard, während sie auf dem Weg nach Windhuk gedankenverloren den Blick über die ausgetrockneten Ebenen schweifen lässt. Ich hoffe jetzt auch, so etwas wie eine Kammerdienerin oder eine Kellnerin für einen alten Mann in einer weit abgelegenen Kolonie zu werden – einer Kolonie, die seit mehr als dreißig Jahren nicht mehr zu dem einst so mächtigen Deutschen Reich gehört.

Und sie betet zum soundsovielten Mal, dass sie nicht gewogen und für zu leicht befunden wird.

☙

In dem Café im Bahnhof von Windhuk setzt sich Hildegard an einen Tisch und wartet auf die Tochter von Baron von Ingersleben. Esther sitzt drei Tische entfernt. Sie macht immer noch Schwierigkeiten, die ganze Zugfahrt über hat sie nur herumgenervt. „Du lieber Himmel, Esther, versteh doch endlich: Wir konnten nicht auf der Missionsstation bleiben!", hat Hildegard irgendwann gesagt, nachdem ihr der Geduldsfaden gerissen war.

„Nie können wir irgendwo bleiben, immer müssen wir gleich wieder weg", hat das Kind unter Tränen gejammert. „Warum konnten wir denn nicht bei Tante Miemie bleiben? Da war es doch schön."

In Usakos sind sie in den normalen Zug nach Windhuk umgestiegen.

Vor dem Fenster ist die Welt langsam an ihnen vorbeigezogen, undurchdringlich hart, immer heiß, weil der Kalender langsam den Wintermonaten entgegengeht.

Hildegard sehnt sich nach den dichten, grünen Wiesen Ostpreußens, nach der Dunkelheit der Wälder und der frischen, kühlen Luft. Sie sehnt sich nach dem sorgenfreien Leben an Siegfrieds Seite, nach ihrem kühlen Haus in Berlin und nach ihrer Freundin, die für immer dort geblieben ist. Sie sehnt sich nach der Ruhe, die Andreas ausgestrahlt hat.

„Ich habe Sehnsucht nach meinem Böckchen“, hat das Kind gesagt.

„Frau Mäkinen?“

Hildegard schreckt auf. „Es tut mir leid, ich war ganz in Gedanken versunken.“

Die Dame nickt und streckt ihr die Hand entgegen. „Ada Theron, die Tochter von Baron von Ingersleben. Möchten Sie einen Tee oder lieber einen Kaffee?“

„Einen Kaffee, danke.“

Als die Dame die Bestellung aufgegeben hat, wendet sie sich Hildegard zu und fragt ganz direkt: „Sie stammen aus Ostpreußen?“

„Ja, ich bin in Königsberg aufgewachsen, bin aber nach meiner Hochzeit nach Berlin gezogen.“

„Und wie kommen Sie zu dem finnischen Nachnamen?“ Ihre Augen sind kühl und formell.

„Die Eltern meines Mannes kamen aus Finnland.“

„Und was hat Sie nach Südwest gebracht?“

„Die Zustände in Berlin waren nach dem Krieg furchtbar schlecht und zudem hat man meinem Mann eine Stelle in der Missionsstation angeboten.“

„Als Pastor? Oder als Lehrer?“

„Nein, als Arzt.“

Die Augenbrauen der Frau heben sich leicht. „Als Arzt? Und dann?“

„Mein Mann ist verstorben, bevor wir auf der Missionsstation angekommen sind.“

„Das tut mir leid.“ Es klingt eher sachlich als emotional. „Und jetzt möchten Sie als Haushälterin und Pflegekraft arbeiten?“

Das ist erniedrigend, das ganze Gespräch geht in die falsche Richtung. „Ich brauche eine Arbeit. Und ich glaube auch, dass ich diese Arbeit tun kann.“

Die Frau zieht währenddessen Hildegards Brief aus ihrer Tasche. Am anderen Tisch sitzt Esther Gott sei Dank noch ruhig da. „Sie haben während des Ersten Weltkriegs in einem Krankenhaus gearbeitet?"

Auf keinen Fall darfst du durchblicken lassen, dass du keine Ahnung von Krankenpflege hast und auch nicht kochen kannst, hat ihr Ester Lahtinen aufs Herz gelegt. Du hast in einem Krankenhaus gearbeitet und du besitzt ein Kochbuch.

„Das ist richtig."

„Und Sie spielen Klavier? Wie gut?"

Sehr gut, du könntest Konzerte geben, hört sie Ester sagen. „Gut."

Frau Theron nickt gedankenverloren. „Sie müssten meinem Vater, Baron von Ingersleben, täglich aus der Zeitung vorlesen und seine Korrespondenz übernehmen. Sie müssten auch sein Auto fahren."

Bisher bin ich nur den Geländewagen gefahren und das auch nur auf den Feldwegen rund um die Missionsstation, denkt Hildegard niedergeschlagen. Pastor Alho hat ihr einfach telefonisch einen Führerschein besorgt. „In Ordnung", erwidert sie.

Die Frau blickt plötzlich auf. „Mein Vater veranstaltet regelmäßig Empfänge, er erwartet dann, dass alles glatt verläuft. Meine Mutter ist eine außerordentlich genaue Frau gewesen."

„Das ist kein Problem für mich."

„Gut, Frau Mäkinen. Was ich Ihnen anbieten kann, ist freie Kost und Logis sowie dieses Gehalt." Sie schiebt ein Stück Papier über den Tisch. „Das ist Ihr Arbeitsvertrag mit Ihren Arbeitsstunden. Sonntags haben Sie frei, den Rest der Woche müssen Sie vierundzwanzig Stunden am Tag verfügbar sein, für den Fall, dass er etwas braucht."

„Das ist in Ordnung."

Die Frau schaut sie ein wenig verdutzt an. „Gut", sagt sie und räuspert sich. „Das Augenlicht meines Vaters ist sehr schwach geworden, das frustriert ihn."

Jetzt oder nie, beschließt Hildegard. Denk dran, die Frau braucht dich verzweifelt, hat Ester gesagt. Hildegard holt tief Luft. „Frau Theron, lassen Sie uns mit offenen Karten spielen. Wenn ich es richtig verstanden habe, stecken Sie in einem Dilemma. Ihr Vater ist ein sehr schwieriger Mensch und das wird langsam zum Problem. Ich habe in den vergangenen paar Jahren mit sehr viel schlimmeren Problemen als schwierigen Männern zu kämpfen gehabt. Deshalb glaube ich, dass ich zurechtkommen werde. Aber ich stecke auch in einem Dilemma."

Ada Theron schaut sie schweigend an.

„Ich bin nicht allein, ich habe ein Kind."

Die Augen der Frau zucken, sie runzelt gefährlich die Stirn. „Ein Kind? Davon haben Sie nichts gesagt."

Hildegard nickt und gibt Esther mit dem Kopf einen Hinweis, sie solle kommen. „Das ist Esther, sie ist sechs Jahre alt. Esther, das ist Frau Theron."

Esther zaubert ihr schönstes Lächeln aufs Gesicht. „Es freut mich Sie kennenzulernen, Frau Theron."

Für einen Augenblick gibt sich die Frau geschlagen. „Ja, es freut mich ebenfalls." Dann wirft sie Hildegard einen Blick zu. „Mein Vater wird das niemals dulden."

„Ich verstehe, was Sie meinen, Frau Theron. Esther wird ihm aus dem Weg gehen."

Die Frau hat ganz offensichtlich Bedenken. „Geben Sie uns eine Chance?", schluckt Hildegard ihren Stolz herunter.

Ada Theron schüttelt den Kopf. „Das wird nicht funktionieren. Aber wo Sie nun schon einmal hier sind, können wir es für einen Monat probieren. Das gibt mir die Gelegenheit, mich nach jemand anderem für die Stelle umzuschauen."

„Einen Monat", stimmt Hildegard zu.

Sie fahren durch die Straßen Windhuks, gleich am Bahnhof biegen sie nach rechts in die Kaiserstrasse ein. Die deutschen Straßennamen sind ihr bekannt, Hans hat sie in einem Brief erwähnt: Bismarckstrasse, Lutherstrasse und Schullerstrasse, dann die Schanzenstrasse. Auch die zahlreichen deutschen Namen an den Geschäften entgehen Hildegard nicht. ‚Ein Stück Heimat im heißen Afrika', hat Hans die Stadt genannt.

Kann das wirklich schon zehn Jahre her sein?

Sie biegen nach links in die Peter-Müller-Strasse ein. Esther zieht

Hildegard am Arm. „Mama, schau doch!“, zeigt sie. Vor ihnen zeichnet sich vor dem blauen Himmel die prächtige Lutherische Christuskirche ab, von der Hans berichtet hat.

„Das ist unsere Kirche, Esther.“

„Gelobt sei der Herr, dass die Bomben sie nicht kaputt gemacht haben.“

Wird ihr kleiner Sonnenschein für den Rest seines Lebens den Krieg mit sich herumtragen?, wundert sich Hildegard.

Sie fahren die Leutweinstrasse entlang. Die großen Häuser im Kolonialstil, die überwiegend mit roten Blechdächern gedeckt sind, sehen ganz anders aus als die Gebäude in Berlin oder Königsberg. Oben auf dem Hügel sieht sie die drei Festungen, von denen Hans gesprochen hat. Sie fahren vorbei an Häusern, die von einem interessanten Baustil zeugen: Türmchen und kleine Kuppeln, viele überdachte Balkone, angepasst an diese heiße Gegend.

Ada Theron hält vor einem Tor aus schwarzem Gusseisen. Der große Garten dahinter sieht ein wenig ungepflegt aus, von den hohen Palmen hängen einige verdorrte Palmwedel herab. Das Steinhaus hat zwei Stockwerke. Auf jeder Seite befindet sich ein großer, runder Turm aus Stein mit kleinen Fensterchen darin, dazwischen ist ein Spitzdach. Von der breiten Veranda aus kann man im Westen ganz Windhuk überblicken und dahinter die blauen Bergketten in der Ferne.

Sie fahren um das Haus herum und halten vor der Hintertür. „Zuerst laden wir das Gepäck aus, dann stelle ich Sie meinem Vater vor“, entscheidet Ada.

Das Quartier für die Dienstboten ist hinter dem Haus, erkennt Hildegard. Sie bekommt ein hübsches Zimmer zugewiesen, darin befindet sich eine Waschschüssel mit dem dazugehörigen Wasserkrug, der an einem großen Nagel an der Wand hängt. Darüber hinaus gibt es in dem Zimmer ein einzelnes Bett, einen Kleiderschrank, einen Tisch und einen Stuhl.

Ada betrachtet den Raum für einen Moment. „Das ist nicht das, was Sie gewohnt sind, aber es ist das, was mein Vater Ihnen anbieten kann.“

„Das ist schon in Ordnung.“

„Dann werde ich Sie jetzt meinem Vater vorstellen.“

Hildegard wendet sich ihrer Tochter zu. „Esther, du bleibst hier im Zimmer. Du kannst ja ein bisschen mit Karl spielen."

„Gut."

Sie gehen durch die Hintertür in die Küche. Dort begegnen sie Ndahepuluka, dem Ovambo, der kocht. „Nennen Sie mich Adam", fordert der Mann Hildegard auf Deutsch auf.

Danach treffen sie Anna, die Hererofrau, die für die Wäsche und die Sauberkeit im Haus zuständig ist. Trotz des erstickend heißen Tages trägt sie ein helles langes Kleid mit langen Ärmeln und eine seltsame Kopfbedeckung. „Angenehm", erwidert die Frau ebenfalls in perfektem Deutsch und spuckt auf das Bügeleisen, um zu sehen, ob es schon heiß genug ist.

Frau Novak? Hier? Erstaunlich.

Von der Küche aus gehen sie weiter in das Esszimmer. Die Decken sind hoch, die Mauern dick, das Haus ist erfrischend kühl. Das Esszimmer ist durch eine gläserne Doppeltür mit dem Wohnzimmer verbunden, die Holzdielen des Fußbodens sind glänzend gebohnert.

Totenstill und mit geschlossenen Augen sitzt Baron von Ingersleben in seinem Studierzimmer und lauscht dem dritten Teil der Klavierübung von Bach. Hildegard erkennt das Stück sofort.

„Vater?"

Er runzelt wegen der Störung die Stirn und macht die Augen auf. „Warum bist du so lange weg gewesen? Ich habe meinen Kaffee noch nicht gehabt."

„Es ist auch noch keine Kaffeezeit. Das hier ist Frau Mäkinen, sie ist deine neue Haushälterin."

„Mäkinen?"

„Sie ist Deutsche, aber sie war mit einem Finnen verheiratet."

„Sorge dafür, dass sie ganz genau weiß, was von ihr erwartet wird, und kümmere dich darum, dass ich meinen Kaffee bekomme."

Das ist also das Haus, um das ich mich kümmern soll, und mein Arbeitgeber, überlegt Hildegard, als sie abends in dem fremden Bett liegt. Wenigstens hat der Baron einen guten Geschmack, was die Musik angeht.

Es fällt ihr schwer, all das loszulassen und sich zu entspannen. Es ist so heiß.

Morgen ist Sonntag, offiziell fängt ihr Dienst erst am Montag an. Morgen möchte sie die Kirche besuchen, die schöne Lutherische Christuskirche. Danach wird sie zur Deutschen Schule gehen, auf dem Weg, den Ada ihr erklärt hat.

Sie dreht sich schwerfällig um, Esther und ihr Teddybär nehmen das ganze Bett in Beschlag.

Heute hat sie versucht, Esther die Situation zu erklären. Das Kind hatte aber keine Lust, ihr zuzuhören. „Ich will nach Okandjokwe zurück, zu meinen Spielkameradinnen und dem Fräulein und meinem Böckchen."

„Das geht nicht, in unserem Rondavel wohnen jetzt andere Leute."

„Wer denn?"

„Der neue Arzt."

„Der da jetzt ist, weil Onkel Andreas gestorben ist?"

„Ja, Esther, der da jetzt ist, weil Onkel Andreas gestorben ist."

Hildegard steigt aus dem Bett, nimmt den Teddy, legt ihn auf den Tisch und versucht dann, Esther etwas näher an die Wand zu schieben.

Andreas ist gestorben. Und aus einem englischen Brief weiß sie, dass ihr Sohn Karl wieder zu leben begonnen hat, jedenfalls vielleicht.

Sie versucht, nach vorn zu schauen und dieses Aus-der-Tiefe-rufe-ich-Herr-zu-dir-Loch hinter sich zu lassen.

In diesem Haus gibt es ein Klavier. Zum letzten Mal hat sie auf dem Schiff Klavier gespielt, das ist schon Monate her. Es kribbelt in ihren Fingern, sie möchte spielen.

Aber in ihr drängt sich immer wieder eine Frage nach vorn: Herr, was soll aus uns werden? Aus mir und der kleinen Esther?

Kurz nach Mitternacht steht sie schließlich auf. Sie muss Esther einen anderen Schlafplatz besorgen, dieses Einzelbett ist für sie beide hoffnungslos zu klein.

Nach dem Gottesdienst schlendern sie den Hügel hinunter in Richtung Stadt. Sie überqueren die Kaiserstrasse. „Siehst du? Kaiser-stras-se?", versucht Hildegard Esther auf dem Straßenschild zu zeigen.

„Das ist zu lang, das kann ich nicht lesen."

Sie überqueren eine weitere Straße. „Du musst zuerst schauen, ob von irgendwoher ein Auto kommt, dann erst solltest du zügig über die Straße laufen", ermahnt Hildegard ihre Tochter.

„Aber ich bin noch zu klein, um allein über die Straße zu gehen."

Links von ihnen befindet sich ein großes Steingebäude. „Das ist deine Schule, siehst du?"

„Die ist aber ziemlich hässlich."

„Ach, Unsinn, Esther. Hör jetzt endlich auf mit deiner Dickköpfigkeit."

Am Montagmorgen flicht Hildegard Esthers Haare zu zwei festen Zöpfen, streicht ihr ein Pausenbrot und erklärt ihr noch einmal den Weg zur Schule. Dann stellt sie alles für Baron von Ingersleben auf einem Tablett zusammen: schwarzen Kaffee ohne Zucker, eine Schreibe Toastbrot mit hausgemachter Butter und Käse, dazu einen Löffel Honig in einer kleinen Schale. Sie geht damit in Richtung Treppe. Der Holzboden knarrt bei jedem ihrer Schritte.

Ich muss alles daran setzen, dass das ein Erfolg wird, sagt sie zu sich selbst, denn eine Wahl habe ich nicht. Herr, hilf mir, das Richtige zu tun, betet sie und klopft an die Schlafzimmertür.

Baron von Ingersleben steht im Schlafrock vor dem Fenster. „Sie sind spät dran."

Hildegard wirft einen Blick auf die Uhr neben dem Bett. „Es ist Punkt acht Uhr, genau wie Ihre Tochter mir aufgetragen hat. Wo soll ich das Tablett abstellen?"

Er zeigt auf das runde Tischchen in der Ecke. „Holen Sie Wasser zum Waschen und legen Sie mir meine Kleidung aufs Bett."

Hildegard macht das Bett und geht an den Kleiderschrank, um eine Hose und ein passendes Hemd auszuwählen. Sorgen Sie bitte dafür, dass mein Vater anständig angezogen ist, er hat immer so viel Wert auf sein Aussehen gelegt, hat seine Tochter gesagt. Dann nimmt Hildegard den Waschkrug, geht zum Badezimmer und holt warmes Wasser.

Im Alter von sechsundvierzig Jahren lernt sie nun, wie sich ein

Zimmermädchen fühlen muss. Die körperliche Arbeit ist kein Problem, wohl aber, dass man nicht wie ein vollwertiger Mensch behandelt wird.

Und ihr Herz ist bei ihrer sechsjährigen Tochter, die viele Straßen weiter in eine neue Schule gehen muss, ganz allein. In einer Hand hält sie einen Zettel, auf dem ihr Name und ihr Geburtsdatum stehen, in der anderen ein Pausenbrot in einer braunen Papiertüte.

Hildegard und der Baron sitzen den ganzen Morgen über im Studierzimmer. Die Regale sind voller Bücher, die unordentlich und verstaubt darin herumliegen. Die schweren Vorhänge bleiben zugezogen. „Machen Sie die bloß nicht auf, dann kommt die Hitze herein", verbietet ihr Baron von Ingersleben schroff. Um wenigstens etwas Licht zu haben, lässt Hildegard einen kleinen Spalt offen.

Zunächst muss sie dem Baron die Tageszeitung vorlesen, die *Allgemeine Zeitung*. „Nein, nein, nein, das nicht", brummt er ungeduldig, als sie ihm die Klatschseite vorlesen möchte.

Dann muss sie für ihn die Post durchgehen. „Hier ist eine ganze Menge Post, Herr Baron. Sollen wir mit den Rechnungen beginnen?"

„Nein. Lesen Sie die Briefe vor."

Hildegard ist beeindruckt, welch ein Haufen Briefe sich in den vergangenen drei Wochen angesammelt hat – der alte Mann korrespondiert mit Bekannten in der ganzen Welt. Sie liest ihm vor und er diktiert ihr die Antwort. Obwohl sie so schnell schreibt, wie sie kann, kommt sie nicht mit. „Können Sie das bitte noch einmal wiederholen, Herr Baron?"

„Allmächtiger, wo haben Sie denn schreiben gelernt?"

„In Königsberg, in Ostpreußen."

„Ich dachte, Sie kämen aus Finnland."

„Nein, ich komme aus Ostpreußen. Mein Mann war Finne, deshalb habe ich einen finnischen Nachnamen."

„Preußen, hmm? Otto von Bismarck?" Und in der nächsten Viertelstunde wird Hildegard eine Vorlesung darüber gehalten, wie großartig der Architekt und Kanzler des mächtigen deutschen Kaiserreichs gewesen ist. „Das ist unser größter Staatsmann, er und

Kaiser Wilhelm II. – lang lebe der Kaiser! Lang lebe das deutsche Kaiserreich!"

Mit einem Mal ist Hildegard wieder ein Kind in dem alten Herrenhaus in der Nähe von Königsberg. Das etwas dunkle Haus, die schweren Möbel, die vor dem Ersten Weltkrieg aus dem Mutterland hierhergebracht worden sind, die Verehrung unseres Kaisers: Der Kaiser hat gesagt …

Pünktlich um elf Uhr klopft Adam an die Tür. Er bringt ein Tablett mit Tee, dazu nur eine Tasse. „Was soll ich als Mittagessen machen?", fragt er Hildegard währenddessen.

Ich habe keine Ahnung, deutet sie mit großen Augen an, während sie den Tee einschenkt.

Ich werde schon etwas hinbekommen, bedeutet er zurück.

Nach dem Tee sind Bismarck und der Kaiser vergessen, die Briefe haben wieder Vorrang.

Als der Baron endlich nach dem Mittagessen – worüber er viel zu sagen hatte – zu einem Mittagsschläfchen im Bett verschwunden ist, ist Hildegard geschafft, müde, hungrig und durstig. Von jetzt an nehme ich mir ein Glas Wasser mit, beschließt sie, während sie zur Küche geht.

„Sie müssen Fleisch bestellen und Kolonialwaren", fordert Adam sie auf.

„Der Gärtner hat die Veranda noch nicht gefegt, das ist nicht meine Aufgabe", meint Anna.

„Mama, Mama, die Kinder in der Schule sprechen Deutsch und das Fräulein sagt, ich kann schön lesen, und die ganzen Kinder haben alle dieselben Kleider an, nur ich nicht."

„Dieselben Kleider?"

„Eine Schuluniform, Sie können sie bei Woerman & Brock kaufen", hilft Anna.

„Sie müssen heute noch Fleisch bestellen, sonst wird es morgen nicht geliefert. Hier ist Ihr Essen."

„Mama, ich habe Hunger, und kannst du mir auch so ein Kleid kaufen?"

Hildegard lässt sich auf einen Küchenstuhl fallen und hält sich die Ohren zu. „Gebt mir einen Augenblick, bitte. Esther, iss so lange mein Essen. Adam, ich rufe gleich da an. Anna, erkläre mir genau, wer welche Arbeit zu tun hat und wer nicht."

„Ich putze keine Böden, das muss der Gärtner machen. Doch der ist ein fauler Nama, der nur dann arbeitet, wenn einer hinter ihm steht und aufpasst. Ich wasche und bügle, staube ab und reinige das Schlafzimmer und das Studierzimmer des Barons. Das lässt er niemand anderen machen. Und mittwochs habe ich meinen freien Tag, da macht Adam das Bett."

„Gut. Und der Gärtner kümmert sich sicher um den Garten, oder? Esther, lass mir auch noch etwas vom Essen übrig."

„Er kümmert sich um den Garten, aber dabei sitzt er mehr im Schatten, als dass er arbeitet", brummt Anna und spritzt die Bügelwäsche nass. Sie hebt das schwere Bügeleisen vom Ofen, testet durch Draufspucken, ob es heiß genug ist, und bügelt dann weiter. „Adam kocht und hält Küche und Speisekammer sauber. Das ist alles."

„Ich wasche auch ab, decke den Tisch, poliere das Silber ...", verteidigt sich Adam. „Wenn es einen Empfang gibt, dann bleibe ich bis spät in die Nacht auf und trage das Essen auf und so weiter."

Hildegard sorgt dafür, dass Esther auf ihr Zimmer geht. Sie erklärt ihr wieder, wie wichtig es ist, dass sie sich vom Haus fernhält und nur sehr leise auf dem Platz dahinter spielt. Dann ruft sie Ada Theron an. „Was für ein Fleisch mag denn Ihr Vater?"

Sie schreibt so schnell mit, wie sie kann: Schaffleisch, verschiedene Stücke Schwein, Gans, Ente, Huhn, ein paar leckere deutsche Würste, wenn sie welche bekommen kann.

„Und dazu?"

„Och, ja, was Sie so bekommen können. Verschiedene Kartoffelgerichte auf jeden Fall, Kartoffelbrei, Rösti, Kartoffelsalat. Auch Brot, Spätzle, die traditionellen deutschen Gerichte."

„Wie sieht es mit Gemüse aus?"

„Ja, nicht viel, er ist beim Essen sehr wählerisch. Sauerkraut, Rotkohl, er mag auch Grünkohl. Und Linseneintopf, aber das ist eher etwas für den Winter. Frau Mäkinen, probieren Sie ruhig ein paar Dinge aus, er wird Ihnen schon sagen, wenn er etwas nicht mag."

Mit der Liste geht sie zu Adam. „Was sollen wir bestellen? Einen Schweinebraten? Gans? Wurst?"

„Für Schwein ist es zu heiß. Gans gibt es nur auf den Empfängen. Bestellen Sie Schafsschenkel und Bockwurst."

„Und für übermorgen?"

Er zuckt mit den Schultern. „Ich koche, um die Speisekarte kümmere ich mich nicht. Jagdwurst, Leberwurst – aber die grobe und nicht die feine –, vielleicht Mettwurst. Und Brot."

„Haben Sie genügend Kartoffeln?" Sie kann nicht fassen, dass sie wieder auf Kartoffeln zurückkommt.

„Ja, aber besorgen Sie Maismehl. Einen großen Sack, den liefern sie nicht. Und Kaffee, der Baron mag Usambara. Eier auch, wenn Sie Fleisch bestellen."

In ihrem Kopf dreht sich alles.

Die Glocke im Zimmer über ihnen klingelt ungeduldig. „Sie müssen noch Fleisch bestellen!", ruft Adam ihr besorgt hinterher.

Als Hildegard endlich ins Bett steigt, weiß sie, dass sie dieses Tempo hier nicht durchhalten kann. Esther schläft schon, als sie das Zimmer betritt. Sie hat immer noch ihr Kleid an, Füße und Gesicht sind ungewaschen.

Lieber Vater … beginnt Hildegard. Doch dann schläft sie ein, bevor sie ihr Gebet auch nur richtig angefangen hat.

„Am Freitagabend ist ein Empfang, sorgen Sie dafür, dass alles geregelt ist", ist das Erste, was Baron von Ingersleben am Dienstagmorgen sagt. „Laden Sie Herrn Doktor und Frau Hartmann ein, meine Tochter und meinen Schwiegersohn, Frau und Herrn Theron, Herrn Weiss und seine langweilige Frau und Herrn Friedmann. Zusammen mit mir sind das dann neun Personen."

Hildegard schreibt, so schnell sie kann. „Acht Personen", entgegnet sie.

„Neun."

„Herr Baron, ich habe sieben Namen aufgeschrieben, mit Ihnen sind es acht."

Ärgerlich klopft er mit seinem Stock auf die Bodendielen. „Genau das habe ich gesagt, acht Personen. Können wir jetzt endlich weitermachen?"

„Gern. Was möchten Sie auftragen lassen?"

Er schaut sie an, als habe sie den Verstand verloren.

„Welches Essen? Welche Speisen soll ich servieren lassen?"

Er schüttelt den Kopf. „Frau Mäkinen, lassen Sie mich doch bitte mit diesen unwichtigen Kleinigkeiten in Frieden, ich bin ein vielbeschäftigter Mensch. Kommen Sie, wir haben zu tun."

Sie arbeiten sich durch den Stapel Rechnungen, alles wird feinsäuberlich für Herrn Friedmann aufgeschrieben. Anscheinend kümmert er sich um die Finanzen des Barons. Der Baron ist äußerst penibel und Hildegard muss eine Liste anfertigen, auf der alle Rechnungen und Quittungen verzeichnet sind, die sie in die Aktenmappe für Herrn Friedmann gelegt haben.

Um elf Uhr klopft Adam an der Tür und stellt das Tablett auf den Tisch. „Sie sind übrigens nicht die erste Finnin, die hier nach Deutsch-Südwest gekommen ist", bemerkt der Baron plötzlich.

„Wie bitte, Herr Baron?", fragt Hildegard verwirrt.

„Als ich im Jahr 1900 hierhergekommen bin, am 28. Januar 1900 … Sie sehen, mein Gedächtnis ist noch tadellos."

„Ja, Herr Baron."

„Ja. Auf dem Schiff war auch eine Finnin, die in der Nähe von Ottalanga eine Missionsstation gründen wollte. Und auch eine Menge Soldaten der Schutztruppe, unter dem Befehl von Hauptmann Kliefoth. Wie Sie sehen, sind Sie gar nicht die erste Finnin in Deutsch-Südwestafrika, nicht wahr?" Er lacht fröhlich über seinen Scherz.

Dann machen sie mit den Finanzen weiter bis zum Mittagessen.

Nach dem Essen fertigt Hildegard ihre Listen an und schreibt auf, an was sie bezüglich des Empfangs alles denken muss. „Adam, du musst mir mit dem Essen helfen. Ich bin noch nicht sehr lange hier in Südwest. Was sollten wir als Vorspeise servieren?"

„Was können Sie denn bekommen? Am Freitag wird der Fisch aus der Walvis Bay geliefert, aber den hätten Sie bereits letzten Freitag bestellen müssen."

„Oh. Nun, was schlägst du vor? Was hast du denn in der Vergangenheit so aufgetragen?"

Adam zuckt mit den Schultern, nennt ein paar Gerichte und Hildegard entscheidet sich auf gut Glück für etwas. „Und dazu Gans? Und Kartoffeln?"

„Wenn Sie Gans bekommen können. Sie müssen auch Wein kaufen, der ist alle. Und Schnaps."

Als Hildegard kurz vor dem Abendessen in ihr Zimmer kommt,

erklärt Esther: „Das Fräulein sagt, dass du dir jeden Nachmittag anhören sollst, wie ich vorlese, Mama."

„Gut, ich bringe dem Baron noch schnell sein Essen, dann komme ich und höre dir zu, während er isst."

„Das gefällt mir nicht, ich sehe dich ja kaum noch, Mama. Ich will nach Okandjokwe zurück", fängt das Mädchen wieder an.

„Esther, wasch dir doch bitte die Füße im Bad und ziehe dir dann dein Nachthemd an. Bis du damit fertig bist, bin ich wieder da."

Als sie endlich den Baron und das Kind im Bett hat, kontrolliert Hildegard wieder ihre Listen und schreibt jede Einladung sorgfältig mit der Hand. Der Gärtner soll sie am nächsten Tag austragen. Erst weit nach Mitternacht fällt sie erschöpft ins Bett.

Am Donnerstagnachmittag kann Hildegard nicht mehr länger warten, sie muss einkaufen gehen. Dazu muss sie das Auto nehmen, eine andere Möglichkeit hat sie nicht. Wie sollte sie sonst die Pakete mit Kolonialwaren und vor allem den Sack Maismehl nach Hause schaffen?

Sie nimmt all ihren Mut zusammen. „Komm, Esther, wir fahren."

„Mama, willst du selbst fahren?", fragt das Mädchen aufgeregt.

„Ich werde es versuchen."

Sie fährt furchtbar langsam rückwärts aus der Garage heraus. Dann wendet sie das Auto, sodass die Motorhaube Richtung Tor zeigt. Dabei würgt sie den Motor zweimal ab. „Ist das Auto kaputt?"

„Sei still, ich muss mich konzentrieren."

Als sie losfahren, spritzen die Kieselsteine um sie herum. Hildegard bremst, der Motor geht aus. „Du musst dich ganz schön konzentrieren."

„Wenn du mitfahren willst, musst du jetzt den Mund halten."

Das Kind versteht die Botschaft und ist totenstill.

Hildegard fährt sehr langsam bis zur ersten Kreuzung. Dort hält sie an, der Motor geht aus. Sie lässt ihn wieder an und fährt ein Stück weiter. In der Kaiserstrasse hält sie auf dem ersten freien Parkplatz an. „Von hier aus können wir laufen", sagt sie entschieden.

Die beiden gehen zu Woermann & Brock, zu Metje & Ziegler,

zu Wecke & Voigts. „Schreiben Sie es bitte Baron von Ingersleben auf die Rechnung“, erklärt Hildegard überall.

„Sind Sie seine neue Haushälterin? Na dann viel Kraft!“, ist die Reaktion von nahezu allen.

Sie gehen zur Vereinigten Bäckerei an der Ecke Post- und Kaiserstrasse. „Können wir diese Plätzchen da kaufen?“, fragt Esther und zeigt mit ihrem Finger darauf.

„Vielleicht ein andermal.“

„Wann denn?“

„Wenn wir unser eigenes Geld haben.“

Sie bekommen alles, was sie brauchen, Namas tragen ihre Einkäufe auf dem Kopf zurück zum Auto.

Der Heimweg verläuft um einiges besser, Hildegard würgt den Motor nur einmal ab. „Mama, du kannst gut fahren“, stellt Esther fest, als der Mercedes wieder sicher in der Garage steht.

Am Freitagmorgen kontrolliert Hildegard noch einmal alles: Hat der Gärtner die Böden geschrubbt, sodass sie glänzen, und die Veranda gefegt? Sind die weißen Tischdecken und die Servietten gewaschen und gestärkt? Ist das Silberbesteck poliert und sind die Kristallgläser geputzt? Ist der Leuchter über dem Tisch so sauber, dass er glänzt?

Sie deckt den Tisch schon vor dem Mittagessen und misst dabei die Plätze mit einen Lineal aus, so wie sie es in ihrer Kindheit in dem Haus in Königsberg gesehen hat. Der Baron steht daneben und scheint zufrieden zu sein.

Aus der Küche dringt langsam der Geruch von gebratener Gans und all den Vor- und Nachspeisen zu ihnen herüber, die zugedeckt auf den Speisekammerregalen stehen. Am Spätnachmittag stellt Hildegard eine Vase Blumen in den Eingangsbereich. Dann öffnet sie unter einigen Schwierigkeiten die Rotweinflasche, damit der Wein atmen kann. Und sie sorgt dafür, dass die Abendgarderobe des Barons bereitliegt.

Schließlich geht sie in ihr Zimmer. „Am Sonntag kümmere ich mich den ganzen Tag lang nur um dich“, verspricht sie Esther, während sie sich wäscht. „Aber heute Abend musst du bitte ganz, ganz lieb sein. Es kommen fremde Leute hierher, die mit dem Baron essen. Du darfst deshalb nicht in die Küche kommen, Adam bringt dir dein Essen hierher."

„Das gefällt mir nicht."

„Das weiß ich, Esther, das weiß ich. Es tut mir auch leid. Aber du musst einsehen, dass uns keine andere Wahl bleibt."

Das Mädchen zuckt mit den Schultern und presst ihren Bären an sich. „Ich werde meinem Teddy Karl das Lesen beibringen", entgegnet es.

Hildegard hört, dass das erste Auto vorfährt. „Ist alles so, wie es sein soll?", fragt sie und bindet sich die blütenweiße, gestärkte Schürze um ihre schlanke Taille.

„Alles ist gut", erwidert Adam zum zehnten Mal.

„Hast du das Eis …?"

„Ich habe das Eis gerade eben im Wohnzimmer neben den Gläsern abgestellt. Außerdem sind Herr Friedmann und Herr Theron heute Abend auch hier, die wissen, wo alles ist."

„Gut. Wer zerteilt die Gans?"

„Frau Mäkinen, es wird alles gut laufen."

Eine plötzliche Müdigkeit überfällt sie. Völlig erschöpft lässt sie sich auf einen Küchenstuhl fallen und wartet darauf, dass die Glocke läutet. Das ist ihr Zeichen, die Vorspeise aufzutragen.

Adam bringt Esther das Essen ins Zimmer. Hildegard kann jetzt nichts essen, ihr Magen ist ein steinharter Knoten. Vage dringt das Durcheinander von Stimmen, das Gelächter aus dem Wohnzimmer und die Musik im Hintergrund an ihr Ohr. Hat Frau Hofmann Woche für Woche so auf das Zeichen gewartet, das Essen aufzutragen? Oder Madame Dubois in Königsberg?

Als die Glocke ertönt, steht Hildegard auf, streicht sich ihr schwarzes Kleid und ihre weiße Schürze mit der Hand glatt und marschiert mit Adam zusammen ins Esszimmer. Er trägt das Tablett mit der Vorspeise, sie soll vor jedem Glas einen Teller abstellen. Bedient wird von rechts, abgetragen von links.

Plötzlich hört sie das Lachen. Sie erkennt es sofort wieder.

Und sie spürt, wie sie auf einmal vor Schreck wie gelähmt ist.

Dann holt sie tief Luft und zwingt sich zur Ruhe. Einen Teller nach dem anderen teilt sie aus. Dabei schaut sie niemanden an.

Wieder in der Küche presst sie ihre zitternden Hände an die eiskalten Wangen.

Gustavs Lachen ist noch genau dasselbe wie vor zweiunddreißig Jahren.

18. Kapitel

Diese Nacht zieht sich endlos. Es ist so, als würde Hildegard von der Dunkelheit am Boden festgenagelt und in den kühlen Estrich hineingesaugt werden.

Herr, Herr, warum nur? Gerade jetzt, wo ich gedacht habe, ich hätte möglicherweise ein Auskommen gefunden. Und jetzt das?

Ich kann für einen Unbekannten die Bedienstete sein, denkt sie in dieser Nacht. Wer mich nicht kennt, sieht meine roten, rauen Hände, meinen ausgemergelten Körper und meine glanzlosen Haare, ohne sie wirklich wahrzunehmen.

Aber Herr, wie ist das mit Gustav?

Gibt es denn nirgendwo auf der Welt einen sicheren Ort, an den ich mich mit meinem Kind zurückziehen kann? Wo ich nicht mehr bin als eine namenlose Unbekannte?

Am nächsten Morgen geht die Sonne auf – so wie jeden Morgen – und das Leben im Herrenhaus nimmt seinen gewohnten Gang. Der Baron ist kurz angebunden und fordernd, aber das hat sie im Griff. Esther freundet sich mit Anna und Adam an. Sie erzählt von ihrer Lehrerin und ihren Kameradinnen in der Schule, spielt mit ihrem Teddybären, bis er vom Staub dieser Gegend ganz schmutzig ist, und sitzt dann da und schaut zu, wie Anna ihn wieder sauber schrubbt.

Das Problem ist nur, dass ich immer noch auf der Suche bin, denkt Hildegard jedes Mal, wenn sie Abend für Abend die *Allgemeine Zeitung* durchkämmt. Es muss doch noch eine andere Arbeit außerhalb von Windhuk geben.

Damit nicht auch noch die Bruchstücke eines falschen Stolzes zertrampelt werden. Damit Gustav niemals herausfindet, was aus seinem wunderschönen Mädchen aus Königsberg geworden ist.

„Frau Theron hat gesagt, dass Sie Klavier spielen." Dabei sind die Worte des Barons keine Bitte, sondern eine Feststellung.

„Es ist schon Monate her, seit ich das letzte Mal Klavier gespielt habe, Herr Baron." Auf dem Schiff. Sind es tatsächlich erst fünf Monate? Es kommt ihr vor wie eine Ewigkeit.

„Spielen Sie", verlangt ihr Arbeitgeber.

„Gut, aber dazu muss ich erst meine Noten holen gehen."

Sie wählt sorgfältig aus. Der Baron mag Bach, so viel hat sie schon herausgefunden. Vielleicht die Prelude Nr. 1? Dazu Mendelssohn, überlegt sie, vielleicht das Frühlingslied aus seinen Liedern ohne Worte?

Bedächtig schlendert sie ins Studierzimmer zurück, die Vorfreude auf die Musik erzeugt ein angenehmes Kribbeln in ihren Fingern. „Ich muss erst noch ein paar Aufwärmübungen für meine Finger machen", erklärt sie.

„Natürlich."

Das Klavier steht mit rechteckigen Schultern da, sein Holzmantel ist glänzend geölt, seine Brust stolz nach vorn geschwellt, die Kupferleuchter auf seinen Wangen sind blitzend sauber. Hildegard öffnet den Tastendeckel und streicht über die vergilbten Elfenbeintasten. Sie streicht sich mit den Händen hinten über ihr Kleid, damit es beim Hinsetzen nicht knittert, und setzt sich aufrecht auf den Klavierstuhl. Dann tastet sie mit den Füßen nach den Pedalen.

Der Baron sitzt schweigend da und lauscht ihren Fingerübungen. Er wirkt so kritisch wie seinerzeit Meister Schroeder in Königsberg.

Doch als sie richtig zu spielen beginnt, vergisst sie das halbdunkle, nüchterne Zimmer, den alten Mann im Lehnstuhl, die Jagdtrophäen an der Wand, die sie mit ihren Glasaugen anstarren, und den Wind, der draußen den Staub des Winters in Wolken über den ausgetrockneten Boden weht.

Die Musik beherrscht alles. Hildegard spielt ihre aufgestaute Trauer über Johann und Andreas und so viel anderes heraus. Sie spielt die tiefe Sehnsucht nach dem Haus in Berlin und nach ihrer Freundin, die dort geblieben ist, aus ihrem Körper. Sie spielt die Sorgen über ihren Sohn Karl und ihre Zukunft in diesem fremden Land weit hinauf, sodass alles an der Luft ist und leichter werden kann.

Nach einer Weile spielt sie, ohne auf die Noten vor sich zu schauen.

Erst Adams Klopfen an der Tür holt sie mit einem Schlag in die

Gegenwart zurück. Es ist Essenszeit und der Baron schläft seelenruhig in seinem geliebten Lehnstuhl.

ℭ𝔖

Die Tage verstreichen vorhersehbar, nach einer strengen Routine, so wie der Baron es liebt. Morgens lesen sie die Zeitung und kümmern sich dann um die Korrespondenz. Danach liest Hildegard ihm aus einem Buch vor oder er hört Musik – manchmal muss sie spielen, ein andermal legt er eine Schallplatte auf. Es ist ein ruhiges Leben, man könnte mit der Zeit sogar sagen, ein angenehmes Leben, allerdings hängt das von seiner Laune ab. Am Mittwochnachmittag nimmt sie ihn mit in die Stadtbibliothek und liest ihm die Titel vor, damit er sich welche aussuchen kann. Manchmal veranstalten sie am Freitagabend einen Empfang, zum Glück wird Gustav nicht wieder eingeladen.

Hildegard durchforstet weiterhin die Stellenanzeigen in der Zeitung. Irgendetwas muss sich doch finden lassen! Vielleicht könnte sie ja auf einer abgelegenen Farm anheuern, viele hundert Kilometer von Windhuk entfernt?

„Frau Mäkinen, Sie sind jetzt schon mehr als einen Monat angestellt und mein Vater scheint zufrieden zu sein. Könnten wir den Vertrag verlängern?"

Hildegard überlegt einen Augenblick. „Für einen begrenzten Zeitraum, ja."

Ada Theron runzelt die Stirn. „Gibt es etwas, was Ihnen Sorgen macht? Ich hatte den Eindruck, dass Sie die Dinge gut unter Kontrolle haben."

Hildegard ringt um die richtigen Worte. „Meine Tochter", bringt sie heraus.

„Ganz offensichtlich fällt das Kind meinem Vater nicht zur Last."

„Nun, er weiß ja nicht einmal, dass es existiert."

Ada Theron überlegt einen Augenblick. „Zu gegebener Zeit werde ich es ihm sagen. Kommen Sie, lassen Sie es uns noch für einen weiteren Monat versuchen. Ich habe ein bisschen Wild, Gemüse und ein paar Eier von unserer Farm mitgebracht, Sie finden alles in der Küche."

Damit ist sie wieder ganz die Arbeitgeberin, die mit ihrer Angestellten spricht. „Danke."

Mittwochs verbringen sie eigentlich den Nachmittag in der Stadtbibliothek, doch am nächsten Mittwoch ist dem Baron etwas schwindelig. „Sollen wir lieber erst morgen Nachmittag in die Stadtbücherei fahren?", fragt Hildegard ihn deswegen.

„Nein, nein, mittwochs tausche ich die Bücher aus. Besorgen Sie mir ein paar Bücher, die mir gefallen."

Das ist schwierig, denn so gut kennt Hildegard den Baron noch nicht. Während sie zwischen den Regalen umherschweift, entdeckt sie alte deutsche Bücher aus der Kolonialzeit. Womöglich interessiert den Baron so etwas, denkt sie und nimmt zwei davon mit.

Als sie zurück ist und der Mercedes wieder vorsichtig in der Garage geparkt ist, geht sie in Richtung Hauseingang und erstarrt vor Schreck.

Der Baron sitzt in seinem üblichen Korbstuhl. Neben ihm steht auf einem Tischchen ein großes Wasserglas, das zur Hälfte mit einer kupferbraunen Flüssigkeit gefüllt ist, in der Eiswürfel treiben.

In dem Korbstuhl neben ihm sitzt Esther. Ihre Füße baumeln hin und her und sie liest dem Baron aus ihrem Lesebuch vor.

Auf dem Tischchen neben ihr steht ein großes Wasserglas, das zur Hälfte mit Bier gefüllt ist.

Wie angewurzelt bleibt Hildegard auf der Veranda stehen, ihr fällt die Kinnlade herunter. „Esther?"

„Mama ist jetzt wieder da. Ich kann dir ja ein andermal weiter vorlesen, Herr Baron", sagt Esther und steht auf.

Geh in unser Zimmer, bedeutet ihr Hildegard ohne Worte.

Der Baron schaut sie mit seinen halbblinden Augen an. „Frau Mäkinen? Wo sind Sie denn gewesen?"

Hildegard nimmt das erste Glas und riecht daran. Ohne jeden Zweifel. Das ist Bier. „Ich war kurz in der Stadtbibliothek, um Ihre Bücher auszutauschen. Erinnern Sie sich, Herr Baron?"

Dann riecht sie an dem zweiten Glas. Branntwein. Wahrscheinlich der zehn Jahre alte des Herrn Baron.

„Und warum hat das so lange gedauert?"

„Ich bin sofort wiedergekommen, nachdem ich die Bücher ausgeliehen habe. Wer hat Ihnen denn dieses Glas Branntwein hier eingeschenkt?"

„Das Mädchen. Zu wenig Eis."

„Herr Baron, es ist noch nicht einmal drei Uhr!"

Er schaut sie ein bisschen verwirrt an. „Es ist aber schon ziemlich dunkel", antwortet er etwas verloren.

Beruhigend legt Hildegard ihm die Hand auf den Arm. „Kommen Sie, ich bringe Sie in Ihr Studierzimmer, dann legen wir ein bisschen Musik auf."

Sie macht es ihm im Lehnstuhl bequem, sucht eine entsprechende Schallplatte heraus und legt sie auf den Plattenteller. Dann geht sie zu ihrem Zimmer im Hinterhaus.

Esther spielt unter der Wollmispel. „Warum bist du bei dem Baron auf der Veranda gewesen und hast mit ihm geredet? Du weißt doch, dass du dich unter keinen Umständen da blicken lassen sollst!", fragt Hildegard sehr streng.

„Mama, du kannst froh sein, dass ich dem Baron geholfen habe!" Das Kind hört sich ganz entrüstet an. „Der Onkel ist zur Hintertür hinausgelaufen und dann die Treppe hinuntergefallen. Ich habe es selbst gesehen. Dann ist er aufgestanden und die ganze Zeit hier herumgeirrt. Er wusste nicht, wohin er geht, weil er nicht gut sehen kann. Die ganze Zeit hat er ‚Anna, Adam' gerufen. Aber Anna ist doch heute nicht hier und Adam kommt auch erst später wieder. Deshalb habe ich seine Hand genommen und ihn zur Veranda gebracht."

Hildegard schüttelt den Kopf. „Esther, warum hast du ihm dann auch noch Branntwein gegeben?"

„Er hat mir gesagt, dass ich das tun soll! Mit Eis, hat er gesagt. Und als ich dann gesagt habe, dass ich auch Durst habe, da hat er gesagt, ich könnte ein Bier haben, aber das war ein bisschen schlecht. Wirklich, Mama, das ist wirklich wahr, genau so ist es passiert. Hätte ich einfach weiter zusehen sollen, wie er da durch den Garten läuft?"

Hildegard schüttelt immer noch den Kopf. „Nein, mein Schätzchen, du hast genau richtig gehandelt. Aber du darfst kein Bier mehr trinken, hast du verstanden? Auch dann nicht, wenn der Baron dir eins gibt, du darfst nur Wasser trinken."

„Gut. Aber, Mama, du darfst ihn auch nicht mehr so lange allein lassen, weil ich dann die ganze Hausarbeit übernehmen muss."

„Gut, Esther."

Hildegard reibt sich die Stirn mit ihren Fingern, während sie langsam ins Haus zurückschlendert. Vielleicht wird man sie später aus dem Haus jagen, sobald der Baron wieder klar denken kann und die Situation durchschaut. An diese Möglichkeit möchte sie gar nicht denken, jedenfalls nicht, bevor sie eine andere Stelle in Aussicht hat. Denn wohin sie dann gehen sollte, weiß sie beim besten Willen nicht.

Und die Zeitung enthielt wieder nichts. Sollte sie vielleicht noch eine Anzeige aufgeben, so wie Ester Lahtinen es getan hat?

Vier Tage lang geschieht nichts. Womöglich hat der Baron die Sache vergessen. Vielleicht hält er sie auch nicht für bedeutungsvoll.

Als eines Nachmittags an der Haustür geläutet wird, stellt Hildegard die Kaffeekanne ab.

Der Baron schaut auch auf. „Das muss mein Schwiegersohn sein, Herr Theron. Er muss klingeln. Nur Ada darf unangekündigt hereinkommen."

„Ich schaue einmal nach, Herr Baron."

Sie geht durch die Eingangshalle und öffnet die Haustür.

Er steht drei Schritt von ihr entfernt. Bekleidet ist er mit einer vornehmen langen Hose und einem Sportjackett, sein dichtes Haar ist grau geworden und im Nacken etwas zu lang. Seine Augen haben immer noch dieselbe graugrüne Farbe, die Lachfältchen haben sich etwas tiefer in sein sonnengebräuntes Gesicht eingegraben. Und seine Augen glänzen fröhlich. „Guten Tag. Ich hoffe, ich komme gerade noch rechtzeitig zum Kaffee."

Wie versteinert steht sie da.

Hinter ihr hört sie den Baron. „Gustav! Was für eine angenehme Überraschung. Bist du endlich wieder aus der Union zurück? Du warst ja monatelang weg."

„Ich bin zurück, Herr Baron. Übrigens waren es gerade einmal vier Wochen."

„Gerade rechtzeitig zum Kaffee. Komm doch mit in mein Studierzimmer, meine Haushälterin bringt uns Kaffee."

Langsam kehrt das Leben in Hildegards Körper zurück. Wie ein Roboter geht sie in die Küche, holt eine weitere Kaffeetasse und einen Teller mit Kuchen und marschiert in das Studierzimmer. Ihre Hände zittern.

Vor Schreck ist sie immer noch wie gelähmt und kommt sich vor wie ein Tier, das in eine Ecke gedrängt worden ist. Herr? Herr? In welcher Richtung geht es jetzt weiter?

Der Baron sitzt in seinem Lehnstuhl und auf dem Sessel ihm gegenüber hat Gustav Platz genommen, zwischen ihnen liegt ein etwas verblichener Perserteppich.

Selbst die Art, wie er sitzt, ist ihr noch vertraut.

Wenn sie sich nach mehr als dreißig Jahren an alles so glasklar erinnert, wird er sie dann nicht auch erkennen?

Als sie Kaffee in beide Tassen füllt und den Kuchen anschneidet, gelingt es ihr nur mit Mühe, ihre zittrigen Hände unter Kontrolle zu bekommen und den Kopf abzuwenden. Sie bedient zunächst den Baron.

„Und es gibt sogar Butterkuchen, wie ich sehe“, sagt Gustavs tiefe Stimme. „Hat Adam den gebacken?“

„Ja, mein Koch kann gut backen. Das hat er im Thüringer Hotel gelernt.“

Hildegard reicht ihm den Kaffee, ohne ihm dabei in die Augen zu schauen. Ihr Blick fällt jedoch auf seine Hände, sie sind stark und so sonnengebräunt wie sein Gesicht, die Nägel sind gerade und kurz geschnitten.

Schmerzhaft vertraut.

„Sie sind die neue Haushälterin? Wir sind einander noch nicht begegnet.“

„Das ist Frau Mäkinen“, stellt der Baron sie vor. „Sie kommt aus Finnland, spricht aber recht gut Deutsch.“

„Aus Finnland? Das ist interessant. Es freut mich, Sie kennenzulernen, Frau Mäkinen.“

Hildegard blickt weiterhin zu Boden, brummt eine Erwiderung und verschwindet dann so schnell wie möglich aus dem Raum.

In der Küche zapft sie sich ein großes Glas kaltes Wasser, doch bevor sie einen Schluck davon trinken kann, hört sie das energische Läuten der Glocke des Barons. Sie atmet langsam aus, betet, dass Gustav sie nicht erkennen möge, und öffnet die Tür zum Studierzimmer. „Herr Baron?“

„Holen Sie die Aktenmappe mit den Quittungen und legen Sie

sie auf den Schreibtisch. Und veranlassen Sie, dass Adam beim Abendessen ein weiteres Gedeck aufträgt, Herr Friedmann isst heute Abend hier."

Sie arbeitet mit abgewandtem Gesicht, während der Baron weiterplaudert. „Ja, wie schön war es doch, als Herr Doktor Theodor Seitz und seine Frau ihre vornehmen Empfänge in der Dienstwohnung des Verwaltungsleiters hier in der Leutweinstrasse veranstaltet haben. Erinnerst du dich noch, Gustav?"

Gustav lacht fröhlich. „Das war ein bisschen vor meiner Zeit, Herr Baron. Das muss vor dem Ersten Weltkrieg gewesen sein. Und damals habe ich noch in Königsberg studiert, erinnern Sie sich?"

Hildegard flüchtet aus dem Zimmer.

In der Küche trinkt sie ihr Wasser, aber das bringt sie nicht wirklich zur Ruhe. „Adam, deck doch bitte auch für Herrn Friedmann. Und achte für einen Moment auf die Glocke, ich muss mal eben in mein Zimmer."

„Ich gehe um fünf Uhr. Für heute Abend mache ich Brötchen, der Leberkäse ist im Kühlschrank", ruft ihr Adam hinterher.

Ein ganzes Stück vom Grundstück entfernt sieht sie Esther und den Nachbarsjungen, sie streiten wieder einmal. „Aber ich sage dir jetzt …"

Erschöpft schließt Hildegard die Tür ihres Zimmers hinter sich und lässt sich aufs Bett fallen. Sie muss versuchen, sich wieder unter Kontrolle zu bekommen.

Er hat sie nicht erkannt. Als sie die Haustür geöffnet hat, hat er nur einen Schritt vor ihr gestanden, sie geradewegs angesehen und sie nicht erkannt. Als er von ihr den Kaffee entgegengenommen hat, war sein Kopf fast neben ihrem und immer noch hat er nicht gewusst, wer sie wirklich ist.

Sie versucht logisch zu denken. Sie hat ihn erkannt, weil sie sich in ihrem Unterbewusstsein sicher gewesen ist, dass er in Deutsch-Südwest wohnt, schließlich ist er in Königsberg schon erwachsen gewesen und da hat sie jede seiner Bewegungen in sich eingesogen. Aus diesem Grund wird er sie wahrscheinlich nicht wiedererkennen. Denn in diesem weit entfernten Land rechnet er einfach nicht mit ihr. Möglicherweise hat er auch das Königsberger Kind schon lange vergessen. In jenen Jahren ist sie schließlich ein kleines Mädchen mit glänzenden Augen, weiten Kleidern und bunten Haarbändern in den Zöpfen gewesen. Und schau doch nur, wie sie jetzt aussieht.

Niemals würde er sie wiedererkennen.

Diese Erkenntnis bringt ihr eine gewisse Erleichterung.

Aber woher kommt dann all der Schmerz?

Sie weiß es.

Denn ihr ausgemergelter Körper und ihr müder Geist haben heute Nachmittag auf die Gegenwart dieses Mannes reagiert wie noch nie auf einen anderen Mann. Der Traum, von dem sie sich nie sicher gewesen ist, ob es ihn überhaupt gibt, ist nach einem langen Dornröschenschlaf mit aller Macht wachgerüttelt worden.

Sie steht auf und wäscht sich das Gesicht mit kaltem Wasser. Dann bestastet sie ihre Haare, denn in ihrem Zimmer gibt es keinen Spiegel, in dem sie sehen könnte, ob der Knoten, zu dem sie ihr Haar hochgesteckt hat, noch ordentlich sitzt.

Schließlich geht sie bedächtig zur Hintertür zurück, so wie die lahmen Esel dieses Landes, die man Schritt für Schritt vorantreiben muss. Sie möchte nicht denken. Pünktlich um sechs Uhr muss das Abendessen aufgetragen werden.

Spät in der Nacht schreibt sie einen Brief an die *Allgemeine Zeitung*. Wenn das schon einmal geklappt hat, dann kann es auch wieder funktionieren. Und selbst wenn er sie nie erkennen sollte, wird sie sich doch woanders sicherer fühlen.

Draußen ist es kalt. Es hängt jedoch kein Schneegeruch in der Luft, so wie das in Berlin und Königsberg der Fall gewesen ist, sondern es herrscht eine seltsame, trockene Kälte bei voller Sonne. Wenn der Wind nicht um die Ecken pfeift, können die Füße auf den Stufen hinauf zur Veranda von der Sonne angenehm gewärmt werden. Doch drinnen ist es kalt. Trotz des Kaminfeuers, das Anna schon am frühen Morgen angezündet hat, wickelt Hildegard die Knie des Barons in eine Decke. „Es ist Winter", bemerkt dieser.

„Ja, Herr Baron, es ist Winter."

Sie sitzen im Studierzimmer mit seinen Reihen verstaubter Bücher, seinen Jagdtrophäen an den Wänden, seinen beiden durchgesessenen Lehnstühlen und dem Rattansofa mit der aufrechten Rückenlehne. Hildegard öffnet einen Brief nach dem anderen. Sie liest dem Baron das Schreiben seines Neffen aus Frankfurt vor. „Wir haben uns 1899 zum letzten Mal gesehen. Inzwischen sind wir steinalt, uralte Knacker", murmelt der Baron. Allerdings haben sie sich über die Jahre hinweg immer regelmäßig geschrieben.

Er diktiert seine Antwort und Hildegard schreibt mit.

In den nächsten beiden Umschlägen sind Rechnungen. „Die eine haben wir doch schon längst bezahlt", stellt der Baron nachdrücklich fest.

Hildegard weiß jedoch, dass sie diese Rechnung bisher noch gar nicht bekommen haben. Sie gehen also die gesamte Liste mit Rechnungen und Quittungen durch. Dass die Rechnung schon bezahlt ist, lässt sich nirgendwo erkennen. „Herr Friedmann soll sich darum kümmern", entscheidet Hildegard schließlich.

„Ja, das soll er. Gibt es noch mehr Post?"

Hildegard nimmt den letzten Umschlag zur Hand. Als sie den Absender überfliegt, schlägt sie vor Schreck die Hand vor den Mund.

Der Baron muss ihre plötzliche Bewegung bemerkt haben. „Frau Mäkinen, was ist los?"

„Der … ist für mich. Von der Missionsstation."

„Welcher Missionsstation?", fragt der Baron verwirrt.

„Ich schaue einmal, wo Adam mit dem Tee bleibt." Sie muss hier raus und den Briefumschlag öffnen. Wahrscheinlich ist der Brief von Ester Lahtinen oder Lüsa, die ihr etwas mitteilen wollen. Doch vielleicht …

Im Kuvert steckt ein zweiter Umschlag. Die Handschrift erkennt sie sofort. Ihre Beine versagen ihr den Dienst und sie sinkt erschöpft auf den Teppich im Eingangsportal herunter.

2. Mai 1946

Liebe Mutter!

Ich schreibe wieder, weil ich nicht aufhören möchte zu glauben, dass du einen meiner Briefe auf diese oder jene Weise bekommen wirst, wenn ich nur weiterschreibe.

Ich bin immer noch in England. In Holland habe ich mir kurz vor Kriegsende ein rheumatisches Fieber zugezogen. Eine sehr fachkundige englische Ärztin hat mich durchgebracht. Ich bin hier zuerst in einem Krankenhaus gewesen, von da aus bin ich in ein Rehabilitationszentrum überwiesen worden. Manchmal gehe ich mit ihr (Doktor Wilson) nach Hause und helfe ihr morgens in ihrer Praxis.
Ich fürchte, mein Herz hat die Krankheit nicht unbeschadet überstanden, aber es scheint nicht zu ernst zu sein und ich weiß, dass alles noch viel schlimmer hätte kommen können. Ich denke manchmal an Johann und an Vater, die den höchsten Preis bezahlen mussten. Oder an Oswald im Gefangenenlager in Russland. Dann weiß ich wieder, dass ich zu den Gesegneten gehöre.
Mutter, ich mache mir immer noch große Sorgen um dich und die kleine Esther. Wie ich vermute, wohnt ihr nicht mehr in dem Haus in Berlin, ansonsten hättest du längst auf meine Briefe geantwortet. Ich weiß auch, welche furchtbaren Zustände in Berlin geherrscht haben, nachdem dort die Russen einmarschiert sind. Ich lege dich und Esther jeden Tag unserem großen Hirten aufs Herz. Und ich werde nicht aufhören, nach euch zu suchen, weil ich mir sicher bin, dass ihr noch lebt.

Dein sehnsüchtiger Sohn
Karl

Hildegard fällt nach vorn auf die Knie. Dann klappt sie auf dem Teppich im Eingangsbereich völlig zusammen, den Brief an ihr Herz gedrückt. Heilig, heilig, heilig, Herr, allmächtiger Gott …

Dort findet Baron von Ingersleben sie schließlich. „Frau Mäkinen?“

Als sie die Augen wieder öffnet, erkennt sie den Stock und die blankgewichsten Stiefel und hebt den Kopf. „Mein Kind lebt.“

Jetzt jubelt ihr Herz in ihr. „Dein Bruder Karl hat einen Brief geschrieben", erzählt sie Esther, als diese von der Schule nach Hause kommt.

„Gib ihn mir, ich will ihn lesen. Ich kann schon gut lesen."

Doch schon sehr schnell gibt sie ihn wieder zurück. „Er schreibt zu unleserlich."

Hildegard nimmt den kostbaren Brief wieder an sich und streicht über die Buchstaben, die aus seinem Federhalter in ihr Herz geflossen sind. „Es geht ihm gut. Er ist in England."

„In England? Charles ist auch in England gewesen, aber dann haben die Bomben England kaputt gemacht, deshalb ist er mit dem Schiff hierhergefahren. Schreib Karl doch, dass es hier keine Bomben gibt."

Weil sie jetzt eine Adresse hat, kann sie ihrem Kind schreiben: Mein Sohn, mein Sohn …

Esther zeichnet ein sonniges Bild von sich und ihrem Teddy Karl. Dann malt sie die Ränder voller Herzen und schreibt ihren Namen darunter. Sie schieben die beiden Briefe in ein Kuvert. Morgen wird der Brief seine wochenlange Reise nach England antreten.

„Wir müssen dem Herrn danken, dass er Karls Leben verschont hat. Und dass wir uns wiedergefunden haben."

„Gelobt sei der Herr", stimmt Esther ihr sofort zu.

Für Freitag werden Herr und Frau Theron sowie zwei weitere Gäste zum Essen eingeladen, aber Gott sei Dank ist Gustav nicht darunter.

So wie immer plant Hildegard alles bis ins kleinste Detail. Dieses Mal arbeitet sie jedoch mit einem Lied in ihrem Herzen.

Sie kramt in ihren Erinnerungen nach Gerichten aus ihren Berliner Tagen oder nach solchen, die Madame Dubois noch in der Küche in Königsberg zubereitet hat. Adam erklärt sie, wie sie geschmeckt haben. Er schüttelt den Kopf und erfasst es dennoch genau. Weil er viele Komplimente bekommt, scheint es, als würde er es genießen, sich auf diese Experimente einzulassen.

Und schon ist Hildegard in einer anderen Rolle und fängt ebenfalls an, diese Empfänge zu genießen.

Jeden Tag spielt sie Klavier, manchmal morgens für den Baron, manchmal auch erst mittags, wenn er schläft. Das macht ihr sehr viel Freude.

Am Freitagabend läutet der Baron nach dem Nachtisch so wie immer mit dem Glöckchen. Hildegard kommt mit einem Tablett Kaffee. „Den trinken wir im Studierzimmer, Sie müssen für uns spielen", fordert er sie auf.

„Herr Baron, ich …" Doch schon schieben die Gäste ihre Stühle nach hinten und begeben sich ins Studierzimmer.

Herr Theron nimmt ihr das Tablett ab. „Ich freue mich schon darauf, Sie spielen zu hören. Mein Schwiegervater ist voll des Lobes darüber und das passiert wahrhaftig nur sehr selten."

Hildegard schüttelt den Kopf, denn sie kommt sich vollkommen fehl am Platze vor.

Dann sucht sie zwei leichtere Stücke aus, von denen die Gäste angenehm überrascht sind. „Sie müssen auch mal an einem Musikabend zu uns kommen und vorspielen", schlägt einer von ihnen vor.

Der Baron ist stolz. „Das werden wir wieder tun", sagt er am nächsten Tag.

„Ach, Herr Baron?" Eine Frau im schwarzen Kleid und mit gestärkter weißer Schürze auf einem Klavierstuhl? Doch das wird er nie verstehen.

Am Montagmorgen fragt der Baron: „Wo ist das Mädchen? Es hat versprochen, mir wieder aus seinem Lesebuch vorzulesen."

„Es ist in der Schule, Herr Baron."

„In der deutschen Schule?"

„In der deutschen Schule, ja."

„Das ist gut."

Mein Leben in diesem Land des Sonnenscheins ist sehr gesegnet, denkt Hildegard zum wiederholten Mal, seit sie den Brief bekommen hat. Ich weiß, dass Karl in Sicherheit ist, und wir können sogar miteinander kommunizieren. Esther ist glücklich, die Schule macht ihr großen Spaß. Wir haben ein festes Dach über dem Kopf, jeden Tag genug zu essen und Geld, um uns noch ein paar Dinge zu kaufen. Ich fange an, den Baron mehr und mehr zu verstehen. Und ich habe meine Musik. Eines Tages kann ich vielleicht sogar Esther das Klavierspielen beibringen.

Langsam breitet sich so etwas wie Frieden in mir aus, denkt sie. Alles hier ist mittlerweile vertraut und sicher.

Herr, sollte ich dann nicht lieber hierbleiben? Die Wahrscheinlichkeit, dass er mich je wiedererkennt, geht doch gegen Null.

Doch niemand antwortet ihr.

„Wir müssen am Freitagabend zu einem Treffen der Windhuker Musikvereinigung gehen", sagt der Baron eines Tages unvermittelt.

„Ist das ein Musikabend, Herr Baron?"

„Natürlich."

Die Aussicht auf einen ganzen Abend voller Musik lässt Hildegard lächeln. „Ich bin zum letzten Mal in Deutschland auf einem Musikabend gewesen."

„In Finnland", korrigiert er sie.

Doch Hildegard geht nicht darauf ein.

Zum ersten Mal seit Monaten denkt sie über ihren Auftritt nach. Sie sucht ihr bestes schwarzes Kleid heraus – das, das sie auf Siegfrieds Beerdigung getragen hat – und legt sich im letzten Augenblick ihre einzige Perlenkette um den Hals. Dann steckt sie ihr Haar zu einem Knoten zusammen und schaut im Spiegel des Esszimmerbuffets nach, ob das gut aussieht.

Im Eingangsbereich wartet schon der Baron. „Wo ist meine Fliege?"

Hildegard hat die Fliege zu den anderen Kleidungsstücken auf sein Bett gelegt, sie muss heruntergefallen sein. Zunächst schließt sie seine Hemdknöpfe ordentlich und bindet ihm dann die Fliege.

„Mir wäre es lieber gewesen, wenn Ada einen deutschen Offizier geheiratet hätte", beginnt der Baron zu plaudern. „Es gab da einen guten jungen Mann, der Name ist mir entfallen. Sie hätte auch Gustav heiraten können, aber der ist ja nach Deutschland zum Studieren gegangen. Ada ist immer schon ein Dickkopf gewesen, deshalb hat sie einen Bauern geheiratet. Einen, der nicht zu unserer Kultur gehört."

Hildegard hat Schwierigkeiten mit der Fliege. „Vielleicht ist sie eher ihrem Herzen als ihrem Kopf gefolgt, Herr Baron."

„Dazu kommt, dass sie keine Kinder hat. Was soll denn aus dem

Hof werden? Irgendjemand muss den Hof doch weiterführen!" Verärgert klopft er mit dem Stock auf den Boden.

„Herr Theron ist doch noch kräftig und gesund, ich denke, sie werden den Hof noch lange Jahre versorgen können."

„Warum dauert das hier so lange?"

„Ich bin schon fertig. Sie sehen sehr vornehm aus, Herr Baron."

„Ja. Ich weiß."

Als Hildegard sich darum gekümmert hat, dass Esther und Anna für den Abend versorgt sind, schließt sie die Tür, holt den Mercedes aus der Garage und hilft dem Baron, auf der Beifahrerseite einzusteigen. „Sie müssen vorsichtig fahren. Und langsam. Auf den Straßen ist viel los."

„Ja, Herr Baron."

Sie fahren durch Windhuks ruhige Straßen zum Haus von Francois, der Dienstwohnung des Verwaltungsleiters, wo der Musikabend veranstaltet wird. „Sie die Gäste schon alle da?"

„Hier stehen ein paar Autos", antwortet Hildegard und versucht so vorsichtig wie möglich einzuparken.

„Dann sind wir spät dran", weist der Baron sie zurecht.

„Wir sind noch ganz pünktlich", entgegnet Hildegard ruhig. „Kommen Sie, Herr Baron."

Sie führt ihn die Treppe hinauf, wo sie von der Gastgeberin herzlich begrüßt werden. Im Haus sorgt Hildegard dafür, dass der Baron vorn in einem Lehnstuhl sitzt, in der Nähe des Flügels. Sie bringt ihm ein Glas Wein und ein Schüsselchen mit Salzgebäck, dann schiebt sie das Tischchen unter seine Hand, sodass er sein Glas bequem darauf abstellen kann. Schließlich sucht sie für sich selbst einen Platz in der Ecke, etwas am Rand, wo man sie nicht so sieht und von wo aus sie die Musik genießen kann und gleichzeitig beobachten kann, ob der Baron etwas braucht.

Vor der Pause, erklärt die Gastgeberin, werden sie einige neue Schallplatten mit klassischer Musik hören, die Herr Doktor und Frau Hartmann ausgewählt haben. Während der Pause werden leichte Erfrischungen gereicht werden. Die zweite Hälfte des Programms wird leichter werden und durch drei talentierte Schüler der hiesigen höheren Schule am Klavier gestaltet werden. Ihr Lehrer wird den Abend mit Chopins *Valse du petit chien* beschließen.

Ich muss unbedingt damit anfangen, Esther das Klavierspielen beizubringen, denkt Hildegard. Sie kann sich nicht vorstellen, dass der Baron etwas dagegen hätte.

Gerade als die Musik begonnen hat, sieht Hildegard aus dem Augenwinkel heraus, dass noch jemand hereinkommt und sich schräg vor sie setzt.

Sie erkennt ihn an seinen Bewegungen, an dem schnellen Nicken seines ergrauten Kopfes, während er schweigend die Leute grüßt. Und an seinen breiten Schultern, die in einer grauen Anzugjacke stecken.

Durch ihren Körper geht ein Zucken. Lieber Vater, hört das denn nie auf?

Sie zieht sich noch etwas weiter in ihre Ecke zurück, nimmt sich unbemerkt die Perlenkette ab und steckt sie in ihre Handtasche. Sie möchte so unauffällig wie möglich erscheinen.

Ich hätte ihn hier nicht erwartet, sagt sie zu sich selbst. Windhuk ist nicht groß, sie muss das nächste Mal darauf vorbereitet sein, dass er überall sein kann. Jetzt aber sollte sie sich entspannen und zusammen mit den anderen Gästen die Musik genießen.

Sie schaut geradeaus vor sich auf den Boden. Allerdings muss sie an ihm vorbeischauen, wenn sie den Baron im Blick behalten möchte.

Nach einer Weile gelingt es ihr dennoch, sich zu entspannen. Die wunderschöne Musik aus dem hervorragenden Plattenspieler hilft ihr dabei.

In der Pause holt sie für den Baron noch einen Teller mit Essen. Als sie damit gerade auf dem Weg zu ihm ist, hört sie direkt hinter sich eine Stimme: „Guten Abend, Frau Mäkinen."

Sie muss sich umdrehen. Seine Augen sind heute Abend eher grün als grau. „Guten Abend."

Dann schaut sie sofort wieder zu Boden.

„Ich besorge dem Baron ein Gläschen Wein", bietet er an.

„Danke."

Als sie den Teller mit Essen bei dem Baron abgestellt hat, flüchtet sie schnell wieder in ihre Ecke.

Hildegard Mäkinen von Stein von Plötzke, kriege es endlich in deinen Kopf: Der Mann kann dich jetzt nicht mehr erkennen. Stell dir vor, wie du als zwölfjähriges Kind ausgesehen hast, und dann erinnere dich an das Spiegelbild, das du heute Abend im Buffetspiegel gesehen hast. Das Leben ist nicht spurlos an dir vorübergegangen. Du hast deinen Adelstitel verloren, dein Geld und dein Gesicht.

Frau Mäkinen ist die Haushälterin und Pflegerin von Baron von Ingersleben aus Windhuk, Südwestafrika. Niemand weiß, dass Frau Mäkinen einst Hildegard von Plötzke aus Königsberg in Ostpreußen gewesen ist. Hinter dem finnischen Nachnamen von Andreas ist sie sicher verborgen.

Und doch …

Vielleicht bringt die Anzeige in der Zeitung etwas. Denn sobald Hildegard meint, die Situation unter Kontrolle zu haben, passiert wieder etwas, was ihr Selbstvertrauen vollkommen durcheinanderbringt.

Nur mit Mühe beginnt sie sich wieder zu entspannen.

Nach dem Konzertabend fährt Hildegard den Baron nach Hause. „Sie dürfen keine Kinder spielen lassen. Das tut der Sache einen Abbruch“, brummt der Baron unzufrieden.

„Der eine Junge hat doch gut gespielt, meinen Sie nicht auch, Herr Baron? Und der Musiklehrer auf jeden Fall auch.“

„Sie müssen dem Mädchen das Klavierspielen beibringen.“

Hildegard hat es gelernt, seinen Gedankengängen zu folgen. „Das würde ich sehr gern, vielen Dank, Herr Baron.“

„Es soll auch morgen wieder zum Vorlesen kommen.“

„Das wird es, Herr Baron.“

Auch das ist ein nahezu tägliches Bild geworden, der alte Mann, der am späten Nachmittag auf der Veranda sitzt, und das Mädchen, das sein Lesebuch auf den Tisch gelegt hat und dort lernt. Er ist ein strenger Lehrmeister. „Nein, lies das mit mehr Gefühl.“ Noch eine der zahlreichen unverdienten Segnungen – sein Umgang mit dem Kind.

Hildegard hilft dem Baron ins Bett, schaltet das Licht aus und schließt die Hintertür.

Als sie in ihr Außenzimmer kommt, liegt Esther schon im Bett. „Sie schläft“, sagt Anna.

„Danke, Anna. Kommst du in dem anderen Außenzimmer zurecht?“

„Es ist alles in Ordnung.“

„Ist Mama zurück?“, will Esther schlaftrunken wissen. „War es schön?“

„Die Musik war wunderbar. Schlaf jetzt schön weiter.“

Es ist ein guter Abend gewesen, die Musik war schön, sogar die eingeübten Stücke der Schüler.

Und doch spült spät in der Nacht der Schmerz etwas frei, was in Hildegards Brust feststeckt, etwas, das sie schier um den Schlaf zu bringen droht. Verbissen kämpft sie gegen den Strom an.

Der Schmerz wird vorbeigehen, ich weiß, dass er es wird, spricht sie sich selbst Mut zu. Ich bin schon durch sehr viel schmerzhaftere Zeiten gegangen als diese.

Es kann doch wirklich nicht so schlimm sein, einen Traum aufzugeben!

Der Brief befindet sich eines Morgens wieder zwischen all der anderen Post im Briefkasten. Darin geht es nicht um eine andere Arbeitsmöglichkeit. Nein, viel besser: Das ist der Brief, auf den sie schon seit Wochen gewartet hat. Dieses Mal kann sie ihn lesen, bevor sie die Post ins Studierzimmer bringt.

13. August 1946

Liebe Mutter!

Ich sitze hier und halte deinen Brief in Händen, deinen Brief und Esthers Zeichnung. Und ich danke Gott, ich preise ihn für seine Größe.

Die Tränen laufen ihr über die Wangen, sie kommen ganz von selbst. Und ich erst, mein Junge, und ich erst.

Er schreibt davon, wie froh er darüber ist, dass sie in Sicherheit sind. Aber in Südwestafrika? Und seine feine Mutter arbeitet dort als Haushälterin?

Sie lächelt. Du kannst dir nicht vorstellen, wie sehr ich mich schon daran gewöhnt habe, Karl, denkt sie ein wenig stolz.

Er erzählt alles über seine Krankheit und das Krankenhaus in Arnheim, über seine Verzweiflung, als das Personal fliehen musste und ihn der Gnade des Feindes überlassen hat. Doch der Herr war mir gnädig, schreibt er. Ein Engel hat mich gefunden, sie hat sich darum gekümmert, dass ich in ein Krankenhaus in ihrer Heimatstadt verlegt wurde.

Er berichtet von seinem Aufenthalt in diesem Krankenhaus, davon, wie Doktor Wilson – Ruth – ihn versorgt hat, wie sie sich darum gekümmert hat, dass er nicht ins Gefangenenlager, sondern stattdessen in ein Rehabilitationszentrum gebracht wurde, wo er wieder zu Kräften gekommen ist. Ich werde mein Leben lang vorsichtig sein müssen, denn die alte Pumpe in meiner Brust macht nicht mehr alles mit, schreibt er. Doch zum Glück weiß ich, wie ich damit umgehen muss.

Mutter, ich habe mich in den Feind verliebt, in Ruth Wilson. Sie ist einige Jahre älter als ich, aber ihr Mann ist im Krieg gefallen. Ihr Sohn Christopher ist ein bisschen älter als Esther. Ein süßes Kerlchen, wenn auch manchmal etwas zu quirlig.
Ruth ist ein lieber Mensch, schreibt er, und eine außerordentlich begabte und zugewandte Ärztin. Ich arbeite schon seit einer Weile morgens in ihrer Praxis. Wir haben vor, bald zu heiraten.
Mutter, ich träume davon, dich und die kleine Esther nach England zu holen. Ruth und ich haben schon einmal darüber gesprochen, es gehört eigentlich sogar zu unseren Plänen für die Zukunft. Es hängt davon ab, ob du es dir vorstellen kannst, im Land des Feindes zu wohnen. Und natürlich kann es erst geschehen, wenn wir ein bisschen Geld zurückgelegt haben. Bis dahin werden wir alle hier hart arbeiten müssen.

Er erzählt ihr noch das eine oder andere und lässt Esther Grüße ausrichten. Sage ihr, dass sie wunderbar zeichnen kann, sie kann mir gern wieder ein Bild malen.

Bis wir wieder miteinander sprechen können, bleibe ich dein sehnsüchtiger Sohn
Karl

„Mein Junge hat geschrieben“, berichtet Hildegard dem Baron.

„Ihr Junge? Ich habe gedacht, das sei ein Mädchen.“

„Ich habe auch noch einen Sohn, das habe ich Ihnen neulich erzählt. Er ist noch in Europa.“ England erwähnt sie nicht, denn das ist der Feind.

„Davon höre ich das erste Wort. Kommen Sie, lassen Sie uns anfangen.“

Selbst der morgendliche Regenschauer macht ihr heute nichts aus. Der Brief steckt sicher in ihrer Schürzentasche.

„Ich habe dir ja schon gesagt, dass das hier der aller-, allerschönste Ort auf der ganzen Welt ist, Mama“, sagt Esther eines Nachmittags. „Ich werde jetzt gleich noch ein Bild für Karl malen.“

„Esther, warum ist deine Schuluniform so furchtbar schmutzig?“

„Ich habe gespielt.“

Mit der Schuluniform in der Hand geht Hildegard in die Küche zurück. Die Sonne scheint fröhlich durch die Zweige des Leberwurstbaumes an der Hintertür, die Vögel zwitschern. Selbst als sie mit dem Baron später die Gästeliste für den Empfang am Freitagabend zusammenstellt und Hildegard wieder den Namen „Herr Friedmann“ auf die Liste schreiben muss, bleibt es ein sonniger Tag.

Es wird nie mehr so sein wie beim ersten Mal, denkt sie nachts im Bett. Es wird auch nie mehr so sein wie bei dem Musikabend in der Wohnung des Verwaltungsleiters. Sie weiß jetzt, dass er kommt, sie hat ihm selbst die Einladung geschrieben, morgen trägt der Gärtner sie aus.

Danke, Herr, für den tiefen Frieden in mir, betet sie. Es kommt ihr wirklich so vor, als ob sie zum ersten Mal seit Jahren so etwas wie ein sicheres Nest gefunden hat. Wenn dann noch am Freitagabend alles glattläuft und niemand auf ihre Zeitungsanzeige reagiert, dann könnte vielleicht …

Als Hildegard am Freitagmorgen die Sitzordnung plant, setzt sie Gustav trotzdem lieber mit dem Rücken zur Küchentür. Auf diese Weise muss sie ihn nie direkt anschauen.

„Der alte Herr wird langsam alt“, kommt Anna ins Plaudern, während sie das blütenweiße Tischtuch bügelt.

„Er wird mit der Zeit etwas senil, ja. Du kannst das Tischtuch nach dem Bügeln gleich auflegen, hörst du? Adam, kommst du mit dem Karottenborretsch zurecht?“

Adam schüttelt nur den Kopf, von Karottensuppe hat er noch nie etwas gehört. Karottensalat, das kennt er. Aber Suppe?

Hildegard probiert sie. „Perfekt“, stellt sie zufrieden fest. „Denk daran, einen Teelöffel saure Sahne in jede Suppentasse hineinzutun, und zwar kurz bevor du sie uns am Tisch servierst.“

Der Abend verläuft gut. „So ein Karottenborretsch habe ich zum letzten Mal vor dem Krieg in Danzig gegessen“, sagt der Herr Doktor zufrieden.

„Deshalb kommt mir der Geschmack bekannt vor!“, ruft Gustav aus. „Ich habe so etwas zum letzten Mal im Haus meiner Großmutter in Königsberg gegessen, das war noch vor dem Ersten Weltkrieg.“

„Ich habe wirklich geglaubt, dass Deutschland den letzten Krieg gewinnen und Deutsch-Südwest dann wieder ein Teil des Deutschen Reiches werden würde“, seufzt Herr Doktor Hartmann. „Wo stehen wir denn jetzt? In allen praktischen Belangen hat die Südafrikanische Union den Daumen drauf, die wiederum zum britischen Commonwealth gehört. Mir kommt es so vor, als wären wir wirklich abgeschrieben.“

Hildegard räumt die Suppentassen eine nach der anderen ab und Adam trägt das Tablett in die Küche.

„Wenn Hitler den Krieg gewinnt, kommt Deutsch-Südwest wieder zurück ans Deutsche Reich“, sagt der Baron mit Nachdruck. „Dann sind wir die Buren endlich los. Für die zählen doch nur die Belange der Union, Deutsch-Südwest ist für sie doch nur ein Stiefkind.“

Sein armer Schwiegersohn ist auch ein Bure, denkt Hildegard ein bisschen amüsiert.

Gustav ergreift ihn sanft am Arm. „Hitler ist tot, Herr Baron. Deutschland hat den Krieg verloren.“

Der Baron schüttelt verwirrt den Kopf. „Ich habe Hitler noch nie viel zugetraut. Was wir brauchen, ist, dass Kaiser Wilhelm II. wieder ans Ruder kommt. Das ist ein Mann, der … ja …“

Hildegard nimmt die Schüsseln mit dem Gemüse nacheinander von dem Tablett, das Adam ihr hinhält, und platziert sie vor den Gästen auf dem Tisch.

„Sie haben recht, Herr Baron, wir können in Deutsch-Südwest noch gewinnen“, erwidert Gustav, die Hand immer noch auf dem Arm des Barons. Dabei wirft er den anderen Gästen rund um den Tisch einen Blick zu. „Ich glaube, wir sollten die Vergangenheit hinter uns lassen und nach vorne schauen. Die Afrikaaner behaupten, wir Deutschen könnten uns niemals mit diesem Land hier anfreunden, weil unsere eigentliche Heimat immer noch Deutschland sei. Vielleicht leben wir hier tatsächlich immer noch so, als ob wir Sehnsucht nach Deutschland hätten.“

„Wollen Sie damit etwa sagen, dass wir unsere deutsche Kultur aufgeben sollten? Zugunsten der englischen, der des Feindes?“ Der Herr Doktor sieht sehr entrüstet aus.

„Wir sollen unsere Kultur aufgeben?“, fragt der Baron entsetzt.

Als Letztes wird die Schüssel mit dem Fleisch aufgetragen. „Das sieht wunderbar aus, danke, Adam“, sagt Frau Hartmann.

„Wir müssen ja nicht gleich mit Smuts und seiner SAP zusammenarbeiten“, entgegnet Herr Martiens Theron ruhig. „Hier in Südwest ist die NP wieder gegründet worden, meiner Meinung nach kann man Malan unterstützen.“

Dem Herrn Doktor bereitet dieser Vorschlag offensichtlich Kopfzerbrechen. „Ein Teil unserer deutschen politischen Strukturen besteht noch, obwohl sie im Krieg verboten worden sind. Auf die müssen wir aufbauen“, wirft er ein.

„Deutschland über alles!“, ruft der Baron enthusiastisch aus.

„Ich stimme Martiens zu“, hört Hildegard Gustav sagen, während sie in die Küche zurückgeht. „Wir sollten uns überlegen, wie wir mit den Afrikaanern in Deutsch-Südwest gemeinsame Sache machen können. Wir müssen zusammenstehen und dieses Land aufbauen …“

Eigenartig, denkt Hildegard mit einem Lächeln, die Gespräche rund um den Esstisch scheinen überall dieselben zu sein und sich immer im Kreis zu drehen. Ob das nun in Königsberg vor dem Ersten Weltkrieg ist, in Berlin vor dem Zweiten Weltkrieg oder in Windhuk nach dem Zweiten Weltkrieg, immer dieselben Gespräche. Jeder dieser Möchtegern-Politiker glaubt, er habe eine Antwort auf die Probleme, die die großen Köpfe der Weltpolitik nicht lösen können. Und der Baron mischt kräftig mit, obwohl er offensichtlich keine Ahnung hat, worum es in den Gesprächen geht.

Bevor die Glocke für den Kaffee läutet, kommt Herr Theron in die Küche. „Frau Mäkinen, meine Frau lässt fragen, ob Sie den Kaffee wieder im Studierzimmer servieren und für uns spielen könnten. Warum ist mein Schwiegervater heute Abend nur so durcheinander?"

Hildegard schüttelt den Kopf. „Ich habe keine Ahnung. Ich gebe ihm regelmäßig seine Medikamente, aber ich habe den Eindruck, er wird immer verwirrter."

„Die Aufregung heute Abend ist vielleicht etwas zu viel für ihn, vor allem die Gespräche über den Krieg. Spielen Sie etwas, das wird ihn beruhigen."

Hildegard nickt, macht ihre Haare zurecht und geht ihre Noten holen. Als sie ins Studierzimmer kommt, hat Herr Theron bereits den Kaffee verteilt.

Sie setzt sich ans Klavier. Dann beginnt sie eine sanfte Weise zu spielen. Die Gäste lauschen andächtig. „Spielen Sie noch etwas?", bitten sie danach.

„Spielen Sie doch *Für Elise* für uns", verlangt der Baron, der jetzt sehr viel ruhiger wirkt.

Hildegard lächelt flüchtig und nickt, das ist und bleibt eines seiner Lieblingsstücke. Ihr geht es nicht anders, *Für Elise* kennt sie noch aus ihren Kindheitstagen in Königsberg.

Als sie ihn später ins Bett bringt, ist der Baron wieder ganz der Alte. „Die jungen Leute von heute denken nicht nach. Stellen Sie sich doch nur vor, wie das wäre, wenn wir mit den Buren zusammenarbeiten würden! Daraus kann doch nichts Gutes werden."

„Wir können ja morgen wieder über Politik sprechen, Herr Baron. Jetzt ist es spät und wir sind beide müde."

„Ja, ich bin müde. Aber der Abend ist ein großer Erfolg gewesen, meinen Sie nicht auch?"

Näher als mit diesen Worten ist er einem Kompliment noch nie gekommen.

Als Hildegard seine letzten Kleidungsstücke in den Schrank hängt, schläft der Baron schon fest. Leise zieht sie die Zimmertür hinter sich zu.

Am nächsten Morgen steht Hildegard schon früh in der Küche. Sie summt ein Lied, während sie für Esther ein Marmeladenbrot zum Frühstück streicht. Es ist Samstag, das Wochenende liegt vor ihr. Von Montag an will sie das Haus Zimmer für Zimmer jeden Tag etwas sauberer machen – die Teppiche ausklopfen, die Bücher eins nach dem anderen abstauben, die unzähligen kleinen Bilder an den Wänden abwischen.

Ich bin die Putzfrau, lächelt sie vor sich hin.

Der Sommer liegt in der Luft.

„Hildegard?"

Instinktiv schaut sie auf, blickt dann aber sofort wieder auf den Tisch vor sich.

Nein. Nein. Herr, nein, bitte nicht.

„Hildegard von Plötzke?" Sie hört das Erstaunen in seiner Stimme. „Hildegard von Plötzke aus Königsberg. Du bist es wirklich. Wie ... wie um alles in der Welt bist du denn hier gelandet?"

Einen Augenblick lang bleibt sie totenstill stehen. Es ist unmöglich, er kann sie nicht erkannt haben.

Aber das hat er. Und sie ist wie versteinert. Wie eine Tiermutter, die ihr Nest beschützen muss.

Sie dreht sich langsam um und schaut ihm direkt in die Augen. „Geh bitte weg."

„Hildegard?"

„Hildegard von Plötzke ist tot. Mein Kind und ich haben zum ersten Mal seit vielen Jahren Frieden gefunden. Nimm uns den bitte nicht wieder weg."

Doch er betrachtet sie weiterhin, in seinen grauen Augen lässt sich nichts erkennen.

Dann dreht sie ihm den Rücken zu und fährt damit fort, Marmelade auf das Brot zu streichen und ihre Hände zittern dabei.

Sie hört nur noch, wie er sich umwendet und leise durch die Hintertür geht und sie zuzieht.

19. Kapitel

Die Nacht zum Samstag ist trotz des Mondlichts rabenschwarz. Es spielt keine Rolle, was Hildegard darüber denkt oder wie sehr sie es zu verdrängen versucht, die Tatsache bleibt bestehen: Er hat sie erkannt.

Herr, Herr, zeige mir doch den Weg, betet sie am Sonntag den ganzen Gottesdienst hindurch. Herr, zeige uns doch ein Auskommen für mich und mein Kind.

Doch die Nacht bringt ihr keine Ruhe. Der Mond geht seinen gewohnten Gang.

Der Brief aus Keetmanshoop, der sie am Montagmorgen erreicht, kommt ihr vor wie ein Rettungsboot in stürmischer See. Ein Witwer hat drei Kinder. Könnte die Dame kommen und sich um sie kümmern?

Er bietet Hildegard freie Kost und Logis im Haus an. Sie würde im Prinzip rund um die Uhr im Dienst sein, nur am Sonntag hätte sie frei. Gelegentlich komme seine Mutter zum Aushelfen, aber das sei nur zeitweise. Wenn sie die Stelle annehme, könne sie jederzeit anfangen, seine Mutter sei bereit, die Zeit bis dahin zu überbrücken.

Das angebotene Gehalt ist um einiges niedriger als das, was Hildegard jetzt bekommt. Doch Geld ist für sie mit einem Mal vollkommen unwichtig.

In diesem Haus gibt es schon drei Kinder, überlegt sie, also dürfte Esther kein Problem sein.

Sie zieht ihren alten Schulatlas aus der Tasche unter dem Bett und betrachtet die Pfeile und Markierungen, die Gustav einst hineingezeichnet hat. Und auch die Karte von Frankreich mit dem Kreuz am Nordseestrand.

Auch Keetmanshoop findet sie. Von dort bis nach Windhuk ist es sehr weit und das ist das Wichtigste.

Ich würde die Stelle sehr gerne annehmen, schreibt sie sofort zurück. Ich habe selbst auch ein Mädchen, es ist sieben Jahre alt. Die Stelle kann ich allerdings nur annehmen, wenn ich es mitnehmen kann.

Leider kann ich nicht genau sagen, wann ich anfangen könnte, schreibt sie. Im Augenblick kümmere ich mich um einen älteren Herrn, seine Tochter muss erst einen Ersatz für mich finden, bevor ich gehen kann.

Sie versucht Esthers Enttäuschung zu ignorieren – es wäre das vierte Mal innerhalb eines Jahres, dass sie ihren Teddybären einpacken und umziehen müsste. Sie denkt auch nicht an Baron von Ingersleben, der innerhalb kurzer Zeit abhängig von ihr geworden ist. Sie denkt nicht an das Klavier, das sie zurücklassen muss, an die freitäglichen Empfänge, an die Bücher, die sie aussucht und dann jeden Tag vorliest.

Sie möchte nicht an die drei quirligen Kinder denken, deren Kindermädchen sie werden muss, wenn der Anker, den sie im Augenblick haben, ihre Großmutter, auch verschwunden ist.

Sie muss weg aus Windhuk.

Während der Baron in seinem Zimmer seinen Mittagsschlaf hält, ruft sie Ada Theron an. „Läuft es irgendwo nicht so gut?", möchte die Dame sogleich wissen.

„Nein, nein, alles ist wunderbar. Es gibt nur etwas, was ich gern mit Ihnen besprechen möchte, sobald Sie wieder im Dorf sind."

„In der Stadt", korrigiert sie die Dame und verabredet sich mit Hildegard für den kommenden Nachmittag.

Esther plappert aufgeregt über das bevorstehende Eisteddfod Kunst- und Musik-Festival, aber Hildegard möchte nicht wissen, was in ein paar Tagen in Windhuk alles passieren wird. Sie weiß noch nicht einmal, was sie fühlt. Sie ist völlig platt. Und alles tut ihr weh.

Das ist der Tropfen, der das Fass zum Überlaufen bringt. Oder vielleicht ist das Fass auch nur müde geweint.

Ada Theron gibt Hildegard nicht wirklich die Chance, ihr Anliegen vorzubringen. „Frau Mäkinen, ich hätte es gern, wenn Sie nicht mehr länger im Hinterhaus wohnen, sondern ins Haus selbst einziehen, damit Sie auch nachts bei meinem Vater sein können. Sie können sich eines der Gästezimmer nehmen, das Kind kann in dem anderen schlafen. Mein Vater hat sowieso keine Gäste mehr, die über Nacht bleiben."

„Ich muss noch etwas anderes mit Ihnen besprechen, Frau Theron."

Doch die Dame hört ihr gar nicht zu. „Wie ich merke, wird Ihr Verantwortungsbereich immer größer, das bedeutet, dass wir Ihr Gehalt auch anpassen müssen. Ich werde das mit Herrn Friedmann besprechen."

Nur das nicht. „Frau Theron, bitte hören Sie doch zuerst einmal, was ich zu sagen habe."

Die Dame runzelt die Stirn. „Worum geht es denn?"

„Ich habe eine andere Stelle angenommen. Deshalb möchte ich, dass Sie so schnell wie möglich …"

„Sie haben eine andere Stelle angenommen?"

„Ich möchte, dass Sie sich so schnell wie möglich um Ersatz für mich bemühen. Ich werde …"

„Das kommt ganz und gar nicht infrage! Sie können mich doch nicht einfach so im Stich lassen!"

Auf einmal überkommt Hildegard eine tödliche Ruhe. „Ich werde natürlich bleiben, bis Sie jemand anderen gefunden haben, der meine Stelle übernimmt. Und damit wir uns in einer Sache richtig verstehen, Frau Theron, ich kann tun und lassen, was ich möchte. Ich bin bereit, noch bis zu zwei Monate zu bleiben, aber nicht einen Tag länger. Sie haben also bis Ende November Zeit, um jemand anderen zu finden."

Die Dame schüttelt niedergeschlagen den Kopf. „Frau Mäkinen, warum wollen Sie denn gehen? Ist mein Vater wirklich so schwierig? Oder wächst Ihnen die Arbeit über den Kopf? Wir könnten problemlos noch jemanden anstellen, der Ihnen im Haus hilft. Wenn Sie möchten, auch einen Chauffeur."

„Dass ich weggehen muss, hat nichts mit Ihrem Vater oder meiner Arbeitsbelastung zu tun, es liegt auch nicht an den Arbeitsumständen. Ich gehe aus rein persönlichen Gründen."

Schweigend betrachtet die Frau sie. „Teilen Sie mir Ihre Gründe doch mit, vielleicht kann ich Ihnen helfen, eine Lösung zu finden."

„Wie ich bereits gesagt habe, es handelt sich um rein persönliche Gründe. Es gibt nichts, was Sie tun könnten."

„Frau Mäkinen, ich möchte ehrlich mit Ihnen sein: Ich bin verzweifelt. Ich bezahle …"

Hildegard schaut ihr geradewegs ins Gesicht. „Frau Theron, auch ich bin verzweifelt. Ende November gehe ich, das ist mein letztes Wort."

Lange nachdem das Auto um die Ecke gebogen ist, bleibt Hildegard noch auf der Veranda stehen. Ihr Blick schweift über den Ort und die Berge, die am westlichen Horizont im Dunst verschwinden. Ich hebe meine Augen auf zu den Bergen …

Sie geht erst wieder zu dem Baron, als sie die Glocke läuten hört.

Sie hat ihn erwartet, sie hat gewusst, dass Ada Theron schnurstracks zu ihm fahren würde.

Kurz nach acht am nächsten Morgen ist er da. „Hildegard, wir müssen reden."

Sie schaut ihm direkt in die Augen. „Ich bin Frau Mäkinen."

Seine grauen Augen bekommen einen seltsamen Ausdruck. Sie schaut an ihm vorbei zur Hintertür hinaus. „Gut, Frau Mäkinen. Ada Theron hat mir mitgeteilt, dass Sie eine andere Stelle angenommen haben. Warum?"

„Das hat persönliche Gründe."

„Wohin gehen Sie denn?"

„Ich gehe dorthin, wo ich eine andere Arbeit gefunden habe."

„Hildegard, schau mich an."

Doch sie schaut weiterhin zur Hintertür hinaus.

„Gut. Dann beantworte mir nur eine Frage. Bin ich der Grund dafür, dass du weggehst?"

Während sie lange überlegt, wartet er schweigend ab. Schließlich wendet sie ihm wieder ihren Blick zu. „Ich wollte nicht, dass du mich so siehst."

Sie bemerkt, wie sich seine Augen zusammenziehen und sein Mund sich flüchtig bewegt. Ihre Worte haben ihn völlig überrumpelt und sie schaut schnell weg.

Als er schließlich spricht, klingt seine Stimme seltsam, so als wäre seine Zunge belegt. „Was ich sehe, ist eine sehr tapfere Frau, die …"

„Nein, hör auf damit. Geh einfach."

Es ist lange still, dann sagt er: „Gut, ich gehe. Nur eine Sache noch: Wenn ich dir verspreche, nie mehr hierherzukommen, ein für alle Mal wegzubleiben, wirst du dann deinen Entschluss noch einmal überdenken?“

Sie schüttelt den Kopf. „Ich will weg. Ich bin müde. Geh jetzt bitte.“

Ohne ein Wort zu sagen, steht er da und schaut sie an. Dann nickt er. „Kümmere dich gut um den Baron, ich schätze ihn sehr“, sagt er und geht zur Hintertür hinaus.

Hildegard arbeitet den ganzen Tag ohne Unterbrechung und die nächsten Tage auch. Ihre irdischen Besitztümer müssen nach oben in eines der Gästezimmer getragen werden. Die Kleidung muss im Schrank verstaut werden, Kamm und Bürste werden auf den Spiegelschrank gelegt, die Bibel kommt neben ihr Bett. Die Fotos kann sie nicht aufhängen, sie haben keine Bilderrahmen.

Als sie alles eingeräumt hat, wirkt das Zimmer immer noch kalt und unpersönlich.

In Esthers Zimmer zieht sie die gehäkelte Überdecke vom Himmelbett und verpackt sie zwischen Mottenkugeln. Dann legt sie die Teddys aufs Bett und verstaut die paar Kleidungsstücke im Schrank. Als Esther nach der Schule nach Hause kommt, ist sie ganz aufgeregt vor Freude. „Jetzt bin ich eine richtige, echte Prinzessin“, lacht sie und lässt sich zwischen ihre Bären aufs Bett fallen.

„Prinzessinnen rennen aber nicht die Treppen rauf und runter“, ermahnt Hildegard sie. „Wir dürfen den Baron immer noch nicht stören.“

„Aber der Baron mag mich“, verkündet Esther voller Selbstvertrauen.

Hildegard beschäftigt sich weiter, während ihr der Baron auf Schritt und Tritt folgt. Jedes der kleinen, rechteckigen Bilder in ihren handgemachten Rahmen nimmt sie von der Esszimmerwand ab und wischt es sorgfältig sauber. Es ist eine seltsame Bildersammlung: deutsche Wälder, Hirsche in europäischen Wäldern, Segelschiffe, Wüstendünen aus Südwest und ein Haus in Deutschland.

Sie räumt das Buffet aus. Jede Tischdecke wird neu gefaltet, die Ecken sorgfältig aufeinander, so, wie es Frau Hoffmann immer getan hat. Die Tischdecken sind ihr vertraut: Kreuzstiche und Assisi-Stickereien, Damast, Brokat, Brüsseler Spitze. Sie hängt den Kupferleuchter über dem Tisch ab und ruft den Gärtner, damit er kommt und ihn blank putzt.

Im Wohnzimmer öffnet sie die schweren Vorhänge, sodass die Sonne hereinströmt. „Nein, halten Sie doch die Hitze draußen", beschwert sich der Baron sofort.

„Das muss leider sein, Herr Baron, wir brauchen im Zimmer ein wenig Licht."

Der Gärtner und Anna schleppen den bunten Teppich nach draußen, damit der Gärtner ihn mit gleichmäßigen Schlägen ausklopfen kann. Bumm-bumm, so wie in den Häusern in Preußen und Berlin, nur wirbelt hier viel mehr Staub durch die Luft.

Bumm-bumm, so wie die russischen Panzer, die rundum Berlin aufmarschiert sind und schwarze Qualmwolken in den Himmel geblasen haben.

Am Donnerstagmorgen wendet sich Hildegard dem Eingangsportal zu. Sie hängt die Hüte und Mäntel von der Garderobe ab und verstaut diejenigen Teile, die nicht gebraucht werden. „Welchen Mantel hängen Sie da ab?", will der Baron misstrauisch wissen. „Ich brauche die Mäntel, wenn es kalt wird."

„Jetzt ist es Sommer, Herr Baron. Wir lassen nur Ihren Regenmantel dort hängen." Nicht dass sie den oft brauchen würden.

Als Hildegard damit anfängt, die große Standuhr mit ihren Ketten und Tannenzapfen zu ölen, ermahnt sie der Baron: „Seien Sie vorsichtig mit der Uhr, die kommt aus dem Schwarzwald. Und ziehen Sie nicht an den Ketten, nur ich ziehe die Uhr auf."

Solche Ermahnungen erinnern sie an ihre Kindheit. „Das weiß ich, Herr Baron."

Schließlich begibt sie sich ins Studierzimmer und der Baron lässt sich dankbar in seinen Lehnstuhl fallen.

Das Studierzimmer ist eine Arbeit für mehrere Tage, allein der große Schreibtisch mit seinen zahlreichen kleinen Ablagen und Schubladen wird einen ganzen Tag in Anspruch nehmen. Hildegard schiebt seinen Rolldeckel nach unten und verschließt ihn – der kann bis morgen warten. Dann fängt sie damit an, jedes einzelne Buch aus seinem Platz im Regal herauszunehmen und sorgfältig abzustauben. Aus seinem schweren Bilderrahmen beobachtet sie dabei die ganze Zeit über Kaiser Wilhelm II.

Auch der Baron lässt sie nicht aus dem Auge. „Wenn man Sie so arbeiten sieht, könnte man meinen, Sie seien eine Deutsche."

Darauf erwidert Hildegard nichts. Welche Rolle spielt es schon, ob sie nun aus Deutschland, Finnland oder aus dem ostpreußischen Adel stammt? Sie muss nur die nächsten beiden Monate überstehen. Einen Tag nach dem anderen.

Am Freitagmorgen ist Gustav wieder da. „So viel zu deinen Versprechungen", bemerkt Hildegard bitter.

Er lächelt verlegen. „Ich weiß, es tut mir leid. Aber wir müssen reden, Hildegard, ich möchte mit dir reden. Hörst du mir bitte zu?"

Sie schweigt, weil sie keine Kraft hat, um sich zu wehren.

„Komm, lass uns in den Garten gehen. Bitte!"

Sie geht vor ihm hinaus. Dann setzt sie sich auf den Stuhl unter der Wollmispel und er setzt sich ihr gegenüber. „Ich möchte dir zunächst sagen, dass ich deine Wünsche immer respektieren werde. Da kannst du dir ganz sicher sein. Hast du das verstanden?"

„Ich habe eigentlich zu tun, Gustav." Sein Name ist ihr ganz spontan über die Lippen gekommen. Sie schließt die Augen und seufzt tief.

Es ist still. Als sie die Augen wieder aufmacht, sitzt er mit einem sehr flüchtigen Lächeln vor ihr, sein Gesicht ist sanft. „Ich weiß."

„Ich gebe dir fünf Minuten", gewinnt sie ihre Ruhe zurück.

„Zweitens möchte ich dir etwas über den Baron erzählen. Mein Vater war … nun ja, wie soll man das sagen? Mein Vater war nicht der zuverlässigste Mensch, meine Mutter hatte ihre Last mit diesem Land hier. Als ich den Baron kennenlernte, bin ich noch zur Schule gegangen. Das ist auch eine lange Geschichte, die ich dir aber jetzt nicht erzählen möchte. Jedenfalls hat er mich dazu ermutigt, meinen Traum zu verwirklichen, er hat mein Studium in Königsberg bezahlt. Als ich dann zurückkam, hat er für mich einen Anteil in einer Kanzlei am Kap gekauft und dafür gesorgt, dass ich ein Büro in Windhuk eröffnen kann."

„Du stehst also in seiner Schuld."

„Nein, nein, das will ich damit gar nicht andeuten. Für mich ist der Baron viel mehr gewesen als nur der Mann, der für alles bezahlt hat. Er ist für mich so etwas wie ein Vater gewesen und ich war der Sohn, den er nie gehabt hat. Hildegard, du hast ihn erst kennengelernt, als er schon sehr alt war. Die Tatsache, dass sein Augenlicht so schwach wurde, hat ihn erst richtig alt werden lassen. Er ist immer ein dynamischer Mensch gewesen, jemand, zu dem man aufsehen konnte."

Sie möchte nicht weiter zuhören. Sie will das auch nicht verstehen.

„Du bist der erste Mensch, der mit ihm umgehen kann, seit Tante Frederika vor vier Jahren gestorben ist. Zum ersten Mal in diesen vier Jahren habe ich ihn wieder glücklich erlebt. Wenn ich dich also bitte, um seinetwillen zu bleiben, dann kommt das von ganz tief aus meinem Herzen."

Hildegard schüttelt bedächtig den Kopf. „Ich kann nicht mehr."

„Wenn du mir erzählst, warum, dann verstehe ich es vielleicht auch."

Soll sie sich noch mehr erniedrigen? „Du lieber Himmel, Gustav, lass mich bitte aus dem Spiel."

Er steht auf. „Ich kann dich nicht aus dem Spiel lassen, Hildegard. Und das nicht nur wegen des Barons. Am Montag komme ich wieder. Dann redest du und ich bin still und höre dir zu."

Das Wochenende zieht an ihr vorüber. Sie kümmert sich um den Baron, gibt Esther Klavierstunden, liest ihr Geschichten vor. Ihr Körper ist so emotionslos, als sei er gestorben, ihr Geist ist todmüde.

Doch in den finsteren Nächten will der Schlaf sich nicht einstellen.

Am Sonntagmorgen geht sie nach der Kirche mit Esther in den Tiergarten.

Esther ist entzückt und rennt von einem Gehege zum anderen. Von den Raubtieren ist sie kaum wegzubekommen. „Schau dir doch nur ihre Zähne an", ruft sie.

Die beiden schlendern unter den Bäumen entlang. Dabei wirft die Sonne durch die Zweige kleine Flecken auf den Rasen. „Jetzt habe ich große Sehnsucht nach meinem Böckchen", sagt Esther.

Als sie plötzlich vor einem obeliskförmigen Denkmal stehen, zeigt Esther auf die Spitze. „Schau dir doch mal diesen großen, goldenen Vogel an, sieh seinen Mund. Und seine Füße. Uah, der sieht böse aus."

„Schnabel und Klauen. Das ist der kaiserliche Adler", belehrt Hildegard sie. Sie treten näher heran, um die Gedenktafel zu lesen. Dieses Monument ist zu Ehren der Schutztruppen errichtet worden, die am 5. April 1897 im Krieg gegen den Anführer der Nama, Hendrik Witbooi, gefallen sind.

Immer nur Krieg.

Und aus den Tiefen der Vergangenheit hört sie die Stimme von Patient Nr. 921: Ein Soldat, der tot ist, der ist als Held gestorben, der hat sein Leben für Kaiser und Vaterland gegeben. Aber hast du je ein Denkmal für diejenigen gesehen, die als Krüppel aus dem Krieg nach Hause gekommen sind?

„Hast du Lust auf ein Eis?"

Die Augen des Kindes glänzen noch mehr. „Mama! Meinst du das ernst?"

Im viktorianischen Café mit seinen bequemen Sesseln bestellt Hildegard ein Eis und für sich selbst ein Tässchen Kaffee. Sie versucht sich zu entspannen, während Esther munter weiterplaudert. Dieser Tiergarten ist der schönste Ort auf der ganzen Welt.

Irgendwann wird sie genau dasselbe von Keetmanshoop sagen, versucht Hildegard sich selbst Mut zuzusprechen. Aber ihr Inneres bleibt trotzdem tot.

Am späten Nachmittag gehen sie zur Christuskirche hinauf und machen sich von dort aus auf den weiten Weg zurück nach Hause.

Es war ein Fehler, in den Tiergarten zu gehen. Nicht nur wegen des Kriegerdenkmals.

Als sie das letzte Mal in einem Tiergarten war, war Freda bei ihr gewesen.

Am Montagmorgen steht Hildegard früh auf, sie ist todmüde. Nachdem sie zum zweiten Mal eingeschlummert war, ist sie nach einer halben Stunde wieder aufgeschreckt, nassgeschwitzt und verängstigt.

Als Gustav kurz nach acht Uhr zur Hintertür hereinkommt, erwartet Hildegard ihn bereits. Entkommen kann sie ihm nicht mehr, das ist ihr am Wochenende endgültig klar geworden. Und sie weiß, was sie tun muss. „Ich verstehe, was du über den Baron gesagt hast. Es tut mir leid, dass ich es trotzdem tun muss. Aber ich habe keine andere Wahl. Und das ist mein letztes Wort."

Er steht in ihrer Nähe und schaut sie an, aufrecht und ernst. „Ich würde gern erfahren, wie es dir in all den Jahren ergangen ist, Hildegard. Vielleicht hilft mir das zu verstehen." In seinem Tonfall liegt Entschiedenheit.

Wie es ihr ergangen ist, dass sie jetzt so vor ihm sitzt? Sie zuckt mit den Schultern.

„Ich habe dem Baron gesagt, dass ich dich jetzt für ungefähr eine Stunde mitnehme. Adam kümmert sich um ihn, falls er Hilfe braucht."

„Ich gehe nirgendwo hin, sondern bitte dich nur um eines, Gustav: Lass mich jetzt bitte in Frieden."

Er zögert einen Augenblick, bevor er antwortet: „Ich wollte, ich könnte das, aber es geht nicht. Wir haben schon einen weiten Weg hinter uns, du und ich, Hildegard. Wir sind nicht nur zwei Menschen, die sich zufälligerweise vor ein paar Jahren einmal kennengelernt haben. Das weißt du ebenso gut wie ich."

Sie hört seine Worte, sie fühlt, was er sagt. Doch hierauf hat sie sich das ganze Wochenende über vorbereitet. Sie möchte nicht über seine Worte nachdenken, möchte nichts fühlen.

Er hat ihr das letzte bisschen Stolz aus der Hand geschlagen, an dem sie sich noch festgeklammert hatte.

Er tritt näher und nimmt sie fest am Ellenbogen. Schweigend zieht sie ihren Arm zurück.

„Bitte!"

Fast schon gelassen geht sie mit ihm zum Auto und er öffnet ihr die Tür, damit sie einsteigen kann.

Während er den Wagen geschickt durch die Straßen lenkt, schaut sie still nach draußen. Aber sie sieht nichts, ihre Gedanken stehen still, vielleicht streiken sie, vielleicht haben sie aber auch kapituliert.

Irgendwo hält er an und öffnet ihr wieder den Wagenschlag. Sie geht neben ihm unter Bäumen entlang bis zu einer kleinen Bank. „Hier sind wir ungestört und können uns hinsetzen."

Ihre Hände liegen willenlos auf ihrem Schoß. Herr, Herr, gib mir Kraft.

Als er redet, ist seine Stimme geradezu flehend: „Hildegard, sprich doch mit mir. Erzähle mir etwas über dein Leben."

Schweigend sitzt sie da und schaut vor sich. Sie ist nicht stur, nur zu leer gegrübelt.

In den Baumwipfeln über ihren Köpfen kreist ein Vogel so wie die Krähen über den Straßen von Berlin. Und vor sich sieht sie mit einem Mal die Frauen mit den leeren Gesichtern. „Da gab es Frauen, die sich hinter Mauerreste geduckt haben, weil die Bomben gefallen sind, nur um dann so schnell wie möglich wieder in der Reihe anzustehen, in der Hoffnung, dass sie für ihre Kinder etwas zu essen bekommen."

Er betrachtet sie und schüttelt langsam den Kopf. Dann nimmt er ihre Hand, legt sie in seine und sagt leise: „Komm, lass uns ganz anders anfangen. Was ist passiert, als ich aus Königsberg weggegangen bin?"

Der Erste Weltkrieg? Die Horrorgeschichten über die Schützengräben? Sie seufzt tief. „Wir sind wieder geflohen, vor den Bolschewisten. Nach Berlin."

Das Geschrei des Vogels ist verstummt, so als ob die Krähe dieses Landes auch hören will, was sie zu erzählen hat. Von ferne ist nur der Verkehr der Stadt zu hören, aber so leise, dass man ihn kaum wahrnimmt.

„Du hast dich nicht einmal verabschiedet, sondern bist einfach weggegangen." Sie hat keine Ahnung, woher diese Worte gekommen sind.

Er legt seine andere Hand auf ihre. „Ich weiß, ich weiß."

Vorsichtig zieht sie ihre Hand zurück. „Das spielt sowieso keine Rolle mehr."

„Ich habe viel an dich gedacht in diesen Jahren, Hildegard. Du hast den Krieg nie gemocht."

Sie stählt sich gegen die Stimme. Mit der Zeit ist sie einfach zu vertraut.

„Ihr seid nach Berlin gezogen?"

„Nur meine Mutter ist zurückgeblieben. Sie hat am Fenster gestanden, dann hat sie sich weggedreht, als ich ihr einen Abschiedsgruß zuwinken wollte."

Wieder nimmt er ihre Hand. Dieses Mal zieht sie sie nicht zurück. „Weder deine Nanny noch ich konnten dir Auf Wiedersehen sagen, Hildegard."

„Auch meine Freundin nicht."

„In derselben Zeit?"

„Nein. Vor dem Zweiten Weltkrieg. In der Weltwirtschaftskrise."

Sein Daumen beginnt, über ihren Handrücken zu streichen. „Ach, Hildegard."

„Ein Freund meines Vaters, Siegfried von Stein, hat mich geheiratet. Ich sehe so aus wie das Bild seiner ersten Frau, das an der Wand seines Studierzimmers gehangen hat."

Sie hört, wie er neben ihr Atem holt. „Ist es dort hängen geblieben?"

„Ja." Sie möchte sich Siegfried gegenüber nicht illoyal anhören. „Er hat gut für mich gesorgt. Wir haben zwei Jungen bekommen. Ich hätte sie gern selbst aufgezogen, aber ... das wäre nicht schicklich gewesen."

Sie weiß nicht, was sie noch erzählen soll.

„Wie heißen die Jungen denn?"

„Karl. Und ... Johann."

„Und dann ist der Zweite Weltkrieg ausgebrochen?"

Sie schüttelt den Kopf. „Nein. Erst ist meine Freundin Freda einsam und allein in einem Sanatorium in der Schweiz gestorben."

„Hildegard."

Sie spürt, wie tief in ihrer Brust die Traurigkeit wieder aufsteigt, aber sie ist zu müde, um sich dagegen zu wehren. „Siegfried hat mich getröstet, dann bin ich schwanger geworden."

„Meinst du deine Tochter?"

„Esther." Ihr wunderbares Kind. „Er wollte ... den Fötus ... abtreiben. Er hat gesagt ... dass das nicht sein Kind ist."

Zum ersten Mal wird die erniedrigende Andeutung in Worte gefasst. Während sein Arm um ihre Schultern liegt, spürt sie seine Kraft. „Hildegard?"

Sie holt tief Luft. „Dann ist Johann erschossen worden. In Dünkirchen. Und am nächsten Tag wurde Esther geboren. Siegfried war nicht dabei, Andreas hat mir geholfen."

„Welcher Andreas?"

„Siegfrieds Teilhaber. Es ... ist alles zu viel zum Erzählen. Bitte."

Er drückt ihren Kopf an seine Schulter und streicht ihr übers Haar. „Wir sind beinahe fertig."

„Nein, das sind wir nicht."

Vor ihnen hüpfen zwei Vögelchen durch das Gras, die Schwanzfedern steil erhoben, die orangefarbenen Brustfedern stechen hell hervor. Sie sehen stolz aus. Fröhlich.

„Das sind Kaprötel. Sehen sie nicht wunderbar aus?", deutet Gustav mit dem Finger auf sie.

Und mit einem Mal ist es, als ob der Vulkan ausbricht. Die aufgestaute schwarze Trauer tief unter der Oberfläche drückt nach oben, unaufhaltsam strömen die Worte wie brennende Lava über den Boden und bilden schwarze Seen um ihre Füße herum. Vielleicht weiß sie nicht, was sie sagt. Längst hat sie die Kontrolle verloren.

Sie erzählt von Olga und Oswald und ihrem Vater, der zwischen den Russen verschwunden ist, von Siegfried, der verwundet wurde und zu viel Morphium genommen hat und schließlich an einem Kopfschuss gestorben ist. „Verstehst du, Gustav?"

Er seufzt tief. „Ach, Hildegard. Ja, ich verstehe."

Sie erzählt von Andreas, der in seinem verschlissenen Anzug in einem Haufen verrotteter Kartoffeln nach etwas Essbarem gesucht hat. „Er ist so ein guter Mensch gewesen, Gustav. Und so ein guter Arzt."

„Ich bin so froh, dass jemand da gewesen ist."

„Dann hat er eine Stelle in der Missionsstation bekommen, in Onandjokwe. Das … ist ganz weit weg von allem anderen."

„Onandjokwe. Ich kenne die Gegend dort gut", erwidert seine ruhige Stimme. „Dort bist du also in Südwest gelandet."

„Dort bin ich angespült worden, ja. Doch als er gestorben ist …"

„Andreas ist auch tot?"

„In Kapstadt … der Blinddarm." Sie wendet ihm ihr Gesicht zu. „Gustav, ich hätte nie gedacht, dass er sterben würde. Dann war er plötzlich tot. Und ganz allein."

„Und meine Hildegard konnte wieder nicht Auf Wiedersehen sagen." Mit dem Daumen wischt er ihr über die Wange. Sie hat gar nicht gemerkt, dass sie weint.

Sie hört auf zu reden, weil sie vollkommen leer ist und sich wie ausgeweidet fühlt.

„Wann ist Andreas denn gestorben?"

„Anfang März."

Plötzlich lehnt ihr Kopf an seiner Brust, ohne dass sie es merkt.

Sie zieht sich nicht zurück. Die Arme um sie herum werden ein Rettungsboot, an dem sie sich festklammert, die Hand, die ihren Kopf hält, wird eine warme Zärtlichkeit, der sie sich hingibt.

Sehr viel später bringt er sie zum Auto zurück und öffnet ihr die Beifahrertür. Dann setzt er sich ans Steuer und drückt sie wieder fest an sich. Mit einer Hand am Lenkrad fährt er nach Hause.

20. Kapitel

Hildegard wacht in ihrem Bett auf. Draußen ist die Abenddämmerung hereingebrochen.

Verwirrt springt sie auf. Was ist mit Baron von Ingersleben? Und mit Esther?

Sie reißt die Tür auf. Das Haus ist still. Sie rennt die Treppe hinunter in die Küche.

Esther sitzt am Küchentisch und isst zu Abend. „Mama, hast du geschlafen?“, fragt sie fröhlich.

„Wo ist denn der Baron?“

„Hier ist ein Onkel, der passt heute auf den Baron auf. Er hat mir nette Geschichten erzählt und ich habe für ihn und für den Baron Klavier gespielt. ‚Bruder Jakob’ und ‚Hänschen klein’ und dann habe ich ‚Backe, backe, Kuchen’ gesungen.“

Verwirrt geht Hildegard in ihr Zimmer zurück. Gustav ist hier? Den ganzen Tag über, während sie geschlafen hat? Sie wäscht sich das Gesicht mit kaltem Wasser, zieht ein frisches Kleid an und bindet sich die Schürze um die Taille.

An heute Morgen möchte sie nicht denken. Später vielleicht, aber nicht jetzt.

Im Esszimmer sitzen Gustav und der Baron beim Abendessen und Adam bedient sie.

Sie hört sich Esthers Leseübungen an und kontrolliert ihre Hausaufgaben. „Komm, du musst baden gehen.“

„Hildegard?“, fragt Gustav von der Küchentür her.

Sie schaut auf. „Nicht heute Abend. Bitte!“

Er lächelt flüchtig. „Ich weiß. Ich wollte mich nur bedanken und dir sagen, dass du immer noch so wunderschön bist wie damals.“

Dann hebt er die Hand zum Gruß und verschwindet in der Dunkelheit.

Draußen ist es finster, erst gegen Mitternacht wird der Halbmond sich aus den Zweigen befreien können.

Hildegard steht vor dem Spiegel, nur das trübe Nachttischlämpchen brennt. Doch selbst in dem sanften Licht kann sie erkennen, dass er gelogen hat. Immer noch so wunderschön wie damals?

Sie steigt ins Bett und schaltet das Licht aus. Wunderschön?

Seine Lüge macht sie traurig.

Herr, ich habe keine Kraft mehr, um gegen die Traurigkeit anzugehen. Danke, dass ich eine Stelle in Aussicht habe. Hilf mir, in Keetmanshoop Ruhe und Frieden zu finden. Und gib mir bis dahin Kraft.

Aber der Schmerz bleibt.

Denn tief in sich wünscht sie sich, dass seine Lüge wahr ist.

Die Nächte bleiben schwierig, doch tagsüber geht das Leben in dem alten Herrenhaus weiter, als sei nichts geschehen.

„Ich mache mir Sorgen wegen meines Vaters, er scheint mir in den vergangenen beiden Wochen immer aggressiver geworden zu sein", bemerkt Ada Theron, als sie ihn eines Sonntagabends wieder nach Hause bringt.

„Aber seine Augen werden doch gar nicht schwächer, er kann sich auch noch einigermaßen gut bewegen. Allerdings wird er langsam vergesslich, ja, das frustriert ihn furchtbar."

Frau Theron fegt mit ihren Fingern ein paar eingebildete Krümel vom Tischtuch. „Frau Mäkinen, ich finde beim besten Willen niemanden, der Ihre Stelle einnehmen könnte. Das ist wirklich wahr."

„Es ist ja auch erst Ende Oktober", entgegnet Hildegard ihr.

„Mein Vater weigert sich standhaft, zu uns auf die Farm zu ziehen. Und ich kann doch nicht in die Stadt ziehen. Schließlich habe ich einen Mann und sehr viele Verpflichtungen auf dem Hof."

Schweigend hört Hildegard zu, denn sie weiß genau, was jetzt kommt.

„Möchten Sie es sich nicht doch noch einmal überlegen und bleiben?"

„Nein, Frau Theron. Es ist besser, wenn ich gehe."

Es wird immer offensichtlicher, dass es mit dem Baron bergabgeht. Dabei geht es nicht um seinen Körper, sondern zu allem Unglück um seinen Kopf. Vielleicht muss genau deshalb die tägliche Routine unverändert durchgehalten werden. Manchmal jedenfalls. „Wir müssen heute Abend einen Empfang veranstalten."

„Nein, Herr Baron, heute ist Montag. Niemand veranstaltet am Montagabend Empfänge. Wir können für Freitag ein paar Leute einladen, wenn Sie das möchten."

„Ist die Wäsche aufgehängt?"

„Ja, Herr Baron."

„Sie müssen Anna im Auge behalten, sie stiehlt meine Socken."

Hildegard lässt das Staubtuch sinken und dreht sich sofort zu ihm um. „Herr Baron, das ist Unsinn. Anna ist vertrauenswürdig und alle Ihre Socken sind in Ihrem Schrank."

„Ich sage es ja nur."

Für eine Weile ist es still und Hildegard geht hinaus, um den Zierrat aus der Vitrine zu holen und Stück für Stück abzustauben. Es steht alles voller Schüsseln und Teller, kleinen Püppchen in traditionellen Trachten und Miniaturtierchen aus Silber, Elfenbein und Porzellan.

Plötzlich hört sie, wie sein Gehstock neben ihr auf den Boden klopft. „Rufen Sie Herrn Friedmann an, er muss herkommen, ich will etwas mit ihm besprechen."

„Es ist Montag, Herr Baron. Herr Friedmann arbeitet im Augenblick. Worüber möchten Sie denn mit ihm sprechen?"

„Etwas Persönliches."

Sie wendet sich ihm wieder zu. „Ich kann ihn nicht anrufen, wenn Sie mir nicht verraten, in welcher Angelegenheit Sie ihn sprechen möchten."

Seine stumpfen Augen betrachten sie einen Moment lang misstrauisch. „Er soll Martiens Theron beobachten, der stiehlt mein Geld."

„Ach, Herr Baron."

Doch er lässt nicht locker, sodass Hildegard schließlich gegen zwei Uhr Gustav anruft. „Hildegard! Ist etwas nicht in Ordnung?" Seine Stimme klingt besorgt.

„Es tut mir leid, ich weiß, du hast zu tun. Aber der Baron ist heute sehr verwirrt. Die ganze Zeit über fragt er nach dir. Ich bekomme ihn nicht einmal für seinen Mittagsschlaf ins Bett."

„Ich komme."

Sie zwingt sich dazu, nicht nach oben zu gehen, um zu kontrollieren, ob ihre Haare auch ordentlich aussehen. Als Gustav ankommt, führt sie ihn ins Studierzimmer und geht anschließend in die Küche, wo Esther gerade puzzelt.

Kurz vor der Kaffeezeit tritt Gustav ein. „Der Baron schläft jetzt. Ich fahre ins Büro zurück, weil ich dort noch etwas erledigen muss. Aber ich komme wieder." Dabei lächelt er Esther plötzlich breit an. „Ah, hier ist es!", sagt er und legt ein Puzzleteil, auf dem ein Stück Baum abgebildet ist, ordentlich an seinen Platz.

Esther klatscht in die Hände. „Danke, Onkel Gustav! Mama und ich suchen diesen kleinen Sturkopf schon ganz schön lange."

Gustav streicht ihr über den Kopf und geht zur Tür. Dort dreht er sich um. „Du lieber Himmel, Hildegard, du kannst nicht weggehen."

„Ich weiß."

Dabei erschrickt sie über sich selbst. Ich habe nicht gewusst, dass ich das weiß, denkt sie. Die Bemerkung ist an meinem Verstand vorbei aus meinem Mund geschlüpft.

„Mama, ich bin jetzt zu müde für das Puzzle, es sind einfach zu viele Teile übrig, auf denen nur Zweige sind. Kann ich draußen spielen? Die Sonne ist nicht mehr so heiß."

Geistesabwesend nickt Hildegard.

Woher stammt die Bemerkung, die ihr gerade über die Lippen gekommen ist? Wieso kann sie nicht weggehen? Wie kommt sie nur darauf?

Der Baron braucht sie, das weiß sie nur zu genau.

Auch für Esther wäre es das Beste, wenn sie bliebe, in ihrer Schule ist sie glücklich, sie hat ein schönes Zimmer mit einem Himmelbett und ist die Prinzessin im Haus. Das alles weiß Hildegard.

Aber das ist vor zwei Wochen auch schon so gewesen. Warum sollte sie denn jetzt auf einmal bleiben?

Sie stellt ein weiteres Gedeck auf den Tisch, denn Gustav wird sicher zum Essen bleiben. Dann wischt sie den Salz- und Pfefferstreuer sauber und legt das Buttermesser ordentlich hin.

Erst als die Nacht schon finster ist, wird ihr klar, woher ihr Beschluss heute gekommen ist. Gustav hält schon seit mehr als zwei Wochen Abstand zu ihr. Er gefährdet ihren Frieden nicht, sondern sie ist diejenige, die Schwierigkeiten hat, Frieden mit sich selbst zu schließen. Gustav ist im täglichen Kampf gegen die Demenz des Barons ein Bundesgenosse geworden.

Entschlossen steht sie auf, knipst das Licht an und schreibt den Brief nach Keetmanshoop.

ɞ

Am Sonntagmorgen kommt Gustav den Baron abholen und bringt ihn für einen Tag auf die Farm. Der Baron ist schon sehr früh zum Gehen bereit – das ist ein Teil seiner Routine.

Gustav führt ihn die Treppe hinunter und sorgt dafür, dass er gut auf dem Beifahrersitz Platz nimmt. „Hier ist seine Tablette, die er vor dem Mittagessen nehmen muss."

„Danke, Hildegard. Du … bleibst?"

„Ich bleibe."

Dankbar legt er seine Hand nur für einen Augenblick auf ihre. Sie ist warm und stark. „Danke. Du bist eine tapfere Frau, auf die ich sehr stolz bin."

Zurück im Zimmer kämmt sie Esther das Haar und flicht es zu zwei Zöpfen. Ich bin stolz auf dich, hat er gesagt.

Dann kämmt sie auch ihr Haar und legt sich ihre Perlenkette um den Hals. Ich bin stolz auf dich …

Auf dem ganzen Weg zur Kirche plappert Esther munter vor sich hin, über dies und das und über Gott und die Welt. Stolz auf dich … stolz auf dich …

Als die beiden nach der Kirche nach Hause gehen, sagt Hildegard zu dem Kind: „Du bist im Gottesdienst richtig lieb gewesen, Esther. Ich bin stolz auf dich."

Damit ihre Tochter nicht auch erst siebenundvierzig Jahre warten muss, um diese Worte zu hören.

ɞ

„Sie müssen meinem Neffen in Frankfurt von der *Dunedin Star* schreiben", verlangt Baron von Ingersleben eines donnerstagabends.

„Wie bitte, Herr Baron?"

„Von der *Dunedin Star*, die untergegangen ist. Sie müssen ihm das schreiben."

„Um was für eine *Dunedin Star* geht es denn?"

Ungeduldig runzelt er die Stirn. „Frau Mäkinen, ist irgendetwas mit Ihren Ohren? Die *Dunedin Star* von Angra Fria."

„Oh." Er könnte ebenso gut Griechisch sprechen.

„Schreiben Sie in dem Brief, dass Hunderte …"

„Warten Sie einen Augenblick, bitte, Herr Baron. Ich hole Schreibblock und Stift."

„Heute sind Sie sehr unvorbereitet", brummt er unzufrieden.

Und Sie, Herr Baron, sind furchtbar ungeduldig, denkt Hildegard, während sie den goldenen Füllfederhalter mit Tinte füllt. „Gut, jetzt können Sie mir diktieren."

„Schreiben Sie, dass Hunderte von Passagieren an Bord gewesen sind, die aus dem Krieg zurückgekommen sind. Und dass bei der …"

„Herr Baron, wir müssen von vorn anfangen. Wann …"

„Frau Mäkinen, Sie unterbrechen meinen Gedankengang."

„Wie hieß das Schiff?"

Er wirft die Hände in die Luft. „Herr, schenke mir Kraft! Sind Sie beschränkt oder taub? Es heißt *Dunedin Star*", und er buchstabiert es ihr. „Lesen Sie jetzt vor, was Sie geschrieben haben."

„Die *Dunedin Star* ist gesunken und Hunderte von Passagieren …"

„In der Nähe der *Skeleton Coast* (Schädelküste). Es ist wichtig, dass Sie das schreiben, denn das zeigt, dass die Leute keine Chance hatten, die ganze Sache zu überleben."

Ein Schiff, das in der Nähe der Wüstenküste auf ein Riff gelaufen ist? Mit Hunderten von Menschen an Bord? Hildegard weiß, wie es da aussieht – es muss furchtbar sein. „Herr Baron, wo haben Sie das gehört?"

„Ich habe es gehört."

In einer Zeitung hat sie es nicht gelesen. „Wann haben Sie denn davon gehört?"

„Hören Sie auf damit. Wir haben viel zu tun und keine Zeit für überflüssiges Geplauder. Schreiben Sie."

„Gut, Herr Baron."
„Wo bleibt denn Adam mit dem Kaffee?"
„Es ist noch keine elf Uhr, Herr Baron."
„Gehen Sie und sagen Sie ihm, er solle den Kaffee bringen."
In der Küche schaut sie auch noch schnell nach, welches Fleisch sie für den nächsten Tag bestellen muss, dann geht sie zurück ins Studierzimmer. „Wo sind Sie so lange gewesen?"
„Ich habe den Kaffee geholt, Herr Baron."
„Wie spät ist es?"
„Halb elf."
„Die Kaffeezeit ist um elf Uhr. Die Leute hatten nur ein Segeltuch als Schutz, aber kein Wasser."
Er ist wieder bei dem Schiff, der *Dunedin Star*, bemerkt Hildegard. Betroffen nimmt sie den Federhalter zur Hand und schreibt, aber sie ist außerordentlich bewegt von dem Schicksal der gestrandeten Menschen, die in der brütenden Sonne ohne Wasser ausharren müssen. „Herr Baron? Wie kann ihnen denn geholfen werden?"
„Ein Flugzeug hat über ihnen Nahrungsmittel und Wasser abgeworfen, aber die Behälter sind aufgeplatzt. Kein Wunder, wenn man Wassertanks abwirft, als wären es Bomben."
„Kein Wunder, ja." Sie versucht zu verstehen. Es hört sich so an, als ob die Rettungsaktion bereits in vollem Gange wäre. „Und dann, Herr Baron?"
„Dann hat sich der Pilot zur Landung entschlossen, was natürlich das Dümmste ist, was man in dem tiefen Sand machen kann. Die jungen Leute heutzutage denken nicht mehr nach, sie kapieren nicht, dass sich so ein Flugzeug im Sand so tief eingraben kann, dass es nicht einmal ein Gespann Ochsen wieder herausbekommt."
„Gibt es denn keine Schiffe in der Nähe, die zur Hilfe kommen könnten, Herr Baron?"
„Erinnern Sie sich an den Quastenflosser?"
Den Quastenflosser? Soll das ein Schiff sein? „Herr Baron?"
„Frau Mäkinen, wo haben Sie heute Ihren Verstand gelassen? Den Quastenflosser."
„Ja, was ist mit ihm, Herr Baron?"
„Nun, der Fischtrawler, der seinerzeit den Quastenflosser entdeckt hat, die *Nerine*, die ist hingefahren, um den Leuten zu helfen.

Und auch noch ein anderes Schiff. Schenken Sie jetzt den Kaffee ein, sonst wird er kalt."

Ich habe schon lange mit dem Schreiben aufgehört, jetzt muss ich mich auf mein Gedächtnis verlassen, wird ihr klar, während sie den starken, schwarzen Kaffee trinkt. Jeder, der Angst hat, dass sein Hirn einrosten könnte, sollte mal einen Tag mit dem Baron verbringen – das hält einen flink im Kopf.

Vorsichtig gibt sie ihm die Kaffeetasse in die Hand. „Haben die Schiffe die armen Leute auf dem Strand denn erreicht, Herr Baron?"

„Nun, sie sind auch gestrandet und es gab daraufhin noch mehr Schiffbrüchige."

„Ach, nein, Herr Baron." Es hört sich so an, als habe sich die Geschichte irgendwann in der Vergangenheit zugetragen.

„Und die *Nerine* kann nicht all die Menschen aufnehmen. Der Rest bekommt auf dem bloßen Sand Brandblasen."

„So wie in Kolmanskop", fällt Hildegard in sein Geplauder ein. „Wegen der Sonne haben die Glücksritter dort auch Geschwüre bekommen, sie haben versucht, sie mit Salzwasser auszuwaschen."

„Sprechen Sie nicht über Kolmanskop!", ruft der Baron außer sich. „Sehen Sie, von diesem Ort kann ich Ihnen Geschichten erzählen, bei denen Ihnen die Haare zu Berge stehen würden."

„Erzählen Sie mir doch erst die Geschichte der *Dunedin Star* zu Ende, bitte, Herr Baron. Ich mache mir Sorgen um die Menschen auf dem Strand."

„Nein, nein, jetzt ist keine Zeit für Geschichten. Öffnen Sie lieber die Rechnungen, damit wir sie durchgehen können."

Es gibt keine neuen Rechnungen. Doch zur Not kann sie ihm auch zwei Rechnungen aus der letzten Woche nochmal vorlegen, hat Hildegard mittlerweile herausgefunden. Danach legt sie ihm eine Schallplatte auf und kümmert sich um ihre weiteren Aufgaben.

Die Sache mit der *Dunedin Star* lässt sie nicht los. Als Gustav am nächsten Nachmittag zum Kaffeetrinken kommt, will Hildegard wissen: „Wann ist die *Dunedin Star* untergegangen?"

„Ende 1942. Warum?"

„Der Baron hat mir davon erzählt, aber er scheint die Fakten ein bisschen durcheinandergebracht zu haben. Und was ist mit all den Leuten passiert?"

Gustav fängt an zu lachen. „Bist du wahrhaftig immer noch so sehr an Geschichten interessiert, wie es seinerzeit dieses schnippische Mädchen gewesen ist?"

Sie spürt, wie sie rot wird. „Ich bin kein …"

Lachend streckt er die Hand nach ihr aus, zieht sie aber sofort wieder zurück. Mit einem Mal sieht er etwas verlegen aus. „Gut, ich werde es dir erzählen. Es hat drei verschiedene Rettungsversuche gegeben. Der eine war von See aus …"

„Ja, ja, der Baron hat mir vom Quastenflosser und dem Schiff erzählt, das gestrandet ist, und von dem Flugzeug, das im Sand festgesessen hat. Aber er hat mir nicht gesagt, was mit den Menschen da auf dem Strand passiert ist, die Brandblasen auf den Lippen bekommen haben."

„Was hat er denn über den Quastenflosser gesagt?"

„Er hat von dem Schiff erzählt, das den Quastenflosser gefangen hat."

Er nickt bedächtig. „Der Baron erinnert sich gut, hörst du?"

„Wenn es um Dinge geht, die schon länger zurückliegen, dann ja. Sein Kurzzeitgedächtnis versagt dagegen völlig. Was ist nun mit den Leuten passiert?"

Mit seinen grauen, sanften Augen betrachtet er sie eingehend. „Hildegard, du bist doch immer noch dieselbe, wenn es um …"

„Hör auf", fleht sie ihn an.

Er lässt seine Augen nicht von ihr, nickt jedoch bedächtig. „Es tut mir leid. Ja, lass mich nachdenken … Ich erinnere mich, dass Armeefahrzeuge von Outjo aus losgeschickt wurden, um die Gestrandeten zu retten, und auch noch ein Flugzeug. An die Details kann ich mich nicht mehr so gut erinnern, aber du kannst dich entspannen. Sie haben die gestrandeten Leute alle gerettet, einige sind mit einem Bomber und der Rest ist mit Armeelastwagen in Windhuk angekommen. Am Heiligen Abend waren sie wieder alle sicher zurück in der Zivilisation."

Sie seufzt zufrieden. „Da bin ich froh."

Seine Stimme ist sehr sanft, als er sagt: „Ich weiß. Du liebst Geschichten mit einem Happy End."

Meine Geschichten mit einem Happy End haben schon vor dem Ersten Weltkrieg aufgehört, denkt sie. Aber das sagt sie nicht.

Es ist heiß in Windhuk und furchtbar trocken. „Wir brauchen dringend Regen, sonst verdorrt uns alles auf den Feldern", hat Herr Theron am Freitagabend zu bedenken gegeben.

Der Baron ist heute Morgen unleidlich, das kann an der Hitze liegen. „Herr Baron, es tut mir leid, aber Sie haben keine neue Post bekommen. Soll ich Ihnen etwas aus einem der Bücher aus der Stadtbücherei vorlesen?"

„Wir haben jetzt keine Zeit für Geschichten."

„Möchten Sie lieber Musik hören?"

„Nein. Wo ist das Kind?"

„Es ist in der Schule. Ich muss Gemüse kaufen gehen und Kolonialwaren. Möchten Sie vielleicht mitkommen? Das wäre mir eine große Hilfe." In Wirklichkeit kann sie auch alles telefonisch bestellen, aber sie würde den Baron gern beschäftigen.

„Gut. Holen Sie mir meinen Hut."

Sie gehen in ein Geschäft nach dem anderen: zu Woerman & Brock und Wecke & Voigt für die Kolonialwaren und zu Schuhmann für das Gemüse. „Sorgen Sie dafür, dass Heinz Schuhmann mich nicht zum Friedhof fährt", verlangt der Baron laut.

„Wie bitte, Herr Baron?"

„Er holt mit seinem Pferdefuhrwerk das Gemüse von den Höfen bei Klein Windhuk ab. Wenn nun jemand stirbt, dann macht er die Bordwände ab, baut eine Plattform auf sein Fuhrwerk und fährt den Sarg zum Friedhof. Ich möchte mich auf meiner letzten Reise nicht wie ein Kohlkopf fühlen."

Hildegard fängt an zu lachen. „Herr Baron, ich verspreche Ihnen, dass ich das niemals zulassen werde."

„Nächsten Sonntag wird es auf der Wiese des Tiergartens ein Orchesterkonzert geben", eröffnet Gustav eines Nachmittags. „Ich denke, Esther und dir würde das gefallen. Ich gehe mit dem Baron hin, vielleicht habt ihr ja auch Lust mitzukommen."

Ein Orchesterkonzert? Wie viele Jahre ist es her, dass sie ein Orchester gehört hat? „Das wäre wunderbar. Danke, Gustav." Ohne Hintergedanken, einfach so.

Je weiter die Woche voranschreitet, desto mehr freut sich Hildegard auf das Konzert. „Dort wird ein ganzes Orchester Musik machen. Da wird es Geigen geben, ein Cello und vielleicht sogar eine Harfe, dazu Blasinstrumente wie Trompeten, Posaunen und die Tuba", erklärt sie Esther mithilfe eines Buches, das dem Baron gehört.

„Mama, glaubst du, dass es da auch Eis gibt?"

„Nein, das glaube ich nicht. Wir gehen wegen der Musik dorthin und nicht, weil es da etwas zu essen gibt."

Am Freitagmorgen muss der Baron zum Arzt. „Nein, Herr Baron, Doktor Hartmann ist schon lange in Rente. Und Sie können auch nicht dieses Hemd hier anziehen, der Kragen ist durchgescheuert. Sie gehen zu Doktor Faurie."

„Ist das ein deutscher Arzt?"

Eigentlich stammt er aus den Niederlanden, aber das dürfte sie dem Baron niemals sagen. „Er spricht sehr gut Deutsch, ja."

Frau Theron begleitet ihn, damit sie selbst mit dem Arzt reden kann. Danach fährt der Baron zusammen mit ihr übers Wochenende auf die Farm. „Dann muss ich nicht wieder am Sonntagmorgen in die Stadt fahren", erklärt sie.

Hildegard fährt mit in die Stadt, aber den Heimweg will sie zu Fuß gehen. Sie überlegt, sich für Sonntagabend etwas Neues zuzulegen, denn mittlerweile ist ihr schwarzes Kleid sehr abgetragen. Eigentlich, so gesteht sie sich still ein, hat sie richtig Lust etwas zu unternehmen. Zum ersten Mal seit Monaten, vielleicht sogar Jahren, kommt es ihr so vor, als bekäme sie langsam wieder die Nase über Wasser, als würde ihr Herz leichter.

Sie trägt immer noch Trauerkleidung, schließlich sind seit dem Tod von Andreas erst acht Monate vergangen. Aber wie wäre es vielleicht mit einem dunkelblauen Kleid?

Sie geht die Kaiserstrasse entlang und betritt das Kaufhaus von Woerman & Brock. In ihrem vorigen Leben wäre sie zu Voegler gegangen, denn dort kaufen anscheinend die Reichen ihre Kleidung. Sie findet ein hübsches dunkelblaues Kleid mit einem angemessenen Ausschnitt – züchtig, aber trotzdem elegant und schön.

Gleich um die Ecke ist ein Friseur, in dessen Schaufenster große Bilder mit den neuesten Frisuren stehen: aus dem Gesicht gekämmte Haare, sanfte Locken um den Kopf, der *Sidesweep* und die *Victory Roll.* Ihre Augen bleiben vor allem an einer Frau mit kurzen, blonden Locken hängen – sie sieht so jugendlich aus, fast schon sorglos.

Und plötzlich muss sie an Freda denken. „Wir könnten uns die Haare kurz schneiden lassen, wir könnten uns die Lippen blutrot schminken, wir könnten sogar Auto fahren, was immer wir wollen", hat Freda gesagt. Denn Freda hat ihren Spaß haben wollen.

Ohne wirklich nachzudenken, betritt Hildegard den Friseursalon. Der Geruch kommt ihr bekannt vor, so riecht teures Shampoo. Vielleicht sollte sie sich eine Flasche davon kaufen?

„Kann ich Ihnen helfen?"

Sie zögert und beißt sich unsicher auf die Unterlippe.

Der Friseur lächelt. „Sie hätten gern eine andere Frisur, sind sich aber noch nicht sicher, welche?"

„Ich … ich habe noch nie so kurze Haare gehabt."

„Ab und zu muss man im Leben etwas wagen. Und vergessen Sie nicht, Haare wachsen auch wieder nach", erwidert der junge Friseur. „Kommen Sie, setzen Sie sich und dann zeige ich Ihnen, was alles möglich wäre."

Eine Stunde später verlässt Hildegard den Salon wieder. Ihre Haare, die sie sich zu einer kürzeren, moderneren Frisur hat schneiden lassen, glänzen in der Sonne. Plötzlich fühlt sie sich leicht, ganz anders.

Es kommt ihr beinahe so vor, als ob die Mühlsteine des Krieges weggewaschen, weggeschnitten, zur Tür hinausgefegt worden wären. Sie lächelt leise vor sich hin. Du machst dich lächerlich, Hildegard Wer-auch-immer.

Am selben Abend schreibt sie Karl einen Brief: Junge, ich glaube, dass ich vielleicht, ganz vielleicht hier in diesem Land ein neues Leben anfange.

Gustav sieht Hildegard erst, als er sie am späten Sonntagnachmittag abholen kommt. Sie trägt das einfache dunkelblaue Kleid, ihre Perlenkette um den Hals, ihre Haare in sanften Locken um den Kopf.

Als sie die Türglocke hört, macht sie sofort die Tür auf.

Einen Augenblick lang steht er schweigend da und betrachtet sie.

Dann fängt er langsam an, den Kopf zu schütteln, und sie sieht die Wärme in seinen grauen Augen. „Du lieber Himmel, Hildegard, du bist eine wunderschöne Frau."

Sie spürt, wie ihr Gesicht feuerrot wird. Und mit einem Mal glaubt sie ihm. „Danke."

Langsam atmet er aus.

„Ist das Herr Friedmann?", will der Baron hinter ihr wissen.

Auf der Wiese des Tiergartens sind helle Lichter aufgestellt worden. Mit ihren Picknickkörben sitzen die Menschen überall in Gruppen herum. Gustav breitet ihre Decke aus, für den Baron holt er einen Stuhl und ein Tischchen. Esther macht es sich auf ihrem Kissen bequem, ihren Bären Karl fest im Arm.

Die Mitglieder des Orchesters strömen heran und fangen an, ihre Instrumente zu stimmen. Gustav kommt und setzt sich zu Hildegard auf die Decke. „Die Sterne sind heute Abend hell", sagt sie.

Er schaut auf. „Siehst du die beiden Sterne da oben?"

„Gustav, da sind wirklich sehr viele Sterne."

Er zeigt mit der Hand. „Die beiden, die dort eine Reihe bilden. Da."

Sie fängt an zu lachen. „Zwei Sterne bilden immer eine Reihe."

„Nein, Mann, schau doch mal. Dort sind zwei helle Sterne, die zeigen an, wo das Kreuz des Südens ist. Und dort ist das Kreuz des Südens, siehst du?"

„Jetzt sehe ich es, ja", sagt sie überrascht. „Und wenn das das Kreuz des Südens ist, wo ist dann Süden?"

Doch in diesem Augenblick beginnt das Orchester mit seinem Programm. Die Musik vermischt sich mit der drückenden Nachtluft dieses heißen Südlands. Die Musik umspült sie und so schließt sie die Augen und gibt sich ganz dem damit verbundenen Wunder hin. Sie spürt, wie die Ruhe langsam in ihr aufsteigt, wie die Wärme durch sie hindurchfließt. Sie spürt, wie in ihr das Glück aufzublühen beginnt. Es ist, als würde der himmlische Frieden von oben herabkommen und sie sicher einhüllen.

Als die Musik vorbei ist, als die Mitglieder des Orchesters ihre Instrumente weggepackt haben und alle nach Hause gefahren sind, selbst da bleibt der Friede in ihr.

Das ist die Musik, sagt sie spät in der Nacht zu sich selbst.

Aber im Tiefsten weiß sie, dass das nicht die Musik ist.

Gustav hat schon am frühen Abend seinen Arm hinter ihren Rücken gelegt. „Lehne dich zurück, dann sitzt du bequemer", hat er sie leise aufgefordert.

Und sie hat sich zurückgelehnt und den ganzen Abend hindurch die Kraft seines Arms hinter sich gespürt.

„Ich glaube, Onkel Gustav ist in dich verliebt, Mama", bemerkt Esther am nächsten Morgen.

„Hier sind deine Pausenbrote. Putz dir schnell die Zähne und dann sieh zu, dass du in die Schule kommst", unterbindet Hildegard jede weitere Diskussion.

Vielleicht hat Esther recht, jetzt will sie allerdings nicht darüber nachdenken. Sie möchte einfach nur weiterhin in dem Frieden leben, der sich in der letzten Zeit in ihr ausgebreitet hat.

Der Baron ist heute Morgen in einer seltsamen Stimmung. Vielleicht ist ihm die Musik gestern Abend auch zu Kopf gestiegen. „Spielen Sie ein Wanderlied!", ruft er fröhlich aus.

Während Hildegard sich noch ihren nicht ganz wachen Kopf darüber zerbricht, was für eine Sorte Musik er meinen könnte, fängt der alte Mann schon aus voller Brust zu singen an: „Mein Vater war ein Wandersmann. Und mir steckt's auch im Blut …" Sie fällt mit dem Klavier ein. „Drum wandre ich, so lang ich kann, und schwenke meinen Hut." Den Refrain singen sie zusammen: „Faleri, falera, faleri, falera, ha ha ha ha ha ha, faleri, falera, und schwenke meinen Hut."

Der Baron trifft die Töne sehr genau, er singt mit kräftiger Stimme. „Herr Baron, Sie singen sehr gut!", ruft Hildegard aus.

„Natürlich, ich tue einiges sehr gut, schließlich bin ich Deutscher", erwidert er.

Sie fängt an zu lachen, muss allerdings gleich wieder nach den richtigen Noten suchen. Denn schon hat der Baron ein neues Lied angestimmt: „Lustig ist das Zigeunerleben, faria, faria, ho", singt er. „Brauchen dem Kaiser kein Zins zu geben, faria, faria, ho."

Begeistert klatscht Hildegard in die Hände. „Wunderbar, Herr Baron!"

Er zögert einen Augenblick lang, dann schaut er ihr direkt in die

Augen und beginnt ebenso galant zu singen: „Du, du liegst mir am Herzen, du, du liegst mir im Sinn ..." Er singt ihr dieses Lied so zu, als sei er ein junger Mann, der seiner Angebeteten ein Ständchen bringt. „Du, du machst mir viel Schmerzen, weißt nicht, wie gut ich dir bin." Sie lächelt und fällt mit ein: „Ja, ja, ja, ja, weißt nicht, wie gut ich dir bin."

„Ja, seinerzeit bin ich ein großer Sänger gewesen."

„Sie singen immer noch wunderschön, Herr Baron."

Doch da stimmt er schon ein Marschlied an, das Hildegard nicht kennt: „Wir wollen unsern alten Kaiser Wilhelm wieder haben, aber den mit dem Bart, mit dem langen Bart ... Kennen Sie das nicht?"

„Nie gehört, Herr Baron."

Er setzt sich. „Ja, nun. Und jetzt wohnt Kaiser Wilhelm II. in den Niederlanden."

Wie kommt der Baron denn jetzt darauf? „In den Niederlanden? Das habe ich nicht gewusst, Herr Baron."

Er seufzt. „Doch. Er ist kurz vor Ende des Ersten Weltkriegs in die Niederlande geflohen, erinnern Sie sich nicht?"

Vage kann sie sich erinnern, dass der Kaiser geflohen ist, aber bisher hat sie nicht gewusst, wohin. „Ich erinnere mich, ja. Und wohnt er da immer noch, Herr Baron?"

„In seinem Schloss, im Haus Doorn. Das ist zwar in den Niederlanden, aber er hat das Haus Doorn zum deutschen Staatsgebiet erklärt. Dort wird er bleiben, bis in Deutschland die Monarchie wieder eingeführt wird. Das kann nicht mehr lange dauern, Kronprinz Wilhelm von Preußen arbeitet daran und ich setze mich auch dafür ein."

„Das ist gut, Herr Baron."

„Er empfängt dort sogar Nazipolitiker, wie zum Beispiel Hermann Göring."

„Sind Sie sich da sicher, Herr Baron?"

„Aber natürlich bin ich mir da sicher, was für eine Frage soll das denn sein?"

„Ich verstehe."

„Seine Frau Augusta ist vor ein paar Jahren verstorben, also hat er wahrhaftig wieder geheiratet. Gegen meinen Rat, verstehen Sie? Eine zweite Eheschließung ist nie leicht, wenn Sie mich fragen."

„Sind Sie denn auch zweimal verheiratet gewesen, Herr Baron?"

„Natürlich nicht. Aber ich weiß, wie das ist. Abgesehen davon hat der Kaiser jedoch ein gutes Urteilsvermögen. Er hat seinerzeit schon gesehen, dass die Bolschewisten zum großen Problem werden würden. Und schauen Sie nur, wie es heute aussieht."

So wie ihr Vater auch. Armer Papa, wo wird er sein? „Da haben Sie recht, Herr Baron."

Sie denkt weiter über den Kaiser nach, der immer noch in den Niederlanden wohnt. Es ist seltsam, dass sie darüber noch nie etwas gelesen hat, nicht einmal in all den Jahren in Berlin. Auf der anderen Seite sind die meisten Zeitungen sehr antimonarchisch gewesen.

„Weißt du, wo Kaiser Wilhelm II. jetzt ist?", fragt sie Gustav eines Abends, als der nach der Arbeit den Baron besuchen kommt.

Gustav bekommt ein seltsames Glänzen in den Augen. „Woher soll ich das wissen? Er wird allseits für einen großen Christen gehalten, aber bei seiner Reputation bin ich mir nicht sicher, ob er es wirklich auf die andere Seite der Himmelspforte geschafft hat."

„Ist er tot?"

„Ja, 1941 gestorben, wenn ich mich richtig erinnere."

„Oh. Der Baron hat mir erzählt, dass er in den Niederlanden wohnt."

„Da hat er gewohnt, ja, dort ist er auch begraben worden. Die Deutschen wollten ihn nach dem Ersten Weltkrieg nicht wieder auf ihrem Staatsgebiet zurückhaben."

„Der arme, alte Mann", erwidert sie.

„Es ist eine traurige Geschichte, ja."

„Und der Baron korrespondiert mit dem Kronprinzen?"

„Das hat er, ja, aber ich weiß nicht, ob er es immer noch tut. Der Kronprinz war nie in den Niederlanden willkommen, er wohnt in Deutschland."

Sie runzelt die Stirn. „Warum haben denn die Niederländer den abgedankten deutschen Kaiser in ihrem Land wohnen lassen? Die Niederländer und wir sind doch noch nie einfach nur gute Nachbarn gewesen."

„Meine Güte, die Königshäuser sind doch alle furchtbar eng miteinander verwandt, jeder ist mit jedem verheiratet und sie achten eben darauf, dass keiner zu kurz kommt."

„Inwiefern sind denn Deutschland und die Niederlande miteinander verwandt?"

„Du alte Geschichtentante!“, lacht er.

Sie steht auf.

„Warte, warte, lauf nicht gleich weg, ich erzähle es ja“, entgegnet er und muss immer noch lachen. „Ich weiß, dass drei der Monarchen im Ersten Weltkrieg Cousins gewesen sind: Kaiser Wilhelm, Zar Nikolaus und König George von England. Und auf diese Weise war Kaiser Wilhelm oder vielleicht waren auch alle drei mit der Königin Wilhelmina von Holland verwandt, aber wie genau, kann ich nicht sagen. Frag doch einfach den Baron.“

Er schaut sie an mit Augen, die immer noch lachen. „Das wird euch für eine Weile beschäftigen.“

Genau das tut Hildegard zwei Tage später, als wieder keine Rechnungen in der Post sind, alle erdenkliche Korrespondenz des Vortags abgehandelt ist und der Baron besonders rastlos wirkt.

„Herr Baron, können Sie mir erklären, inwiefern die Königin Wilhelmina der Niederlande mit Kaiser Wilhelm II. von Deutschland verwandt ist?“

„Wir haben nicht viel Zeit“, warnt er sie.

„Fünf Minuten hätten wir aber“, beruhigt sie ihn.

„Ja, schauen Sie, Wilhelmina war einst mit Heinrich verheiratet, dem Sohn von Friedrich Franz II. von Mecklenburg-Schwerin. Und Heinrichs Urgroßmutter war eine russische Prinzessin aus dem Haus Romanow, also der Familie von Zar Nikolaus. Und Großherzog Alexander von Sachsen-Weimar-Eisenach war Wilhelminas Onkel. Verstehen Sie?“

Sie versteht überhaupt nichts. „Nein, Herr Baron.“

„Und Zar Nikolaus und Kaiser Wilhelm waren mit beinahe jedem Königshaus in Europa verwandt. Zu den Geschwistern der Mutter von Zar Nikolaus gehörten die Könige von Dänemark und Griechenland und die Königin Alexandra von England. Ihre Namen waren …“ Zum Glück vergisst er, den Satz zu vollenden. Denn sosehr sich Hildegard auch bemüht, seinen Gedanken zu folgen, es ist unmöglich.

Der Baron steht auf, läuft klackernd über den Dielenboden zu seinem Schreibtisch, zieht die unterste Schublade auf und holt ein Holzkistchen heraus. „Hierin muss ein Foto sein, zwei Männer in Uniform. Mit Vollbärten. Suchen Sie es heraus.“

Als Hildegard das Holzkistchen durchgeht, findet sie das Foto schnell zwischen den anderen vergilbten Erinnerungsstücken. „Meinen Sie dieses hier, Herr Baron?"

Nachdenklich betrachtet er sich das Foto aus allernächster Nähe. „Ja, das meine ich. Das sind jetzt zwei der drei Cousins, Zar Nikolaus und König George, aufgenommen 1913 in Berlin. Und beide haben sie eine deutsche Uniform an – eine Uniform des Landes, aus dem der dritte Cousin kommt."

Hildegard klappt die Kinnlade herunter. „Herr Baron, das ist ja unglaublich, vor allem wenn man daran denkt, dass die verschiedenen Länder in zwei Weltkriegen gegeneinander gekämpft haben. Diese beiden Cousins sehen sich so ähnlich, dass man auf den ersten Blick erkennen kann: Sie gehören zu einer Familie."

Erneut kommt der Baron in Fahrt. „Dieser Zar Nikolaus hier war aber auch ein Cousin des Königs und der Königin von Norwegen und des Königs von Griechenland. Er und Kaiser Wilhelm II. waren zur selben Zeit auch Großcousins durch König Friedrich Wilhelm III. von Preußen und sie, wie auch Königin Wilhelmina der Niederlande, waren beide Ur-Ur-Urenkel von Zar Paul I. von Russland. Und ..."

Hildegard fängt an zu lachen. „Nein, hören Sie auf, Herr Baron, ich kann Ihnen nicht mehr folgen. Wie können Sie sich nur all das behalten?"

Er lacht fröhlich. „Da soll noch einmal einer sagen, der alte Mann ist nicht mehr ganz richtig im Kopf, stimmt's?"

Sie legt ihre Hand auf seine. „Sie sind noch ganz richtig, Herr Baron, ganz und gar richtig."

„Langsam verstehe ich, was du über den Baron sagst", bemerkt Hildegard ein paar Tage später Gustav gegenüber. „Er kann wunderbar Geschichten erzählen und hat immer noch eine wunderbare Stimme, nicht wahr? Ich kann mir gut vorstellen, dass er früher einmal ein sehr charmanter Mann gewesen ist."

Gustav lacht. Im Laufe der Jahre hat sie vergessen, wie oft er lacht. „Tief innen drin ist er ein liebenswürdiger Mensch, auch wenn er manchmal ein alter Brummbär ist. Tante Frederika ist auch ein wunderbarer, liebenswürdiger Mensch gewesen. Es ist wirklich schade, dass sein einziges Kind so ein kalter Backfisch wie Ada ist, mit dem er sich nun herumschlagen muss."

„Zum Glück hat er ja noch dich."

Er schaut sie plötzlich ernst an. „Das ist ein schönes Kompliment."

„Ich meine das wirklich, Gustav."

Für einen Augenblick legt er seine Hand auf ihre. „Danke, Hildegard."

Über Weihnachten fährt der Baron für ein paar Tage auf die Farm. Er freut sich darauf, bemerkt Hildegard, obwohl er tagelang furchtbar schlecht gelaunt ist. Seine Reisetasche ist schon eine Woche vor der Abreise fertig gepackt. Jedes Mal, wenn er etwas braucht, muss es aus der Tasche geholt und danach wieder zurückgepackt werden. „Ich weiß nicht, warum sie über Weihnachten nicht hierherkommen können", brummt er. „Das wäre doch viel einfacher."

„Für sie ist es sicher schwierig, den Hof über Weihnachten allein zu lassen, Herr Baron", versucht Hildegard ihm die Gründe zu erklären.

„Ich kann sowieso nicht verstehen, warum alle so ein Theater um Weihnachten machen. Das ist vollkommen überflüssig."

Es ist vereinbart, dass Gustav ihn gegen vier Uhr abholt und zur Farm bringt, aber schon um zwei Uhr sitzt der Baron marschbereit im Eingangsportal und wartet. Mit seinem Gehstock klopft er verärgert auf den glänzend gebohnerten Dielenboden. „Ich hasse es, wenn Leute zu spät sind."

„Herr Baron, hören Sie mir zu! Es ist erst zwei Uhr. Sie können natürlich zwei Stunden lang da auf dem Stuhl sitzen und warten. Aber lassen Sie uns lieber ins Studierzimmer gehen, dann lege ich Ihnen Musik auf."

„Jetzt ist keine Zeit für Musik."

Sie atmet langsam aus.

Als Gustav kurz vor vier auftaucht, sagt sie: „Eine der Früchte des Geistes ist nach Paulus die Geduld. Aber ich würde gern einmal erleben, wie geduldig der große Apostel geblieben wäre, wenn er in den letzten Wochen für den Baron hätte arbeiten müssen."

Gustav krümmt sich vor Lachen. „Oh, du bist wunderbar! Ich wollte, ich könnte dich die Woche über auf die Farm mitnehmen."

„Ich bleibe hier", erwidert sie sehr bestimmt. „Ich brauche eine Auszeit."

„Genieße sie zusammen mit deiner hübschen Tochter", lächelt Gustav. „Und hier ist eine Kleinigkeit für unter den Weihnachtsbaum."

Überrascht nimmt Hildegard zwei Geschenkpäckchen entgegen. „Das wäre doch nicht nötig gewesen, Gustav."

„Sag schön danke." Genauso wie ihre Mutter, als sie ihn zum ersten Mal getroffen hat. Sie sieht es in seinen Augen.

Hildegard verneigt sich flüchtig. „Danke schön, Herr Friedmann."

Er lacht leise. „Ach, Hildegard."

Dann steigt er ins Auto, winkt ihr und fährt weg.

Eine Woche lang machen Hildegard und Esther einfach nur, was sie möchten. Adam und Anna sind auch mit in die Ferien gefahren. Die Küche gehört also ihnen und so können sie neue Rezepte ausprobieren und sogar einen Kuchen backen. „Wir sind sehr gut!", klatscht Esther in die Hände.

Sie spielen Klavier, Hildegard bringt Esther ein einfaches Duett bei. Die Augen des Kindes glänzen. „Das macht Spaß, stimmt's, Mama?"

„Ich habe eine Freundin gehabt, vor langer Zeit, lange bevor du geboren worden bist", erzählt Hildegard. „Die wollte auch immer ihren Spaß haben."

„Wo ist sie jetzt?"

„Sie ist krank geworden und gestorben."

„Oh, das ist gut", erwidert Esther. „Dann ist sie jetzt am besten Ort der ganzen Welt. Beim Herrn."

Eines Morgens verspricht Hildegard, dass sie mit Esther ins Schwimmbad geht. Doch als die beiden dort eintreffen, ist das Tor geschlossen. „Einmal im Monat wird das Schwimmbecken mit Wasser aus einer heißen Quelle gefüllt. Dann kann in den nächsten beiden Tagen niemand darin schwimmen, denn das Wasser ist kochend heiß. Riechen Sie den Schwefel?", will ein alter Mann wissen, der anscheinend der Hausmeister ist.

„Wir kommen ein andermal wieder. Sollen wir stattdessen in den Tierpark gehen?", versucht Hildegard einer möglichen Enttäuschung zuvorzukommen.

„Oh ja! Das wird toll!" Ihr kleiner Sonnenschein.

Zwei Tage später schlendern sie am Tiergarten vorbei und biegen in die Kaiserstrasse ab. Mit dem Weihnachtsgeld, das Hildegard von Ada Theron bekommen hat, kauft sie für Esther zwei neue Kleider. „Wir müssen die jetzt bis zum Heiligen Abend verstecken."

„Ich weiß, ja. Komm, Mama, kauf dir doch auch ein Kleid."

Hildegard weiß nicht so recht. Sie hat sich ja bereits ein neues Kleid gekauft – das dunkelblaue. Und sie versucht, mit ihrem Geld sparsam umzugehen, weil sie nie wieder so mittellos dastehen möchte wie einst. „Ich möchte nie mehr arm sein, Hildegard", hat ihr Vater seinerzeit gesagt. Wer weiß, in welchen Umständen er nun leben muss?

„Bitte, Mama? Komm!" Das Mädchen zieht sie in die Damenabteilung und fängt an, selbst die Kleider durchzuschauen.

„Nein, warte, das ist gar nicht meine Größe", hält Hildegard sie zurück.

Sie schauen gemeinsam die Kleider in der richtigen Größe durch. „Das hier!", ruft Esther laut. „Das ist das aller-, allerschönste Kleid, das ich in meinem ganzen Leben gesehen habe."

Es ist ein sommerliches Kleid mit fröhlichen Blumen auf einem hellen Hintergrund. Das Oberteil liegt eng an, der Rock fällt weit und glockenförmig. „Ich kann so ein Kleid nicht tragen, mein Schatz."

„Warum denn nicht? Warum trägst du immer nur schwarz, Mama?"

„Das muss ich, Esther. Ich bin in Trauer."

„Was bedeutet das?"

„Das bedeutet, dass ich an meinen verstorbenen Mann denke und ihm Respekt zeige. Ich tue es für Onkel Andreas."

„Musst du jetzt für immer und ewig nur schwarze Kleider anziehen, Mama?"

„Nein, nur ein Jahr lang."

„Onkel Andreas ist doch schon ein Jahr tot."

„Er ist erst im März gestorben, Esther."

„Aber danach kannst du das Kleid anziehen, Mama. Ich kaufe es dir." Sie holt den Schilling hervor, den ihr der Baron in die Hand gedrückt hat, kurz bevor er mit Gustav weggefahren ist. „Dann schenke ich es dir zu Weihnachten. Sonst habe ich gar kein Geschenk für dich, Mama."

Hildegard betrachtet wieder das schöne Kleid – wann sollte sie je so etwas tragen? Doch dann holt sie kurzentschlossen trotzdem ihren Geldbeutel heraus und bezahlt dafür.

Als sie alle ihre Einkäufe erledigt haben, gehen sie zur Vereinigten Bäckerei. Hildegard bestellt für jeden von ihnen ein Stück Kuchen, so wie sie es vor Monaten Esther versprochen hat. Für ihre Tochter bestellt sie zudem ein kaltes Getränk und für sich selbst einen richtigen Kaffee. In diesem Land, das hat sie bereits gelernt, trinken die Deutschen richtigen Kaffee – schwarzen, bitteren Kaffee – und die Afrikaaner verkehrten Kaffee – mit Milch und Zucker.

Zu Hause schmücken sie den Zweig, den sie draußen abgebrochen haben, weihnachtlich. Als sie damit fertig sind, sieht er nicht wirklich wie ein Weihnachtsbaum aus, sondern eher wie ein unglücklicher, etwas verwelkter Zweig voller Christbaumschmuck. Aber das spielt für sie keine Rolle, es ist ihr eigener Weihnachtsbaum.

Vielleicht, überlegt Hildegard, hat auch der Baum, den ein Soldat im Schnee und Matsch der Westfront gefunden und geschmückt hat, um ein bisschen von dem Weihnachtsfrieden in die stinkende Hölle der Schützengräben zu bringen, so ausgesehen.

Am Heiligen Abend zündet Hildegard die Kerzen an. Sie singen die Weihnachtslieder, die Esther in der Schule gelernt hat, und sie lesen von der Frohen Botschaft, die die Engel den Hirten verkündet haben: Friede auf Erden.

So viele Heilige Abende sind schon ins Land gegangen. Heilige Abende mit Mama und Papa auf dem Landgut in Königsberg, ihr erstes Weihnachten in Berlin, bei dem sie Siegfrieds Söhne kennengelernt hat, das letzte Weihnachten, das sie mit Johann gefeiert haben.

„Warum siehst du so traurig aus, Mama?"

Sie lächelt zu dem Kind hinunter. „Ich habe an all die Weihnachten gedacht, die ich schon erlebt habe. Und ich frage mich, was aus all den Menschen geworden ist: aus deinem Opa, aus Olga und aus Oswald."

„Onkel Andreas ist im Himmel, denn er ist ein guter Mensch gewesen, und mein Bruder Karl ist in England."

„Da hast du recht, Esther."

„Kann ich jetzt meine Geschenke auspacken?"

Als Erstes packt Esther das Geschenk von Gustav aus. „Mama! Schau mal!" In einer Filzschachtel liegt ein kleiner, herzförmiger Anhänger. „Mama, der ist schön. So etwas tragen die großen Mädchen."

Ihre Fingerchen holen ihn vorsichtig heraus. Hildegard zeigt ihr, wie sie das Herz öffnen kann. „Hier tut man ein Foto von jemandem hinein, den man sehr lieb hat."

Esther lacht. „Das muss dann aber ein sehr kleines Foto sein."

„Lies die Karte, die dabeiliegt."

Das Mädchen nimmt die Karte, gibt sie jedoch augenblicklich wieder zurück. „Onkel Gustav schreibt genauso unleserlich wie mein Bruder Karl. Lies du sie mir vor, Mama."

Hildegard liest: „Fröhliche Weihnachten, Esther. Danke, dass du so ein wunderbares Mädchen bist."

Begeistert klatscht Esther in die Hände. „Mach jetzt dein Geschenk auf, Mama."

Auch ihr Geschenk ist ein kleines Schächtelchen. Darin befindet sich ein Parfüm – teuer, importiert, die Marke kennt sie noch aus besseren Zeiten in Berlin. Gustav, wie gut kennst du doch die Herzen der Frauen, denkt sie im Stillen.

Spät am Abend, als Esther schon schläft, geht Hildegard hinaus und setzt sich auf die Veranda. An diesem Abend leuchten die Sterne besonders hell, auch die vier Sterne, die das Kreuz des Südens bilden. Heute Abend erinnert man sich zwar an die Geburt des Kindes, aber es ist das Kreuz, das die Welt überwunden hat. Das Kreuz, an dem der Sohn Gottes für alle Menschen gestorben ist.

Alles hier ist so friedlich – so offen, weit und still, hat Hans geschrieben. In diesem Land könnte man wohnen.

Auch ich habe hier Frieden gefunden, Hans, plaudert sie mit

dem Jungen, der ihr Freund geworden, aber zu schnell wieder aus ihrem Leben verschwunden ist. Zum ersten Mal in vielen, vielen Jahren habe ich tiefen Frieden gefunden.

Als das Kreuz des Südens schon lange hinter den Bergkämmen am Horizont verschwunden ist, geht Hildegard in ihr Zimmer. Dann erst öffnet sie vorsichtig das Kuvert und liest den einzelnen Satz in der gestochenen Handschrift:

> Danke, dass du trotz allem, was du durchgemacht hast, die wunderbare Hildegard geblieben bist.

„Gustav, woran hast du mich eigentlich erkannt?", fragt sie eines Nachmittags, als sie zusammen auf der Veranda sitzen und Kaffee trinken. „Ich hätte das niemals für möglich gehalten."

„Du bist mir von Anfang an bekannt vorgekommen, ich hatte nur keine Ahnung, wo ich dich hinstecken sollte. Und als du dann an dem Abend Klavier gespielt hast …" Er fängt an zu lächeln, seine Augen sind voller tiefer Geheimnisse. „Weißt du, Hildegard, wenn du dich in die Musik verlierst, dann fängt deine linke Schulter an, auf komische Weise im Rhythmus mitzuschwingen. Als du an jenem Abend *Für Elise* gespielt hast und ich die Schulter gesehen habe, kam es mir auf einmal so vor, als wäre ich wieder in Königsberg im Haus meiner Großmutter. Und da wurde mir klar, wer du bist."

Die Angewohnheit, die ihr Meister Schroeder nicht hat austreiben können. „Wie hast du dich gefühlt, als dir klar geworden ist, dass ich es bin? Warst du schockiert?"

Er schüttelt den Kopf. „Nein. Was ich gesehen habe, war eine erwachsene Frau, die durch schwere Zeiten gegangen ist und daraufhin allen irdischen Schein abgelegt hat, dabei aber ihre Würde nicht verloren hat."

Er beugt sich vor, und als er ihre Hand ergreift, zieht sie sie nicht zurück. Sie möchte es so. „Ich war völlig durcheinander, Hildegard. Einerseits bin ich so froh gewesen, dich wiederzusehen, und andererseits hat es mir das Herz gebrochen, weil man dir angesehen hat, welche schweren Zeiten du hast durchmachen müssen. Ich wollte etwas für dich tun, sofort und auf der Stelle, ich hatte nur keine Ahnung, was. Du hast da gesessen in deiner Haushälterinnen-Uniform und gespielt und ich …"

Doch jetzt wird es ihr doch zu persönlich. „Nein, warte, erzähle mir lieber etwas von dir", entgegnet sie flink und zieht ihre Hand zurück.

Er rutscht schnell etwas nach hinten und zuckt mit den Schultern. „Da gibt es nicht viel zu erzählen. Ich war glücklich verheiratet und habe auch zwei Söhne so wie du, Hermann und Heinz. Hermann ist jetzt dreißig und Heinz achtundzwanzig, sie sind beide verheiratet und wohnen in Südafrika."

„Und was ist mit Ulrike?"

Er lächelt. „Du erinnerst dich noch an sie?"

Dass sie Ulrike heimlich ein bisschen beneidet hat, weil Gustav sich so sehr nach ihr gesehnt hat, das behält sie für sich.

„Bei der Geburt von Heinz hat es Komplikationen gegeben. Ulrike ist ein halbes Jahr später gestorben."

„Ach, nein, Gustav. Wie alt ist sie geworden?"

„Dreiundzwanzig."

„Noch so jung. Und … wie hast du die Jungen großgezogen?"

„Ja, nun, es ist nicht leicht gewesen. Aber letztlich sind aus ihnen sehr erfolgreiche junge Männer geworden."

„Und du hast nicht mehr geheiratet?"

Für einen Augenblick sieht es so aus, als wolle er etwas sagen, doch dann schüttelt er nur den Kopf. „Nein, geheiratet habe ich nicht mehr."

Mehr und mehr wird Gustav zum regelmäßigen Besucher. „Kommt es mir nur so vor oder bist du jetzt tatsächlich öfter hier als früher?", will Hildegard mit gespieltem Ernst wissen.

„Du darfst mich nicht schimpfen, sonst komme ich in große Schwierigkeiten", spielt er mit. „Weißt du, ich habe nämlich der bildschönen Dame dieses Hauses versprochen, dass ich mich benehmen werde. Das wird allerdings mit jedem Tag schwerer, denn jedes Mal, wenn ich hierherkomme, ist sie noch etwas schöner und …"

„Gustav!“

Er lacht. „Du hast es nicht anders gewollt. Wenn ich verspreche, mich zu benehmen, gehst du dann am Freitagabend zusammen mit dem Baron und mir in den Biergarten?“

Dem Baron tut es gut, einmal aus dem Haus zu kommen. Manchmal trinken sie in dem baumbestandenen Biergarten des Thüringer Hotels mit seinen Vogelkäfigen voller bunter Vögel ein Bier. Die Bäume erinnern an vergangene Zeiten, als die Soldaten der Schutztruppe ihre Pferde freitagabends an dafür vorgesehenen Pfählen an der Straße festgebunden und bis spät in die Nacht Lieder aus dem Vaterland gesungen haben.

„Die Windhuker Brauerei kümmert sich darum, dass das Bier hier nach dem Reinheitsgebot gebraut wird“, bemerkt der Baron jedes Mal zufrieden. „Und das schmeckt man auch.“

„Da haben Sie recht, Herr Baron.“

An manchen Abenden gehen sie ins Hotel Kaiserkrone zum Essen, einmal schauen sie sich sogar einen Film im Lichtspielhaus an. Das wird jedoch ein Fiasko, als Esther vor Angst nicht mehr weiterschauen möchte und der Baron sich nur wenig später lauthals über das dumme Auftreten von einem der Schauspieler aufregt. „Das Experiment war weniger erfolgreich“, lächelt Gustav, nachdem sie den Baron endlich ins Bett gebracht haben.

An manchen Freitagabenden veranstalten sie immer noch Empfänge. Die einzigen Gäste, die noch eingeladen werden, sind Ada und Martiens Theron, der alte Doktor Hartmann, seine Frau und Gustav. „Ach, Hildegard, setzt du dich heute Abend zum Essen bei uns an den Tisch?“, bittet er.

„In den Augen des Barons bin ich seine Haushälterin. Belassen wir es dabei.“

Seine grauen Augen sind sehr ernst, als er wissen will: „Wie lange noch?“

„Solange es nötig ist.“

Die meisten Freitagabende verbringen sie im Studierzimmer. Sie hören sich eine Schallplatte aus der großen Sammlung des Barons an, manchmal bringt Gustav auch etwas von seiner eigenen Musik mit. Das beruhigt den Baron, sodass er oft in seinem Lehnstuhl einschläft.

Gustav hilft ihr dann, ihn ins Bett zu bringen. Er erzählt Esther eine Gute-Nacht-Geschichte, sie legt ihre Ärmchen um seinen Hals und sagt ihm Gute Nacht.

Oft bleibt er bis nach Mitternacht, wenn Esther und der Baron schon lange ruhig schlafen. „Komm, setzt du dich zu mir aufs Sofa?"

Liebevoll legt er seinen Arm um sie und sie schmiegt sich an ihn. Manchmal streicht er ihr übers Haar oder fährt ihr zärtlich über den Oberarm. In solchen Momenten entspannt sie sich vollkommen.

„Hildegard, bist du glücklich?", fragt er sie leise ins Ohr.

Sie antwortet ausweichend. „Ich habe hier Frieden gefunden."

„Frieden ist gut. Ich würde aber gern wissen, ob du glücklich bist."

Darüber braucht sie nicht wirklich nachzudenken. Sie lehnt sich mit dem Kopf an ihn. „Ja, Gustav, ich bin glücklich."

Eigentlich hat Hildegard damit gerechnet, früher oder später. Die Vorfreude darauf hat ihr Herz schneller schlagen lassen, aber die Angst davor hat ihr die Kehle zugeschnürt. Sie konnte sich selbst nicht verstehen. Vielleicht hat sie in den letzten Jahren ihr Selbstvertrauen verloren, vielleicht hat sie auch nie erlebt, wie es ist, wenn man jung und verliebt ist.

Bist du denn verliebt?, fragt sie ihr Spiegelbild. Kann eine Frau von siebenundvierzig Jahren sich wie ein Backfisch Hals über Kopf verlieben?

Doch woher sonst sollten diese tiefen Glücksgefühle kommen?

Bin ich je schon einmal so glücklich gewesen?, fragt sie sich selbst immer wieder. Denn in ihr ist ein Lied, das sie nicht kennt, eine Aufregung, die mit Vorfreude zu tun hat: Vielleicht kommt er ja heute Abend vorbei, um zu sehen, wie es dem Baron geht.

Und wenn er dann in der Tür steht, ist sie mit einem Mal ganz befangen, fühlt sie sich plötzlich völlig unsicher.

„Hildegard, Ada holt am Samstagmorgen in der Frühe den Baron und Esther ab. Du kannst am Sonntagmorgen mit mir auf die Farm hinausfahren."

Verdutzt runzelt sie die Stirn. „Esther fährt mit? Gustav, ich weiß nicht ..."

„Ja, Esther fährt mit", erwidert er entschieden. „Ada und Martiens werden sich gut um sie kümmern. Martiens hat sich schon eine Menge Dinge ausgedacht, die er ihr auf der Farm zeigen möchte."

„Aber Gustav, sie ist noch nie ...", entgegnet sie schwach.

„Ich weiß, aber es wird ihr guttun. Wir beide gehen am Samstagabend tanzen."

„Tanzen?" Ihre Unsicherheit überwältigt sie. „Ach, Gustav, es ist viele Jahre her, dass ich zuletzt getanzt habe."

Er fängt an zu lächeln. „Was soll ich dann erst sagen? Ich habe noch nicht einmal einen Tanzlehrer gehabt. Meine Füße sind vermutlich noch eingerosteter als deine. Aber gemeinsam können wir uns doch der Herausforderung stellen, meinst du nicht?"

„Ich ... ich habe aber gar kein Abendkleid."

Er lacht, so wie immer. „So einfach kommst du mir nicht davon, du kleine Kurländerin. Wir gehen in den Club Windhuk in der Lüderitzstrasse tanzen. Da geht es nur um Fröhlichkeit, nicht darum, feine Kleider zu tragen."

Das alles war Anfang der Woche. Jetzt weiß Hildegard nicht mehr, warum sie dem jemals zugestimmt hat.

Ohne den Baron und Esther ist das Haus totenstill. Sie schweift orientierungslos von einem Zimmer zum anderen, nimmt hier etwas in die Hand und trägt es woanders hin.

Das hätte nie passieren dürfen. Sie hat einen Fehler gemacht.

Inzwischen ist es Ende März und die Trauerphase ist schon seit Wochen vorbei.

Werde ich es jemals richtig machen?, fragt sie sich. Verstecke ich mich vielleicht nur hinter meiner schwarzen Trauerkleidung?

Sorge ich absichtlich dafür, dass es nicht geschehen kann?

Erschrocken fährt sie zusammen, als die Türglocke laut klingelt. Vielleicht ist das Frau Theron, die etwas vergessen hat. Vielleicht hat Esther Heimweh oder so furchtbar zu weinen angefangen, dass sie sie zurückbringen muss. Vielleicht ...

Vor der Tür steht ein Bote mit einem enormen Strauß bunter Blumen in der Hand. „Frau Mäkinen?"

„Sind die für mich?"

Ihre Hände zittern so sehr, dass sie kaum den Empfang der Blumen quittieren kann, ihr Gesicht ist glühend heiß. Überwältigt schließt sie die Eingangstür hinter dem Boten und presst die Blumen ans Herz.

Er hat mir die schönsten und fröhlichsten Blumen geschickt, die in diesem Wüstenstaat zu bekommen sind, denkt sie und Tränen laufen ihr über die Wangen.

Und sie weiß: Ich liebe ihn. Ich liebe ihn so sehr, wie ich noch nie einen anderen Menschen geliebt habe.

Sie stellt die Blumen in einer Vase mit frischem Wasser ins Eingangsportal, damit er sie sehen kann, wenn er sie abholen kommt. Dann rennt sie in Windeseile die Treppe zu ihrem Zimmer hinauf. Dort bügelt sie ihr neues, blumenbuntes Kleid und legt es aufs Bett. Sie wäscht sich die Haare und legt etwas von dem Parfüm auf, das er ihr zu Weihnachten geschenkt hat.

Als ihre Haare trocken sind, zieht sie ihr schönes Kleid an. Ihre Schultern sind frei, nur die Spaghettiträger des Sommerkleides ziehen darüber dünne Linien. Sie legt sich ihre Perlenkette um den Hals, schlüpft in ihre neuen Schuhe und geht den Gang entlang zum Schlafzimmer des Barons.

In dem hohen Spiegel betrachtet sie sich zum ersten Mal seit Jahren wirklich gründlich.

Ihre Haare locken sich fröhlich um ihren Kopf – teilweise sind sie eher silbern als golden. Ihr Kleid schmiegt sich eng um ihren Körper und weht fröhlich gerade so über ihre Knie. Die neuen, feinen Schuhe runden das Bild perfekt ab.

Ich fühle mich schön, denkt sie froh. Und Angst habe ich keine mehr. Es ist Gustav, auf den ich warte.

Erst als sie in jeder Hinsicht bereit ist, mit ihm zu gehen, öffnet sie das Kärtchen, das mit den Blumen abgegeben worden ist. Ihre Hände zittern, als sie das Kuvert vorsichtig aufreißt. Sie kennt seine Handschrift:

> Meine wunderbare Hildegard, meinst du, wir könnten unserer Geschichte ein Happy End geben?